골드퀸

Gold Queen

골드퀸 Gold Queen 4

정인 장편소설

초판 1쇄 찍은 날 | 2017년 5월 22일
초판 1쇄 펴낸 날 | 2017년 5월 29일

지은이 | 정인
펴낸이 | 권태완 우천제

편집책임 | 박은정
편집 | 김효주
편집 디자인 | 이즈플러스

펴낸곳 | (주)케이더블유북스
등록번호 | 제25100-2015-43호
등록일자 | 2015. 5. 4
WFN | 제3-017호

주소 | 구로구 디지털로31길 41 이앤씨벤처드림타워 6차 1108호
전화 | 02-867-4626 팩스 | 02-866-4627
E-mail | cl_production@naver.com

ISBN 979-11-5983-996-2
979-11-5983-995-5 (set)

※ 이 도서의 국립중앙도서관 출판시도서목록(CIP)은 서지정보유통지원시스템 홈페이지(http://seoji.nl.go.kr)와 국가자료공동목록시스템(http://www.nl.go.kr/kolisnet)에서 이용하실 수 있습니다.

골드퀸

Gold Queen

정인 장편소설

4

Contents

제1장 전쟁의 시작

툭, 투툭.

어느덧 세차게 내리던 비가 그쳤다. 하지만 여전히 하늘은 잿빛 구름으로 가득 찬 채 우중충한 날씨가 계속되었다. 마치 아직 물러갈 때가 아니라는 듯이.

“또 비가 오려나?”

하늘을 올려다보며 헬리아는 눈을 좁혔다. 비가 오는 날은 기압이 낮아서인지 영 기분이 좋지 않았다. 헬리아는 이내 하늘에서 시선을 떼고 걸음을 재촉했다. 그녀가 본성에 들어서자 그녀의 방문을 미리 접한 시종장이 나와 맞이하였다.

“오셨습니까?”

“아버지는?”

“전하께서는 서재에 계십니다.”

헬리아는 고개를 끄덕이곤 시종장을 따라 빈센트의 서재로 발걸음을 옮겼다. 걸음을 내딛는 그녀의 발걸음 소리가 어딘가 모르게 가벼웠다.

그때였다. 헬리아는 자신을 향해 다가오는 인기척에 시선을 돌렸다. 이안이 그녀에게 다가오고 있었다.

“본성에는 어쩐 일이야?”

“잠시 전하를 뵙고 오는 길입니다.”

이안의 말에 헬리아는 그를 보았다.

“아버지가 불렀겠지?”

“중요한 건 공주님의 뜻입니다.”

이안은 그리 말하곤 가만히 헬리아를 보았다.

“결정, 하신 겁니까?”

“글쎄.”

헬리아는 쓰게 웃었다. 하지만 이전과 달리 그녀의 표정은 복잡해 보이지 않았다. 무언가 결정한 듯이.

이안은 잠시 숨을 골랐다. 과연 그녀는 무슨 선택을 했을까? 묻고 싶은 말이 수십 가지였다. 자신을 선택한 것일까, 아님 그를 선택한 것일까? 하지만 입 밖으로 튀어나오려는 물음을 가슴속에 집어넣었다.

“그렇습니까.”

“뭐, 그래도 답은 냈어.”

“…….”

그녀가 내린 답은 무엇일까. 이안은 조용히 그녀를 살피다 이내 입꼬리를 올렸다. 그 모습을 보고 헬리아가 그에게 물었다.

“왜?”

“아닙니다.”

자신을 좋아해 달라고 그렇게 말하고 싶다. 하지만 그래선 의미가 없다. 그녀가 자신을 좋아하지 않는 이상.

이안은 입술을 끌어 올렸다. 혹여 그녀가 자신을 선택하지 않는다 하더라도 자신이 그녀를 좋아하는 것엔 변함이 없다. 또한 그녀가 고민하고 있다는 걸 알기에 그녀가 아예 자신에게 마음이 없지는 않다는 것을 느낄 수 있었다. 일고의 가치도 없는 것을 고민할 사람이 아니니까. 그녀가 고민하는 동안 이안도 자신의 마음에 대해 생각했다. 그리고 결정을 내렸다. 끝날 때까지 끝난 게 아니라고 하지 않던가.

"어떤 답이든 기다리겠습니다. 그럼."

그녀가 어떤 결과를 가져오든 이안은 담담히 받아들일 준비가 되어 있었다. 어차피 포기하지 않을 거니 결론적으로 달라지는 건 없겠지만.

걸어가는 이안의 뒷모습에 헬리아는 잠시 시선을 준 뒤 다시 걸음을 옮겼다. 이제 결정을 내릴 시간이었다.

"전하, 공주님께서 찾아오셨습니다."

"어서 들이게."

안에서 빈센트의 목소리가 들려왔다.

"들어가시지요."

헬리아는 시종장의 말에 고개를 끄덕이곤 빈센트의 서재로 들어섰다. 그러자 짙은 책 냄새와 함께 따뜻한 열기가 느껴졌다. 빈센트의 서재에는 책이 많았다. 그저 장식용이 아니라는 것은 책에 배인 손때들이 증명했다.

'좀 더운데.'

얼마 전까지 워낙 추운 제국에서 지냈던 탓일까. 원래도 추위를 잘 안 타던 헬리아에게 빈센트의 방은 덥게 느껴졌다. 헬리아는 부드러운 카펫을 밟으며 빈센트에게 다가갔다. 그는 책상에 앉아 서류를 정리하고 있었다. 헬리아가 가까이 다가오자 빈센트는 펜을 내려놓고 입가에 미소를 띠었다.

"왔느냐?"

"바쁘세요?"

"그럴 리가. 차 한잔하겠니?"

왠지 말이 길어질 거라 생각했는지 빈센트는 자리에서 일어나 테이블로 가 앉았다. 헬리아도 그를 따라 맞은편에 착석했다.

시종이 내온 차가 그들 앞에 놓여졌다. 뜨거운 물에 찻잎이 진하게 우러날 때까지 서로 말이 없었다. 헬리아는 가만히 빈센트를 바라보았다. 그러다 그의 얼굴이 조금 해쓱한 걸 발견했다.

"혹시 어디 아프세요?"

"아, 조금 감기 기운이 있는 것 같구나."

"그러게 겨울에 웬 정원인가 했다구요."

헬리아의 눈이 좁아졌다. 굳이 추운 날 정원에 오래 머문다 싶었다. 그러니 이렇게 감기에 걸린 게 아닌가.

"후후, 그렇구나."

빈센트는 헬리아의 타박에 옅게 미소를 지었다. 그마저도 기분이 좋은 듯했다. 헬리아는 고개를 설레설레 저었다. 그러다 입을 열었다.

"아주 빼도 박도 못 하게 만드셨네요."

헬리아의 약혼 소식은 어제를 기점으로 국내는 물론 타국에까지 전부 퍼지고 말았다. 여기서 아니라고 한다면 그건 국가의 위상에 문제가 생길 수 있었다. 헬리아의 말에 빈센트는 대답 대신 차를 마셨다.

헬리아도 그가 이유를 말해줄 거라 생각지 않았다. 그랬다면 벌써 말을 해주었을 것이다. 그의 앞에 오기까지 그녀는 수많은 생각을 했다. 도대체 왜 이런 결정을 내린 것일까. 여전히 그 답은 찾지 못했다.

"약혼을 하지 않겠다는 것이냐?"

"지금 와서 하고 말고의 선택이 저에게 있나요?"

"……그건."

"아버지도 마음대로 했으니 저도 마음대로 할 거예요."

그녀의 말에 빈센트의 미간을 좁아졌다.

"이안, 그가 마음에 들지 않는 것이냐?"

"아직 망설이고 있는 게 무엇 때문인지, 무슨 결정을 내려야 할지 결론 내리지 못했어요."

헬리아는 찻잔에 비친 자신의 모습을 보았다.

"솔직히 감사하고 있어요."

"……."

"만약 이번 일이 아니었다면 결정을 해야 한다는 생각조차 하지 않았을 거예요."

헬리아는 이안과 엘라임, 그 두 사람이 좋았다. 그런데 어느 날 갑자기 그 두 사람 중 하나만을 선택하라고 하니 당혹스러웠다.

"다른 사람이 있는 게냐?"

"글쎄요."

헬리아는 미묘하게 웃음을 지었다. 빈센트의 눈이 가늘어졌다.

"없진 않다는 거구나."

"그렇게 되는 건가요?"

"그자더냐?"

빈센트의 머릿속에 언제나 헬리아의 곁에 붙어 있는 한 남자가 떠올랐다. 아니, 남자라고 해도 될지 모르는 존재가.

"하지만 그자는……."

"인간이 아니지요."

"……."

"알고 계셨네요."

빈센트가 엘라임이 인간이 아님을 알고 있다는 사실이 놀랍긴 하다. 하지만 이미 베로니카 공작은 물론 플로렌스 공작마저 그를 인간이 아닌 무언가로 생각하고 있다. 그걸 빈센트가 모를 리는 없을 것이다.

"하지만 그가 인간인지 아닌지가 중요한 것은 아니잖아요? 아직 결정을 내리진 못했지만 결코 그가 인간이 아니기 때문에 고민한 적은 없었어요."

"……."

빈센트는 입을 열지 못했다. 헬리아는 그런 그를 보며 입꼬리를 올렸다.

"그리고 그건 아버지도 마찬가지잖아요."

"그건……."

"어머니, 아셨죠?"

"……."

빈센트가 놀란 표정을 지었다.

'역시 알고 계셨나.'

누구보다 세르게니아의 곁에 있던 사람은 빈센트였다. 왠지 그라면 알고 있을 거라 생각했다. 빈센트는 한숨을 내쉬었다. 더는 그녀에게 권할 수 없었다. 애초에 자신의 욕심이거늘.

"세니아는…… 후우, 그렇구나."

빈센트는 머리를 쓸어 넘겼다. 상대가 인간이 아니기에 논외로 치고 있었다. 그럴 경우 그녀의 곁에는 이안밖에 없기에 일을 추진한 것이었다. 한데 그런 건 중요한 게 아니었다.

빈센트는 옅게 웃음을 지었다. 하지만 오히려 마음은 홀가분해졌다. 헬리아에게 억지로 자신의 뜻을 강요한 게 아닌가. 그 때문에 가슴 한쪽에 무거웠었다. 왠지 지금은 가슴이 한결 가벼워졌다.

"내가 너무 성급했구나."

"도대체 왜 그러신 거예요? 그 때문에 제가 얼마나 고민한 줄 아세요?"

헬리아의 도끼눈에 빈센트는 낮게 웃음을 터뜨렸다.
"나는 그저 네가 행복하길 바랐다."
그때였다.
움찔!
'으, 으윽.'
갑자기 느껴진 고통에 빈센트가 움찔했다. 그 아픔이 너무 커 그만 헬리아가 알아차리고 말았다.
"아버지?"
"괘, 괜찮다."
"괜찮긴요!"
헬리아는 빈센트에게 다가갔다. 그의 얼굴은 새파랗게 질려 있었다. 누가 봐도 결코 정상이 아니었다.
"으윽."
빈센트는 입술을 깨물었다. 참고 참아왔던 고통이 결국 터지고 말았다. 그것도 가장 보이기 싫었던 자신의 딸 앞에서 말이다.
"나, 나는 괜……."
털썩.
"아, 아버지!"
빈센트가 의식을 잃었다. 헬리아는 놀라 그의 몸을 흔들었지만 미동조차 없었다.
"누, 눈 좀 떠봐요!"
그날처럼 빈센트의 몸은 차갑게 식어가고 있었다.
"장난치지 마시고 일어나 보세요!"
그러나 빈센트는 여전히 움직이지 않았다. 헬리아는 다급해졌다.
"저, 전하!"
대기하고 있던 시종장이 놀라 눈이 커졌다.

"의, 의원을 불러오겠습니다."

시종이 서둘러 방을 빠져나가려 하자 헬리아가 그를 돌아보며 말했다.

"시종장!"

시종장이 멈춰 서 헬리아를 보았다. 헬리아의 눈빛이 깊게 가라앉은 걸 본 그는 혼란스런 마음이 어느 정도 진정되는 걸 느꼈다.

"아무도, 아무도 모르게 은밀히 데려와야 합니다."

"……!"

흔들리던 시종장의 눈빛이 고정되었다. 그가 고개를 끄덕였다.

"알겠습니다."

시종장은 달려가려던 것을 최대한 자제하며 의연히 방에서 빠져나갔다. 헬리아는 입술을 깨물고 정신을 잃은 빈센트를 내려다보았다.

"아버지……."

"공주님, 플로렌스 공작님과 베로니카 공작님이 오셨습니다."

시종장의 말에 헬리아는 침대에 죽은 듯이 누워 있는 빈센트에게서 시선을 떼고 뒤를 돌아보았다. 그 자리엔 황망한 표정의 플로렌스 공작과 베로니카 공작이 서 있었다.

"이게 대체……."

"어찌 이리 되신 것이오?"

"쓰러지셨습니다."

헬리아의 말에 그녀의 은밀한 전갈을 받고 온 두 공작의 표정이 어두워졌다.

"그리 뻔뻔한 얼굴로 잘 지내던 이가……."

베로니카 공작은 자신보다 더 젊은 국왕이 이리 쓰러진 모습이 도저히 믿기지 않았다.

"무슨 일이 생긴 거요?"

공작은 날카로운 눈으로 헬리아를 보았다. 혹여 누군가 그를 해하려 한 게 아닌가 의심한 것이다.

헬리아는 고개를 저었다.

"아무 일도 없었습니다. 독이 아닐까 의심했지만 차는 저와 아버지가 함께 나눠 마셨습니다. 그 외에 외부에서 어떤 침입도 없었습니다."

헬리아는 입술을 깨물었다. 두 사람보다 더 놀란 건 바로 그녀였다. 빈센트는 갑자기 심장을 부여잡고 쓰러진 뒤 정신을 차리지 못했다.

"어찌 이런 일이……?!"

너무나 갑작스런 일에 플로렌스 공작은 누워 있는 빈센트를 멍하니 보았다. 천천히 그를 향해 다가갔다. 믿기지 않았다. 지금이라도 당장 장난이라며 벌떡 일어날 것만 같았다.

"빈……."

누구보다 그의 곁을 오래 지켜왔던 플로렌스 공작이기에 충격은 컸다. 언제나 건강한 빈센트였다. 거기다 그의 젊은 외모도 한몫했다. 그래서인지 플로렌스 공작은 그가 이렇게 갑자기 쓰러질 거라곤 전혀 예상치 못했다.

'설마……!'

그가 입술을 질끈 깨물었다.

'이리될 줄 알고 있었던 게야?'

플로렌스 공작의 머릿속에 최근의 일들이 떠오르기 시작했다. 그간 빈센트의 행적들. 갑자기 헬리아의 약혼을 추진한 것. 그리고 때때로 보이던 수심이 가득한 얼굴. 그것들이 공작의 머릿속을 스쳐 지나갔다.

'이것이었나, 이것이었어?'

공작은 다른 사람들의 초조함을 모른 채 평온한 얼굴로 잠든 빈센트를 이를 악물고 내려다보았다. 빈센트는 자신이 이렇게 될 줄 미리 알고 있었던 것이다.

'그래서 그답지 않게 그토록 서둘렀던 거군.'

공작은 눈을 질끈 감았다.

"도대체 왜 이런 것인지 아느냐?"

베로니카 공작은 빈센트를 보다가 고개를 돌려 헬리아를 보았다. 헬리아의 얼굴에 그늘이 가득했다.

"이미 의원은 물론 신관에게도 보였지만 병명을 모른다 하였어요."

"아무것도 모른다고? 그게 말이 되는 것이냐!"

베로니카 공작이 노기를 쏟아냈다. 헬리아에게 한 것이 아님에도 헬리아는 마치 자신이 잘못한 것처럼 표정이 굳어졌다. 자신도 그 소리를 듣고 얼마나 화가 났던가. 알아내지 못한 그자들의 목에 당장에라도 검을 겨누고 싶었지만 달라지는 건 없었다. 심지어 그녀가 포션도 사용했는데도 빈센트는 깨어나지 못했다.

"독에 중독된 흔적도, 병에 걸린 흔적도 없답니다."

"내 이것들을……. 비켜 보아라. 내 힐 한 방이면 나을 것이다!"

베로니카 공작이 빈센트에게 다가가 힐을 퍼부었다. 헬리아는 그 모습을 바라보며 눈을 감았다. 힐은 이미 그녀가 가장 먼저 사용한 수단이었다.

"이, 이보게, 빈! 어서 일어나 보게!"

베로니카 공작이 여전히 잠에 빠져 있는 빈센트의 몸을 흔들었다. 그러나 빈센트는 미동조차 없었다. 베로니카 공작이 털썩 의자에 주저앉았다. 그간 웃던 국왕의 얼굴이 스쳐 지나갔다. 이제 좀 행복하게 사나 싶었더니만.

"공작님은, 뭔가 알고 계시죠?"

누구보다 당황해야 할 플로렌스 공작이 침착한 표정으로 빈센트를 내려다보고 있었다. 마치 이 일을 예상하기라도 한 듯이.

플로렌스 공작은 깊게 숨을 내쉬고 입을 열었다.

"최근 무언가 이상하다고는 느끼고 있었소."

"……왜 말씀해 주시지 않으셨습니까?"

헬리아의 눈이 스산하게 공작을 향했다. 공작은 그녀의 눈동자에 훅 숨을 들이마셨다. 그녀에게 내재된 드래곤의 힘이 소드 마스터인 공작의 등골을 서늘하게 만들었다.

"리아."

"……잠시 격해졌어요."

베로니카 공작의 목소리에 헬리아는 잠시 눈을 감았다 떴다. 이성을 잃을 뻔했다. 공작의 잘못이 아님을 알고 있었다.

"아버지께서는 공작님께도 말씀하지 않으셨겠죠?"

"때때로 이상한 행동을 취해 의아하게 여겼지만 그게 이런 일일 줄은 몰랐네."

"……."

공작의 얼굴은 자책감으로 물들어 있었다. 그것을 본 헬리아는 더는 뭐라 입을 열지 못했다.

그때 엘라임의 목소리가 들렸다.

—헬리아.

'아버진 어때?'

의원도 신관도 소용없어지자 헬리아는 엘라임으로 하여금 빈센트의 몸을 살피게 했다. 현재 두 공작에게는 모습을 숨긴 상태였다.

—몸 안의 흐름이 이상해.

'흐름이 이상하다고?'

—보통 인간의 흐름은 심장을 시작으로 몸 전체를 순환해. 하지만 네 아버지는 심장의 흐름이 약해.

'심장이?'

그러고 보니 아버지가 쓰러질 때 심장을 부여잡았다. 혹시 심장에 문제가 있는 것일까?

'심장에 문제가 있다면 왜 포션도 신성력도 통하지 않은 거지?'

심장이 망가졌거나 제 기능을 하지 못해도 포션과 신성력이라면 어느 정도 회복이 가능하다. 그런데 이렇게 깨어나지 못할 리가 없지 않은가.

–헬리아.

엘라임의 목소리가 낮게 들려왔다. 헬리아는 저도 모르게 손에서 땀이 흘렀다. 그의 목소리가 불안하게 들렸다.

–심장의 힘이 점점 약화되고 있어.

엘라임은 투명한 상태로 그런 헬리아를 안타깝게 바라보았다. 자신이 확인한 결과 빈센트의 심장은 제 기능을 잃어가고 있었다.

–거기다 인간의 심장이 아니야.

'……인간의 심장이 아니라고?'

–원래 본인의 심장이 아니라 누군가 인위적으로 심장을 네 아버지에게 넣었어.

'누가! 누가 그런 짓을!'

헬리아가 갑자기 벌떡 일어나자 두 공작이 헬리아를 보았다. 헬리아는 입술을 질끈 깨물다 입을 열었다.

"엘라임, 모습을 보여."

–그래도 되겠어?

"뭐 다들 네 정체는 짐작하고 있었을 거야."

헬리아의 말에 엘라임이 고개를 끄덕이더니 천천히 모습을 드러내기 시작했다.

"이자는?"

플로렌스 공작과 베로니카 공작이 갑자기 허공에서 나타난 엘라임의 모습에 놀라 경계를 했다. 헬리아는 숨을 내쉬곤 말했다.

"몇 번 보았을 거예요."

"그러고 보니……."

"그 정령사인가?"

플로렌스 공작이 엘라임을 보고 눈을 좁혔다. 언제나 항상 헬리아의 곁을 지킨다는 그 정령사. 헬리아는 갑자기 나타난 엘라임의 정체에 대해 두 사람에게 설명할 시간이 없었다.

"엘라임, 말해."

"심장에 문제가 있어."

"심장이라니?"

"그게 대체 무슨 말인가?"

두 공작이 엘라임의 말에 놀라 눈을 크게 뜨자 엘라임은 헬리아에게 설명한 그대로 두 사람에게도 설명해 주었다.

"인공 심장이라니?"

빈센트가 이제까지 인공 심장을 달고 있었다는 사실에 두 사람은 크게 놀라워했다.

"감쪽같은 솜씨야. 헬리아도 확인해서 알겠지만 나도 직접 몸 안을 확인하지 않았다면 수술한 흔적도 찾을 수 없었을 거야."

"인공 심장이라니, 대체 누가 그런 짓을……?"

그간 빈센트의 곁을 지켜온 플로렌스 공작은 물론 베로니카 공작도 이해할 수 없었다. 애초에 빈센트가 이제껏 심장이 아팠다는 사실을 몰랐다. 그만큼 감쪽같았다.

"방법은? 고칠 수 있는 방법은?"

헬리아의 말에 엘라임은 눈을 감았다 떴다. 그러곤 고개를 저었다.

"……."

헬리아의 표정이 무너져 내렸다.

"……없다는 거야?"

"인공 심장이 어떻게 되어 있는지는 잘 모르겠어. 만약 살릴 수 있는 방법이 있다면 이 인공 심장을 만들어 네 아버지에게 넣은 사람에게 다시 만들어달라고 하는 것뿐이야."

"……."

그 말에 두 공작도 마지막 희망이 부서졌다. 인공 심장이라니. 베로니카 공작은 8서클의 마도사이다. 그런 그도 인공 심장이라는 터무니없는 것은 본 적도 들어본 적도 별로 없었다. 거기다 심장에 대한 부분은 신전과 신성력의 형성으로 의학이 잘 발달하지 않은 레칸 대륙에서는 전혀 생소한 것이었다. 애초에 절제 수술이 발달하지 않은 대륙에서 인공 심장을 이식한다는 행위 자체를 이해하기 어려웠다.

"……."

헬리아는 입술을 깨물었다. 눈앞이 깜깜해졌다.

"왜 대체 이런 걸 숨기신 거예요?"

헬리아는 평온한 얼굴로 잠든 빈센트의 손을 잡았다. 차가웠다. 그 따뜻하던 손이 어째서 이리도 차가운 것일까. 너무 세게 깨문 탓인지 입안에서 피 맛이 느껴졌다.

"좀 더 일찍 말해줬으면 뭐든 찾아봤을 거 아니에요?"

헬리아는 대답 없는 빈센트에게 볼멘소리를 내뱉었다. 그러나 그것은 후회와 자신에 대한 분노였다. 어째서 못 알아차린 것일까. 그간 얼마나 힘들었을까. 자신을 보면서 처연하게 웃던 얼굴이 떠올라 헬리아는 눈을 질끈 감았다.

"나는 그저 네가 행복하길 바랐다."

빈센트가 마지막으로 내뱉었던 말이 떠올랐다.

'그것 때문이었어요?'

자신의 행복을 위해서 빈센트는 아픈 것을 숨겼다. 그리고 이리될 것을 직감하고 그녀를 이안과 약혼시킨 것이다. 이렇게 떠나게 될 줄 알고 있었으니까.

"이런다고 누가 좋아할 줄 알아요?"

제대로 아버지라고 불러준 적도, 제대로 살갑게 대했던 적도 없었다. 아버지라는 존재를 이제야 정말 가슴으로 받아들였는데. 언제나 자신을 향해 웃고, 따뜻한 말을 해주고, 안아줘서 투정을 부렸다. 부모는 그때까지 기다려 주지 않는다는 걸 몰랐다. 무엇이든 끝이 있게 마련이라는 것을. 이제야 정말 아버지를 사랑하게 되었는데.

"아버지…… 아버지……."

헬리아는 빈센트의 손을 꽉 잡았다. 그런 그녀를 본 두 공작은 안타까움에 눈을 감았다.

"헬리아……."

"……."

엘라임은 그런 헬리아의 마음을 누구보다 잘 알았다. 누구보다 외롭게 커온 그녀에게 빈센트라는 존재가 얼마나 커졌는지를.

'생각하자, 헬리아.'

헬리아는 스스로에게 주문을 걸었다. 이런 때일수록 냉정해져야 한다. 살려야 한다. 어떻게든 아버지를 살려야 한다. 그런데 어떻게 해야 아버지를 살릴 수 있는 거지?

"공작님."

헬리아의 눈이 깊게 가라앉았다.

"최대한 은밀히 아버지에 대해 조사해 주실 수 있으신가요? 인공 심장이 있다면 그걸 넣은 사람도 있을 거예요. 아버지의 주변 사람에 대해 조사해 주세요."

"알겠네."

플로렌스 공작이 무겁게 고개를 끄덕였다.

"그리고……."

헬리아가 베로니카 공작을 보았다. 베로니카 공작은 헬리아의 표정을 보고 먼저 고개를 끄덕였다.

"내 무슨 방법이든 찾아보겠다."

"……부탁드립니다."

헬리아가 비척비척 일어났다. 머리가 냉정해지자 헬리아는 가장 중요한 사람이 떠올랐다. 빈센트의 옆에 있던 사람. 그중에 왜인지 모르겠지만 이 사태에 대해 설명해 줄 수 있을 것 같은 사람. 헬리아의 눈이 낮게 가라앉았다.

"세바스찬."

그때였다.

뚜벅뚜벅.

갑자기 들려온 귀에 익은 발걸음 소리에 두 공작의 시선도 헬리아를 따라 움직였다. 세바스찬은 지팡이를 짚으며 천천히 그들 앞에 모습을 드러냈다. 세바스찬의 시선이 헬리아를 지나 의식을 잃고 누워 있는 빈센트에게 닿았다. 그의 두 눈이 감겼다.

"결국, 일이 이렇게 되었군요."

"……알고 있었나요?"

"……."

"알고 있었으면서 제게 말하지 않은 건가요?"

헬리아의 기세가 점점 거세졌다. 그것을 정면으로 받고 있는 세바스찬은 온몸이 옥죄어오는 압박감을 느꼈다.

"세바스찬."

헬리아는 화가 머리끝까지 나면 오히려 고요해진다. 헬리아의 낮은 목소리에 방 안에 있던 나머지 세 사람은 숨이 막혀오는 것을 느꼈다. 보다 못한 엘라임이 헬리아의 팔을 붙잡았다.

"헬리아."

"……."

헬리아는 힘을 가라앉히고 천천히 세바스찬을 보았다. 그러곤 저도 모르게 입술을 세게 깨물었다. 세바스찬은 누구보다 괴로워하고 있었다. 이곳에서 그 누구도 헬리아보다 빈센트를 덜 생각하는 사람이 없다는 것을 안다. 아니, 오히려 그녀보다 더 빈센트를 생각하는 사람들이었다.

그제야 헬리아는 마음을 다스리고 세바스찬을 보았다. 세바스찬은 이해한다는 눈빛으로 헬리아를 보았다. 말하지 않은 자신에게 화가 나는 것은 당연하다고 생각했다.

헬리아는 그 모습을 보고 낮게 한숨을 내쉬었다.

"아버지가, 말하지 말라 했겠지요?"

"……송구합니다."

세바스찬의 노구가 숙여진다. 그에 헬리아는 시선을 피했다.

"어디까지 알고 있는 건가요?"

헬리아의 물음에 세바스찬은 조용히 그녀의 뒤에 서 있는 두 공작을 향해 시선을 던졌다. 그 시선을 본 헬리아는 세바스찬의 의도를 알아차렸다. 그녀는 뒤를 돌아 두 공작을 보았다.

"잠시 이야기하고 올게요."

"이야기는 무슨! 도대체 무슨 일인지……."

"공작님, 그리하는 게 좋겠습니다."

"제이크!"

베로니카 공작이 자신을 붙잡은 플로렌스 공작을 보았다. 플로렌스 공작은 세바스찬을 한번 보다가 다시 헬리아를 보았다.

"그는 완고한 사람입니다. 우리가 원한다고 말할 사람이 아닙니다. 빈처럼 말이죠."

플로렌스 공작의 말에 베로니카 공작은 결국 한숨을 내쉬곤 고개를 끄덕였다. 헬리아는 두 사람이 수긍하자 가볍게 고개를 숙이곤 세바스찬을 따라 밖으로 나갔다.

"가요, 긴 이야기가 필요할 것 같네요."

헬리아와 세바스찬은 자리를 옮겼다.

헬리아와 세바스찬이 향한 곳은 바로 본성에서 떨어진 데이지궁이었다. 이곳이라면 결코 누구도 그들의 이야기를 엿듣지 못할 것이다. 세바스찬은 데이지궁 안으로 들어오자 주위를 둘러보았다.

"오랜만이군요."

헬리아가 세바스찬을 바라보았다. 이곳에는 헬리아와 세바스찬 이외에 엘라임도 함께했다. 엘라임에 대해선 누구보다 세바스찬이 잘 알기에 그가 따라오는 것을 묵인했다.

"이렇게 있으니 꼭 옛날 같군요."

1년 전까지만 해도 세 명은 이곳에서 잠을 자고 밥을 먹었다. 아직도 그 기억이 생생해 다른 곳에 있어도 항상 이곳이 떠올랐다.

"벌써 이리 장성하셔서 이 세바스찬, 참으로 기쁘답니다."

"……."

세바스찬의 말에 헬리아는 순간 가슴 안쪽에서 무언가 울컥하는 게 느껴졌다. 너무나 당연해서 잊고 있었던 것이 떠올랐다. 누구보다 곁에서 자신을 돌봐준 사람이 바로 세바스찬이라는 것을. 그는 자신의 집사이기 전에 글을 가르쳐 주고 살아갈 방법을 알려준 스승이며, 함께 이야기를 나눴던 친구이며, 가족이었다.

헬리아는 찬찬히 세바스찬을 살폈다. 지팡이를 쥔 손에는 굵은 주름이 나 있었고, 머리는 이전보다 더 하얗게 변해 있었다.

"세바스찬……."

"공주님을 만나 정말 행복했답니다."

"……."

세바스찬은 천천히 헬리아에게 다가왔다. 자신의 어린 공주님. 세바스찬은 잠시 눈을 지그시 감았다 뜨며 입을 열었다.

"이제야 제 마지막 역할을 다할 수 있을 것 같습니다."

마지막 역할? 헬리아는 세바스찬의 말을 기다렸다.

"다시 처음부터 소개를 드려야겠습니다."

세바스찬은 옷매무새를 말끔히 정리하곤 한 손을 가슴에 대고 고개를 숙였다.

"레칸 대륙의 마지막 드래곤이신 세르게니아 님의 가디언 세바스찬입니다."

"정말로 세바스찬이었군요."

헬리아는 이미 알고 있던 사실이지만 직접 그에게 진실을 듣게 되니 기분이 묘했다. 드래곤의 가디언이라니. 드래곤도 있는데 하물며 가디언이라고 없을까 싶었지만 놀라운 것도 사실이었다.

"정말 이름이 세바스찬인 거예요?"

"후후, 주인님께선 이름을 지을 적에 일할 사람의 이름으론 이게 적격이라며 붙여주셨지요."

세바스찬은 그리운 듯한 표정을 지어 보였다. 헬리아는 왠지 어머니에 대한 이미지가 조금씩 잡히고 있었다. 물론 이상한 쪽으로 말이다. 개도 그보다 더 잘 쓸 것 같은 악필에, 어린애가 지어도 그것보단 잘 지을 것 같은 이름. 헬리아는 이제까지 아버지의 일로 잔뜩 긴장되었던 육체를 이완시켰다. 그러다 문득 든 궁금증에 입을 열었다.

"사람이죠?"

"사람입니다. 그저 남들보다 좀 더 튼튼했을 뿐이지요."

순수한 인간이 드래곤의 가디언이라는 게 의외였지만 생각해 보면 꼭 그러지 말라는 법도 없지 않은가. 결국 주인이 정하게 마련인 법이다. 그러다 갑자기 든 생각에 다시 입을 열었다.

"혹시 다른 가디언은 없나요?"

인간에게는 수명이 정해져 있었다. 그러나 세르게니아는 수천 년을 산 고룡. 그녀에게 가디언이 세바스찬뿐일 리는 없지 않을까.

세바스찬은 헬리아의 말에 난감하다는 듯 웃었다.

"알 수 없습니다."

"모른다는 건가요?"

"들은 적도, 본 적도 없기에 뭐라 말씀드릴 수 없군요."

헬리아는 그의 말에 고개를 끄덕였지만 반대로 그가 모르는 가디언이 존재할 가능성도 있으리라 생각했다.

'키안에게 다시 조사해 보라 해야겠어.'

뭔가 정보를 더 얻을 수 있을 거라 생각했다.

"그럼 이제 말해주세요. 대체 아버지가 왜 쓰러진 거며, 심장은 대체 어떻게 된 거죠?"

헬리아는 그제야 본론을 꺼냈다. 세바스찬은 그녀의 말에 차츰 얼굴이 어두워지더니 천천히 입을 열었다.

"전하께서는 태어날 때부터 심장이 좋지 못했습니다."

"……!"

세바스찬의 말에 헬리아의 눈이 커졌다. 처음 듣는 이야기였다. 태어날 때부터 심장이 좋지 않았다니. 하지만 아무도 그 사실을 모르고 있는 것 같았다. 오랫동안 그와 함께한 플로렌스 공작은 물론 베로니카 공작도 알지 못했다.

"전하께선 심장이 쇠약해 오래 살 수 없었습니다."

"하지만 어떻게……."

그런데 오십이 넘도록 살 수 있단 말인가? 헬리아의 의문을 알아챈 세바스찬이 말했다.

"혹시 알고 계십니까? 주인님은 아르센 왕국 초대 국왕인 마르스를 사모하고 계셨습니다."

그것은 헬리아도 키안을 통해 알고 있던 사실이었다.

"800년 전, 대륙은 혼란의 시기였습니다. 대륙은 무질서했고, 사람들은 굶주림과 폭정에 시달려야 했지요. 그 혼란의 시기에 아르센 왕국의 초대 국왕은 나라를 일으켜 아르센 왕국을 세웠습니다. 그 당시 주인님은 마법사로 유희를 즐기던 와중에 초대 국왕을 만났고, 사랑에 빠지셨지요."

헬리아의 눈이 커졌다. 이 이야기는 키안에게 듣지 못한 것이었다. 키안은 세르게니아에 대해 그다지 말을 많이 하지 않았다. 또한 헬리아도 굳이 캐묻지 않았다.

"그런데 주인님은 국왕을 사랑했지만 당시 국왕 마르스에게는 이미 사랑하는 이가 있었습니다. 주인님의 사랑은 보답받지 못했습니다. 공주님께선 알고 계십니까?"

세바스찬은 답을 구하고자 질문한 것이 아닌 듯 다시 입을 열었다.

"드래곤은 한평생 단 한 명의 배우자만을 선택하여 일생을 살아갑니다."

"……드래곤의 사랑."

헬리아는 예전에 보았던 책 내용을 떠올렸다. 드래곤의 사랑. 그것은 매우 지고지순하며 인간의 사랑과는 달리 영원함을 지녔다. 그렇기에 더욱 고귀하고 애절하다. 보통 한 명의 배우자를 선택하기에 드래곤은 같은 드래곤을 선택한다.

하지만 그렇지 않은 경우가 있었다. 그리고 그런 경우 대부분 드래곤이 아닌 상대 배우자가 먼저 죽음을 맞는다. 배우자가 죽으면 드래곤은 다른 배우자를 맞이할까. 그렇지 않다. 드래곤은 평생을 배우자를 그리워하며 살아간다. 평생을.

"주인님은 초대 국왕이 죽는 그날까지 평생 그를 사랑하셨습니다. 그리고 그가 사랑했던 것조차 사랑했기에 자신의 명이 다할 때까지 이 왕국을 지키셨습니다."

그래서 탄생한 것이 바로 베라였다. 세르게니아는 그렇게 오랫동안 아르센 왕국을 음지에서 수호해 왔다.

"그렇게 800년을 그리워하셨습니다."

"……."

너무나 긴 시간이다. 헬리아에게 800년은 도무지 감을 잡을 수 없는 시간이다. 다만 그것만은 안다. 너무나 긴 시간이라는 것을. 만일 자신이었다면 절망했을 것이다.

"주인님은 그 그리움을 아르센 왕국을 살피는 데 채우셨지요. 매번 직계 왕족이 태어나는 날이면 신관으로 변장해 살피러 가셨습니다. 그리고 그때 지금의 전하를 보셨지요."

"아버지를요?"

"그리고 주인님은 한눈에 자신이 사랑한 초대 국왕의 환생임을 알아보셨습니다."

'환생.'

헬리아의 머릿속에 순간 그 단어가 떠올랐다. 그녀 자신 또한 환생이라는 걸 하지 않았던가. 전생이 있고 환생이 있다는 것을 헬리아는 믿지 않을 수 없었다.

"그리고 당연하게도 주인님은 지금의 전하를 사랑하게 되었습니다."

하지만 세르게니아는 나서지 않았다. 그저 지켜보는 걸로, 생이 얼마 남지 않았기에 그녀는 뒤에서 그를 지켜주기로 다짐했다. 하지만 아이에게 문제가 있다는 것을 알게 되었다.

“전하께서 심장이 약한 것을 그때 알아차리셨습니다.”

세바스찬의 말에 헬리아의 눈동자가 점점 커져 갔다.

“설마…… 심장은 어머니가?”

“예, 전하께 심장을 이식한 분은 바로 주인님이십니다.”

헬리아는 세바스찬의 이야기에 잠시 숨을 들이마셨다. 하지만 곧 이해가 되었다. 심장을 이식할 수 있을 정도의 고도의 기술을 지닌 자가 드래곤 말고 또 누가 있겠는가.

세바스찬의 말은 계속 이어졌다.

“처음에는 그저 힘을 나눠주는 정도였습니다. 이후 커가면서 전하께서도 큰 문제 없이 성장하셨습니다. 한데 그게 아니었습니다.”

심장은 고쳐지지 않았던 것이다. 문제가 발생한 것은 빈센트가 서른이 될 즈음이었다. 그리고 그때 세르게니아는 그의 앞에 나타났다. 더 이상 바라만 보기엔 그녀의 생이, 그의 생이 너무도 짧았기 때문이다.

“그리고 두 분은 하루하루를 아까워하며 사랑하셨습니다. 아직도 주인님의 행복한 얼굴이 눈에 선합니다. 하지만 서로의 시간은 잔인할 정도로 달랐습니다. 주인님은 그 당시 이미 만 년을 가까이 산 고룡이었습니다. 주인님은 자신이 이제 곧 죽을 것임을 알게 되었습니다.”

드래곤이 죽음을 인식하는 것은 노인이 자신의 죽음을 인지하는 것 이상이다. 그것은 사실상 예견이라 할 수 있다. 그리고 그것은 결코 바뀌지 않는다.

“그래서 마지막, 자신의 모든 힘을 다해 전하의 심장을 치료하는 연구에 매달리셨습니다.”

“연구라면…….”

그 순간 머릿속에 한줄기 기억이 떠올랐다. 어머니의 방에 있던 일기장에 적혀 있던 글들. 설마 그 연구가 이것을 말함이었나?

"그리고 방법을 찾아내셨습니다."

"방법이라면?"

대체 무슨 방법으로 심장을 살려놓은 것일까? 헬리아는 세바스찬의 말을 듣고 놀라지 않을 수 없었다.

"드래곤 하트를 이식하셨습니다."

"드래곤 하트?!"

그제야 헬리아는 어째서 빈센트가 오십이 넘도록 삼십 대의 외모를 유지하고 있었는지 알 수 있었다. 그것은 모두 드래곤 하트의 영향 때문이었던 것이다. 한데 어떻게 인간의 몸에 드래곤 하트를 이식할 수 있단 말인가?

세바스찬은 헬리아의 놀람을 알아차리고 말했다.

"물론 드래곤 하트를 전부 이식하진 않으셨습니다. 전하의 몸이 버티질 못하셨죠. 그래서 그 반을 사용하셨습니다. 그런데 지금 와서 보니 결국 부작용이 나타난 것 같습니다."

헬리아는 잠시 말을 잃었다.

"부작용이라니요?"

"이 점은 주인님도 알지 못하셨던 것 같습니다. 드래곤 하트가 반으로 쪼개지면서 그 효과가 반이 아니라 그 이하로 떨어졌습니다. 물론 그렇기에 이식이 가능했지만 하트에 담긴 힘이 유실되는 속도를 계산하지 못하신 것 같습니다."

"……."

헬리아는 입술을 깨물었다. 온전한 것과 온전하지 않은 것에는 분명 차이가 있다. 빈센트의 심장이 버티질 못한 건 그 차이 때문일 것이다.

"하면, 어떻게 해야 합니까?"

헬리아는 주먹을 세게 쥐었다. 일말의 희망을 가지고 있었다. 누군가 아버지의 심장을 고쳤다면 그 고친 사람을 찾으면 된다고. 그런데 그 사람은 이미 죽고 없었다. 그럼 대체 이제 어떻게 해야 한단 말인가.

"다시 한번 드래곤 하트를 이식하는 것밖엔 방법이 없습니다."

"결국 드래곤 하트뿐인가요?"

아버지의 심장이 드래곤 하트라면 역시 드래곤 하트가 필요할지도 모른다고 생각은 했다.

'하지만…….'

헬리아는 눈을 질끈 감았다.

"드래곤 하트가 어디 있는지 몰라요. 어머니의 레어에 있을 거라고 밖엔. 하지만 레어도……."

"레어의 위치는 제가 알고 있습니다."

세바스찬의 말에 헬리아의 눈이 커졌다.

"위치를 알고 계신다고요?"

헬리아는 이내 놀람을 가라앉혔다. 그가 가디언이라는 말을 들었을 때 짐작하고 있었다. 물론 드래곤 레어의 위치를 알고 있다고 해도 드래곤 하트를 반드시 찾을 거란 보장은 없다. 하지만 망망대해에서 작은 희망을 발견했다.

"어디에 있죠?"

"……."

헬리아의 물음에 세바스찬은 잠시 고민하는 듯 쉬이 입을 열지 못했다. 마치 말을 해야 하나, 말을 하지 말아야 하나 고민하는 듯한 모습이었다.

헬리아는 그 모습이 의아했다.

"혹시 뭔가 문제가 있는 건가요?"

레어의 위치가 바다 깊숙한 곳에 있다든가 사람이 결코 들어가는 못하는 곳에 있는 것일까?

“어디든 상관없어요. 그러니 말해주세요.”

바닷속에 있다면 들어갈 것이고, 사람이 갈 수 없는 곳이라도 헬리아는 뛰어 들어갈 생각이었다. 하지만 세바스찬은 대답 대신 침묵을 유지했다. 헬리아는 조급한 마음이 들었지만 채근하지 않았다. 애초에 자신에게 알릴 생각이 아니었다면 아예 말을 꺼내지 않았을 것이다. 하지만 고민하고 있다는 건 레어에 대해 무언가 걸리는 게 있다는 것.

헬리아는 차분히 그가 마음을 정할 때까지 기다려 주었다.

“후우.”

이윽고 무거운 한숨을 내뱉은 세바스찬이 천천히 입을 열었다. 그때에도 여전히 망설이는 기색이 강했다.

“주인님께서 제게 레어의 위치를 알려주셨지만 또한 남에게 결코 알리지 말라고도 하셨습니다.”

참으로 모순이다. 아무도 모르길 바랐으면 애초에 세바스찬에게도 알리지 않았어야 할 터. 그러나 세르게니아는 세바스찬에게 레어의 위치를 알렸다.

“왜 알리지 말라고 한 건가요?”

“그건 저도 알지 못합니다. 그 부분에 대해선 아무 말씀도 하지 않으셨습니다.”

“그런…….”

“그 당시 주인님은 어딘지 모르게 평소와 달랐습니다.”

마룡 엑시온과의 결전 때문이었을 것이다. 하지만 여전히 의문은 남는다. 왜 레어의 위치를 가르쳐 주고도 말하지 말라 했을까. 그 안에 무언가 밝혀져선 안 될 비밀이라도 숨겨져 있는 것일까?

헬리아의 호기심이 깊어만 갔다.

“저 또한 죽을 때까지 그분의 뜻에 따라 레어에 대한 것을 알리지 않을 생각이었습니다.”

"아버지가……."
"주인님도 이런 부작용이 있을 줄은 모르셨을 겁니다."
애초에 드래곤 하트를 평범한 인간에게 이식하는 것 자체가 도전이었다. 거기다 그 당시 드래곤 하트 이식에 대한 연구는 생각보다 길지 못했다. 지금 당장 빈센트를 살려야 한다는 생각으로 훗날의 부작용에 대해 차분히 생각해 보지 못했다. 또한 엑시온과의 결전 때문에 그럴 겨를은 더욱 없었다.
"하지만 이제 와서 생각해 보니, 만약을 준비하셨던 게 아닌가 싶습니다."
세바스찬의 얼굴은 무거운 짐덩이를 안은 사람처럼 힘겨워 보였다.
"후우, 애초에 이럴 줄 알았다면 차라리 좀 더 일찍 말씀드릴 걸 그랬습니다."
세바스찬은 후회가 가득한 얼굴을 하고 있었다. 결국 그가 늦게 레어에 대해 알려준 탓에 고생은 헬리아가 해야 하기 때문이다.
"대체 레어가 어디에 있는 건가요?"
헬리아가 다시 물었다. 세바스찬은 한숨을 내쉬며 창밖을 바라보았다. 그의 시선은 먼 북쪽을 가리키고 있었다. 헬리아의 표정이 점차 굳어졌다.
"설마……."
"페르시아 제국의 최북단에 위치해 있는 레디오스 산맥입니다."
세바스찬의 말에 헬리아의 눈매가 좁혀졌다.
"하필이면 페르시아 제국이라니……."
헬리아는 입술을 깨물었다. 레어의 위치를 알았지만 또 다른 문제가 발생했다. 레어가 있는 곳이 제국이라는 것. 그리고 지금 제국과는 전쟁이 터지기 일보 직전인 상태였다.
"그래도 가시겠지요?"

세바스찬의 말에 헬리아는 주먹을 쥐었다. 레어의 위치가 제국이라 한들 달라지는 건 없다.

"반드시 드래곤 하트를 찾으러 갈 겁니다."

세바스찬은 그녀의 단호한 금빛 눈동자를 보며 말릴 수 없다는 것을 깨달았다.

"부디 몸조심하시길 바랍니다."

세바스찬은 그녀에게 위험을 떠넘긴 게 아닌가 하는 죄책감을 느끼고 있었다.

헬리아는 그런 세바스찬을 보며 웃어주었다.

"자책하지 마세요."

"공주님……."

"우선 지금 닥친 문제부터 해결해야겠네요. 도와주실 수 있으시죠?"

헬리아는 세바스찬의 손을 붙잡았다. 주름진 손이 얼마나 고생을 해왔을까 짐작이 되었다. 세바스찬은 헬리아의 손을 꼭 붙잡으며 결의에 찬 눈빛을 보냈다.

"물론입니다."

헬리아의 입꼬리가 씨익 올라갔다. 그리고 지금 이 순간, 페르시아 제국은 움직이고 있었다.

❊

페르시아 제국의 대전 안.

제국의 황제 카사스 2세는 왕좌에 앉아 아래를 오시하고 있었다. 그는 왼팔을 의자 팔걸이에 걸치곤 대신들을 바라보았다.

"황태자는?"

카사스 2세의 낮은 음성에 벨로스 백작이 앞으로 나아갔다. 그러나 황제의 기세를 한껏 받은 탓에 그의 몸은 미약하게 떨리고 있었다.

"고, 곧 수색대를 편성했으니 덜미가 잡힐 것입니다. 크게 신경 쓰지 않으셔도 되옵니다."

"신경 쓰지 않아도 된다?"

황제의 입술이 삐뚜름해졌다. 그 순간 벨로스 백작의 등줄기엔 식은 땀이 흘러내렸다. 작금의 황제는 그 어느 것에도 거침이 없었다. 능력 없는 자들은 과감히 쳐 내는 등 그의 눈에 거슬리는 자들은 어김없이 숙청되었다. 벨로스 백작도 전임자가 숙청되어 빈자리에 앉은 케이스였다. 그만큼 황제의 무서움을 똑똑히 잘 알고 있었다.

"손톱 밑의 가시처럼 휘젓고 다니는 것을 신경 쓰지 말라?"

"그, 그런 말이 아니옵고……."

벨로스 백작은 벌벌 떨며 고개를 숙였다. 황제가 진노하면 얼마나 무서운지 아는 탓이다. 황제가 전쟁을 선포하고 황태자 세력을 숙청한 뒤 그를 견제할 세력은 없는 것과 다름없는 상태가 되었다. 황제는 무소불위의 권력을 행사했다.

"일주일이다. 일주일 내에 황태자를 내 앞에 끌고 오지 않는다면 네 목이 먼저 떨어질 것이다."

"부, 분부 받잡겠습니다!"

현재 황태자가 이끄는 반군 세력이 수도를 어지럽히는 통에 제국의 정세는 빠른 속도로 악화되어 갔다. 원래부터 겨울에 먹고살기도 힘든 처지에 군대를 일으키자 민심은 날로 흉흉해졌다. 황태자는 그런 민심을 이용해 황제를 압박했다.

"협상은 어찌 되었지?"

황제가 외교 대신을 맡고 있는 칼리스 백작을 바라보며 물었다. 칼리스 백작은 황제의 책사 역할을 하는 사람으로 이번 황제의 탄신일에 인질들을 붙잡아 협상하는 것을 기획했다. 전체적으로 라몬 공작이 조율을 하지만 세세한 부분은 칼리스 백작이 담당했다.

"현재 레스톤 왕국과 에비스 왕국, 토론 공국 등에서 몸값을 지불하겠다는 연락을 받았습니다. 레스톤 왕국과 에비스 왕국은 금화로, 토론 공국은 밀과 말로 지불한다 합니다."

"아르센 왕국이야 그렇다 쳐도 라비안 왕국과 아슈란 왕국이 보이지 않는군."

"그, 그것이……."

칼리스 백작은 식은땀을 흘렸다. 솔직히 인질이 없는데 어떻게 몸값을 지불하라 말할 수 있겠는가.

황제는 미간을 찌푸렸다.

"중요한 놈들은 다 놓쳤군."

황제의 눈빛에 칼리스 백작은 차마 고개를 들지 못했다. 여기서 괜히 말을 잘못했다가 자신이 죄를 뒤집어쓸 수 있기 때문이다. 아르센 왕국의 헬리아 공주는 이미 확인된 사안이었지만 라비안 왕국의 왕자와 아슈란 왕국의 공주까지 사라진 것을 확인하는 게 늦어졌다.

라비안 왕국은 아르센 왕국과 마찬가지로 제국과 국경을 접하는 나라이다. 그런 나라가 빠져나갔다는 건 제국 입장에서도 달가운 일이 아니었다. 분명 그들은 창과 검으로 돌아올 테니 말이다.

황제의 침묵이 길어지자 대전 안의 분위기가 냉각되었다.

"라몬 공작."

"예, 폐하."

"준비는 모두 마쳤는가?"

황제의 말에 라몬 공작은 입꼬리를 올렸다. 이미 모든 전장에 흑마법사를 배치하는 것은 물론 마룡 엑시온으로부터 전력이 향상되어 이전보다 더욱 강력한 힘을 발휘할 수 있게 되었다.

"명령만 내려주십시오."

황제가 눈을 빛내며 자리에서 일어섰다. 그가 일어서자 대전 안의 분위기가 한순간에 변했다.

"전군."

황제가 입꼬리를 비틀어 올렸다. 드디어 시작인 것이다.

"출전하라!"

⁂

"끄, 끄억."

한 여자가 비명도 내지 못한 채 바짝 마른 미라가 되어 바닥에 떨어졌다.

파삭.

엑시온은 여인의 힘을 흡수한 뒤 미라가 된 시체를 밟아 부서뜨렸다. 엑시온의 발밑에는 그 여인 이외에도 수십 명의 여인이 먼지가 되어 바닥에 스러져 있었다.

"이게 다인가?"

"……송구합니다."

엑시온의 싸늘한 목소리에 라몬 공작은 고개를 숙였다. 현재 흑마법사 군대의 강력한 힘은 모두 엑시온에게 나왔다. 이런 상태에서 엑시온의 비위를 거스른다면 좋을 게 하나 없었다.

엑시온은 아직 완전히 부활하지 못했다. 인간의 육신이 엑시온의 영혼을 감당하지 못하는 것이다.

엑시온은 눈매를 좁혔다. 헬리아의 외모를 닮은 탓에 그의 외모는 매우 수려했지만 그가 마룡 엑시온임을 아는 라몬 공작은 겉모습에 속아 넘어가지 않았다.

"힘이 더 필요하다."

"곧 군대가 움직일 것입니다. 반드시 공주의 몸을 바치겠나이다."

공작은 이번 전쟁을 통해서 헬리아 공주를 잡을 수 있을 거라 여겼다. 한데 라몬 공작의 대답에도 엑시온의 표정은 더 날카로워졌다.

"어느 세월에?"

"그, 그것이……."

"그것만으로는 부족하다. 내가 말했던 것은?"

엑시온은 전날 부족한 힘을 보충하기 위해 대체할 힘을 찾으라 명령했다. 헬리아를 붙잡지 못한 순간부터 엑시온은 다른 방법을 염두에 두고 있었다.

"하오나 정녕 그것이 존재하는 것입니까?"

라몬 공작은 여전히 의문을 품고 있었다. 하지만 엑시온은 입술을 끌어 올리며 웃었다.

"세르게니아는 내가 그것을 알지 못할 거라 생각했지. 하지만 세르게니아가 아는 것을 내가 모를 수 없지."

뜻을 알 수 없는 말을 되뇌며 엑시온은 입꼬리를 비틀어 올렸다.

"반드시 찾아라. 이 제국에 세르게니아의 레어가 존재한다."

드래곤 레어. 엑시온은 힘을 되찾으면서 봉인된 이후 소실되었던 기억들을 차츰 찾을 수 있었다. 그리고 그중 하나는 바로 세르게니아의 레어. 그 안에 있는 드래곤 하트였다. 엑시온의 입술이 치켜 올라갔다.

라몬 공작은 순간 온몸에 엄습하는 서늘한 한기에 흠칫했다.

엑시온의 금색 눈동자가 번들거렸다.

"드래곤 하트만 있으면 공주가 없어도 완전히 부활할 수 있다. 반드시 드래곤 레어를 찾아라."

드래곤 레어를 차지하기 위해 엑시온이 움직이기 시작했다.

❊

페르시아 제국의 진격 소식은 대륙 각지로 전해졌다. 아르센 왕국 또한 하루에도 수십 번씩 회의를 진행하며 상황의 추이를 살폈고, 타국에서 온 사신들도 본국과 정보를 상시적으로 주고받으며 상황을 주시했다. 그러던 중 며칠 전부터 모습이 보이지 않던 국왕 빈센트에 대한 소문이 흘러나오기 시작했다.

"뭐라? 전하가 쓰러져?"

하이든 후작은 최근 회의에 참석하지 않는 국왕의 행동에 의아함을 느끼고 있었지만 그가 쓰러진 것이라고는 생각지 못했다.

"제대로 확인한 것이냐?"

그의 부관인 샤론 자작은 고개를 끄덕였다.

"최근 전하께서 방 밖으로 나오는 것을 본 일이 없다 합니다. 또한 은밀히 의원과 신관이 전하의 침소를 들렀다 간 일이 있었습니다."

"말도 안 되는……."

하이든 후작은 미간을 좁혔다. 도무지 믿을 수 없는 탓이었다. 워낙 정정한 국왕이었고 이제까지 단 한 차례 큰 병치레도 없었다. 거기다 젊어 보이는 외모까지 하고 있으니 누가 그를 아픈 사람으로 보겠는가.

하이든 후작의 눈이 가늘어졌다.

"혹 누군가의 소행이더냐?"

만약 그렇다면 문제가 커진다. 현재 아르센 왕국에는 각국의 사신들이 와 있는 상태였다. 그리고 아르센 왕국은 그들을 한데 모으는 역할을 하고 있었다. 그런 와중에 그 중심이 되어야 할 국왕이 쓰러졌다면 과연 누구에게 이득이겠는가. 국왕에게 변고라도 생긴다면 필시 구심점을 잃고 제국에 이 땅을 내줘야 할 판이었다.

하지만 샤론 자작은 고개를 저었다.

“외부 침입자나 내부의 소행은 아닌 것으로 보입니다. 만약 그랬다면 이리 마냥 숨기기만 하겠습니까?”

“흐음.”

하이든 후작은 제 허연 수염을 쓸어내렸다.

“누가 이 사실을 알고 있지?”

“내부에서 입단속을 하고 있지만 왕성 안에는 각국의 사신들이 심어 놓은 귀들이 있는지라 지금쯤이면 그들의 귀에도 들어갔을 겁니다.”

“한데 확인은? 정말 전하께 문제가 생긴 게 확실하더냐?”

그 물음에 샤론 자작은 대답을 잠시 망설였다.

“확인할 순 없었습니다. 그저 방 안으로 아무도 들이지 말라는 전하의 명이 있었다 합니다.”

“……흐음.”

“그리고 오늘 각국의 사신들이 국왕 전하를 뵙기를 요청해 왔습니다.”

현재 제국의 전쟁 발발로 불안한 상태라 다들 민감해져 있었다. 각국의 사신들이 움직이는 것은 어쩔 수 없는 일.

하이든 후작이 노구를 일으켜 세웠다.

“전하를 뵈어야겠다.”

“하오나…….”

“막는다 하더라도 뵈어야겠다. 내 눈으로!”

지금 명이 중요한 것이 아니다. 이런 시기에 감기라 하더라도 꽁꽁 싸매고만 있을 게 아니었다. 그저 감기라면 이런 소문조차 돌지 않았을 터. 분명 어떠한 문제가 생긴 것은 분명했다.

그때였다.

“후작님!”

“무슨 일이냐?”

하이든 후작이 의복을 정리하며 지팡이를 들었다. 그런데 때마침 들려온 시종의 말에 손을 멈췄다.

"전하께서 귀족 회의를 소집하셨습니다."

"……전하께서?"

시종의 말에 하이든 후작이 눈을 찌푸리곤 샤론 자작을 바라보았다. 이게 대체 무슨 일이냐는 눈빛이었다. 샤론 자작은 당황해 말을 더듬었다. 그로서는 거짓말을 한 꼴이 된 게 아닌가.

"그, 그것이 저도 알 수가 없습니다. 분명 그리 소문이……."

"쯧, 각국의 사신들이 와 있는 상황이다. 계속 주변을 주시하고 소문에 휩쓸리지 말거라."

"……예."

하이든 후작이 지팡이를 들고 몸을 움직였다. 샤론 자작에게는 그리 호통을 쳤지만 그라고 돌아가는 상황을 모르겠는가. 전하께 무슨 문제가 있는 건 분명했다.

"대체 무슨 일이란 말인가."

갑자기 귀족 회의라니……. 하이든 후작은 미간을 좁히고 방을 나섰다. 상황이 어찌 되든 이리 가만히 있는 것보다 직접 회의에 나가 상황을 파악하면 되는 일이었다. 하이든 후작 이외에 다른 귀족들도 국왕의 명을 받아 대전으로 모이기 시작했다.

대전 안.

먼저 도착한 대신들은 서로 이야기를 주고받고 있었다. 주로 페르시아 제국의 진격 소식에 대한 것이었다. 귀족들의 얼굴에는 불안감과 긴장감이 감돌고 있었다.

"후우, 결국 일이 터졌군요."

"이미 예상했던 일이지 않습니까?"

"그렇다 하더라도……."

이미 전쟁에 대한 준비를 하고 있던 귀족들이지만 제국의 진격 소식은 큰 불안감을 안겨주었다. 거기다 최근 왕성에서 떠도는 소문에 그들의 불안감은 배가 되었다.

한 귀족이 작은 목소리로 입을 열었다.

"한데 혹 그 소문을 들으셨습니까?"

"소문이라니요?"

운을 뗀 귀족은 잠시 말을 고르다 다시 입을 열었다.

"전하께 변고가 생각다 합니다."

그 말을 전해 들은 귀족들의 얼굴이 놀람으로 바뀌었다. 하지만 몇몇 이의 얼굴에는 묘한 빛이 스쳤다. 이미 그 소식을 접한 이들이었다. 그러나 금시초문이었던 이들은 놀람을 감출 수 없었다. 그러던 중 한 귀족이 불쾌한 표정을 지어 보였다.

"그 무슨 망발이오?!"

"망발이라니요, 저는 단지 그런 소문을 들었을 뿐입니다."

"뜬소문에 왕성 분위기를 흐릴 셈이요?"

가뜩이나 전쟁이다 사신단이다 뭐다 해서 왕성의 분위기가 어수선한 이때 이런 말이 나온 저의가 무엇이겠는가.

그때 누군가 나서며 처음 입을 연 귀족의 말을 거들고 나섰다.

"글쎄, 그저 마냥 뜬소문만은 아니라고 하더이다."

"그게 무슨 말입니까?"

"요 며칠 사이에 전하께서 방 밖으로 나오지 않으셨습니까? 그리 생각하는 것도 이상한 일은 아닙니다."

"그건 이상한 일이군요."

"하면, 정말 문제가 있다는 겁니까?"

지금은 제국과의 전쟁을 앞둔 시점이다. 이런 상황에서 국왕의 변고는 귀족들의 불안감을 증폭시켰다.

"지금 뭐 하는 짓인가!"

그때 쿵 하는 소리와 함께 대전 안으로 하이든 후작이 지팡이를 쥔 채 들어왔다. 쿵 하고 내려친 소리는 그가 지팡이를 바닥에 부딪쳐 난 소리였다.

"후, 후작님."

하이든 후작의 등장에 국왕에 대해 이러쿵저러쿵 입방정을 찧어대던 귀족들의 입이 조개처럼 다물어졌다.

하이든 후작은 처음 말을 꺼낸 귀족을 노려보며 말했다.

"전하께 변고가 생겨? 하면 이 회의를 대체 누가 소집해 다들 이 자리에 나온 것인가!"

"그, 그것이……."

하이든 후작의 말에 모두 꿀 먹는 벙어리처럼 입을 열지 못했다. 후작의 말처럼 지금 이 회의는 국왕에 의해 이뤄졌기 때문이다. 잠시 그것을 망각했던 귀족들은 얼굴을 들지 못했다.

하이든 후작은 그런 귀족들의 행태에 혀를 차며 말했다.

"더 이상 이러쿵저러쿵 이야기하지 말게."

하이든 후작은 그리 말하고 자신의 자리에 가 착석했다. 귀족들은 그제야 안심한 표정으로 제자리를 찾아 앉았다. 그러나 그리 말한 하이든 후작의 속도 편하지만은 않았다.

'그저 뜬소문인 겐가…….'

다른 이들은 그저 뜬소문이라 취급하고 있을지 모르겠지만 그는 좀 더 정확한 정보를 쥐고 있었다. 그에 따르면 분명 빈센트의 신변에 무언가 이상이 있는 게 틀림없었다. 그리고 지금도 하이든 후작은 무언가 이상한 일이 발생했다고 짐작하고 있었다. 다만 그저 그가 귀족들에게 이리 단호히 빈센트에 대해 말할 수 있는 것은 한 가닥 희망 때문이었다.

그가 직접 내뱉은 말처럼 이 회의가 국왕에 의해 행해지는 것이라는 것. 하이든 후작은 초조함에 지팡이를 내려놓고 손에 흥건히 흐르는 땀을 닦았다.

그때 대전 안으로 베로니카 공작이 들어오기 시작했다. 베로니카 공작은 국왕의 가장 상석 왼쪽에 자리를 잡고 앉았다. 현재 플로렌스 공작이 페르시아 제국이 진격하기 며칠 전에 이미 국경으로 떠난 뒤라 이 자리에서 가장 높은 직위를 가진 것은 베로니카 공작이었다.

'베로니카 공작…….'

후작은 제 맞은편에 앉은 베로니카 공작을 보았다. 흰 수염을 쓰다듬으며 아무런 표정 변화 없이 앉아 있는 공작을 보고 있노라면 무언가 이상한 기분이 들었다. 베로니카 공작은 정치에 나서지 않았지만 분명한 국왕파 인사였다. 물론 현재는 헬리아 공주에게도 힘을 실어주고 있지만 국왕에게 충성하는 인물임은 분명하다. 그런 측근이 이렇게 가만히 있는 거라면 뭔가 이유가 있을 것이다.

'하지만 그것이 거짓이라면?'

후작의 머릿속에 부정적인 생각이 스칠 때였다.

"국왕 전하 드시옵니다!"

국왕의 등장에 갑자기 대전 안이 쥐 죽은 듯이 조용해졌다. 하이든 후작 또한 놀란 눈을 채 감추지 못하고 빈센트를 바라보았다. 결코 오십 대라 부를 수 없는 외모의 소유자. 아르센 왕국의 국왕 빈센트였다.

'대체 어떻게? 그 소문이 사실이 아니었단 말인가?'

하이든 후작뿐만 아니라 진실에 근접했던 다른 이들 역시 의아함 반 놀람 반으로 국왕을 바라보았다. 상석에 앉은 빈센트는 주변을 둘러보곤 입꼬리를 살짝 올렸다.

"어찌 다들 놀란 눈으로 보고 있으시오?"

"아, 그, 그것이 아니오라, 요즘 흉흉한 소문이 돌았나이다."

빈센트가 흥미롭다는 듯 의자걸이에 팔을 괴었다. 그러곤 귀족들을 바라보았다.

"흉흉한 소문이라?"

말을 꺼낸 귀족은 허허 웃으며 고개를 저었다.

"그것이 전하께 변고가 생겼다는, 하하, 이제 보니 말도 안 되는 소문이었습니다."

빈센트가 턱을 쓰다듬으며 입꼬리를 비틀어 올렸다. 평소 그의 웃는 표정과는 조금 달랐지만 귀족들은 물론 하이든 후작마저도 그 작은 차이를 알아차리지 못했다.

"그런 소문이 있었단 말이오?"

빈센트의 눈이 번뜩였다. 하지만 그것은 순간이었다. 그는 그런 소문은 들어본 적 없다는 듯한 태도를 취했다. 귀족들은 빈센트의 모습에 안도의 한숨을 내쉬었다. 뜬소문이라도 그의 변고 소식을 들었을 때 얼마나 노심초사하였던가.

빈센트가 자세를 바로 하고 귀족들을 진지한 눈으로 바라보았다. 귀족들은 그에 표정을 고치고 빈센트에게 시선을 집중했다.

"모두 들었으리라 보오."

빈센트의 말에 귀족들의 표정에 긴장감이 감돌았다.

"제국이 칼을 빼 들었소."

빈센트가 베로니카 공작을 보았다.

"공작, 제국에 아르센의 마법이 얼마나 대단한지 보여주시길 바라오."

베로니카 공작이 후후 웃으며 말했다.

"허허, 이 늙은이를 아주 부려먹으십니다."

"마법사들을 부탁드리오."

"맡겨만 주시오. 오랜만에 이거 관절이나 풀어두어야겠습니다."

빈센트는 그렇게 제국과의 전쟁에 대한 회의를 진행해 나갔다. 그의 말과 행동엔 아무런 이상함도 보이지 않았다.

하이든 후작은 그 모습을 보면서 안도의 한숨을 내쉬었다. 혹 이상한 부분이 없을까, 아니면 몸에 문제가 있는 건 아닐까 살펴보았지만 빈센트는 매우 건강했다.

"후작, 왕성의 관리를 부탁하오."

"한 치의 흐트러짐도 없이 관리하겠나이다."

하이든 후작이 고개를 살짝 숙였다. 빈센트는 옅게 웃으며 다시 좌중을 둘러보았다. 그리고 다음 말을 이었다.

"또한 이번 전쟁에는 헬리아 공주도 참전할 것이오."

"고, 아니, 전하!"

빈센트의 발언에 베로니카 공작이 놀란 눈으로 국왕을 보았다. 빈센트는 베로니카 공작이 뭐라 입을 열려 하자 손을 들어 올렸다.

"이미 정해진 사안이오, 공작."

"하오나, 공주께서는 아직 어리시오!"

베로니카 공작이 빈센트의 두 눈을 바라보았다. 빈센트는 입술을 끌어 올리며 웃었다.

"이미 열아홉이오, 성인식도 치렀고 충분한 나이는 되었소."

"하지만 공주는……."

"그 아이의 능력에 대해선 공작께서도 잘 알고 계시리라 믿소."

"그러하나……."

베로니카 공작은 아무래도 받아들이기 힘들다는 듯 입술을 질겅질겅 씹었다.

"모두에게 말하겠소. 헬리아 공주 또한 이번 전쟁에 참여할 것이오."

베로니카 공작은 여전히 수긍할 수 없다는 표정이었지만 다른 이들은 이내 고개를 끄덕였다.

"응당 후계자로서 당연한 일을 하는 것. 또한 이것은 군의 사기에 긍정적인 영향을 줄 것이오. 무엇보다 헬리아 공주는 엘라드 상단의 상단주, 당연히 이번 전쟁에 큰 도움이 될 거라 보오."

"정말 그리하실 거요?"

베로니카 공작이 체념한 눈동자로 다시 한번 확인했다.

빈센트는 단호히 말했다. 평소 공주를 아끼던 그의 태도와는 너무나 달랐지만 지금이 전쟁 중이라는 것에 귀족들은 특별히 의아함을 느끼진 못했다. 하지만 하이든 후작은 무언가 꺼림칙한 느낌을 받았다.

'그리 공주를 아끼는 전하가…….'

하이든 후작이 빈센트를 바라보았다. 빈센트는 그런 하이든 후작의 눈빛에 입꼬리를 올렸다.

"공주의 뜻이었소. 하여 내 어쩔 수 없구려."

워낙 공주를 아끼는 그였지만 본인이 강경하게 나오자 어쩔 수 없었던 모양이다. 베로니카 공작은 한숨을 푹 내쉬고 말했다.

"부디 다치지 않고 돌아오길 바라오."

"공주는 누구보다 영리하고 강한 아이니 제 몫을 해낼 것이오."

"……."

베로니카 공작은 눈을 지그시 감았다.

빈센트는 이내 입가의 웃음을 지워내곤 강한 어조로 말했다.

"제국의 야욕은 반드시 저지될 것이오."

빈센트의 말에 귀족들은 고개를 숙였다.

회의가 끝나고 텅 빈 대전 안.

대전 안은 서늘한 추위가 감돌았다. 시종 한 명이 꺼져 가는 벽난로의 불을 지피기 위해 몸을 움직였다.

"곧 나갈 것이다. 그대로 두어라."

"예, 전하."

시종은 상석에 앉아 있는 빈센트의 말에 허리를 숙이고 대전을 나섰다. 대전 안에는 빈센트와 그 옆에 앉은 베로니카 공작만이 자리하고 있었다.

"이 자리, 꽤나 귀찮은 자리였네요."

빈센트가 자조 섞인 목소리로 의자걸이에 손을 두어 번 내려쳤다. 그 모습을 베로니카 공작이 물끄러미 바라보았다.

"앉아 보니 알겠어요. 이 자리가 얼마나 성가시고 귀찮은지. 그리고……."

그가 쓰게 웃었다.

"누구의 자리인지……."

"헬리아……."

베로니카 공작의 입에서 헬리아의 이름이 튀어나왔다. 그러나 빈센트는 그것이 자신을 지칭하는 것임에도 아무렇지 않게 대답했다.

바로 그가 헬리아니까.

"할아버지."

오랜만에 부르는 할아버지 소리에 공작은 옅게 한숨을 내쉬고 그녀를 바라보았다. 8서클 마법사인 그의 마법으로 빈센트의 모습으로 변신한 헬리아를 알아보는 이는 아무도 없었다.

"정말 갈 것이냐?"

베로니카 공작은 다시 한번 물었다. 헬리아는 옅게 웃으며 베로니카 공작을 보았다.

"네."

"하지만 제국이라니, 너무 위험하다."

"위험한 일은 충분히 겪어봤어요. 그래도 살아 돌아왔잖아요?"

"하지만 이번엔 전쟁이다! 상황이 달라!"

"다르지 않아요."

가야만 했다. 그래야 아버지를 구할 수 있다. 아직 빈센트는 긴 잠에서 깨어나지 못하고 있었다. 헬리아는 그동안 빈센트를 포션이 담긴 욕조에 담그기도 했고 힐을 시전하기도 했다.

하지만 빈센트는 깨어나지 않았다. 이렇게 잠자다 어느 순간 숨을 거둘까 싶어 그녀는 전전긍긍했다. 어째서 깨어나지 못하고 계속 잠만 자는 걸까. 그러던 중 이유를 찾을 수 있었다.

수면기. 드래곤이 수면기를 갖는 것처럼, 빈센트 또한 모자란 힘을 보충하기 위해 일종의 가수면 상태가 지속되는 것이다. 하지만 그 사실을 알고도 헬리아는 안심할 수 없었다. 그것은 완벽한 드래곤 하트를 지닌 드래곤이나 가능한 일. 반쪽의, 그것도 점점 힘을 잃어가는 빈센트와는 달랐다. 그저 잠만 잔다고 나을 것이 아니란 소리다. 그것이 영원한 잠이 될 수도 있다.

헬리아는 그것이 두려웠다. 이대로 아버지가 깨어나지 못하는 건 아닐까 하고. 현재 빈센트는 베로니카 공작이 만들어둔 유리관 안에 잠들어 있다. 그 유리관은 빈센트의 육체가 혹여 썩지 않도록 할 뿐이었다.

꽈악.

헬리아가 의자 걸이를 세게 쥐었다.

"벌써 이 자리에 앉고 싶은 마음은 없어요. 그러니 얼른 주인에게 돌려줄 겁니다."

헬리아의 단호한 눈빛에 베로니카 공작은 한숨을 쉬었다.

"하면 이제부터는 어찌할 게냐? 네가 가면 국왕의 역할을 할 사람이 없다."

베로니카 공작은 헬리아이기에 빈센트의 대역을 묵인했다. 하지만 다른 이들은 안 된다. 혹여 다른 마음을 먹을 수 있다. 그리고 그렇지 않더라도 그녀만큼 빈센트를 완벽하게 흉내 낼 수 있는 사람이 떠오르지 않았다. 귀족들은 바보가 아니다. 분명 어설픈 연기를 눈치챌 것이다.

헬리아는 베로니카 공작의 말에 입가에 미소를 띠었다. 그 모습을 본 베로니카 공작이 눈을 가늘게 떴다.

"호오, 무언가 준비를 한 모양이구나."

헬리아는 무언가 꿍꿍이속이 있을 때는 언제나 입술 끝이 살짝 올라가곤 했다. 베로니카 공작의 말에 헬리아는 고개를 끄덕였다.

"그 점은 걱정하지 마세요. 저보다 아버지에 대해 더 많이 알고 있고, 결코 우리를 배신하지 않을 사람이니까."

"그게 누구……."

그 순간이었다.

"공주님."

순간 헬리아의 뒤로 흰 머리에 외눈 안경, 그리고 지팡이를 쥔 세바스찬이 모습을 드러냈다.

"세바스찬이라면 충분히 해낼 수 있을 겁니다."

"하, 이거 한 방 크게 먹었구먼. 자네……."

베로니카 공작은 헬리아의 말에 허허 웃었다. 하기야 세바스찬이라면 완벽히 믿을 만한 자였다. 헬리아가 스윽 몸을 일으켰다.

"그럼 부탁드리고 갑니다."

아버지를, 그리고 이 왕국을. 헬리아의 눈빛에 베로니카 공작은 고개를 끄덕였다.

"잠시 다녀올게요."

베로니카 공작은 그녀의 말에 눈을 감았다. 위험을 알기에 말리고 싶으나 그럴 수 없음을 알기에.

"반드시 무사히 돌아오거라."

❊

키안은 캄캄한 어둠 속에서 작은 촛불만을 켜놓은 채 세르게니아의 일기장을 내려다보았다. 어지럽게 쓰인 글씨들, 그리고 검은 잉크로 더럽혀져 제대로 읽을 수 없는 페이지들. 그것을 내려다보는 키안의 표정이 점점 굳어갔다.

"……."

한 장 한 장 다시 일기장의 페이지를 넘기며 혹여 놓친 것은 없는지 살피는 키안의 귓가에 드륵 문소리가 들려왔다.

"뭐 하고 있어?"

잭은 자신이 다가올 동안 생각에 잠긴 키안을 바라보았다.

"일기장?"

잭이 외눈 안경을 슬쩍 치켜 올리며 일기장을 바라보고 있는 키안을 향해 물었다.

"무언가 다른 내용이 있는 건가?"

키안은 고개를 저으며 일기장을 덮었다.

"아닙니다. 공주님이 말했던 내용 외엔."

며칠 전 헬리아가 베라를 방문해 일기장의 내용을 확인하고 갔다. 그녀가 세바스찬을 통해 알게 된 내용과 크게 다른 부분은 없었다.

"드래곤 하트를 이식하다니. 이거야 원."

키안은 고개를 설레설레 저었다. 정말이지 그분이 아니라면 누가 이런 생각을 할까. 초대 황제를 사랑했다는 이유로 800년이 넘도록 이 아르센 왕국을 수호했고, 현 국왕을 사랑한다는 이유로 드래곤 하트를 그의 심장에 이식했다. 드래곤의 집념은 알아줘야 한달까. 키안으로서도 엄두가 나지 않는 드래곤의 사랑(?)이었다. 이만한 정성이 또 어디 있겠는가.

키안은 일기장을 쓰다듬으며 웃음을 지었다. 그런 세르게니아를 좋아했었다. 세르게니아는 언제나 국왕뿐이었지만, 그래서 키안은 자신의 마음을 말할 수 없었지만 아직도 그 마음은 사라지지 않았다.

"공주님은?"

"내일 국경으로 출발한다고 하더군."

"그 변태 요정이 보이질 않는 걸 보니, 그쪽에 함께 있는 모양이군요."

키안은 겨울에도 헐벗고 다니며 보고 싶지 않은 근육을 뽐내던 유니를 떠올리며 고개를 저었다. 그래도 그가 따라간다고 하니 어느 정도 마음은 놓였다. 하는 꼬락서니는 저래 보여도 그래도 베라에서 키안 다음으로 유능한 인재가 아니던가.

"한데 정말 드래곤 하트를 찾을 수 있는 건가?"

"글쎄요. 그건 저도 알 수가 없군요."

키안은 고개를 저었다. 그 부분에 대해선 그도 확신할 수 없었다. 세르게니아는 오만한 드래곤답게 누군가에게 자신이 하는 일에 대해 이런저런 말을 하지 않았다. 그들 입장에선 세르게니아가 시키는 일을 그저 해야만 했을 뿐, 거기다 대고 가타부타 묻는 경우는 없었다. 하지만 지금 와 생각해 보면 차라리 한 번쯤은 물어도 괜찮지 않았을까 하는 생각이 들곤 한다.

키안은 다시금 일기장을 내려다보았다.

"잭."

잭이 그를 돌아보았다. 키안은 가만히 일기장을 보다 입술을 살짝 깨물었다.

"좀 조사하고 싶은 게 있습니다."

"뭐지?"

"그분에 대해서입니다."

키안의 눈빛이 점점 어두워졌다.

"마지막 대결이 어떻게 끝난 것인지……."

키안은 일기장을 손으로 더듬어보았다. 차가운 감촉이 그의 가슴마저 서늘하게 만들었다.

"확인해야 할 필요가 있는 것 같습니다."

⁂

"……이건."

헬리아는 자신 앞에 놓인 서류 더미를 보며 눈을 좁혔다.

"확인해 주셔야 할 서류들입니다."

"……."

헬리아의 고개가 자연히 창밖을 향했다. 그러자 클리드가 이번엔 당하지 않겠다는 듯 여유로운 웃음을 지어 보였다.

"미룬다고 일이 없어지진 않습니다."

"……칫."

헬리아는 한숨을 푹 내쉬곤 서류를 들춰 보았다. 축 처진 그 모습을 본 클리드의 안색이 흐려졌다.

"정말 가실 겁니까?"

"응."

"하지만 전쟁은……."

"알고 있어."

아니, 잘 모르고 있는지도 모른다. 지금까지 나름 죽음이 무엇인지 알고 있다고 생각했다. 하지만 전쟁은 수백, 수천 명이 한순간에 죽어 나가는 곳. 헬리아는 과거에도 지금도 그것을 경험해 본 적이 없었다.

클리드가 걱정하는 것은 그런 점이다.

"걱정하지 마."

클리드의 걱정 어린 표정에 헬리아는 피식 웃음을 지었다.

"죽으러 가는 것도 아니고. 이전처럼 잘 돌아올게."

"그야 그렇지만."

"믿어보라고."

"후우, 또 서류가 쌓여가겠군요."

클리드의 말에 헬리아의 표정이 새초롬해졌다.

"왠지 나보다 서류를 더 걱정하는 것 같은데?"

"착각입니다."

헬리아가 눈을 가늘게 뜨고 클리드를 흘겨보았지만 클리드가 그런 것에 넘어갈 짬이던가. 클리드는 입가에 미소를 띠며 말했다.

"무사히 돌아올 거라 믿겠습니다."

"그럼 말이지. 서……."

"……류는 미리 준비해 놓겠습니다. 언제 오실지 모르니 대충 세 달치 정도 미리 결재가 필요한 걸 가져와야겠습니다."

"……꼭 그렇게 해야 돼?"

"그러니 빨리 돌아오세요."

"아~ 주 빨리 올 거니까 좀만 주라고."

헬리아의 대답에 클리드는 피식 웃었다. 그녀를 걱정하는 사람이 얼마나 많은지 그녀는 아직 제대로 알지 못한다. 엘라드 상단에서도 그녀가 이번 전쟁에 참여한다는 소식에 얼마나 놀랐던가. 엘라드 상단에 있어, 클리드에게 있어 헬리아는 매우 중요한 사람이었다. 그리고 그녀의 참전 소식에 놀라 허겁지겁 달려온 이가 또 한 명 있었다.

쾅!

"헬리아!"

세드릭이었다. 세드릭은 급하게 뛰어왔는지 숨을 들이마시며 헬리아에게 다가갔다. 여전히 지팡이가 필요하지만 이제는 제법 걷는 폼이 정상인과 다르지 않았다.

"와, 왕자님."

뒤따라온 노엘이 그런 세드릭의 모습에 안절부절못했지만 세드릭은 헬리아가 전쟁에 참여한다는 소식에 힘든 몸도 잊고 물었다.

"가지 마."

"뭘 가지 마야."

"전쟁 말이야. 굳이 네가 필요한 게 아니잖아?"

세드릭의 말처럼 헬리아는 전쟁에 대해선 문외한이다. 하지만 헬리아는 반드시 제국으로 가야만 했다. 아버지를 구하기 위해. 드래곤 하트가 있는 제국으로 가야 했다.

하지만 그 사실을 세드릭에게 알릴 순 없었다. 비밀은 아는 자가 적을수록 지켜지는 법이다. 물론 그 같은 사실을 모르는 세드릭으로서는 왜 헬리아가 그 험한 전쟁에 참여해야 하는지 이해할 수 없었다.

"헬리아!"

헬리아가 귓등으로도 듣지 않자 세드릭이 목소리를 높였다. 그러나 헬리아는 서류를 뒤적거리며 펜을 들었다.

"명색이 후계자인데 가만히 있으면 안 되지."

"그럼 나도……."

"아픈 사람은 편히 쉬는 게 좋아. 그게 아픈 사람의 특권이야."

"하지만."

세드릭의 표정이 어두워졌다. 자신이 좀 더 믿음직했다면 그녀가 그런 곳에 가지 않아도 되지 않았을까. 자신의 부족함 때문에 자꾸만 헬리아가 힘든 선택을 하게 만드는 것 같아 세드릭은 입술을 깨물었다.

"왕자님……."

옆에서 그 모습을 바라보고 있던 노엘도 세드릭처럼 얼굴 표정이 어두워졌다.

헬리아는 세드릭의 표정을 보곤 혀를 찼다. 마음이 저리 여려서야.

"내가 가고 싶어서 가는 일이야. 누가 등 떠밀어서 가는 것도 아니고. 가야 하니까."

"……."

가야 하는 일. 그때의 헬리아의 표정은 누구보다 단호했다. 세드릭은 그 모습에서 자신이 모르는 무언가가 생겼다는 걸 알아챘다. 헬리아가 이렇게 나서는 일이란 대체 무엇일까. 순간 세드릭의 머리에 최근 들려온 소문이 떠올랐다.

"설마……."

"생각하지 마."

"……."

"아무 일도 없을 거야. 그렇게 될 거니까. 그러니 그런 생각은 하지 마."

세드릭이 눈을 질끈 감았다. 정말, 정말이었던가. 그녀에게 묻고 싶은 말이 많았다. 아버지는 어떻게 되었는지, 어떤 상황인지. 하지만 입을 열지 않았다.

"괜찮은 거지?"

"괜찮아. 괜찮을 거야."

헬리아는 스스로에게 다짐했다. 그리고 반드시 그렇게 만들 것이다. 헬리아의 대답에 세드릭은 입술을 질끈 깨물곤 헬리아를 보았다. 아직 열아홉밖에 안 된, 원래라면 예쁜 옷을 입고 화려한 무도회를 즐겨야 할 나이건만 그녀에게 지워진 짐이 너무도 많았다.

"힘들면 말해."

"나중에 그 말 후회하지 마."

헬리아가 피식 웃으며 자리에서 일어났다. 그리고 세드릭에게 다가갔다.
"그땐 정말 부려 먹어줄 테니까."
"그건 좀 무서운데."
세드릭은 웃으며 살포시 그녀를 안았다.
"이제 막 안는다?"
"내 동생 내가 마음대로 안는다고 뭐라 할 사람 없거든?"
세드릭은 헬리아를 꼭 안아주었다.
"헬리아, 조심해서 다녀와."
세드릭의 걱정 어린 말에 헬리아는 그의 등을 두어 번 토닥인 뒤 고개를 끄덕였다.
"갔다 올게."
헬리아는 꽤 오랫동안 그렇게 세드릭의 품에 안겨 있었다.

❊

페르시아 제국과 아르센 왕국을 가르는 거대한 물줄기, 알라스 강 사이로 아르센 왕국군의 작전 지휘부가 세워졌다. 상석에 앉은 총사령관 플로렌스 공작을 위시한 기사들이 긴 테이블 양옆으로 착석해 있었다. 테이블에는 레칸 대륙의 지도가 펼쳐져 있었다. 회의실 안의 분위기는 무겁게 가라앉아 있었다.
플로렌스 공작이 지휘봉을 쥐었다 놓으며 말을 꺼냈다.
"적의 사령관은?"
그에 공작의 보좌관인 조엘 남작이 입을 열었다.
"카이슈 백작이라 합니다."
플로렌스 공작의 눈이 좁아졌다. 그와 함께 수뇌부들도 동요를 보였다.

카이슈 백작. 제국의 다섯 명의 소드 마스터 중 한 명이었다. 성격이 불같고 난폭하여 폭렬의 검이라 불리는 남자였다.

"카이슈 백작이라……. 적들의 수는?"

"총 3만입니다."

남작의 말에 모두의 표정이 어두워졌다. 소드 마스터에다가 병력은 총 3만. 현재 제국과 대치 중인 아르센 왕국군의 병력은 일만이었다.

3만 대 1만. 물리적으로 상대가 되지 않았다. 하지만 그렇다 하더라도 물러설 수 없었다.

"정보원의 보고에 따르면 내일 중으로 강을 잇는 다리가 모두 완성된다고 합니다."

"……."

플로렌스 공작이 눈을 감으며 생각에 잠겼다. 그때 레토나 남작이 목소리를 높였다. 레토나 남작은 플로렌스 가문을 떠받치는 가문 중 하나였다. 사십 대의 중년인이었지만 혈기만큼은 젊은이 못지않은 사내였다.

"그까짓 다리야 다시 부수면 되는 거 아닙니까! 이 레토나에게 맡겨주십시오! 다리를 부수고 오겠습니다!"

남작의 호기로운 발언에 몇몇은 동의하는 눈빛을 띠었다. 페르시아 제국의 전쟁 선포 이후 플로렌스 공작은 발 빠르게 페르시아 제국과 아르센 왕국을 잇는 다리를 모두 부숴 놓았다. 그 빠른 대처 덕분에 제국은 손쓸 시간조차 없이 다리는 모두 완파되었다.

그 덕에 제국군이 강 이남으로 내려오는 것을 늦출 수 있었다. 워낙 강의 물살이 거세 한겨울에도 얼지 않는데다가 협곡이 자리한지라 배를 띄우는 것도 힘들었다.

"그건 불가능합니다."

레토나 남작의 맞은편 왼쪽에 위치한 에론 남작이 반대를 표했다. 에론 남작은 플로렌스 공작가의 기사단장이었다. 그의 발언에 기사들의 시선이 그에게로 옮겨갔다. 에론 남작의 말에 레토나 남작은 목소리를 높였다.

"그게 무슨 말이오!"

"제국군엔 흑마법사가 있습니다. 마법사의 수가 현저히 부족한 우리 군으로는 오히려 피해를 입을 수 있습니다."

"하나……."

레토나 남작의 음성이 한풀 꺾였다. 그러나 여전히 수긍을 하지 못하고 있었다. 이에 에론 남작이 쐐기를 박았다.

"현재 흑마법사의 수가 족히 오십은 된다는 보고가 있습니다. 우리가 궁병을 동원한다 해도 상대가 되지 않습니다."

그 말에 레토나 남작도 입을 열지 못했다. 그렇다면 이대로 저들이 다리를 만드는 동안 잠자코 기다리고만 있어야 한단 말인가?

회의는 길어졌고 뾰족한 수는 아직 나오지 않았다. 플로렌스 공작은 가만히 지도를 바라보았다.

그때였다.

"총사령관님!"

막사의 천이 열리고 기사가 들어왔다. 그의 등장에 막사 안에 있던 수뇌부들의 고개가 돌아갔다. 플로렌스 공작의 눈빛이 변했다.

"왔느냐?"

"예, 지금 공작령을 통과했다는 보고를 받았습니다."

"드디어 왔군."

플로렌스 공작의 입가가 씨익 올라갔다. 페르시아 제국에서 흑마법사를 내세울 것을 알고 마법 부대 파견을 지원 요청한 바 있었다. 그 마법 부대가 지금 막 그의 영지에 도착한 것이었다. 그리고 이제까지 마법사의 부족으로 제약을 받았던 전법들이 가능하게 되었다. 플로렌스 공작은 전략을 구상하다 이내 눈매를 좁히고 기사에게 물었다.

"한데 혹 마법 부대를 이끌고 온 이가?"

"예, 헬리아 공주님입니다."

플로렌스 공작의 눈이 가늘어졌다.

"결국……."

공작은 깊게 한숨을 내쉬었다.

❊

히이잉!

말고삐를 잡아챈 헬리아는 강 너머 모래알처럼 가득히 들어찬 페르시아 제국군을 바라보았다.

다그닥다그닥.

그런 그녀 옆으로 이안이 다가왔다. 헬리아를 바라보는 그의 눈빛이 약간 복잡한 빛을 띠었다. 그녀가 결심을 하고 간 날 국왕이 쓰러진 바람에 약혼이고 뭐고 흐지부지된 상태였다.

그 탓에 그녀가 과연 어떤 결정을 내렸는지 알지 못했다. 하지만 어렴풋이 그것이 그에게 그리 좋은 내용은 아니었을 거라 예감했다. 하기야 애초에 그것을 확신했다면 이리 복잡한 눈으로 그녀를 보지도 않았겠지만.

'그래 봐야 달라지는 건 없는가.'

애초에 결심하지 않았던가. 자신은 포기하지 않는다고. 이안의 눈빛에서 상념이 지워졌다. 그리고 헬리아에게 물었다.

"정말 제국에 가실 겁니까?"

그 말에 헬리아가 자신의 옆으로 다가온 이안을 바라보았다.

"말릴 거야?"

헬리아가 입가에 미소를 띠고 그를 바라보자 이안은 크게 한숨을 내쉬었다.

"말릴 수 있었다면 이곳에 오기 전에 그랬을 겁니다."

말린다고 들을 헬리아던가. 거기다가 국왕이 쓰러졌다. 그 상황에서 헬리아의 행동을 막을 권리는 그에게 없었다.

"하지만 제국군을 뚫고 제국으로 가는 건 쉽지 않습니다."

이안의 시선이 강 너머를 향했다. 모래알처럼 펼쳐진 제국군이 그들을 압박하고 있었다.

"유니, 제국군의 병력은 얼마나 되지?"

그때 헬리아의 가방 주머니에 들어 있던 유니가 작은 날개를 팔랑이며 날아오르더니 심드렁하게 입을 열었다.

"총 3만이더라구."

"이거 적응이 안 되네."

헬리아는 눈을 찌푸리며 모기처럼 제 귓가를 날아다니는 유니를 보았다. 사람일 때는 그래도 변태긴 해도 예의는 차렸는데 이 요정은 예의라고는 뒷간에 처박은 것 같았다.

"우리 쪽은?"

"일만, 에고, 이걸로 이길 수 있으려나 몰라."

변태인가 말종인가. 그것이 문제로다. 헬리아는 과연 유니를 어느 쪽으로 해두는 것이 정신 건강에 좋을지 생각했다.

'아예 안 보는 게 정신 건강에 좋을지도.'

헬리아는 잠시 생각하다 이안을 보았다.

"질 거라고 생각해?"

갑자기 자신에게 툭 치고 들어온 헬리아에 말에 이안이 잠시 멈칫했지만 이내 단호히 말했다.

"아닙니다."

헬리아의 입술이 올라갔다.
“그럼 걱정 없네.”
“……하아. 쉽지 않을 겁니다.”
“세상에 쉬운 일이 없다는 건 잘 알고 있다고.”
헬리아는 차분히 눈을 빛내며 주변을 살폈다. 다들 제국의 위세에 걱정하는 표정이 아니었다.
“다리를 만들고 있군.”
“곧 완성될 겁니다.”
아르센 왕국의 강 자락에 닿아가는 다리를 보았다. 그 주변엔 흑마법사로 보이는 이들의 존재가 아르센 왕국군의 움직임을 저지시켰다. 실제로 왕국군에선 몇 번이고 별동대를 파견해 다리를 부수려 했지만 그때마다 흑마법사에게 밀려 성과 없이 당하고 말았다.
“강이라…….”
“뭐, 3만이든 1만이든 아무렴 어때?”
그때 엘라임이 말고삐를 당겨 헬리아의 곁으로 다가갔다. 그는 이번에는 정령사로서 헬리아와 함께한 탓에 말을 타게 되었다. 엘라임의 대수롭지 않은 말에 이안이 미간을 좁혔다.
“쉽게 생각할 일이 아니다.”
엘라임이 정령왕이라고 해도 헬리아의 힘의 그릇만큼만 힘을 발휘할 수 있다. 거기다 그가 만약 헬리아의 힘 이상을 쓰게 된다면 그건 헬리아에게 부담으로 돌아온다. 하지만 평소라면 엘라임의 헛소리에 한 대 머리를 때렸을 헬리아가 수긍했다.
“뭐 그렇다고 어려울 것도 없지 않겠어?”
헬리아의 말에 이안이 미간을 좁혔다. 대신 엘라임은 희희낙락했다. 이안은 눈을 가늘게 떴다. 그녀가 이런 말을 할 때는 분명 무언가가 있다는 뜻이었다.

"무슨 생각입니까?"
"전에도 생각한 건데 이 강은 겨울인데도 얼지 않았네."
"그거야 워낙 수심이 깊고 물길이 거세서……."
순간 이안의 눈이 번뜩였다. 헬리아는 씨익 입꼬리를 올리고 웃었다.

❊

"후우……."
막사 안에 깊은 한숨이 흘러나왔다. 바로 플로렌스 공작의 한숨이었다. 플로렌스 공작은 생글거리며 자신의 맞은편에 앉아 있는 헬리아 공주를 바라보았다.
"결국."
"왔지요."
헬리아가 공작의 말을 바로 이어 말했다. 플로렌스 공작은 더 나오지 않을 것 같은 한숨을 한 번 더 내쉬었다. 그리고 그녀의 뒤에 서 있는 이안을 보았다. 왜 공주가 오는 것을 말리지 않았냐는 듯한 눈빛이었다. 아무리 공주가 강경해도 해야 할 일이 있고 하지 말아야 할 일이 있다. 전장은 그녀가 있을 곳이 아니다. 하지만 이안은 입술을 틀어 올렸다.
"누가 말릴 수 있겠습니까?"
애초에 말릴 수 있었다면 이곳까지 오지도 않았을 것이다. 플로렌스 공작은 아들의 말에 공감하는 한편 다시 헬리아를 보았다.
"왕성은 어찌하셨소?"
빈센트의 역할을 해야 할 그녀가 이곳에 와 있다면 누가 그 역할을 맡는단 말인가. 국왕에게 문제가 있다는 게 알려진다면 필시 큰 혼란이 생길 것이다. 그에 헬리아는 싱긋 웃어 보였다.

"믿을 수 있는 사람들에게 맡겼으니 걱정하지 마세요."

"후우……."

플로렌스 공작은 미간을 짓눌렀다. 공주가 이곳에 왔다는 것은 전쟁에 참여한다고 봐도 무방할 것이다.

"이제 어쩌실 생각입니까?"

"제국으로 가야 합니다."

"후우, 전쟁이라는 것을 잊으신 겁니까? 왜 굳이 제국에……."

말을 하던 중 그는 헬리아의 눈빛을 보게 되었다. 그녀의 단호한 눈빛에 플로렌스 공작은 그녀가 자신에게 말하지 않는 것이 있음을 알아차렸다.

공작은 다시 한번 그녀의 결심을 확인했다.

"목숨을 잃을 수도 있습니다."

"죽지 않을 겁니다. 죽을 수도 없습니다."

헬리아는 반드시 아버지의 병을 고쳐야 했다. 그러기 위해선 결코 죽을 수 없었다. 그 말에 공작은 더는 헬리아를 설득하는 것이 무용하다는 것을 깨달았다.

"후우, 알겠소."

플로렌스 공작은 어쩔 수 없이 고개를 끄덕였다. 이미 그녀가 와 있는데 다시 돌아가라고 할 수도 없었다. 그녀가 온다는 소식에 왕국군의 사기가 오른 탓이었다.

'어쩔 수 없군.'

이미 이렇게 된 이상 그녀가 다치지 않게 할 필요가 있었다. 빈센트도 쓰러진 마당에 그녀마저 잘못되면 문제가 커지기 때문이다. 그러나 그의 마음을 알아챈 것일까.

헬리아가 입가에 미소를 띠고 말했다.

"전 가만히 앉아 있으려고 이곳에 온 게 아니에요."

그럴 생각이었다면 애초에 오지도 않았다. 플로렌스 공작의 눈매가 좁아졌다.

"공주, 이것은 전쟁이외다. 아무리 공주가 능력이 출중하다 하나……."

"공작님이 절 너무 띄엄띄엄 보셨네요. 이래 봬도 어디서 약하다는 소린 못 들었는데."

헬리아가 천천히 자신의 기운을 내보였다.

'음!'

플로렌스 공작은 헬리아가 발산하는 기운에 몸을 흠칫했다. 순간 검을 뽑아 들 뻔했다.

'대체 이 힘은…….'

전에 보았을 때도 어느 정도 뛰어난 마법사라 여겼지만 설마 이 정도 힘까지 지닌 줄은 알지 못했다. 헬리아는 공작의 표정을 보고 힘을 풀었다. 아무래도 직접 보여주는 것만큼 좋은 것은 없으리라 생각했다. 그래서 헬리아는 공작에게 드래곤의 힘을 내보인 것이다.

공작은 한숨을 푹 내쉬었다. 하지만 결정은 쉽지 않았다.

그때 이안이 입을 열었다.

"제가 붙잡혔을 때 절 구해 준 것이 공주님이었습니다."

"……."

"공주님을 믿기 힘들다면 저를 믿어주십시오, 아버지."

그 말에 공작은 이제 모든 손을 다 들었다. 이안의 눈빛에 마음을 굳힌 것이다.

"알겠소. 하면 이제 어쩔 생각이오?"

"오다가 알라스 강을 쭉 둘러봤어요. 이 추운 날에도 용케 얼지 않았더라구요."

"지금까지 알라스 강이 언 일은 없었네."

"그러니 잘되었어요."

"잘되다니?"

"물에서 저를 이길 수 있는 자는 아무도 없습니다."

헬리아가 싱긋 웃었다.

❊

페르시아 제국군 진영.

대페르시아 제국의 대륙 통일을 위한 선발대를 지휘하게 된 중년인이 막사에 모여 있는 이들을 바라보았다. 그는 오십 대의 중년인으로 다부진 체력과 부리부리한 눈매의 소유자였다. 꽉 다물린 입술은 그의 고집스러운 성격을 보여주는 듯했다.

그가 바로 제국의 다섯 개의 검 중 하나인 폭렬의 검 카이슈 백작이었다. 백작이라는 지위를 가지고 있지만 소드 마스터라는 힘이 그를 이번 전쟁의 사령관으로 임명하게 했다.

카이슈 백작은 시종이 따르는 술을 벌컥벌컥 들이켜고는 테이블에 놓인 지도를 바라보았다.

"다리는 어떻게 되었지?"

그의 보좌관 마이슨 남작이 입을 열었다.

"현재 마무리 작업만 남았습니다."

"도대체 아직까지 마무리를 안 하고 뭐 했는가! 원래라면 저번 주에 완성되었어야 하지 않나!"

그의 성질에 마이슨 남작은 고개를 조아렸다.

"그간 왕국군 놈들의 습격 때문에 작업이 더디게 진행되었습니다."

"흥, 그 송사리들. 겨우 왕국군 나부랭이들이 감히 우리를 방해해? 그놈들 동태는?"

"그동안 몇 차례 흑마법사의 공격을 받고 더 이상 움직임은 보이지 않습니다."

"그 겁쟁이 새끼들. 큭큭큭."

카이슈 백작이 다시금 시종이 채운 잔을 벌컥 들이켰다. 그 모습에 자리한 기사들은 눈을 찌푸렸지만 뭐라 입을 열지 못했다. 카이슈 백작의 성질은 유명했고 무엇보다 그는 제국에 다섯 명밖에 없는 소드 마스터였다. 누가 그의 성질을 건드리겠는가. 그러나 그도 바보는 아니었다. 그의 눈이 번뜩였다.

"추가 병력은?"

"오늘 마법 부대가 도착했다는 보고를 받았습니다. 대략 서른 명 정도로 추정됩니다."

카이슈 백작의 눈매가 좁아졌다. 마법사 서른 명은 제국군에서도 신경이 쓰일 정도의 수였다. 현재 왕국군의 마법사가 부족해 원거리 공격에서 제국군이 우위를 점했지만, 왕국군에 마법사가 충원된다면 그 점은 서로 비등하게 된다. 거기다 자신들은 다리를 건너 남하해야 하는 입장이다. 행여 다리를 건너다 습격을 받게 되면 그건 큰 문제였다.

"그들은 걱정하지 마시지요."

그때 검은 로브를 입은 사내가 입을 열었다. 그의 왼뺨에는 길게 자상이 나 있었고, 붉은 머리카락과 붉은 눈동자는 한번 보면 잊히지 않을 정도였다. 바로 제롬이었다. 현재 흑마법사들을 진두지휘하고 있는 것이 바로 그였다.

"제롬 경."

카이슈 백작이 막사 안으로 들어온 제롬을 보며 눈을 가늘게 떴다. 그는 천생 기사로 마법사 나부랭이들을 좋아하지 않았다. 특히 흑마법사는 그 불쾌하고 찜찜한 기운 때문에 영 달갑지가 않았다. 하지만 제롬은 라몬 공작의 사람. 제아무리 천둥벌거숭이 같은 카이슈 백작이라도 그를 함부로 대할 순 없었다. 그의 목소리가 제법 사나워졌다. 아마 자신이 누군가에게 밑진다는 생각이 불쾌한 것이리라.

"걱정이라……."

"백작님, 제롬 경의 도움으로 첩자들을 처리할 수 있었습니다."

혹여 제롬의 심기를, 아니, 그의 뒤에 있는 라몬 공작의 심기를 거스를까 봐 마이슨이 재빨리 제롬을 옹호했다. 백작의 눈이 치켜 올라갔지만 그도 머리가 있었다.

"수고가 많군."

"별일 아닙니다."

제롬의 입꼬리가 비틀어 올라갔다. 왕국군이 다리 건설을 막기 위해 보내온 자들을 제롬이 나서서 처리했다. 카이슈 백작은 미덥지 않았지만 이내 고개를 끄덕였다. 그의 능력이라면 마법 부대가 충원돼도 충분히 대비할 수 있을 것이다.

"후방을 부탁하지."

"맡겨만 주십시오."

제롬의 붉은 눈이 번뜩였다.

뿌우우- 뿌우우-

뿔피리 소리가 알라스 강에 길게 울려 퍼졌다.

"전구우우운! 출전하라!"

카이슈 백작의 외침 소리와 함께 제국군이 움직였다.

척! 척! 척!

3만의 병력이 알라스 강 사이에 놓인 다섯 개의 다리를 건너기 시작했다. 말을 탄 기사들과 병사들이 앞서 움직였고, 그 뒤를 흑마법사들이 따랐다.

제롬은 날카로운 눈으로 왕국군 진영을 바라보았다.

'음?'

그런데 그의 눈에 이상한 것이 들어왔다. 제국군의 출전에 당연히 맞서야 할 왕국군이 뒤로 물러나 있는 게 아닌가?

'뭐지?'

문득 묘한 위기감이 스며들었다. 얼핏 보면 다가올 제국군을 견제하고 있는 듯 보이지만 왠지 제롬의 눈에는 저들이 한발 뒤로 물러서 있다는 느낌을 받았다. 마치 강에서 멀어지려고 하는 것처럼.

그때였다.

"제롬 님, 뭔가가 이상합니다."

그의 보좌를 맡고 있는 흑마법사도 뭔가 수상쩍음을 느꼈는지 말했다.

"마치 저희가 다리를 건너고 있는 걸 가만히 보고 있는 것 같습니다."

그의 말대로였다. 왕국군은 제국군이 다리를 건너고 있음에도 아무런 공격을 취하지 않았다. 분명 왕국군의 맨 앞에는 원거리 공격이 가능한 마법 부대를 배치해 놓고도 제국군의 움직임을 묵인했다. 마치 무언가를 기다리는 것처럼.

"다리에 전부 올라오길 기다리고 있는 건가?"

그렇다면 저 모습들이 이해가 되었다. 현재 알라스 강을 잇는 다리는 총 다섯 개. 그리고 제국군은 오로지 그 다리를 통과해야 아르센 왕국의 땅을 밟을 수 있다. 그들이 가장 취약해질 때는 다리 위인 것이다.

제롬은 다리 아래에서 차갑게 몰아치는 알라스 강을 내려다보았다. 이 추운 겨울날, 무거운 갑옷으로 중무장한 병사들이 강 아래로 떨어진다면 죽음을 면치 못할 것이다. 하지만 제롬은 입꼬리를 비틀며 차갑게 웃었다.

"흑마법사들을 준비시켜라."

"예."

"겨우 그런 수인가?"

이미 그것에 대해선 충분한 대비를 마친 뒤였다. 아르센 왕국군의 마법사는 서른 명 정도, 그에 반해 제국군의 흑마법사는 일흔 명을 상회한다. 수적으로도 봐도 왕국군은 자신들의 상대가 되지 않는다.

그런데 그때였다.

다그닥다그닥.

말 두 마리가 알라스 강 쪽으로 다가오고 있었다. 오로지 움직이는 것이라곤 그 두 마리뿐이었다. 제롬의 눈이 가늘어졌다. 그 순간 말에 탄 이들을 본 제롬의 눈이 커졌다.

"저놈들은!"

헬리아 공주와 이안이었다.

"공작님."

에론 남작이 플로렌스 공작을 걱정스런 눈빛으로 바라보았다. 지금까지도 공작의 명령을 이해할 수 없었다.

"너무 위험합니다. 지금이라도……."

"아니."

공작은 흔들림 없는 검은 눈동자로 헬리아와 이안을 바라보았다. 그 모습에 남작은 답답해졌다.

'도대체 무슨 생각이신 거지? 이런 말도 안 되는 방법이라니!'

남작은 공작과 헬리아 공주가 무슨 대화를 나누었는지 알지 못했다. 한데 그 결과가 충격적이었다. 아니, 그만이 아니었다. 공작의 뒤에서 전장을 바라보는 수뇌부들의 눈빛에도 의아함과 어리둥절함, 그리고 헬리아 공주에 대한 걱정이 가득했다. 하지만 너무 완고한 공작의 명령에 그들은 잠자코 그 모습을 지켜볼 수밖에 없었다.

"공주님이 마법사라고는 하나……."

거기다 이안까지 함께하니 그래도 한 몸 무사히 빠져나올 수 있지는 않을까 생각했지만 도저히 무모하다고밖에 생각할 수 없었다.

헬리아 공주가 나서서 상대하겠다니!

3만의 병력이다. 그런데 어떻게 공주가 홀로 그들을 상대할 수 있단 말인가!

"공작님!"

"그만! 그다음 이야기는 우선 공주를 보고 말하라."

플로렌스 공작의 단호한 음성에 남작은 어쩔 수 없이 입술을 지그시 깨물고 헬리아 공주와 이안을 보았다.

'제발, 무사히 돌아오십시오.'

그의 눈에 어린 걱정은 여전히 지워지지 않았다.

다그닥다그닥.

말을 타고 강 쪽으로 가는 헬리아는 잔뜩 긴장된 공기가 몸을 짓누르는 것을 느꼈다. 이 장소에 수만의 병력이 있기 때문일까. 그들이 한 줌 공기를 들이마실 때마다 공기 중의 산소가 희박해지는 것 같았다.

헬리아는 그런 긴장감을 느끼며 전장 앞에 섰다. 자신을 향한 걱정 어린 시선들이 왕국군에서 흘러나왔다. 갑자기 공주가 홀로 선두에 서 있는 모습은 모두에게 충격이었을 것이다. 병사들은 물론 수뇌부까지 그녀의 행보를 초조하게 주시했다. 그리고 적군은 그녀를 발견하자 섣불리 공격을 하지 못했다. 도대체 미친 게 아니고서야 그녀가 홀로 움직이는 것이 이해가 되지 않은 탓이다. 그저 한 걸음, 또 한 걸음 다리를 건너 다가올 뿐이었다.

툭, 툭.

그때 잿빛 하늘에서 빗줄기가 뚝뚝 떨어지기 시작했다. 헬리아는 손바닥에 떨어지는 빗방울을 보며 입꼬리를 올렸다.

"마침 날씨도 받쳐 주는군."

"그런 말을 태연히 할 수 있는 사람은 당신뿐일 겁니다."

이안은 대군을 앞에 두고도 유유자적하는 헬리아의 모습에 속으로 혀를 내둘렀다. 원래 이런 사람인 줄은 알고 있었지만 헬리아는 전쟁이 처음이지 않던가. 전쟁의 긴장감과 두려움은 헬리아에게 존재하지 않는 것 같았다. 이것이 열아홉 살 여인이 가질 수 있는 강심장이란 말인가?

헬리아는 허리를 꼿꼿이 펴고 적들을 향해 천천히 나아가고 있었다. 그녀의 그런 모습에 이안은 그 스스로도 믿기 힘들 만큼 두려움이 사라졌다. 적들에 대한 두려움이 아니라 혹여 그녀가 다칠까 하는 그런 두려움 말이다.

"드디어 왔군."

헬리아의 시선이 적들을 향했다. 정확히 그들이 모두 다리에 올라왔을 때였다.

"엘라임."

[응.]

쏴아아아—

푸른 머리카락을 나부끼며 투명한 모습의 엘라임이 그녀 앞에 나타났다. 엘라임의 입가엔 미소가 감돌고 있었다.

[드디어 내 멋진 모습을 보여줄 때가 되었군.]

엘라임이 팔짱을 끼며 으스댔다. 보통 정령화 상태의 엘라임은 평소 인간의 모습보다 차분하지만 워낙 오랜만의 활약인지라 제법 들떠 있었다.

"자, 보여줄까?"

헬리아가 오만한 눈으로 적군을 바라보았다. 그리고 손을 뻗었다.

"물의 정령왕을 상대한다는 것이 어떤 것인지를."

파아아앗—

그녀의 말이 끝나기 무섭게 엘라임의 몸에서 푸른빛이 뻗어 나오기 시작했다.

쿠쿠쿠쿠쿠쿵!

이윽고 알라스 강물이 하늘로 솟구치기 시작했다.

❊

쿠쿠쿠쿠쿠쿵!

거대한 굉음과 함께 알라스 강 전역의 지축이 흔들리며 공기가 떨려왔다. 그리고 전장의 모든 이가 보았다.

“이, 이건 대체……!”

“맙소사 가, 강이!”

“아……!”

그것을 본 이들은 말을 이을 수 없었다. 이윽고 하나같이 약속이라도 한 듯 입을 다물었다. 전장에 고요한 적막이 찾아왔고, 적막 뒤엔 오로지 경악만이 자리했다. 그것은 거대한 벽이었다. 물로 이루어진 거대한 벽. 수십 미터나 솟아오른 강물은 마치 거대한 성벽을 연상케 했다. 아니, 먹이를 먹기 위해 기다리는 맹수와도 같았다.

경악이며, 공포였다. 알라스 강을 건너려던 제국군은 새하얗게 질린 얼굴로 산만큼 높이 솟아오른 물줄기를 바라봐야만 했다. 공포를 느낀 제국군의 다음 행동은 발악이었다. 그들은 죽음에 대한 근원적 두려움을 이겨내지 못했다.

“아, 안 돼!”

“주, 죽을 거야!”

“허, 허억!”

가장 먼저 병사들이 공포의 늪에 빠져 혼비백산하기 시작했다. 그들은 살기 위해 몸부림쳤다. 그러자 다리 위에 한 치의 흐트러짐도 없이 맞춰졌던 열이 두려움에 질린 병사들로 인해 어그러지기 시작했다.

"끄아아악!"

"아아악!"

히이이이-!

병사들의 패닉에 그들을 이끄는 기사들은 검을 뽑아 들고 이탈을 막았다.

"물러서지 마라! 자리를 지켜라!"

그러나 그들의 목소리는 병사들의 비명에 묻혀 사라졌다. 거기다 거대한 수벽의 공포를 기사들 또한 이겨내지 못했다.

"제, 젠장! 다 죽을 거라고!"

한 기사가 도망가기 위해 말을 몰았다. 그러자 열이 흐트러지고 사람이 흐트러졌다. 질서가 사라진 다리 위는 그야말로 아비규환의 모습이었다. 기사고 병사고 상관없이 모두 살기 위해 발버둥 쳤다.

"으, 으악! 밀지 마!"

"아아악!"

겁먹은 병사들의 몸부림과 제 목숨을 살리고자 도망치는 기사들로 인해 좁은 다리에서 떨어지는 이들이 생기기 시작했다. 그럼에도 혼란은 잠잠해지지 않았다. 어찌 거대한 수벽 앞에 제정신을 차릴 수 있겠는가. 수벽은 단단한 암벽처럼 굳건히 서 있었다. 하지만 모두가 알고 있었다. 그것이 아주 잠시뿐이라는 것을.

곧 그것이 거대한 해일이 되어 자신을 덮칠 거라고 모두들 예감했다. 과연 해일을 보고 가만히 있을 사람이 몇이나 될까. 눈먼 장님이 아니고서는 도망치는 건 인간의 본성일 것이다. 그들의 머릿속엔 단 한 가지 생각뿐이었다. 이 자리를 피해야 한다는 것, 그래야 살 수 있다는 것. 물론 그것을 가만히 지켜볼 헬리아가 아니었다.

"아비규환이로군."

헬리아는 무심한 눈동자로 공포에 질린 제국군을 보았다. 그들의 눈빛에는 절망과 두려움이 가득했다.

하지만 이곳은 전쟁터였다. 자신이 살기 위해 적을 죽여야 하는 곳. 잔혹한 전쟁의 이치다. 그들이 죽어야 자신들이 살 수 있음을 헬리아는 확실히 인지하고 있었다. 그렇기에 헬리아의 눈에 무심이 깃들 수 있었다. 전쟁에선 나와 적만이 있을 뿐. 헬리아의 눈동자가 서서히 금빛을 발하기 시작했다.

"공주님."

"뭐 괜찮지 않아?"

헬리아가 씨익 입가에 미소를 띠었다. 그 모습에 이안은 깊게 한숨을 내쉬었다. 그 모습이 꼭 네 마음대로 하라는 것 같아 헬리아는 피식 웃었다.

"이번 같은 일이 또 어디 있겠어? 마음껏 날뛰어도 받쳐 줄 사람이 있는데."

그녀가 고개를 돌리자 아르센 왕국군이 만반의 준비를 마치고 대기하고 있었다. 이제까지 헬리아는 오로지 홀로 싸움을 해야 했다. 하지만 오늘은 아니다. 그렇기에 헬리아는 힘을 아끼지 않을 생각이었다.

"오늘이 아니더라도 언제나 마음껏 날뛰었습니다만."

"아, 그랬던가?"

이안은 뭘 또 새삼스럽게 그런 말을 하냐는 듯 그녀를 보았다. 헬리아는 곧 입가에 미소를 지우고 다시 제국군을 바라보았다.

"엘라임."

파아앗-

헬리아의 목소리에 허공에서 푸른빛이 발하기 시작했다. 푸른 머리카락을 휘날리며 엘라임이 헬리아의 곁에 내려섰다.

[헬리아.]

헬리아의 금빛 눈동자가 엘라임의 푸른 눈동자와 마주쳤다.

[어떻게 할까?]

"마음껏, 이제까지 못 한 것만큼."

[오랫동안 그 말을 기다렸어.]

엘라임의 입술이 씨익 올라갔다. 위대한 물의 정령왕인 그가 이제까지 너무 잡일을 해왔다. 다음이 있을지는 모르겠지만 오늘은 드디어 물의 정령왕으로서의 그의 정체성을 찾는 날이 될 것이다. 그리고 적들에겐 최악의 날이 될 것이다.

"최대한 고통 없이 보내줘."

[계약자의 뜻대로.]

콰아아아아아!

엘라임의 말이 떨어지기 무섭게 꼿꼿이 솟아 있던 물줄기가 마치 먹이를 먹기 위해 입을 벌린 맹수처럼 적들에게로 쏟아져 내렸다.

"무, 물이 쏟아진다!"

"도, 도망쳐!"

"아아아악!"

"비, 비켜!"

콰아아아앙!

거대한 물줄기는 강력한 해일이 되어 제국군을 향해 쇄도했다. 해일은 한순간에 다리 위에 있던 적들의 목숨을 집어삼켰다. 제국군은 채 비명을 지르지도 못 하고 물에 빠져 허우적거리다 죽어갔다. 무거운 갑옷은 족쇄가 되었고, 한겨울의 차가운 물은 뼛속까지 그들의 육체를 얼려 버렸다.

단 한순간.

단 한 번의 공격.

그 공격으로 다리 위에 있던, 그리고 다리 근처에 도열해 있던 제국군 1만의 병력이 순식간에 수장되었다. 어떠한 비명도, 공포도 물속에 파묻혀 들리지 않았다. 그렇게 거대한 해일은 자비 없이 제국군의 목숨을 취했다.

그것은 압도적이었으며, 거대한 공포를 안겨주었다. 결코 누구도 상상하지 못한 대재앙이었다.

"……!"

"고, 공작님!"

조엘 남작은 경악에 찬 눈빛으로 플로렌스 공작을 보았다.

단 한 번의 공격. 그로 인해 1만에 이르는 제국군이 차가운 물속에 수장되었다. 그야말로 압도적인 힘이었다. 그제야 조엘 남작은 어째서 플로렌스 공작이 순순히 헬리아 공주를 전장에 홀로 내보냈는지 이해할 수 있었다.

'이건 있을 수 없는 일이다!'

하지만 그 있을 수 없는 일이 벌어졌다. 헬리아 공주 단 한 명으로 인해서 말이다.

놀란 것은 그뿐만이 아니었다. 왕국군의 모든 이가 헬리아 공주의 그 공격에 입을 떡 벌리고 놀라지 않을 수 없었다.

"대, 대단한 힘입니다! 대, 대체 이런 힘을 왜 숨기고 있으셨던 겁니까?"

조엘 남작은 심장이 벌렁벌렁 뛰었다. 레토나 남작 또한 흥분으로 얼굴이 붉게 상기되어 있었다.

"허허! 이거 이제까지 공주님을 헛 본 것 같습니다."

이전까지 이 전투를 이길 수 있을지 없을지 확신하지 못했다. 그러나 이제는 확신했다. 아니, 이기지 못하려야 못할 수 없음을. 아직 제국군에는 2만의 병력이 남아 있지만 제국군이 지금 이 광경을 보고 제대로 서 있을지 의문이다. 자신들의 다리마저 떨리고 있기 때문이다.

"……헬리아 공주."

플로렌스 공작의 눈동자가 흔들렸다. 설마 이 정도의 힘을 낼 거라고는 생각지 못했다. 그저 어느 정도 한 수가 있을 거라곤 생각했다. 그 한 수가 이 정도라고는 그조차도 알지 못했다.

'저건…….'

그의 시선이 하늘로 향했다. 다른 이들은 알아보지 못하는 것 같지만 공작은 그 존재를 인지할 수 있었다.

'인간이 아닌 줄은 알고 있었으나…… 정령, 설마 정령왕이란 말인가?!'

공작이 놀란 점은 바로 그것이었다. 물론 어느 정도 수상쩍다 생각은 했지만 설마 정령왕일 줄 누가 알았겠는가. 정령왕에 대한 흔적은 수백 년 전 어느 한 용병왕이 흙의 정령왕을 불러냈다는 짧은 기록이 남겨져 있는 것 외에는 전무했다. 그러니 쉽게 정령왕이라고 생각이나 했겠는가.

'엘라임, 엘라임, 그래, 그건 물의 정령왕의 이름이다!'

그렇게 대놓고 드러냈음에도 어느 누구도 그가 정령왕임을 알지 못했다니. 공작은 허탈함마저 느꼈다. 그리고 그의 시선이 헬리아 공주에게로 향했다.

'그가 나타난 건 9년 전이었다. 9년 전에…….'

하나 혼란은 잠깐이었다. 공작은 이내 놀란 마음을 진정시켰다. 아직 전쟁은 끝나지 않았다.

"다들 언제까지 넋 놓고 있을 겐가!"

"아, 고, 공작님!"

공작의 호통에 멍하니 그 광경을 바라보고 있던 기사들이 화들짝 정신을 차렸다. 플로렌스 공작이 입가에 미소를 띠고 제국군을 바라보았다. 이미 헬리아의 공격에 초토화된 상태였다.

"물이 빠져 강의 수심은 깊지 않다. 설마 이대로 모든 공을 공주에게 넘겨줄 셈인가!"

"아닙니다!"

"그저 구경만 할 셈인가!"

"아닙니다!"

"그럼 공격하라!"

전군에 진격 명령이 떨어졌다.

어마어마한 공격에 기사들과 병사들은 속수무책으로 해일에 떠밀려 갔지만 흑마법사들은 달랐다. 그들은 플라이 마법을 시전한 덕분에 목숨을 잃지 않을 수 있었다. 간혹 너무 말도 안 되는 광경에 놀라 머뭇거리던 몇몇 흑마법사가 물에 휩쓸린 것 외에 흑마법사 대부분의 전력은 크게 손실되지 않았다.

거기다 제롬의 발 빠른 지시도 한몫했다. 애초에 헬리아 공주가 등장할 때부터 그는 경계를 소홀히 하지 않았다.

제롬은 주위를 둘러보며 소리쳤다. 물살에 떠밀려 죽어간 시체들이 둥둥 떠다녔다. 지옥이 있다면 이런 모습일 것이다.

"젠장! 모두 정신 차려라!"

"예, 옛!"

"죽은 자는?"

"세 명입니다."

제롬이 사나운 눈으로 헬리아를 노려보았다. 마침 헬리아의 시선도 그를 향해 있었다.

헬리아는 자신을 쳐다보는 강렬한 시선을 느끼고 제롬을 보았다.

"호오, 살아 있는 모양이네."

"헬.리.아 공.주!"

제롬은 제 왼뺨에 길게 난 상처가 욱신거리는 것을 느꼈다. 그때 당한 수모가 아직도 잊히지 않았다.

"이거 오랜만이야."

헬리아가 제롬을 향해 입꼬리를 비틀어 올렸다.

'저 거머리 새끼, 죽지도 않고 또 왔군.'

정말이지 징글징글한 놈이었다. 목숨줄이 바퀴벌레만큼이나 아주 질겼다.

"이걸로 이겼다 생각하면 큰 오산이다!"

제롬의 뒤로 흑마법사들이 헬리아를 향해 손을 뻗었다. 그러나 헬리아는 여유로웠다. 다른 때 같았다면 버거웠을지 모르지만 오늘은 다르다.

"호오, 떼거리로 날 상대하겠다? 글쎄, 오산은 누가 했을지 두고 보면 알겠지."

헬리아의 유들유들한 태도에 제롬의 눈빛은 활활 타올랐다.

"헬리아 공주를 공격하라!"

제롬의 명이 떨어지자 플라이 마법으로 공중에 떠 있던 흑마법사들이 일제히 헬리아를 향해 마법을 난사했다.

콰아아앙!

거대한 폭음과 함께 물줄기가 솟구쳤다. 제롬은 그것을 보고 입꼬리를 올렸다. 수십 명이 넘는 흑마법사가 일제히 공격을 퍼부었다. 아무리 헬리아 공주라 해도 이 공격을 막지는 못 할 것이다. 그러나 그건 그의 착각이었다.

"공격은 다 한 건가?"

튀어 오른 물보라가 사그라지자 그 자리에 상처 하나 없이 서 있는 헬리아 공주가 모습을 드러냈다. 제롬의 눈이 커졌다. 헬리아는 가소로운 듯 웃음을 지었다.

"이런 공격으로 날 이기려고? 이런. 떼거리로 몰려와도 소용이 없네?"

헬리아가 도발해 오자 제롬은 이를 으득 갈았다. 그들의 공격은 허무할 정도로 간단히 막혀 버리고 말았다. 헬리아의 주위는 엘라임이 쳐 놓은 수벽이 견고하게 둘러싸고 있었다.

"젠장! 다시 공격해라!"

제롬의 명이 떨어졌다. 그와 동시에 제롬은 엑시온에게서 받은 힘을 끌어올렸다. 그의 붉은 머리카락이 검게 변해갔고, 눈동자 또한 검은 색으로 바뀌었다. 몸에서는 검은 기류가 넘실거리며 흘러나오기 시작했다. 그것은 다른 흑마법사들도 마찬가지! 엑시온으로 인해 그들의 힘은 한층 업그레이드되었다.

'반드시 죽여야 한다!'

제롬은 마기를 끌어올리며 헬리아를 사나운 눈으로 노려보았다. 이미 라몬 공작에게서 명을 하달받았다. 헬리아 공주를 산 채로 데려오지 못한다면 반드시 죽이라는 것.

제롬은 애초에 전자를 생각하지 않았다. 그 모습에 헬리아는 미간을 살짝 찌푸렸다.

하지만 그뿐이었다.

"그렇게는 안 되지."

헬리아가 입술을 비틀며 손을 들어 올렸다.

"네가 다른 흑마법사를 끌고 온 것처럼 나도 꽤 많이 끌고 왔거든?"

"뭐?"

제롬이 반문할 새도 없이 헬리아가 손을 들어 올렸다. 제롬은 순간 그녀가 짓는 미소에 등골이 오싹해졌다.

'무언가 위험하다!'

그리고 그 순간 깨달았다.

갑자기 한 흑마법사가 공격을 당해 아래로 추락했다. 그러나 그것은 시작에 불과했다.

콰지지직!

"끄아아악!"

"아아악!"

"커억!"

헬리아의 뒤쪽에서 형형색색의 마법이 난사된 것이다.

"마법 부대!"

그제야 제롬은 그녀가 이곳에 마법 부대를 이끌고 왔다는 걸 기억해 냈다. 워낙 좀 전에 보인 그녀의 행보가 독보적이었던 탓에 뒤에 있는 마법 부대를 생각지 못한 것이다. 그리고 그것이 패착이었다.

"다굴에 장사 없는 건 나뿐만이 아니라고."

전날 벨리앙 백작가의 일이 아주 콕 가슴에 박혀서 이런 거라고는 말 못 하겠지만.

헬리아의 웃음이 짙어졌다. 그리고 그럴수록 제롬의 얼굴은 사색이 되어갔다.

"이, 이게 대체……!"

카이슈 백작은 황망한 표정으로 한순간에 사라져 버린 자신의 군대를 바라보며 신음을 터뜨렸다.

단 한 번이었다. 거대한 파도가 휩쓸고 간 그 자리엔 제국군의 시체가 자리했다. 아니, 그마저도 남아 있다면 다행일 것이다.

카이슈 백작은 제 무릎을 스치는 물을 내려다보며 소름이 돋았다. 그가 있는 지휘부와 강의 거리는 제법 멀었다. 그런데도 물은 이곳까지 덮쳐 왔다.

다행히 대처할 시간이 있었기에 마법으로 방어막을 치거나 물을 얼려 지휘부가 휩쓸리는 것을 막았다. 그나마 이곳까지 도달한 물의 양이 적었기에 가능했던 일이다.

만약 지휘부가 강과 제법 멀리 떨어져 있는 곳에 있지 않았다면, 그리고 제대로 대처를 하지 못했다면 자신들도 저 해일에 휩쓸려 시체가 되었을 것이다.

"고, 공작님……!"

마이슨 남작이 떨리는 음성으로 공작을 불렀다. 갑자기 나타난 의문의 여자도, 그리고 그녀의 공격도 모두 예기치 못한 것이었다.

하지만 결과는 분명했다. 다리 위에 있던 병사들과 그 주변에 있던 병사들까지 합해 총 1만의 군대가 순식간에 사라져 버렸다는 것. 뼈를 얼릴 정도로 추운 겨울 강물이다. 물에 휩쓸린 자가 어찌어찌 살아남았다 해도 장시간 물속에 있으면 결국 동상에 걸려 심장이 멈출 것이다.

'다시 한번 저 공격이 이곳을 휩쓴다면!'

마이슨 남작의 머리에 끔찍한 장면이 떠올랐다. 그의 몸이 절로 떨렸다. 그렇다면 전멸을 면치 못할 것이다.

"배, 백작님, 후퇴하셔야 합니다!"

"후퇴라니!"

카이슈 백작이 노성을 터뜨렸다. 그제야 거대한 해일의 공포에서 벗어나 현실을 직시할 수 있었다.

"후퇴는 없다!"

"백작님! 한 번의 공격으로 무려 1만의 병사를 잃었습니다. 이대로는 승산이 없습니다!"

"1만이다! 우리에겐 아직 2만의 병력이 더 있다. 저놈들보다 아직 1만의 군사가 더 많단 말이다! 그런데 후퇴라니! 있을 수 없다!"

카이슈 백작의 단호한 말에 마이슨이 고개를 내저었다.

"만약 저 여자가 다시 한번 공격을 한다면 그땐 어쩌시겠습니까? 저희는 감당할 수 없습니다."

"내가 있다! 내가 저 여자가 술수를 부리기 전에 쓰러뜨리겠다!"

카이슈 백작은 쉽게 포기하지 않았다. 이렇게 아무것도 하지 못한 채 이대로 후퇴할 수는 없었다.

"아직 플로렌스 공작은 움직이지 않았습니다. 백작님이 나선다면 저쪽에선 플로렌스 공작이 움직일 겁니다. 그럼 저 여자는 누가 막을 수 있겠습니까? 백작님이 공작과 싸우는 동안 저 여자가 다시 한번 술수를 부린다면 남아 있는 2만의 병력도 무사치 못할 겁니다."

"……그건……."

그 말에 카이슈 백작이 제 검 손잡이를 세게 쥐었다. 잔뜩 흥분해 있는 그였지만 머리가 나쁜 것은 아니었다. 마이슨 남작의 말을 이해한 카이슈 백작은 입술을 깨물었다.

승산이 없었다.

"젠장!"

카이슈 백작이 노성을 터뜨렸다. 그러나 당장 그가 내릴 수 있는 결론은 단 한 가지뿐이었다.

"당장 저 여자가 누군지 알아봐라!"

"예!"

"모두…… 후퇴시켜라!"

카이슈 백작은 홱 하니 몸을 돌렸다. 폭급한 성격의 그로서도 이번 일은 그의 능력 밖이었다. 어마어마한 공격 앞에서 그렇게 제국군은 후퇴를 결정했다.

⁂

뿌우우우우-!

"퇴각하라! 전군 퇴각하라!"

퇴각을 알리는 뿔 고동 소리가 알라스 강 전역에 길게 퍼져 나갔다. 그러자 페르시아 제국군은 일제히 알라스 강변에서 후퇴하기 시작했다. 그러나 살아서 나가는 이는 드물었다. 갑작스런 해일로 인해 반절이 속절없이 죽어나갔으며 뒤이은 왕국군의 습격에 제국군은 맥을 추지 못했다. 살아남은 이는 그나마 다리에서 멀리 떨어진 이들뿐.

거대한 해일이 지나가고 난 자리엔 수백, 수천의 시체가 둥둥 떠다니고 있었다. 그나마도 남아 있으니 확인이 가능한 것. 아마 더 멀리까지 시체가 흘러갔을 것이다.

"끝인가."

그 모습을 지켜보며 헬리아는 눈빛을 가라앉혔다. 황금빛으로 빛을 내던 눈동자가 빛을 잃자 그녀의 몸에서 흘러나오던 기운이 스르르 사라졌다.

완벽한 왕국군의 승리였다. 누구도 그것을 부정하지 못할 것이다.

1만 대 3만.

그 열세를 단숨에 뒤엎어버렸다. 그러나 헬리아는 왜인지 승리의 기쁨보다 뒷맛의 씁쓸함만을 맛보았다.

"……."

죽음이라는 것이 이처럼 허무한 것임을 그녀도 잘 알고 있었다. 하지만 적들을 죽인 것에 대한 후회는 없었다. 그들을 죽이지 않았다면 지금 이 강 위에 떠다니는 시체는 아르센 왕국군이었을 게 분명하니까.

제국군이 퇴각하는 모습을 지켜본 헬리아는 말고삐를 당겼다.

"이안."

"……."

"이제 돌아가자."

헬리아가 놀랐을 말의 목덜미를 쓸어내리며 왕국군 진영으로 돌아갔다. 이안은 그 모습을 가만히 지켜보다가 천천히 사라지고 있는 엘라임과 눈이 마주쳤다. 엘라임은 옅게 미소를 흘뿌리곤 이내 사라졌다.

이안은 그 모습을 지켜보다가 곧 헬리아의 뒤를 따랐다.

"와아아아아! 공주님 만세!"

"만세! 헬리아 공주님 만세!"

"와아아아!"

헬리아와 이안이 왕국군 진영으로 돌아오자 누가 먼저라 할 것 없이 모두 그녀의 이름을 외치기 시작했다. 왕국군의 사기는 그야말로 하늘을 찌르는 듯했다.

다그닥다그닥.

헬리아는 그런 기사와 병사들에게 미소를 보내며 지휘부 막사가 있는 곳으로 향했다. 아니, 그녀가 그곳에 도착하기도 전에 이미 플로렌스 공작을 비롯해 수뇌부가 모두 모여 그녀의 귀환을 기다리고 있었다. 헬리아와 이안은 말에서 내려 그들에게 다가갔다. 헬리아가 씨익 입술을 끌어 올리며 플로렌스 공작을 보았다.

"이만하면 제법 도움이 되었지요?"

도움이 되다마다! 모두의 생각이었다. 그녀 덕분에 힘겨울 뻔한 싸움이 아주 손쉽게 되었다. 어찌 도움이 되지 않았다 말할 수 있겠는가!

"공작님! 이럴 게 아니라 적들을 마저 추격하는 게 어떻겠습니까? 지금이라면 나머지 제국군의 병력도 처리할 수 있을 겁니다!"

레토나 남작이 흥분한 목소리로 말했다. 이렇게 사기가 오른 상태라면 2만의 제국군도 무섭지 않았다. 기사단장 에론 남작도 이번만큼은 레토나 남작의 의견에 함께했다.

싸움이든 전쟁이든 흐름이 중요하다. 지금 이 흐름이 왕국군에게 있을 때 적들을 상대하는 게 좋았다. 거기다 무엇보다 지금은 한 번에 1만의 병력을 쓸어버린 헬리아 공주가 있지 않은가! 그녀가 다시 한번 공격을 퍼부어준다면 제국군을 전멸시키는 것도 어렵지 않을 것이다. 이성적인 조엘 남작도 은근히 긍정적인 반응을 내비쳤다.

"나쁘지 않은 생각입니다. 제국군은 1만의 병력을 잃은 것은 물론 지금 사기도 크게 떨어진 상태입니다. 반면 저희 쪽 병력의 손실은 전무합니다."

모두 제국군의 뒤를 쫓자는 이야기에 플로렌스 공작은 물끄러미 헬리아를 바라보았다. 상처 하나 없이 말끔한 모습의 헬리아는 옅게 미소를 지으며 공작과 눈을 마주쳤다.

공작은 그런 헬리아 공주와 그녀 뒤편에 자리한 이안을 보다 이내 입을 열었다.

"우리는 제국군을 쫓지 않는다."

"공작님?!"

레토나 남작은 이해할 수 없다는 반응을 보였다. 그건 다른 이들도 마찬가지였다. 플로렌스 공작이 헬리아에게서 시선을 떼고 알라스 강에 시선을 두었다.

"지금은 강의 수심이 낮아졌지만 언제 강의 수심이 불어날지 모른다."

헬리아가 강의 물을 모두 제국군 쪽으로 흘려보낸 덕분에 잠시간 알라스 강의 수심이 낮아졌지만 이내 원래대로 돌아올 것이다. 현재 강을 건넌 아르센 왕국군의 수는 몇 천밖에 되지 않는다. 중간에 줄어든 강물이 다시 불어난다면 부서진 다리를 이어야 한다. 몇 천으로 2만의 병력을 상대할 수는 없지 않은가. 그런 상황에서 제국군을 쫓을 병력이 부족했다.

"제국군은 아직 우리보다 두 배나 많은 병력을 지니고 있다. 지금이야 혼란스런 상태이나 곧 정신을 차릴 것이다. 어설프게 쫓다가 도리어 제국군에게 역습을 당할 수 있다. 무엇보다 카이슈 백작이 건재하다."

공작의 말에 그제야 다들 수긍한 듯 고개를 끄덕였다. 순간의 승리에 도취되어 아직 그들이 열세임을 인지하지 못한 것이다. 아니, 아직 한 명은 여전히 이해하지 못하고 있었다.

"하나 공작님! 공주님의 힘이라면……."

플로렌스 공작이 말을 꺼낸 레토나 남작을 보았다. 레토나 남작은 공작의 눈빛에 흠칫 놀랐다. 그러자 레토나 남작의 말이 쏙 들어갔다. 공작은 이내 시선을 돌리고 말을 꺼냈다.

"우선 강의 다리를 건설하고 그 이후에 제국군의 뒤를 쫓는다."

"예, 알겠습니다!"

공작의 말에 수뇌부가 목소리를 높여 복명했다. 플로렌스 공작은 헬리아를 바라보며 말했다.

"막사를 준비해 두었소. 편히 쉬시구려."

"그렇지 않아도 좀 쉬고 싶었는데, 뒷일을 부탁드립니다."

헬리아가 살짝 입술 끝을 올리곤 막사로 향했다. 그 뒤를 이안이 따랐다.

"이안."

플로렌스 공작이 이안을 불렀다. 이안은 자신의 아버지를 바라보았다.

"푹 쉬게 하거라."

"……예."

고개를 끄덕인 이안이 헬리아의 뒤를 따랐다. 공작은 물끄러미 그 둘을 바라보다 나직이 입을 열었다.

"서 있는 것도 힘들 것인데, 그 아버지에 그 딸이라는 건가."

"예?"

그때 옆에 있던 조엘 남작이 공작의 말을 듣고 물었다. 공작은 고개를 저었다.

"아닐세."

"우와! 공주님! 완전 대단했습니다!"

숀 일행이 헬리아와 이안에게 다가왔다. 그들도 이번 여정에 헬리아의 호위 기사로 뽑혀 이곳으로 왔다. 그리고 보았다. 그녀의 위용을! 헬리아가 얼마나 대단한지 다시금 알게 된 순간이었다. 숀 일행은 초롱초롱한 눈으로 헬리아를 보았다. 그들 뒤로 세인이 팔짱을 낀 채 서 있었다.

"막사는?"

"아, 이곳입니다."

이안의 말에 숀은 들뜬 마음을 최대한 가라앉히고 그녀를 막사로 안내했다.

"단 한 번에 쓸어버리시는 모습을 보고 얼마나 감격했다구요! 와, 저 완전 오늘 잠 못 잘 것 같아요!"

"호들갑은."

숀의 말에 세인이 제동을 걸었다. 이대로 두면 계속 입을 조잘거릴 것이 분명했다. 세인이 숀의 뒷덜미를 잡아챘다.

"볼일 다 봤으니 가자."

"켁! 이거 놔!"

"그럼 먼저 가보겠습니다. 쉬시지요."

세인이 헬리아와 눈을 마주치며 말했다. 그러곤 버둥거리는 숀을 잡아채 끌고 가버렸다.

"으악! 야!"

"시끄러워."

세인이 숀을 끌고 가버리자 남아 있던 휴와 렌스가 어리둥절해하다가 이내 헬리아에게 고개를 숙이고 갔다. 숀 일행이 사라지자 헬리아는 그제야 막사 안으로 들어갈 수 있었다. 안으로 들어가자 따뜻한 공기가 피부에 닿았다. 헬리아는 차갑게 얼어붙은 몸이 스르르 녹는 것을 느꼈다. 거기다 막사 바닥에는 특별히 천을 대어 냉기가 올라오지 않았고, 그 외에 침대와 테이블도 놓여 있어 지내기에 불편함이 없을 것 같았다.

하지만 지금의 헬리아에겐 아무래도 좋았다.

그리고 그 순간, 헬리아의 몸이 무너져 내렸다. 이안이 그녀의 몸을 받아 들었다. 한 팔 안에 들어오는 그녀의 작은 몸에 이안은 한숨을 내쉬었다.

헬리아는 이미 정신을 잃은 상태였다. 역시나 과도한 힘의 사용으로 몸에 무리가 간 탓이었다.

"하아……."

이안은 눈을 감은 채 미동조차 없는 헬리아를 물끄러미 바라보았다. 전장에서 엘라임의 모습이 사라지는 것을 보고 헬리아의 상태를 직감했다. 아니, 그녀가 전장에 나설 때부터 이렇게 될 줄을 미리 예감하고 있었다.

"바보 같군."

아무것도 할 수 없는 자신이나 무엇이든 하려고 하는 그녀나. 이안은 조심스럽게 그녀를 안아 들고 침대로 갔다. 그리고 여전히 깨어날 줄 모르는 그녀를 침대에 눕혔다.

"……으음."

작게 신음한 그녀는 미간을 찌푸렸다. 이마에도 식은땀이 송골송골 배어 나오기 시작했다. 이안은 주름이 잡힌 그녀의 이마를 꾹 눌렀다. 그리고 혹여 열은 없는지 이마에 손을 얹었다. 그러자 이안의 손이 제법 찼는지 헬리아의 표정이 스르르 풀어졌다.

이안은 자신도 모르게 미소를 지은 채 그녀의 흘러내린 머리카락을 쓸어 넘겨주었다. 그녀의 하얗고 고운 이마가 드러났다. 평소라면 이렇게 만질 수도 없었을 것이다. 지금쯤이면 나타나야 할 엘라임이 침묵하고 있기 때문이다. 그래서 이안은 마음껏 헬리아를 내려다보았다.

"정말이지 못 말리는 공주님이군."

이안은 이불을 끌어 덮어준 뒤 그녀의 이마에 살짝 입술을 대었다.

"푹 쉬시길."

헬리아는 평온한 표정으로 잠에 빠져들었다.

❊

"크윽!"

숀이 시큰거리는 제 팔목을 부여잡고 사나운 눈길로 세인을 노려봤다. 세인은 유들유들한 미소로 검을 어깨에 걸치고 그런 숀을 내려다보았다.

"이걸로 끝?"

"누가 끝이래!"

"그럼 다시 덤벼보든가."

"이익! 이 재수 없는 자식이!"

숀이 다시 검을 곧추 세우고 세인을 향해 달려 나갔다. 그러곤 빠르게 세인의 옆구리로 검을 찔러 들어갔다.

"재미있군."

세인은 입가에 웃음을 띤 채로 숀의 검을 자신의 검으로 쳐 내고 비어버린 숀의 가슴팍을 발로 콱 차버렸다.

"커억!"

"무식하게 앞으로만 돌진하기는."

세인은 혀를 차고 바닥에 철퍼덕 넘어진 숀을 내려다보았다.

숀은 이를 갈았다.

"이 자식아! 가르쳐 줄 거면 제대로 가르쳐 달라고!"

숀이 이를 부득부득 갈면서 검을 지팡이 삼아 몸을 일으켰다. 그 모습을 지켜보던 휴와 렌스가 고개를 저었다. 상대가 너무 막강했다. 무려 소드 마스터 아닌가.

"야, 숀, 그만하지그래?"

렌스가 숀의 엉망진창이 된 모습을 보고 혀를 찼다. 숀은 헬리아의 신위를 목격하고 자신도 더 강해져야겠다고 생각했다. 그런 주인을 모시는 입장에서 최대한 걸림돌은 되지 말아야 하지 않겠는가. 그래서 세인에게 검술을 가르쳐 달라 말했다. 그랬더니 이렇게 아주 두들겨 패는 것이었다.

"너 사심 들어갔지?!"

"사심이 들어갔으면 넌 방금 죽었어."

"……."

"정말 죽는 게 뭔지 알아?"

세인의 눈빛이 순간 날카로워졌다. 그러자 숀은 온몸에 소름이 돋는 걸 느꼈다.

'아차, 이놈 소드 마스터였지.'

생글거리고 다니는지라 매번 그가 소드 마스터인 걸을 잊어버리는 숀이었다. 그러나 떨리는 몸과 달리 숀은 세인에게 기죽어 보이기 싫어 이를 악물고 버텼다.

세인은 그런 숀의 모습에 어깨를 으쓱였다.

"네가 하도 멍청해서 사심도 안 생긴다. 이 멍청아."

그러자 언제 그랬냐는 듯 기세가 사라졌다.

"하아, 하아……."

숀이 숨을 몰아쉬었다. 세인은 그런 숀에게 다가갔다.

"그 멍청한 머리로 검은 어떻게 배웠는지 모르겠군."

"이게! 말이면 다냐!"

"생각을 하고 좀 살아라."

"쳇!"

세인이 자신에게 충고하고 있다는 걸 알고 있지만 영 그의 말을 순순히 받아들이지 못하는 숀이었다. 숀은 에라 모르겠다는 심정으로 바닥에 철퍼덕 누워 버렸다.

"그러다 동상 걸린다?"

휴가 그러 숀의 모습에 혀를 찼다.

"지금 더워서 눈이라도 녹일 기세라구."

숀의 몸에선 정말 땀과 열 때문에 김이 흘러나오고 있었다.

"으으, 당장 따뜻한 침대에서 자고 싶다."

"아, 그거 말인데, 공주님께서 우리한테도 막사를 따로 내주셨어."

"우와, 진짜!"

숀이 벌떡 일어나 렌스를 보았다.

고위급 수뇌부나 한 명당 하나씩 막사가 돌아가지만 밑에 사람들은 아니다. 수십 명씩 어울려 자는 게 파다하다. 그런데 헬리아의 배려로 따로 막사를 배정받은 것이다.

"역시 우리 공주님이라니까!"

숀이 쾌재를 불렀다. 정말 꿈에 그리던 개인 막사에서 잠을 청하게 된 것이다.

"으으, 정말 침대에서 자보다니!"

전장에 와서 그런 대접을 전혀 기대하지 않고 있던 숀은 아이처럼 좋아했다.

"숀, 너무 좋아하는데 초 쳐서 미안하지만 일 인 일 침대는 어림없다."

"야, 그 정도는 나도 염치가 있다고!"

숀이 퉁명스럽게 말했지만 그래도 기분은 좋았다. 뭐, 그 정도야 이해할 수 있었다.

"이럴 게 아니고 감사의 인사를……."

숀이 당장에라도 헬리아의 처소로 가려 하자 세인이 그의 뒷무릎을 툭 쳤다. 그러자 기습에 당한 숀이 철퍼덕 앞으로 고꾸라졌다.

"뭐, 뭐 하는 거야!"

"이곳저곳 민폐 끼치지 말고 있어."

"내가 언제 민폐를 끼쳤다고."

숀이 투덜거렸지만 렌스와 휴도 고개를 젓자 마음을 접었다. 물론 구시렁거리는 것도 잊지 않고 말이다. 그러다 휴가 주변을 둘러보고 말했다.

"그나저나 이제 어떻게 되는 거지?"

휴의 말에 모두의 시선이 헬리아 공주의 막사로 향했다. 헬리아 공주의 힘은 어마어마했다. 곁에서 그것을 지켜봐왔지만 그들로서도 헬리아 공주가 이 정도로 강할 줄은 생각도 못 했던 것이다. 그것은 그야말로 압도적이었다. 단 한 사람의 힘으로 전쟁의 판도가 바뀌다니. 모두 그때의 광경을 보고 다시금 헬리아 공주를 생각했다. 정말 어마어마한 사람 밑에 있다는 것을.
"뭐 어쩌겠어. 다시 한번 공주님이 쾅! 하고 해일을 일으켜 주기만 하면 끝 아니겠어?"
숀이 웃으며 말했다.
"그런가? 하기야 그 정도 힘이라면."
"무리다."
그때 세인이 검을 검집에 넣으며 말했다. 그의 말에 숀과 휴가 그를 보았다.
"무리라니?"
"그런 힘을 계속 쓸 수 있을 거라고 생각해?"
"그럼……."
렌스는 무언가 짚이는 게 있는지 헬리아 공주가 머물고 있는 막사로 시선을 돌렸다. 다시금 찬찬히 생각해 보니 좀 전에 본 헬리아 공주는 왜인지 움직임이 거의 없었다. 평소의 활달한 그녀가 아니었다. 만약 그것이 힘을 너무 많이 써 움직이지 못할 상태였다면? 그렇다면 이해가 되었다.
"그 힘은 그리 자주 쓸 수 있는 게 아니야. 아마 한동안 휴식을 취해야 할 거다."
세인도 그때 헬리아의 힘을 보고 얼마나 놀랐던가. 그리고 그녀의 머리 위에 떠 있는 그것을 보고 한 번 더 놀랐다. 다른 이들은 잘 인지하지 못했지만 세인은 그 존재를 인지했다. 또렷한 모습을 본 것은 아니다. 다만 그 기운을 읽은 것이다. 그리고 얼마나 놀랐던가.
'공주가 정령왕의 계약자라니…….'
그러니 이길 수가 없었지. 세인은 다시금 그녀와 적이 되지 않은 것을 두고두고 잘한 일이라 생각했다. 이 정도 힘을 낼 줄은 꿈에도 몰랐던 것이다.

'하지만 한계가 있다.'

헬리아 공주 본신의 힘은 그리 크지 않다. 정령왕이 그 힘을 제대로 사용하기 위해선 거대한 힘이 필요하다. 헬리아 공주의 힘은 그에 충족되지 못한다.

'그 금빛 힘 덕분인가?'

전날 한번 보았던 그 금빛이 떠올랐다. 아마 그 힘을 사용한 게 아닐까 싶다.

"하, 하면……."

숀이 세인을 보았다.

"이번 일은 그저 겁주기용일 뿐이야. 아마 다음은 힘들 거다. 거기다 제국으로 올라가면 강은 대부분 얼어 있어 이번 같은 일을 하기도 힘들어."

숀과 휴, 렌스의 얼굴이 어두워졌다. 세인의 말에 아직 전쟁은 끝나지 않음을 다시 상기할 수 있었다.

"제국군도 이대로 물러서지 않을 거다."

세인은 카이슈 백작에 대해 자세히 알고 있었다. 성격이 급하고 공을 세우는 걸 좋아하는 그가 이번 실패로 물러설 리가 없었다. 분명 어떤 식으로든 다시 아르센 왕국을 공격할 것이다.

"그럼 어떻게 해야 하는데?"

숀의 물음에 세인이 어깨를 으쓱였다.

"그거야 높으신 분들이 정하겠지."

⁂

콰앙!

"빌어먹을!"

"백작님……."

알라스 강에서 멀리 떨어진 어느 평지 위에 세워진 제국군의 지휘부 막사 안.

카이슈 백작이 세게 내려친 테이블은 두 동강이 나 바닥에 널브러져 있었다. 그 모습을 마이슨 남작이 전전긍긍하며 바라보았다.

"왕국군 놈들!"

카이슈 백작은 아직도 화가 풀리지 않았는지 씩씩 숨을 몰아쉬었다. 단 한 번이었다. 단 한 번의 공격으로 제국군은 손쓸 틈도 없이 꽁지를 말고 도망쳐야 했다. 전략상 그래야만 한다는 걸 이해는 했지만 속이 부글부글 끓었다. 자존심 높은 카이슈 백작의 마음에 큰 상처를 만들었다.

"마이슨!"

"예, 백작님!"

"대체 그 여자는 누구냐?"

"정보에 의하면 그것이……."

마이슨 남작이 잠시 머뭇거렸다. 그도 이 정보를 접하고 쉬이 이해가 가지 않았기 때문이다.

카이슈 백작의 눈이 가늘어졌다.

"누구냐?"

"아르센 왕국의 헬리아 공주라 합니다."

"뭐?"

카이슈 백작은 자신이 잘못 들은 게 아닌가 싶어 다시 반문했다.

"……공주?"

"예."

"그 여자가 공주란 말이냐? 하!"

마이슨은 차마 그 공주가 이제 겨우 열아홉밖에 안 되었다는 걸 입에 올리지 못하고 고개를 푹 숙였다.

카이슈 백작은 어이가 없었다.

"고작 공주에게 우리 군의 1만이 당한 거란 말이냐! 그게 말이 되는 소리더냐!"

"……."

마이슨 남작은 말을 잇지 못했다. 그 말도 안 되는 일이 지금 일어나 우리가 이렇게 도망가고 있는 게 아니던가. 무슨 할 말이 더 필요하겠는가.

"잠깐, 헬리아 공주라고? 헬리아?"

카이슈 백작의 미간이 좁아졌다. 그러고 보니 한동안 황도에 어떤 여자의 수배지가 돈 적이 있었다. 그 여자가 아르센의 헬리아 공주라는 것을 떠올렸다.

카이슈 백작이 입꼬리를 비틀며 비릿하게 웃었다.

"마이슨! 제롬 경을 불러와라."

"예."

이윽고 카이슈 백작의 명을 받은 마이슨 남작이 제롬을 데려왔다. 제롬은 헬리아 공주의 공격으로 제법 큰 부상을 당했지만 흑마법의 힘으로 이제 거의 다 나은 상태였다. 제롬이 검은 로브를 휘날리며 막사 안으로 들어왔다.

"찾으셨습니까?"

"헬리아 공주."

제롬의 눈이 날카롭게 벼려졌다.

"도대체 뭔가, 그 여자."

"사로잡을 수 있다면 사로잡아야 하며, 죽일 수밖에 없다면 반드시 죽여야 할 자입니다."

"전에 수배지가 돈 적이 있었지. 그것과 관련된 일인가?"

제롬은 굳이 입을 열지 않았다. 굳이 대답이 필요 없는 질문이었던 것이다. 카이슈 백작의 눈이 가늘어졌다. 무언가 사정이 있는 듯했다. 하지만 그렇다고 라몬 공작의 사람인 제롬을 강하게 추궁해 물어볼 수도 없었다.

'헬리아 공주라…….'

황성에서 관심을 보인 여자임이 분명했다. 그렇다면 그 여자만 어찌 잡거나 죽인다면 이번의 수모를 어떻게든 무마할 수 있으리라. 백작의 머리가 비상하게 돌아갔다. 이렇게 된 이상 공주를 죽이거나 붙잡는다. 그 공주만 잡는다면, 아니, 죽인다면 그 공으로 자신은 중앙 정계에 진출할 수 있을 것이다.

그의 눈이 번뜩였다. 소드 마스터이나 폭급한 성격 탓에 매번 중앙 정계 진출에 실패한 카이슈 백작이었다. 그래서 이번 전쟁에 목숨을 걸었던 것이다.

"알겠다. 한데 하나 묻지."

"말하십시오."

"그 공격, 다시 가능한 건가?"

아직도 카이슈 백작은 그 공격이 머릿속에서 떠나가지 않았다. 그 거대한 해일이 다시금 자신들을 덮친다면 이번에도 승산이 없을 것이다.

제롬은 카이슈 백작의 물음에 고개를 저었다.

"결코 여러 번 사용할 수 없을 겁니다."

헬리아 공주의 공격 이후 제롬은 곰곰이 그 일을 생각해 보았다. 그런 힘을 과연 여러 번 사용할 수 있을까? 제롬은 헬리아의 힘이 한정되어 있음을 이미 알고 있었다. 다만 이번 패착은 그녀의 힘이 물에 더욱 강해진다는 걸 몰랐던 것뿐이다.

"또한 물이 많은 곳이 아니라면 크게 염려치 않으셔도 될 겁니다."

다행히 제국의 북부는 대부분 산악 지대인데다가 큰 강은 알라스 강이 유일했다. 거기다 작은 강은 대부분 얼어 있어 그렇게 큰 해일을 만들지는 못 할 것이다.

"좋다."

카이슈 백작이 고개를 끄덕였다. 그 정도라면 어느 정도 상대할 수 있으리라. 그런 공격이 더 이상 없을 거란 걸 안 것으로 그들의 승산은 올라간다.

"마이슨 남작, 병력을 재정비하라! 내 반드시 그년의 목을 따버리겠다!"

카이슈 백작이 기세를 올렸다. 그러나 마이슨 남작은 난감한 표정을 지었다.

"배, 백작님."

"뭐냐?"

"현재 병사들의 보급이 충분치가 않습니다. 대부분 강물에 휩쓸린 탓에……."

카이슈 백작의 눈매가 찡그려졌다.

"그거 하나 제대로 관리하지 못하고 뭘 한 게야!"

"소, 송구하옵니다."

"백작님."

그때 제롬이 입술을 끌어 올리며 말했다.

"보급이라면 걱정하지 마십시오."

"걱정하지 말라니?"

"이곳은 제국이 아닙니까?"

제롬의 붉은 눈이 번뜩였다.

"보급은 물론 병력까지 충원할 수 있을 겁니다."

"방법이 있는가?"

카이슈 백작의 물음에 제롬은 입꼬리를 비틀어 올렸다.

"마침 좋은 곳이 있습니다."

❊

캄캄하고 어두운 곳이었다. 헬리아는 그곳에서 홀로 서 있었다.

쏴아아아—

새카만 하늘에서 비가 내렸다. 차가운 빗줄기에 헬리아는 몸을 웅크렸다.

'여긴 어디지?'

바닥도 천장도 주위도 온통 새카만 곳이었다. 마치 엑시온의 어둠에 갇힐 때와 같았다.

'꿈인가?'

헬리아는 주위를 둘러보며 천천히 걷기 시작했다. 공간의 구분을 느끼진 못했지만 바닥을 딛고 걸을 수 있었다. 그렇게 차가운 빗줄기 속을 얼마나 걸었을까. 헬리아의 눈에 저 멀리 작은 촛불 같은 빛이 들어왔다.

'빛?'

그것은 아주 작아서 하마터면 알아채지 못할 정도였다.

헬리아는 그것을 따라 걸음을 옮겼다.

'불빛? 아니…….'

작았던 불빛은 가까이 다가가자 점점 커지더니 이내 자신을 향했다. 헬리아는 그것을 보고 눈을 크게 떴다.

그건…….

위이이잉—

"이제 슬슬 깨어날 때가 되었는데."

"무슨 문제가 있는 건가?"

남자의 목소리가 들렸다. 그리고 다시 위이잉— 소리가 들려왔다.

"몸의 마력은 전부 다 찼어."

"그럼 왜 깨어나질 않는 거지?"

"흐음, 뭐가 잘못되었나? 아하! 역시 공주님의 잠은 왕자님의……."

탁!

"켁!"

헬리아가 손으로 제 귓가를 날아다니는 모기 한 마리를 잡아챘다.

"……모기가 아니고 유니?"

"드디어 깨어났네."

헬리아는 제 귓가를 날아다닌 것이 유니임을 알아차리고 그를 잡은 손을 놓았다. 그러자 유니는 다시금 날갯짓을 하며 날아올랐다. 한데 날갯짓 소리가 모기가 윙윙거리는 것과 비슷하게 들려왔다. 헬리아는 눈썹을 와락 구겼다.

'차라리 변태가 낫겠어.'

"그냥 인간의 모습으로 돌아와."

"어? 그래도 되나?"

"차라리 그게 낫겠어."

퍼엉!

"호호호! 저도 이 모습이 더 좋지요."

유니는…… 알몸이었다. 헬리아는 두 눈이 썩어 들어가는 것을 느꼈다. 다행히 옆에 있던 이안이 서둘러 그에게 천을 건네어 녹아내리는 것까지는 막을 수 있었다. 헬리아는 열린 천 사이로 따사로운 햇살을 받으며 눈을 찌푸렸다.

"여긴, 아, 알라스 강인가."

헬리아는 무거운 눈꺼풀을 두어 번 올렸다 내렸다. 그러자 어느 정도 정신을 차릴 수 있었다.

"내가 얼마나 잤지?"

"이틀 내리 주무셨습니다."

이안의 말에 헬리아는 눈을 좁혔다. 이틀이라. 참으로 많이 자기도 했다.

"상황은?"

"현재 강에 다리를 놓고 있습니다. 오늘 중으로 마무리가 될 것 같습니다."

이틀 동안 아르센 왕국군은 알라스 강 사이에 다리를 놓고 있었다. 방해가 없는데다가 마법사도 있는 터라 다리를 놓는 것은 수월했다.

"제국군은?"

"호호호, 현재 북상 중입니다. 하지만 아마 보급이 원활하지 않아 그 문제 때문에 결국 멀리 가진 못할 겁니다."

유니의 말에 헬리아의 눈동자가 깊어졌다.

"그럼 보급을 하기 위해 움직이겠군."

헬리아는 자리에서 일어났다. 몸이 삐거덕거렸지만 다행히 뻐근한 것 외엔 몸에 이상이 없었다. 심장도 다행히 큰 무리가 없었다. 드래곤의 힘을 사용했지만 알라스 강의 물을 끌어다 이용한 터라 그리 큰 부담은 없는 것 같았다.

"아버지는?"

"그대로입니다."

"……."

헬리아는 유니의 말에 잠시 입을 다물다 이내 열었다.

"시간이 없네. 얼른 움직여야겠어."

그녀의 눈빛이 짙어졌다.

❊

"별동대?"

아르센 왕국의 막사 안.

막사 안에는 왕국군의 수뇌부가 자리해 있었다. 상석에 앉은 플로렌스 공작은 헬리아의 말에 의문을 표했다.

"예, 별동대요."

"하나 굳이 별동대를 만들 필요가 있습니까?"

조엘 남작이 물었다. 헬리아 공주의 존재로 현재 병사들의 사기를 올림은 물론 적들도 함부로 움직일 수 없게 만들었다. 이런 상황에서 헬리아 공주가 별동대를 만들 이유는 어디에도 없어 보였다.

"맞습니다! 본진에 있는 것이 더 도움이 됩니다. 그 마법도……."

레토나 남작의 말에 헬리아는 단호히 고개를 저었다.

"다음은 없습니다."

"예?"

헬리아 공주의 말에 레토나 남작은 물론 수뇌부들도 놀란 듯 눈을 크게 떴다.

헬리아는 그들에게 똑똑히 알려주었다.

"여러 조건이 필요한 일입니다. 물이 가득해야 하며 한번 사용한 뒤엔 충분한 휴식이 필요합니다. 하지만 제국 안으로 들어가면 알라스 강보다 더 큰 강은 없습니다. 거기다 대부분 얼어 있죠."

"그, 그런……."

"그리고 그것을 곧 저들도 알게 될 겁니다."

헬리아 공주의 말에 수뇌부들은 말을 잇지 못했다.

"맞네."

"공작님도 알고 계셨습니까?"

조엘 남작의 물음에 플로렌스 공작은 작게 고개를 끄덕이며 헬리아를 보았다.

헬리아가 힘을 쓰고 돌아온 그날, 공작은 그녀의 미약하게 떨리는 몸과 불안정한 몸 상태를 확인할 수 있었다. 거기다 불안한 듯한 이안의 얼굴을 통해서 확신했다.

그 능력이 자주 사용할 수 있는 것이 아님을 인지했다. 그의 예상대로 헬리아 공주는 이후 이틀 동안 거의 막사에서 나오지 못했다.

"허, 그런 일이……."

조엘 남작은 물론 다른 이들도 허탈한 심정을 감추지 못했다. 그날의 힘만 있다면 제국군 따윈 상대가 되지 못할 것이라 생각했다. 그런데 이제 그것을 사용할 수 없다니.

"언제부터 그렇게 나약해진 건가?"

플로렌스 공작이 그런 기사들을 보며 호통을 쳤다.

"기사라는 자들이 레이디를 앞에 두고 뒤에서 구경만 할 참인가? 다 해결해 줄 때까지?"

플로렌스 공작의 말에 다들 창피함에 얼굴을 들지 못했다. 그제야 자신들이 어떤 생각을 하고 있었는지 알아차린 것이다.

"어찌할 생각이오?"

플로렌스 공작은 다시금 헬리아를 바라보았다. 헬리아는 테이블에 놓인 지도를 내려다보았다.

"제국군은 현재 북상 중입니다."

카이슈 백작이 이끄는 제국군은 현재 벨리앙 백작가 근처까지 올라갔다.

"그곳에는 벨리앙 백작가가 있습니다."

"하면 벨리앙 백작가에서 물품과 병력을 조달받을 수 있겠군."

플로렌스 공작의 말에 헬리아는 작게 웃음 지었다. 그 모습에 플로렌슨 공작은 의문이 들어 물었다.

“무슨 생각이 있는 게요?”

“오히려 잘된 일입니다.”

“잘된 일이라니?”

“마침 은혜를 갚아야 할 사람이 있습니다.”

제2장 벨리앙 백작

휘이이잉-

겨울바람을 타고 새 한 마리가 구름 한 점 없는 고요한 하늘을 배회했다. 벨리앙 백작가의 손님 방. 그곳에 몇 달 전부터 기거하고 있는 한 여인이 있었다. 아니, 한 모자가 있었다. 파리한 안색의 여인의 품에는 조그마한 아이가 꿈틀거렸다. 그러자 여인의 얼굴에 행복한 미소가 어렸다. 그러나 그것도 잠시.

"쿨럭!"

여인에게서 거친 기침이 터져 나왔다. 그러자 곤히 잠을 자고 있던 아이가 미간을 찌푸리더니 이내 울음을 터뜨렸다.

"으앙! 으앙!"

여인은 얼른 흰 천으로 입가를 막고 아이를 달랬다. 아이는 그제야 다시 잠에 빠져들었다. 여인은 안도의 숨을 내쉬고 입가에서 천을 떼었다. 그러나 천에 묻어 나온 붉은 피에 그녀의 안색이 더욱 파래졌다.

"마마!"

때마침 그 모습을 음식을 가지고 온 벨리앙 백작의 외동딸 이벨린이 목격했다. 아이의 어머니, 아니, 황태자 케이시스의 비 레이아나가 씁쓸히 웃으며 그를 맞이했다.

"왔나요?"

"의, 의원을 불러올게요."

이벨린이 몸을 돌리려 하자 레이아나가 그녀를 붙잡았다.

"난 괜찮아요."

"하지만……."

"제 몸은 제가 잘 알아요."

레이아나는 제 품에 안긴 아이를 보았다. 복중의 아이 때문에 헬리아와 헤어지고 벨리앙 백작가에 머무르게 된 그녀는 그 이후로도 이곳을 떠나지 못하고 있었다. 아이가 너무 어린 탓도 있었지만, 그보다 그녀의 몸이 너무 약한 탓이었다.

"마마……."

"이전까지가 오히려 이상했던 거예요. 그렇게 건강했던 적은 어릴 때 이후로 처음이었어요."

헬리아가 건네준 포션 덕분이리라. 헬리아는 떠나기 전에도 레이아나에게 포션을 넉넉히 보내주었다. 하지만 이젠 그 포션으로도 더 이상 그녀의 몸이 받쳐 주질 않았다.

"꼭 나으실 거예요. 꼭."

이벨린은 만난 지 몇 달 안 된 이 가여운 비 마마가 안쓰러웠다. 황태자는 살아 있는지 죽었는지 알 길이 없는데다가 그녀의 몸은 서서히 스러져 가고 있었다.

쾅! 쾅! 쾅!

그때 밖에서 무언가 부산한 움직임이 들려왔다. 최근 며칠 사이에 들리는 그 소리에 레이아나는 이벨린에게 물었다. 몸이 좋지 않던 터라 바깥일에 신경을 쓰지 못한 터였다.

"이벨린, 혹시 무슨 일이 생겼나요? 성에 사람이 많아진 것 같은데……."

그 순간 이벨린의 얼굴이 어둡게 변했다. 레이아나는 직감적으로 무슨 일이 생겼음을 알아차렸다. 그것도 좋지 못한 쪽으로.

"지금 제국군이 저희 영지에 와 있어요."

"제국군이요?"

레이아나의 얼굴이 새파래졌다. 혹시 자신들을 잡으러? 그런 레이아나의 모습에 이벨린이 그녀를 달랬다.

"너무 걱정하지 마세요. 저들은 이곳을 건드릴 수 없어요."

그러나 이벨린의 얼굴에 불안감이 스친 걸 레이아나는 놓치지 않았다.

"후우……."

창밖을 내다보던 한 중년인이 깊은 한숨을 내쉬었다. 그의 시선은 성안에 가득한 사람들을 향해 있었다. 그의 안색이 더욱 흐려졌다. 벨리앙 백작은 깊게 주름진 미간을 손가락으로 펴보았지만 상황이 해결되지 않은 이상 그의 주름도 펴지지 않을 것임을 알고 있었다.

백작은 깊게 한숨을 내쉬었다.

"백작님……."

그 모습을 기사단장 데이슨이 안쓰럽게 지켜보았다. 벨리앙 백작은 쓰게 웃으며 데이슨을 바라보았다.

"영지민들은?

"……다들 괜찮습니다."

그러나 데이슨의 표정은 밝지 않았다. 벨리앙 백작은 그가 내뱉지 못한 말을 알아들었다. 괜찮을 리가 있겠는가. 좁은 공간에서 지내야 하니 여간 고생이 이만저만이 아닐 것이다. 하지만 그럴 수밖에 없는 상황이었다.

현재 벨리앙 백작령 주위로는 아르센 왕국군에게 패퇴하고 북상한 제국군이 주둔해 있기 때문이다. 한발 앞서 소식을 접한 백작은 서둘러 영지민들을 성안으로 피신시켰다. 그러나 모두를 피신시킬 수 없어 가난한 빈민과 뒷골목에 사는 이들은 여전히 성 밖에 그대로 남아 있는 채였다.

그때였다.

"백작님."

시종이 벨리앙 백작에게 다가왔다. 백작은 그가 들고 있는 것을 보자 얼굴에 그늘이 짙어졌다.

"저들이 보낸 것이냐?"

"예."

"주어라."

시종이 들고 온 종이를 열어본 백작은 안색이 더욱 어두워졌다. 편지는 거의 반 협박에 가까웠다.

〈벨리앙 백작은 보시오.

지금 아르센 왕국군과 전쟁 중에 물자가 다 떨어졌으니 제국의 귀족으로서 물자를 지원 바라오.〉

말투에서부터 내용까지 지극히 오만하기 그지없었다. 마치 당연한 걸 받으러 온 사람 같았다. 백작은 이 글을 쓴 이가 누구인지 단박에 알아차렸다. 아니, 알아차릴 수밖에 없었다.

최근 며칠 동안 계속 이 종이가 전달되었다. 바로 벨리앙 백작령 인근에 주둔해 있는 카이슈 백작의 군대였다. 그리고 이 글을 보낸 당사

자는 바로 카이슈 백작이었다.

"이런 무도한!"

백작이 다 읽은 편지를 건네받아 읽어본 데이슨은 얼굴이 붉어지도록 화를 참지 못했다. 이건 완전히 상전이 부하에게 하는 듯한 말투였다. 그리고 말미에 쓴 글을 보고 데이슨은 종이를 찢지 않으려 애를 써야 했다.

〈현명한 선택을 하리라 믿겠소.〉

"받아들여서는 안 됩니다!"

데이슨이 강경하게 나섰다. 이런 무도한 자들에게 자신들의 물자를 넘겨줄 수 없었다. 추운 겨울이다. 지금 있는 것들로 영지민들이 한겨울을 날지 알 수 없는 상황에서 무슨 수로 2만에 이르는 저들을 먹일 수 있겠는가.

"……."

하지만 백작은 쉬이 그렇게 하자고 강경하게 말할 수 없었다. 황실의 허가 없는 영지전은 황제에 대한 반역 행위다. 일반적인 상황이라면 결코 저들은 이 벨리앙 성을 침범할 수 없다. 하지만 문제는 지금이 전시 상황인데다가 벨리앙 백작은 현재 황실에 밉보인 상태라는 것이다. 그냥 밉보였다면 다행이지만 틈을 준다면 자신을 죽이려 들 자들이다.

그나마 황태자를 돕는다고 나서지 않고 성안에 쥐 죽은 듯이 잠자코 있기에 저들도 백작을 건드려 굳이 부스럼을 만들지 않는 것이다. 결코 그가 두려워서가 아니다. 한데 카이슈 백작이 자신을 반역자로 몰아 공격을 한다면? 그리고 황실에선 그것을 그대로 눈감아준다면? 벨리앙 백작은 속수무책으로 당할 수밖에 없었다.

백작의 굳건했던 눈빛이 미약하게 흔들리기 시작했다.

"물러서지 마십시오."

"……데이슨."

"저는 언제나 백작님과 함께하겠습니다."

데이슨의 충직한 말에 백작은 옅게 미소를 지었다. 반드시 지키리라. 무엇보다 자신들에게는 강력한 마법진이 있었다. 이 마법진이 있는 한 두렵지 않았다.

그때였다.

"백작님, 레이벤입니다."

레이벤이라는 자의 목소리에 벨리앙 백작은 서둘러 그를 안으로 들였다.

"어서 들어오라."

레이벤이라 불린 자는 사십 대의 머리숱이 적은 자로, 흰 로브를 입고 있었다. 그는 벨리앙 백작가의 전속 마법사로, 예전 제롬으로 인해 이벨린과 함께 감금되어 있다 풀려났던 적이 있었다.

"무슨 일인가?"

레이벤의 등장에 벨리앙 백작은 불안한 눈빛으로 그를 보았다. 레이벤은 그늘진 얼굴로 입을 열었다.

"마, 마법진에 균열이 가고 있습니다."

"균열이라니!"

청천벽력과도 같은 소리였다. 그가 지금까지 이렇게 성안에 틀어박혀 있을 수 있는 건 전부 마법진 덕분이었다. 그런데 그 마법진에 문제가 생겼다니. 몇백 년이나 이 벨리앙 백작가를 지켜왔던 마법진이었다. 백작은 쉬이 믿을 수 없었다. 그에 레이벤이 안타까운 표정을 지었다.

"아무리 마법진이 오래되었지만 이는 자연스런 현상이 아닙니다. 누군가 고의적으로 마법진에 간섭해 마법진을 흔들고 있습니다. 이러다간 균열이 더욱 커질 겁니다."

균열은 종래엔 전체를 무너뜨리게 마련이다. 백작의 표정이 심각하게 굳어졌다.

"도대체 누가…… 설마 그들이!"

벨리앙 백작이 입술을 깨물었다. 짐작 가는 이들이 있었다. 바로 카이슈 백작과 함께한다는 흑마법사의 소행이리라! 오랫동안 아무렇지 않던 마법진에 갑자기 균열이라니. 아무리 생각해도 그들의 짓이 분명해 보였다.

"막을 방법은 없는가?"

"교묘하게 정확히 약한 부분만을 골라 마법진을 흩뜨리고 있습니다. 저희도 계속 보강은 하고 있지만 흩뜨리는 것이 수복하는 것을 앞서고 있습니다. 이러다간 결국 마법진이……."

레이벤은 차마 뒷말을 잇지 못했다. 벨리앙 백작은 입술을 깨물었다.

"결국…… 저들의 요구를 들어줘야 한단 말인가?"

하지만 그렇게 되면 어떻게 될지 뻔했다. 저들은 벨리앙 백작가의 모든 것을 약탈해 가는 것은 물론 마을까지 송두리째 뽑아버릴 것이다. 그렇게 놔둘 수는 없었다.

"백작님……."

데이슨이 수심이 가득한 벨리앙 백작을 안쓰럽게 바라보았다. 벨리앙 백작은 바람 앞의 등불과도 같은 자신의 신세가 참으로 안타깝고 분했다.

"허허, 방법이 없구나 방법이……."

아무리 백작이 강하게 나간다 하더라도 시간은 그들의 편이 아니었다.

휘이이잉—

바람을 가르며 허공을 배회하던 새가 그런 벨리앙 백작을 지켜보았다.

⁂

휘이이잉—

창공을 휘날던 푸른 은빛의 새 한 마리가 크게 원을 그리며 한 인형의 팔에 안착했다. 로브를 뒤집어쓴 그는 새의 머리를 쓰다듬어주었다.

“상황은?”

로브 속에서 나직한 여인의 음성이 흘러나왔다. 그러나 더 놀라운 일은 바로 새가 말을 한다는 것이었다.

[제국군이 벨리앙 백작령 인근에 주둔해 있어.]

로브를 입은 자, 아니, 헬리아가 금안을 번뜩였다.

“역시 이곳으로 왔군.”

헬리아는 새로 변한 엘라임으로 하여금 벨리앙 백작가를 관찰하게 했다. 그 결과 제국군이 벨리앙 백작가를 압박하고 있다는 것을 알게 되었다. 보나마나 보급과 병력을 지원받기 위함일 것이다.

[한데 문제가 있는 것 같아.]

“제국군이 주변에 얼쩡거리니 신경이 쓰일 수밖에.”

[아니, 그런 문제가 아니야.]

엘라임의 말에 헬리아가 눈을 가늘게 떴다. 벨리앙 백작가에는 대단위 마법진이 펼쳐져 있어 혹여 제국군이 벨리앙 백작가를 공격한다 해도 큰 문제가 없었다. 그 마법진 때문에 엘라임마저 들어가지 못하지 않는가. 한데 엘라임의 표정을 보니 그런 차원의 문제가 아닌 듯했다.

[마법진에 문제가 생긴 것 같아. 계속 불안하게 일렁거렸거든.]

"마법진에?"

헬리아의 눈이 커졌다. 그 순간 누군가가 떠올랐다. 지금 이 시점에서 마법진에 문제를 만들 수 있는 자. 바로 제롬이었다.

"서둘러야겠어."

만에 하나라도 백작이 흔들린다면. 헬리아의 미간에 깊은 골이 생겼다.

그때 엘라임이 새에서 사람으로 돌아와 그녀의 후드를 벗기고 흰 이마를 손가락으로 꾹 눌렀다.

"뭐 하는 거야?"

"미간 좀 펴라고."

엘라임이 히죽 웃자 헬리아는 손을 내저었다. 하기야 미간을 찌푸린다고 해결될 일이던가.

"그냥 드래곤 하트 찾으러 가는 게 어때?"

"……."

엘라임의 말에 헬리아는 입을 다물었다. 엘라임은 그런 그녀에게 한 발짝 더 다가갔다.

"초조하잖아."

"초조하진 않아."

"밤에 잠도 잘 못 자면서."

"훔쳐보지 마."

헬리아가 눈을 흘기자 엘라임은 어깨를 으쓱였다. 헬리아는 먼 곳을 바라보았다. 아마 그곳에 제국군이 주둔해 있을 것이다. 그녀의 눈빛이 깊게 가라앉았다.

그의 말대로 전쟁은 상관 말고 서둘러 드래곤 하트를 찾아 아버지를 구하고 싶다는 생각을 한 적도 있었다. 하지만 그럴 수 없었다.

"눈앞의 전쟁을 못 본 척할 순 없잖아."

나라가 망하고 그가 깨어나면 무슨 소용이겠는가. 아버지도 이렇게 행동했을 것이다. 그게 왕이며 왕이 지닌 의무이다. 그리고 빈센트가 쓰러진 지금 헬리아는 그 왕의 무게를 지고 있다.

'미안해요, 아버지. 조금만 더 기다려 주세요.'

헬리아는 캄캄한 어둠 속에 갇혀 있을 빈센트를 떠올리며 주먹을 세게 쥐었다.

"무리하진 마."

엘라임이 그런 그녀를 폭 안았다. 헬리아는 고개만 툭 든 채 자신을 끌어안는 엘라임을 뚱하게 바라봤다.

"점점 막 나간다?"

"이럴 때 안아 보지 언제 안아 보겠어? 그 시커먼 자식이 없을 때."

"공주님, 준비되었습니다."

그때 이안의 목소리가 들려왔다. 엘라임의 눈이 가늘어졌다.

"그럼 그렇지."

방해꾼의 등장에 엘라임이 눈을 잔뜩 흘기며 뒤를 돌아본 순간이었다.

"푸하하하하!"

엘라임은 아주 박장대소했다.

"……."

이안이 잔뜩 찌푸린 얼굴로 엘라임을 노려보았다. 눈빛만으로 사람을 죽일 수 있을 것 같았다. 현재 이안은 길게 늘어뜨린 검은 머리카락에 드레스를 입은 상태였다. 거기다 연지를 살짝 바른 탓에 입술이 촉촉해 보였다. 영락없는 시크한 누님이랄까.

"전에도 그렇지만…… 이거 너무 잘 어울려서 무서울 정돈데?"

헬리아는 입가에 옅은 웃음기를 지우지 못한 채 여장한 이안을 보았다. 덩치가 큰 게 흠이긴 하지만 원체 잘생긴 얼굴인지라 굉장한 미인으로 탈바꿈하였다. 그러나 정작 그녀의 칭찬이 달갑지 않은 이안이었다. 또다시 이런 해괴망측한 차림을 하게 되다니. 일생의 치욕스런 일로 두고두고 기억될 것 같았다.

"킥킥!"

엘라임은 배가 당기는지 고개를 숙이며 키득거렸다. 당연히 이안의 눈이 뱀처럼 가늘어진 건 두말할 필요 없었다.

"꼭 이래야 하는 겁니까?"

"뭐, 보기 예쁘고 좋네."

이안은 뭐라 더 말하려다 이내 한숨을 푹 내쉬었다. 그나마 이 짓을 하는 게 자신뿐만이 아니라는 것에 기뻐해야 하나. 이안이 제 뒤를 돌아보았다.

"엑! 공주님, 정말 이렇게 하고 가야 합니까?"

숀이 치렁치렁한 드레스 자락을 들어 올리며 투덜거렸다. 제법 키가 작은지라 숀은 여장이 퍽 잘 어울렸다. 그 모습을 본 세인이 키득거렸다.

"누가 봐도 여자로 보이는군."

"이익! 누가 여자라는 거야!"

"누구긴, 너지. 거울 안 보고 왔어?"

"야!"

숀이 씩씩거렸다. 여장한 것도 모자라 속을 박박 긁는 세인이 어찌 얄밉지 않을까. 숀도 여장한 세인을 향해 놀려줄까 했지만 너무 자연스러운 데다가 세인이 아무렇지 않은 태도를 보여 놀릴 생각도 사라졌다.

"야, 넌 이게 아무렇지 않은 거냐!"

"공주님의 뜻인데."

"그, 그거야 그렇지만……."

"뭐야? 숀, 불만이야?"
헬리아의 말에 숀이 퍼뜩 놀라며 손사래를 쳤다.
"아, 아닙니다!"
"킥킥."
세인이 옆에서 키득 웃었다. 그에 숀은 입술을 꾹 깨물었다.
"어이, 그러다가 립스틱 번진다."
세인이 꽉 다문 숀의 입술을 매만지자 숀이 화들짝 놀라며 뒤로 넘어졌다.
"멍청하긴."
"이익!"
숀이 얼굴을 붉히며 씩씩거리자 세인은 속으로 웃음을 삼켰다. 정말이지 놀리는 맛이 쏠쏠하달까. 숀과 세인 이외에도 렌스와 휴도 여장을 한 상태였다. 렌스는 그럭저럭 어울린다 말할 수 있는 수준이었지만 휴는…….
"하하하! 이거 꽤 재밌는데?"
휴는 자신의 치맛자락을 휘날리며 빙글 돌았지만 어딜 봐도 여자로 보이진 않았다. 굳이 말한다면 변태? 숀은 휴를 보다 제 눈을 버렸다는 듯 고개를 설레설레 젓고는 헬리아에게 물었다.
"쳇, 대체 왜 이런 차림을 하는 겁니까?"
"뭐 다 쓸데가 있는 법이야."
헬리아의 말에 세인은 툴툴거렸지만 결국 더는 뭐라 말하지 못했다. 그런 숀의 곧난 표정에 세인은 입술을 끌어 올리며 숀의 머리카락-가발-을 쓸어 올렸다.
"히익! 뭐, 뭐 하는 거야! 이 변태 놈아!"
"잘 어울리네."
"이, 이, 이……."

숀의 얼굴이 새빨개졌다.

“자자, 애정 싸움은 그만하고.”

“고, 공주님! 이게 애정 싸움으로 보이십니까?”

“그럼 아니야?”

“아, 아니라구요!”

숀이 버럭 성질을 냈다. 그러나 헬리아는 숀이 뭘 하든 그리 신경 쓰지 않았다. 솔직히 세인이 숀을 놀리는 이유를 모르지 않기에 방치해 두는 것도 없지 않아 있었다. 저렇게 반응하는 놈을 안 놀리는 건 참으로 아까운 일이다.

“호호호! 이제 출발하시죠.”

그때 마차를 이끌고 유니가 다가왔다. 유니는 재빠르게 이안과 숀을 훑더니 음흉한 미소를 지었다.

“호호호! 이거 꽃밭이로군요!”

유니가 만족스런 표정을 짓자 이안과 숀, 그리고 렌스의 등골이 오싹해졌다. 이때만큼은 세인도 흠칫하지 않을 수 없었다. 헬리아는 그 모습을 떨떠름하게 지켜보았다.

‘이런 상 변태들 같으니.’

그러나 지금은 이런 시시콜콜한 이야기를 나눌 때가 아니었다. 일행은 모두 마차에 오르기 시작했다.

“자, 그럼 출발합니다!”

유니가 말고삐를 당기자 말이 히이잉 소리를 내며 천천히 마차가 움직이기 시작했다.

❊

콰앙!

"이런 빌어먹을!"

카이슈 백작이 견고한 벨리앙 백작가를 바라보며 이를 갈았다. 굳게 닫힌 성문은 단단한 마법진 때문에 도통 열릴 줄을 몰랐다.

"마이슨!"

"예, 백작님!"

마이슨이 백작의 부름에 얼른 그에게 다가갔다. 카이슈 백작이 인상을 와락 찌푸리며 말했다.

"술!"

"예, 여기 있습니다."

마이슨 남작이 카이슈 백작에게 술을 건넸다. 카이슈 백작은 술이 담긴 잔 대신 술병을 통째로 들고 꿀꺽꿀꺽 들이켰다.

"제대로 말을 전한 게 맞느냐?"

"무, 물론입니다."

"그런데 왜 아직도 소식이 없는 게야!"

카이슈 백작의 기세에 마이슨 남작은 온몸을 흠칫 떨어야 했다. 소드 마스터인 그가 내뿜는 기세는 일반인인 마이슨 남작이 버텨낼 것이 아니었다. 마이슨 남작의 얼굴이 푸르죽죽해졌다.

"그, 그것이……."

"이래서 머리에 먹물만 든 것들은……."

카이슈 백작이 혀를 차고 기세를 거둬들였다. 마이슨 남작이 쓰러지기라도 한다면 머리 아픈 일을 모두 그가 해야만 했기 때문이다. 먹물 든 놈이라고 비난할 때완 다르게 어쨌거나 문관인 그가 필요했다.

"애초에 선택지가 좋지 않았어."

벨리앙 백작은 친 황태자파의 사람인데다가 황제의 진격 소식에도 병력을 지원하지 않고 제 영토에 남아 움직이지 않았다. 백작이 그럴 수 있었던 이유는 그의 성을 둘러싸고 있는 마법진 덕분이었다.

과거 대마법사가 설치했다는 마법진은 아직까지 그 효력을 발휘하고 있었다.

"처음부터 그냥 밀어붙일까?"

"그건 안 됩니다!"

마이슨이 고개를 내저었다. 카이슈 백작은 불만스런 표정을 지었다.

"어차피 벨리앙 백작은 이미 찍힌 거 아닌가?"

"직접적으로 문제를 만들 필요는 없습니다. 이 일로 꼬투리를 잡히실 수 있습니다."

제국에서 귀족이 황실의 허가를 받지 않고 다른 귀족에게 무력을 가하는 것은 있을 수 없는 일이다. 혹여 황실이 벨리앙 백작을 치는 것을 만에 하나라도 묵인해 준다고 해도 그 이후에 그것을 빌미로 카이슈 백작을 옭아맬 수 있다. 마이슨의 입장에서는 제 주군에게 그런 일이 생기는 것을 미연에 방지해야 했다.

다행히 그의 진심이 통했는지 아니면 그저 떠보려 한 것인지 카이슈 백작은 심드렁하게 술을 들이켰다.

"매번 전언만 보낸다고 일이 되지 않으니 그렇지."

"분명 초조함을 느끼고 있을 겁니다. 무엇보다 지금의 백작님처럼 그들도 자신들이 공격당할 수 있을 거라 생각할 겁니다."

마이슨은 벨리앙 백작이 스스로 나오도록 만들 생각이었다. 그렇기에 무력시위 아닌 시위를 하고 있는 것이다.

타앙!

"그러니까 그게 대체 언제인데?"

"분명 곧 소식이 올 겁니다."

카이슈 백작이 짜증이 치민 얼굴로 테이블에 술병을 거칠게 내려놓았다. 마이슨의 말대로 지금은 기다리는 것 외엔 별다른 방법이 없어 보였다. 그러다 문득 그의 눈썹이 치켜 올라갔다.

"그러고 보니 제롬, 그자는 어디에 있지?"

벨리앙 백작령에 온 뒤로 한동안 제롬의 모습이 보이지 않았다는 것을 알아차렸다. 설마 일이 잘 풀리지 않자 도망이라도 간 걸까?

"이래서 머리만 쓰는 놈들은……."

그때였다. 검은 로브를 입은 제롬이 그의 막사로 들어왔다. 제롬을 바라보는 카이슈 백작의 눈은 곱지 않았다. 그의 말에 따라 벨리앙 백작가에 왔지만 보급은커녕 홀대를 당하고 있지 않은가. 거기다가 어떤 조치도 취할 수 없었다. 그러나 제롬은 뻔뻔스런 얼굴로 그에 앞에 섰다.

"술을 드시고 계셨습니까?"

"먹을 게 술밖에 없으니 이거라도 먹을 수밖에. 경은 꽤 기분이 좋은가 보오?"

카이슈 백작은 심기가 뒤틀릴 대로 뒤틀려 있었다. 제롬은 그런 그를 보며 입꼬리를 올렸다. 그 모습이 더욱 백작을 자극했다. 백작은 천천히 기세를 올렸다. 그러자 제롬은 강한 압박감을 느꼈다. 물론 그뿐이었다.

'한 수 있는 놈이란 건가?'

백작의 눈이 가늘어졌다. 마이슨 남작이 초조하게 백작을 불렀다.

"백작님."

그가 라몬 공작의 사람이라는 것을 다시 한번 상기한 백작은 못마땅한 표정으로 기세를 풀고 제롬을 보았다.

"이제 어찌할 셈인가?"

더는 공대고 뭐고 없었다. 애초에 저 면상에 주먹 한 대 때려 박지 않은 것만 해도 백작의 성격에 많이 참은 것이리라.

제롬은 눈매를 휘었다.

"이제 벨리앙 백작을 만나 봐야 하지 않겠습니까?"

“하! 그 백작을 어떻게 만난다는 거지? 저 단단한 마법진 속에 꽁꽁 숨어 있는데.”

“저 마법진은 완벽하지 않습니다.”

제롬의 이야기에 백작의 눈이 번뜩였다.

“완벽하지 않다?”

“아무리 막강한 마법진이라지만 오래되었습니다. 균열은 생길 수밖에 없는 법이지요.”

과거 벨리앙 백작가에 있을 때 제롬은 마법진을 관찰할 수 있었고 덕분에 그 약점도 파악할 수 있었다. 그렇기에 이렇게 말할 수 있는 것이다.

카이슈 백작의 눈썹이 치켜 올라갔다.

“그럼?”

“흑마법사들이 약한 부분을 골라 공격하고 있습니다. 곧 마법진이 무너질 겁니다.”

그동안 제롬이 보이지 않았던 이유가 밝혀졌다. 마법진을 부수기 위함이었다. 몰래 일을 벌인 제롬의 행동이 영 마뜩치 않았지만―역시 흑마법사라는 생각이 들었지만―카이슈 백작이 되물었다.

“그 곧이라는 게 언제지?”

제롬의 눈이 반달이 되었다.

“걱정하지 마십시오. 마법진이 부서지기 전에 백작이 먼저 모습을 드러낼 겁니다.”

그렇지 않으면 전부 부서질 테니까. 백작이 그 모습을 잠자코 보고 있지만은 않을 것이다. 이제 슬슬 위기감을 느끼고 있을 터.

카이슈 백작은 잔에 술을 따르며 단번에 들이켰다. 그의 눈이 번뜩였다.

“이제 곧이란 말이지?”

카이슈 백작의 눈이 붉게 타올랐다.

⁂

"노예 상인이 쓰는 길이오?"

"그래."

숀의 질문에 헬리아가 고개를 끄덕였다. 헬리아 일행을 태운 마차는 몇 달 전 헬리아가 제국을 빠져나올 때 사용하던 길이다. 이안과 함께 노예 상인의 마차를 타고 안으로 들어갔었다.

다리가 부서진 탓에 그간 길이 끊겨 갈 수 없었지만 엘라임의 힘으로 강을 건널 수 있었다. 다행히 벨리앙 백작령으로 가는 길목에 제국군의 모습은 보이지 않았다.

"이런 좋은 길이 있었으면 진작 말씀하시지."

숀의 얼굴이 환해졌다. 헬리아가 카이슈 백작이 이끄는 2만의 군대가 주둔해 있는 벨리앙 백작령으로 가자고 했을 때 얼마나 심장이 쿵하고 떨어졌는지. 다행히 제국군의 모습이 보이지 않자 안도의 숨을 내쉬었다. 그러다 문득 의문이 들었다.

"그런데 제국군도 보이지 않는데 굳이 여장을 해야 합니까?"

"방심을 유발하기 좋잖아?"

남자보다는 여자가 경계를 덜 사기 때문에 취한 조치였다. 거기다 앞으로 쓸모 있을지 없을지는 두고 봐야 하지 않겠는가.

"뭐, 그렇긴 한데, 킁킁. 이 향수도 그 때문입니까?"

숀이 미간을 찌푸리며 코를 찡그렸다. 마차 안에는 온통 야리꾸리한 향수 냄새가 가득했다. 숀은 절로 얼굴이 붉어지는 것을 느꼈다. 다행히 이전에 헬리아가 준 해약 덕분에 향기에 취하지 않을 수 있었다.

"남자가 세상을 지배하지만 그 남자를 지배하는 게 여자지."

헬리아가 입꼬리를 올리며 웃었다.

"한데 공주님, 과연 벨리앙 백작에게 갈 이유가 있는 겁니까?"

렌스가 불쑥 의문이 들어 물었다. 숀 일행은 벨리앙 백작과 헬리아 공주의 관계에 대해 잘 알지 못했다. 그래서 그녀가 왜 벨리앙 백작을 만나러 가는지 의문이 들었다.

"믿을 만한 사람이야. 거기다 사방이 적인 상태에서 적의 적은 친구라 하잖아?"

현재 벨리아 백작은 제국군과 대치 중에 있었다.

"그래도 만약이라는 게 있지 않습니까? 백작이 저들 편에 설 수밖에 없는 상황이라면……."

"그러니 늦지 않게 가야지."

그때였다.

"공주님."

마차를 몰던 유니의 목소리가 들려왔다. 헬리아는 유니의 목소리에 눈을 빛냈다. 그녀뿐만 아니라 마차 안에 있던 이안과 세인도 반응을 보였다.

[제국군이야.]

엘라임이 다람쥐의 모습으로 헬리아의 머리카락 사이에서 빠져나왔다. 숀 일행만 어리둥절해하다가 창밖의 사람들을 보고 놀라 눈이 커졌다.

"고, 공주님, 제, 제국군이!"

놀랐지만 그래도 소리를 지르지 않기 위해 소곤거렸다. 그러나 놀람은 가시지 않았다. 제국군이 없을 줄 알았는데 가는 길목에 떡하니 지키고 서 있는 것이다. 그들 뒤로 난 작은 문만 지나면 벨리앙 백작령에 도착하거늘, 길목을 지키고 서 있는 자들이 있었다.

"쉿!"

이안은 숀 일행을 진정시켰다. 헬리아는 눈을 좁히고 엘라임에게 물었다.

“흑마법사는?”

[없어.]

다행이었다. 흑마법사가 있다면 골치가 아파질 것이다.

“몇 명이지?”

“총 여섯 명입니다.”

유니의 말에 헬리아는 눈을 가늘게 떴다.

“이런 곳까지 병력을 배치하다니, 준비성 좋은 자가 있는 모양이야.”

헬리아는 입맛을 다셨다. 좀 쉽게 가볼까 했더니 장애물을 만난 것이다.

“어떻게 할까요?”

유니의 목소리가 다시금 들려왔다. 헬리아는 다시 창밖을 보았다. 멀리 여섯 명이나 되는 제국군이 마차를 향해 다가오고 있었다.

“이미 봤군.”

“어쩔까요?”

“어쩌긴, 가야지.”

헬리아의 말에 유니는 고개를 끄덕이고 마차를 몰았다.

“부딪칠 생각입니까?”

“문제가 생기면 군대가 올 겁니다.”

숀 일행이 걱정스런 표정을 지었다. 만약 저들에게 정체를 들키기라도 하는 날에는 호랑이 굴에 맨몸으로 들어온 격이다. 아무리 그들이 막강한 힘을 지니고 있다 하더라도 2만의 군대를 상대하는 건 무리였다. 거기다 이 주변엔 물이 없어서 엘라임의 힘도 크게 발휘할 수 없었다.

“멈춰라!”

제국군의 목소리가 들려왔다. 그러자 마차의 속도가 천천히 줄더니 이내 멈춰 섰다. 제국군 병사는 창을 들고 그들에게 다가왔다. 그러다 유니를 보곤 순간 흠칫했다. 우람한 근육에 한겨울에 전혀 어울리지 않는 짧은 스커트 차림, 거기다가 치마 사이로 보이는 튼실한 근육과 수북한 털이 병사의 움직임을 멈추게 만들었다.

'이, 이건 뭐지? 변태?'

병사들이 이렇게 생각하는 것도 무리는 아니었다.

유니는 손을 들어 올리며 호호 웃었다.

"호호호! 이런, 멋진 분들이시네."

"너, 너는 누, 누구냐!"

병사가 손에 든 창을 유니를 향해 겨누며 물었다. 본능이 그에게 다가가지 말라고 경고하고 있었다. 그러거나 말거나 유니는 요사스런-남들이 보기엔 꿈에라도 나올까 무서운-웃음을 지어 보였다.

"호호호! 수고가 많으시네요."

"너희는 뭐 하는 자들이지?"

병사들을 이끄는 자인 듯 조장으로 보이는 한 남자가 날카로운 눈매로 유니를 노려보았다.

"이거 수상한데?"

누가 봐도 유니의 모습은 수상쩍기 그지없었다.

"마차를 뒤져라."

"예!"

조장의 말에 병사들이 마차를 포위하더니 한 병사가 마차의 문을 열었다.

"어……."

순간 병사의 눈이 몽롱하게 변했다. 그의 코끝을 스치는 묘한 냄새 때문이었다.

'무슨 냄새지?'

병사는 마차 안을 보았다.

"여…… 자?"

여섯 명의 여자가 그를 바라봤다. 금안을 지닌 여인에서부터 싸늘한 냉기가 매력적인 검은 머리의 여인, 그 외에 여인인지 아닌지 헷갈릴 정도의 체격을 지닌 자도 있었다. 그러나 병사는 그 여인들을 다 훑어보기도 전에 묘한 향기에 이성이 마비되었다. 그런 병사의 모습에 금안을 지닌 갈색 머리 여자가 흰 이를 드러내며 웃었다.

"어머, 벌써 다 온 거예요?"

그 나긋나긋한 말투와 아름다운 외모에 병사는 순간 가슴이 진탕이 되었다.

'어라? 왜, 왜 이러지?'

병사의 눈이 풀리기 시작했다. 여자는 그 모습을 보고 입꼬리를 스윽 올렸다.

그때 다른 병사가 다가왔다. 뭘 본 건지 병사가 우두커니 서 있는 게 이상했기 때문이다. 그는 가만히 서 있는 병사의 어깨를 치고 마차 안을 보았다.

"이봐, 도대체 뭐가 있는데?"

그리고 그 병사도 마차로 다가가자 묘한 냄새를 맡았다.

'이 향기는 뭐지?'

그러나 이상한 향기를 감지한 순간, 그의 눈동자도 앞선 병사와 똑같이 몽롱하게 변하기 시작했다. 두 병사의 눈이 풀린 것을 확인한 갈색 머리의 여인은 미소를 짓고는 마차 밖으로 모습을 드러냈다. 그녀가 움직여도 두 병사는 제지하기는커녕 자신도 모르게 뒤로 몸을 물리며 길을 비켜주었다.

"언니, 다 온 거예요?"

금안의 여인은 자신을 멍하니 바라보는 병사를 보고는 입술을 끌어올렸다. 그와 함께 다른 이들도 마차에서 내려 모습을 보였다.

"여자들? 여자들이 왜 이곳에?"

마차에서 조금 떨어진 곳에 서 있던 조장이 여자들을 보고 눈을 가늘게 떴다. 특히 우람한 체격의 여인, 여장한 휴를 보고 아예 인상을 찡그렸다. 거리가 있는 탓에 향기를 맡지 못한 것이다.

"다 알면서 그러시네. 호호호호."

유니가 입가를 가리며 호호 웃었다. 하지만 조장이라는 자는 호락호락하지 않았다. 그는 여자에 정신이 팔린 병사들을 보며 혀를 찼다. 하기야 전쟁통에 여자 구경을 못 했으니 그들의 행동도 이해하지 못할 건 아니었다.

조장은 유니를 돌아보며 물었다.

"여긴 무슨 볼일이지?"

"남자가 있는 곳에 여자 없는 곳이 있겠습니까?"

유니의 은근한 말에 조장의 눈도 슬그머니 가늘어졌다. 무슨 말인지 이해가 된 것이다. 전쟁 중인 군대를 찾아다니는 여자들이 있었다. 여자들은 병사들과의 하룻밤을 통해 돈을 벌고, 병사들은 여자를 안으며 정욕을 풀곤 했다. 하지만 그는 사정을 알았다고 해서 자신에게 맡겨진 본분을 잊지 않았다.

"정체가 불분명한 자들을 안에 들여보낼 수 없다. 돌아가라."

"어머, 야박하기도 하셔라. 하루 먹고 하루 사는 저희 같은 인생이 또 먼 길을 어찌 갑니까? 저희도 먹고살아야죠."

"조장님, 거 한번 봐주면 어떻습니까? 뭐 문제될 것도 없는데."

한 병사가 마차 안에 있는 여자들을 보며 실실 웃음을 흘렸다.

조장은 눈매를 좁혔다. 그러면서 여인들을 살폈다. 특별한 건 보이지 않았다. 그저 요사스런 웃음이 그의 마음을 흔든다는 것뿐.

'그저 돌아다니는 여인들인가?'

하지만 쉽게 결정을 내릴 수 없었다.

그때 금안의 눈동자를 한 여인이 웃음을 지으며 그에게 다가왔다. 그는 순간 그녀의 눈빛을 보자 온몸이 얼어붙는 느낌이었다.

'뭐, 뭐지?'

여인의 눈빛엔 사람을 옴짝달싹하지 못하게 만드는 힘이 있었다.

"정 불안하시면 데려가서 조사해 보면 되지 않나요?"

여자가 웃음을 지었다. 조장은 순간 여자가 다가오자 그녀에게서 묘한 향기가 나는 것을 알아차렸다. 하지만 그에 대한 상념은 이어지지 못했다. 향기를 맡은 순간 그의 눈빛이 몽롱하게 변했기 때문이다.

"그…… 런가?"

"그럼요? 조사도 하고 또 재미도 보고? 안 그래요?"

여인이 남자의 어깨를 희고 고운 손으로 쓰다듬었다. 그러자 남자는 흠칫 몸을 떨었다.

"아, 안으로 데려간다. 이, 이건 조사를 하기 위함이다. 명심하도록."

"예입!"

병사들은 조장의 말에 신이 나서 움직였다.

"자, 다시 마차에 타라!"

남자의 지시에 헬리아 일행은 마차에 올랐다. 헬리아는 병사들의 모습에 미소를 지었다.

"잘됐군."

[잘되긴 뭐가 잘돼. 너무 막 웃지 말라고.]

엘라임이 헬리아의 어깨에 앉은 채 머리를 잡아당겼다. 그리고 이안도 눈매를 와락 찌푸리곤 말했다.

"굳이 만질 거까지 없지 않았습니까?"

"들어가기만 하면 됐지, 뭘."

두 남정네의 툴툴거리는 소리를 한 귀로 흘려들으며 헬리아는 마차에 올라탔다. 그리고 마차는 벨리앙 백작령 안으로 방해 없이 진입했다.

다그닥다그닥.

헬리아 일행이 탄 마차가 벨리앙 백작령을 지키는 성문 앞에 도착했다. 10명가량의 병사가 성문 앞을 지키고 있었다. 제국군이 마차를 보곤 소리쳤다.

"어이, 뭔 마차야?"

그에 마차를 이끌고 온 조장이라는 자가 헛기침을 하며 말했다.

"수상한 자들이다."

"수상한 자들?"

조장의 요상한 태도에 병사는 눈을 좁히고 그의 상관을 모셔 왔다. 기사인 듯 정복 차림을 한 남자가 마차를 향해 다가왔다.

"하암, 대체 뭔 일이야?"

기사는 옷을 대충 꿰어 입고는 터덜터덜 밖으로 나왔다. 툭 튀어나온 뱃살과 쭉 찢어진 눈매를 한 그는 복잡한 현 상황과 달리 꽤나 긴장감 없는 듯 느긋한 표정을 짓고 있었다.

"로드먼 님, 그게, 수상한 자들입니다."

"수상한 자?"

로드먼이라는 남자는 눈을 게슴츠레 뜨고 마차를 이끌고 온 조장을 보았다.

"야, 렉, 뭐냐?"

"아, 로, 로드먼 님."

렉이라 불린 조장이 얼른 그에게 다가와 난감한 듯 말했다.

"여, 여자들입니다."

"여자?"

갑자기 로드먼의 눈이 확 뜨였다. 그가 입술을 핥으며 의복을 정리했다. 마을 안 여자는 죄다 벨리앙 백작성 안으로 도망간 터라 아랫도리를 풀어줄 여자가 없었다. 빈민가에도 여자들이 있지만 그게 여자인가 해골이지. 여자란 소리에 그의 눈이 빛이 났다.

"이거 수상하군."

"그, 그래서 조사하기 위해……."

"네놈이 조사하려고?"

"네? 네!"

렉이 놀란 듯 목소리를 높였지만 표정은 좋지 못했다. 로드먼의 눈빛을 보아하니 그가 조사하긴 글렀다는 생각이 들었다. 그의 생각처럼 로드먼이 눈을 야비하게 뜨며 마차를 훑어보았다. 그의 입가는 이미 삐죽 올라가 있었다.

"조사는 내가 하지."

"아, 예."

렉은 어쩔 수 없다는 듯 고개를 끄덕였다. 로드먼이 씩 웃으며 말했다.

"모두 내리게 해."

"예."

그러자 여자 여섯 명이 줄줄이 내려섰다.

"호오."

로드먼의 눈이 빛났다. 그중 한 명은 우람하기 그지없는 몸통이라 그의 시선은 빛처럼 빨리 지나쳐 갔다. 그러다 헬리아에게 시선이 딱 꽂혔다.

'이거 월척이군!'

몸을 파는 여인이라고 믿기 힘들 정도로 희고 고운 얼굴이었다. 순간 그는 회가 동했다.

'흐흐, 이거 오랜만에 회포를 풀겠군.'

로드먼의 시커먼 속내는 얼굴까지 그대로 드러났다.

헬리아는 그 모습을 보며 혀를 찼다. 뭐, 이걸 노린 거지만 축축한 눈빛을 받는 건 그리 좋은 일은 아니었다. 옆에 서 있는 이안이 눈을 부라리고, 엘라임은 당장에라도 로드먼의 불알을 깨뜨리려 하고 있는 줄도 모르고 로드먼이 헬리아를 가리켰다.

"조사를 해야 하니, 너. 따라와라. 나머지는 렉."

"예."

"적당히 한 명씩 붙여서 조사해 봐."

"아, 옙!"

로드먼의 말에 렉의 표정이 환해졌다. 그제야 자신들에게도 콩고물이 떨어진 것이다. 병사들이 신이 난 표정으로 여자들을 한 명씩 골라 건물로 들어갔다.

헬리아는 뒤에서 이안이 달려오려는 것을 지그시 눈빛으로 막은 뒤 로드먼의 뒤를 따랐다. 로드먼이 간 곳은 성문에서 그리 멀리 떨어지지 않는 빈 건물이었다. 마을 사람이 성안으로 모두 피신한 터라 마을은 대부분 비어 있었다.

헬리아는 멀리 벨리앙 백작성이 보이자 설마 이렇게 쉽게 안으로 들어가게 될 줄은 몰랐다. 뭐 이래서 미인계가 고금부터 존재해 온 게 아닌가. 나머지 일행은 병사들이 제 취향에 맞게 나누어 데려갔다. 그중 휴를 데려간 이는 아주 죽을상을 하고 갔는데, 뭐 어쩌겠나. 아무튼 로드먼은 헬리아를 데리고 빈 방으로 들어갔다.

"큼, 나는 로드먼이라고 한다."

"저는 헬리라고 합니다."

헬리아가 싱긋 웃으며 말했다. 로드먼의 얼굴이 붉어졌다. 그녀의 아름다운 외모에 더해 그녀에게서 뿜어져 나오는 향기가 그를 취하게 만들었다.

'흐흐흐, 명주가 따로 없구나.'

"그, 그래, 한데 이곳에 왜 온 것이냐?"

물으면서 로드먼은 제 옷을 하나둘 벗기 시작했다. 헬리아는 그 모습을 속으로 혀를 차며 바라보았지만 로드먼은 행동을 멈추지 않았다.

헬리아는 되레 은근한 어조로 그에게 다가가며 말했다.

"어머, 다 아시면서."

[알긴 뭘 알아.]

헬리아의 머리카락 속에 있던 엘라임이 우엑거리며 투덜거렸다. 헬리아는 그를 무시하고 로드먼을 바라보았다. 로드먼은 마치 마약이라도 한 듯한 눈빛이었다.

'약발이 너무 셌나?'

[약발 문제가 아니라고 보는데.]

그녀가 요염한 눈빛 한 번만 짓는다면 안 넘어갈 남자가 어디 있겠는가. 남자를 취하게 하는 향수 때문이 아니라 헬리아의 힘만으로도 남자를 함락시키는 것은 어려운 일이 아닐 것이다.

"흐흐흐, 그렇지, 다 알지."

로드먼은 헬리아에게 다가왔다. 그러곤 그녀를 안으려는 순간, 헬리아가 싱긋 웃었다. 로드먼은 순간 묘한 위화감에 향기에서 벗어났다.

"어?"

"난 네놈 같은 놈들은 딱 질색이라서."

"무, 무슨 말을."

퍼억!

헬리아의 발이 로드먼의 다리 사이를 깊숙이 파고들었다.

"후읍!"

순간 로드먼의 얼굴이 새빨개졌다가 이내 다시 새파랗게 변했다.

"어, 어어어어."

털썩.

그러고는 바닥에 철퍼덕 엎어졌다. 헬리아는 숫제 더러운 똥이라도 밟은 듯 로드먼의 옷에 발을 비볐다.

"괜히 발로 했네."

[……뭐 당할 만하지만. 음, 그렇지만. 뭔가…….]

강하게 난 소리를 들어봤을 때 분명 무언가…… 깨지는 소리가 아니었나 싶은 엘라임이었다. 그래서일까. 로드먼을 향해 강한 적의를 불태웠던 그가 어느새 안쓰러운 눈으로 로드먼의 아랫도리를 보고 있었다.

[미묘하네.]

"뭐가 미묘해?"

[남자라면 아는 그런 게 있어.]

"진짜 남자도 아닌 게."

[이익! 내가 말했잖아! 난 남성체라고!]

"네네."

헬리아는 엘라임의 시답지 않은 말을 흘려듣고는 방을 나섰다. 그러자 그 자리엔 어느새 쓱싹 병사를 처리한 듯 이안이 서 있었다.

"괜찮으십니까?"

이안이 헬리아를 향해 물었다. 그러곤 바닥에 쓰러진 남자를 보곤 눈을 좁혔다. 괜찮아도 한참을 괜찮아 보인달까. 헬리아에겐 괜한 질문이었다.

"다른 일행은?"

헬리아가 방을 둘러볼 때, 숀이 찢어진 상체를 부여잡고 방 밖으로 빠져나왔다.

"허, 헉헉."

하얗게 부은 뺨과 턱선에 흘러내리는 땀방울, 찢어진 옷.

"숀…… 너 설마?"

"네?"

"결국……."

그제야 헬리아의 말의 의미를 알아챈 숀이 화들짝 놀라 손사래를 쳤다.

"아, 아니에요!"

그때 다른 방에서 세인이 그 모습을 보고 눈을 좁혔다.

"너……."

세인이 다급하게 달려와 숀의 어깨를 움켜쥐었다. 그러곤 자신의 입술을 깨물었다.

"결국……."

"야, 야! 아니라고! 그냥 옷이 풀린 거라고! 이상한 상상하지 말라고!"

숀이 허겁지겁 설명했다. 그대로 있다간 남자에게 겁탈(?)당한 남자가 되어버리는 게 아닌가. 헬리아와 세인은 별것도 아니라는 듯한 표정을 지었다.

"그럼 빨리 말을 하든가."

"이익!"

숀의 얼굴이 붉어졌다. 저를 놀리는 줄 이제야 아는 모양이다.

그때 렌스와 휴도 방 밖으로 빠져나왔다.

헬리아는 그들을 보며 씨익 웃었다.

"자, 이제 벨리앙 백작성으로 들어간다."

"한데 마법진 때문에 못 들어가지 않습니까?"

렌스의 질문에 헬리아는 손가락을 저었다.

"이런 때를 대비해 미리미리 비밀 통로를 알아놨지."

그런 준비도 없이 벨리앙 백작가에 온 헬리아가 아니었다. 과거 벨리앙 백작가에 머무를 때 백작에게 안팎으로 통하는 길을 알아둔 상태였다.

"자, 얼른 움직이자고. 백작이 다른 선택을 하기 전에."

헬리아의 금안이 빛났다.

❊

파지지직-

무언가 부서지는 소리가 들리기 시작했다. 그 소리는 벨리앙 백작가의 마법진에 균열이 가는 소리였다.

"다시 한번 마법을 시전해라!"

제롬의 명령에 흑마법사들이 한 치의 오차도 없이 금이 간 부분을 향해 공격 마법을 시전했다.

그리고 그 순간.

파지직!

마법진이 산산조각 부서져 버렸다. 제롬은 그 모습을 보며 입가에 미소를 지었다. 벨리앙 백작가를 견고히 지키고 있던 최후의 방어막이 사라진 것이다.

카이슈 백작의 막사 안.

막사 안에는 술 냄새가 그득하니 풍겨 나왔다. 워낙 술을 좋아하는 터라 카이슈 백작의 막사 안에는 술 냄새가 사라질 줄 몰랐다. 막사 안으로 들어간 마이슨 남작은 살짝 미간을 찌푸렸다.

"오, 왔는가? 마이슨?"

"백작님……."

마이슨 남작은 깊게 한숨을 내쉬고 싶었지만 차마 그의 면전에서 그럴 수는 없었다. 마이슨 남작이 억지로 숨을 들이마시던 순간, 카이슈 백작이 입안에 술을 털어 넣고 눈을 빛냈다. 그의 사나운 눈빛은 결코 술에 취한 사람의 것이 아니었다. 그 날카롭게 직시하는 눈빛에 마이슨 남작은 아까와는 다른 의미로 숨을 내쉬지 못했다.

'역시나 소드 마스터…….'

비록 성격은 폭급하나 소드 마스터를 가위바위보로 먹지 않았음이 분명했다. 카이슈 백작이 빈 잔에 다시금 술을 따르며 물었다.

"벨리앙 백작은? 아무런 소식이 없더냐?"

"결국 선택을 하게 될 겁니다."

"그 꼬장꼬장한 놈이 흠……."

시간이 지나도 백작이 움직일 기미가 보이지 않자 카이슈 백작은 회의적인 반응을 보였다. 벨리앙 백작의 대쪽 같은 성격은 이미 페르시아 제국 내에서도 소문이 파다했다. 비빌 구석이 이곳밖에 없어 눌러앉아 있지만 백작은 벨리앙 백작이 쉽게 수그리고 들어올 거라 생각지 않았다.

"그 마법진은?"

"흑마법사들이 최대한 부수는 중입니다."

"뭔 놈의 마법진이 그렇게 단단해?"

카이슈 백작이 혀를 차며 술을 들이켰다. 벨리앙 백작성을 지키는 마법진은 제국 내에서도 제법 유명했다. 과거 이름을 알 수 없는 대마법사가 설치한 것인데 몇백 년이 흘러도 마법진은 여전히 작동했다.

"어찌할까나."

카이슈 백작이 술잔을 내려다보며 입맛을 다실 찰나, 발걸음 소리가 들려왔다.

"누구냐?"

"접니다, 백작님."

들려온 목소리에 카이슈 백작이 미간을 찌푸리고 술잔을 내려놓았다.

"들어와라."

그의 말이 떨어지자 제롬이 모습을 드러냈다. 카이슈 백작은 여전히 그에게서 뿜어져 나오는 흑마법사 특유의 마기가 마음에 들지 않았다. 하지만 그것을 드러내진 않았다. 이전과 달리 존대를 집어치우고 반말을 고수하고 있지만 막 대하기엔 그의 뒤에 있는 라몬 공작이 걸렸다.

"어떻게 되었나?"

백작의 질문에 제롬의 입꼬리가 씨익 올라갔다.

"마법진이 파훼되었습니다."

"그래? 크하하하! 결국 그리되었군!"

카이슈 백작은 크게 웃음을 터뜨렸다. 마법진은 벨리앙 백작의 최후의 보루였다. 그런 마지막 보루가 무너진 것이다. 카이슈 백작은 마법진이 부서진 걸 알게 되었을 때의 벨리앙 백작의 표정이 자못 궁금해졌다.

"마이슨!"

"예, 백작님!"

"바로 백작가로 간다."

그러나 당장에라도 벨리앙 백작성으로 가려던 백작을 마이슨이 말렸다.

"백작님, 마법진까지 부서진 마당에 우리가 직접 나설 필요가 있겠습니까?"

마이슨의 진정한 속내는 사실 다른 곳에 있었다. 행여나 직접 쳐들어가 후에 문제라도 생길 여지를 만들지 않기 위함이었다. 카이슈 백작의 성격에 벨리앙 백작가에서 날뛰지 않을 거란 보장도 없었고 말이다.

"흠, 그렇군."

마이슨 남작의 말에 카이슈 백작이 일어서려던 몸을 다시 자리에 앉혔다. 그러곤 입술을 끌어 올리고 다시금 빈 술잔에 술을 따랐다. 이전과 달리 술 향기가 매우 향기로웠다.

"역시 목마른 사람이 우물을 파는 법 아닌가?"

"믿지는 자가 오는 법입니다. 굳이 우리가 먼저 나설 필요 있겠습니까? 충분히 의사는 전달했으니 연락이 올 겁니다."

카이슈 백작은 입꼬리를 치켜 올렸다. 그간 그를 속 썩인 벨리앙 백작을 이리 쉽게 대하기엔 그의 성미에 맞지 않았다. 그가 초조해한 만큼 벨리앙 백작도 그것을 느껴봐야 하지 않겠는가?

"하지만 만에 하나 도망을 갈 수 있으니……."

"도망? 그자는 도망가지 않는다."

벨리앙 백작가 안에는 그의 영지민들과 가족들이 있다. 백작의 성격이라면 결코 홀로 도망가지 않을 것이다. 그렇기에 카이슈 백작이 이렇게 느긋하게 여유를 즐길 수 있는 것이다.

이제 전세는 역전되었다. 카이슈 백작이 씨익 웃었다. 벨리앙 백작이 잔뜩 꼬리를 말고 그의 앞에 무릎 꿇을 모습이 눈에 훤했다.

"크하하하! 마이슨! 좀 더 술을 가져와라!"

백작은 크게 웃었다.

끼이이익-

벨리앙 백작 성의 무거운 철문이 드르륵 열리기 시작했다. 열린 문

안으로 말을 탄 중년인과 그의 뒤를 따르는 기사들이 모습을 드러냈다. 밖을 지키고 있던 카이슈 백작의 병사들이 그들을 주시했다. 가장 선두에 선 이는 모두가 잘 알고 있는 벨리앙 백작이었다. 그의 뒤로 그를 호위하는 세 명의 기사가 그를 따랐다.

다그닥다그닥.

벨리앙 백작 일행은 거침없이 카이슈 백작의 막사까지 움직였다. 그러자 잠시 잠자코 지켜보던 병사들이 창을 쥐고 그들에게 겨누었다.

"멈춰라!"

병사들이 앞을 가로막자 벨리앙 백작 일행이 자리에서 멈춰 섰다. 벨리앙 백작은 무언가 하기 싫은 일을 억지로 하는 사람처럼 미간을 찌푸린 채 말했다.

"카이슈 백작을 만나러 왔다."

"하하하하하!"

카이슈 백작은 벨리앙 백작의 소식을 듣고 광소를 터뜨렸다.

쾅!

그는 거칠게 술잔을 내려놓고 눈을 빛냈다.

"결국 그 엉덩이 무거운 자가 부리나케 달려오는군."

카이슈 백작은 최근 묵은 체증이 한 번에 훅 내려가는 것 같았다.

"분명 협상을 시도하러 온 것일 겁니다."

"그렇겠지. 본인이 직접 왔다고 하니. 허, 벨리앙 백작도 고작 이 정도였군. 크크크크."

"그의 협상을 받아들이실 생각입니까?"

마이슨 남작의 말에 카이슈 백작은 턱을 쓰다듬었다. 그의 눈이 장난스럽게 빛났다. 벨리앙 백작이 고개를 숙이고 들어온 상황이었다. 칼자루는 그에게 있었다.

"글쎄, 어떻게 할까나?"

카이슈 백작이 비록 술을 좋아하고 폭급하나 결코 머리가 나쁘진 않았다. 그는 술잔을 기울일 때에도 이성을 흐트러뜨리는 법이 없었다. 물론 정말 화가 난다면 폭렬의 검이라는 칭호가 아깝지 않을 만큼 무모함을 보이겠지만, 지금은 그런 때도 아니었다.

그때였다.

"백작님! 벨리앙 백작이 도착했습니다."

카이슈 백작의 입꼬리가 올라갔다.

"들라 하라."

그의 명령이 떨어지자 벨리앙 백작이 천천히 막사 안으로 들어왔다. 그의 표정은 잔뜩 굳어 있었다.

"호오, 이거 유명한 벨리앙 백작이시구려."

"……."

"무거운 몸을 이끌고 어찌 이곳까지 오셨을까?"

카이슈 백작의 비꼬는 말에도 벨리앙 백작은 침묵을 지켰다. 카이슈 백작은 곧 흥이 깨졌다. 하여간 노땅 놈들이랑 자신은 영 상성이 맞지 않았다.

"한잔하겠나?"

"협상을 하러 왔소."

카이슈 백작은 술잔에 술을 따르고 한 모금 마셨다.

"협상이라……."

카이슈 백작은 웃는 낯으로 벨리앙 백작을 보았다.

"그대가 원하는 물자를 지원해 주겠소. 대신 내 성은 건드리지 마시오."

"하하, 어찌 같은 제국의 귀족을 건드린단 말이오? 그건 아니 될 말이지."

쳐들어갈 생각마저 한 카이슈 백작이었지만 뭐 결국 그렇게 되지는 않았지 않나.

"……."

벨리앙 백작은 말하지 않았다. 카이슈 백작은 영 심드렁하게 의자 등받이에 몸을 기댄 채 술을 벌컥 들이켰다. 그리고 입꼬리를 비틀어 올렸다.

"좋소, 받아들이지."

"그럼……."

"한데 생각해 보니 우리 군에 부족한 것이 물자만은 아니라서."

"……무슨 말이오?"

"백작도 제법 강한 군대를 가지고 있다 들었는데 어찌 전장에 나오진 않았나 몰라."

카이슈 백작의 말에 벨리앙 백작의 눈이 와락 구겨졌다. 그 모습에 카이슈 백작은 피식 웃었다.

"병력을 지원해 주시오."

"그건……."

"한 삼천 정도면 충분할 것 같은데, 어떠신가?"

삼천이면 벨리앙 백작의 거의 모든 병력이었다. 벨리앙 백작이 입술을 질끈 깨물었다.

"안……."

흠칫!

그때 카이슈 백작의 몸에서 강한 기파가 백작을 향해 쏘아졌다. 벨리앙 백작은 갑자기 숨이 턱 막히는 것을 느꼈다. 그러나 이를 꽉 물고 버텼다.

'호오.'

제 기세를 버텨내는 벨리앙 백작을 보며 카이슈 백작은 눈에 이채를 띠었지만, 그뿐이었다.
“되겠소?”
“……알겠소.”
이미 벨리앙 백작이 이곳에 온 순간부터 누가 유리한지는 정해져 있었다. 벨리앙 백작의 대답에 카이슈 백작은 크게 웃었다.
“하하하, 아주 현명한 선택을 한 거요.”
“후우…….”
카이슈 백작이 기세를 거두자 벨리앙 백작이 깊은 숨을 몰아쉬었다. 그리고 돌아가려는 찰나, 카이슈 백작의 목소리가 들려왔다.
“잠깐.”
“또 무슨 일이오?”
“이거야 원, 그리 가면 어떡하나?”
척척척!
순식간에 벨리앙 백작 일행을 일단의 기사들이 삼엄하게 포위했다.
“이, 이게 무슨 짓이오!”
벨리앙 백작이 소리를 높였지만 카이슈 백작은 아랑곳하지 않았다.
“백작에 대한 여러 소문도 있고, 내가 좀 남을 잘 못 믿어서 말이지. 영 순순히 믿기 어렵단 말이지.”
카이슈 백작은 벨리앙 백작의 눈빛에서 일렁이는 어떠한 것을 포착했다. 소드 마스터인 그 정도 되어야 그것을 알아볼 수 있었다.
‘역시 이자, 순순히 포기할 자가 아니야.’
벨리앙 백작은 포기하지 않았다. 그것은 야성의 감이었다. 그래서 카이슈 백작은 그대로 그를 돌려보낼 수 없었다.
“성안보다는 좀 불편하겠지만, 이곳도 꽤 나쁘진 않을 거야. 내 초대하지. 초대를 거절하지 않으리라 보오.”
그것은 초대라는 명목의 감금이었다.

"어찌!"
"잘 모셔라."
카이슈 백작이 진한 미소를 지었다. 벨리앙 백작은 이를 앙다물었다.

❊

스스스슥.
"감사합니다."
마이슨이 벨리앙 백작이 서명한 종이를 후다닥 제 품에 집어넣었다. 이것으로 합법적으로 벨리앙 백작의 물자와 병력을 지원받게 되었다. 아주 합법적으로 말이다. 결코 뒷말이 나오지 않을 깔끔한 거래였다고 마이슨은 생각했다.
"곧 물자와 병력이 보급되는 대로 군대가 움직일 겁니다. 그전까지 이곳에서 편하게 있으시면 됩니다."
끼이익- 철컹!
마이슨의 말과 함께 벨리앙 백작 일행은 나무로 대충 만들어둔 막사에 머물게 되었다. 아니, 머문다는 표현보다는 갇히게 되었다는 것이 맞을 것이다. 임시로 만든 탓인지 그리 단단해 보이진 않았지만 백작 일행은 이 감옥 아닌 막사에서 쉽게 벗어날 생각을 하지 못했다. 누가 이 2만의 군대를 뚫고 탈출을 하겠는가?
"……."
벨리앙 백작은 막사에 들어서자 입을 다물고 주변을 살폈다. 막사는 정말 대충 지은 것이라 바닥은 그냥 차가운 흙바닥이었다. 바닥에서 흘러나오는 차가운 냉기가 몸을 으슬으슬하게 만들었다. 거기다 하나 있는 간이침대는 일반 병사들이나 쓰는 딱딱하고 해진 것이었다.
"백작님……."

그 모습을 함께 갇힌 세 명의 기사 중 한 명인 기사단장 데이슨이 안쓰럽게 바라보았다. 그나마 배려(?)로 백작과 세 명의 기사가 한 막사를 쓰게 되었다. 하지만 이는 원래대로라면 무례한 처사였다. 한 영주가 그가 부리는 기사와 같은 막사를 쓴다는 것은 있을 수 없는 일이다.

"후우, 어쩔 수 없지."

벨리앙 백작은 깊게 한숨을 내쉬었다. 직접 카이슈 백작을 찾아올 때부터 어느 정도 이런 상황을 예견했었다. 스스로 사지로 걸어 들어왔다는 것을 인지했다. 그렇기에 충격은 없었다.

무엇보다 그는 혼자가 아니었다. 벨리앙 백작의 시선이 그와 함께 감옥에 갇힌 나머지 두 명에게 향했다. 짙은 갈색 머리에 금안을 지닌 남자와 파란 머리와 어딘지 이질감이 느껴지는 검은 눈동자를 지닌 남자.

벨리앙 백작이 금안을 지닌 남자에게 물었다.

"이제 된 건가?"

금안을 지닌 남자가 벨리앙 백작의 말에 입꼬리를 씨익 올렸다.

"물론입니다, 백작님."

금안을 지닌 남자, 아니, 헬리아가 미소를 지었다.

벨리앙 백작이 카이슈 백작을 찾아오기 몇 시간 전.

파직! 파지지직!

"배, 백작님!"

벨리앙 백작가의 전속 마법사 레이벤이 다급히 문을 열고 벨리앙 백작의 집무실로 들어왔다.

"크, 큰일 났습니다!"

"……."

벨리앙 백작의 시선이 밖을 향해 있었다. 정확히는 부서져 가는 마법진을 향했다. 레이벤이 그런 백작을 향해 입술을 깨물며 말했다.

"마, 마법진이 부서졌습니다."

벨리앙 백작이 눈을 질끈 감았다.

"결국……."

최후의 보루가 무너졌다. 벨리앙 백작이 주먹을 세게 쥐었다.

"데이슨! 이벨린과 레이아나 님은 무사히 빠져나간 것이냐?"

"무사히 빠져나갔습니다."

"그래……."

마법진이 불안하다는 것을 느끼고 벨리앙 백작은 비밀 통로로 이벨린과 레이아나 그 외에 성안에 있던 여자와 아이들을 먼저 밖으로 내보냈다. 이곳에 있다가 혹시라도 그녀들에게 무슨 일이라도 생긴다면 벨리앙 백작은 눈을 감지 못할 것이다.

"이벨린……."

자신의 딸 이벨린이 울면서 가지 않으려는 것을 억지로 내보냈다. 백작은 가슴이 찢어지는 고통을 맛봐야 했다.

"차라리 태자 전하께 갔어야 했던가……."

헬리아 공주의 말 때문에 벨리앙 백작은 이곳에 남아 병력을 보존했다. 훗날을 기약하기 위함이었다. 하지만 때를 놓친 것일까. 카이슈 백작의 군대로 인해 벨리앙 백작은 모든 것을 포기해야 할 기로에 놓이게 되었다.

"……."

그러나 이윽고 그 생각마저 떨쳐 보냈다. 이미 엎질러진 물. 헬리아 공주를 탓한다 해도 달라지는 것 없었다. 아니, 지금 그가 살아 있는 것도 다 그녀 덕분이다. 그녀를 원망하는 것은 옳지 않다. 그저 이렇게 가치 없이 스러져 갈 목숨이 아쉬울 뿐.

백작은 이내 마음을 다잡았다.

"데이슨, 전령을 부르게."

"하지만 백작님……."

벨리앙 백작은 굳은 눈으로 데이슨을 보았다. 이미 그는 제국군에 손을 들어주기로 마음을 먹은 상태였다. 아니, 그럴 수밖에 없는 상황이었다. 데이슨은 고개를 푹 숙였다.

"알겠습니다."

"미안하네."

그 모습에 데이슨이 쓰게 웃으며 문을 나설 때였다.

"어디 가시나요?"

"……!"

데이슨의 눈동자가 커졌다. 그는 믿을 수 없다는 듯이 목소리의 주인공을 바라봤다.

"……헬리아 공주."

헬리아가 눈앞에서 미소를 지은 채 웃고 있었다. 데이슨은 너무 놀라 한참을 말을 잇지 못했다.

"어찌……."

벨리앙 백작도 헬리아를 확인하고 놀라 입을 열지 못했다. 결국 헬리아가 먼저 입을 열었다.

"다행히 늦진 않은 모양이네요."

헬리아가 피식 미소를 짓자 벨리앙 백작은 여전히 어안이 벙벙했다. 이곳에서, 아니, 지금 이 순간 그녀를 만나게 될 거라고 전혀 생각지 못했다.

"어떻게 여기에……."

밖에는 2만의 군대가 벨리앙 백작성을 지키고 있다. 그런데 어떻게 이곳으로 들어올 수 있단 말인가?

'아, 비밀 통로!'

과거 그녀에게 외부와 내부로 통하는 비밀 통로를 알려준 적이 있었다. 벨리앙 백작은 그제야 헬리아 공주가 어떻게 이곳으로 들어올 수 있었는지 알 수 있었다.

“오다가 이벨린 공녀와 레이아나 님을 만나고 깜짝 놀랐다구요. 설마 늦은 건 아닌지.”

“아…….”

헬리아가 싱긋 웃었다. 오랜만에 만난 이벨린과 레이아나, 거기다 그녀가 낳은 아이와 해후를 즐기고 싶었지만 시간이 부족했다.

헬리아는 그녀들을 뒤로하고 곧장 이곳으로 왔다. 다행히 늦지 않았다.

“……괜한 헛걸음을 한 게요.”

“헛걸음이라뇨? 마침 때맞춰 잘 찾아왔다고 생각했는데.”

“후우, 이리된 모습을 보고도 말이오?”

벨리앙 백작은 이전과 달리 살이 꽤 빠져 있었다. 헬리아는 그 모습을 보고 혀를 찼다.

‘그간 마음고생이 여간 만만치 않았나 보군.’

하기야 2만의 군대가 밖을 지키고 있으니 그 압박감은 보통이 아니리라. 어지간히 신경이 쇠심줄 같은 이도 신경쇠약에 걸릴 판이다.

“이렇게 된 것에 저도 책임이 있으니 도울 수 있게 해주시겠어요?”

헬리아의 말에 벨리앙 백작이 그녀를 보았다. 무엇을 할 수 있단 말인가? 하지만 백작은 묘한 기대감에 눈을 빛냈다.

“어찌할 수 있단 말입니까?”

“머리가 좋으신 백작님이 이렇게 물으실 정도면 꽤나 몰렸나 보군요.”

헬리아의 너스레에 백작은 어깨에 힘을 빼고 씁쓸히 웃었다. 그도 인정하는 바였다. 아무래도 마음이 약해지니 머리가 잘 돌아가지 않았다.

"경청하리라."

"전령을 보내시려던 참이었나요?"

헬리아도 문밖에서 백작의 말을 얼핏 들었다. 벨리앙 백작이 작게 고개를 끄덕였다. 그들에게 물자를 지원하겠다는 서한을 전달할 참이었다.

"백작님이 직접 움직이세요."

"그게 무슨……?"

"헬리아 공주!"

데이슨이 소리쳤다. 하지만 벨리앙 백작은 손을 들어 그를 저지했다.

"무슨 말입니까?"

"백작님이 직접 움직인다면 그들도 함부로 하지 못할 겁니다."

"그럼……."

"대신 백작님을 붙잡겠지요."

그게 무슨 말 같지도 않은 말이란 말인가. 벨리앙 백작은 쉽게 이해가 가지 않았다. 붙잡힐 줄 알면서도 직접 가란 말인가?

헬리아는 이해가 가지 않은 듯 눈매를 좁히는 백작에 말을 이었다.

"전령을 보내봤자 다른 수단을 사용해 결국은 백작님을 옭아맬 겁니다. 이상하잖아요? 갑자기 굳건하게 성안에 있던 사람이 포기하겠다니 말이죠. 저 같아도 믿지 않을 거예요."

"하면 그대로 잡히면 되는 것이오?"

벨리앙 백작이 헬리아를 보았다. 그녀가 어떤 사람인지는 백작은 잘 알고 있었다. 결코 아무 생각도 없이 이런 말을 꺼내지는 않았을 것이다.

"그건 안 됩니다!"

데이슨이 고개를 저었다. 백작이 무사하지 않다면 병력과 물자를 내주는 것이 무슨 소용이란 말인가. 데이슨이 발끈했다. 제 주군을 사지로 내몰 순 없었다.

"백작님!"

"가만있게, 데이슨."

"하지만……."

그러나 벨리앙 백작은 데이슨에게 고개를 젓고는 헬리아를 바라보았다. 그녀의 금빛 눈동자가 짓궂게 빛나고 있었다.

"말해보시오."

2만의 병력에 둘러싸여 있는 곳으로 온 그녀다. 아무런 생각 없이 움직일 그녀가 아님을 백작은 잘 알고 있다. 방도가 분명 있을 것이다.

그 순간이었다.

'설마……!'

벨리앙 백작의 머리로 섬광처럼 스치고 간 생각이 있었다. 백작이 놀란 눈으로 헬리아를 보았다. 헬리아는 백작의 생각이 맞다는 듯 싱긋 웃어주었다.

"도와주시겠습니까?"

"물론입니다."

벨리앙 백작이 힘껏 고개를 끄덕였다. 헬리아는 드디어 원하던 대답을 듣고 만족한 듯 웃었다.

"이제 그들은 시한폭탄을 안고 싸우게 될 겁니다."

❊

"괜찮은가?"

캄캄한 하늘엔 어느새 반짝이는 별이 총총 박혀 있었다. 하지만 제국의 겨울바람은 칼처럼 살을 도려내는 듯했다. 벨리앙 백작은 나무 기둥에 기대어 있는 헬리아를 보곤 걱정스레 물었다.

막사 안에는 불씨 하나 없어 싸늘하기 그지없었다. 자신은 그래도 침대에서 자지만 그녀는 그저 한기가 도는 바닥에서 자야 하지 않는가. 심지어 그녀는 왕족이다. 아무리 그가 제국의 백작이나 왕족에 비할 바는 아니었다. 거기다 아무리 그녀가 강하다 해도 아직 열아홉–그녀의 나이를 되새길 때마다 놀라곤 한다–아닌가. 아무래도 딸을 가진 아비의 마음에 그녀를 걱정하지 않을 수 없었다.

헬리아는 벨리앙 백작을 보며 피식 웃었다. 그러곤 기지개를 켰다.

"뭐 바닥에서 많이 자봤으니 너무 걱정하지 않아도 됩니다. 오히려 백작님이야말로 괜찮으신가요?"

무엇보다 헬리아는 엘라임이 준 목걸이가 있어 추위를 타지 않았다. 물론 목걸이가 아니어도 추위를 잘 타는 몸도 아니었지만.

벨리앙 백작은 희미하게 웃었다.

"나는 괜찮네."

다른 이들이 들을 수도 있어 벨리앙 백작은 헬리아에게 존대하지 않았다. 헬리아가 그러라 하였기에 백작은 불편하지만 그녀에게 말을 올리지 않았다.

"백작님, 이걸."

옆에서 데이슨이 자신의 망토를 벨리앙 백작의 어깨에 덮어주었다. 백작은 거절하려 했지만 워낙 완강한 데이슨의 태도에 결국 망토를 받아들였다. 그래도 추위는 쉽게 가시진 않았지만 마음만은 따뜻했다.

"불안한가요?"

헬리아가 쉽게 잠이 들지 못하는 백작을 향해 물었다. 백작은 가만히 생각하다 씁쓸히 웃었다.

"아무래도 그러네."

"피할 수 없으면 즐기라잖아요?"

"하하, 당신은 참으로 대단하오."

헬리아의 말에 벨리앙 백작은 신기한 표정으로 헬리아를 바라보았다. 아직 열아홉에 여자이고 왕족이다. 그녀의 과거에 대해 알고는 있었지만 어떻게 이런 배포를 보일 수 있는 것일까? 자신이라면 이렇게 행동하지 못할 것이다.

"죽음이 두렵지 않소?"

마치 그녀는 죽음의 두려움을 모르는 사람 같았다. 그가 보기엔 그랬다.

헬리아는 벨리앙 백작의 말에 피식 웃었다.

"두렵지 않은 사람이 어디에 있겠어요?"

"하지만 당신은."

"그저 후회를 남기고 싶지 않을 뿐이에요."

이미 헬리아는 한 번 죽음을 겪어보았다. 그리고 그것이 얼마나 후회를 남기는지 다시 살고 나니 알게 되었다. 그래서 헬리아는 다짐했다. 후회 없는 삶을 살겠노라고. 헬리아의 대답을 들은 벨리앙 백작은 왠지 그녀의 말뜻을 알 것 같았다.

"후회 없는 삶이라……."

"한 가지 약속할게요."

벨리앙 백작이 헬리아를 보았다. 어두운 밤에도 그녀의 금안은 별빛처럼 반짝였다.

"후회가 남지 않게 하겠습니다."

헬리아는 어쩌면 백작에게 후회가 남을 만한 일을 겪게 만들었다. 황태자에게 달려가 그를 구하고 싶어 했던 백작이다. 하지만 헬리아는 그런 그를 말렸다. 다시 그때로 돌아간다고 해도 헬리아는 그를 막았을 것이다. 백작이 바로 황태자를 만나러 갔다면 그길로 백작은 황제의 추격을 받고 전멸을 면치 못했을 것이다.

무엇보다 벨리앙 백작가에서 수도까지는 거리가 멀었다. 온전히 병력을 유지한 채 황태자를 만날 수 있었을까? 전시인 상황이다. 곳곳에 군사들이 배치되어 있다. 가능성이 없었다. 그것이야말로 개죽음이다. 그러나 그 개죽음도 어쩌면 백작에겐 후회가 없을 수도 있을 터.

"……."

그녀의 말에 벨리앙 백작은 이내 희미하게 웃었다. 그가 그간 걱정했던 것을 그녀가 명료하게 정리해 주었다.

"……고맙소."

그렇게 백작은 긴장을 덜었는지 어느새 눈을 감은 채 잠에 빠져들었다. 데이슨도 그간 힘겨웠던 탓인지 이내 잠이 들었다. 깨어 있는 것은 헬리아와 이안뿐이었다.

이안이 망토를 벗어 바닥에 깔았다. 혹시 이런 일이 있을까 봐 가장 두꺼운 망토를 가져온 것이 다행이었다. 두툼한 망토는 충분히 바닥의 한기를 막아주었다.

"자게?"

"그럼 안 잡니까?"

이안이 별걸 다 물어본다는 듯 망토 위에 누웠다. 헬리아는 눈을 샐쭉히 뜨고는 자신도 망토를 바닥에 깔고 누웠다. 바닥에 눕자 뚫린 막사 천장 사이로 별이 반짝이는 것이 보였다. 막사 안은 곧 조용해졌다. 헬리아는 묘한 기분에 눈을 감지 못하고 하늘을 바라보았다.

"자?"

"……."

이안을 불렀으나 대답이 없었다. 그날 이후 헬리아는 왠지 이안을 대하기가 어색했다. 아무것도 확정된 것은 없다. 하지만 그것은 그녀 혼자만의 생각일 뿐, 분명 무언가가 달라졌다. 여전히 헬리아는 고민했고 망설이며 결정을 미루었다.

'나도 참.'

그러나 처음으로 내밀어준 손을 뿌리치는 건 그녀에겐 어려웠다.
헬리아는 눈을 감고 자고 있는 이안에게 다가갔다. 그리고 그의 얼굴을 빤히 바라보았다. 수려한 눈매와 입술, 그리고 턱선. 한눈에 반할 정도로 미남이었다. 그러나 헬리아의 시선을 끈 것은 그의 외모가 아니었다. 투명하리만치 새카만 눈동자. 그것이 그녀의 시선을 붙잡았다.
"자나?"
헬리아가 좀 더 이안에게 다가갔다. 그러자 자고 있는 줄 알았던 이안이 그녀의 몸을 끌어당겨 품에 안았다.
"잡니다."
"안 자고 있었구먼."
"누구 때문인데."
헬리아는 이안의 품에서 빠져나오려 했지만 그가 손에 힘을 주었다.
"춥습니다."
이안은 그녀를 더욱 끌어안았다. 이안은 이 말괄량이 공주님을 어찌해야 할지 감을 잡을 수 없었다. 저 혼자 밀어내고 다시 다가오면 어찌하란 말인가. 하지만 그런 헬리아를 싫어할 수 없는 자신이 더욱 바보 같았다.
"함부로 죽지 마십시오."
"……."
"당신 혼자 후회 없는 삶을 살고 가면 남은 사람은 어떻게 하라는 겁니까?"
이안의 말에 헬리아는 그를 보았다. 그러나 품에 안긴 탓에 그의 얼굴은 볼 수 없었다.
"죽지 마십시오."
평생을 후회하며 살기 싫으니까. 뒷말은 들리지 않을 만큼 작았다.

헬리아는 왠지 그의 말에 어린 걱정에 피식 웃고는 눈을 감았다. 이안의 심장 소리가 거세게 요동치는 것을 느끼며 그녀는 잠에 빠져들었다.

이안은 제 품 안에서 고요하게 잠이 든 헬리아를 보며 낮게 미소를 지었다. 하지만 그녀와 달리 그는 잠은 이룰 수 없었다.

그리고 아침이 되었다.

척척척!

부산스럽게 들려오는 소리에 헬리아와 이안은 물론 깊은 잠에 빠져 있던 벨리앙 백작과 데이슨도 눈을 떴다.

"제국군이……."

벨리앙 백작이 이전과 달리 긴장감이 도는 제국군의 모습에 표정이 굳어졌다.

"드디어 움직이는군."

헬리아의 시선이 제국군을 향했다.

❊

카이슈 백작의 막사 안.

상석에 앉은 카이슈 백작을 비롯해 수뇌부가 모두 모였다.

"마이슨!"

"예, 백작님."

카이슈 백작의 옆에 서 있던 마이슨이 대답했다. 카이슈 백작은 역시나 손에 술잔을 든 채 말했다.

"아르센 왕국군 놈들은?"

"현재 이곳으로 북상 중입니다."

"개새끼들."

카이슈 백작이 이를 잘근잘근 씹었다. 찢어 죽여도 시원치 않을 놈들이 자신들을 이겼다고 기고만장해져 이곳으로 쳐들어오고 있다. 도리어 그들이 제국의 땅을 밟은 것이다. 자신들은 아직 아르센의 땅을 밟지도 못 했는데. 카이슈 백작의 심기가 사나워졌다. 그 바람에 막사 안에 있던 수뇌부들은 숨이 막힐 듯한 살기에 몸을 떨었다. 누가 소드 마스터의 기세를 받을 수 있겠는가.

"배, 백작님."

마이슨이 떨리는 목소리로 말하자 그제야 카이슈 백작이 술을 벌컥벌컥 마시곤 입술을 핥았다. 그의 눈이 번뜩였다. 벨리앙 백작가에서 물자와 병사를 충분히 얻었다. 이제 반격만이 남았으니 어찌 기쁘지 않겠는가.

카이슈 백작이 수뇌부들을 향해 으르렁거리듯 말했다.

"지금부터 아르센 놈들을 쓸어버린다. 마이슨!"

"예, 백작님."

마이슨이 테이블 위에 지도를 깔았다. 그러곤 손가락으로 아르센 왕국군의 진로를 재확인했다.

"현재 아르센 왕국군은 이곳 벨리앙 백작령으로 오고 있습니다. 아시다시피 백작령 주위는 산지가 험해서 군대가 움직일 수 있을 만큼 큰 길은 단 한 곳뿐입니다."

마이슨이 지도 위에 작은 깃발을 꽂았다.

"왕국군은 이곳으로 올 겁니다."

"그럼 전면전입니까?"

한 수뇌부의 물음에 마이슨이 고개를 끄덕였다. 하지만 그것만이 아니었다. 마이슨이 입을 열려는 찰나 카이슈 백작이 손을 들어 올렸다.

"내가 말하지."

카이슈 백작은 수뇌부들을 바라보며 말했다.

"1만이 아무것도 해보지 못하고 그대로 목숨을 잃었다."

수뇌부들의 얼굴에는 분한 기색이 역력했다. 그만큼 뼈아픈 손실이었다. 차라리 검이라도 제대로 휘둘러 보았다면 이리 분하지는 않았을 것이다.

"이번엔 반드시 그놈들의 숨통을 끊어놓는다."

"하면 어떻게 하실 생각입니까?"

"왕국군 놈들과 전면전을 벌이게 될 곳은 이곳 네이만 평야다."

카이슈 백작이 지도를 가리켰다. 험한 산이 끝나는 지점에 넓은 평야가 존재했다.

"왕국군 놈들이 평야로 빠지면 앞과 뒤를 포위해 그들을 친다."

"전면은 그렇다 쳐도 후방으로 돌입이 가능하겠습니까?"

평야의 주위는 산지인데다가 험하기 그지없었다. 그러니 길이 하나인 것이 아닌가. 하지만 앞과 뒤에서 왕국군을 칠 수만 있다면 왕국군은 포위되고 제국군은 유리한 위치에서 그들을 상대할 수 있다. 수적 우위는 물론 지리적 우위마저 차지하게 되는 것이다. 물론 그것의 전제 조건에는 빠른 속도로 산을 타고 왕국군의 뒤를 점할 수 있는 군대가 필요하다는 것이다.

"그 점에 대해선 염려하지 않으셔도 됩니다."

마이슨이 카이슈 백작의 허락하에 다시 입을 열었다.

"하면 방도가 있는 것이오?"

제국군은 이곳의 지형에 그리 익숙한 편도 아닌데다 혹여 후방으로 가다 왕국군에게 먼저 들키기라도 하는 날에는 도리어 불리하게 될 수도 있다.

"걱정하지 마십시오. 이곳 지리에 능한 군대가 있습니다."

"그런 군대가 있단 말이오?"

카이슈 백작이 입꼬리를 올리며 웃었다.

"왜 없는가? 이번에 새로 생긴 아주 소중한 전력이 있지 않은가?"

"설마……."

몇몇 수뇌부가 눈치챘는지 입을 벌렸다.

"벨리앙 백작의 군대 말입니까?"

"그렇다."

"허, 벨리앙 백작의 군대라면…… 가능하겠군요."

그 이야기를 들은 수뇌부들의 얼굴이 활짝 피었다. 정말이지 묘책이었다. 카이슈 백작이 벨리앙 백작을 이곳에 묶어둔 이유도 이것 때문이었다. 껄끄러운 백작을 손 안 대고 처리해서 좋고, 왕국군 놈들도 처리하고 이 얼마나 깔끔한가.

"이 작전의 생명은 비밀입니다. 매복한 사실이 외부에 알려지지 않도록 조치 부탁드립니다."

마이슨 남작의 말에 수뇌부들은 고개를 끄덕였다. 비밀 작전을 수행하는데 정보가 새어 나간다면 의미가 없어진다.

그때였다.

카이슈 백작의 눈썹이 치켜 올라갔다. 그의 술잔이 막사 한구석을 향해 강하게 쇄도했다.

쨍그랑!

술잔은 막사를 찢고 바닥에 떨어지며 부서졌다. 그 일련의 상황에 수뇌부들은 놀라 말을 잇지 못했다.

"배, 백작님."

"쳇, 쥐새끼였나?"

백작이 조르르 도망가는 쥐 한 마리를 보고 눈을 좁혔다. 너무 민감했나 보다. 카이슈 백작은 손을 내저었다.

"아니다. 그럼 벨리앙 백작을 불러와라."

"예."

마이슨 남작이 고개를 끄덕이곤 바깥으로 나갔다. 카이슈 백작은 찢어진 부분을 한 번 더 확인하다 이내 술병 통째로 들고 벌컥벌컥 술을 들이켰다.

찍찍찍—

카이슈 백작의 술잔에 골로 갈 뻔했던 쥐 한 마리가 쪼르르 어디론가 달려가기 시작했다. 쥐는 이내 공터 가운데에 설치된 막사 안으로 쏙 들어갔다.

⁂

"백작님."

마이슨 남작의 말에 술을 기울이고 있던 카이슈 백작이 고개를 들어 문가를 바라보았다.

"그래, 잠은 잘 잤소?"

카이슈 백작은 막사 안으로 들어온 벨리앙 백작을 보며 히죽 웃었다. 그의 얼굴은 술 때문인지 아니면 다른 이유 때문인지 붉게 상기되어 있었다.

"……."

벨리앙 백작은 딱딱한 표정으로 카이슈 백작을 응시했다. 그러자 카이슈 백작은 작게 어깨를 으쓱였다.

"뭐 잠은 잘 못 잤나 보군. 그래도 배는 고플 것 아니오? 자, 앉으시오."

카이슈 백작이 자리를 권했다. 그러자 벨리앙 백작은 잠시 멈칫하더니 빈자리에 앉았다. 테이블 위에는 고기와 술 등의 음식이 놓여 있었다. 먹음직스러워 보였지만 벨리앙 백작은 입맛이 돌지 않았다.

"하하, 아무래도 내 사람을 초대해 놓고 소홀한 것 같아 준비하라 일렀소. 많이 드시오."

카이슈 백작이 음식을 권하며 자신도 다시금 빈 술잔에 술을 채웠다. 그러나 벨리앙 백작은 음식에 손을 대지 않았다. 카이슈 백작의 입술이 비틀어 올라갔다.

"마음에 들지 않소?"

"……."

"배가 고프지 않다니 뭐, 어쩔 수 없군. 마이슨."

"예, 백작님."

마이슨이 다가와 고개를 숙였다. 카이슈 백작의 눈이 번뜩였다.

"가져와라."

"예."

마이슨이 그에게 검붉은색의 술병을 건네주었다. 카이슈 백작은 그것을 잔에 콸콸 따르며 말했다.

"백작도 그 소식을 들었소?"

"무엇을 말이오?"

"백작이 그 안에 콕 박혀 있는 동안 아르센 왕국군 놈들이 이곳으로 오고 있다지?"

카이슈 백작은 검붉게 차오르는 술을 보며 입꼬리를 올렸다. 벨리앙 백작은 대답 없이 그를 응시했다.

"그래서 같은 제국의 귀족으로서 요청을 하나 하고 싶은데."

"병력과 물자라면 이미 지원을 하였소."

더는 요구하지 말라는 벨리앙 백작의 단호한 태도에도 카이슈 백작은 아랑곳하지 않았다.

"그 점에 대해선 그대의 지원에 매우 감사하오. 한데 생각해 보니 내 너무 염치없는 부탁을 한 게 아닌가 생각했소."

지원이 아닌 협박에 의한 강탈이었으나 카이슈 백작은 당당했다. 그의 말에 벨리앙 백작의 눈썹이 치켜 올라갔다.

"말하고자 하는 게 무엇이오?"

"백작이 그 군을 직접 이끌어주시오."

"……."

벨리앙 백작이 카이슈 백작을 노려보았다. 사로잡은 것만으로도 모자라 자신을 사지로 내몰겠다? 그 심보가 고스란히 보였다. 카이슈 백작도 그것을 굳이 숨기려 하지 않았다.

"아무래도 이곳을 가장 잘 아는 군대가 백작의 군대 아니오? 물론 도움을 줄 거라 믿겠소."

애초에 거절은 염두에 두지 않는 말이었다. 벨리앙 백작은 주먹을 세게 쥐었다.

"거절은……."

"하지 않을 거라 믿겠소."

순간 카이슈 백작에게서 짙은 살기가 피어오르며 벨리앙 백작을 옥죄었다. 만약 벨리앙 백작이 그의 요청을 거절한다면 결코 살아 나가지 못하리라. 벨리앙 백작은 선택의 여지가 없음을 알아차렸다. 그의 시선이 헬리아를 향했다. 헬리아는 그의 시선을 받고 눈을 깜빡이거나 고개를 끄덕이지 않았다. 단지 흔들림 없는 눈으로 볼 뿐. 그에 벨리앙 백작은 마치 어쩔 수 없다는 듯 이를 악물고 말했다.

"……알겠소."

"하하! 좋소, 좋소! 이럴 게 아니라 술 한잔이라도 해야지."

카이슈 백작은 따라놓은 검붉은색 술이 담긴 잔을 그에게 내밀었다.

"자자, 한잔하시오."

"술은 마시지 않소."

"이런, 이 좋은 것을. 자, 그러지 말고 드시는 게 좋을 것이오."

순간 카이슈 백작의 목소리가 날카롭게 변했다. 벨리앙 백작은 카이슈 백작이 내민 술잔을 내려다보고는 얼굴이 딱딱하게 변했다.

검붉은 술. 저것이 과연 무엇인가. 하지만 곧 어렵지 않게 그것의 정체를 알 수 있었다.

'……독인가?'

"백작님!"

그때 데이슨이 불길한 기운을 알아차리고 소리쳤다. 그도 카이슈 백작이 내민 것이 평범한 술이 아님을 알아차린 것이다.

"마시지 마십시오!"

"……."

"아아, 그러고 보니 내 잊고 있었군, 마이슨."

"예, 백작님."

"잔을 세 개 더 가져와라."

"예."

마이슨이 그에게 세 개의 잔을 건넸다. 카이슈 백작은 그 세 개의 잔에도 검붉은 술을 따랐다. 그것들은 곧 데이슨과 헬리아, 이안의 앞에 전달되었다. 그들에게도 술잔이 가자 벨리앙 백작이 이를 악물었다.

"백작!"

"하하, 마치 내가 독을 준 것 같은 표정이지 않소?"

"그럼 독이 아니란 말이오?"

"신뢰의 술이오."

"그런 말도 안 되는 말이!"

"말이 안 되긴. 아주 용한 술이오. 이 술을 마시면 다들 신뢰를 꼭 지키거든."

"……."

벨리앙 백작이 카이슈 백작을 죽일 듯이 노려보았다. 하지만 소드 마스터인 카이슈 백작에게 그의 눈빛은 어린아이 투정에 불과했다.

"신뢰가 지켜지면 아무 문제 없는 일. 그대가 신뢰를 지켜주면 내 일주일 뒤에 신뢰의 증표로 다시 술을 대접하지."

그 말인즉, 이 술을 마시고 일주일 뒤에 해독약을 마시지 않으면 죽을 수 있다는 말이었다. 카이슈 백작은 여유로운 표정으로 벨리앙 백작을 보았다. 벨리앙 백작은 거절할 수 없으리라. 아니면 이 자리에서 죽게 될 테니까.

'삼천이나 되는 병력을 아무 조치 없이 주는 미친놈이 있을까.'

이미 일이 이렇게 되리라 생각하고 있었다. 카이슈 백작은 자신의 뜻대로 이루어지는 상황에 입가에 미소를 지었다.

'생각보다 치밀한 자야.'

헬리아는 카이슈 백작을 보며 작게 눈을 좁혔다. 생각한 것과 달리 상대는 한 치의 틈도 없이 벨리앙 백작을 밀어붙였다.

'그저 폭급하고 술만 좋아하는 술고래는 아니란 소린가.'

세간에 알려진 카이슈 백작의 성격은 급하고 금세 폭발한다는 것이었다. 하지만 지금의 모습을 보건대 어느 정도 그 소문이 왜곡된 것이 아닌가 싶었다.

'독이라.'

헬리아는 자신에게 건네진 독이 든 잔을 내려다보았다. 옆에서 이안이 눈매를 찌푸리고 자신을 보고 있었다. 아마 걱정하는 것이리라. 하지만 헬리아는 별다른 감흥은 들지 않았다. 그저 자신의 예상보다 상대가 더 치밀하게 나온 것일 뿐. 그저 그뿐이다. 딱히 그녀의 계획을 어긋나게 할 정도는 아니었다.

거기다 이미 독에 대해선 전염병 사건 이후 충분히 준비해 두었고, 그녀에겐 엘라임이 있었다. 그때처럼 독에 당할 헬리아가 아니다. 무엇보다 마시는 즉시 손도 써보지 못하고 죽는 그런 치명적인 독도 아니다. 그런 독에 헬리아가 당할쏘냐.

'문제는 다들 모르고 있는 눈치인데, 이걸 어쩌지.'

벨리앙 백작에겐 생쥐로 변한 엘라임이 전해 준 소식을 이미 전달했다. 백작이 군을 움직이게 될 것이며 카이슈 백작이 그에게 어떤 제재를 할 수 있을 거란 말도 붙였다. 물론 이렇게 독까지 준비할 거라고 생각지는 못 했지만.

하여간 이 술을 마신다 해도 문제는 없었다. 그저 벨리앙 백작과 다른 일행은 그것을 잘 인지하지 못하고 있다는 것뿐이다. 심지어 이안마저 자신을 걱정스런 표정으로 보고 있으니 더 말해 무엇 하랴.

벨리앙 백작은 연신 자신을 흘깃거리고 있었다. 그것이 카이슈 백작의 시선을 끄는 것임을 알면서도 그랬다. 자신이 독을 마시는 것은 상관없겠지만 헬리아가 마시게 되는 것을 염려하고 있는 것이다. 다행히 카이슈 백작은 벨리앙 백작이 다른 기사들을 걱정하여 그런 것으로 알고 있었다.

'어쩔 수 없군.'

혹여 메시지 마법으로 말을 전달하다 소드 마스터인 카이슈 백작에게 걸릴까 마법을 쓸 수도 없는 상황이었다. 이럴 때는 행동으로 보여 주는 것 외엔 방법이 없다.

"이걸 마시면 되는 겁니까?"

갑자기 들려온 헬리아의 목소리에 벨리앙 백작은 물론 카이슈 백작과 이안이 그녀를 쳐다보았다. 이안은 그게 무슨 말이냐며 그녀를 붙잡으려 했지만 헬리아가 먼저 자신 앞에 놓인 잔을 들어 올렸다.

카이슈 백작의 눈이 이채를 띠었다. 곱게 생긴 금안을 지닌 청년은 겁 없는 눈을 하고 있었다. 2만이나 되는 군대 속에 있어도 그의 눈빛은 흔들림이 없었다. 그것이 카이슈 백작의 흥미를 돋웠다. 저런 패기를 카이슈 백작은 좋아했다. 하지만 이내 흥미를 껐다.

'아깝지만 어쩔 수 없군.'

"물론이지."

카이슈 백작의 말에 헬리아는 잔을 들어 제 입으로 가져갔다. 그것을 이안이 말렸다.

"마시면……."

"괜찮습니다."

남들의 시선이 있어 헬리아는 존대를 했다. 아니, 이 말은 이안에게만 한 말이 아니다. 헬리아의 말에 벨리앙 백작의 시선도 그녀를 향했다.

"신뢰의 술이라고 하지 않습니까? 저는 아무렇지 않습니다."

그렇게 말하곤 헬리아는 단숨에 독이 든 잔을 받아 들이켰다.

꿀꺽꿀꺽.

술이 그녀의 목을 타고 넘어갔다. 독이라 한 술은 특별한 맛은 느껴지지 않았다. 그저 뭔가 묵직한 것이 몸 안에 남은 듯한 느낌이었다. 그녀는 빈 잔을 내려놓고 백작을 응시했다.

신뢰의 술. 그것은 카이슈 백작에게 한 말이 아니었다. 바로 벨리앙 백작과 데이슨, 이안에게 한 말이었다.

'날 신뢰해, 백작.'

헬리아의 강렬하고 굳건한 시선을 받자 벨리앙 백작은 입술을 지그기 다물었다.

'알겠습니다, 공주.'

백작의 표정이 바뀌었다. 어째서 그녀가 나선 것인지 잘 알았다. 아무렇지 않다는 말.

'믿겠소.'

헬리아가 술을 비우자 벨리앙 백작과 데이슨, 이안도 술을 비웠다. 이안은 헬리아의 무모한 행동에 걱정이 들었지만 그녀의 말에 잊고 있던 사실을 깨달았다. 그녀가 바로 물의 정령왕의 계약자라는 사실을. 무모한 행동을 하는 사람이지만 죽기 위해 행동하는 사람은 아니었다.

'하지만 그렇다 하더라도 말은 해주십시오.'

이안이 술을 다 비우고 불퉁한 눈으로 헬리아를 응시했다. 헬리아는 그저 작게 입가에 미소를 띠우는 걸로 대답을 대신했다.

카이슈 백작은 그 모습에 크게 웃었다.

"하하하! 이거 다들 제법이군."

카이슈 백작은 은근한 눈으로 헬리아를 바라보았다.

"그대, 이름이 뭐지?"

"헬리오라 합니다."

"헬리오라…… 혹시 내 기사가 될 생각은 없는가?"

카이슈 백작의 말은 거침이 없었다. 바로 그의 주군인 벨리앙 백작이 앞에 있음에도 말이다. 은밀히 권유를 해도 무례한 일인데 이렇게 대놓고 남의 기사를 탐하는 것은 정말이지 벨리앙 백작을 무시하는 행태였다. 그러나 카이슈 백작은 기개 있고 패기 있는 자를 좋아했다. 백작의 사람이라 포기할 생각이었지만 아무래도 마음에 들었다.

"내 신뢰의 잔을 하나 더 올리지. 받아주겠는가?"

카이슈 백작은 마이슨이 때마침 가져온 다른 술을 술잔에 따랐다. 아마도 이것이 해독약일 것이다.

헬리아는 그것을 응시하다 입꼬리를 올렸다.

"죄송하지만 제 주군과 백작님이 신뢰의 술을 나눈 것처럼 저 또한 제 주군과 신뢰의 잔을 나누었습니다. 어찌 신뢰를 깰 수 있겠습니까?"

카이슈 백작의 미간이 살짝 치켜 올라갔다. 신뢰를 받는 자리에서 신뢰를 깨는 짓을 하겠느냐 하는 물음이었다.

"하, 하하하!"

카이슈 백작은 크게 웃었다. 한 방 먹은 듯한 표정이었다. 하기야 제 손으로 신뢰를 말하고 신뢰를 깬다면 그것보다 모양 빠지는 것이 어디 있겠는가.

'제법이야. 죽이긴 아깝지만, 어쩔 수 없지.'

카이슈 백작은 아쉬움을 뒤로하고 헬리아에 대한 마음을 접었다. 끌어안을 수 없다면 미련을 갖지 않는 것이 더 나았다. 거기다 카이슈는 자만에 빠져 있었다.

애초부터 카이슈 백작은 벨리앙 백작을 살려둘 생각이 없었다. 전쟁 중에 죽었다는데 문제가 있겠는가? 벨리앙 백작이 죽는다고 해도 전쟁 중에 죽은 것이니 그에게 아무런 문제가 가진 않을 터.

카이슈 백작은 만족스런 표정을 지었다.

"하하하! 그럼 벨리앙 백작, 군을 부탁하오."

그때였다.

"백작님."

낮고 스산한 남자의 목소리가 막사 밖에서 들려왔다. 카이슈 백작이 들어오라 말하자 막사의 천막이 걷히고 검은 로브를 입은 한 사내가 들어왔다. 바로 제롬이었다.

헬리아는 제롬을 발견하고 눈을 찌푸렸다. 이곳에 있는 줄은 익히 알고 있어 한 번은 보게 되지 않을까 싶었지만 가능한 보고 싶지 않은 자였다. 그 때문에 마법은 물론 변장에도 특히 신경을 썼다. 소드 마스터인 카이슈 백작이 같은 소드 마스터인 이안의 실력을 못 알아보게 하려고 얼마나 노력했던가. 베로니카 공작에게서 받은 마나 억제구가 아니었다면 들켰을 것이다.

"부르셨습니까?"

"제롬 경, 이번에 벨리앙 백작의 군대가 출전하게 되는데 아무래도 연락이 용이하지 않아서 말이지. 한 사람 빌려줬으면 하는데."

독으로도 벨리앙 백작을 믿지 못하여 흑마법사를 딸려 보낼 생각인 것이다. 제롬은 고개를 끄덕였다.

"알겠습니다."

제롬은 그 순간 자신을 향해 강렬한 살기를 내뿜고 있는 자에게 몸을 돌렸다. 바로 벨리앙 백작이었다. 차마 입 밖으로 내뱉지 못할 뿐 벨리앙 백작은 이를 악물고 그를 노려보고 있었다. 그만 아니었다면 마법진이 부서져 이런 일이 생기지도 않았을 것이다.

제롬은 그 시선에 입꼬리를 피식 올렸다. 그런데 그의 시선에 한 낯익은 얼굴이 들어왔다. 제롬의 눈이 좁아졌다. 그의 시선은 정확히 헬리아를 향했다. 갈색 머리에 잘생긴 미남, 특이하게도 금안을 지닌 자.

'어디서 봤지?'

왠지 제롬은 그에게서 시선을 떼지 못했다. 헬리아는 제롬의 눈초리에 뜨끔했지만 최대한 포커페이스를 유지했다.

'못 알아봐라, 못 알아봐라.'

그러나 그녀의 기도는 통하지 않은 듯 제롬이 헬리아를 향해 다가왔다. 이안도 살짝 긴장하는 것이 느껴졌다.

"너는……."

제롬의 눈이 뱀처럼 끈덕지게 헬리아를 옭아맸다. 제롬의 손이 헬리아의 머리카락에 닿았다.

"무슨 짓입니까?"

헬리아의 낮은 목소리에 제롬은 눈을 좁혔다. 그의 손이 떨어져 나갔다.

"죄송하지만 저는 그런 취향이 아닙니다."

헬리아의 말에 제롬은 기분이 나빠졌는지 손을 털었다. 그 모습을 카이슈 백작이 흥미진진하게 바라보았다.

"무슨 일인가, 제롬 경? 혹 그 기사가 마음에 드는가?"

"아닙니다."

제롬은 불쾌한 소리를 들었다는 듯 몸을 돌렸다.

"그럼 조치하겠습니다."

제롬이 유유히 막사 밖으로 나가자 헬리아는 그제야 안도의 한숨을 내쉬었다.

뿌우우우- 뿌우우우-

진군을 알리는 고동 소리가 카이슈 백작의 진영에 울려 퍼졌다.

"출전이다!"

"와아아아아!"

2만의 군대가 진군을 시작했다. 과거의 패배는 이미 그들의 기억 속에서 잊혀졌다. 그들의 머릿속에는 오로지 아르센 왕국군에 대한 설욕뿐.

그 무렵, 아르센 왕국군 또한 막 벨리앙 백작의 영지로 접어들기 시작했다.

휘이이잉-

거칠고 매서운 바람이 불어왔다. 언제 별빛이 반짝였냐는 듯 하늘에는 잿빛 구름이 가득했고, 이윽고 차가운 눈발이 흩날리기 시작했다.

그때 세찬 눈발을 가르는 존재가 있었다. 은빛 반짝이는 푸른 깃털의 새였다. 내리는 눈발과 이는 바람에 다른 새들은 날개를 펴볼 생각도 하지 못하는 것에 비해 그 새는 아랑곳하지 않고 유유히 어디론가 날아갔다. 때마침 새가 날아간 곳엔 아르센 왕국군의 진영이 있었다.

아르센 왕국군의 지휘 막사 안.

진격을 앞두고 한창 회의가 진행되고 있었다.

"이제 적들이 저 앞에서 우리를 기다리고 있다."

플로렌스 공작이 상석에 앉아 양쪽의 수뇌부들을 응시했다. 모두들 그의 말에 긴장하기 시작했다. 이제 곧 카이슈 백작의 군대와 맞붙게 될 것이다. 한차례 승리를 거두었으나 아직 그들이 수적으로 열세임은 변하지 않았다.

"조엘."

"예, 공작님."

플로렌스 공작가의 정보부를 맡고 있는 조엘 남작이 앞으로 나와 작전에 대해 설명하기 시작했다.

"현재 저들은 벨리앙 백작가에서 물자와 병력을 보급하고 이곳 네이만 평야에서 우리를 기다리고 있을 겁니다."

"다른 길은 없는가?"

굳이 그들이 기다리고 있는 평야로 들어가야 하는가. 그러나 조엘 남작은 고개를 저었다.

"1만의 군대가 벨리앙 영지로 진격할 수 있는 길은 이곳뿐입니다. 다른 길이라곤 산밖에 없는데 지리를 잘 모르는 우리로서는 오히려 적들의 공격에 역으로 당할 수 있습니다."

물러설 길은 없다.

"레토나 남작."

플로렌스 공작의 나직한 말에 레토나 남작이 힘차게 대답했다.

"예, 공작님!"

"선두를 이끌어주게."

"맡겨만 주십시오!"

레토나 남작이 가슴을 탕탕 치며 말했다. 그의 얼굴에는 자신감이 가득했다. 하지만 모두 레토나 남작과 같은 건 아니었다. 몇몇 수뇌부는 걱정스런 표정을 지우지 못했다.

"하오나 직접 부딪친다면 우리 군의 손실이 클 겁니다."

두 배 이상 차이가 나는 적을 상대하는 일이다. 혹여 이긴다 하더라도 손실이 클 것이다. 거기다 평야에서의 전면전이다. 적들은 이미 만반의 준비를 갖추었을 터, 여러모로 부담이 클 수밖에 없었다.

"눈도 심하게 내리고 있습니다. 쉽지 않습니다."

"눈은 걱정하지 말게. 곧 그칠 거라 했네."

"예?"

공작의 말에 말을 꺼낸 이는 어떻게 눈이 그칠 것을 알고 있는지 의문이 들었지만 조엘 남작이 먼저 입을 연 탓에 물어볼 수 없었다.

"눈은 그렇다 치더라도 지도를 보니 평야로 진입하기 전에 산이 있는데 매복의 가능성은 없는 겁니까?"

"그 점은 염려하지 않으셔도 됩니다."

"염려하지 않아도 된다? 그게 무슨 말이오, 조엘 남작?"

그가 의아한 듯 물었다. 그러자 조엘이 입가에 미소를 짓고 잠시 플로렌스 공작을 보았다. 공작이 고개를 끄덕이자 조엘이 입을 열었다.

"매복이 있으되 그들은 우리를 치지 않습니다."

"그게 대체 무슨 말이오?"

"이번 매복에 벨리앙 백작이 나설 것이란 정보가 입수되었습니다."

"벨리앙 백작이라니! 그럼 큰일이 아니오?"

누구보다 이곳 지리를 잘 아는 이가 아니겠는가. 수뇌부들이 술렁거리기 시작했다.

"그가 우리 군대를 공격할 일은 없을 것이다."

"무슨 뜻입니까?"

레토나 남작이 이해할 수 없다는 듯 눈매를 좁혔다. 공작 대신 조엘 남작이 대답했다.

"벨리앙 백작의 군대가 우리를 도울 것입니다."

"벨리앙 백작의 군대가?"

조엘 남작의 말에 막사 안에 있던 수뇌부들이 여전히 의아하다는 눈빛을 띠었다.

"벨리앙 백작이라면 제국의 귀족이 아닌가? 그가 왜 우리를 돕는단 말인가?"

"벨리앙 백작은 원해서 카이슈 백작의 군대에 물자를 지원한 것이 아닙니다. 강압에 의한 것이죠. 애초에 벨리앙 백작가는 황태자와의 관계로 현 황실에 눈엣가시 같은 존재입니다."

하지만 그것만으로는 수뇌부들의 의문을 풀기엔 요원했다. 그렇다 하더라도 자신들과 접점이 없지 않은가? 그러나 그 접점은 예상치 못한 곳에서 드러났다.

"미리 헬리아 공주님께서 백작과 접선을 마쳤습니다."

"헬리아 공주님이?"

다들 놀란 듯 눈이 커졌다. 그러고 보니 며칠 전부터 헬리아 공주의 모습이 보이지 않았다. 그것이 전부 이 일을 위함이었던가. 수뇌부들은 놀랍다는 반응을 보였다.

"하하, 역시 공주님이시군요!"

레토나 남작이 대단하다는 듯 말했다. 일전에 헬리아 공주의 힘을 목격했지만 설마 이런 식으로 또 그녀가 활약할 줄은 몰랐다.

"공주님께서 벨리앙 백작의 군대와 합류해 카이슈 백작의 측면을 노릴 것입니다."

"그렇게 되면 카이슈 백작으로서는 아주 허를 찔리게 되는 셈이군!"

조엘 남작이 입술을 끌어올렸다. 그도 이 소식을 듣고 얼마나 놀랐던가. 헬리아 공주가 앞서 간 곳이 벨리앙 백작가임은 알고 있었지만 백작과 이런 커넥션이 있을 줄은 몰랐다. 처음에는 과연 제국의 귀족인 벨리앙 백작이 자신들에게 힘을 보태줄까 걱정한 부분도 있지만 그 점은 플로렌스 공작이 보증했다. 아니, 플로렌스 공작은 헬리아 공주를 믿었기에 믿고 맡긴 것이다. 그간의 헬리아 공주의 행보로 보건대 믿지 않을 수 없었다.

"허! 이것 참!"

"그럼 이번 전략을 설명하겠습니다."

조엘이 빠르게 전략을 설명해 나갔다. 그럴수록 수뇌부들은 놀란 기색을 숨길 수 없었다. 벨리앙 백작의 지원, 그리고 매복의 전략이 매끄럽게 이어졌다. 아무리 상대가 2만의 군대를 보유하고 있어도 벨리앙 백작의 군대와 연계한 기습 공격이라면 할 만했다.

거기다 자신들에겐 아르센 왕국 최강의 검이자 소드 마스터인 플로렌스 공작과 놀라운 신위를 보인 헬리아 공주가 있지 않은가. 강에서처럼 그런 기적은 보이기 힘들지라도 어느 정도 힘을 낼 것이라 내심 다들 기대하고 있었다. 이후 세부적인 전략들이 세워지고 마지막으로 플로렌스 공작이 좌중을 훑어보며 입을 열었다.

"출전이다."

아르센 왕국군이 움직이기 시작했다.

❊

일단의 무리가 은밀히 산을 오르고 있었다.

바로 벨리앙 백작의 군대였다. 아르센 왕국이 네르만 평야로 들어서기 전 먼저 그들의 측면에 도착해야 했기에 하루 일찍 더 산에 올랐다. 물론 그것은 표면적인 이유였다.

최대한 제국군의 시야에서 벗어날 필요가 있었다. 벨리앙 백작령 인근의 산은 산세가 험한데다가 눈까지 내리고 있어 병사들은 금세 지친 모습을 보였다.

무엇보다 사기가 바닥이었다. 자신들의 영주가 카이슈 백작에게 붙잡혀 있는데다가 쓰고 버리는 미끼가 되었으니 어찌 안 그렇겠는가. 벨리앙 백작은 그런 병사들의 지치고 힘든 기색에 입술을 꽉 다물었다.

그의 시선이 헬리아에게 닿았다. 헬리아는 그의 고민을 알아차리고 고개를 저었다. 아직은 아니었다. 지금 그들에게 사실을 말해준다면 일을 그르치게 된다. 비밀은 아는 사람이 적을수록 지켜지는 법이다. 무엇보다 그들을 감시하는 자가 있었다. 그것은 또한 이곳까지 올 수밖에 없는 이유이기도 했다.

바로 흑마법사였다. 큰 키에 느끼하게 생긴 흑마법사는 삼십 대 후반 정도로, 그의 오만한 표정에는 귀찮음과 짜증이 섞여 있었다.

그때 이안이 헬리아에게 다가왔다. 헬리아는 이안을 향해 낮게 물었다.

"다른 자는?"

"없습니다."

헬리아의 눈이 가늘어졌다. 없단 말이지?

"언제 움직이실 겁니까?"

"이제 곧."

헬리아는 주의에 또 주의를 기울였다. 이안에게 혹여 다른 감시자가 있는지 확인하라 일렀고, 주변을 살핀 결과 흑마법사 외에 다른 이는 없는 것으로 확인됐다.

"이쪽을 봅니다."

헬리아가 생각에 잠겨 있을 때 이안의 목소리가 들렸다. 헬리아는 그의 말에 시선을 돌렸다. 흑마법사가 이쪽을 바라보고 있었다. 정확히는 헬리아, 그녀를 보고 있었다.

"뭔가 알아챈 건가?"

"그건 아닌 것 같습니다만 저 눈빛은……."

이안이 눈을 좁히며 무언가 더 입을 열려는 찰나였다.

"크윽."

벨리앙 백작이 갑자기 발목을 부여잡고 신음을 터뜨렸다. 옆에 있던 데이슨이 얼른 비틀거리는 그를 부축했다.

"백작님! 괜찮으십니까?"

"나는 괜찮네."

그러나 벨리앙 백작의 안색을 확인한 데이슨은 이를 악물었다. 원래 벨리앙 백작은 기사가 아닌 문관 출신인데다가 험한 겨울 산을 오르는 일이다. 젊은 병사들도 힘든 일인데 나이 든 벨리앙 백작은 어떠하겠는가.

데이슨은 하늘을 올려다보았다. 차츰 날이 어두워지는 게 오늘은 여기서 야영을 하고 내일 일찍 움직여야 할 듯싶다.

"백작님, 오늘은 여기서 야영을 해야 할 듯싶습니다."

"하나……."

"병사들도 지쳤습니다. 쉬게 해주시죠."

벨리앙 백작은 데이슨의 말에 그를 빤히 보다 고개를 끄덕였다. 그가 병사 때문이 아닌 자신 때문에 이렇게 말한다는 것을 알고 있지만 반대할 여력이 없었다.

"그리하게."

"모두 야영 준비를 하거라!"

데이슨의 말에 병사들이 깊은 한숨을 쉬며 야영할 준비를 마쳤다. 그러나 그때였다.

"뭐야?"

날카로운 목소리가 들려왔다. 그들을 감시하기 위해 따라온 흑마법사였다. 흑마법사는 눈을 찌푸리고 벨리앙 백작에게 다가왔다.

"왜 여기서 멈추지?"

"오늘은 너무 늦었소. 이대로는 제대로 움직이지 못할 것이오."

"아직 해가 떠 있다. 움직여도 충분해."

흑마법사가 날카롭게 응수하자 데이슨은 눈을 찌푸렸다. 뭐라 입을 열려고 할 때 먼저 선수를 치는 이가 있었다.

"그러다 일에 차질이 생긴다면 책임져 주시면 됩니다."

헬리아가 말했다.

"쳇."

흑마법사, 게이슨은 눈매를 좁혔다. 그러나 헬리아의 말처럼 책임을 지고 싶은 마음이 없었기에 한발 물러섰다. 게이슨이 마뜩치 않는 표정으로 물러나자 헬리아는 내내 얼굴에 쓰고 있던 투구를 벗고 벨리앙 백작에게 다가왔다.

"몸은 괜찮으세요?"

"괜찮네."

"너무 무리하진 마세요."

헬리아의 말에 벨리앙 백작은 그녀와 눈빛을 주고받고는 고개를 끄덕였다.

"이안."

"예."

헬리아가 고개를 끄덕이자 신호를 알아차린 이안이 눈을 빛냈다. 바로 흑마법사를 처리하는 일이었다.

세상에는 자살하는 방법도 여러 가지라고 하던가.

게이슨이 먼저 헬리아에게 다가왔다.

"이봐, 너."

게이슨의 부름에 헬리아는 잠시 이안을 보았다.

'어라, 혹시 뭔가 알아차린 거 아니야?'

이안도 뭔가를 느꼈는지 슬그머니 검에 손을 대었다. 게이슨은 그것을 아는지 모르는지 헬리아에게 성큼 다가와 예의 느끼한 미소를 지으며 말했다.

"이름이 뭐지?"

"……헬리오라 합니다."

헬리아는 왠지 모를 찝찝함과 꺼림칙함에 눈매를 작게 찌푸렸다.

게이슨은 자신의 턱을 매만지며 입꼬리를 올렸다.

"금안이라…… 보기 드문 눈동자로군."

헬리아의 몸이 흠칫했다.

'설마 알아봤나?'

헬리아는 주변을 살폈다. 그러나 다른 움직임은 포착되지 않았다. 이안의 경계도 점차 올라가 바로 검을 뺄 수 있도록 준비를 마쳤다.

"무슨 말씀이십니까?"

"후후후, 내 모를 줄 알았나?"

"……."

"이렇게 감쪽같이 나를 속이다니……."

"……대체 무슨 말씀이신지요?"

"여기서 말해도 되나?"

헬리아는 눈을 찌푸렸다. 그리고 이안에게 살짝 손짓했다. 우선 이 자리를 피하는 게 좋았다.

"……다른 곳으로 옮기지요."

"후후후, 좋아. 그렇게 나와야지."

그렇게 게이슨을 따라간 곳은 야영지에서 좀 더 벗어난 곳이었다. 거기서는 야영지의 불빛도 잘 보이지 않았다.

"어떻게 알았지?"

헬리아는 게이슨의 반응을 이해할 수 없었다. 변장도 완벽했다. 도대체 어떻게 자신을 알아본 거란 말인가? 그가 이렇게 쉽게 자신을 알아봤다면 분명 제롬도 자신을 알아봤을 터. 이는 문제가 컸다. 자신의 계획이 들킬 수 있는 일이었다.

'젠장, 역시 변장은 아니었나.'

그녀가 속으로 자책하고 있을 때, 게이슨의 입꼬리가 올라갔다.

"후후, 한 번에 알아차렸지."

"그 정도란 말이야?"

헬리아는 자신의 변장에 대해 좀 더 심도 깊은 연구를 해봐야 하나 싶었다. 하지만 고민은 거기까지였다.

"후우, 어쩔 수 없지."

"하하하, 그래, 그래야지."

헬리아는 손을 들어 올리려 했다. 애초에 흑마법사를 처리할 생각이었다. 실행이 조금 빨라졌지만 달라지는 건 없었다.

'제롬의 일은 다시 생각해 봐야겠어.'

이놈이 알고 있다면 제롬도 자신의 정체에 대해 알 확률이 높았다. 헬리아가 근처에 매복해 있는 이안에게 신호를 보내려는 순간, 게이슨의 입이 열렸다.

"하지만 말하지 않겠다."

"에? 뭐?"

이게 대체 무슨 개소리람? 헬리아는 이상한 눈으로 게이슨을 바라보았다.

"대신 조건이 있다. 흐흐흐."

게이슨이 음흉하게 웃으며 헬리아에게 다가왔다. 그러곤 손을 들어 그녀의 짧은—마법으로 짧게 바꿨다—금발을 손가락으로 건드렸다.

헬리아는 순간 오소소 소름이 돋았다. 그 상황을 지켜보던 이안이 검을 빼 들기 위해 몸을 움직였다. 하지만 헬리아가 고개를 저었다.

'설마 이놈…….'

자신의 생각이 정말 맞는 건지 잠시 생각하고 있던 헬리아에게 게이슨이 확인 사살을 해주었다.

"흐흐흐, 네가 나를 만족시킨다면 말이지. 후후, 네 취향은 단번에 알아차렸다. 너도 나와 같다는 것을."

'하! 이런 미친놈!'

헬리아는 어이가 없었다. 그 말을 듣고 보니 그가 좀 전에 했던 말들이 무엇을 뜻한 것인지 알아차렸다.

'그러니까 내가, 내가…….'

현재 헬리아는 누가 봐도 남자의 모습이었다. 아직까지 변장을 풀지 않았었다. 헬리아는 어이가 없는 걸 넘어 웃음이 났다.

"하하하."

게이슨이 그것을 자신의 제의를 받아들인 신호로 착각했는지 헬리아에게 손을 뻗었다.

그 순간, 그의 중요 부위에서 거대한 충격이 왔다.

"커, 커헉!"

"이런 변태 놈이."

"이, 이놈이!"

"내가 만약 그쪽 취향이라고 해도 너 같은 느끼한 놈은 사양이다."

헬리아는 자근자근 게이슨의 그곳을 밟아주었다.

"끄으으윽."

그 모습을 지켜보고 있던 이안이 다가왔다. 게이슨은 너무 고통스러워 일어나지 못하고 있었다.

"처리하겠습니다."

이안의 눈에 살기가 번들거렸다. 게이슨이 헬리아의 머리카락을 만졌을 때 그의 손을 벨 뻔했다.

헬리아는 끙끙거리는 게이슨을 보다 한 가지 묘책이 떠올랐다. 변태에겐 변태가 제격인 법.

"아니, 이런 건 적임자에게 맡기는 게 좋아."

"……적임자라면?"

"유니에게 부탁하지 뭐."

"……."

이안은 즉시 검집에 검을 다시 집어넣었다.

흑마법사를 처리하고 돌아오자 벨리앙 백작이 초조하게 그녀를 바라보았다. 헬리아는 미소를 지었다.

"이제 움직이지요."

그 말에 벨리앙 백작의 눈에도 힘이 생겼다. 드디어 반격의 시간이 돌아온 것이다.

❊

카이슈 백작의 막사 안.

졸졸졸-

카이슈 백작이 마지막 남은 술을 잔에 부었다. 그윽한 향기가 그의 코끝을 스쳤다.

"마지막 잔이로군."

입맛을 다시며 술잔을 들어 올리려는 찰나, 밖에서 인기척이 느껴졌다.

"백작님."

마이슨이었다.

"들어와라."

카이슈 백작은 들어온 마이슨 남작의 표정을 보고 입가에 미소를 지었다.

"이제야 왔군."

"예."

카이슈 백작이 몸을 일으켰다. 그의 눈동자엔 기대와 설렘이 가득했다.

"아르센 왕국의 철의 검이라 불리는 자를 드디어 만나게 되는군."

"절대 혼자 나서시면 안 됩니다."

마이슨이 우려 섞인 목소리로 말했다. 같은 소드 마스터라고 하나 실력에 차이가 있었다. 마이슨은 혹여 카이슈 백작이 그에게 지는 것을 염려했다. 그렇게 되면 사기는 물론이고 전력에도 큰 차질을 빚는다. 그러나 카이슈 백작은 귓등으로 그의 말을 흘려들었다.

"심장이 두근두근해. 후후후."

이제까지 카이슈 백작은 다소 괴팍하나 치밀한 성격을 보여주었다. 그 때문에 다들 그의 치밀한 성격에 폭급하다는 소문을 의심하다 검을 든 모습을 보고 다들 폭렬의 검이란 명칭이 왜 생겨났는지 이해했다. 검을 든 백작은 앞뒤 가리지 않고 뛰어드는 맹수와도 같았다. 이런 상태에 돌입하면 말리는 것은 요원한 일이다.

마이슨은 절로 한숨을 내쉬었다.

"부디 이기십시오."

"물론."

카이슈 백작의 눈이 번뜩였다.

"설욕을 시작하지."

❊

밤이 늦도록 그칠 기미가 보이지 않던 눈발은 아침이 되자 언제 내렸냐는 듯 그쳐 하늘은 구름 한 점 없이 새파랬다.

다그닥다그닥.

플로렌스 공작은 말을 탄 채 멀리 페르시아 제국군을 응시했다. 2만의 군대가 내뿜는 기세는 차가운 눈조차도 녹일 정도였다. 전날의 패배의 두려움은 희석되고 제국군에게 남은 것은 복수였다. 복수의 칼날을 갈고 있는 제국군을 바라보다 플로렌스 공작은 자신을 향해 살기를 날카롭게 쏘아대는 한 인형을 발견했다.

카이슈 백작. 페르시아 제국의 다섯 명의 소드 마스터 중 한 명.

플로렌스 공작과 카이슈 백작의 눈이 마주쳤다. 카이슈 백작은 상기된 표정으로 그를 보고 있었다.

'저자가 카이슈 백작이로군.'

플로렌스 공작의 눈이 가늘어졌다. 그에게서 뿜어져 나오는 기세는 그가 소드 마스터임을 증명케 했다.

그때였다.

히이이잉!

갑자기 말의 허리를 박차더니 카이슈 백작이 움직이기 시작했다. 순간 아르센 왕국군이 긴장했다. 군대가 움직일 거라 생각한 것이다. 하지만 제국군은 움직이지 않았다. 움직인 것은 오로지 카이슈 백작, 그 혼자뿐이었다.

다그닥다그닥.

카이슈 백작이 탄 말은 제국군과 아르센 왕국의 딱 한가운데에서 멈춰 섰다. 카이슈 백작이 검집에서 검을 뽑아 정확히 플로렌스 공작을 향해 겨누었다.

"나 카이슈 백작이 아르센 왕국의 검 플로렌스 공작에게 일기토를 청한다!"

명백한 도발. 그러나 이해할 수 없는 상황이었다. 현 상황은 누가 봐도 제국군이 유리했다. 그런 상황에서 어째서 일기토를 청하는가.

플로렌스 공작의 입꼬리가 올라갔다. 강렬한 투지를 불태우는 카이슈 백작의 모습이 그를 자극했다.

"거친 자로군."

"방심할 수 없는 자입니다."

헬리아 공주를 통해 이미 카이슈 백작에 대한 정보를 습득한 조엘 남작은 카이슈 백작의 의도를 쉽게 파악할 수 없었다. 이렇게 아무 생각 없이 움직이는 자인가? 하지만 플로렌스 공작은 손을 들어 그를 막았다.

"움직이겠네."

"공작님."

"검에는 거짓이 없군."

조엘 남작은 몇 번을 만류했지만 플로렌스 공작은 뜨거운 눈으로 자신을 바라보고 있는 카이슈 백작을 왠지 무시할 수 없었다. 무엇보다 지금의 상황은 오히려 왕국군에게 유리했다.

"조엘, 뒤를 부탁하지."

플로렌스 공작의 말에 조엘은 어쩔 수 없다는 듯 고개를 끄덕였다. 이렇게 된 이상 플로렌스 공작이 카이슈 백작을 이겨 승기를 철저히 이쪽으로 가져와야 한다.

조엘 남작은 플로렌스 공작이 승리하리라 믿어 의심치 않았다. 다만 걱정이 이는 것뿐이다.

"조심하십시오."

"물론이네."

플로렌스 공작이 말을 차며 앞으로 나섰다. 호승심이 일었다. 대군을 이끄는 지휘관이기 전에 한 명의 검사다. 그래서 카이슈 백작의 일기토를 거부할 수 없었다.

플로렌스 공작이 홀로 말을 타고 카이슈 백작이 있는 곳으로 다가갔다. 카이슈 백작은 그런 공작을 보곤 피식 웃었다.

"과연, 위명이 자자한 플로렌스 공작답군."

"그대가 카이슈 백작인가?"

플로렌스 공작의 검은 눈동자에 카이슈 백작은 온몸이 오싹해지는 것을 경험했다. 제국 안에서 같은 소드 마스터와 싸우는 것은 금기시

되어 있다. 그래서 카이슈 백작은 소드 마스터에 오른 뒤 가슴을 뛰게 하는 검사를 만나 보지 못했다.

"크크크큭, 이거 정말 가슴 뛰는군."

카이슈 백작의 머릿속에서 전쟁은 잊혀 갔다. 아마 마이슨이 조마조마한 눈으로 그를 보고 있으리라. 평소 꽤 치밀한 그의 성격이 검만 들면 바뀌었다. 그저 싸움과 또 싸움. 검을 든 카이슈 백작에겐 오로지 싸움뿐이었다. 그렇기에 그가 폭렬의 검으로 불린 것이다.

"나 제이크 플로렌스, 그대의 일기토를 받아들인다."

플로렌스 공작이 기세를 흘렸다. 그러자 카이슈 백작은 피부가 움찔하는 것을 느꼈다.

"이거 심장이 다 떨리는군."

"부디 그대의 실력이 내 가슴을 뛰게 해주길 바라겠네."

스으읏-

두 사람의 기운이 점점 더 강해졌다. 카이슈 백작은 검을 쥔 손에서 땀이 흘러내리는 것을 느꼈다. 하지만 그의 심장은 두근거렸다. 강자와의 싸움. 이 얼마나 가슴 뛰는 일인가.

"그럼 시작하지."

카이슈 백작의 검이 빠르게 플로렌스 공작을 향해 뻗어갔다. 두 소드 마스터의 충돌에 전장엔 숨 막히는 전율이 흘렀다.

❊

"하아, 하아."

벨리앙 백작의 숨소리가 거칠어졌다.

"백작님, 괜찮으십니까?"

데이슨이 힘겨워하는 벨리앙 백작에게 다가가 그를 부축했다. 나이도 있는데다가 애초에 몸을 단련한 무인이 아니기에 백작은 쉽게 지쳤다.

“나는 괜찮네.”

“하지만…….”

“조금이라도 단련을 할 걸 후회가 되는군.”

백작은 씁쓸히 말을 내뱉으며 마음을 다잡았다.

“자, 시간이 없네. 그렇지 않습니까?”

벨리앙 백작의 말에 헬리아가 고개를 끄덕였다. 그가 힘든 것을 모르지 않으나 이제 시간이 없었다. 이안이 헬리아의 곁으로 다가왔다.

“공주님.”

“알아.”

헬리아는 지친 벨리앙 백작을 지나치며 병사들을 바라보았다. 생각보다 병사들이 지치는 속도가 빨랐다. 헬리아는 쌓인 눈에 다리가 푹푹 빠지자 눈매를 좁혔다.

“눈이 이렇게 많이 올 줄이야.”

자연 앞에선 어떠한 계책도 속수무책이게 마련이다. 그나마 오늘 눈이 그친다는 걸 미리 알아서 다행이라고 할까. 헬리아는 눈을 찌푸리며 하늘을 올려다보았다. 맑은 하늘엔 구름 한 점 없었다. 다행히 날씨도 춥지 않아서 움직이기엔 무리 없었다.

“그나저나 엘라임은 언제 오는 거야?”

헬리아가 툴툴거릴 때였다.

[헬리아!]

헬리아는 멀리서 자신을 부르는 소리에 고개를 돌렸다. 목소리는 하늘 위에서 들려왔다. 하지만 다른 사람의 귀에는 평범한 새의 울음소리로만 들렸다.

푸드드득!

"새, 새다!"

"이쪽으로 오고 있어!"

갑자기 자신들 쪽으로 급강하하는 새를 눈치챈 병사들이 놀라 소리쳤다. 새는 그대로 병사들의 외침을 가로질러 헬리아에게 다가갔다. 매처럼 생긴 새는 특이하게도 푸른빛이 도는 은색 털을 지니고 있었다. 순식간에 헬리아에 도달한 새는 그대로 그녀의 어깨에 내려앉았다.

"도대체 왜 이렇게 늦게 온 거야?"

[그 공작이 얼마나 꼬장꼬장하게 물어보는데. 누구 아버지 아니랄까 봐. 이제 겨우 빠져나온 거라고.]

엘라임이 눈을 부라리며 이안을 노려보았다. 마치 그가 플로렌스 공작이라도 되는 듯이 말이다.

"공작님은?"

[네르만 평야에 도착했어.]

"서둘러야겠군."

그때였다.

콰아앙!

멀리서 강한 기파가 산을 강타했다. 헬리아와 이안, 엘라임이 흠칫 기파가 느껴진 곳으로 시선을 두었다. 네르만 평야가 있는 쪽이었다.

헬리아는 눈이 찌푸려졌다.

"이안, 이거……."

"아버지의 기입니다."

"그리고 나머지는 분명 그 카이슈 백작이겠지."

두 소드 마스터가 뿜어내는 강대한 기운은 멀리 떨어진 이곳까지 느껴질 정도였다.

[근데…….]

엘라임이 가느다란 눈을 더욱 좁혔다. 그러다 이내 사람의 모습으로 돌아왔다. 다행히 다들 굉음에 정신이 팔려 그가 사람으로 변하는 장면을 보지 못했다. 엘라임이 헬리아에게 다가와 그녀를 빤히 쳐다보았다. 그의 미간에 깊은 골이 패였다.

"도대체 뭘 먹은 거야?"

엘라임은 헬리아의 몸 안에 남은 기분 나쁜 기운에 표정이 싸늘하게 식었다. 헬리아는 엘라임의 태도에 조금 머쓱해졌다.

"독 같은 거라고나 할까."

"뭐? 독?"

엘라임이 사납게 이안을 노려보았다.

"왜 헬리아가 독을 먹게 놔둔 거지?"

"……."

엘라임의 낮은 목소리에 이안은 미간을 좁혔지만 변명하지 않았다. 그녀가 독을 먹은 것은 사실이니까.

"젠장, 내가 곁에 있어야 했어."

플로렌스 공작과 거리가 있다 보니 정확한 정보 전달을 위해 할 수 없이 엘라임이 직접 간 것이 화근이었다. 헬리아가 엘라임의 머리카락을 당겼다.

"걱정 마. 해독했으니까. 위험한 독도 아니었어."

"뭘 걱정 말라는 거야!"

맙소사. 엘라임은 제 이마를 부여잡았다. 정말이지 하다하다 이젠 독까지 먹는구나.

"하아……. 일부러 먹은 거야?"

헬리아가 씨익 맑게 웃어 보이자 엘라임은 깊게 한숨을 내쉴 뿐이었다. 저 얼굴에 뭐라 말하겠는가.

도대체 독은 언제 먹은 거람? 그러고 보니 헬리아와 같은 기운이 이안에게도 느껴졌다. 엘라임이 이안에 대한 적의를 거두고 동질감 어린 눈으로 그를 바라보았다.

'고생이 많다.'

'…….'

이안은 받아주진 않았지만 시선을 피하진 않았다. 하기야 헬리아가 하는 일을 그가 막을 수 있겠는가. 자신도 못 막는데. 그러나 엘라임은 헬리아에게 한 소리 하지 않을 수 없었다.

"무모한 짓 좀 하지 마."

엘라임의 말에 헬리아는 그저 웃을 뿐이었다.

"네가 있잖아."

"……."

헬리아의 말에 엘라임의 얼굴이 붉어졌다. 그새 기분이 좋아지다니, 자신도 참 중증이었다.

"하아."

다시 깊게 한숨을 내쉬었다. 그리고 그녀의 몸속에 있는 독의 기운을 몰아냈다. 헬리아는 자신 안에 있던 이물감이 사라지는 것을 느꼈다.

"혹시 모르니 이안하고 다른 이들도 부탁해."

"내가 무슨 해독약인 줄 알아."

툴툴거리면서도 엘라임은 이안의 몸 안에 남은 독성분도 빼내주었다. 그러면서 그의 몸에 물을 한 바가지 쏟아부어 이안이 검을 뽑아 들려 했지만 다행히 헬리아의 중재로 잘 넘어갔다.

콰아앙!

네르만 평야 쪽에서 다시 한번 거대한 폭음이 들려왔다. 그리고 정적이 찾아왔다.

"이안."

"……."

"한쪽 기운이 약해졌어."

엘라임의 말에 헬리아와 이안이 얼굴이 어두워졌다. 그러나 이안이 말했다.

"아버지는 누구보다 강하십니다."

"나도 알아."

플로렌스 공작이 카이슈 백작에게 지는 것은 상상조차 할 수 없었다. 하지만 걱정이 되지 않을 수 없었다. 무엇보다 카이슈 백작의 뒤에는 2만의 군대가 있었다. 어떻게든 두 사람의 승부가 났더라도 아직 전쟁은 끝난 것이 아니었다.

"백작님, 힘드시겠지만 속도를 좀 더 내야겠어요."

"나는 괜찮습니다."

헬리아 일행과 백작의 군대가 서둘러 산을 탔다. 엘라임이 병사들에게 기운을 불어넣어 준 덕에 올라왔을 때보다 더 빠르게 움직일 수 있었다. 거기다 벨리앙 백작 일행이 이곳 지리에 훤한 터라 더욱 신속하게 되돌아갈 수 있었다.

그때였다.

부스럭.

멀리서 작게 수풀 소리가 들려왔다. 벨리앙 백작과 뒤를 따르는 병사들은 그 소리를 듣지 못했고, 들었다 하더라도 그저 산짐승이 움직인 소리라고 치부할 정도였다. 하지만 이안과 엘라임은 그 소리를 듣고 즉시 발걸음을 멈췄다.

"헬리아."

"공주님."

두 사람이 멈추자 헬리아는 자연히 미간을 찌푸렸다.

푸드덕!

새들이 하늘로 날아올랐다. 마치 무언가에 놀란 듯. 무언가 불길했다. 헬리아도 자연 경계의 눈을 띠었다.

"백작님."

헬리아가 벨리앙 백작에게 시선을 주자 벨리앙 백작도 그런 그녀의 행동에 뭔가를 느끼고 데이슨에게 말했다. 데이슨이 고개를 끄덕이며 손을 들어 올렸다. 그러자 병사들이 멈춰 섰다. 모두가 멈추자 주변이 고요한 적막으로 둘러싸였다. 더 이상 새 소리조차 들려오지 않았다.

'뭐지?'

"누군가 다가오고 있어."

헬리아의 눈매가 날카로워졌다. 이안은 자연스레 검집에서 검을 빼든 상태였다.

"누군지 알겠어?"

"이 기운은……."

엘라임이 말하기 전에 헬리아는 스멀스멀 느껴지는 불쾌한 기운에 표정을 굳혔다.

"설마……."

"설마가 확실해."

"젠장!"

'마기!'

질척하고 스산한 기운이 등골을 쭈뼛 서게 만들었다. 흑마법의 기운이었다. 헬리아는 입술을 지그시 깨물었다. 자신의 변장이 문제인가? 아니면 감시자만으로는 부족했던 것일까? 도대체 어디에서 잘못된 거지?

"공주님."

이안이 스윽 앞으로 나섰다. 엘라임 또한 당장에라도 공격을 가할 준비를 마쳤다.

부스럭부스럭.

근처의 수풀이 움직이고, 곧 그 사이에서 마기를 풍기는 자의 모습이 드러났다.

"후후, 과연 당신이었군."

"또 네놈이냐?"

헬리아는 아니꼬운 표정으로 상대를 바라보았다. 정말이지 지긋지긋한 놈이다. 바로 붉은 머리에 붉은 눈동자를 지닌 제롬이었다.

❊

"크윽!"

카이슈 백작은 길게 베인 옆구리에 신음을 흘렸다.

뚝뚝-

붉은 핏방울이 하얀 눈을 새빨갛게 물들였다. 플로렌스 공작은 그런 카이슈 백작을 담담히 바라보았다.

'젠장, 이 정도로 격차가…….'

카이슈 백작은 으득 어금니를 깨물었다. 소드 마스터라고 다 같은 힘을 지닌 것은 아니다. 숙련도와 경험의 차이에 의해서 강하고 약하고의 차이가 존재한다. 그럼에도 카이슈 백작은 플로렌스 공작과 자신의 격차가 크다고 생각지 않았다. 그러나 그것은 그의 크나큰 착각이었다.

'이것이 왕국의 검인가?'

자신 또한 제국의 검이라 불리지만 한 나라를 대표하는 플로렌스 공작에 비할 바는 아니었다. 카이슈 백작은 저도 모르게 웃음이 터져 나왔다.

"하하하, 역시 대단하군. 정말 대단해!"

카이슈 백작이 비틀거리며 몸을 일으켰다. 이미 온몸은 피투성이가 되었지만 그의 투지만큼은 식지 않았다.

"이제 끝이로군."

플로렌스 공작이 숨을 내쉬며 카이슈 백작을 향해 검을 겨누었다. 플로렌스 공작 또한 카이슈 백작보다는 아니지만 그래도 온몸에 자잘한 자상을 입었다. 하지만 카이슈 백작이 큰 상처를 입은 것에 반해 플로렌스 공작은 얕은 상처와 호흡이 흐트러지는 것 외에 큰 부상을 입지 않았다. 승자와 패자가 확실시되는 순간이었다.

"크크크!"

카이슈 백작이 플로렌스 공작을 향해 검을 겨누었다. 그의 얼굴엔 웃음이 가득했다. 이렇게 목숨을 다하며 싸운 적이 언제였던가.

"아주 기분이 좋아!"

카이슈 백작의 눈이 광기로 물들었다.

"이미 싸움은 끝이 났네."

플로렌스 공작의 말에 카이슈 백작이 입안의 피를 뱉으며 말했다.

"어이, 아직 '전쟁'은 끝나지 않았다고."

카이슈 백작이 깊은 숨을 내쉬었다. 정신없이 싸웠던 것 같다.

"아쉽군, 아쉬워. 이런 상황이 아니었다면 마지막까지 싸우고 싶었는데."

카이슈 백작이 검을 높게 치켜들었다.

"전군! 진격하라! 아르센 왕국 놈들을 쓸어버려라!"

"와아아아아!"

거대한 함성과 함께 제국군이 움직이기 시작했다.

"크크크, 역시."

제롬은 제 입술을 혀로 핥으며 헬리아를 바라보았다. 헬리아는 순간 소름이 돋았다.

"어떻게 안 거지? 애초에 믿지 않았나?"

"역시 감시자를 처리했나?"

제롬은 헬리아 일행 사이에 흑마법사가 없는 것을 확인하고 입꼬리를 올렸다. 자신의 예감이 맞았다는 확신이 그에게 희열을 안겨주었다.

"그 눈, 결코 잊을 수 없지."

누가 들으면 열렬한 스토커인 줄 알겠다. 헬리아는 정말이지 질린다는 표정을 지었다.

'그것만 가지고 안단 말이야? 진짜 스토커 아니야?'

이번이 두 번째였다. 그러니 정말 눈 때문에 걸렸다는 걸 인정해야 할 것 같다.

'젠장, 눈을 어찌할 수도 없고.'

헬리아의 눈은 드래곤인 세르게니아의 피를 짙게 물려받은 탓에 어떤 짓을 해도 변하지 않았다. 거기다 그냥 금빛 눈동자도 아니고 묘한 기운을 풍기는 눈이었다. 그래도 외모는 물론 성별까지 바꾸었는데 쉽게 걸리다니 김이 빠졌다.

'변장을 하지 말아야 하나?'

헬리아는 짜증이 팍 올라왔다. 하지만 지금은 그것이 중요한 게 아니었다.

"흐, 흑마법사다!"

"흑마법사라니!"

누가 봐도 나 흑마법사요 하는 검은 로브를 두른 스무 명의 마법사가 등장하자 벨리앙 백작가의 병사들이 동요하기 시작했다. 수도 만만치 않았다. 물론 벨리앙 백작가의 병력이 이들보다 많지만 좁은 산속인 탓에 움직이는 것이 수월치 않았다. 거기다 아무리 수가 많아도 마법사는 다수를 상대하는 데 최적화되어 있었다.

"전부 다 끌고 왔구먼."

헬리아가 눈을 좁히며 흑마법사들을 둘러보며 말했다. 제롬이 입꼬리를 올렸다.

"같은 실수는 반복하지 않는다."

결코 이번에는 헬리아를 살려 보내지 않겠다는 굳은 의지가 명확했다.

"그 의지를 좀 건설적인 곳에다 써보는 게 어때?"

"내 목표는 네년을 죽이는 것이다."

"그것참, 너무 원대한 꿈이라 이룰 수 있을지 모르겠군. 하지만 차라리 다행이야."

헬리아가 한 발 앞으로 나섰다. 그러자 엘라임과 이안도 그녀의 옆에 자리했다. 헬리아의 금빛 눈동자가 번뜩였다.

"여기서 흑마법사를 모두 처리할 수 있으니까 말이야."

오히려 고마워해야 하나? 흑마법사들이 전장에 있다면 수가 적은 아르센 왕국군은 제국군을 상대로 꽤나 힘겨운 싸움을 벌여야 했을 것이다. 하지만 흑마법사가 이곳에 와 있는 지금 걱정을 덜었다. 물론 헬리아가 흑마법사들을 무찔러야 하지만.

스윽.

헬리아의 몸에서 힘이 흘러나오기 시작했다. 그와 함께 이안과 엘라임도 전투를 준비했다.

제롬이 소리쳤다.

"공주를 처리해라!"

제롬의 말에 흑마법사들이 마법을 시전했다. 바닥에서 스멀스멀 스켈레톤과 데스나이트들이 나타났다.

"백작님! 병사들을 이끌고 먼저 가세요!"

"그게 무슨 말입니까!"

벨리앙 백작은 헬리아의 말에 이해할 수 없다는 표정을 지었다. 적이 있다면 함께 쓰러뜨려야 하지 않겠는가. 그러나 헬리아는 고개를 저었다.

"장소가 좁아 오히려 싸우면 저희 쪽의 손해가 큽니다. 그러니 먼저 가세요."

"하지만……."

"백작님, 공주님의 말대로 하는 게 좋겠습니다."

데이슨 또한 헬리아 공주를 돕고 싶었으나 상황이 좋지 못했다. 차라리 좀 더 넓은 곳이었다면 병사들을 운용하겠지만 지금은 흑마법사의 마법 공격 한 번이면 병사들은 무기도 제대로 휘두르지 못하고 죽을 수도 있었다. 그러나 그 모습을 가만히 보고 있을 제롬이 아니었다.

"그렇게 놔둘 것 같으냐!"

이미 헬리아가 병사들을 보호하려 한다는 걸 깨달은 제롬은 음흉한 표정을 지었다. 인질이 널려 있는 게 아닌가.

"크크크! 병사들을 공격해라!"

흑마법사들의 공격이 병사들을 향했다. 흑마법사에 의해 소환된 스켈레톤과 다크나이트가 검은 기운을 내뿜으며 그들에게 달려갔다.

"엘라임!"

"알았어!"

헬리아의 외침에 엘라임이 스켈레톤과 다크나이트들을 한번에 쓸어버렸다. 그사이 벨리앙 백작과 데이슨이 병사들을 이끌고 산을 내려가기 시작했다.

"어딜!"

제롬이 마기를 끌어올렸다. 이전과는 비교할 수 없을 정도로 강력한 마기였다. 엑시온의 힘 덕분이었다.

"이안, 제롬을!"

"알겠습니다."

제롬이 앞으로 나서자 이안이 검에 오러블레이드를 두른 채 빠르게 그를 향해 쇄도했다.

"이놈!"

제롬은 자신을 향해 다가오는 이안의 모습에 왼뺨의 상처를 실룩이며 마기를 흩뿌렸다.

"죽어라!"

제롬의 공격이 이어졌지만 이안은 빠르게 피해내며 반격을 가했다. 헬리아 또한 가만히 있지 않았다. 이안이 제롬을 묶어두었지만 나머지 스무 명의 흑마법사는 건재했다.

파아앗-

헬리아의 몸에서 금빛 기류가 흘러나오기 시작했다. 그러자 그녀의 변장이 풀리면서 원래의 모습으로 돌아왔다.

"엘라임."

"맡겨둬!"

이내 헬리아의 힘을 받은 엘라임의 몸이 투명해지더니 주변의 공기가 요동쳤다.

우두두두두!

"누, 눈이 움직인다!"

엘라임의 푸른 머리카락이 흩날리는 눈발과 함께 나부꼈다. 헬리아가 입꼬리를 끌어 올렸다.

"세상에 물이 없는 곳은 없지, 엘라임!"

파아아앗!

밤사이 내린 눈이 허공에 떠오르기 시작하더니 날카로운 얼음 창이 되어 흑마법사들을 향해 날아갔다. 흑마법사들은 마법으로 엘라임의 공격을 막아내려 했지만 얼음 창의 수가 너무 많았다.

"크아아아!"

"아악!"

그 광경을 지켜보고 있던 제롬이 소리쳤다.

"버텨라! 저 힘은 오래가지 않는다!"

"이전의 내가 아니란 말씀!"

헬리아가 씨익 웃으며 힘을 더욱 끌어올렸다. 참으로 요상한 것이 힘을 쓸수록 몸에 부담은 쌓였지만 한편으로 힘을 받아들이는 양이 점차 늘어났다.

"엘라임, 아주 쓸어버려!"

헬리아의 눈동자가 금빛으로 물들었다. 엘라임의 힘이 더욱 강해졌다. 헬리아와 엘라임은 차례차례 흑마법사들을 처리해 나갔다. 아무리 흑마법사의 수가 많다 하나 유리한 주변 환경과 강해진 헬리아의 힘 앞에 속수무책이었다.

"한눈팔 때인가?"

그 순간 제롬의 빈틈을 이안이 파고들었다. 이안의 날카로운 검격이 제롬의 왼팔을 강타했다.

"크윽! 네놈이 감히!"

제롬이 막으려 했지만 이안의 공격이 더욱 빨랐다. 그의 검은 제롬의 공격을 막고 곧바로 그의 급소를 노려갔다.

"크아악!"

마기로 그나마 보호한 탓에 치명적인 급소는 피했지만 옆구리에 크나큰 상처를 입고 말았다.

콰아앙!

다른 흑마법사도 사정이 좋지 않은 것은 마찬가지였다.

"이, 이길 수 없어!"

"인간이 아니야!"

상대가 너무 강했다. 시도 때도 없이 닥쳐오는 날카로운 얼음 공격은 사방 어디로도 피할 곳이 없었다. 무엇보다 힘의 차이가 컸다. 흑마법사들은 헬리아와 엘라임의 합공에 방어하기 급급했고 종래엔 방어마저 힘겨워졌다. 장소가 협소한 것은 그들에게도 해당되는 말이었다.

"이렇게 당할 수는 없다!"

제롬의 외침이 커져 갔지만 오히려 헬리아는 눈동자를 짙게 빛내더니 싱긋 입가에 미소를 띠었다.

"자, 그럼 마무리로 들어가 볼까?"

그리고 거대한 폭음이 울려 퍼졌다.

⁂

챙! 채앵!

카이슈 백작이 이끄는 제국군과 아르센 왕국군이 격돌했다. 맹렬하게 몰아치는 제국군의 공격에 아르센 왕국군은 수적으로 열세였지만 밀리는 기색 없이 맞서 싸웠다. 무엇보다 플로렌스 공작이 카이슈 백작을 이겼기에 왕국군의 사기가 높았다. 거기다 카이슈 백작은 부상으로 뒤로 물러난 것에 반해 플로렌스 공작은 전쟁의 선두에 나서 적들의 목을 베었다.

제국군은 소드 마스터가 내뿜는 오러블레이드에 속절없이 당하고 말았다. 2만 대 1만이었으나 제국군의 수적 우위는 크지 않았다. 그 모습을 지켜보며 카이슈 백작은 흥미로운 눈으로 플로렌스 공작을 관찰했다.

"대단하군. 술이라도 한잔하고 싶은 자야."

"지금 감탄할 때가 아닙니다!"

"뭘 어쩌겠어."

마이슨은 깊은 한숨을 내쉬었다. 평소에는 제법 이성적인 백작이 검에 관해서는 이성을 잃었다. 지금도 자신들의 군이 밀리고 있는 와중에 공작을 보며 놀라워하지 않는가.

"그보다 상처는 괜찮습니까?"

마이슨이 걱정스런 표정으로 카이슈 백작을 보았다. 그러나 카이슈 백작은 자신의 상처가 중요한 것이 아니었다.

"그보다 제롬은 어찌 되었기에 아직 소식이 없지?"

아무래도 벨리앙 백작의 군대가 마음에 걸린다며 뒤따라간 제롬이었다. 한데 이후로 소식이 없었다.

"문제없이 잘 도착한 것이 아닙니까? 지금쯤이면 아르센 왕국군의 측면을 점하고 공격에 나설 것입니다."

"하지만 너무 늦는데."

카이슈 백작은 불길한 예감에 눈을 좁혔다. 제롬이 흑마법사를 대거 이끌고 간 탓에 전력에 차질이 생겼다. 흑마법사가 없으니 상대측의 마법사를 상대할 자가 없어 그 피해는 고스란히 기사와 병사들이 받게 되었다. 제국군이 수가 많음에도 우위를 차지하지 못하는 이유 중 하나는 바로 흑마법사의 부재였다. 빨리 왕국군을 공격하면 모르겠지만 소식이 영 없는 것이 이상했다.

"마이슨, 검을 가져와라."

카이슈 백작이 자리에서 일어섰다. 마이슨이 그를 만류했다.

"부상이 심합니다."

"이 정도 부상쯤이야. 내가 아니면 누가 저자를 막을 수 있지?"

"하지만……."

마이슨은 좀 더 만류하고 싶었으나 플로렌스 공작은 볏짚을 베어 넘기듯 제국군을 처리하고 있었다. 소드 마스터는 소드 마스터가 상대해야 한다.

"이대로 끝내기엔 아깝지."

어떻게 만난 소드 마스터인데.

"이 전쟁에서 지면 저희는 끝입니다."

"크크크, 어떻게든 되겠지."

"백작님!"

검을 들면 이렇게 막무가내로 변한다니까! 마이슨은 답답한 마음이 들었지만 이내 카이슈 백작이 벌써 막사 밖으로 나서고 있었다.

그때였다.

"배, 백작님!"

한 기사가 다급한 목소리로 카이슈 백작에게 다가왔다. 카이슈 백작은 미간을 좁혔다.

"무슨 일이냐?"

"크, 큰일 났습니다!"

"큰일이라니?"

카이슈 백작은 심기가 사나운 듯 기사를 노려보았다. 그러나 기사는 그의 눈초리보다 지금의 상황이 더 다급했다.

"후, 후방에 적이 들이닥쳤습니다!"

"적이라니? 그게 대체 무슨 말인가!"

마이슨이 놀란 듯 기사에게 따졌다. 그러나 기사가 설명도 하기 전에 멀리서 비명이 들려왔다.

"크아아아!"

"저, 적이다!"

"베, 벨리앙 백작의 군대다!"

마지막 소리에 카이슈 백작과 마이슨이 놀란 듯 서둘러 소리가 난 방향으로 몸을 돌렸다. 그리고 본 것은 멀리서 자신을 바라보고 있는 벨리앙 백작이었다.

"벨리앙 백작!"

카이슈 백작이 분노의 일갈을 터뜨렸다.

어째서 그가 이곳에? 제롬은 대체 무얼 하고 있는 거지? 갖가지 생각이 들었다. 하지만 그가 생각을 정리하기도 전에 느껴지는 위협적인 기운에 몸을 피했다.

촤아악!

뒤에 있는 막사가 반으로 갈라졌다. 오러블레이드였다.

"소드 마스터!"

카이슈 백작의 눈이 번뜩였다. 그리고 보았다. 플로렌스 공작과 똑 닮은 검은 머리카락에 검은 눈동자를 지닌 청년을.

이안이었다.

"네놈은……."

카이슈 백작이 뭐라 입을 열기 전에 먼저 들려온 목소리가 있었다.

뚜벅뚜벅.

혼란스런 와중에 천천히 걸어오는 한 여인. 그 모습이 너무 이질적이라 카이슈 백작은 쉽게 눈을 떼지 못했다.

"너는……."

그 순간 그의 눈동자가 커졌다. 금발에 금안을 지닌 여자!

"반갑습니다, 카이슈 백작."

"설마……."

카이슈 백작은 낯익은 얼굴에 침음을 삼켰다. 어째서 저 여자가 이곳에?

"아르센 왕국의 헬리아라 합니다."

헬리아가 싱긋 웃으며 백작을 보았다. 카이슈 백작은 그 순간 알 수 없는 소름이 등줄기를 타고 올라왔다.

'이자가 헬리아 공주!'

1만의 병사를 한순간에 죽음으로 몰고 간 여자.

"자, 그럼 이 지긋지긋한 싸움을 끝내보죠."

그녀의 눈이 선명한 금빛을 띠기 시작했다.

제3장 드래곤 레어

쏴아아아—

캄캄한 어둠 속에서 차가운 빗줄기가 내렸다. 헬리아는 온몸이 젖어 드는 것을 느끼며 주변을 살폈지만 보이는 것은 온통 시커먼 어둠뿐이었다.

'이곳은…….'

전에 보았던 그곳. 한번 꾸었던 꿈속이었다.

'같은 꿈을 꾼 건가?'

가끔 꿈을 이어서 꾸는 경우가 없지 않은 일이라 헬리아는 대수롭지 않게 생각했다. 어차피 꿈일 테니.

헬리아는 어디론가 걸어갔다. 그저 걸음이 옮겨졌다. 으레 꿈이 그렇듯 헬리아도 꿈이라 인식은 하지만 제 몸을 마음대로 움직이진 못했다. 그렇게 얼마를 갔을까.

'빛?'

멀리서 작은 빛이 그녀의 눈이 들어왔다. 아주 작은 불빛이었지만 왠지 모르게 포근하게 보였다. 헬리아는 그 불빛이 있는 곳까지 다가갔다. 작은 불빛은 그녀의 생각과 달리 컸다. 어느새 그 불빛은 작은 촛불 크기에서 사람만 하게 변해 있었다.

'……사람?'

헬리아는 캄캄한 어둠 속에서 환한 빛을 뿜어내는 것이 사람임을 확인했다. 여인인 듯 길고 긴 탐스러운 머리카락은 금빛으로 반짝였다. 하지만 뒤로 돌아선 채라 그녀의 얼굴이 보이지 않았다. 헬리아는 왠지 익숙한 느낌이 들어 그녀에게서 손을 뻗었다.

그 순간 헬리아가 본 것은 바로 자신의 얼굴이었다.

짹짹짹!

헬리아는 귓가에서 울리는 새의 지저귐 소리에 무거운 눈꺼풀을 밀어 올렸다. 그러자 보이는 것은 어느 방 안인 듯 따뜻하고 포근했다. 헬리아가 고개를 돌리자 자신을 응시하고 있는 한 쌍의 눈동자가 보였다. 맑고 투명한 푸른빛의 눈동자에는 애정이 담겨 있었다.

"깼어?"

"……엘라임?"

헬리아는 잘 보이지 않는 시야에 눈을 몇 번 깜빡이고는 다시 주변을 둘러보았다.

"여긴?"

"벨리앙 백작가야."

"벨리앙 백작가? 아……."

헬리아는 그제야 기억이 떠올랐다. 헬리아와 벨리앙 백작의 군대가 제국군의 후방을 쳐 카이슈 백작을 사로잡았다. 뿐만 아니라 카이슈 백작이 붙잡히고 제국군의 사기가 크게 떨어져 결국 승리는 왕국군에게 돌아갔다.

"이겼구나."

헬리아는 지끈거리는 머리를 부여잡으며 침대에서 상반신을 일으켰다. 그러자 순간 훅 하고 심장에서 격통이 느껴졌다.

"너무 무리했어."

엘라임이 짐짓 화가 난 표정을 지어 보였다. 헬리아는 쓰게 웃으며 심장을 꾹 눌렀다. 그러자 어느 정도 통증이 가라앉았다.

"정말 그러다간 심장이 버티질 못할 거야."

"알고 있어."

"알고 있는 사람이!"

엘라임이 입술을 질끈 깨물었다. 헬리아가 쓰러지면 그가 할 수 있는 일이 아무것도 없다. 그렇기에 그는 더욱 화가 나고 분했다.

"그래도 점점 익숙해지는 것 같아. 사람이란 게 역시 적응의 동물 아니겠어."

드래곤의 힘이라 명명한 이 힘은 쓰면 쓸수록 사용할 수 있는 시간과 힘의 크기가 점점 늘어났다. 어찌 보면 좋은 징조가 아닐까.

"익숙해지기 전에 부서질 수도 있어."

"걱정 마, 나 헬리아라고."

"그게 문제라고."

엘라임은 푹 한숨을 내쉬었다. 어찌 그녀를 말릴 수 있겠는가. 엘라임은 헬리아의 어깨에 고개를 푹 묻었다.

"다치지 마."

"네가 있잖아."

"당연하지."

엘라임은 굳은 눈으로 말했다. 하지만 불안이 사라지는 건 아니었다. 헬리아는 고삐 없는 야생마와 같았다. 언제나 이성적인 그녀이지만, 아니, 그녀 스스로는 이성적이라 여기고 행동하지만 남이 보기엔 정말이지 무모하기 그지없었다. 9년이 넘는 시간 동안 그녀를 지켜본 엘라임이지만 마음을 자각한 뒤로는 초조하고 더 가슴을 졸여야 했다. 헬리아가 그런 엘라임의 머리에 콩 하고 꿀밤을 먹였다.

"아파."

"별 시답지 않은 걱정하지 말고. 상황은 어떻게 되었어?"

"네 손은 아프다고."

엘라임은 투덜거리면서 말했다.

"카이슈 백작은 지하 감옥에 수감되어 있고, 현재 이곳에 아르센 왕국군이 주둔할 것 같아."

"벨리앙 백작에겐 미안한 일이 되었네."

이제 벨리앙 백작은 제국과 돌이킬 수 없이 척을 지게 되었다. 곧 벨리앙 백작의 소식이 황도에 전해질 것이다. 하지만 헬리아는 씁쓸한 미소만 지을 뿐이었다. 애초에 헬리아가 벨리앙 백작가에 온 순간, 아니, 백작이 헬리아를 받아들인 순간 이런 상황을 예측했을 터. 그만큼 벨리앙 백작도 구석에 몰려 있었던 것이다.

"그보다 제롬은?"

헬리아는 지긋지긋한 스토커를 떠올리며 눈매를 찌푸렸다.

"보는 게 빠를 거야."

"음?"

엘라임의 말에 헬리아는 고개를 갸웃거렸다.

"끄아아아!"

감옥 안에서 비명이 들려왔다. 간수는 짜증이 나는지 귀를 막았지만 도통 저 소리가 멈출 기미는 보이지 않았다. 어찌 수감자의 입을 막아볼까 생각도 했지만 가까이 가기도 무서워 속으로 애간장만 태울 뿐이었다.

"저 새끼, 미친 거 아니야?"

"글쎄요."

함께 감옥 안에 있는 카이슈 백작과 마이슨이 눈을 찌푸리며 소리를 치는 수감자를 보았다.

"이봐! 방 좀 바꿔달라고!"

그러나 간수는 이미 귀를 단단히 막은 상태라 그의 목소리가 들리지 않았다.

"젠장, 이게 무슨 꼴이야."

카이슈 백작은 제 손목을 채우고 있는 마나 구속구를 보며 자신의 신세를 한탄했다. 그렇게 무참히 질 줄이야. 플로렌스 공작과 맞부딪친 후라지만 설마하니 새파랗게 어린 여자에게 그렇게 처참하게 질 줄은 몰랐다. 차라리 플로렌스 공작의 아들놈에게 졌다면 이렇게 분하지는 않지.

"인간 맞아?"

"일반인 기준으로 보면 백작님도 인간 같진 않으시죠."

마이슨이 깊게 한숨을 내쉬었다. 이제 그들의 앞날은 죽음뿐 아니겠는가. 그나마 살려둔 이유는 아마 정보를 얻기 위함일 터. 마이슨은 이런 고민스런 상황에도 신경이 무쇠로 만들어졌는지 아무렇지 않은 듯한 카이슈 백작을 보며 고개를 저었다.

"걱정 마라."

"예?"

"죽일 생각이었다면 전장에서 죽였을 것이다. 뭔가 이유가 있겠지."

"그 이유를 다 달성하면 죽이지 않을까 싶습니다만."

"뭐 그럼 어쩔 수 없지."

이미 패배한 순간부터 카이슈 백작은 삶에 대한 의지를 접었다. 그저 지금은 살아 있는 동안이라도 저 시끄러운 소리를 듣지 않았으면 좋겠다는 생각뿐이었다.

"무슨 돼지 멱따는 소리도 아니고."

"제법 잘 지내나 보군요."

그때 감옥 안에서 듣기 힘든 맑고 고운 목소리가 들려왔다. 카이슈 백작과 마이슨이 고개를 돌리자 그곳에 금발의 헬리아가 서 있었다. 카이슈 백작의 미간이 와락 구겨졌다.

"헬리아 공주."

카이슈 백작은 속이 뒤틀렸지만 이미 패자와 승자가 명확했다. 무슨 말을 하겠는가.

"귀하신 몸께서 여긴 무슨 일이지?"

"끄아아아!"

또다시 비명이 터져 나왔다.

"젠장, 저 미친 새끼 좀 어떻게 좀 해보라고!"

"다행히 그럴 생각으로 왔습니다."

헬리아는 카이슈 백작을 지나 비명을 지르는 이, 제롬에게 다가갔다. 카이슈 백작에 관해서는 플로렌스 공작이 알아서 할 것이다. 그를 죽이든 죽이지 않고 이용하든. 그녀에게 중요한 이는 제롬이었다.

"끄아아아!"

가까이 다가가니 귀를 찢을 듯한 비명이 더욱 커졌다.

헬리아는 간수에게 물었다.

"도대체 언제부터 저런 거지?"

"이튿날부터 저럽니다."

헬리아는 비명을 지르고 있는 제롬을 보았다. 상태가 가히 좋지 않았다. 헬리아에게 당한 상처는 물론이고 무언가 문제가 있는 듯 시커먼 마기가 들쑥날쑥 몸 안팎을 끊임없이 드나들고 있었다.

"마나가 역류한 것 같습니다."

"역류?"

이안의 말에 헬리아는 미간을 좁혔다.

"전에는 문제없었는데? 그동안 뭔가 이상이 생긴 건가. 엘라임, 저 녀석 좀 어떻게 해봐."

"알았어."

엘라임이 제롬에게 손을 뻗었다. 그러자 그의 정순한 기운이 제롬을 향해 쏟아져 들어갔다.

"끄, 끄억!"

제롬은 마기와 정반대인 깨끗한 기운이 들어오자 몸을 뒤틀었지만 곧 무슨 일이 있었냐는 듯 잠잠해졌다. 그와 동시에 감옥 안을 가득 채운 마기도 사라졌다.

"효과가 있군."

"온몸이 텅 비었지만 말이야."

엘라임은 제롬의 몸 안에 있는 마기를 모두 밖으로 내보냈다. 그 덕분에 제롬의 몸 안에는 마기가 한 톨도 남아 있지 않았다.

"끄, 끄윽."

제롬이 눈을 찌푸리더니 천천히 정신을 차렸다. 그리고 헬리아를 보고는 이를 갈았다.

"네년이!"

"그래, 좀 정신이 들어?"

"크, 크윽. 나, 날 어떻게 한 거지?"

제롬은 자신의 몸 안에 마기가 사라지자 놀란 듯 눈을 부라렸다.

"뭐 살려 준 거지. 안 그랬으면 마나가 역류한 채로 죽었을 테니까."

"마나가 역류해?"

"몰랐던 모양이지? 마기가 역류해서 고래고래 소리를 지르더니."

"……."

제롬은 전혀 예상치 못한 듯 놀라 말을 잇지 못했다. 그렇다면 그를 살려 준 것은 바로 헬리아 공주가 되리라.

제롬이 얼굴을 일그러뜨렸다.

"무슨 생각이지?"

"지금부터 생각 중이야. 널 어떻게 할지. 그렇다고 풀어주기엔 스토킹당하는 것도 이제 지긋지긋하거든."

"죽여라, 아니면 내가 반드시 네년을 죽이겠다."

제롬의 살기에 헬리아는 피식 웃었다.

"이왕 이렇게 된 거 하나 물어보지."

"내가 말할 거라고 보나?"

제롬이 으르렁거렸다. 헬리아는 그의 태도에 우선 그를 무장해제할 필요성을 느꼈다.

"너 라몬 공작과 무슨 사이지?"

"……."

제롬의 눈동자가 순간 흔들렸다. 헬리아는 그것을 놓치지 않았다.

"붉은 눈과 붉은 머리카락이라. 생각보다 드물거든. 그런 색."

"……."

"우연이라고 하기엔 너무 운명적이라. 설마 라몬 공작이 네 아버지인가?"

제롬은 말을 잇지 못했다. 그러나 이를 드러내며 분노를 표했다. 그것에 헬리아는 유니를 통해 제롬에 대한, 아니, 정확히는 라몬 공작의 가족에 대해 조사하여 알아낸 정보를 떠올렸다.

'설마 나도 라몬 공작의 아들인 줄은 몰랐는데 말이지.'

공식적으로 라몬 공작에게는 아들이 없었다. 아예 가정을 꾸렸다는 말이 없었으니까. 하지만 아들이 있었다. 세상 어디에도 드러내지 않은 아들. 콕 하고 찔러봤더니 빙고였다.

'보아하니 아들 대접이 아니라 부하 대접이었구먼.'

"설마 아들이었을 줄은 몰랐는데, 이거 월척 아닌가?"

"무슨 소리냐?"

"아들이라면 몸값 좀 지불하겠지. 아무래도 전쟁은 돈이 들어서 말이야."

헬리아의 말에 제롬은 어이가 없다는 듯이 피식 웃었다. 냉소가 어린 웃음이었다.

"그분이 그런 짓을 할 리가 없다."

'역시 그렇군.'

그러나 헬리아는 일부러 의아하다는 듯 말했다.

"아버지인데?"

"……."

"이거 참, 버려진 건가."

"난 버려지지 않았다!"

"그게 버려진 거지. 아닌가? 구하러 오지도 않을 테고, 쓰고 버리는 도구 정도겠네."

"이익!"

"그래서 도구님, 이제 어쩌실 생각인지?"

"난 도구가 아니다!"

"도구가 도구라고 말하는 거 봤나? 쓰는 사람이 도구라고 하니까 도구인 거지. 노예처럼 아무 이유 없이 쓰는 사람의 말을 듣는 자. 그게 도구다."

"……."

제롬은 이를 악물었다.

"라몬 공작에게 그렇게 충성할 필요가 있는 건가? 어차피 이대로 죽으면 개죽음이고, 다시 돌아가면 도구로 평생을 살겠지. 아버지인데,

이것 참, 불쌍해라."

'우와, 나쁘다.'

엘라임은 그 모습을 바라보며 혀를 내둘렀다. 아예 제롬을 라몬 공작의 도구로 콕 못을 박았다. 거기다 헬리아가 쐐기를 박았다.

"실패자에겐 마기를 역류하게 만들다니."

"……그게 무슨 소리냐?"

"어머, 몰랐나? 왜 마기가 역류한 건지?"

제롬의 눈동자가 흔들렸다. 하도 당한 게 있어서인지 지레짐작한 모양이다.

'찬스로군.'

헬리아가 그것을 놓칠 리 없었다.

"다른 자들도 모두 마기가 역류해 손쓸 틈도 없이 죽었더라."

"……."

제롬은 말이 없어졌다.

"결국……."

낮게 내뱉은 제롬의 말을 헬리아가 못 알아들을 리 없었다. 하지만 듣지 못한 척 말을 이었다.

"뭐 잘 생각해 보라고."

헬리아는 생각에 잠긴 그를 내버려 둔 채 감옥을 빠져나왔다. 감옥을 나오자 엘라임이 물었다.

"근데 정말 회유하게? 믿을 만한 자가 아니야."

"어디든 써먹을 때가 있겠지."

마기 역류 소리는 그냥 던져 본 말이었다. 솔직히 헬리아도 왜 제롬의 마기가 갑자기 폭주한 건지 알지 못했다. 그저 뭐라도 건져 볼까 하고 던진 말에 알아서 걸려준 것이다. 지금쯤 제롬의 머리가 복잡할 터.

"개똥도 쓸데가 있다고 하니까."

헬리아의 짓궂은 웃음에 엘라임과 이안은 고개를 저었다.
"자, 그럼 서둘러 움직여야지."
"어디로?"
"이제 움직여야지."
헬리아의 눈이 진지하게 변했다. 어머니 세르게니아의 드래곤 하트, 그것을 찾으러 말이다.

❊

콰앙!
대전 안이 거세게 울렸다. 대신들은 고개를 조아린 채 황제의 분노를 받아야만 했다. 황제에게서 뿜어져 나오는 살벌한 기운에 다들 부들부들 몸을 떨었다. 페르시아 제국의 황제 카사스 2세는 그런 귀족들을 바라보며 혀를 찼다.
"말을 해보라."
카사스 2세가 날카로운 눈으로 귀족들을 일일이 바라보았다. 그러나 귀족들은 차마 그와 눈을 마주치지 못했다.
"3만이다. 그런데 저들은 고작 1만에 불과했다. 그런데 대패를 해?"
콰앙!
카사스 2세가 손으로 의자걸이를 내려치자 단단한 나무에 황금으로 도금된 손잡이가 와작 부서졌다. 그럼에도 황제의 분노는 쉬이 꺼지지 않았다. 북과 동으로 승리를 쟁취하며 영토를 넓혀가는 제국이었지만 유독 남쪽으로는 기를 펴지 못했다. 어제 올라온 알라스 강 전투와 네르만 평야 전투에서의 대패 소식은 그의 분노를 샀다.
"카이슈 백작은?"
"그, 그것이 생사 불명인지라……."

"쯧!"

카사스 2세가 혀를 찼다. 그의 대계가 고작 아르센 왕국군에게 막혀야겠는가. 생각지 못한 복병에 카사스 2세는 심기가 불편했다. 거기다 황태자의 반군 세력 또한 그의 골칫덩어리 중 하나였다. 큰 파급력은 없었으나 그의 신경을 잘근잘근 잡아먹었다.

황제의 눈이 날카로워졌다. 황태자든 아르센 왕국이든 그의 눈에서 치워 버려야 했다.

"라몬 공작."

"예, 폐하."

"흑마법사를 더 동원하여 무슨 방법을 써서라도 아르센 왕국을 지워라."

"명 받잡겠습니다."

라몬 공작을 고개를 숙였다. 그러나 그의 표정은 무언가 복잡한 듯 미묘했다.

라몬 공작은 회의가 끝나자 바로 엑시온이 있는 별관으로 향했다. 이곳에서 하루에도 수십 명의 처녀가 목숨을 잃었지만 어느 누구도 그것에 대해 뭐라 하는 이는 없었다.

"여쭈거라."

"예."

시종이 라몬 공작의 방문을 알리자 엑시온의 목소리가 들려왔다. 라몬 공작은 그제야 방 안으로 들어섰다. 그러자 짙은 피 냄새가 가득 풍겨왔다.

"무슨 일이지?"

의자에 앉아 있던 엑시온이 한 처녀의 목줄기를 잡고는 그를 바라보고 있었다. 처녀는 두려움에 소리를 질렀지만 이내 미라가 된 채 먼지가 되어 스러졌다. 처녀의 생기는 엑시온의 영양분이 되었다. 엑시온은 미간을 찌푸렸다. 마치 상한 음식을 먹은 듯한 표정이었다.

"처녀의 상태가 좋지 못해. 제대로 보내고 있는 건가?"

"송구하오나 인근의 처녀를 거의 잡은지라."

"그래서 못 구해 오겠다는 건가?"

"……조치하겠습니다."

라몬 공작은 이를 악물었지만 엑시온의 말을 부정할 수 없었다. 엑시온이 가져다준 마기가 그를 한층 강하게 만들었기 때문에 거절할 수 없었다.

"그래, 무슨 일이지?"

엑시온이 다시 묻자 라몬 공작이 입을 열었다.

"좀 더 힘을 빌려주시길 바랍니다."

"힘이라, 이미 백 명의 흑마법사에게 힘을 주지 않았던가?"

엑시온은 스스로 움직이기보다 흑마법사에게 힘을 주는 방식으로 라몬 공작을 도왔다. 그 외에 그가 하는 일이라곤 이렇게 여인들의 힘을 취하는 것뿐이었다. 이전과 달리 처녀들의 힘을 취하지 않는다고 해서 육신이 무너지진 않았다. 그럼에도 엑시온은 더 많은 처녀를 갈구했다. 마치 무언가 목표가 있는 것처럼.

"송구합니다."

라몬 공작은 그저 고개를 숙이고 청할 뿐이었다. 대신 그가 혹할 만한 정보를 가져왔다.

"말씀하신 산맥에서 이상한 장소를 발견했습니다."

엑시온의 입꼬리가 올라갔다.

"역시나."

"흑마법사를 최대한 파견하여 조사 중에 있사오니 금방 드래곤 하트를 가져올 수 있을 겁니다."

"방심해선 안 된다. 드래곤의 레어다. 쉽게 얻을 수 있게 만들지 않았을 것이다."

엑시온은 마치 잘 알고 있는 장소인 듯 말했다. 그러나 라몬 공작은 크게 신경 쓰지 않았다. 으레 드래곤 레어에 대한 인식이 그러했기에 그도 조심을 기했다.

"큭큭큭, 세르게니아. 날 죽이지 못한 것을 후회하게 될 것이다."

엑시온은 키득거리며 웃었다. 이제 그의 완전한 부활이 얼마 남지 않았다. 엑시온의 금안이 번뜩였다.

라몬 공작은 그런 엑시온의 모습에 등줄기에 소름이 돋았다.

'도대체 무슨 생각인 건가?'

알면 알수록 그의 목적이 무엇인지 라몬 공작은 짐작할 수 없었다.

"끄아아아!"

"스, 습격이다!"

"으아악!"

캄캄한 어둠을 뚫고 비명이 들려왔다. 그러자 병사들은 혼비백산 놀라 허둥거렸다. 그들은 페르시아 제국군의 보급을 맡고 있는 후방 부대였다. 물자를 운반하던 중 알 수 없는 자들에 의해 급습당했다.

"물러서지 마라! 마차를 지켜라!"

보급을 책임지고 있던 기사가 병사들을 지휘했다. 그러나 그의 이마에선 식은땀이 흘러내렸다.

"그자들인가?"

최근 며칠 사이 후방 부대가 급습당하는 경우가 종종 생겼다. 군에서는 서둘러 조치를 취해 후방 부대에 좀 더 많은 군대를 배치했지만 그들은 강하고 빨랐으며 여지없이 물자를 파괴했다. 이제까지 그들에게 당한 후방 부대만 다섯 손가락을 넘을 것이다.

“젠장! 정신 차려라!”

“저, 적들이 너무 강합니다!”

두려움 섞인 병사의 말에 기사는 잇소리를 냈다.

“도대체 그자들은 누구란 말인가!”

현재 제국의 적은 많았다. 대륙에 전쟁을 선포했으니 적이 없는 게 더 이상하다. 그래서인지 적들의 정체를 파악하지 못했다. 파악하려 해도 그들은 증거를 남기지 않았다.

“젠장! 지원을 요청해라! 다행히 근방에 전방 부대가 있다. 서둘러 움직여라!”

“예!”

기사의 명을 받고 움직인 병사는 그러나 채 한 걸음도 떼기도 전에 쓰러지고 말았다. 그야말로 한순간에 죽음을 맞이했다.

“이런!”

기사는 다급히 검을 치켜든 채 주변을 둘러보았지만 그도 섬뜩한 느낌을 받은 뒤 말에서 떨어져 즉사했다.

“끄아아아!”

병사들의 비명이 밤하늘에 울려 퍼졌다.

“이제 다 끝났나.”

쓰러진 적들 사이로 한 여인의 목소리가 나직이 울렸다. 피로 물든 대지 위에서 내뱉은 목소리치고 꽤나 맑아 왠지 모를 이질감이 들게 했다.

“주, 죽어라!”

그때, 아직 살아 있던 기사 한 명이 그녀를 발견하고 검을 휘둘렀다.

그러나 그의 검은 여인에게 채 닿기 전에 배를 뚫고 나온 검에 죽음을 맞이하고 말았다.

"도, 도대체 네놈들은 누……."

털썩.

자신들을 습격한 이의 정체라도 알고 죽고자 하는 듯 기사는 힘겹게 마지막 말을 내뱉으며 쓰러져 갔다.

"조심하십시오."

기사의 배에서 칼을 뽑아낸 남자가 질책 어린 목소리로 여인에게 말했다. 여인은 남자의 말에 피식 웃었다.

"네가 올 줄 알았지, 이안."

"후우."

남자, 아니, 이안은 위기감 없는 목소리로 말하는 헬리아를 보며 한숨을 내쉬었다. 그러다 주변을 둘러보며 말했다.

"점점 방비가 강해지고 있습니다. 다음엔 쉽지 않을 겁니다."

"다섯 번이나 당하고 강해지지 않으면 바보들이지. 뭐, 하기야 이제는 이렇게 습격하는 것도 힘들겠어."

여인은 짙은 갈색 로브의 후드를 뒤로 젖혔다. 그러자 한 갈래로 땋은 금빛 머리카락이 흘러내렸다.

헬리아였다.

벨리앙 백작가에서 나온 지 며칠. 헬리아 일행은 본격적으로 드래곤 레어가 있는 알리오 산맥이 있는 북쪽으로 향했다. 바쁜 길이지만 그저 이동만 하지 않았다. 가는 내내 물자를 운반하는 후방 부대를 골라 급습하여 제국군의 전력을 약화시켰다.

그녀의 의도대로 후방 부대에서 물자가 오지 않자 전방 부대의 보급에 차질이 생겼고, 그와 함께 물자를 지키기 위해 후방 부대에 병력을 보내다 보니 오히려 전방의 전력이 약화되는 일이 발생했다. 급습한 부대의 물자는 왕국군으로 보내니 일석이조였다.

하지만 시간이 지나면서 제국군도 가만히 보급 부대가 당하는 것을 간과하지 않겠다는 듯 점차 보급 부대의 병력이 증가했다. 이번에 급습한 보급 부대의 병력은 전에 습격한 부대의 두 배가량 많은 병력을 보유하고 있었다. 거기다가 헬리아 일행도 사람인지라, 정확히는 함께 따라온 숀 일행이 현저히 지치는 바람에 더는 이런 강행군을 할 수 없게 되었다.

"헉헉."

숀이 헉헉거리며 바닥에 주저앉았다. 그의 옆에는 렌스와 휴도 지친 기색이 역력한 채로 가쁜 숨을 몰아쉬고 있었다.

"으아, 공주님, 다음에도 또 보급 부대를 치러 갑니까?"

"이번이 마지막이야."

"저, 정말입니까!"

숀이 헬리아의 말에 기운을 차렸는지 눈을 초롱초롱하게 떴다. 어찌나 좋아하는지 두 볼이 붉게 변했다. 그 모습을 도망친 적을 섬멸하고 온 세인이 보고는 혀를 찼다.

"그래서 기사 노릇 제대로 하겠어? 약해 빠져선."

"네가 비정상이거든!"

숀의 시선이 슬쩍 헬리아와 이안에게도 향했지만 그들에게 뭐라 할 군번이 아니었다. 그나마 만만한 건 세인이었다.

"목소리만 커서는."

"이익!"

숀이 불퉁한 표정을 지었지만 정말 지쳤는지 다시 털썩 주저앉았다.

"하아, 따뜻한 침대에서 눕고 싶다."

그러다 헬리아의 말이 생각났는지 숀이 헬리아에게 물었다.

"공주님, 그러면 이제 마을에 가서 쉬는 겁니까?"

이제까지 보급 부대를 은밀히 처리하기 위해 계속 산을 거점으로 움직였다. 그 탓에 제국군의 눈을 피할 수 있었지만 피로도가 장난이 아니었다.

"이 바보야, 여긴 왕국이 아니야."

"아, 그러지……. 그럼 침대는 물 건너간 건가."

숀이 불쌍한 표정을 짓자 세인은 작게 한숨을 쉬더니 헬리아를 보았다.

"이제 어쩌실 겁니까?"

"마을로 간다."

"예?"

헬리아의 말에 숀 일행은 물론 세인도 놀라 그녀를 바라보았다. 이안은 알고 있는 듯 아무 반응도 보이지 않았다.

"마을에 들어갈 수 있겠습니까?"

"뭐, 그거야 우리에겐 하이패스가 있으니까."

"하, 하이 뭐요?"

숀이 낯선 단어에 고개를 갸웃했다.

"그보다 말할 게 있어."

헬리아가 숀 일행과 세인을 보았다.

"나는 지금부터 알리오 산맥으로 갈 거야."

"알리오 산맥이요?"

"거기는 왜 가시는데요?"

숀 일행의 질문에 헬리아가 말했다.

"드래곤 레어를 찾으러 갈 거야."

"드, 드래곤 레어요?"

숀 일행이 깜짝 놀랐다. 놀람은 세인도 마찬가지였다. 하지만 이제야 그녀의 목적을 알게 되었다.

'역시 목적은 북쪽이었나.'

헬리아는 그간 보급 부대를 급습해 왔지만 보급 부대가 북쪽이 아닌 다른 곳에 있을 때엔 건드리지 않았다. 그저 가는 길에 보급 부대가 있으니 처리한다는 느낌이었다.

"해서 너희에게 묻지."

헬리아가 숀 일행과 세인을 보았다.

"지금부터 가려는 곳은 개인적인 일 때문이야. 아니, 그렇지 않은 일이 될 수도 있지만 위험한 곳이야. 목숨을 잃을 수도 있어."

"저, 정말 드래곤 레어가 있는 겁니까?"

숀이 놀라 물었다. 드래곤 레어라는 말은 동화책에서나 들어본 말이었다. 그건 다른 일행들도 마찬가지였다.

"있어. 거기서 중요한 물건을 찾으러 가는 거야."

"드래곤 레어라니……."

"가지 않아도 돼. 여기서 물자를 이끌고 왕국군으로 돌아가면 되니까. 위험을 무릅쓸 필요는 없어."

헬리아는 이들에게 선택권을 주고 싶었다. 드래곤 레어는 매우 위험한 곳이다. 어떤 위험이 있을지 아무도 몰랐다. 자신이 가면 이안과 엘라임은 당연히 가겠지만 이들은 달랐다. 아무리 이들이 자신의 수하라고 하나 아무런 설명도 없이 데려가고 싶지 않았다.

"그게 무슨 말입니까!"

그때 숀이 벌떡 일어나며 소리쳤다. 다른 일행의 눈빛도 마찬가지였다.

"맞습니다!"

"위험한 곳일수록 뭉쳐야 하지 않겠습니까!"

"뭐 고양이 손이라도 도움이면 도움이겠지만."

세인이 살짝 초를 쳤지만 숀 일행은 물러서지 않았다.

"데려가 주십시오. 공주님이 이런 상황에서 그런 곳에 가려는 이유가 분명 있다고 생각합니다."

"예, 저희도 가겠습니다."

숀 일행의 말에 헬리아는 입가에 미소를 띠었다. 그가 세인을 보았다.

"당신은?"

"후우, 고양이 손보단 사람 손이 필요할 것 같으니 함께 가시죠. 이미 여기까지 와버렸으니까 어쩔 수 없죠."

헬리아가 옅게 미소를 지었다.

"그보다 정말 마을로 가는 겁니까?"

"하지만 마을은 제국군이 지키고 있을 텐데……."

"말했잖아. 하이패스가 있다고. 아, 마침 오네."

그때 엘라임이 제롬을 끌고 오는 모습이 보였다.

"주변은?"

"정리했어."

엘라임의 말에 헬리아는 고개를 끄덕였다. 엘라임은 세인과 마찬가지로 혹여 도망가는 제국군을 상대했다. 그리고 숨겨 놓았던 제롬을 데려오는 길이다.

"이런 젠장……."

제롬은 두 팔에 마나 구속구가 채워진 채로 엘라임에게 질질 끌려오는 중이다. 원래부터 엘라임은 헬리아 말고 다른 사람에게는 그다지 신경을 쓰지 않았다. 게다가 뭐가 예뻐서 제롬에게 잘 대해 준단 말인가. 아주 대충 제롬을 끌고 오는 것이다.

"날 대체 어쩌려는 것이냐!"

제롬이 아직도 기가 꺾이지 않은 모습으로 헬리아에게 으르렁거렸다. 그러나 헬리아는 어깨를 으쓱였다.

"뭐 세상에 똥도 쓴다는데 어디 쓸데가 없겠어. 세상천지 다 쓸모가 있는 법이지."

"뭐?"

헬리아 일행은 보이는 족족 제국군의 보급 부대를 치면서 목적지를 향해 북쪽으로 계속 올라갔다. 그리고 페르시아 제국의 최북단에 위치한 알리오 산맥이 그들 앞에 서서히 그 위용을 드러내기 시작했다. 주로 산속으로 움직이는데다가 일행의 수가 적어 제국군의 눈을 피해 이곳까지 올 수 있었다.

간간히 산적 무리와 마주치긴 했지만 어디 일행이 그런 자들에게 당할 면면인가. 정령왕의 계약자 헬리아, 소드 마스터 이안과 세인, 그 외에 기타 등등. 기타 등등을 제외하고서라도 그 무력은 한 개 사단을 능가했다. 해서 무사히 알리오 산맥에 도달했다.

"저기가 알리오 산맥인가?"

헬리아는 말고삐를 쥐고 멀리 보이는 산을 바라보았다. 꼭대기가 하얀 구름에 가려 보이지 않았다. 확실히 제국에서 가장 높은 산이라고 명성이 자자할 만했다.

"드래곤 레어가 있어도 이상하지 않을 곳인데."

엘라임이 헬리아의 시선을 따라 알리오 산맥을 바라보았다. 무언가 알 수 없는 기운이 그의 감각을 자극했다.

"저기에……."

헬리아는 묘한 눈빛으로 산을 응시했다.

"뭐가 있을지 모르니 마을에 들러 정비를 하고 가는 게 좋겠습니다."

이안은 경계를 늦추지 않으며 말했다. 드래곤 레어가 있는 곳이다. 그런 곳이 평범할 리 없었다.

"마을이라, 어디 가까운 마을이 있을까?"

헬리아가 세인을 바라보았다. 아무래도 이 중에서 제국의 지리를 잘 아는 것은 제국인인 세인이었다.

"산 입구에 작은 마을이 자리해 있습니다. 그곳으로 가는 게 좋을 겁니다."

"좋아."

일행은 목적지를 잡고 말을 몰았다.

"읍읍읍!"

그때였다. 숀의 등 뒤에 묶인 검은 뭉치가 신음을 흘리기 시작했다. 꿈틀거리는(?) 것이 살아 있는 것 같았다.

"공주님, 이자는 대체 언제까지 데리고 가실 겁니까?"

숀은 기분 나쁘다는 듯이 검은 뭉치를 슬쩍 내려다보고는 물었다.

"쓸데가 생길 때까지."

"하아……."

숀은 깊게 한숨을 내뱉었다. 등 뒤에서 흘러나오는 신음이 그의 신경을 갉아먹었지만 어쩌겠는가. 하지만 지금 숀보다 더 짜증 나는 이는 정작 따로 있었다.

"읍읍읍!"

검은 뭉치, 제롬은 얼굴만 내민 채 온몸이 꽁꽁 묶여 검은 포대에 담겨져 짐짝처럼 취급되었다. 그의 두 팔에는 마나 구속구가 채워져 있었고, 입에는 천 쪼가리가 물려 있었다. 하도 시끄러워서 헬리아가 대충 틀어막아 놓은 것이다.

"제, 젠장! 날 어쩌려는 거냐!"

간신히 천 쪼가리를 뱉어낸 제롬이 사납게 외쳤다. 그러나 짐짝처럼 검은 포대 안에 들어간 그의 모습이 폼이 날 리 없었다.

"어쩌긴, 뽕을 뽑아야지."

헬리아는 무슨 말을 하냐는 듯이 되레 제롬을 타박했다. 이제까지 그녀를 짜증 나게 만든 값어치를 해야 하지 않겠는가. 골수까지 빼먹을 위인이 바로 헬리아였다.

"젠장! 이 마녀가!"

"어디서 익숙한 단어가……."

엘라임이 스리슬쩍 말을 내뱉자 헬리아가 그를 째려봤다. 그러자 엘라임이 스윽 시선을 돌렸다. 때마침 우연의 일치인지 일행 모두 고개를 돌렸지만.

"날 공격했으면 그만한 각오는 했어야지, 안 그래?"

"으득!"

제롬은 이를 갈았지만 별수 없었다. 패자에겐 입이 없는 법.

그렇게 몇 시간 뒤 일행은 알리오 산맥 아래에 위치해 있는 마을에 도착할 수 있었다. 한데 예상치 못한 일이 벌어졌다.

척척척!

수십 명의 병사가 마을 입구에서 안으로 들어가려는 자들을 검문검색하고 있었다. 그 모습을 본 헬리아가 미간을 찌푸렸다. 그녀의 시선이 세인에게 향했다.

"원래 이렇게 삼엄한 곳이야?"

"……이상합니다. 원래 이곳은 그리 경계가 삼엄한 곳이 아닙니다."

알리오 산맥은 산세가 험하고 몬스터가 많기로 유명한 곳으로, 몬스터를 사냥하여 돈을 버는 용병이 많이 찾았다. 그 덕분인지 마을 자체가 자유로운 분위기였고, 무엇보다 산맥에는 몬스터 외엔 별달리 얻을 만한 게 없었다.

"갑옷을 보니 자경단은 아닙니다."

세인이 병사들이 입고 있는 갑옷을 확인하고 눈을 좁혔다. 이런 작은 마을에 번드르르한 철제 갑옷을 입은 자경단이 있을 리가 없었다.

"뭔가 일이 생기지 않고서는."

"……."

헬리아는 눈이 깊어졌다.

'설마…….'

마침 시기가 몹시 공교로웠다.

"잠입하는 게 좋지 않겠습니까?"

아직 병사들이 자신들을 본 것 같지 않았다. 그렇다면 우회해서 가는 게 좋지 않을까. 이안의 말에 헬리아는 고개를 저었다.

"아니, 정면으로 가지. 때마침 쓸데가 생겨서 다행이군."

헬리아의 눈이 제롬을 향했다. 제롬은 순간 온몸에 소름이 돋는 것을 느꼈다.

"다음!"

험상궂은 얼굴을 한 병사가 외치자 검은 로브를 입은 한 무리가 다가왔다.

'헉!'

병사가 그들의 모습을 보고 놀란 듯 눈이 커졌다.

"자, 잠시만 기다려 주십시오."

병사는 말을 내뱉고는 허겁지겁 어디론가 사라졌다. 헬리아 일행은 현재 흑마법사로 변장한 상태였다. 특별한 분장은 없었다. 그저 예전에 헬리아가 흑마법사에게 훔친 문양의 배지와 검은 로브만 뒤집어쓰면 끝이었다.

"써먹을 데가 있어서 그나마 다행이군."

헬리아가 만족스럽다는 듯이 웃었지만 제롬은 으득 이를 갈았다.

'젠장, 대체 이게 무슨…….'

현재 제롬은 엘라임의 힘에 의해 꼭두각시처럼 움직였다. 그때 어디론가 갔던 병사가 돌아왔다. 그러나 혼자가 아니었다.

검은 로브를 입은 자. 흑마법사였다. 헬리아의 눈이 가늘어졌다. 그건 다른 일행도 마찬가지였다.

'어째서 이곳에 흑마법사가?'

헬리아의 표정이 점차 굳어졌다. 그러나 로브 아래로 그늘이 진 탓에 그 모습을 본 이는 없었다. 갑작스런 병사들도 그렇고 흑마법사도 그렇고. 불안감이 스멀스멀 몰려왔다.

"흑마법사라고?"

"예."

흑마법사가 고개를 갸웃하며 다가왔다.

"이상하군. 그렇게 충원 좀 해달라고 했는데도 안 해주더니. 더는 충원은 없다고 했는데."

뚜벅뚜벅 걸어오는 흑마법사가 눈을 좁히며 말했다. 그러다 헬리아 일행을 보고는, 아니, 정확히는 제롬을 보고는 놀라 그에게 다가갔다.

"제롬 경!"

"……."

제롬은 자신에게 다가오는 남자, 에릭을 보고는 눈을 좁혔다. 그러나 말은 할 수 없었다.

"이거 제롬 경이었습니까?"

그는 제롬과 일면식이 있는 듯했다.

"……."

"여긴 어떻게…… 벨리앙 백작가로 가신다 하지 않으셨습니까? 아, 하기야 그렇겠군요."

에릭이라는 남자는 저 혼자 북 치고 장구까지 치는 스킬을 발휘했다. 그것이 오히려 헬리아 일행에겐 다행한 일이었다. 제롬의 몸은 조절할 수 있지만 그의 입까지 어찌 조종할 수는 없었다.

"아, 이럴 게 아니라 제롬 경도 함께 가시지요. 가뜩이나 손이 모자랐거든요."

"……."

"제롬 경?"

혼자 이야기하던 에릭은 아무래도 계속 제롬이 말이 없자 의아한 듯 그를 보았다.

그때 헬리아가 나섰다.

"죄송합니다만 제롬 경께서는 지금 목이 상하셔 말씀을 하실 수 없습니다."

"너는……."

에릭이 의아한 눈으로 헬리아를 보았다. 그러나 워낙 흑마법사의 수가 많고 다들 깊게 로브를 뒤집어쓴 터라 얼굴을 잘 몰랐다. 그저 배지를 보곤 제국의 흑마법사가 맞겠거니 생각했다. 무엇보다 제롬과 함께 있던 터라 이상하게 생각하지 않았다.

"목이?"

"예, 네르만 평야의 전투로 인해서……."

"아……."

에릭은 입을 다물었다. 아까부터 계속 흉흉하게 자신을 바라보는 제롬 때문이었다.

'그 일로 부상을 크게 당하셨나 보군.'

헬리아를 째려보는 것이었지만 에릭은 그렇게 받아들였다.

"대화는 제가 전해 드리겠습니다."

"그런가."

"한데 손이 부족하다고……."

"그렇군. 이럴 게 아니라 우선 자리를 옮기지."

에릭이 헬리아 일행을 이끌고 입구를 통과했다. 그렇게 일행은 손쉽게 마을 안으로 들어갈 수 있었다.

마을은 어딘가 모르게 을씨년스러웠다. 마치 생기를 잃어버린 듯 침울했다. 흑마법사 에릭을 따라간 곳은 어느 가게였다. 하지만 가게 안에는 사람이 한 명도 보이지 않았다. 헬리아 일행이 주변을 두리번거리자 에릭이 말했다.

“다른 자들은 이미 산 위로 올라가 작업 중입니다. 한데 이게 생각보다 쉽지 않습니다.”

“작업이라면…….”

헬리아가 말끝을 흐리자 에릭이 대답했다.

“아, 정확한 설명은 듣지 못했겠군요. 알리오 산맥 위에 있는 드래곤 레어입니다.”

‘드래곤 레어!’

헬리아는 입술을 깨물었다. 설마 제국에서 먼저 드래곤 레어를 찾을 줄은 전혀 생각지 못했다.

‘……아니, 엑시온인가?’

엑시온과 드래곤 레어를 떠올리자 그의 목적이 보였다. 원래부터 자신의 몸을 노린 엑시온이다. 만약 자신의 몸을 얻지 못한다면? 무언가 대체할 힘이 필요할 터. 그것이 바로 드래곤 하트일 것이다.

‘낭패로군.’

헬리아는 눈매를 좁혔다. 설마하니 이렇게 흑마법사들이 먼저 드래곤 레어를 찾을 줄이야.

‘어떻게 드래곤 레어를 찾은 거지?’

그녀도 세르게니아의 가디언인 세바스찬을 통해서 겨우 이곳의 위치를 알 수 있었다. 한데 흑마법사, 아니, 엑시온은 어떻게 이곳에 드래곤 레어가 있는 것을 알았을까?

'어머니의 레어에 대해 이미 알고 있었던 건가?'

그렇다면 또 문제가 있다. 왜 처음부터 드래곤 하트를 노리지 않았냐는 것.

'대체 뭐가 뭔지 알 수가 없네.'

한 가지 확실한 건 흑마법사가 이곳에 있고 그들의 목표가 드래곤 하트라면 서둘러야 한다는 것이다.

"작업은 얼마나 진행되었습니까?"

에릭이 헬리아를 보았다. 헬리아는 제롬을 한번 보고 그를 보았다. 제롬의 물음이라는 뜻이다. 물론 제롬은 여전히 인상만 찌그러뜨리며 속으로 헬리아를 욕하고 있겠지만.

"아, 그게 쉽지가 않습니다. 입구는 뚫었으나 워낙 함정이 많은지라. 그래서 제롬 경이 이곳에 오신 것이 얼마나 반가운지 모릅니다."

에릭은 흑마법사치고 꽤나 밝은 사람이었다. 하기야 밝은 사람이라고 미친놈이 아니라는 법도 없지만. 밝게 미친놈이랄까.

"그렇군요. 아직이라……."

헬리아의 입가에 미소가 맺혔다. 그녀가 스윽 엘라임과 이안, 세인을 향해 시선을 주었다.

"그보다 다른 분들은 어디에 계십니까? 아무도 보이지 않는 것 같은데."

"다른 자들은 이미 산 위로 올라갔네. 나는 이곳을 지키고 있지."

"아, 혼자라구요?"

"그런데 이상하군."

에릭이 헬리아를 빤히 보더니 고개를 갸웃했다. 아까부터 묘한 기시감이 들었다.

"금안에 금발이라……. 어디서 본 것 같은데."

"설마요."

헬리아는 웃었지만 에릭은 고개를 저었다.
"그런가? 하지만 이렇게 특정적인 외형은……."
에릭이 연신 고개를 갸웃하며 떠올려 보았지만 쉽게 떠오르지 않았다. 그러다 번뜩 무언가가 떠올랐다.
"이거야 원, 완전히 헬리아 공주와 닮았군! 누가 보면 공주인 줄 알겠……!"
순간 무언가 알아차린 에릭이 헬리아를 보았다. 그러나 이미 늦었다. 헬리아가 씨익 입꼬리를 올리며 후드를 젖혔다.
"어라? 알아차렸네?"
"헤, 헬리아 공주."
에릭이 마기를 끌어올렸다. 아니, 그러기도 전에 그의 목에 두 개의 칼날이 겹쳐졌다. 이안과 세인이었다.
"어, 어떻게 여기에……."
에릭은 믿기지 않는다는 눈으로 헬리아를 보았다. 그러다 그의 시선이 제롬에게 향했다. 생각해 보니 뭔가 이상했다. 지금 제롬의 표정도 그렇고 아까부터 말을 못 하는 것도 그렇고.
"제, 제롬 경에게 무슨 짓을."
"걱정 마, 너도 곧 알게 될 테니까."
헬리아의 금안이 번뜩였다.

❊

"들어가라."
낮은 목소리와 함께 검은 로브를 입은 흑마법사들이 캄캄한 동굴 안으로 사람들을 밀어 넣었다. 강제로 동굴 안으로 떠밀어진 자들은 평범한 사람들이었다. 나이가 많은 노인도 있었고, 코흘리개 어린아이도 있었다. 동굴 안은 어둡고 침침했다. 뿐만 아니라 음습한 기운이 사람의 공포를 자극했다. 당연히 사람들은 발걸음을 쉬이 떼지 못했다. 그러자 흑마법사가 그들의 등을 지팡이로 찌르며 앞으로 밀어 넣었다.

"어서 가지 못해!"

"히익!"

사람들은 두려움에 몸을 떨었지만 힘도 없는 그들이 할 수 있는 일은 아무것도 없었다. 머뭇거리다 흑마법사에게 죽든지 아니면 동굴 안에 들어갈 수밖에 없었다. 하지만 이제까지 동굴 안으로 들어갔다가 나온 사람은 아무도 없었다. 이곳에 온 이상 그들에겐 선택권이 없었다.

"흑, 흑흑."

"어, 엄마……."

사람들의 구슬픈 울음소리가 동굴 안에 퍼졌고, 곧 그들의 울음소리는 비명으로 변해 바닥에 흥건히 피를 적셨다.

"젠장, 고약하군."

사람들이 동굴 안으로 들어가고 얼마 뒤, 그들을 안으로 몰아넣은 흑마법사들이 동굴 안으로 들어왔다. 날카로운 창에 꽂혀 죽은 이들도 있었고, 바닥에서 솟구쳐 나온 칼에 몸에 구멍이 난 채 죽은 이들도 있었다. 공통점은 누구 하나 살아남은 이가 없다는 것이다.

"도대체 함정이 얼마나 많은 거야?"

흑마법사들은 사람들이 죽은 모습을 확인하며 함정의 위치와 장치를 파악해 내고 파훼했다. 수많은 장치를 보면서 혀를 내둘렀을망정, 사람들의 죽음에 대해서는 아무런 감정조차 일지 않은 모습이었다. 그저 생각보다 많은 함정에 성가시게 되었다는 생각뿐.

"젠장, 어느 세월에 '그걸' 찾냐?"

"서둘러."

"알고 있어."

서두르지 않는다면 이 함정보다 무시무시한 존재에 의해 죽임을 당할 것이다. 아니, 그냥 죽는 것이 행복할 정도로 영혼을 저당 잡힌 채 영원히 고통받아야 할지도 모른다. 하지만 함정을 해체하며 앞으로 나아가는 일은 더디기만 했다. 함정을 해제한다고는 하지만 이곳에 있는 함정들은 그들의 지식수준을 훨씬 뛰어넘고 있었다.

초반에는 멋모르고 들어가다 얼마나 낭패를 보았던가. 역시나 드래곤 레어다 싶었다. 해서 흑마법사들은 궁여지책으로 마을에 있는 사람들을 잡아와 화살받이로 사용했다. 화살받이를 사용한 보람이 있는지 흑마법사들은 전과 달리 함정을 파악하며 깊이 안으로 들어갈 수 있었다.

그때였다.

끼이익-

갑작스런 기계음 소리와 함께 바닥과 양옆에서 화살이 뿜어져 나왔다. 흑마법사들은 재빨리 실드를 펼쳤지만 화살은 평범한 화살이 아니었다. 화살에는 강력한 마나가 씌워져 있었다.

휘이익-

"제, 젠장!"

"끄아악!"

"모두 파괴해!"

흑마법사들이 장치들을 부쉈지만 부수는 속도보다 화살에 당하는 자가 더 많았다. 흑마법사들은 위기감을 느끼곤 서둘러 몸을 빼냈다.

"이런! 물러난다!"

"도망쳐!"

미처 도망치지 못한 이들은 화살에 몸이 꿰뚫려 목숨을 잃었다.

"헉, 헉!"

힘겹게 동굴을 빠져나온 나머지 흑마법사들은 잇소리를 냈다.

"쳇, 점점 장치가 강해지고 있어."

"지금까지 몇 명이나 죽었지?"

"벌써 열 명이야."

화살받이로 사용한 사람들은 거기에 포함되지도 않았다. 그들에겐 그저 같은 흑마법사가 죽었는지만 중요할 뿐이었다.

"이제 겨우 2층인데, 이러다간 끝이 없겠군. 지원은 더 없나? 실력 있는 흑마법사가 필요해."

"하지만 전쟁 중이라……."

이곳에 모인 흑마법사의 수만 해도 오십은 넘었다. 그들은 모두 4서클 이상의 상당한 실력자였다. 현재 전쟁 중인 것을 감안하면 굉장한 전력이 이곳에 집중된 것이다. 하지만 드래곤 레어는 쉽게 그들 앞에 문을 열어주지 않았다. 무엇보다 그들은 이제까지 레어를 탐험해 본 일이 없었다. 이 레어도 몇백 년 만에 발견된 거니 그들이 어찌 경험해 보겠는가. 그 때문에 피해가 더 컸다.

겨우 몸을 추스르고 밖으로 나온 이들은 한 무리의 흑마법사를 볼 수 있었다. 워낙 흑마법사가 많은 곳이지만 그들의 눈길을 끌었던 것은 마을 아래에 남아 있어야 하는 에릭이 이곳에 왔기 때문이다. 중요한 소식을 전하거나 문제가 생겼을 시에만 올라오게 되어 있어 에릭의 등장에 다들 시선을 주었다.

"에릭? 여긴 어쩐 일이야? 무슨 일이라도 생긴 거야?"

"……그, 그게."

에릭이 필사적으로 눈알을 굴렸지만 상대는 이상함을 알아채지 못했다.

스윽.

그때 에릭의 뒤로 제롬이 모습을 드러냈다. 그 모습에 제롬의 얼굴을 아는 이들이 그를 보곤 놀란 듯 눈을 떴다.

"제롬 경!"

흑마법사들에게 제롬은 라몬 공작 이상의 존재였다. 보통 라몬 공작이 명을 내리지만 실무는 제롬이 보았기 때문이다. 응당 제롬의 얼굴을 대부분 알고 있었다. 무엇보다 라몬 공작과 닮은 붉은 머리칼과 붉은 눈동자가 두 사람 사이에 모종의 관계가 있음을 암시하고 있기도 했고.

"여긴 대체 어쩐 일이십니까? 아, 혹시."

"그, 그래."

에릭은 적이라고 외치고 싶었지만 그럴 수 없었다. 제 목 뒤를 찌르는 서늘한 기운 때문이었다.

"뭐야, 너 어디 아파?"

"아, 아니."

에릭이 고개를 저었다. 흑마법사는 그의 행동에 고개를 갸웃거렸지만 크게 신경 쓰지 않았다. 흑마법사인 놈치고 어디 제정신인 자가 있던가. 거기다 다들 제롬의 등장에 정신이 팔려 있는 상태였다.

"정말 잘되었습니다. 가득이나 뛰어난 흑마법사가 왔으면 했는데, 그게 제롬 경이라 다행입니다."

"……."

제롬은 미미하게 미간을 찌푸렸지만 입을 열 수 없으니 도리가 없었다.

"진행 상황은 어떻습니까?"

그때 세인이 앞으로 나섰다. 제롬과 에릭에게 들킨 경험이 있는 헬리아는 잠시 뒤로 빠졌다. 다행히 후드를 깊게 눌러써 얼굴을 가려서 아무도 이상하게 여기지 않았다.

"아, 아무래도 함정 때문에 여의치가 않습니다. 현재 1층은 모두 파훼했고, 2층을 조사 중입니다."

"2층이라면, 더 아래층도 있다는 겁니까?"

"정확한 구조는 아직 확인되지 않아 말씀드릴 수 없으나 아래에도 공동이 있는 것으로 파악했습니다."

그때 세인이 헬리아의 시선을 느꼈다. 세인은 살짝 고개를 끄덕이고 물었다.

"'그건'……."

"아, 안타깝게도 1층엔 없었습니다. 더 아래에 있는 게 아닌가 싶습니다."

"다행이군요."

"예?"

세인의 낮은 말에 흑마법사는 되물었지만 세인은 고개를 저었다.

"아닙니다. 한데 작업 속도가 느리군요. 아실 테지만 그리 시간이 많지 않습니다."

세인이 나름 연기를 펼치자 흑마법사의 안색이 흐려졌다. 엑시온이 얼마나 강력한지 그에게서 힘을 받은 흑마법사들이 가장 잘 알고 있었다.

"그래서 큰일입니다. 하지만 제롬 경께서 오셨으니 진척 속도가 빨라질 겁니다."

"그럼 바로 작업에 들어가야겠군요."

"그래 주시겠습니까?"

"문제 있습니까?"

세인의 말에 흑마법사는 오히려 고개를 저으며 반겼다.

"아닙니다. 그래도 바로 오셨는데……."

그의 시선이 제롬에게 향했다. 당연히 엘라임의 조종을 받는 제롬은 고개를 끄덕였다.

"아, 그럼 잠시 기다리십시오."

흑마법사가 갑자기 다른 흑마법사에게 손짓하자 그가 어디론가 사라졌다.

[다행이네.]

헬리아의 로브 속 그녀의 어깨에 앉은 엘라임이 작게 속삭였다.

[아직 드래곤 하트를 찾지 못한 것 같아.]

'다행이라면 다행이지만…….'

헬리아는 표정을 풀지 않았다. 그녀의 굳은 표정에 엘라임이 물었다.

[왜?]

'찾지 못해 다행이지만 반대로 이 정도 전력을 투입했는데 아직 찾지 못했다는 소리니까. 우리도 찾기 힘들다는 소리야.'

헬리아는 눈을 좁히고 레어 입구를 응시했다. 무언가 알 수 없는 기운이 그녀를 끌어당기고 있었다.

'드래곤 레어…….'

이 위험한 곳 어딘가에 아버지를 살릴 드래곤 하트가 있다. 헬리아는 어두운 눈으로 드래곤 레어를 응시했다. 때마침 어디론가 사라졌던 흑마법사가 돌아왔다. 그런데 혼자가 아니었다. 헬리아의 눈이 가늘어졌다. 그의 뒤로 열 명의 사람이 따라왔기 때문이다. 그것도 팔다리에 수갑을 차고 잔뜩 겁에 질린 얼굴로. 세인도 사람들을 확인하고 눈썹을 찌푸렸다.

"그자들은……."

"함정이 워낙 많은지라 저희만으로는 다 파악하기가 힘듭니다. 다행히 이자들을 사용하면 대부분의 함정은 쉽게 파악할 수 있을 겁니다. 끌고 올 사람은 많으니 걱정하지 말고 쓰십시오."

사람들을 쓰라니. 세인은 미미하게 미간을 찌푸렸지만 얼굴에 드러내지 않았다.

"화살받이인가?"

"예, 도움이 될 겁니다."

헬리아는 두려움에 떠는 사람들을 보고 눈빛이 싸늘하게 변했다. 떠올려 보니 마을 안에 이상하게 사람이 적었다. 이들이 그 마을 사람인 것이다.

'미친놈들.'

헬리아는 흑마법사에 대해 자비를 베풀 이유가 없음을 상기했다. 특히나 세 명의 어린아이가 그 사이에 껴 있는 모습을 보고 헬리아는 주먹에 힘을 주었다. 이제 겨우 열 살 정도 된 어린아이도 보였다. 헬리아의 기운이 심상치 않자 이상함을 느낀 흑마법사가 그녀를 주시했지만 뒤에 있던 이안이 그녀의 팔을 붙잡았다.

'공주님.'

'……나도 알고 있어.'

"그럼 이자들을 데리고 들어가 봐도 되겠습니까?"

"아, 예."

세인이 얼른 일행을 이끌고 동굴 안으로 들어갔다. 다들 제롬이 왜 말을 한 마디도 안 하는지 궁금했지만 평소 말을 많이 하지 않기에 그러려니 했다.

그때 에릭은 여전히 부자연스럽게 움직이다가 말했다.

"나, 나는, 이, 이만."

무언가 고통에 일그러진 모습이었지만 다들 남의 사정에 신경 쓰는 자들이 아닌지라 특별히 이상하게 여기지 않았다. 에릭 또한 정령왕에 의해 조종당하고 있었다. 그리고 마을로 돌아가면 그곳에 남은 숀 일행에 의해 다시 구금될 터. 그렇게 헬리아 일행은 화살받이로 명해진 사람들과 함께 동굴 안으로 들어갔다.

캄캄한 동굴 안.

램프의 불빛에 의지하여 헬리아 일행은 동굴 안으로 들어섰다. 맨 앞에는 열 명의 화살받이가 될 사람들이 걸어갔고, 그 뒤를 헬리아 일행의 안내를 맡은 흑마법사 두 명이 따랐다.

헬리아 일행은 제롬을 앞에 두고, 그를 감시할 세인이 그 뒤에, 헬리아, 이안 순으로 걸어갔다. 동굴 안은 폭이 3미터는 족히 될 만큼 넓어서 걷는 데 전혀 불편함을 못 느꼈다. 다만 동굴 안쪽으로 들어서자 풍겨오는 피 냄새에 헬리아의 눈이 가늘어졌다.

'피 냄새가…….'

동굴은 비릿한 피 냄새가 짙게 배어 있었다. 거기다 시체 썩는 특유의 고약한 냄새도 풍겼다. 안으로 들어갈수록 그 냄새는 더욱 짙어졌다. 다람쥐로 변해 헬리아의 어깨에 올라와 있는 엘라임은 코를 찡그리며 말했다.

[도대체 얼마나 죽은 거야? 못해도 수십은 죽은 냄새야.]

'…….'

헬리아는 자신들 앞에서 두려움에 부들부들 떨며 걸어가는 사람들을 보았다. 아마 이 피 냄새의 대부분은 저 사람들처럼 화살받이가 된 이들의 피일 것이다. 헬리아의 시선이 그중 세 명의 어린아이에게 향했다. 솜털도 아직 채 가시지 않은 어린아이들이 두려움에 떨며 어른들에게 바짝 붙어 걸어갔다.

"흑흑, 엄마……."

"무서워……."

공포에 질린 것은 아이들뿐만이 아니었다. 죽음의 공포 앞에서는 어른들 또한 두렵기는 마찬가지였다. 화살받이로 내몰린 사람들에게서 흐느낌이 흘러나왔다. 그러자 그 뒤를 따르던 두 흑마법사의 눈빛이 날카로워졌다. 상급자를 모시고 가는데 추태를 보인다고 생각한 것이다.

"조용히 하지 못해!"

"얼른 움직여라!"

흑마법사의 채근에 사람들은 흘러나오는 울음을 억지로 막으며 떼어지지 않은 걸음을 재촉했다. 그러나 두려움에 몸이 떨리는 것을 막을 수는 없었다.

[어떻게 할 거야?]

엘라임의 말에 헬리아의 눈동자가 짙게 변했다.

[지금 바로 흑마법사를 처리하는 게 어때?]

'……아직.'

헬리아는 차갑게 흑마법사들을 노려보았지만 아직은 움직일 때가 아니었다.

'여기서 일을 벌이면 바깥까지 들릴 수 있어. 좀 더, 좀 더 기다려.'

아직 1층밖에 되지 않았기에 만약 이곳에서 흑마법사를 죽인다면 후에 다른 자들에 의해 쉽게 발각될 염려가 있었다. 최소한 그들이 말한 2층까지는 내려가는 게 좋았다.

[그나저나 진짜 지독하네.]

엘라임은 눈을 찡그렸다. 정령인 그의 입장에서, 거기다 헬리아와 전혀 상관없는 인간이 죽는 것은 상관없다. 다만 그의 코를 찡그리게 만드는 고약한 피 냄새가 거슬릴 뿐.

'최소 백 명은 넘었겠어.'

[그런데 위험하지 않을까? 그렇게 많이 죽었으면…….]

엘라임은 음산한 분위기에 걱정이 되었다. 드래곤 레어에 온 것까지는 좋았지만-거기다 아직 흑마법사들이 드래곤 하트를 찾지 못해 다행이지만-문제는 그들이 고전할 정도로 드래곤 레어가 위험하다는 것이다.

'어떻게든 되겠지.'

[에휴, 그럼 그렇지.]

헬리아의 태평한 말에 엘라임은 한숨을 푹 내쉬었다. 하지만 더는 뭐라 하지 못했다.

[절대 다치지 마.]

'죽지는 않을게.'

[나보다 먼저 죽으면 안 돼.]

'나보고 영생하라는 거야 뭐야?'

엘라임의 말에 헬리아는 피식 웃었다. 그의 걱정이 느껴진 탓이다. 그때 묘한 기운이 헬리아의 등골을 파고들었다.

'음?'

[왜?]

헬리아가 갑자기 어깨를 움찔하자 엘라임이 물었다.

'아니, 뭔가 기운이 이상한데.'

[뭐가? 음, 뭔가 싸한 기운이 느껴지긴 하지만 드래곤 레어라 그런 거 아닐까.]

'아니, 그런 게 아니고 좀 더…….'

누가 지켜보는 것 같은데? 헬리아는 순간 뒤를 돌아보았지만 뒤에는 이안밖에 없었다.

'누구지?'

마치 누군가 자신을 주시하는 듯한 감각에 헬리아는 미간을 좁혔다.

"조심하십시오. 이제 지하 2층으로 내려갑니다. 함정을 완전히 다 해체한 것이 아니니 조심하셔야 합니다."

두 흑마법사가 당부했다. 그렇게 일행은 아래로 내려갔다.

"히익!"

2층으로 내려오자 피 냄새가 더욱 코를 찌르며 속을 울렁거리게 했다. 거기다 제때 치우지 못한 시체도 즐비했다.

"어, 엄마!"
"사, 살려 주세요!"
사람들이 불안과 공포에 몸을 떨며 흐느꼈다. 하지만 흑마법사들은 아랑곳하지 않고 지팡이로 그들의 등을 찔러 앞으로 밀어냈다.
"움직여라!"
"사, 살려 주세요! 제, 제발 좀 살려 주세요!"
그때 한 어린아이가 울며 흑마법사에게 사정했다.
"이놈이!"
흑마법사의 눈이 독하게 변했다. 어차피 화살받이로 데려온 놈들. 열 명이나 아홉 명이나 그에겐 크게 중요치 않았다. 그의 발이 아이의 복부를 강타했다.
"커억!"
몸무게가 가벼운 아이는 한순간에 동굴 벽에 처박혔다. 충격에 숨이 제대로 쉬어지지 않는지 컥컥거리며 몸을 움찔거렸다.
"애야!"
"대체 무슨 억하심정으로 우리에게 이런단 말이오!"
아이가 피를 흘리며 정신을 잃자 사람들은 어차피 이대로 가다간 죽게 될 거라는 극심한 절망에 눈에 뵈는 게 없어졌다. 그들이 난동을 부리자 흑마법사가 사납게 외쳤다.
"죽고 싶은 거냐!"
"이래 죽나 저래 죽나 마찬가지 아니오!"
"에잇! 이놈들이 감히!"
두 흑마법사가 사람들에게 마법을 발사하려는 찰나였다.
"그만."
갑자기 들려온 목소리에 두 흑마법사가 뒤를 돌아보았다. 그들 앞으로 한 인형이 걸어 나왔다. 가늘고 높은 목소리로 봐선 여인의 것이었다. 작은 체구의 여인, 헬리아가 천천히 그들 앞으로 다가갔다.

두 흑마법사는 영문을 모르겠다는 듯 제롬을 한번 바라보았다. 하지만 제롬은 현재 말을 하지 못하는 관계로 그저 사나운 눈으로 노려만 볼 뿐이었다.

"무슨 일입니까?"

제롬의 일행이라 우선 말을 높였다. 헬리아는 그런 그들에게 상관하지 않고 아이에게 다가갔다.

"흐, 흐흑."

울고 있는 아이의 머리에 손을 살포시 얹었다. 그러자 그녀의 손에서 빛이 나오더니 아이의 상처가 말끔히 사라졌다.

"어? 아프지 않아?"

"뭐 하는 겁니까?"

흑마법사의 말에 헬리아는 뒤를 돌아보았다.

"이 정도면 바깥에도 소리가 잘 들리지 않겠네. 보아하니 길도 하나고 굳이 길잡이가 있을 필요도 없고."

"무슨……?"

흑마법사는 뭔가 싸한 느낌이 들었다.

그때 헬리아가 천천히 자신의 후드를 벗었다. 그러자 그녀의 금발이 차분히 흘러내렸다. 헬리아가 입꼬리를 올렸다. 그녀의 눈에 두 흑마법사는 꼼짝할 수 없었다. 짙은 금안이 그들을 옴짝달싹 못 하게 막고 있었다.

"뭐긴 뭐겠어. 더 이상 네놈들이 없어도 된다는 거지."

"뭐?!"

"자, 잠깐! 그러고 보니 그 금발에 금안은!"

"이거야 원, 내가 이렇게 유명할 줄은 몰랐네. 어디 데뷔라도 해야 하나?"

"제, 제롬 경! 대체 이게 무슨 일입니까? 헤, 헬리아 공주가 이곳에 왜?!"

하지만 제롬은 움직이지 않았다. 아니, 움직이지 못했다.

"후후, 네놈들이 그렇게 찾는 제롬은 지금 영 말을 할 수 있는 상황이 아니라서 말이지."

그때 흑마법사들은 제롬의 로브 안쪽에서 철컹거리는 마나 구속구를 볼 수 있었다.

"제, 젠장!"

흑마법사는 자신들이 함정에 빠졌다는 것을 깨닫고 마법을 시전하기 위해 움직였다.

"어, 어윽……."

"커, 커억! 아, 안 돼!"

하지만 비명은 그들 자신에게서 흘러나왔다. 두 흑마법사의 목에는 이미 붉은 실선이 나 있었다.

"안 되긴 뭘."

헬리아가 입술을 끌어 올리며 웃었다. 그리고 쿵 하는 소리와 함께 두 흑마법사의 몸이 바닥으로 쓰러졌다. 이안과 세인의 솜씨였다.

"언질을 주시고 움직이시죠. 갑자기 움직여서 깜짝 놀랐지 않았습니까?"

"후우……."

세인은 투덜거렸고, 이안은 깊게 한숨을 내쉬었다. 물론 어차피 흑마법사들을 처리할 생각이었지만 헬리아가 갑자기 나서는 바람에 그 또한 조금 놀란 터였다.

"뭘, 척하니 착 하고 움직였구먼."

"하아……."

세인은 고개를 절레절레 저었다. 헬리아는 두려움이 가득한 눈으로 자신들을 바라보고 있는 사람들에게 다가갔다.

“히, 이익!”

“사, 살려 주세요!”

“제, 제발……!”

사람들은 아예 무릎을 꿇으며 헬리아에게 빌었다. 헬리아가 흑마법사를 처리했다고 해도 그들에겐 헬리아 일행 또한 무시무시한 존재로 느껴질 수밖에 없었다.

그때 헬리아에게 치료를 받은 아이가 다가왔다. 짙은 녹색 머리에 녹안을 지닌 열 살가량의 어린아이였다.

“저…… 구해 주셔서 감사합니다.”

아이가 고개를 푹 숙였다. 헬리아는 아까는 보지 못한 아이의 외모가 눈에 들어왔다.

[엘프야.]

‘엘프라고?’

엘라임의 말에 헬리아는 아이를 자세히 바라보았다. 그제야 아이의 더벅머리에 숨겨진 귀가 뾰족한 것을 보았다.

‘어째서 엘프가 이곳에?’

그런 의문이 들었을 때였다. 헬리아가 어린아이를 대하는 모습에 경계를 푼 사람들이 이제는 그녀에게 매달리기 시작했다.

“사, 살려 주십시오.”

“나으리, 제발 살려 주십시오!”

그들이 흑마법사 일행이 아님을 확신하자 사람들에겐 헬리아 일행이 유일한 생명의 동아줄이었다. 하지만 이 앞이 오히려 더 위험했기에 헬리아는 깊게 한숨을 내쉬고 결정을 내렸다.

“당신들을 이곳에서 나가게 해드릴 수 없습니다.”

“제, 제발 부탁드립니다!”

"제발!"

그러나 이만한 인원을 데리고 밖으로 나가 흑마법사가 우글거리는 곳에서 이들을 지킬 여력이 안 되었다. 무엇보다 헬리아 일행의 최우선 목표는 드래곤 하트. 이들을 구할 수 없었다.

"흑흑흑!"

서글프게 우는 사람들을 헬리아는 물끄러미 바라보았다.

[어쩔 수 없어, 헬리아.]

헬리아의 복잡한 심경을 알아차린 엘라임이 그녀를 다독였다. 헬리아가 그들을 바라보다 갑자기 벽을 툭툭 치기 시작했다.

"흠."

"위험한 짓은……."

이안이 그런 헬리아를 막으려 했지만 헬리아가 먼저 입을 열었다.

"못 부술 건 아니네."

"예?"

그 순간 헬리아가 마법을 사용하여 벽을 녹이기 시작했다. 곧 벽의 구멍이 점점 커지더니 이내 사람 수십 명은 들어갈 수 있을 정도로 큰 구멍이 생겨났다.

"이건 대체……."

세인이 영문을 모르겠다는 눈으로 헬리아를 보았다.

"모두 들어가세요."

"예?"

사람들이 어리둥절한 얼굴로 쳐다보았다.

"여기는……?"

"지금 구해드릴 순 없지만 이곳에 숨어 있으세요."

헬리아는 구멍 안으로 식량을 꺼내 놓았다.

"한 열흘 정도 먹을 식량이에요. 적지만 아껴 먹으면 될 거예요."

사람들은 그제야 헬리아의 의도를 알아차렸다. 그 뒤에 어떻게 될지는 모르겠지만 이대로 죽는 것보다는 작은 희망에라도 목숨을 걸어보는 게 나았다.

"가, 감사합니다."

사람들은 구멍 안으로 들어갔고, 마지막으로 녹색의 어린 엘프가 안으로 들어섰다. 헬리아는 숨구멍을 제외한 나머지를 대충 막아두었다. 그러자 그 안에 사람이 있는 줄 모를 정도로 감쪽같아졌다.

"이제 움직이자."

헬리아의 말에 이안과 세인, 그리고 못마땅하게 그 모습을 바라보고 있던 제롬이 움직였다. 그런 그들의 모습을 작은 숨구멍을 통해 어린 엘프가 바라보고 있었다.

헬리아가 사라지고 난 뒤.

그녀가 만들어둔 구멍 안에서 어린 엘프가 나왔다. 그는 한참을 헬리아가 사라진 방향을 지켜보다 이내 구멍에 손을 올렸다. 그러자 드드륵 소리를 내며 구멍 안이 움직이기 시작하더니 사람들의 기척이 사라졌다.

"드디어……."

엘프의 눈이 번뜩였다. 그리고 어느 순간, 엘프의 모습은 보이지 않았다. 동굴 안에는 그저 두 흑마법사의 시체만이 덩그러니 있을 뿐이었다.

끼이익-

드르륵.

금속음이 울려 퍼지고 동굴 양쪽 벽에서 날카로운 검이 튀어나왔다. 그뿐만 아니라 바닥에서는 창이 솟구쳤다.

"젠장! 이 마녀!"

그 사이를 제롬이 걸어가고 있었다. 물론 걸어간다고 말하기엔 왠지 어폐가 있었다. 그것은 마치 뜨거운 팬에 팔짝팔짝 튀겨지고 있는 생선 같은 움직임이랄까.

"끄아악!"

제롬의 옆구리로 검이 쇄도했다. 그러나 다행히도 그 공격은 유효하지 못했다. 헬리아가 마법으로 검을 쳐 냈기 때문이다.

"엄살은."

"이게 엄살로 보이더냐! 이 사악한!"

"사악한 흑마법사가 할 말은 아닌 것 같은데?"

헬리아의 유들유들한 말에 제롬은 이를 갈았다. 그러나 그녀에게 신경 쓸 때가 아니었다. 바로 바닥에서 자신의 엉덩이를 향해 창이 솟아올랐기 때문이다.

"크윽!"

제롬은 최대한 몸을 옆으로 뺐다. 창은 그의 허벅지를 살짝 긁고 다시 아래로 들어갔다. 그의 온몸은 만신창이였다.

"감히 날 화살받이로 사용하다니!"

"뭘, 이렇게 잘 보호해 주고 있구먼. 엄연히 다르지, 암."

헬리아는 미소를 띤 채로 제롬을 향해 치료 마법을 퍼부었다. 그러자 제롬의 허벅지에 난 상처가 말끔히 사라졌다. 하지만 제롬의 표정은 나아지지 않았다. 저 사악하고 음흉한 마녀가 자신을 화살받이로 잘 써먹기 위해 한 조치임을 누가 모르겠는가.

"젠장, 애초에 화살받이가 필요했다면 그놈들을 데려오지 왜 놓고 온 거냐!"

제롬으로서는 억울할 수밖에 없었다. 어차피 화살받이가 필요했다면 차라리 그놈들을 써먹었으면 자신이 이렇게 고생할 이유가 없을 거라 생각했다. 하지만 제롬의 말에 헬리아는 당연하다는 듯 말했다.
"그거야 네가 있잖아. 잘 피하는구먼."
"으득!"
"그리고 그 비리비리한 사람들이 제대로 화살받이나 되겠어? 지푸라기지."
"지옥에나 떨어져라!"
"그러니까 흑마법사한테 들을 말은 아니래도."
헬리아는 실실 웃으며 제롬을 약 올렸다. 그간 그에게서 받은 스트레스가 제법 쌓였던 모양이다. 하기야 정체도 척척 알아봐, 매번 집요하게 쫓아와, 헬리아가 짜증이 안 날 수가 없었다. 그리고 그 분풀이를 오늘 화끈하게 해주는 것이고.
"이 마녀 같으니!"
"자자, 이제 몸도 나았으면 얼른 움직이라고. 다시 엘라임에게 조종당하기 싫으면."
"크윽!"
제롬은 이를 악물고 자리에서 일어섰다. 솔직히 그가 지금 이 자리에서 할 수 있는 것은 아무것도 없었다. 마나 구속구를 차고 있는데다가 그것이 없더라도 두 명의 소드 마스터와 이상한 힘을 지닌 헬리아 공주를 이길 자신이 없었다.
"헬리아, 다 해제했어."
그때 엘라임의 목소리가 들렸다. 제롬이 화살받이가 되어 앞으로 나가면 이안과 세인이 함정을 막고, 함정을 파악한 헬리아와 엘라임이 함정을 파훼했다. 그 덕분에 일행의 속도는 빨랐다. 벌써 4층까지 내려온 것이다.
"좋아. 그나저나 대체 몇 층까지 있는 거야?"
"이러다간 끝이 없습니다."

"후우, 여기가 정말 드래곤 레어가 맞는 겁니까? 그냥 던전 아닐까요?"

이안과 세인이 회의적인 반응을 보였다. 호기롭게 여기까지 내려온 건 좋은데 아무리 봐도 길은 하나고, 방이든 문이든 아무것도 보이지 않았다. 그나마 몬스터가 없는 것이 다행이었다.

하지만 함정이 워낙 복잡해서 차라리 몬스터가 나오는 게 더 낫다고 후에는 생각되었다.

"엘라임, 몇 층까지 있는지 파악했어?"

"계속 정령을 보내봤는데 아무래도 동굴 전체에 무슨 결계가 쳐져 있는 것 같아. 탐지가 안 돼."

엘라임이 여러 차례 정령으로 동굴 안을 탐색해 봤지만 아무것도 건진 게 없었다. 정령을 일정 거리 이상 떨어뜨리면 정령왕이 감지를 할 수 없었다.

"정말이지 꼼꼼하게도 만들어놨군. 아니, 그냥 꼼꼼한 게 아니라 마니악하군."

드래곤들이 자신의 레어를 지키기 위해서 함정을 만들어 둔다는 건 알았지만 이렇게까지 짜증 나게 만들어놓을 줄은 몰랐다. 그리고 그 짜증의 주체는 바로 자신의 어머니인 세르게니아였다.

헬리아는 자신의 어머니에 대한 인식이 점점 삐뚤어지는 가운데 일행은 지쳐 갔다. 하지만 다행히도 5층으로 내려온 순간 이전과는 달리 커다란 문을 발견할 수 있었다.

"문?"

이제까지와는 전혀 다른 패턴이었다. 헬리아는 이것으로 함정이 끝난 게 아닌가 생각했다. 그건 다른 사람들도 마찬가지였는지 안도의 한숨을 내쉬었다. 그들이 아무리 강하다 하지만 장시간 함정에 시달리는 것은 고역이었다. 무엇보다 이곳은 좁고 어두웠으며, 식량이 많지 않아 어떻게 될지 모르기 때문이다.

"끄응, 이거 안 열리는데?"

헬리아가 문을 밀어보았지만 문은 끄덕도 하지 않았다. 이안과 세인, 엘라임도 모두 문을 열어보았지만 문은 미동조차 없었다.

"마법이 걸린 거 아니야?"

"마법? 흠."

엘라임의 말에 헬리아는 문을 자세히 살폈다. 문에는 커다란 용이 양각되어 있었다. 꼼꼼히 문을 만져 가며 바라보던 헬리아는 문손잡이가 있는 부근에만 음각이 되어 있는 것을 발견했다.

"이건 뭐지?"

헬리아는 작은 구멍을 바라보았다.

"어디서 본 것 같은데……."

"그러고 보니 그거 있잖아."

"그거라니?"

"전에 네 어머니 방에 들어갔을 때 봤던 목걸이 모양! 그거랑 똑같은데?"

"아! 목걸이!"

"한데 문제는 그 목걸이가 없다는 거야."

엘라임의 말에 헬리아는 씨익 웃음을 지었다. 혹시 몰라 가지고 다녔던 것이 이렇게 유용할 줄이야.

"걱정 마, 갖고 있으니까."

헬리아는 아공간 반지―전에 베로니카 공작이 만들어준 것이다―에서 펜던트를 꺼냈다. 그러자 순간 동굴 안이 미묘하게 떨렸지만 순식간에 진정되었기에 헬리아는 뭔가 착각했나 싶었다. 왜냐하면 그녀 혼자밖에 그 진동을 느끼지 못했기 때문이다. 헬리아는 펜던트의 모양을 보곤 확실히 이것이 문의 음각된 부분과 정확히 일치하는 것을 알 수 있었다.

"넣을게."

"혹시 모르니까 조심하십시오."

"응."

이안의 말에 헬리아는 긴장을 늦추지 않고 펜던트를 음각된 부분에 끼어 넣었다. 그러자 달칵 하는 소리가 들려왔다. 그 후, 무언가 끌리는 소리가 들리더니 이내 문이 열리기 시작했다.

드드드드득!

헬리아는 다시 떨어져 나온 펜던트를 품에 넣고 문을 활짝 열었다.

"여기가…… 어라?"

"뭐야?"

"아무것도 없는 것 같은데요?"

엘라임과 세인도 안을 둘러보더니 한마디씩 했다. 이안은 경계를 늦추지 않았다.

"뭐지, 여긴?"

문 안으로 들어간 일행이 본 것은 커다란 방이었다. 아니, 방이라고 하기도 민망할 정도로 그곳은 넓은 공간이었는데, 거의 연병장 크기 수준이었다.

"함정이 있을 수 있습니다."

이안의 말에 헬리아는 제롬에게 눈짓했다.

"젠장, 내가 왜?"

"목숨은 건져 줄 테니까 걱정 말라고."

"으득!"

제롬은 이를 갈았지만 헬리아의 말대로 안으로 순순히 들어섰다. 물론 그는 내심 다른 속셈이 있었다.

'이 제롬이 이렇게 당할 것 같으냐! 내가 죽더라도 반드시 네년을 죽

이고 말겠다.'

그의 눈이 함정을 찾아 번뜩였다. 지금까지 제롬이 겉으로는 욕을 퍼부으면서 순순히 화살받이가 된 것은 어쩔 수 없었던 것도 있지만 내심 헬리아 일행을 함정에 빠뜨리기 위함이었다. 안타깝게도 지금까지는 일행이 수월하게 함정을 해결했었지만.

'이번엔 다를 것이다.'

척 봐도 뭔가 수상한 공간이었다. 제롬은 헬리아의 눈을 피해 함정을 찾았다. 제롬의 내심이 어떠하든 그가 먼저 발을 디뎠는데도 아무런 일도 없자 헬리아 일행도 안으로 들어섰다.

"여긴 뭐 하는 데지?"

정말 커다란 방이었다. 바닥을 내려다보자 무언가 그려져 있었다. 바닥의 마법진을 본 순간 헬리아는 어디서 많이 본 듯한 느낌을 받았다.

"이거…… 혹시 마법진? 이동 마법진이잖아?"

헬리아는 바닥에 새겨진 마법진을 보고 놀랐다. 그러면서 짜증이 팍 올라왔다.

"그럼 그렇지. 이동 마법진이 있었던 거야."

레어의 주인이 그 많은 함정을 뚫고 집안을 들락거릴 리 없지 않은가. 헬리아가 마법진에 마나를 쏟아부었지만 이상하게 아무 반응도 없었다.

"외부에서 안으로 들어오는 마법진이 아닐까요?"

세인의 말에 헬리아는 턱을 쓰다듬었다. 아쉽게도 지금으로서는 어떻게 할 수 있는 방법이 없다는 소리였다.

"아무튼 여기가 이동 마법진이라면 입구라는 소리인데, 혹시 문이 없어?"

세인과 엘라임, 이안이 흩어져서 문을 찾기 시작했다. 일행은 모두

벽을 훑으며 출구를 찾았다. 그 모습을 제롬이 음흉하게 바라보며 입꼬리를 올렸다.

'크크크.'

그의 시선이 벽에 이상하게 볼록 튀어나온 부분을 향했다. 무언가 아주 수상했다.

'함정이든 함정이 아니든 밑져야 본전이다.'

제롬은 키득거리며 웃었다.

"뭐야? 뭐라도 찾았어?"

그런 제롬의 웃음을 본 걸까. 헬리아는 눈을 가늘게 뜨고 그에게 다가갔다. 제롬의 저 음흉한 눈빛을 보아 뭔가 이상한 걸 발견한 듯싶다.

"크크크, 글쎄? 함정일지도 모르지. 어차피 내 역할은 화살받이 아닌가? 함정이 있나 없나 알아보는."

"그래서?"

"그래서라니? 이상한 걸 발견해서 한번 눌러보려는 거지."

그러면서 헬리아가 뭐라 하기도 전에 제롬이 그 튀어나온 부분을 잽싸게 눌렀다. 그러고는 득의양양한 얼굴로 말했다.

"크크크, 이제 네년……."

"뭔데?"

"……."

하지만 아무 일도 일어나지 않았다. 제롬의 표정에서 미소가 사라질 때 헬리아는 으드득 목을 풀었다.

"네놈이 더 맞아야 정신을……."

드드드득!

그때였다. 갑자기 바닥의 마법진에서 번쩍 빛이 나기 시작했다.

"뭐, 뭐야?!"

"크하하하! 내가 이런 수모를 당하고 가만히 있을 줄 알았느냐! 내가 죽더라도 네년을 죽이고야 말겠다!"

"젠장! 대체 뭐냐고!"

"헬리아!"

"공주님!"

빛은 더욱 강렬해지고 있었다. 이상함을 눈치챈 엘라임과 이안, 세인이 헬리아에게 다가가려 했지만, 그들이 움직이기도 전에 빛이 폭사되면서 아무것도 보이지 않게 되었다. 그리고 빛이 사라지고 난 그 자리엔 아무도 없었다.

모든 것이 새카맸다. 아무것도 보이지 않는 곳. 그 캄캄한 어둠 속에서 헬리아는 이제는 익숙함마저 느꼈다. 허구한 날(?) 꿈속에서 본 게 이런 시커먼 공간이니 익숙해질 만도 하다.

"또 꿈속인가?"

헬리아는 몽롱한 정신을 다잡고 이전 상황을 떠올려 보았다. 그 개자식 스토커 제롬이 갑자기 이상한 장치를 만지는 바람에 이동 마법진이 발동해 빛이 발했고…….

"그런데 왜 꿈속이지?"

이상하지 않은가. 분명 이동 마법진이 발동했는데 깨어보니—꿈속이니 깨어 있다는 표현은 맞지 않지만—꿈속이다.

"설마 어디 머리를 세게 부딪쳐서 꿈속으로 강제 소환된 건가?"

이런저런 가설이 떠올랐지만 무엇 하나 확실하지 않았다.

"하아……."

헬리아는 깊게 숨을 내쉬었다.

"이안과 세인은 어떻게 됐으려나."

분명 그들도 빛에 휩싸였으니 어디론가 이동했을 것이다. 아니면 같이 이동했는데 정말 자신만 이렇게 팔자 좋게 꿈이나 꾸고 있는 건지도. 혹시 아는가. 지금 잠자고 있는 자신 옆에 그들이 있을지. 하지만 그렇지 않을 수도 있기에 헬리아는 내심 초조한 마음을 지울 수 없었다. 그나마 다행이라면 그들이 소드 마스터라 쉽게 죽지는 않을 거란 믿음은 있었다. 제 한 몸 건사할 정도의 실력은 되는 이들이다.

"일단 꿈에서 깨고 봐야겠군."

하지만 이제까지 헬리아가 원해서 꾼 꿈이 아니고 깨고 싶다고 마음대로 깰 수 있는 꿈이 아니다. 애초에 왜 이런 꿈을 꾸게 되었는지도 알지 못했다.

헬리아는 생각을 정리하다 으레 보이던 빛을 찾았다. 멀리 어둠 속에서 반짝이는 한줄기의 빛. 오늘만큼은 반드시 그녀에게 물어보리라. 헬리아는 이 꿈의 실마리를 풀어줄 이를 찾아 빛을 따라 걸음을 옮겼다.

뚜벅뚜벅.

어디가 바닥이고 천장인지 알 수 없으나 고요한 어둠 속에서 자신의 발걸음 소리가 울려 퍼졌다. 이윽고 헬리아는 빛의 주인공을 볼 수 있었다.

역시나 자신과 똑 닮은 얼굴을 한 여인. 언제나 애달픈 눈으로 자신을 바라보던 여인이었다.

세르게니아.

자신의 어머니였다.

"드디어 이곳까지 왔구나."

세르게니아는 헬리아를 보며 복잡한 표정을 지어 보였다.

⁂

"……봐!"

아스라이 들리는 목소리에 이안은 눈을 찌푸렸다. 누군가 자신을 향해 부르는 목소리인 것 같은데 묘하게 익숙했다. 아니, 짜증이 팍 나는 목소리였달까.

"안 일어나!"

그때 파악 하고 무언가 자신을 향해 쏟아져 내렸다. 이안은 그 순간 소드 마스터의 재빠른 몸놀림으로 그것을 피해냈다.

촤아악-

물줄기가 그가 몸을 피한 바닥을 흥건히 적시고 있었다.

"이 검은 좀 치우지. 일부러 깨워준 사람한테 너무하는 거 아니야?"

"좀 정상적으로 깨워주지 그랬나?"

"깨워준 것만도 고마워하라고."

이안은 엘라임의 목에 겨누었던 검을 거두며 주위를 둘러보았다.

"여기는 어디지?"

"그거야 나도 모르지. 뭐, 보아하니 무슨 서재 같기도 하고 실험실 같기도 하고. 에잇, 젠장, 지금 그게 중요한 게 아니라고!"

엘라임은 짜증이 팍 나 있었다. 갑자기 이동한 것도 모자라 헬리아와 떨어지게 된 것이다. 세인은 어디로 사라져 버린 건지 알 수 없었다. 엘라임의 말에 그제야 이안이 서둘러 헬리아의 기척을 감지하려 했지만 아무것도 느껴지지 않았다.

"공주님은?"

"젠장, 그게 문제라고! 아무런 기척도 느껴지지 않아. 연결이 끊어진 건 아닌데, 도통 어디에 있는지 모르겠어."

엘라임은 입술을 지그시 깨물었다. 혹시나 무슨 일이 생긴 건 아닐까 초조했다.

"그 빌어먹을 흑마법사 때문에!"

"소환 해제를 하면 되지 않나?"

"……그걸 생각해 보지 않은 건 아니지만 아무래도 그러다 소환되지 못할 상황이라면 아예 방법이 없잖아."

엘라임이 헬리아를 걱정함에도 정령계로 돌아가지 못하는 이유가 바로 그 때문이었다. 그가 강제로 소환 해제가 되지 않았다는 것은 헬리아에게 별문제가 없다는 뜻이다. 문제는 지금 헬리아의 기척이 느껴지지 않는 것은 물론 연결-다행히 영혼의 맺음은 고대로부터 내려온 맹약이기에 해약된 것은 아니지만-이 안 된다는 것이다.

"직접 찾아볼 수밖에 없군."

이안은 검을 검집에 넣고는 본격적으로 주변을 살펴보기 시작했다. 이동 마법진으로 이동한 이곳은 엘라임의 말대로 서재나 실험실 같았다. 제법 크기가 커서 대략 삼사십 평 정도 되는 것 같았다. 사방은 전부 책이 빼곡히 들어차 있었고, 테이블에는 무슨 실험을 한 것인지 실험 기구들과 서류들이 늘어져 있었다.

"젠장, 그런데 대체 어디로 나가는 거지?"

엘라임이 주변을 살펴봤지만 도통 나가는 문을 발견하지 못했다. 도대체 이 집구석은 도통 문이라는 게 없는 것 같다. 엘라임이 그렇게 투덜거리며 문을 찾고 있을 때 이안은 책장에 꽂힌 책과 서류를 살폈다.

"드래곤 하트 이식에 대한 연구 일지?"

거기에는 드래곤 하트를 인간에게 이식했을 때의 경과 등이 상세히 기록되어 있었다. 물론 알아보기 힘들 정도의 악필로 쓰여 있었지만 다행히 얼추 그 뜻을 이해할 수 있었다.

"엄청난 악필이군."

이안은 눈을 찌푸렸지만 이내 다른 곳에 시선을 두었다. 지금은 이런 실험 자료보다 그에게 더 중요한 건 바로 헬리아의 안위였기 때문이다. 그러다 이안은 문득 이상함을 느꼈다.

"먼지가 하나도 없군."

"뭐 클린 마법진이라도 있는 모양이지."

엘라임이 뭘 그런 시답지 않은 소리를 하냐는 듯이 그를 바라보았다. 그러다 무언가 번뜩 떠오르는 게 있었다.

"그러고 보니 혹시 여기에도 가디언이 있는 건가?"

"가디언?"

"이 정도로 꼼꼼히 드래곤 레어를 만든 자라면 레어를 관리할 가디언도 두었겠지."

"가디언이라……."

"하아…… 그나저나 도대체 헬리아는 어디에 있는 거야?"

엘라임은 헬리아 걱정에 얼굴에 진 그늘이 가실 줄을 몰랐다.

❊

헬리아는 자신과 닮은 여인을 물끄러미 바라보았다. 한데 자세히 보니 자신과 닮지 않은 부분도 보였다. 좀 더 나이가 들어 보였고, 왠지 모를 기운이 풍겨져 나왔다.

"당신이 내 어머니인가요?"

여인의 눈이 헬리아의 말에 살짝 이채를 띠었다. 그러다 이내 눈을 지그시 감고는 다시 떴다. 그러자 그 자리엔 언제 애달픈 눈으로 자신을 보았냐는 듯 꽤나 거만한 눈동자가 있었다. 그녀는 드래곤이라는 종족의 자신감이 엿보이는 눈으로 말했다.

"위대한 마지막 드래곤 세르게니아란다."

"하지만 어떻게……."

헬리아는 머리가 복잡해졌다. 어떻게 과거에 죽은 인물이 자신의 꿈속에 나타날 수 있단 말인가.

"그거야 사념체니까."

"예?"

세르게니아의 말에 헬리아는 깜짝 놀랐다.

'어떻게 내 마음을?'

"이건 결국 네 꿈속이야. 뭐 잡다한 것까지 다 설명하려면 길어지니까 그렇다고 해두면 돼."

'이 무책임한.'

헬리아는 혀를 내둘렀다. 아마 이것도 분명 읽었을 것이다. 한데 세르게니아는 제 말만 쏙 하고 이건 한 귀로 흘린 듯했다.

"사념체면 환영인가요?"

"환영은 이렇게 말 안 해. 뭐 나니까 가능한 일이지만."

헬리아는 자신의 어머니에 대한 환상이 조금씩 무너지는 걸 느꼈다. 거기다 역시 드래곤인지라 거만했다.

"원래 성격이 이래요?"

"네 성격이 어떤지나 생각해 봐."

헬리아는 인상을 팍 구겼다. 어디서도 안 꿀리는 그녀가 세르게니아 앞에선 확 찌부러져 버렸다.

"뭐 속으로 하나 말로 하나 다 알아듣는 거라면 그냥 말로 할게요. 도대체 왜 이런 걸 만든 거예요?"

"음, 좋은 질문이야. 그 설명을 하기 위해 내가 이 위대한 사념체를 남겼으니까."

"퍽이나."

"그건 속으로 말해줘."

세르게니아의 말에 헬리아는 뭔가 머리가 혼란스러웠다. 정말 이 사람이 어머니가 맞는 걸까? 자신의 기억 속의 어머니와는 성격이 완전히 달랐다. 설마 내숭이었던 거야?

"자, 별 쓸데없는 생각하지 말고 시간이 별로 없으니 본론으로 들어가지."

세르게니아는 그러면서 손을 휘저었다. 그러자 새카만 공간이 일그러지더니 이내 공간이 바뀌었다.

"이곳은……."

"알아보는구나."

세르게니아가 미소를 지었다. 바뀐 장소는 세르게니아의 무덤이 있는 장소, 바로 성의 뒤편에 자리한 정자였다. 세르게니아는 정자에 올라가 테이블에 앉으며 헬리아에게 말했다.

"어서 올라와."

"어떻게 이렇게……."

"꿈이니까. 뭔들 못 하겠어?"

'퍽이나.'

헬리아는 왠지 그녀에게 계속 말리는 자신을 발견했지만 순순히 그녀의 뜻에 따라 정자에 올랐다. 안에는 현실과 동일하게 테이블이 놓여 있었고, 테이블 위에는 언제 나타났는지 따끈한 김이 모락모락 나는 차가 올라와 있었다.

"이것도 꿈이에요?"

헬리아는 얼떨떨한 기분으로 그녀에게 다가가 맞은편 테이블에 앉았다. 그리고 제 앞에 있는 차를 보았다. 만져 보니 따뜻했다.

"정말 진짜 같은데요?"

"실재하지 않지만 실재한다고도 할 수 있지."

도대체 그게 무슨 말인가?

"생각하기 나름이라는 거다."

세르게니아는 또 헬리아의 속마음을 읽고 찻잔을 들어 차를 음미했다. 그 모습에 헬리아는 저도 차를 들어 맛을 보았다. 입안에 확 풍기는 차향을 기대했는데 아무 맛도 느껴지지 않았다.

"맛이 없는데요?"

말 그대로 맛 자체가 없었다.

"상상력이 부족한 거야."

헬리아는 자꾸 이러다간 끝이 없을 것 같아 본론을 꺼냈다.

"도대체 왜 내 꿈에 나타난 거예요?"

세르게니아는 찻잔을 내려놓고 헬리아를 보았다. 금색의 눈동자가 헬리아를 직시하자 그녀는 순간 숨을 멈췄다.

금색의 눈동자. 자신과 닮았지만 더욱 흉포했다. 아니, 인간의 눈이 아닌 드래곤의 눈이기에 당연한 건지도 모른다. 다들 자신의 눈을 보고 겁에 질리곤 했는데, 이건 자신의 눈과는 비교도 안 된다. 뭐든지 투영할 것 같은 맑은 눈동자, 그러나 그 안에는 인간을 두렵게 하는 공포가 존재했다. 그것이 드래곤이었다.

"그놈이 깨어났지?"

"그놈이라면…… 엑시온 말인가요?"

"역시, 깨어났나."

세르게니아의 표정이 어두워졌다. 결코 일어나지 않길 바라던 일이 일어났다.

"그것과 관련이 있는 건가요?"

"그자가 깨어나면 나 또한 깨어나게 해두었어. 네 꿈속에."

"어째서죠? 왜 이런 방법으로……."

"엑시온을 어떻게 다시 봉인할 건데?"

"그거야……."

"모르지. 딱히 알려준 일도 없고. 그래서 그걸 알려주려고."

"하아, 그걸 왜 사념체로 남겨서 굳이 이야기해 주는 건데요? 애초에 미리미리 알려줬으면 봉인이 풀리지도 않았을 테고."

"여러 가지 사정이 있는 거야."

그렇게 가볍게 말했지만 세르게니아의 표정이 진지해 헬리아는 뭐라 반박할 수 없었다.

"그래도 여기까지 온 걸 보면 잘했어."

"도대체 내가 얼마나……."

"내가 말이야. 그 와중에도 이렇게 찾아올 수 있게 알뜰히 준비해 뒀으니 역시."

'성격이 참…….'

"말했다시피 네 성격도 그리 좋은 성격은 아니라고 봐."

"그럼 유전인가 보죠."

"다행이네. 네 성격이 안 좋다는 걸 인지해서."

헬리아의 얼굴이 와락 구겨졌다. 이놈의 마음을 읽는 것 때문에 도통 생각을 못 하겠네. 세르게니아는 그런 헬리아의 투덜거림을 알았지만 다행히 일일이 반응하지는 않았다.

"그럼 엑시온을 어떻게 봉인할 수 있나요?"

"네가 여기에 온 걸 보면 다행히 그놈이 네 몸을 손에 넣지 못한 거겠지."

"뭐 손에 넣을 뻔했죠."

"그건 다행이야. 네가 그자의 손에 들어갔으면 봉인이고 뭐고 답도 없이 이 대륙이 멸망했을 테니까."

"……."

"다행이고말고."

"하지만 드래곤 하트를 찾으려 해요. 이미 흑마법사가 이곳에 와 있어요."

"……."

세르게니아는 헬리아의 말에 무언가 마음에 들지 않은 게 있는 듯 미간을 찌푸렸다.

"벌써……."

"예?"

"엑시온이 드래곤 하트를 손에 넣게 해선 안 돼. 절대로!"

"그럼 드래곤 하트가 여기에 있나요?"

"물론, 그래야 엑시온을……."

헬리아의 얼굴이 밝아졌다.

드래곤 하트만 있다면 아버지를 살릴 수 있어!

"뭐?"

세르게니아의 표정이 딱딱하게 굳었다. 헬리아의 속마음을 읽은 것이다. 헬리아는 기쁜 표정으로 말했다.

"드래곤 하트만 있으면 아버지를 살릴 수 있어요."

세르게니아의 표정이 딱딱하게 굳어졌다. 무언가 잘못되었다.

"아버지?"

세르게니아의 표정이 일그러졌다.

"설마 빈은 아니겠지?"

"아버지 맞아요."

"빈이 왜?"

"아버지가 쓰러지셨어요."

"……."

세르게니아의 표정이 확 변했다. 이전의 여유로운 표정은 온데간데없이 사라지고 폭풍 설한처럼 매서운 바람이 불고 있었다.

"빈이 왜 쓰러진 거지?"

나직한 말속에는 짙은 분노가 깔려 있었다. 헬리아는 그 모습에서 정말로 어머니가 아버지를 사랑하고 있다는 것을 깨달았다.

"잠에 드셨어요."

"……잠?"

세르게니아는 미간을 좁혔다.

"무슨 말인지 제대로 설명해."

그녀에게서 광포한 기운이 뿜어져 나왔다. 헬리아는 자신의 몸이 그녀의 기운에 떨리는 것을 느꼈다.

'단순한 꿈이 아니란 말인가?'

헬리아는 몰랐지만 이곳이 세르게니아의 레어이기 때문에 그녀가 헬리아의 꿈에 간섭할 수 있었던 것이다. 그 덕분에 공간을 바꾸거나 차를 내올 수 있었다.

"아버지의 심장에 드래곤 하트를 이식하셨나요?"

세르게니아는 조금 놀라는 듯했지만 이내 표정이 어두워졌다. 빈센트도 자신의 심장이 드래곤 하트인 줄은 모르고 있었다. 이는 곧 다른 사람이 빈센트의 심장을 확인할 상황이 생겼다는 말이다.

"설마 심장에 문제가 생긴 거야?"

"네."

"하지만 그럴 리가? 이식은 완벽했어."

세르게니아는 믿기 힘들었다. 그녀의 수술은 완벽했다. 이는 그 누구도 감히 할 수 없는 일이었다. 그 결과를 위해서 세르게니아가 얼마나 많은 연구를 해왔던가.

헬리아는 고개를 저었다.

"심장 이식엔 문제가 없었어요. 이식의 문제가 아니에요."

"그럼 왜?"

"드래곤 하트를 반으로 쪼개면서 인간에게 이식할 수 있었지만 그 결과 드래곤 하트에 결함이 생긴 것 같아요."

"드래곤 하트에 결함이?"

"드래곤 하트를 반으로 쪼개면서 드래곤 하트의 힘 자체가 약화되었어요. 무엇보다 손실률이 발생했어요."

"손실률……."

세르게니아의 미간이 좁아졌다. 드래곤 하트의 이식은 완벽했다. 다만 드래곤 하트를 반으로 쪼개는 일은 전무한 일이었다. 그렇기에 세르게니아는 쪼개진 드래곤 하트가 점차 어떻게 변화할지 알지 못했다. 시간이 너무 급했던 터라 바로 이식을 하였기 때문이다. 조금 더 시간이 있었다면 이런 문제를 보안했을 것이다. 세르게니아가 눈을 감았다 떴다.

"빈이 잠에 빠진 건 그 손실률을 메우기 위함이겠지. 하지만 인간은 드래곤과 달리 손실률을 메우지 못해."

"그래서 드래곤 하트가 필요해요."

정말이지 운이 좋았다. 헬리아는 어머니의 사념체를 만난 것이 얼마나 다행인지 모른다. 실상 드래곤 레어를 찾아왔지만 솔직히 드래곤 하트를 어떻게 이식하는지 알지 못했다. 한데 떡하니 제 눈앞에 그걸 설명해 줄 사람이 있지 않은가.

"……."

세르게니아는 환한 웃음을 짓고 있는 헬리아를 보며 미간을 좁혔다. 그녀의 머리가 복잡하게 뒤엉켰다.

'어떻게 이런 일이…….'

세르게니아가 눈을 감았다 다시 떴다. 그 자리엔 더 이상의 혼란은 보이지 않았다. 헬리아는 세르게니아의 눈에서 혼란이 수습되는 것을 보자 이상한 기분이 들었다.

"드래곤 하트는 하나밖에 없어."

"하나도 충분해요."

"충분하지 않아."

"예?"

세르게니아의 눈빛이 날카롭게 변했다. 헬리아는 그녀의 반응을 이해할 수 없었다.

"내가 왜 네게 이런 번거로운 짓을 하면서 완벽한 사념체를 남겼다고 생각해?"

"……무슨 말을 하고 싶은 거죠?"

"날 닮았다면 제법 머리가 돌아갈 텐데, 빈을 닮았나? 아니지, 빈도 머리가 나쁘지 않아."

"그러니까 대체 무슨 말을 하고 싶은 거예요?"

"알고 있잖아?"

"……."

"직접 말하기 싫어? 아님 부정하고 싶은 거야? 네 속마음이 다 보이니까 숨길 필요 없어."

"……."

헬리아는 입술을 질끈 깨물었다. 불안감이 스며들었다. 하지만 그것을 입 밖으로 내뱉는 순간 큰일이 벌어질 것만 같았다.

"그렇다면 내가 말하지. 나는 엑시온을 봉인하는 방법을 알려주기 위해 사념체를 남긴 거야. 빈을 구하기 위해서가 아니라."

"하지만 그것과 이건……."

"다르지 않아. 드래곤 하트는 하나밖에 없으니까. 내가 말했잖아?"

"……."

"좀 전의 이야기를 다시 하지. 엑시온을 봉인할 방법에 대해."

세르게니아는 입술을 끌어 올렸다. 마치 헬리아가 무슨 꿍꿍이를 벌일 때의 그 표정과 닮아 있었다.

"드래곤 하트가 필요해."

"……."

"엑시온을 봉인하려면 드래곤 하트의 힘이 있어야 해."

"그게 무슨 말인가요?"

"말 그대로야. 내가 드래곤 하트를 왜 남겼다고 생각해?"

"그럼 다른 드래곤 하트를."

"하나밖에 없다고 했어."

"다른 레어를 찾아보면 있을 거예요."

어머니의 레어가 남아 있다는 건 곧 다른 드래곤의 레어도 남아 있을 가능성이 있다는 게 아닐까. 하지만 세르게니아의 대답은 그녀의 기대를 산산조각 내버렸다.

"없어."

"……찾아보면."

"내가 다 찾아서 써버렸으니까."

세르게니아의 시선이 천장을 향했다. 꼭 헬리아의 원망 섞인 눈동자 때문만은 아니었다.

"……그래도 좀 더 찾아보면."

"다 뒤졌어. 뭐, 나보다 네가 더 잘 찾을 수 있다면 한번 찾아보든가."

"……."

헬리아는 입술을 질끈 깨물었다. 드래곤도 못 찾는 드래곤 레어를 헬리아가 무슨 수로 찾을 수 있단 말인가. 거기다 시간이 부족했다.

'젠장!'

헬리아는 지끈거리는 두통을 느꼈다. 도대체 그 많은 드래곤 하트를 뭐 하는 데 써버렸는지. 그러나 결과는 하나였다. 드래곤 하트가 하나밖에 없다는 것.

'드래곤 하트가 하나…….'

그제야 일이 복잡하게 돌아간다는 걸 깨달았다. 드래곤 하트가 하나. 그러나 필요한 곳은 두 곳. 아버지를 살리느냐, 엑시온을 봉인하느냐. 헬리아는 입술을 지그시 깨물었다.

'대체 어떻게 해야 하지? 아버지가…….'

자신도 캄캄한 어둠 속에 있어 봐서 안다. 결코 사람이 있을 곳이 아니었다. 그런 곳에 아버지가 있다 생각하니 울컥 가슴이 아팠다. 다른 방법이 진정 없단 말인가?

"없어."

"……."

헬리아는 눈을 감았다. 그리고 차분히 생각을 정리했다. 그녀의 입꼬리가 치켜 올라갔다.

"그럼 뭐 생각할 것도 없네요."

헬리아의 표정에 세르게니아의 한쪽 눈썹이 치켜 올라갔다.

"무슨 말이야?"

"제 생각을 읽었으니 아실 거 아니에요."

"안 돼."

"돼요."

"안 돼."

"왜 안 된다는 거죠? 엑시온 부활? 생각해 보니 드래곤 하트만 없으면 엑시온은 제대로 부활도 못 한 시커먼 유령에 불과하죠."

엑시온 부활을 막는다? 솔직히 중요한 문제다. 하지만 헬리아에게 아버지의 목숨보다 더 중요한 일이라고 생각되지 않았다.

"……."

세르게니아는 얼이 빠져 잠시 말을 잇지 못했다. 이렇게 사뿐히 엑시온의 봉인을 제쳐 버리다니.

"큭큭큭."

세르게니아는 왠지 유쾌해졌다. 솔직히 이렇게 생각할 줄 몰랐다.

"역시 내 위대한 유전자야."

"제가 위대한 거라고 해주세요."

"뻔뻔하긴."

"누굴 닮아서죠."

헬리아가 어깨를 으쓱였다. 세르게니아는 재밌게도 그 모습이 미워 보이지 않았다. 하지만 그녀의 입가에 웃음기가 사라졌다.

"엑시온은 결코 널 가만두지 않을 거야. 네가 그를 봉인하지 않으면 네가 당해."

"이제껏 약하단 소리 못 들었어요."

"그 힘을 믿고 있는 거야?"

"……."

"하기야 그 힘이라면 어떻게든 될 수도 있겠네. 드래곤의 힘이니까."

"그럼……."

"하지만 과연 버틸 수 있을까?"

세르게니아의 입가에 짙은 웃음이 걸렸다. 하지만 눈은 웃고 있지 않았다.

"네 몸 못 버텨. 알고 있지?"

"……."

"드래곤 하트는 엄밀히 말해서 그 힘을 안정적으로 유지하기 위해 네게 남긴 것이야. 드래곤 하트 없이는 그 힘을 안정적으로 사용할 수 없어."

"……."

"그럼 어떻게 될까?"

세르게니아가 짙게 웃었다. 그녀의 눈동자가 헬리아의 눈동자를 직시했다.

"뭐, 좋아. 나 또한 엑시온과 마찬가지로 유령에 불과하니 현세의 일은 현세에 맡겨두지. 선택은 네 몫이야."

세르게니아가 쉽게 물러나자 헬리아는 왠지 김이 빠졌다.

"엑시온을 봉인하길 바란 거 아니었어요?"

"음, 그렇지만 빈이 아프다잖아? 내 사랑 빈이 아파하는 걸 볼 수만은 없지."

"징하네요."

"어라? 드래곤의 사랑이 얼마나 위대한지 가르쳐 줄 필요가 있겠군. 내 800년의 긴긴 사랑 이야기를 네게 들려주지."

그러다 세르게니아는 자조적으로 픽 웃었다.

"뭐, 결국 이렇게 끝은 있게 마련이지만."

그녀의 얼굴이 어두워졌다. 좀 더 시간이 있었으면 좋았을 것을 그렇게 수십, 수천 번을 되뇌었다.

'생각만으로 끝냈어야 했어.'

"너는 그러지 마."

세르게니아가 헬리아를 바라보았다. 헬리아는 세르게니아의 표정이 너무나 슬퍼 대답하지 못했다. 처음 꿈속에서 보여주었던 그 모습이었다. 이 모습이 진짜 모습이 아닐까.

"어떻게 계속 그렇게 좋아할 수 있어요? 다른 사람이잖아요? 외모도 다르고 기억도 못 하고."

"다른 사람이 아니야. 나에게는."

외모가 달라도 기억이 없어도 다르지 않았다. 외모는 언제라도 바뀔 수 있다. 기억 또한 마찬가지다. 자신이 기억하기에. 자신이 그 모든 것을 또렷이 기억하고 있기에 다를 수 없는 것이다.

"이럴 때는 드래곤에게도 망각이 있었다면 좋았을 것을."

"……."

헬리아는 부정하지 않았다. 그녀 또한 전생의 기억을 고스란히 갖고 있으니까. 그게 어떤 느낌인지 안다.

"잊고 싶어요?"

"참 우습게도 그건 아니야. 내가 기억하지 못하면 끝이니까."

세르게니아는 눈을 감았다. 그리고 그녀가 눈을 뜬 건 그로부터 한참 동안 시간이 지난 후였다. 이미 그녀의 눈빛에는 상념이 지워져 있었다.

"선택은 네 몫이야. 뭐, 그래 봐야 뻔한 것 같으니까."

헬리아는 씨익 웃었다. 세르게니아도 함께 웃었다. 그리고 그녀의 몸이 흐릿해지기 시작했다.

"가시는 거예요?"

"원래 죽은 몸이니 갈 것도 없지. 궁금하면 함께 갈래?"

"아직 살날 창창한 딸내미한테 할 말이에요?"

"크큭, 그런데 살날이 영 창창해 보이진 않는데? 그래도 너무 일찍 오진 마라."

"벽에 똥칠할 때까지 있다 갈 거예요."

"에비 더러워라."

"얼른 가시기나 하세요."

"그럼 쓰나. 봉인하는 방법이랑 예상치 않은 일이지만 이식 방법은 네 기억 속에 남겨두고 갈게."

"사후 서비스가 확실한데요?"

"그 소리 나중에 안 나올 거다."

세르게니아가 키득거렸다. 그러다 진지한 표정으로 헬리아에게 말했다. 이미 그녀의 몸은 반 이상이 사라진 상태였다.

"반드시 엑시온을 죽여야 해. 그러지 못하면 봉인해."

"애초에 좀 잘 처리하고 가지 이게 뭐예요."

"엑시온이 하는 말을 믿지 마."

"예?"

"어차피 너라면 그리 신경 쓰지 않겠지."
세르게니아의 모습이 이제는 목 위밖에 남지 않았다.
"엑시온은……."
세르게니아의 입 모양이 움직였다. 그러나 이미 소리와 함께 온전히 사라진 뒤였다.
"엑시온은? 뭐였지?"
그리고 그 순간 그녀의 꿈이 캄캄한 어둠 속에 잠기기 시작했다.

파앗!
갑자기 환한 빛이 바닥에서 뿜어져 나오더니 그 자리에 헬리아의 모습이 드러났다.
퍼억!
"아얏!"
허공에서 나타난 헬리아는 무방비 상태로 바닥에 툭 떨어졌다.
"아이고, 머리야."
헬리아는 제 머리를 쥐어뜯었다. 기억을 전이해 준 건 고마운데 이렇게 아플 거라는 건 미리 알려줬어야 하지 않는가. 갑자기 떨어진 거 하며 깨질 듯한 머리 하며 이런 건 미리 알려주면 어디 덧난단 말인가.
"사후 서비스가 좋기는 개뿔!"
그런데 세게 떨어진 것치고는 이상하게 아프지 않았다. 그리고 이 물컹한 건 뭐지?
물컹물컹.
"어라?"
"으으윽!"
"엘라임?"

헬리아는 제 아래에 깔려 짜부라진 그를 보았다. 엘라임은 퍼진 개구리처럼 철퍼덕 바닥에 뺨을 비비고 있었다.

"거기서 뭐 해?"

"크윽, 뭐…… 긴 뭐야! 네가 갑자기 위에서 떨어져서 그런 거지!"

"쯧, 그거 하나 못 피해?"

헬리아는 말은 그렇게 하면서도 좀 미안하긴 한지 주섬주섬 일어나며 엘리임도 함께 일으켜 세웠다.

"아이고 허리야. 남자는 허리가 생명인데."

"허리 쓸 일이나 있냐?"

"흐흐, 그거야 네가 도와만 주면."

헬리아는 아예 엘라임의 허리를 주먹으로 퍼억 쳤다.

"컥!"

그러자 엘라임이 푹 고꾸라졌다.

"이제 쓸 일이 없네."

"으으윽. 이 악독한."

엘라임이 장렬히 전사했다.

그때 이안은 그런 엘라임을 사뿐히 지르밟고 헬리아에게 다가왔다.

"몸은 괜찮으십니까?"

이안은 그녀에 대한 걱정으로 얼굴이 딱딱하게 굳어 있었다.

헬리아는 고개를 끄덕였다.

"나는 괜찮아. 한데 세인이랑 그 개자식 스토커 제롬은?"

"어디에도 없습니다. 다른 곳으로 이동된 게 아닐까 싶습니다."

헬리아도 주변을 둘러보고 엘라임과 이안 말고는 아무도 없다는 것을 확인했다. 헬리아는 와락 미간을 구겼다.

"고물이구먼."

분명 세르게니아에게서 받은 기억 전이로 인해 대충 이곳이 어딘지는 알았다. 한데 원래라면 처음 있던 곳에서 모두 이곳으로 와야 하는데 아무래도 이동 마법진에 문제가 생긴 모양이다.

"그 개자식을 요절내야 하는데."

헬리아가 주먹을 꾹 쥐며 이를 갈았다. 제롬의 일만 생각하면 짜증이 팍 솟구쳤다. 결과적으로 큰 문제는 아니었지만 화가 풀리진 않았다.

"어디 콱 함정에 걸려 버려라."

헬리아는 제롬에게 악담을 한 바가지 퍼붓고 나서야 진정이 되었다.

"한데 이곳은."

"서재인 것 같습니다."

"아, 서재. 여기가 그곳인가."

헬리아는 정리되지 않은 기억을 되짚어보았다. 한데 영 떠오르는 게 없는 걸 보니 아무래도 한동안 생각을 정리할 필요가 있었다.

"한데 어디에 있었던 거야?"

엘라임이 허리를 꾹꾹 누르며 비척비척 일어났다. 얼마나 걱정했는지 모른다. 그런데 자신의 걱정을 이런 폭력으로 대답하다니. 제가 저지른 일은 모르고 헬리아가 야속한 엘라임이었다.

"어머니를 만났어."

"그 꿈?"

"응."

"드래곤 하트를 찾으신 겁니까?"

이곳에 온 목적이 그것이기에 이안이 물었다. 헬리아는 잠깐 생각하다 고개를 끄덕였다. 어머니가 한 이야기가 여전히 마음에 걸렸다. 하지만 이미 그녀는 결정을 내렸다.

"이제 아버지를 구할 수 있어."

"그럼 얼른 드래곤 하트나 찾고 돌아가자. 여기는 영 꺼림칙해. 아무것도 안 통하고."

"결계 때문에 그래."

세르게니아는 다중으로 결계를 쳐놓았다. 그녀 외엔 결코 아무도 이곳에 들어올 수 없었다. 오직 그녀만이 자유롭게 오갈 수 있게 만들어진 곳이다. 그렇기에 정령의 힘 또한 통하지 않았다.

"한데 어떻게 나가지? 아무리 찾아봐도 문이 없어."

"안내를 받아야지."

"안내?"

엘라임이 고개를 갸웃거렸다. 헬리아는 빈 허공에 대고 입을 열었다.

"이봐, 언제까지 보고만 있을 거야? 그만 튀어나오시지? 엘르."

"엘르? 그게 누구야?"

그때였다.

"어서 오세요."

갑자기 뒤에서 들려온 목소리에 엘라임과 이안이 흠칫 놀랐다. 이안은 채 검을 뽑지도 못 했다.

'인기척을 느끼지도 못 했다.'

그들의 뒤에는 한 인형이 서 있었다. 두 손을 가지런히 모은 그는 작게 고개를 숙였다. 헬리아는 그 인형을 보고는 약간 놀라 눈이 커졌다.

"너는."

"엘르라고 합니다. 이곳을 지키는 가디언입니다."

"가디언?"

엘라임이 놀라며 상대를 보았다. 그의 허리 아래에 오는 작은 키에 녹색 머리에 녹안을 지닌 엘프였다. 무엇보다 그는 다름 아닌 헬리아가 구해 준 그 어린 소년이었다.

"네가 가디언이었어?"

"주인님이 기다리신 분이 오신 것 같아 미리 마중을 나갔습니다."

"그게 마중인가?"

엘르라는 엘프는 옅게 웃었다. 어린 엘프의 웃음이라고 보기엔 성숙했다. 눈빛 또한 깊고 맑았다.

"주인님께서 미리 이야기하지 말라고 하셔서요. 아시잖아요? 그분 성격."

"……일부러 내가 아무것도 모른 채 그 문을 열게 해두었군."

"어차피 나중에 다 알게 될 일이지요."

엘르는 어깨를 으쓱이며 대수롭지 않은 반응을 보였다.

"한데 가디언이면서 흑마법사가 안에 들어오게 놔둔 거야?"

"들어오다니요? 아, 2층 말이죠? 하지만 그곳은 일부러 들어오게 만들어둔 곳이에요. 이를테면 함정이죠."

엘르가 씨익 웃었다.

"개미지옥이군."

"어차피 아기씨께서 가지고 계신 열쇠가 없으면 이곳까지 오지 못합니다. 뭐, 적당히 어울리면서 처리하는 거죠."

엘르의 태연한 태도에 헬리아는 기가 질렸다.

'정말 어디서 어머니 같은 가디언만 골라서.'

그러고 보니 엘프의 나이를 인간의 기준으로 판단해선 안 된다는 게 떠올랐다.

"나이가?"

"적어도 아기씨께서 태어나기 전전전전부터 아기씨의 할아버지의 할아버지의 할아버지…… 보단 많을 거예요."

"엄청 많이 먹었다는 건 알겠는데 그 모습은……."

엘프가 아무리 수명이 길고 인간보다 성장이 느리다지만 그래도 엘르는 너무 어린 외모를 지니고 있었다.

"귀엽잖아요?"

"속이 귀여워야지. 그보다 나보다 어려 보이는 애늙이한테 아기씨로 불리고 싶지 않아. 헬리아라고 불러."

"알겠어요, 헬리아 님."

굳이 님까지 붙이지 말라고 하려다 귀찮아서 그만두었다.

"그보다……."

엘르는 헬리아를 빤히 쳐다보았다.

"왜 쳐다봐?"

엘라임이 괜히 불만스런 표정을 지었다. 모습이 어린애라도 이미 알 거 다 아는 노인네 아닌가? 왠지 얼굴이 상기된 채 헬리아를 바라보는 엘르가 못마땅했다.

"정말 닮으셨네요. 주인님과."

"하긴 나도 놀라긴 했지."

"예, 그리고 성격도."

"그건 아니야."

딱 잘라 말했지만 엘르는 천진난만하게 웃었다.

"아니에요. 정말 닮으셨어요. 그 제멋대로인 성격이."

"……."

헬리아는 입술을 비틀었지만 엘르가 워낙 추억이 그득한 눈으로 자신을 바라보고 있어서 부정할 수 없었다. 결코 정곡을 찔려서가 아니다.

"그보다 드래곤 하트는?"

"그러지 말고 차 한잔 어떠세요? 주인님의 레어 안에는 좋은 차가 가득해요."

엘르는 오랜만에 살아 계신 주인님을 보는 듯해 애틋한 표정을 지었다. 헬리아는 그 모습에 왠지 짠해졌다. 세르게니아로부터 받은 기억을 통해 엘르가 지금으로부터 500년 전에 그녀의 가디언이 되었다는 것을 알았다. 그리고 세르게니아가 사라진 근 십여 년이 넘도록 혼자 이곳을 지켰다는 것도. 이곳을 지키는 가디언은 그 혼자뿐이었다.

헬리아의 표정을 본 엘르가 피식 웃었다.

"너무 그런 표정 짓지 마세요. 그러고 보니 그건 또 다르네요. 주인님은 결코 그런 표정을 짓지 않았거든요."

엘르가 환하게 웃자 헬리아도 마주 웃었다.

"뭐 차 한잔 마실 시간이야 없겠어."

"정말요?"

엘르가 정말 기쁜 듯이 웃었다. 헬리아는 쓰게 웃었다. 엘르의 나이를 알아도 아무래도 그의 외모가 어린아이인 이상 강하게 나가지 못하는 것 같다. 어린아이한테는 약한 그녀였다.

"자, 얼른요."

헬리아는 엘르의 안내를 받으며 움직였다. 작은 엘르가 폴짝폴짝 뛰는 모습에 헬리아는 옅게 미소를 지었다.

❊

"끄, 끄억……."

한 여인이 단말마를 채 내뱉지 못하고 미라처럼 바짝 말라 허공에 부서졌다. 엑시온은 여인의 목에서 손을 놓았다. 여인에게 취한 생기로 인해 엑시온의 눈동자가 번들거렸다. 엑시온은 입꼬리를 비틀며 웃었다.

"큭큭큭큭."

캄캄한 어둠 속에서 흘러나오는 엑시온의 웃음소리에 주변에 있던 흑마법사들이 흠칫 몸을 떨었다. 엑시온이 손을 털고 자신의 손을 보았다. 더 이상 불안정하지 않았다. 그동안 수많은 여인의 생기를 취한 결과였다. 물론 완벽히 부활한 것은 아니다. 아무리 생기를 취해도 그저 에너지를 가득 채운 것에 불과할 뿐, 본신의 능력을 깨우기엔 부족했다.

"세르게니아…… 큭큭큭, 네 뜻대로 되진 않을 것이다. 아무도 날 막지 못해."

엑시온이 몸을 일으켰다. 그러자 검은 기류가 그의 몸을 휘감더니 어느새 엑시온의 몸이 사라졌다.

⁂

"음? 이 차는?"

"혹시 아세요? 카시카 잎으로 만든 차예요."

"카시카? 이미 사라졌을 텐데."

헬리아는 차를 맛보고는 놀랐다. 카시카는 백 년 전에 아주 인기가 많은 차였다. 그러나 자연적으로밖에 얻을 수 없는데다가 무차별적인 채집으로 인해 사라진 차였다. 그런 걸 맛보다니. 헬리아의 눈이 반짝였다.

'흐흐흐, 그러고 보니 보물을 잊을 뻔했군.'

어떻게 보물을 잊을 수 있단 말인가. 아마 이곳엔 희귀한 차 말고도 분명 다른 희귀하고 값비싼 물건이 잔뜩 있을 것이다.

"또 헬리아가 돈독이 올랐어."

엘라임이 그런 헬리아를 보며 이안에게 동조를 구했다. 이안은 그저 차를 마시는 걸로 대답을 피했다. 하지만 딱히 부정하지 않을 걸 보면 긍정이 아닐까.

"맛있으세요?"

"응."

"많이 있으니까 마음껏 드세요."

엘르가 정말 기쁜 듯 웃음을 지었다. 이렇게 차를 내온 것이 얼마만인지 모른다. 그 모습을 보고 헬리아가 엘르에게 말했다.

"엘르, 혹시 함께 밖에 나갈래?"

"예?"

"이곳에 혼자 있기 외롭잖아."

"……아."

엘르의 얼굴에 기쁨이 가득 돌았다. 그러다 문득 시무룩해져 고개를 숙였다.

"안 돼요."

"응?"

"저는 밖에 나갈 수가 없어요."

"왜? 어머니 때문이야?"

엘르는 희미하게 웃었다.

"저는 이미 죽은 몸이에요."

"……."

엘르의 말에 헬리아는 물론 엘라임과 이안도 움직임을 멈췄다. 헬리아는 미간을 좁혔다.

"하지만 이렇게……."

"이곳에서만이에요. 애초에 저는 500년 전에 이미 죽은 몸이었어요. 주인님께서 인형의 몸으로 이렇게나마 살게 해주신 것뿐이에요."

"……."

헬리아는 입을 열지 못했다. 뭐라 대답할 말이 떠오르지 않았다.

엘르는 더욱 환히 웃었다.

"말만으로도 감사해요."

"미안."

"아니에요. 뭐, 옛날이야기인데요."

그러나 헬리아의 표정이 영 좋지 않자 엘르는 잠깐 생각하다가 입을 열었다.

"그럼 한 가지 부탁이 있는데 들어주실래요?"

"부탁?"

"네, 제 부족이 잘 지내나 한번 봐주세요. 하얀 바람의 부족이라고 해요."

엘르는 자신의 부족에 대해서 설명해 주었다. 그리고 마지막으로 헤어진 동생의 안부를 부탁했다.

"그거면 돼?"

"네, 그거면 돼요."

"알았어."

"아, 그리고 이거."

엘르는 품에서 나뭇가지를 건네주었다.

"이건……?"

"꽤 폐쇄적인 부족이라 아마 이게 없으면 혹시 공격할지도 몰라요."

"알았어. 꼭 잘 지내나 확인할게."

만약 잘 지내지 못한다면 잘 지낼 수 있도록 도와줄 참이다. 어머니의 가디언이었지만 헬리아는 어린아이가 슬피 웃는 것을 가만히 보고 있을 수 없었다. 비록 그가 나이를 많이 먹었더라도. 이 정도 일은 그리 힘들지 않았다.

"자, 그럼 안내할게요. 드래곤 하트가 있는 곳으로."

쿠웅!

환한 빛이 뿜어져 나오고 쿵 하는 소리가 들렸다. 그것은 엘라임이 바닥에 철퍼덕 뺨을 부비고 헬리아가 그 위에 앉는 소리였다.

"켁!"

"이거 항상 이동할 때마다 이래?"

헬리아는 샐쭉한 표정을 짓고 엘라임의 등에서 내려왔다. 엘라임은 잔뜩 찌푸린 얼굴로 부스스 일어났다. 이안과 엘르만이 사뿐히 착지해 있었다.

엘르는 헬리아의 말에 환하게 웃었다. 웃는 얼굴에 침 못 뱉는다는 격언을 몸소 실현해 주는 엘르였다.

"고물이라서요. 저도 수리를 못 하거든요."

"잘났어."

"아시다시피 그동안 딱히 쓸 일도 없었고."

엘르가 순간 시무룩한 표정을 짓자 헬리아가 얼른 그를 달랬다. 이거 어찌 일부러 저런다는 생각이 쪼금 들었지만 어쩌겠는가. 어린애가 우는데.

"뭐, 어찌 작동하면 되겠지."

"그죠?"

엘르가 씨익 웃었다. 역시 바로 저 웃음이다. 티끌 없이 환히 웃는데 뭐라 할 말도 궁해진다.

"자, 바로 저 문 안이에요. 저기에 드래곤 하트가 보관되어 있어요.

엘르는 가벼운 발걸음으로 헬리아 일행을 안내했다. 그들이 간 곳은 거대한 철문 앞이었다. 철문은 정말이지 드래곤의 본체로도 들어갈 수 있을 정도로 거대했다. 문 전면에는 화려한 용이 각각 문 한 짝씩 양각되어 있었다.

"엄청 크다."

엘라임이 놀란 듯 눈이 커졌다. 헬리아도 놀라긴 마찬가지. 하지만 다른 의미로 놀랐다.

"여기가 보물 창고?"

이 정도 크기라면 그 안에 든 보물의 양 또한 어마어마할 것이다. 헬리아의 눈이 그 어느 때보다 반짝거렸다. 드래곤 하트가 아니라 잿밥에 관심이 더 많아 보이는 눈빛이었다.

"주인님께서 모아두신 물건을 보관하는 곳이에요. 드래곤 하트도 이곳에 있죠."

'후후후, 다 쓸어가 주마.'

헬리아는 입맛을 다셨다. 드래곤 레어에 있을 보물이 그녀를 기다리고 있었다. 엘르가 그 모습을 보며 싱긋 웃었다.

"왜?"

"정말 주인님과 닮으셔서요. 주인님이 잘 지으시는 표정이거든요."

"……안 닮았거든?"

헬리아는 괜히 찔려서 표정을 고쳤다.

"얼른 들어가자."

"철문에 열쇠를 꽂으시면 돼요."

"열쇠? 아, 그거?"

헬리아는 품에서 펜던트를 꺼냈다.

"저기 저 구멍 난 곳에 끼우시면 돼요."

"여기에다 꽂으면 되는 거지?"

구멍을 찾는 건 어렵지 않았다. 헬리아는 엘르가 말한 움푹 패인 곳에 펜던트를 끼워 넣었다. 그러자 달칵 소리에 이어 드르륵 무거운 게 끌리는 듯한 소리가 들렸다.

끼이익-

그리고 두꺼운 철문이 열리기 시작했다.

"드디어!"

자신의 품에 드래곤의 보물이!

"엥?"

그런데 헬리아의 입에서는 당연히 나와야 할 기쁨과 환희의 외침이 아닌 요상한 소리가 튀어나왔다. 헬리아의 눈동자가 거세게 흔들렸다.

"이, 이게 뭐야?!"

"주인님이 물건을 보관하는 곳이에요."

"하나도 없잖아!"

"아, 주인님께서 아끼시던 보물은 모두 아르센 왕국으로 옮기셨거든요."

"……없다고? 아무것도? 하나도? 전혀? 아예?"

"예. 아, 그리고 이런 말도 남기셨어요."

"……무슨 말?"

"세상에 공짜는 없다."

"……."

"보물은 모두 아르센 왕국의 국왕에게 줬다고 하셨어요."

"……."

헬리아는 허탈해져 입을 열지 못했다. 그럼 보물은, 내 보물은…….

"이 보물을 위해 이곳까지 힘들게 왔는데!"

"아버지의 드래곤 하트를 찾아서가 아니라?"

엘라임의 말에 헬리아가 눈을 샐쭉하게 떴다. 그러다 중앙에 있는 물건을 보곤 그것에 시선을 빼앗겼다.

"저게……."

헬리아는 창고 가운데서 홀로-그것밖에 없었다-빛나는 것을 보았다. 유리로 둘러싸여 있는 그것은 드래곤 하트였다.

"드래곤 하트!"

헬리아는 서둘러 드래곤 하트가 있는 곳으로 갔다. 영롱한 빛깔을 품고 있는 드래곤 하트가 그녀의 눈앞에 있었다.

"이게 드래곤 하트?"

심장과는 다르게 생겼다. 마치 보석처럼 반짝거리는 것이 흡사 마정

석과도 닮아 있었다.

"네, 주인님께서 헬리아 님에게 남기신 드래곤 하트입니다. 후후, 드디어 제 할 일이 다 끝났네요."

"할 일?"

엘르의 환한 웃음에 헬리아는 영문을 몰랐다. 엘르는 이날을 위해 기다렸다. 홀로 수십 년의 세월을 참고 기다린 것이 바로 이날을 위해서였다.

"이걸 전해 드리는 게 제 마지막 할 일이었어요."

"……."

헬리아는 그런 엘르를 바라보다 미소를 지었다. 아마 이것으로 마지막일 것이다. 왠지 아쉬워졌다.

"고마워, 기다려 줘서."

엘르가 싱긋 웃었다. 헬리아는 드래곤 하트를 보았다. 드래곤 하트에서는 따스한 기운이 흘러나왔다.

"이게 드래곤 하트……. 이것만 있으면 아버지가……."

그때였다.

파앗!

갑자기 창고 안이 검은 마기에 휩싸이더니 마기를 뚫고 누군가가 모습을 드러냈다. 헬리아의 눈동자가 커졌다.

'설마…….'

낯익은 실루엣이 보이기 시작했다.

"크크크."

"어떻게……."

마기 속에서 낮게 울리는 웃음소리.

헬리아는 제 눈을 믿을 수 없었다. 어떻게 그가 이곳에 있단 말인가? 이건 말이 안 된다. 결코 있을 수 없다. 하지만 그 있을 수 없는 일이 일어났다. 헬리아는 잔뜩 긴장된 턱을 끌어당기며 그의 이름을 입에 올렸다.

"엑시온……."

엑시온이었다.

새카만 머리카락에 금색 눈동자. 헬리아와 똑같은 얼굴을 지닌 엑시온이 입가에 조소를 띤 채 헬리아를 바라보았다.

"헬리아!"

"공주님!"

엘라임과 이안이 재빠르게 헬리아의 앞에 섰다. 헬리아는 갑자기 나타난 엑시온을 보며 입술을 깨물었다.

'어떻게 여기에?'

분명 이곳은 세르게니아 말고 아무나 들어올 수 없는 곳이라 했다. 한데 어떻게 엑시온이 버젓이 이곳에 있단 말인가? 거기다 보물 창고 안에?!

"후후후."

엑시온의 등장을 아예 예상하지 못한 바는 아니었다. 그가 먼저 이곳을 찾았으니까. 하지만 이렇게 바로 눈앞에서 마주 보게 될 거라곤 생각지 못했다.

"크큭, 오랜만이군, 여긴."

엑시온이 주변을 둘러보며 입술을 끌어 올렸다. 어딘지 모르게 아련한 표정을 짓다가 이내 그 눈동자에 불같은 분노가 타올랐다.

"오호, 여기들 있었군."

"……."

"오랜만이라고 해야 하나, 헬리아 공주?"

"평생 오랜만이었으면 좋았을 텐데 말이야."

"여전히 입만 살았군. 세르게니아와 똑같이."

'누가 똑같다는 거야?!'

헬리아는 짜증스런 표정을 지었다. 어째서 엑시온에게마저 그 이야기를 들어야 하는가.

"하지만 그것도 오늘로 마지막이다."

엑시온이 천천히 걸어갔다. 갑작스런 마기로 인해 드래곤 하트를 손에 넣지 못한 헬리아였다. 그 드래곤 하트가 있는 곳으로 엑시온이 걸어갔다.

헬리아가 재빨리 몸을 움직이려 했지만 마기가 그것을 막았다.

"이 드래곤 하트는 내가 가져가지."

"누가 그렇게 놔둘 줄 알고!"

엑시온이 손을 뻗자 주변에서 넘실거리던 마기가 헬리아 일행을 덮치기 시작했다.

"엘라임, 이안!"

헬리아의 눈동자가 빠르게 선명한 금빛을 띠기 시작하더니 그녀의 온몸에서 황금빛 기운이 흘러나왔다. 황금빛에 마기는 주춤거리며 물러섰다. 엑시온의 눈이 찌푸려졌다.

"거슬리는군."

엑시온은 한층 더 강한 힘을 뿜어냈다. 그러자 밀리던 마기가 차츰 헬리아의 기운을 잡아먹기 시작했다.

"읏!"

헬리아는 순간적으로 느껴지는 가슴의 통증에 입술을 깨물었다. 드래곤의 힘을 사용하는데 인간의 몸으로는 부담이 갈 수밖에 없었다.

'하지만 할 수 없어!'

이대로 엑시온에게 잠자코 죽어줄 수는 없지 않은가?

"헬리아, 괜찮아?!"

엘라임이 그런 헬리아를 걱정스런 표정으로 바라보았다. 헬리아는 고개를 끄덕였다.

"이안, 부탁해."

"알겠습니다."

이안이 빠른 속도로 마기를 가르고 엑시온에게 다가가 검을 휘둘렀다. 검에 휘감긴 오러블레이드가 단숨에 엑시온의 몸을 갈랐다. 그러나 엑시온은 간발의 차로 그것을 피해내며 마기로 이안을 후려쳤다.

"크윽!"

"그 정도 공격으론 어림없다."

엑시온이 입술을 비틀어 올리며 자신의 마기를 막은 이안을 재차 공격했다. 그 틈을 엘라임의 공격이 치고 들어왔다.

"크윽!"

엘라임의 갑작스런 공격에 엑시온은 너덜너덜해진 제 왼팔을 보며 인상을 구겼다.

"감히 정령 따위가!"

"누가 할 소리! 유령 따위는 저승에나 가시지!"

엑시온이 엘라임을 향해 마기를 쏟아부었다. 빠르게 쇄도하는 마기가 엘라임의 공격을 분쇄시켰다. 이안은 그 틈을 놓치지 않고 엑시온을 공격했다. 엑시온은 엘라임의 공격을 막느라 이안에게 치명타를 내주고 말았다.

"크윽! 이놈들이!"

그러나 엑시온은 과연 만만치 않았다. 이안에게 당한 그 순간 반격을 날렸다. 이전과는 다른 더욱 강한 힘을 이안은 막았지만 강력한 반탄력 때문에 벽에 처박히고 말았다.

"크, 크윽!"

이안의 입가에 피가 흘러내렸다.

"엘라임!"

헬리아가 입술을 깨물고 힘을 끌어올렸다.

'잠시 엑시온을 붙잡아줘!'

[무슨 생각이야?]

'엑시온을 봉인할 거야.'

엘라임이 헬리아를 보았다. 진심이냐고 묻는 눈빛이었다. 헬리아는 고개를 끄덕였다. 이미 봉인 방법에 대해서는 세르게니아의 기억 전이 마법을 통해 알고 있었다.

[하지만 지금의 네 힘으로는.]

'여기서 죽는 것보단 나을 거야. 최소한 엑시온을 막을 수 있겠지.'

엘라임은 입술을 깨물었다.

[절대 죽지 마!]

'누가 할 소리!'

[난 안 죽는다고!]

엘라임과 헬리아가 서로를 마주 보며 입가에 미소를 띠었다. 어찌 되든 밑져야 본전이다. 엘라임은 이를 악물고 엑시온의 주위에 수벽을 세워 그를 압박해 들어갔다.

"이런 하찮은 수가 내게 통할 것 같으냐!"

엘라임의 공격에 엑시온이 수벽을 부숴지만 수벽은 빠르게 재생되며 엑시온을 가뒀다.

'헬리아, 서둘러!'

그가 힘을 쓰면 쓸수록 부담이 되는 것은 바로 헬리아였다. 엘라임은 질끈 입술을 깨물었다. 헬리아는 봉인 마법을 치르기 위해 눈을 감으며 힘을 끌어올렸다. 자신 안에 있는 드래곤의 힘을 완전히 일깨워야 한다.

스르르륵-

온몸에 피가 역류하는 것처럼 뜨겁게 타올랐다. 심장은 터질 듯이 뛰었다. 봉인이 성공할지 실패할지 모른다. 아마 실패할 확률이 높을 것이다. 하지만 이대로 물러설 수도 없었다.

"으득!"

헬리아가 사지를 찢을 듯한 고통에 이를 악물었다. 그녀의 입가로 한 줄기 선혈이 흘러내렸다. 그럼에도 헬리아는 멈추지 않았다. 세르게니아가 알려준 마법을 시전하자 헬리아의 몸에서 빛이 뿜어져 나왔다.

"그, 그 마법은!"

엑시온의 두 눈이 화등잔만 해졌다. 바로 자신을 봉인했던 그 마법이었다. 설마 그 마법이 다시 재현될 줄이야.

"세르게니아!!"

엑시온이 눈을 부릅떴다. 헬리아를 상대하는 것이 만만치 않았다. 헬리아의 힘이 점차 강해졌기 때문이다. 만약 이대로 봉인당한다면 다시는 결코 부활하지 못하리라.

"이대로 봉인당할 줄 아느냐!"

"영원히 깨어나지 못하게 지하에 처박아주마!"

파아아앗!

금색 빛은 쇠사슬이 되어 엑시온의 손과 발을 묶기 시작했다.

"으아아악!"

엑시온은 고통에 몸부림쳤다. 머리가 깨질 듯이 아파왔다. 빛의 사슬은 점점 더 엑시온을 칭칭 휘감았다. 팔다리에서 그의 몸까지 사슬이 감겼다.

엑시온은 자신의 근원이 깨질 듯한 고통을 맛봐야 했다.

"끄아아악!"

그의 몸이 서서히 붕괴되기 시작했다. 하지만 문제가 생겼다.

"쿠, 쿨럭!"

헬리아의 입에서 거친 기침이 터져 나왔다. 그와 함께 붉은 피가 입술을 비집고 주르륵 흘러내렸다. 엘라임이 헬리아의 몸 상태를 확인하곤 얼굴이 사색이 되었다.

"헬리아!"

"괜찮아."

"그게 괜찮은 거야!?"

헬리아는 쓰게 웃었다. 세르게니아는 분명 이 힘을 온전히 쓰기 위해선 드래곤 하트가 필요하다고 했다. 인간의 몸으로는 이 힘을 사용하기 어렵다고. 알고 있지만 그렇게 할 수 없는 게 현실 아니던가. 헬리아의 무릎이 굽혀졌다. 이안 또한 그녀의 상태를 알아차리곤 자신의 상처는 돌보지 않고 그녀에게 달려왔다.

"공주님!"

이안은 다가오는데 그의 목소리는 점차 멀리 달아났다. 헬리아는 자신의 의식이 흐려진다는 걸 알아차렸다. 입술을 세게 깨물었다.

'봉인이…….'

아직 엑시온의 봉인이 완성되지 않았다. 이렇게 실패하고 마는 건가.

'역시 성급했나…….'

하지만 드래곤 하트를 엑시온에게 빼앗길 수 없었다. 그의 부활이 아니라 아버지를 살리기 위해, 드래곤 하트가 반드시 필요했다.

"이, 이대로 물러설 수, 쿠, 쿨럭!"

거친 기침과 함께 피가 후두둑 바닥을 적셨다. 이젠 눈앞이 보이지 않았다.

"젠장!"

이안이 입술을 질끈 깨물고 그녀를 보았다. 그녀의 몸에선 끊임없이 금빛 기운이 흘러나왔다. 위험했다. 당장에라도 봉인을 멈춰야 한다.

"공주님!"

"……."

"헬리아! 당장 봉인을 멈춰!"

이안이 소리쳤지만 헬리아에겐 들리지 않았다. 그녀의 시선은 오직 엑시온을 향해 있었다.

"헬리아!"

엘라임도 헬리아의 상태가 위험하자 힘을 멈추라 말했지만 헬리아는 듣지 않았다. 아니, 이미 듣지 못하는 상태가 되어버렸다.

"헬리아! 힘을 거둬! 이러단 네가 죽겠어!"

헬리아는 웅웅거리는 소리에 정신이 들었다. 온몸의 피가 역류하는 것 같았다. 숨이 막히고 무거운 납덩이가 몸을 짓누르는 것 같았다.

'이대로 죽게 되는 건가?'

어딘가 현실 세계와는 머나먼 곳에 와 있는 듯 붕 뜬 느낌이 들었다. 죽는다 생각하니 피식 웃음이 흘러나왔다. 죽음 따위는 두렵지 않다. 하지만 그 순간 아버지가 떠올랐다. 이대로 엑시온이 부활하면, 엑시온이 드래곤 하트를 가져가 버리면 아버지는 어떻게 되는 걸까? 아버지는 아직 죽지 않고 살아 있다. 살아 있는 상태로 긴 잠에 빠져 있다. 그리고 깨어나지 못하면 영영 그런 상태가 지속될 것이다.

'그렇게 놔두지 않아.'

이미 엑시온의 어둠에 갇혀 봤다. 그것이 얼마나 외롭고 두려운지 헬리아는 알았다. 아버지에게 그런 고통을 안겨주고 싶지 않았다.

'반드시 살리라, 이곳에서 죽지 않아!'

나도 살고, 아버지도 사는 것.

헬리아는 그렇게 굳게 다짐했다. 이대로 죽을 수 없다. 그녀의 의지가 통한 것일까. 캄캄한 시야가 밝아지며 앞이 보이기 시작했다. 그러나 눈에 보인 것은 안타깝게도 헬리아의 힘이 약해지는 틈을 타 엑시온이 봉인을 깨는 장면이었다.

"끄아아아! 감히 나를!"

봉인에서 풀린 엑시온이 헬리아를 향해 마기를 퍼부었다.

쇄애애액!

날카로운 칼날처럼 쇄도해 오는 마기에 이안이 다급히 소리쳤다.

"공주님!"

이안이 가까스로 헬리아의 앞을 막아섰다. 그러나 이안은 그 공격을 맞고 다시 한번 벽에 처박혔다. 아무런 방비도 하지 못한 채 오로지 헬리아를 구하기 위해 몸을 날렸던 터라 그 충격은 컸다. 벽에 부딪친 이안은 미동조차 보이지 않았다.

"이안!"

"감히 나를 봉인해?!"

엑시온이 눈이 뒤집힌 채 헬리아를 향해 이를 갈았다.

"크윽, 제, 젠장, 재수가 좋으려니 했는데."

드래곤 하트를 찾고 봉인 방법도 알고 아버지를 살릴 수 있는 방법까지 알게 되었다. 인생사 새옹지마라더니 참으로 그 짝이었다.

"운도 지지리 없지."

"네년을 반드시 죽여 버리고 말겠다!"

그러나 그 순간이었다. 엑시온의 신형이 스르르 무너지기 시작했다. 엑시온은 이를 악물고 버텼으나 서 있는 것조차 힘에 부친 듯했다. 봉인 마법으로 이미 온몸이 헤쳐진 듯한 공격을 받았다. 당연히 괜찮을 리 없었다.

"엘라임, 엑시온을!"

"젠장, 제발 네 몸부터 걱정하라고!"

엘라임은 한껏 헬리아에게 쏘아붙였으나 이를 악물고 약해진 엑시온을 공격했다. 그러나 그의 힘은 이전과 달리 약했다. 헬리아의 힘이

거의 다했기 때문이다. 물론 엑시온 또한 힘이 현저히 약해진 상태. 엘라임의 공격을 맞고 튕겨 나갔다.

"크윽! 이 정령이!"

이대로 있다간 당한다. 위기감에 엑시온의 이마에서 작은 땀방울이 흘러내렸다. 그의 시선이 드래곤 하트를 향했다.

'저것만 있으면…….'

완전히 부활할 수 있다. 그러면 아무리 헬리아 공주라고 하더라도 그를 막을 수 없다. 세르게니아 또한 그를 봉인하는 데 그치지 않았던가. 하물며 인간의 몸인 헬리아 공주가 자신을 막을 리 만무했다.

"드래곤 하트는 내 것이다!"

엑시온의 금빛 두 눈동자에 귀기가 어렸다. 그가 자신의 최대 힘을 끌어올렸다.

"죽어라!"

강력한 마기가 헬리아 일행을 향해 쏘아졌다. 엑시온이 자신의 모든 힘을 쏟아부은 공격이다. 헬리아의 힘으로 결코 막을 수 없었다. 엘라임도 이안도, 그리고 헬리아도 힘이 다한 상태였다.

"젠장!"

"헬리아!"

엘라임이 헬리아의 몸을 감쌌다. 그러나 과연 그의 힘으로 헬리아를 보호할 수 있을지는 미지수!

콰아아아앙!

거대한 폭음이 울려 퍼졌다.

후두둑. 후둑.

박살 난 천장이 무너져 내렸다. 뿌옇게 일어난 먼지로 인해 상황은 알 수 없었다. 그리고 먼지가 가라앉자 처참한 광경이 눈앞에 펼쳐졌다. 헬리아의 눈이 파르르 떨리며 열렸다.

"이게……."

고통은 없었다. 엘라임 또한 고개를 돌렸다. 그 또한 타격을 받지 않았다. 그 이유가 곧 밝혀졌다.

뚝. 뚝-

바닥을 이루는 시뻘건 피들. 헬리아의 눈이 커졌다.

"에, 엘르!"

"쿠, 쿨럭!"

헬리아의 앞을 가로막고 있는 작은 몸. 엘르가 자신들을 지켜주었다.

"엘르!"

엘르의 작은 몸이 비척거렸다. 그러나 그의 입가에는 안도의 미소가 어렸다.

"다, 다행이에요."

"뭐가 다행이야!"

헬리아가 입술을 깨물고 힘든 몸을 이끌어 엘르에게 다가갔다.

"……!"

"하하, 이거 꽤 아프네요."

"……."

헬리아는 입술을 질끈 깨물었다. 그러나 피가 흘러내렸다. 엘르의 두 팔이 사라지고 없었다. 엘르는 자신의 몸은 돌보지 않고 헬리아를 보호한 것이다. 엘르가 헬리아를 보았다.

"서, 설마 우시는 거예요? 쿠, 쿨럭!"

"……도대체 왜?"

"울지 마세요. 주인님도 아기씨도 우는 건 어울리지 않아요."

엘르의 눈빛이 점차 흐려지기 시작했다.

"엘르!"

"예전에 한번 아기씨의 어린 모습을 본 적이 있어요."
"엘르, 그만 말해!"
"정말이지 작고 귀여웠는데……."
"엘르!"
"쿠, 쿨럭!"
엘르의 시선이 돌아갔다. 그의 시선이 향한 곳에 엑시온이 서 있었다. 그의 안색이 흐려졌다.
"아기씨."
"엘르, 제발!"
"주, 주인님은 아기씨가 태어났을 때 정말 기뻐하셨어요."
"……."
엘르가 웃었다. 하지만 헬리아는 웃을 수 없었다. 아주 짧은 만남이었다. 하지만 그 짧은 시간에 정이 든 걸까. 아님 엘르가 어린아이의 모습이라 더 그런 것일까. 어린아이가 세월을 다 품은 듯한 눈빛을 하고 있어서, 어린아이 외모 주제에 한가득 고독을 안고 있어서 눈이 갔다. 마치 자신을 보는 것 같아서. 어린 시절의 자신을 보는 것 같아서 헬리아는 항상 그런 아이들에게 약했다.
"이제 진짜 제 역할을 다 할 수 있게 되었네요……."
"엘르!"
"걱정 마세요. 저는 이미 죽은 몸이었어요."
"……."
"이렇게나마 마지막까지 도움이 될 수 있어서 다행이에요. 은혜를 갚을 수 있어서……."
엘르가 희미하게 웃었다.
"……잘되었어요. 이렇게 그분의……."
털썩!

엘르는 채 말을 잇지 못하고 쓰러졌다.

"엘르!"

헬리아가 엘르의 몸을 붙잡았다.

"엘르!"

그러나 엘르는 말이 없었다. 이윽고 그의 몸이 서서히 모래로 변해 스러졌다.

"……."

헬리아는 입술을 깨물었다. 그녀가 분노한 눈으로 엑시온을 바라보았다.

"엑. 시. 온!"

"크크크, 목숨이 질기구나, 세르게니아의 딸이여."

어느새 엑시온은 드래곤 하트를 손에 쥐고 있었다. 엘르가 당한 그 틈을 노렸던 것이다. 그러나 그의 몸 상태는 최악이었다. 봉인의 여파와 마지막까지 힘을 끌어 쓴 후유증으로 육신이 붕괴되기 시작했다.

"이제 내 힘을 되찾을 것이다."

"도대체 이유가 뭐지? 뭐 때문에 그렇게 부활하려는 거지?"

헬리아의 물음에 엑시온의 표정이 진지해졌다. 더할 나위 없이 진지한 그 표정에 헬리아는 순간 묘한 기분이 들었다.

엑시온이 입을 열렸다.

"살기 위해서다."

"뭐?"

"살아가기 위해서."

"……."

엑시온이 바닥에 손을 올렸다. 그러자 바닥에서 빛이 흘러나오기 시작했다.

"살고 싶은 건 너도 마찬가지 아닌가? 나 또한 그렇다. 살기 위해 발

버둥치는 것이다."

"……."

헬리아는 엑시온의 대답에 미간을 찌푸렸다. 그러나 그것에 뭐라 대답할 말이 떠오르지 않았다.

삶에 대한 집착. 그것은 존재하는 모든 생명체의 제1명제다.

"나는 살아갈 것이다."

파아아앗!

바닥에서 흘러나온 빛은 어느새 마법진을 그리기 시작했다.

"이건!"

이동 마법진이었다.

"어떻게?!"

현재 엑시온의 힘으로는 마법진을 운용할 수 없을 터. 어떻게 이동마법진이 발동한단 말인가? 그러나 헬리아가 채 의문을 풀기도 전에 이동 마법진은 발동되기 시작했다.

엑시온은 무너져 가는 육신과 달리 여유로운 표정으로 그 모습을 지켜보았다. 그의 입가가 씨익 올라갔다.

"하나 알려줄까?"

"네 말은 듣지 않아."

"듣는 게 좋을 거야. 날 소환한 자에 대한 거니까."

"……소환한 자?"

"크크큭, 궁금하지 않나? 마계에 있어야 할 마룡이 어떻게 중간계에 나올 수 있었는지?"

"……."

"날 소환한 자는 너도 아는 자다."

"……뭐?"

"나를 소환한 자는……."

파아아아앗!

이동 마법진에서 거대한 빛이 흘러나왔다. 그 빛은 엑시온과 헬리아 일행을 집어삼키며 폭사했다. 엑시온의 뒷말은 빛에 삼켜 들리지 않았다.

제4장 엘프

탁.

책이 덮이자 바람에 촛불이 불안하게 흔들렸다. 녹색 머리에 녹안을 지닌 엘프의 눈동자도 함께 흔들렸다. 그는 질끈 눈을 감았다.

"어찌하여 그런……."

키안은 믿을 수 없다는 눈으로 자신이 덮은 일기장을 내려다보았다. 그분, 세르게니아의 일기장을. 몇 번이고 다시 일기장의 내용을 확인했다. 혹여 자신이 잘못 해석한 것은 아닐까 싶어 여러 번 확인 작업을 거쳤다. 하지만 달라지지 않았다. 뒤에 뜯어진 부분은 알 수 없으나 키안은 그것을 제외한 모든 진실을 알게 되었다.

그러나 어떻게 하겠는가. 이제 와 돌이킬 수 없는 일 아닌가.

그녀의 마지막 대결에서부터 어찌 싸워왔고, 그리고 어찌 싸움이 시작되었는지 다시 한번 확인했다. 그리고 되짚어본 사건과 일기장을 함께 비교해 보자 일련의 사건이 이해가 되었다.

"그래서…… 그리해서……."

키안은 얼굴이 딱딱하게 굳었다. 며칠간의 작업은 그를 피폐하게 만들었다. 푹 들어간 눈과 바짝 마른 입술은 그것을 증명했다. 그가 씁쓸한 눈으로 일기장을 바라보았다. 마치 그것이 세르게니아 본인인 것처럼. 그만큼 키안은 자신이 안 사실을 믿을 수 없었다.

"……."

"어떻게 할 거야?"

그 모습을 은발에 외눈 안경을 쓴 잭이 바라봤다. 키안은 흠칫 몸을 떨었지만 선뜻 입을 열지 못했다.

"말한다면…… 그럼 뭐가 달라질까요?"

"그건 공주가 선택할 일이야."

"말해봤자 누구도 행복해지지 않을 겁니다. 차라리 모르는 게 좋습니다."

"그래서 말하지 않을 거야?"

"어찌 말할 수 있겠습니까? 지금의 싸움이 누구 때문에 일어났는지, 그걸 사실대로 밝혀서 얻을 게 뭐죠?"

"공주는 알 권리가 있어."

"아뇨. 모르는 게 좋습니다. 네, 아무래도 그러는 게 좋을 것 같습니다. 마룡은 봉인하면 그만입니다. 그렇게 끝이 나야 합니다."

"……."

"나는 이해합니다."

키안은 세르게니아의 행동이 이해가 되었다. 어쩌면 자신이라도 그랬을지 모른다.

"너무 가혹하지 않습니까? 이제야 행복해졌는데…… 그런데 시간이 없다면 너무 슬프지 않습니까? 누구보다 제가 잘 압니다. 그분은 너무 오랫동안 기다려 오셨습니다."

잭은 키안을 바라보았다. 키안의 얼굴은 울듯 일그러져 있었다.

"누구라도 살고 싶었을 겁니다. 살아가고 싶었을 겁니다. 좋아하는 사람과 함께 조금만 더."

키안은 눈을 질끈 감았다.

"말하지 않을 겁니다."

그래, 이 사실은 자신만 알고 가면 된다. 알려봐야 무슨 소용이란 말인가. 모두가 슬퍼질 뿐이다. 키안의 눈이 씁쓸히 변했다. 그가 안타까운 눈으로 일기장을 쓰다듬었다.

"말할 수 없습니다. 마룡 엑시온을 소환한 것이……."

키안은 입술을 질끈 깨물었다.

"……세르게니아 님이라는 것을."

❊

툭. 투욱-

뺨을 때리는 차가운 감촉이 느껴졌다. 온몸이 물 먹은 솜처럼 무거웠고 눈꺼풀은 천근만근으로 들리지 않았다.

'추워…….'

바닥에서부터 올라오는 냉기가 몸을 얼어붙게 했다. 하지만 곧 차고 있는 귀걸이로부터 따스한 기운이 올라왔다. 금발의 여인이 눈 덮인 산속에 홀로 쓰러져 있었다. 바로 헬리아였다.

"으윽."

헬리아는 지친 몸을 움직이려 애를 썼지만 몸이 말을 듣지 않았다. 그나마 천천히 정신이 깨어났다.

'여긴 어디지?'

가늘게 들어 올린 눈꺼풀 사이로 하얀색이 보였다.

'……눈?'

온통 하얘서 자신이 어디에 있는지 알 수가 없었다. 하지만 한 가지, 무언가 잘못되었다는 것만은 확실했다.

'어떻게 된 거지?'

분명 엘르가 죽고…… 엑시온이 드래곤 하트를 탈취하여 이동 마법진을 발동했다. 그리고 정신을 잃은 것 같다.

"으, 으읏……."

헬리아는 입술을 깨물고 몸을 일으켜 보려 했지만 헛수고였다. 자꾸만 눈꺼풀이 내려왔다. 이대로 추운 설산에 홀로 죽어가는 걸까?

'살아야 해.'

생존 본능이 그녀의 정신을 다잡게 해주었다.

그때였다.

뽀드득, 뽀드득.

눈 밟는 소리가 들려왔다.

헬리아는 갑작스레 주변에서 난 소리에 경각심을 가졌지만 손가락 하나 제대로 움직일 수 없는 그녀로서는 아무것도 할 수 없었다.

'도망가야…….'

"……누…… 있…… 사……."

아련히 목소리가 들렸다. 설마 흑마법사가 자신을 발견한 걸까? 이안은 어디로 가버린 걸까? 갖가지 생각이 머릿속을 맴돌았지만 점차 정신이 희미해져 가고 있었다.

"인간…… 어떻…… 여기……?"

"어떻…… 할……?

"죽…… 까?"

총 세 명이었다. 이제는 그들의 목소리가 가까이 들려왔다. 거기다 간간히 들리는 대화로 보니 상황이 그리 유쾌하게 돌아갈 것 같지 않았다.

'이대로 있으면 죽는다.'

헬리아는 식은땀을 흘렸다. 그러나 시야가 흐려서 앞도 제대로 보이지 않았다.

"이…… 넌…… 누구……? 어떻…… 여기……?"

헬리아는 자신을 흔드는 이를 올려다보았다. 희미한 시야 사이로 한 가지 보이는 것이 있었다.

'귀가 뾰족…….'

엘프일까? 하지만 엘프는 거의 멸종한 걸로 아는데. 헬리아는 그 와중에도 여러 생각이 머릿속을 휘돌았다.

"어떻게 할 거야? 어차피 죽어가는데 버리고 가자."

"그래, 괜히 데려가서 귀찮은 일만 생길 거야."

그들의 이야기에 헬리아는 섬뜩함을 느꼈다. 이대로 있으면 자신은 죽는다. 이대로 죽을 수 없었다. 헬리아는 있는 힘을 다해 손을 움직였다. 엑시온을 봉인할 때보다 더 힘을 내었다. 가까스로 품에 있던 엘르가 준 나뭇가지를 꺼낼 수 있었다.

'어떻게든 되겠지.'

혹 이 나뭇가지를 못 알아보거나 한다면 정말 자신은 이대로 죽을 수밖에 없다. 그러나 우선 시도는 해봐야 하지 않겠는가.

"이건?"

"세계수의 나뭇가지잖아?"

"인간이 어떻게?"

저들의 대화가 바뀌는 것을 확인하고 헬리아는 작게 안도의 한숨을 쉬었다.

"이봐, 인간. 이걸 어디서 구했지?"

"……."

"이봐!"

하지만 목소리가 나오지 않았다. 헬리아는 그것을 끝으로 다시 의식을 잃었다.

그녀가 정신을 잃자 남은 세 엘프는 난감해졌다. 세 엘프는 마을 외곽에서 수상한 마나 운용이 느껴져 순찰을 나오다 인간을 발견하게 되었다. 아무래도 수상한 자였다. 왜 이런 숲속에 홀로 쓰러져 있는 걸까? 아무리 살펴봐도 이곳까지 걸어온 흔적이 없었다. 세 엘프는 고민에 빠졌다.

"대런, 어떻게 할 거야?"

"이대로 두고 가자. 뭔가 귀찮은 일이 생길 것 같아."

"아니."

그때 대런이라는 자가 고개를 저었다. 그는 헬리아가 꺼낸 나뭇가지를 보더니 표정을 굳혔다. 그가 그것을 들어 보이며 자세히 관찰했다.

"이건 우리 부족의 나뭇가지야."

대런이 헬리아를 내려다보았다. 어떻게 이 나뭇가지를 가지고 있는지는 모르지만 이 나뭇가지를 지니고 온 자를 죽게 내버려 둘 수 없었다.

"제스, 이자를 마을로 데리고 간다."

"대런, 괜찮겠어? 아무리 나뭇가지를 가지고 와도……."

"그건 장로님이 판단하실 거야."

"일이 커지지 않았으면 좋겠는데."

마지막으로 슈리라는 남성 엘프가 고개를 저었다. 그렇게 세 엘프는 헬리아를 들고 마을로 돌아갔다.

❊

짹짹짹.

어디선가 새소리가 들려왔다. 헬리아는 마치 제 귓가에서 들려오는 듯한 지저귐 소리에 눈을 찌푸렸다. 몸을 뒤척거리며 이불을 뒤집어썼지만 새소리는 멈추지 않았다.

"으음, 엘라임 창문 좀……."

창문을 안 닫았나? 헬리아는 몸을 동그랗게 말며 계속 잠에 취해 있었다. 한데 제 볼을 무언가 톡톡 쪼는 게 아닌가.

벌떡!

헬리아는 너무 놀라 그만 자리에서 일어나고 말았다.

푸드덕.

짹짹짹!

"뭐, 뭐야?"

헬리아는 주변을 둘러보았다. 자신의 머리 위는 물론 온통 새들이 자리를 잡고 있었다.

"진짜…… 새?"

새가 왜? 헬리아는 제 방에 왜 새가 들어온 건가 의아해하다가 점차 주변이 눈에 들어왔다. 마치 나무 속에 와 있는 듯 나뭇결이 살아 있는 방이었다. 아니, 정말 나무 속이었다.

"여긴 어디야?"

자리에서 일어나려던 헬리아는 갑작스런 가슴 통증에 이를 악물었다.

"크윽!"

아직 몸이 다 회복된 것이 아니었다. 어디선가 약초 냄새도 진하게 풍겼다. 전체적으로 숲 한가운데에 와 있는 느낌이었다.

"도대체 여긴 어디야?"

아무리 주변을 둘러봐도 답을 내려줄 사람은 보이지 않았다.

헬리아는 엘라임을 소환했다. 하지만 감감무소식. 워낙 많은 마나를 사용했기 때문에 엘라임을 부를 수도 없었다. 헬리아는 기억을 되짚다가 꿈에 엘프가 나왔다는 걸 떠올렸다. 꿈속에서 엘프 세 명이 뭐라 이야기하더니 자신을 데려간 것 같았다.

"꿈이 아니었던가?"

헬리아는 무거운 몸을 이끌고 문이 있는 곳으로 다가갔다. 그리고 이곳이 어딘지 알아보기 위해 문을 열고 나갔다.

"엑!"

갑자기 몸이 아래로 쑥 내려가자 헬리아는 얼른 뒤로 물러섰다.

"뭐, 뭐야?"

헬리아는 까마득하게 멀리 떨어진 지상을 보고는 놀라 눈이 커졌다. 하마터면 영문도 모른 채 떨어져 죽을 뻔했다.

"이게 대체……."

헬리아는 주변을 둘러보며 놀라 말을 잇지 못했다. 수백, 수천 년은 족히 된 거대한 나무들이 가운데에 공터를 둘러싸고 늘어서 있었고 무엇보다 사방에 귀가 긴 엘프들이 돌아다니고 있었다.

"여긴 대체……?"

"깨어났군."

헬리아는 소리가 난 방향으로 고개를 돌렸다. 이십 대 중후반 정도 되어 보이는 엄청난 미남자가 자신을 바라보고 있었다. 엘라임과 이안이 워낙 잘생겨서 미남에게 면역력이 생길 대로 생긴 헬리아였지만 이 미남자에 비하면 엘라임과 이안도 조금 손색이 있었다.

'엘프는 모두 미남 미녀라더니…….'

헬리아는 남성 엘프를 보며 놀람을 감추지 못했다. 그러나 그것은 단순히 놀람일 뿐이지 그에게 어떤 호감도 느끼지 못했다. 무엇보다 자신에게 싸늘한 시선을 보내는 자에게 누가 호감을 느끼겠는가.

"당신은……?"

"대런이다."
"당신이 날 이곳으로 데려온 거야?"
"움직일 수 있나 보군."
"여긴 대체 어디지?"
"움직여라, 장로님께서 만난다 하신다."
"……."

이야기가 계속 겉돌자 헬리아는 눈매를 좁혔다. 자신의 질문에 대답 하나 해주지 않고 제 말만 해버리기는. 헬리아는 입술을 삐죽 내밀었지만 어쨌든 자신을 구해 준 자에게 각을 세울 수는 없었다. 거기다 어쩌면 여기서 좀 신세를 져야 할 것도 같고.

꼬르르륵.

그때 헬리아의 배에서 꼬르륵 소리가 들렸다.

'아, 잠을 좀 오래 잤나? 그러고 보니 나 밥은 언제 먹었지?'

대런은 그 소리를 듣고 눈을 좁혔다.

"밥부터 먹고 가면 안 될까?"
"……."

그러나 대런은 고개를 쌩 돌리고 아래로 내려갔다. 아무래도 그 장로라는 자를 만나기 전까지는 밥도 안 줄 것 같다. 헬리아는 꼬르륵거리는 배를 움켜쥐고 한숨을 내쉬었다.

"키안이 그립군."

헬리아는 제법 사근사근한-생각해 보니 이 엘프에 비하면 아주 친절한 거였다-키안을 떠올리며 고개를 설레설레 저었다.

"빨리 움직여라!"

아래에서 그녀를 재촉하는 대런의 목소리가 들렸다. 헬리아는 마지못해 대런을 따라 장로라는 자가 있는 곳으로 움직였다.

"장로님, 인간을 데려왔습니다."

대런이 헬리아를 데려간 곳은 마을 안에서도 가장 큰 나무가 있는 곳이었다. 나무 안쪽에서 목소리가 들려왔다.

"들여라."

"들어가라."

안에서 허락이 떨어지자 대런이 헬리아를 안으로 데려갔다. 나무 안은 밖에서 보는 것과 달리 매우 넓었다. 나무뿌리가 얽히고설켜 공간을 만들어낸 것 같았다. 거기다 특이하게 천장—정확히 말해선 나무 속이지만—에 구멍이 뚫려 있는지 햇살이 들어와 안이 환했다.

'저들이…….'

안으로 들어가자 가장 상석에 앉은 자를 비롯해 양옆에 다섯 명씩, 총 열한 명이 자신을 바라보고 있었다. 그중 상석에 앉은 자가 입을 열었다.

"그대가 나뭇가지를 가지고 온 자인가?"

헬리아는 상석에 앉은 자를 보았다. 아마도 그가 장로가 아닌가 싶었다. 한데 그의 외모를 보고 헬리아는 깜짝 놀랐다.

'엄청 젊잖아?'

장로라면 할아버지를 생각했건만 역시 엘프라 그런지 장로라는 자의 얼굴은 주름 하나 없이 깨끗했다. 한 삼십 대 정도로, 거기다 엄청난 미모였다.

"그대가 이 나뭇가지를 가지고 온 자인지 물었다."

헬리아에게서 대답이 없자 장로라는 자가 다시 물었다. 헬리아는 퍼뜩 정신을 차리고 고개를 끄덕였다.

"네, 맞아요."

"……."

장로가 깊게 눈을 감았다. 눈꺼풀이 파르르 떨리는 걸로 보아 흔들리는 눈동자를 감추기 위함이 아니었을까 싶다. 장로는 깊게 숨을 내쉬고 다시 눈을 떴다. 그러나 눈동자에 담긴 걱정은 숨겨지지 않았다.

"이 나뭇가지를 누가 주었는가?"

"엘르에게 받았어요."

"엘르?"

장로의 표정이 이상해지자 헬리아는 미간을 좁혔다.

'역시 운이 너무 좋았나?'

이곳이 엘르가 말한 하얀 바람의 부족이 아닐 수도 있다는 생각이 들었다. 엘프를 만나 산 것까지는 좋은데 아무래도 엘르의 바람은 나중에나 이룰 수 있을 것 같다.

"먼저 구해 주셔서 감사합니다. 인사가 늦었습니다. 헬리아라 합니다."

하지만 장로는 그녀의 인사보다 좀 전 그녀의 말에 더 신경을 쓰는 것 같았다.

"엘르? 엘르라고? 설마 엘르카디스는 아니겠지?"

"엘르의 본명은 듣지 못했어요. 아, 그러고 보니 엘르에게 동생이 있다고 했어요. 이름이 뭐였더라."

차를 마시며 이야기를 할 때 잠깐 이야기가 나왔었다. 이름이 에……에 뭐였는데? 헬리아가 고민에 빠지자 장로가 먼저 입을 열었다.

"에리디아스."

"아, 맞아요! 에리디아스. 한데 어떻게 그 이름을……."

의아해하던 헬리아는 장로의 얼굴을 보더니 그제야 알아차렸다.

'엘르와 닮았어!'

열 살가량으로 보이던 어린 엘르의 모습에서 이십 년을 더하면 딱 지금의 장로의 모습이 되어 있지 않을까 싶을 정도로 닮은 얼굴이었다. 아버지라고 생각해도 무방할 정도.

'음? 분명 동생의 이름인데…….'

장로의 눈동자가 거세게 흔들렸다. 그는 믿을 수 없다는 듯이 입을 열었다.

"형이…… 형이……."

"……."

'그렇구나. 바로 이자가 에리디아스.'

엘르의 동생인 것이다.

"형은? 형은 어디에 있는가?"

장로가 다급히 물어왔다. 헬리아의 안색이 흐려졌다.

"……엘르는."

말을 못 하는 헬리아의 표정에 에리디아스는 눈을 질끈 감았다. 그녀의 표정만으로 상황을 알아챈 것이다.

"……잘…… 갔는가?"

"……웃었어요."

"……그렇군. 그래, 그리 갔으면 되었네."

에리디아스는 헬리아가 가져왔던 나뭇가지를 손에 쥐었다.

"결국 이렇게 돌아오는가……."

에리디아스가 회한에 젖은 눈으로 나뭇가지를 내려다보았다. 500년 전 하얀 바람의 부족은 몬스터의 습격을 받은 적이 있었다. 그때 엘르와 에리디아스는 아직 어린 엘프였다. 하루는 에리디아스가 심심해 산책을 나가자 했다. 형인 엘르는 위험하다고 말렸지만 에리디아스는 형의 만류에도 무릅쓰고 밖으로 나갔다.

하지만 불행하게도 몬스터의 습격을 받고 말았다. 에리디아스는 죽을 위기에 처했고, 운이 좋게도 그가 걱정되어 따라온 엘르로 인해 목숨을 구할 수 있었다. 문제는 그 와중에 엘르가 강에 떨어져 실종되었다는 것이다.

에리디아스는 형을 찾아 나섰지만 몬스터의 습격으로 마을은 엘르를 구할 여력이 없었다. 그렇게 엘르는 영원히 실종되었고, 에리디아스는 그 일을 500년이 지난 지금껏 마음에 새기며 고통스러워했다. 자신으로 인해 엘르를 죽게 만들었다는 자책감이었다.

에리디아스의 눈동자에서 투명한 이슬이 떨어지기 시작했다. 그 모습을 바라본 헬리아는 짧게 입을 열었다.

"엘르는……."

나직이 울리는 헬리아의 목소리에 에리디아스가 그녀를 바라보았다. 헬리아는 쓰게 웃었다.

"무슨 사연이 있는지는 잘 모르겠지만 엘르는 누구도 원망하지 않았어요."

"……."

"엘르라면 그렇게 생각했을 거예요."

짧게나마 본 엘르의 성격은 그랬다. 활기차고 밝고. 그런 엘르의 성격을 누구보다 잘 아는 에리디아스라면 그의 마음을 알 것이다.

"……형이라면……."

에리디아스는 옅게 미소를 지었다. 그가 눈물을 닦아내고 헬리아를 보았다. 그리고 이전과 달리 정중한 어투로 말했다.

"형의 소식을 알려주어 감사하오."

"아닙니다. 저도…… 엘르에게 많은 도움을 받았어요."

정말 값진 생명을 받았다. 그로 인해 헬리아는 이렇게 서 있을 수 있었다.

"한데 몸이 많이 상한 것 같소. 무슨 이유인지는 내 묻지 않겠소. 우리 마을은 최선을 다해 그대의 회복을 돕겠소."

"겸양의 말이라도 하고 싶지만 제 상태가 그리 좋지 못하네요. 감사히 받아들이겠습니다."

헬리아는 다시금 엘르에게 고마웠다. 그가 아니었다면 자신은 차가운 숲속 한가운데에 버려져 죽었을 것이다.

'네가 또 나를 살렸어, 엘르.'

헬리아는 씁쓸히 웃었다. 엘르의 부탁이 떠올랐다. 마을을 지켜봐 달라고. 헬리아는 그 약속을 이행할 것이다. 그것이 자신을 구해 준 이에 대한 감사의 표시나마 될 테니까.

"한동안 잘 부탁드려요."

헬리아가 나가자 에리이다스는 나뭇가지를 꼭 손에 쥐었다. 그동안 얼마나 형을 찾아 헤맸던가. 형은 죽었지만 소식이나마 알게 되어 에리디아스는 마음의 무거운 짐을 덜어낼 수 있었다.

그때 곁에 있던 엘프들이 에리디아스를 바라보았다.

"장로님."

"말하지 말게."

"하오나……."

"그녀의 정체가 무엇이든 우리는 이 나뭇가지를 가져온 그녀를 박대할 수 없네."

"……드래곤의 피가 흐르고 있습니다."

"이미 드래곤은 없네. 무엇보다 인간의 피도 흐르고 있어."

"혹여 일족에 해가 될까 우려됩니다. 이미 너무 많은 일족이 목숨을 잃었습니다. 세계수도…… 더 이상은……."

"그 책임은 내가 지겠네."

장로 에리디아스의 확고한 말에 다른 엘프들은 더는 입을 열지 못했다. 에리디아스는 천장에서 새어 나오는 빛을 바라보았다.

"오늘따라 빛이 좋군."

⁂

꼬르르륵.

헬리아는 배에서 나오는 꼬르륵 소리에 배를 움켜쥐었다. 평소 식탐이 많지 않지만 그래도 이틀 동안 아무것도 먹지 못했다. 배가 고프지 않으면 그게 사람인가.

"이봐."

"대런이다."

"그래, 대런. 한데 밥은 안 주는 거야?"

헬리아의 말에 대런은 뒤를 돌아보다 한숨을 푹 내쉬었다. 장로 에리디아스에게 그녀를 잘 대접하라는 말을 들었다. 그가 할 수 없이 말했다.

"곧 먹을 걸 가져다주겠다."

그러면서 쌩 하니 어디론가 가버렸다. 헬리아는 그의 쌀쌀맞은 태도에 입술을 삐쭉 내밀었지만 그냥 그러려니 했다. 애초에 대접받으려고 이곳에 온 것도 아니고, 은혜를 입은 것은 자신이었다. 터덜터덜 혼자 원래 자신이 묵던 곳으로 걸어갔다. 하얀 바람의 부족 내를 돌아다니는 것을 허락받은 터라 그녀를 제지하는 이는 없었다.

헬리아는 터벅터벅 주변을 둘러보았다. 깨끗한 공기가 폐부 안으로 스며들었다. 그러고 보니 이곳은 특이하게 겨울임에도 그리 춥지 않았다. 기운이 충만한 느낌에 헬리아는 기지개를 한번 켰다. 그러나 곧 가슴이 답답해졌다.

"하아, 이안이랑 세인은 괜찮으려나."

이동 마법진이 원래 어디로 통하는 건지 모르겠지만 걱정이 들었다. 그래도 그게 이안과 세인이라 한결 걱정은 덜었다. 험한 세상이지만 그래도 소드 마스터인데 제 몸 하나 건사하지 않겠는가.

"그 개자식 스토커 제롬은 어떻게 됐는지 모르겠네. 확 똥통에 빠져야 할 텐데."

그렇게 일행에 대한 걱정과 제롬에 대한 악담을 하면서 앞으로의 일에 대해 생각했다. 앞으로 어찌해야 할까.

"하아……."

한숨을 내쉬다 문뜩 이상한 느낌이 들었다. 그러고 보니 어디로 가야 하지?

"음……."

헬리아가 눈을 가늘게 뜨고 주변을 살폈다. 하지만 아무리 주위를 둘러봐도 그 집이 그 집 같고, 그 나무가 그 나무 같았다. 그 순간 그녀는 깨달았다.

"젠장, 길을 잃었잖아."

꼬르륵.

거기다 배도 고프다. 헬리아는 갑자기 피곤해졌다. 생각해 보니 몸도 다 낫지 않았다. 어서 나아야 엘라임도 부를 텐데. 헬리아는 비척비척 걸어가 대충 근처 아무 나무 아래에 털썩 앉았다. 대런이 밥을 가져온다고 했으니 오다가 자신을 보지 않을까. 깨끗한 공기를 마셔도 머리가 복잡하니 가슴이 금세 답답해져 왔다.

드래곤 하트를 가져가 버린 엑시온. 아마 부활하기 위해 드래곤 하트의 힘을 흡수할 것이다. 그렇게 되면 완전히 부활하게 된다. 한 가지 다행인 점은 드래곤 하트를 흡수하는 일이 그리 쉽지는 않다는 것이다.

시간이 흐를수록 전이된 기억이 차츰 자리를 잡아갔다. 그러면서 알게 되었다. 엑시온이 드래곤 하트의 힘을 모두 흡수하려면 적어도 한 달. 그 안에 다시 드래곤 하트를 빼앗아 와야 한다.

"산 넘어 산이로군."

엑시온은 제국의 심장부, 황도에 있을 것이다. 아마 드래곤 하트의 힘을 자신의 것으로 만들려면 한동안 움직이지 않을 터. 그런 엑시온에게서 드래곤 하트를 빼앗으려면 헬리아가 황도에 가야 한다. 그것도 전쟁 중인 제국 한복판에 말이다.

"하아……."

머리가 다 지끈거렸다.

"하나씩, 하나씩 하자."

이것저것 다 해결하려고 하면 답이 안 나올 것 같다. 헬리아는 최우선 목표를 설정해 움직이기로 했다. 우선 힘을 되찾아 엘라임을 다시 소환하는 것. 그리고 일행을 찾아 드래곤 하트를 찾으러 가야 한다. 매우 간단하면서도 매우 어려운 일이었다.

"어떻게든 힘부터 되찾자."

다행히 이곳은 마나가 풍부하고 깨끗해 힘을 모으는데 안성맞춤이었다. 아니, 오히려 더 힘을 키울 수 있을 정도로 환경이 좋았다.

꼬르륵.

아까부터 계속 배에서 거친 진동 소리가 들려왔다.

"도대체 이 엘프는 가서 언제 오는 거야?"

헬리아가 불퉁한 표정을 짓고 있을 때, 그때 그녀의 발치로 또르륵 무언가가 굴러왔다.

또르르, 탁.

"음? 웬 돌멩이?"

주변을 둘러보았지만 아무도 보이지 않았다. 그러고 보니 마을 안에 돌아다니는 엘프가 별로 없었다.

"그나저나 서둘러 몸부터 회복해야겠네."

일행을 찾고 서둘러 드래곤 하트를 되찾아 오려면 힘을 회복하는 게 우선이었다. 다행히 이곳은 마나가 풍부해 오래 걸리지 않을 것 같았다.

휙! 탁.

갑자기 얼굴을 향해 날아온 돌멩이에 헬리아가 순간적으로 그것을 잡아챘다. 그녀의 미간이 좁아졌다. 명백히 자신의 얼굴을 노리고 누군가 던진 돌멩이였다.

'요놈들이…….'

헬리아는 잽싸게 나무 뒤로 숨는 작은 그림자 두 개를 발견했다. 이곳에 사는 어린 엘프인 것 같았다. 하지만 상대를 잘못 골랐다. 다시금 돌멩이가 날아왔다.

"나와."

헬리아는 돌멩이를 가볍게 피해내고는 일어섰다. 어린애 장난이라도 상대에게 해를 가할 의도라면 가만있지 않는다.

"나와."

헬리아의 목소리가 낮게 깔렸다. 가볍게 드래곤의 힘이 발현되었다. 드래곤 피어에 어린 엘프들이 순식간에 몸이 굳었다.

"어, 어어……."

"모, 몸이……."

가볍게 쏘아낸 기운이라 아이들은 몸만 못 움직일 뿐이지 아프거나 하지는 않았다. 하지만 갑자기 몸이 못 움직이자 두려움에 떨었다.

"무, 무슨 짓을 한 거야! 이 나쁜 인간아!"

"맞아! 이 나쁜 인간아!"

"누가 나쁜 인간이야."

"인간은 다 나빠."

두 어린 엘프의 사고에 인간은 나쁘다는 것이 단단히 박혀 있는 모양이다. 헬리아는 가볍게 한숨을 내쉬었다. 배도 고파 죽겠는데 애들이랑 말싸움할 여력이 없었다. 헬리아가 기운을 풀자 엘프 소년들이 풀썩 주저앉아 숨을 몰아쉬었다.

"도, 도대체 우리한테 무슨 짓을 한 거야!"

"맞아, 갑자기 몸을 못 움직였어. 이 나쁜 인간아!"

"정말 나쁜 인간 맛 좀 볼래?"

"히익!"

"어, 엄마야!"

아이들이 놀란 듯 뒷걸음쳤다. 그러나 그때 헬리아의 배에서 꼬르륵 소리가 들렸다.

"어, 꼬르륵 소리."

"저 나쁜 인간이 배가 고픈가 봐."

"네네, 나쁜 인간은 배가 고프니 좀 가줄래?"

헬리아는 갑자기 맥이 빠져 아까 앉은 자리에 털썩 주저앉았다. 깨어난 지 얼마 되지 않았고 아직 힘도 돌아오지 않았다. 지치는 건 어쩔 수 없었다. 헬리아가 지친 표정을 짓고 있자 엘프 소년들이 그녀를 경계하면서도 떠나가지 않았다.

'에휴, 도대체가 이게 뭔 꼴이람…….'

헬리아는 나무에 등을 대고 한숨을 내쉬었다. 그녀가 아무런 움직임이 없자 두 엘프 소년이 속닥거렸다.

"배가 고픈가 봐."

"덤벼들면 어떻게 하지?"

"배가 고프면 힘을 못 써. 괜찮을 거야."

'요 맹랑한 꼬맹이들.'

하지만 굳이 대꾸하지 않았다. 그저 대런이 얼른 밥을 가지고 왔으면 할 뿐이다.

"페리, 어쩔 거야?"

"뭘 어째, 이상한 힘을 지니고 있어. 헤이즈, 애들한테 오라고 해."

"알았어."

헤이즈라 불린 엘프 소년이 뭔가를 손짓하자 어디서 있다 나타난 것인지 어린 엘프들이 갑자기 모습을 드러냈다.

'이, 이거 뭐야?'

헬리아는 조금 당황했다. 갑자기 엘프들이 나타나 자신에게로 오는 게 아닌가.

"페리, 어떻게 된 거야?"

"요상한 힘을 지니고 있어. 힘을 합쳐야 해."

"역시, 생긴 것도 노란 게 수상했어."

"바로 움직일까?"

"그래, 어른들은 이 노랑이에게 속고 있는 거야. 인간은 모두 나빠."

"우리가 마을을 지키는 거야."

헬리아는 다 들리는 속닥거림에 어이가 없었다. 도대체 무슨 전대물을 찍고 앉았냐. 하지만 정말 어린 엘프들이 달려들면 곤란한데.

"근데 장로님이 손님이라고 했잖아."

'옳지, 생각 있는 놈이 있군.'

"바보야, 나뭇가지를 가지고 온 사람이 다 착하다는 보장은 없는 거야. 분명 장로님을 속이고 있는 게 틀림없어."

당연한 말이긴 하나 당사자인 헬리아로서는 눈살을 찌푸릴 수밖에 없었다. 그러나 아이들은 바로 달려들지 않았다. 의견이 분분한 것인지 헬리아 앞에 모여 투닥거리고 있었다.

"우리가 처리해야 해."

"안 돼, 장로님이 손님이라고 그랬어."

헬리아는 깊게 한숨을 내쉬었다. 새삼 어린 꼬맹이들 속에 파묻혀 있는 자신의 모습이 처량하다는 생각이 들었다.

"이게 대체 뭐 하는 짓인지. 아, 그러고 보니 그게 있었군."

헬리아는 자신의 품을 뒤졌다. 전날 드래곤 레어에서 차를 마실 때 엘르가 준 과자가 있었다. 아공간 주머니로 준 것 같은데 이제야 생각이 난 것이다. 헬리아는 아이들이 싸우든 말든 제 배를 채우기 위해 아공간 주머니에서 과자를 꺼냈다.

"오, 이건 초콜릿이잖아?"

헬리아는 엘르가 준 초콜릿을 보고 눈을 반짝였다. 빈속에 먹기엔 느끼할 것 같아도 언제 올지 모를 대런을 기다리다간 아사할 것 같았다. 헬리아가 맛깔스런 초콜릿을 하나 들어 입에 넣으려 할 때였다.

"……."

'뭐, 뭐지 이 부담스런 시선은?'

꼬맹이 엘프들의 시선이 자신을 향하고 있는 게 아닌가? 철가면 헬리아도 이번만큼은 당황하지 않을 수 없었다. 저 반짝반짝한 눈빛들을 보라. 누가 당황하지 않겠는가.

"……."

헬리아는 그러나 다년간의 철가면 생활로 당황하지 않고 초콜릿을 다시 입에 넣었다. 그리고 꼬맹이들의 시선도 다시금 움직였다. 정확히는 그녀가 먹으려는 초콜릿을 향해.

씨익.

헬리아의 한쪽 입꼬리가 자연스럽게 올라갔다. 그렇단 말이지? 헬리아가 아직 입에 넣지 않은 초콜릿을 들어 왼쪽으로 움직였다. 그러자 꼬맹이들의 시선이 왼쪽으로 따라온다. 다시 오른쪽으로 움직이자, 역시 오른쪽으로 움직였다.

'이거야 원.'

그러고 보니 엘르가 준 초콜릿은 최고급 초콜릿이라 아주 그윽한 향기가 풍겼다. 눈과 귀는 물론 후각도 인간보다 좋은 엘프가 그 향기를 맡지 못할 리 없었다.

아이들의 눈이 몽롱하게 변했다. 헬리아는 피식 웃으며 단숨에 초콜릿을 입안에 넣었다.

"아!"

탄식이 섞인 감탄사가 아이들에게서 흘러나왔다.

"나, 나쁜 인간이었어!"

"나쁜!"

"이!"

꼬맹이들이 격분하는 게 느껴졌다. 헬리아는 묘한 희열감에 키득 웃었다. 그때 처음 헬리아에게 다가왔던 아이 중 한 명인 페리라는 꼬맹이가 나섰다.

"이, 인간."

"헬리아 님이라고 불러라."

페리는 움찔했지만 왠지 침이 꼴깍 넘어가는 걸 막을 수 없었다.

"헤, 헬리아 님."

"오냐."

"그, 그거 뭐야?"

"이거?"

헬리아가 다시 주머니에서 초콜릿을 꺼냈다. 그러자 꼬맹이들의 눈에 환희가 차올랐다.

"어, 어!"

"초콜릿이라는 거야."

"초, 초콜릿?"

"먹고 싶어?"

"아, 아니야! 나는 나쁜 인간이 주는 것 따위 먹지 않아!"

"그래? 그럼 어쩔 수 없지."

헬리아는 다시 쏙 입안에 초콜릿을 넣었다.

"야, 페리!"

"뭐 하는 거야!"

오히려 아이들에게서 원망을 들은 페리. 페리는 입술을 꼭 깨물었다. 정말이지 태어나서 처음으로 맡아본 아주 달콤한 향기였다. 맛있는 과일은 물론 꿀도 먹어봤지만 생전 이렇게 달콤한 향기를 내뿜는 건 처음이었다. 인간이 먹는 모습만 봐도 무지 맛있을 것 같았다.

엘프라도 어린아이들은 어른보다 호기심이 많다. 그러나 엘프 마을은 자극적이지도 않고 큰 문제도 없다. 먹을 것도 그렇다. 순하고 자극적이지 않는 맛이 대부분이다. 엘프 꼬맹이들이 헬리아의 초콜릿에 관심을 보이는 것은 당연했다.

"먹고 싶어?"

"그, 그건……."

"줄까?"

"저, 정말?"

"대신 뭐 하나 물어볼게."

"나쁜 인간의 질문은 받으면 안 되…… 는데."

"내가 왜 나쁜 인간이야?"

자꾸 나쁜 인간이라고 하니 원체 속이 좁은 헬리아는 신경이 쓰였다.

"그거야 우리 엘프들을 잡아가니까."

"맞아! 전에 로즈네 엄마도 잡혀갔어!"

"우리 삼촌도 인간한테 죽었단 말이야!"

"……."

그 말에 헬리아는 눈빛이 가라앉았다. 페르시아 제국은 레칸 대륙에서 이종족에 대해 가장 배타적인 자세를 취했다. 인간 우월주의를 가진 놈들이라 노예로 삼는 것은 물론 이종족을 아무 이유 없이 살해했다. 특히 엘프들은 아름다운 외모 탓에 성 노예로 각광받았다. 그렇게 무차별적으로 엘프들을 잡고 죽이고 하여 이제 엘프들은 거의 남지 않았다. 헬리아도 거의 엘프가 멸종한 줄 알았다. 이렇게 보게 될 줄은 몰랐지만.

“나쁘네.”

“맞아, 정말 나빠!”

“자.”

헬리아는 페리에게 초콜릿을 하나 주었다. 그러자 페리는 주춤거리며 받더니 이내 입안에 쏙 집어넣었다. 어른 엘프라면 신중했겠지만 애들에게 신중이 뭔 말인가.

“음!”

“뭐, 뭐야! 페리!”

“괜찮아?”

“마, 마…….”

“뭔데?”

“맛있어!”

페리가 눈을 반짝이며 행복한 표정을 지었다. 그러자 헤이즈가 냉큼 헬리아에게 다가왔다. 헬리아는 이 어린 엘프들의 행동에 피식 웃음을 지었다.

“저, 저기 헬리아 님.”

“초콜릿?”

“으, 응.”

“뭐 하나 물어봐도 돼?”

“응! 뭐든 물어봐!”

‘이거야 원. 술술 부니.’

놀릴 겸 이곳 상황에 대해 파악도 할 겸 질문을 던지는 거지만 이렇게 홀라당 넘어오는 모습에 헬리아는 웃음을 지었다. 아직 순수한 게 아니겠는가.

"어른들은 다 어디 갔어?"

그러고 보니 마을 안에는 아이들밖에 보이지 않았다.

"훈련하러 가거나 세계수를 돌보러 갔어."

"훈련?"

"며칠 뒤에 엘프들을 찾으러 갈 거래."

"우리 누나 꼭 찾을 거야!"

"응! 어른들이 찾을 수 있다고 했어!"

보아하니 어디 인신매매단 같은 곳에 붙잡힌 엘프들을 구하러 갈 생각인 모양이다.

헬리아는 잠시 생각에 잠겼다. 엘르의 부탁으로 하얀 바람의 부족 마을에 도움을 주고자 했지만 솔직히 무슨 도움을 주어야 할지 몰랐다. 한데 이야기를 들어보니 다행히 도움을 줄 수 있을 것 같다.

"자."

헬리아가 헤이즈에게 초콜릿을 주었다. 헤이즈는 기쁜 표정으로 초콜릿을 받고는 입에 넣었다. 역시나 행복한 표정을 지었다. 그 모습에 어린아이들이 너 나 할 것 없이 헬리아에게 달려들었다.

"나도! 나도!"

"나한테도 뭐든 물어봐요!"

"자자, 한 줄."

그러자 아이들이 재빨리 한 줄을 서는 게 아닌가. 헬리아는 피식 웃으며 아이들에게 한 가지 질문을 하고 초콜릿을 나눠주었다. 그렇게 아이들에게 모두 초콜릿을 나눠줄 때쯤 멀리서 낯익은 모습이 보였다.

"대런?"

"도대체 거기서 뭘 하는 거지?"

대런은 헬리아 앞에 잔뜩 모여든 아이들을 보며 황당한 표정을 지었다.

"뭐, 새에 모이를 주는 것과도 같은 이치랄까."

"내가 가져온 이건 필요 없나 보군."

"내가 먹을 걸 요놈들이 다 빼앗아 먹어서 말이지."

헬리아는 얼른 대련이 가져온 과일을 받아 들었다. 과일뿐이긴 하지만 그래도 없는 것보다는 나았다.

"모두 돌아가라."

대련의 말에 아이들은 헬리아를 보았다. 헬리아는 웃으며 말했다.

"다음에 또 줄게."

그러자 아이들은 썰물처럼 빠져나갔다.

"꼭 내일 줘야 돼요!"

"헬리아 님! 내일도 줘요!"

그렇게 헬리아 님을 외치며 사라진 아이들의 모습에 대련은 어이가 없었다.

"제대로 구워삶았군."

"당신도 하나 먹을래?"

헬리아가 초콜릿을 내밀자 대련이 시선을 돌렸다. 아, 역시 이 엘프한테는 안 통하는 모양이다. 그러나 곧 내밀어진 손에 헬리아는 씩 웃었다. 그렇게 헬리아는 초콜릿 하나로 엘프의 우호를 살 수 있었다. 주로 별 영양가 없는 꼬맹이들이지만.

한데 이 영양가 없을 거라 생각한 아이들의 호감이 생각보다 엉뚱한 방향에서 큰 영향을 미쳤다. 바로 그날 이후부터 뭔가를 싸 들고 헬리아를 찾아오는 엘프들이 생겼다는 것이다.

"그럼 잘 쉬게."

"감사합니다. 잘 먹을게요."

"뭘, 나야 고맙지. 다음에는 내 집으로 초대해도 되겠는가?"

"물론이죠."

"그리고 그 초콜릿이라는 것도…… 아니, 아니. 내가 먹고 싶다는 게 아니고 애가 좋아해서 말이지."

"네, 걱정 마세요."

"하하, 고맙네. 정말 그대 같은 인간이 있어 아직 살 만은 한가 보이."

헬리아는 그렇게 웃음을 지으며 떠나가는 중년 엘프를 배웅했다.

"하아, 이것 참."

헬리아는 정말이지 이걸 어떻게 받아들여야 할지 모르겠다는 듯 뺨을 긁적이며 자신의 방 한구석을 바라보았다. 한쪽 가득히 과일들과 약초들, 그리고 생활에 쓸 만한 집기들이 쌓여 있었다. 물론 모두 헬리아가 엘프들에게서 받은 것들이었다.

"인기 폭발이군."

이 모든 인기의 원인은 초콜릿에 있었다. 엘프 아이들에게 초콜릿이라는 신세계를 보여주자 매번 아이들이 찾아와 손을 벌렸다. 헬리아는 아이들에게서 귀동냥으로나마 정보를 얻기 위해 초콜릿을 주었고 아이들은 참으로 성실하게 그녀에게 미주알고주알 일러바쳤다.

처음에는 꽤 정보다운(?) 이야기들이었지만 나중에는 얘기할 것들이 떨어졌는지 아이들은 아주 세세한, 별 쓸데가 없는 그런 정보들도 말하기 시작했다. 그 덕분에 하얀 부족 마을의 엘프들의 사생활을 낱낱이 알고 말았다. 정말이지, 어느 집이 포크가 몇 개인지 알 것까진 없지 않나. 뭐, 소득이라면 소득인 셈이다. 이곳이 처한 상황을 알게 되었으니까.

"이런, 방이 다 꽉 차버렸네."

헬리아는 제 앉을 곳도 마땅치 않자 이리저리 물건을 치우며 한숨을 푹 내쉬었다. 아이들이 초콜릿에 빠지자 어른 엘프들은 아이들이 뭔가 약을 먹은 게 아닌가 심각한 표정으로 헬리아를 찾아왔다가 그녀가 건네준 초콜릿을 먹어 보고는 아이들처럼 아예 그 맛에 빠져 버렸다. 그래도 어른 체면에 대놓고 초콜릿을 달라고는 못 하겠는지 꼭 애들 핑계를 댔다. 하여튼 간에 어른들 핑계는 삶의 경험치만큼 수준급이다.

"엘르, 내가 꼭 보답할게."

헬리아는 다시 한번 과자 주머니를 준 엘르에게 깊이 감사했다. 정말 아직도 고마운 게 그리 많이 주고도 과자 주머니에는 초콜릿이 가득했다.

"음, 생각해 보면 몇백 년 묵은(?) 초콜릿 같지만. 맛만 좋으면 되겠지."

이제까지 배탈 났다는 엘프는 없으니 좋은 게 좋은 거 아니겠는가. 아무튼 초콜릿 덕분에 헬리아는 엘프의 호감을 사게 되었다. 물론 전적으로 초콜릿만 있었다면 그들의 호감을 사지 못했을 것이다. 손님으로 인정을 받은 상태였기에 가능한 일. 이래저래 정말 운이 좋았다. 완전히 자신을 믿는 눈치는 아니지만 헬리아는 충분히 만족했다.

"후우, 벌써 사흘인가."

헬리아가 이곳에 온 지 이제 사흘이 지났다. 헬리아는 조급한 마음을 꾹 참고 자신의 몸을 치료하는 데 시간을 할애했다. 처음 이틀은 기절해 있었으니 깨어난 뒤로 이틀이 지난 셈이다.

"얼른 힘을 회복해야지, 엘라임이 엄청 잔소리하겠네."

벌써부터 그의 목소리가 귓가에 들리는 듯했다. 헬리아는 대충 엘프들이 가져온 과일을 몇 개 먹어치우고는 방 한가운데에 앉았다. 그리고 가볍게 눈을 감았다. 아직 힘이 모두 돌아오지 않았다. 과도한 힘을 끌어다 써 마나가 거의 바닥을 드러내었고, 한 번도 써보지 못한 봉인 마법을 무리하게 쓰느라 심장에 무리가 갔다.

헬리아는 천천히 의식을 침잠시켰다. 그리고 온몸의 기운을 관조했다. 엘프 마을에 구해진 것은 정말이지 천우신조였다. 세계수가 있는 덕분에 기운이 풍부했고, 대개 엘프들은 마나가 풍부한 곳에 자리를 잡는다. 그 또한 세계수가 잘 자리기 위한 조건이기 때문이다. 이래저래 마나가 풍부해 온몸에 청량한 기운이 가득 감돌았다. 풍부한 마나가 헬리아의 다친 몸을 치료했고, 부족한 마나가 차오르기 시작했다.

헬리아는 의식을 더욱 깊숙한 곳까지 내려보냈다. 그곳에는 세르게니아가 그녀에게 전이해 준 기억이 있었다. 헬리아는 천천히 그 기억을 자신의 것으로 만들었다. 세르게니아와 만난 후 헬리아의 힘은 빗장이 풀린 것처럼 점점 더 강해졌다. 그만큼 육신의 힘도 강해졌지만 여전히 인간의 육체는 드래곤의 힘을 온전히 받쳐 주진 못했다.

'역시 드래곤 하트가 필요한 건가?'

하지만 헬리아는 고개를 저었다. 드래곤 하트 없이 엑시온을 봉인할 수 있을지는 몰라도 드래곤 하트 없이 아버지를 구할 수는 없다. 그녀에겐 엑시온의 봉인보다 아버지가 깨어나는 것이 더욱 중요했다. 설마 그것으로 인해 헬리아, 그녀의 몸에 무리가 간다고 하더라도. 그녀는 그런 사람이었다.

헬리아는 마음을 다잡고 자신의 힘을 키우는 데 노력했다.

'엑시온…….'

그러고 보니 마지막에 그가 이상한 말을 했다. 그가 마지막에 한 말은 무엇이었을까? 빛에 삼켜져 그의 목소리를 듣지 못했다.

마룡 엑시온을 소환한 자.

'내가 알고 있는 자라고?'

세르게니아는 마룡 엑시온을 소환한 자가 흑마법사라고 했다. 아니, 전이받은 기억을 통해 알았다. 하면 자신이 아는 자 중에 흑마법사가 있다는 말인가?

"엑시온이 하는 말을 믿지 마."

순간 세르게니아가 한 말이 떠올랐다. 자신을 혼란스럽게 하기 위해 엑시온이 지어낸 말일까? 헬리아의 눈썹이 치켜 올라갔다. 그녀는 자신의 명상이 깨지려 하자 생각을 지웠다. 엑시온을 누가 소환했든 지금은 우선 그에게서 드래곤 하트를 빼앗는 것이 중요했다.

'우선 눈앞에 있는 것부터.'

하나하나 해나가다 보면 답에 도달할 것이다. 헬리아는 생각을 차츰 지워 나가며 모든 것을 잊었다. 그리고 점점 더 깊은 곳으로 들어갔다.

우우우웅-

무아지경에 빠진 그녀의 몸이 은은한 금빛으로 물들기 시작했다. 그와 함께 그녀의 주위가 마나로 가득 차 그녀에게로 빨려 들어갔다.

우우우우-

멀리서 아득히 들려오는 소리가 있었다. 그 소리는 헬리아의 마나와 공명하며 울음을 토했다. 헬리아는 그 소리에 편안함을 느꼈다. 마치 따스한 햇살을 받는 것처럼 그 기운은 헬리아를 품에 안았다. 그녀의 기운이 점점 더 강해졌다. 다친 몸이 순식간에 회복되고 마나가 가득 차올랐다. 아니, 이전보다 힘이 더욱 강해졌다.

헬리아는 무의식중이라 갑자기 늘어난 마나를 알아채지 못했다. 그저 따스한 기운이 그녀를 감싸 안았고, 그녀는 더욱 명상에 빠져들었다.

그런데 어느 순간이었다.

파아앗-

그녀를 따스하게 안아주던 기운이 그녀에게 경고를 보내왔다.

-위…… 험…… 해.

나약한, 아주 어리고 여린 목소리가 그녀의 머릿속에서 들려왔다.
'누구지?'
연약한 목소리에 헬리아는 그 목소리의 주인을 도와주고 싶었다.

-도…… 와…… 주…… 세……요…….

다급한 목소리에는 초조함과 두려움이 함께했다. 헬리아의 의식이 점점 깨어났다.
'무엇을?'

-그…… 들…… 을…….

'그들?'
번뜩!
헬리아의 두 눈이 떠졌다. 순간 그녀의 금빛 눈동자에 영롱한 기운이 감돌다 사라졌다.
"이 기운은?"
그녀의 표정이 날카로워졌다.

❊

철커덕철커덕.
알리오 산맥 인근에 무장한 백여 명의 병사가 진을 치고 있었다. 그들의 철제 갑옷에는 알리오 산맥 인근에 위치한 헤네스 자작의 문양이 새겨져 있었다. 헤네스 자작은 상인 출신 가문으로 현재 제국에서 손꼽히는 노예 상단을 가지고 있었다.

"으, 으읍!"

그때 병사들 사이로 가냘픈 음성이 흘러나왔다. 심하게 몸싸움을 한 것인지 온몸은 상처투성이였고, 옷은 갈기갈기 찢어져 거의 속살이 보였다. 아름다운 여인이 두려움에 떨고 있었다. 그녀의 귀가 뾰족한 걸로 보아 엘프인 듯싶었다.

짜악!

"으읍!"

"조용히 못 해?!"

아름다운 엘프의 허리를 거칠게 잡아챈 남자가 그녀의 뺨을 세게 내려쳤다. 엘프는 분노와 수치심으로 부들부들 떨었다. 그러나 그 모습은 남자의 욕망을 부추기기에 충분했다.

"흐흐흐, 고년 눈물 흘리는 거 하고는. 아주 제대로 꼴리는군."

"읍읍읍!"

엘프를 안고 있는 이는 이들의 대장으로 칼 리퍼라는 자였다.

"형."

엘프의 가슴을 주물럭거리고 있던 칼 리퍼가 고개를 돌렸다. 그곳에는 덩치가 산처럼 큰 남자가 서 있었다. 그의 동생 메이슨 리퍼였다.

"반란군은?"

"찾아봐도 어디에도 없어. 완전히 사라졌어."

"첫, 쥐새끼 같은 놈들이군."

칼 리퍼는 폐황태자 케이시스를 쫓기 위해 이곳까지 왔지만 케이시스의 모습은 어디에도 보이지 않았다.

"어떻게 할까? 바로 본대로 돌아갈까?"

"아니, 좀 더 찾는다. 그리고 우리의 목표가 있잖아."

칼 리퍼가 부들부들 떨고 있는 엘프의 몸을 만지작거렸다. 엘프는 입술을 꾹 깨물었다. 그에 메이슨의 입술이 올라갔다.

"정말 운도 좋아. 엘프가 이런 곳에 있을 줄이야."

"위치는?"

"이 근방인 것 같아."

"후후후."

칼 리퍼의 눈이 반짝였다. 그와 함께 그의 품에 있던 엘프가 몸을 흠칫했다. 칼 리퍼의 입꼬리가 자연히 위로 올라갔다.

"제대로 찾아왔군."

"어떻게 할까?"

"어떻게 하긴, 엘프들을 잡으러 간다. 이런 고급 노예들을 그냥 놔두고 갈 수야 없지."

칼 리퍼의 목표는 폐황태자이자 반란군의 수괴인 케이시스를 잡는 것과 노예로 쓸 엘프를 잡는 것이었다. 칼 리퍼가 품에 안긴 엘프의 머리카락을 잡아챘다. 시끄러워 입을 막아놓은 탓에 엘프는 소리를 지르지 못했다.

"흐흐, 곧 네년의 친구들도 만나게 해주지. 물론 내 침대에서 말이야."

엘프는 눈물을 흘렸다. 칼 리퍼가 자리에서 일어섰다.

"메이슨, 병력을 움직인다. 우리의 목적은 엘프 사냥이다."

백여 명의 병사가 일사분란하게 움직이기 시작했다. 그리고 그들이 향한 곳에는 바로, 하얀 바람의 부족 마을이 있었다.

❊

"음?"

하얀 바람의 부족 마을 외곽에 보초를 서고 있던 엘프 제스가 눈을 좁혔다.

"슈리, 무슨 이상한 냄새 안 나?"
"이상한 냄새? 음? 이게 무슨 냄새지?"
슈리가 이내 코를 킁킁거리더니 미간을 팍 찡그렸다.
"젠장, 이거 오크 똥 냄새 아니야?"
"코가 마비될 것 같아."
제스와 슈리는 코를 손으로 막고 눈매를 좁혔다. 종종 몬스터의 사체나 그들의 배설물로 인해 냄새가 지독하게 나는 경우가 있었다.
"좀 가서 확인해 봐."
"싫어. 오크 똥은 고약하다고."
"에잇."
누가 가서 똥을 치울지 실랑이를 벌이다가 슈리가 한숨을 푹 내쉬며 냄새의 근원지를 찾아 걸음을 옮겼다. 시각과 청각은 물론 인간보다 뛰어난 후각은 멀리 떨어져 있는 냄새도 맡을 수 있었다. 물론 그 덕에 이런 경우에는 정말 고약했지만.
"지독한 냄새군."
슈리가 코를 막고 냄새가 고약하게 나는 곳으로 움직였다. 그들이 보초를 서고 있는 곳에서 얼마 떨어지지 않은 곳에서 잔뜩 쌓여 있는 배설물을 발견할 수 있었다. 아주 똥 냄새가 풀풀 풍겨오고 있었다. 그 탓에 모든 감각이 마비되는 것 같았다.
"윽, 운디네."
파앗-
허공에서 푸른빛을 띤 어린아이의 모습의 운디네가 모습을 드러냈다.
"운디네, 저것 좀 치워줘."
운디네는 고개를 끄덕이며 몬스터 배설물을 말끔하게 치웠다. 냄새가 가시자 슈리가 뭔가 이상하다는 생각이 들었다.

“이상한데. 근처에서 몬스터의 기척은 못 느꼈는데.”

생각해 보니 정말 이상한 일이다. 누가 똥만 여기가 가져다 놓은 것처럼…….

“설마!”

그리고 그 순간이었다.

파앗!

운디네가 경고를 보내왔다. 그와 동시에 그를 향해 빠르게 물체가 쇄도했다.

휘익!

“크윽!”

슈리는 제 팔을 꿰뚫는 화살을 보며 이를 깨물었다. 그의 눈이 경악으로 물들었다.

“화, 화살! 젠장, 습격이다!”

그의 눈에 비친 것은 수십 명의 병사였다. 슈리는 서둘러 이 사실을 알리기 위해 운디네에게 명령을 내리려 했지만 그의 시야가 흔들렸다.

“이, 이건…….”

화살에는 마비약이 발라져 있었다. 슈리는 그대로 정신을 잃고 쓰러졌다.

그때 병사들 사이로 거구의 사내가 히죽 웃으며 나타났다.

“후후, 멍청한 엘프 같으니.”

병사를 이끄는 이는 바로 메이슨 칼 리퍼였다. 그가 어깨에 도끼를 늘어뜨리고 병사들에게 외쳤다.

“자, 엘프 사냥 시작이다.”

“와아아아!”

메이슨 리퍼의 병사들이 하얀 바람의 부족 마을로 진격하기 시작했다.

"커억!"
"아, 안 돼!"
"끄아아아!"
갑작스런 병사들의 공격에 하얀 바람의 부족 마을 외곽을 지키고 있는 엘프들이 고전을 면치 못했다. 엘프의 후각을 마비시켜 그들이 다가오는 것을 눈치채지 못하게 만든데다가 그들의 힘 또한 엘프 못지않게 강했다.
"크크크, 웬만하면 죽이진 마라! 팔아치울 놈들이니까!"
"예!"
메이슨 리퍼의 명령에 따라 병사들은 마비독을 바른 칼과 화살로 엘프들을 처리해 나갔다. 엘프들은 난데없는 공격을 막기 급급했다. 정령을 이용해 그들을 공격했지만 인간 병사들은 엘프를 잡기 위한 만반의 준비를 해왔다.
파앗!
"커, 커억, 흐, 흑마법사가!"
"킬킬킬! 제법이지만 그 정도로는 어림없지!"
검은 로브를 입은 흑마법사들이 엘프의 공격을 막았다. 엑시온으로 인해 흑마법사의 기량은 이전과는 비교할 수 없을 정도로 강해진 상태였다.
"컥!"
사납게 달려든 남성 엘프가 메이슨 리퍼의 도끼에 처참히 목숨을 잃었다.
"젠장, 다 돈인데."
그러나 너무 사납게 달려드는 엘프는 차라리 죽이는 것이 나았다. 거기다 그들의 목표는 남자 엘프보다는 여자 엘프였다.
"남자 놈들은 반항하면 죽여라. 그러나 여자 엘프는 가급적 죽이지 마라!"

"예!"

남자 엘프 또한 수요가 적지 않으나 워낙 반항심이 강해 사로잡아도 자살하거나 조련이 불가능한 경우가 많지만 여자 엘프는 그에 비해 순종적이라 값비싸게 팔려 나간다.

"젠장, 대런은?"

제스가 이를 악물고 병사들을 상대하며 물었다. 곁에 있던 엘프가 병사들을 처리하며 말했다.

"이제 곧 올 거야."

"절대 이놈들이 마을로 가게 해선 안 돼."

그때였다.

"끄아아악!"

병사들 사이에서 비명이 흘러나왔다. 제스가 소리가 난 방향을 보고 소리쳤다.

"대런!"

"무사하나!"

"젠장, 슈리가 잡혔어!"

대런은 빠른 쾌검으로 병사들을 처리해 나갔다. 그가 데려온 엘프들도 합세해 맞서 상대했다. 하지만 적들은 잠시 주춤할 뿐이었다.

"호오, 제법 강한 놈인데?"

"인간, 감히 우리 마을을 습격한 죄를 받게 될 것이다."

"크크크, 그거 두렵군그래."

메이슨이 웃으며 도끼를 휘둘렀다. 대런은 잽싸게 도끼를 피하며 검으로 그의 옆구리를 스쳤다.

차앙!

그러나 메이슨은 재빨리 도끼를 끌어당겨 공격을 막고 대런의 다리를 노렸다. 조금이라도 스친다면 검에 발라진 마비독으로 인해 쉽게 상대할 수 있다.

"그런 공격에 당할 것 같으냐! 노옴!"

대런이 흙의 정령을 소환하여 메이슨의 다리를 잡아챘다.

"이런, 엘프 자식이!"

메이슨은 갑작스런 공격에 허둥지둥했다. 그 순간을 대런이 노렸다. 대런의 검이 빠르게 메이슨의 목을 향했다.

파앗!

그 순간 날아온 흑마법사의 공격이 아니었다면 메이슨의 목은 나가떨어졌을 것이다.

"젠장! 이 개자식이!"

메이슨은 이를 갈며 흙에서 빠져나왔다. 많은 엘프를 상대해 왔지만 대런 같은 놈은 처음이었다. 하지만 그의 입꼬리가 올라갔다. 그 모습에 대런이 미간을 좁혔다.

"뭐가 우습지?"

"크크크, 곧 있으면 알게 될 것이다."

메이슨의 표정에 대런의 눈매가 치켜 올라갔다. 뭔가 이상했다. 대런은 주변을 살폈다. 습격 소식을 듣고 다른 지역에서 보초를 서는 엘프까지 모두 이곳에 모였다. 그 덕분에 병사들을 밀어붙일 수 있었다.

'뭐지?'

순간 그의 머릿속으로 스치는 것이 있었다.

"설마……?"

"크크크, 엘프 사냥은 이미 시작되었다."

메이슨이 비열하게 웃었다. 대런은 마을 쪽을 바라보았다. 이들은 미끼였던 것이다. 진짜는 이미 다른 방향을 통해 마을로 향하고 있을 터. 대런의 마음이 다급해졌다. 그가 몸을 돌리려는 순간, 그의 앞을 메이슨이 막아섰다.

"가게 둘 수야 없지!"

"크윽!"

콰아앙!

마을 쪽에서 커다란 폭음이 울려 퍼졌다.

"마을이!"

대런의 눈이 흔들렸다.

❊

"크크크, 메이슨 녀석 제대로 움직이고 있군."

메이슨의 형 칼 리퍼가 한창 싸움이 벌어지는 격전지를 응시했다. 메이슨이 병력을 이끌고 경계를 서는 엘프들의 이목을 끌고, 칼 리퍼가 후방에서 은밀히 마을로 접근해 엘프를 사냥한다. 그리고 그 계획은 제대로 맞아떨어졌다.

과거 세계수를 무참히 베어버려 엘프의 힘이 이전보다 확연히 약해진 상태인 데다가 그 수가 적어 방비에 구멍에 생겼다. 이제 엘프를 주워 담기만 하면 된다는 생각에 칼 리퍼의 입가가 길게 찢어졌다.

"저기로군."

칼 리퍼가 멀리 보이는 하얀 바람의 부족 마을을 바라보며 짙은 미소를 띠었다.

"모두 준비해라. 죽이진 마라."

"예!"

칼 리퍼와 병사들이 흑마법사의 도움으로 기척을 완전히 죽인 채 마을로 가까이 다가갔다. 간혹 몇 명의 엘프가 보초를 서고 있었지만 빠르게 처리했다.

대부분의 엘프가 메이슨이 있는 곳으로 갔기 때문에 어렵지 않게 마을 가까이 진입할 수 있었다.

그런데 그때였다.

"대장님, 앞에 누군가가 있습니다."

그 말에 칼 리퍼가 앞을 바라보았다. 수풀이 흔들리고 한 인물이 모습을 드러냈다. 칼 리퍼의 눈동자가 크게 뜨였다.

"호오……!"

금빛의 찰랑거리는 머리카락이 나부꼈고, 사람을 빨아들이는 매혹적인 눈동자가 짙게 빛났다. 거기다 겨울임에도 매끈한 다리가 훤히 드러나 보이는 옷을 입고 있었다. 아름다운 외모의 여인이 사뿐히 그들을 향해 걸어왔다.

칼 리퍼의 눈동자가 음흉하게 변했다. 그녀의 외모가 일반 엘프와는 다르다는 것을 그녀의 외모에 빠져 알아차리지 못했다.

"굉장한 미인이군. 이거 제법 비싼 값에 팔리겠어."

물론 그전에 자신이 맛을 보는 것도 잊지 않을 것이다. 칼 리퍼는 순간 자신의 몸이 달아오르는 것을 느꼈다.

"저 여자를 잡아라. 절대 다치게 해서는 안 된다."

"예!"

병사들이 여자를 잡으러 다가갔다. 여인이 한쪽 입술을 비틀며 차갑게 웃었다.

"엘프를 잡으러 왔나?"

"크크, 걱정 마라, 다치게 하지 않을 테니."

"누가 할 소리인지 모르겠군."

칼 리퍼는 여인의 당당한 행동에 눈살을 찌푸렸다. 그러나 여인의 외모에 칼 리퍼는 다른 것을 생각하지 않았다. 무엇보다 그가 데려온 병력과 흑마법사의 전력을 믿었다. 엘프가 아무리 강하다 하나 이만한 병력은 홀로 이겨내지 못한다.

칼 리퍼의 입가에 다시 미소가 떠올랐다.

"크크, 더 이상의 앙탈은 내 침대에서 받아주마. 잡아라!"

병사들이 여인을 향해 다가왔다. 여인은 그들을 향해 손을 뻗었다. 칼 리퍼는 그때까지도 상황을 눈치채지 못했다. 그리고 여인이 입술을 끌어 올리자 그제야 뭔가 이상함을 알아차렸다.

"잠……!"

콰아아앙!

"끄아아악!"

"커억!"

그 순간 거대한 폭음과 함께 병사들이 나가떨어졌다. 칼 리퍼는 그 갑작스런 상황이 이해가 되지 않았다. 칼 리퍼의 눈동자가 흔들렸다. 도대체 이게 무슨 일이지? 금발이 나부꼈다. 그리고 칼 리퍼는 그녀의 귀가 엘프의 귀가 아니라 인간의 귀라는 것을 그제야 알아차렸다.

"이, 인간! 대체 넌 누구냐!"

"이거야 원, 나도 제법 유명해졌다고 생각했었는데 말이지."

금발의 여인, 헬리아가 씨익 웃었다.

헬리아는 입가에 미소를 지으며 칼 리퍼 일행을 바라보았다. 그녀의 눈빛에 칼 리퍼를 비롯한 병사들은 순간 숨이 턱 막히는 것을 느꼈다. 인간의 모습이었지만 인간이 아니었다.

'수, 숨이…….'

칼 리퍼는 폐가 오그라드는 것을 느꼈다. 그것은 공포였다. 수많은 이의 목숨을 빼앗아본 칼 리퍼였으나 순간 원초적인 두려움을 느꼈다.

"나는 고맙게 생각해."

헬리아가 서늘한 눈빛으로 칼 리퍼와 병사들을 보았다.

"네놈들 덕분에 엘르의 은혜를 갚을 수 있게 되었거든."
싱긋 웃는 얼굴은 마치 천사와 같았으나 누구도 그렇게 생각하지 않았다.
"뭣들 하는 거냐!"
그때 공포를 떨쳐 낸 칼 리퍼가 외쳤다. 역시나 이들을 이끄는 자답게 쉽게 굴복하지 않았다. 두려움도 잠시, 자신이 저런 여자에게 공포를 느꼈다는 사실을 믿지 않았다. 그저 갑작스런 공격에 놀란 것뿐이다.
칼 리퍼는 그리 최면을 걸었다. 그리고 그 효과는 탁월했다. 어느새 그의 눈빛에 어린 두려움이 모두 가시고 헬리아를 향한 음흉함만이 가득했다.
"저년은 혼자다!"
그 말에 다른 이들도 차츰 두려움을 이겨냈다. 헬리아의 아름다운 외양이 그들의 시야를 흐렸다. 그녀의 정체를 알았다면 결코 그녀에게 대들지 못했을 것이다.
"매운맛을 보여줘라!"
칼 리퍼의 명령에 흑마법사들이 공격을 퍼부었다.
콰아아앙!
마기가 헬리아에게 쇄도했다. 하지만 아무리 몸이 덜 회복되었더라도 마룡 엑시온을 상대한 그녀다. 이런 조무래기 흑마법사의 상대가 아니었다.
파앗!
허공에서 아이스피어가 생성되어 흑마법사들에게 쏘아져 나갔다. 흑마법사들은 실드를 펼쳤고 당연히 막을 거라 예상했지만 그녀의 공격은 그대로 실드를 뚫고 흑마법사들의 심장을 관통했다.
"커, 커억! 어, 어떻게!"
"끄아악!"

흑마법사들이 속수무책으로 쓰러지자 칼 리퍼는 저도 모르게 뒷걸음질을 쳤다. 무언가 상황이 이상하게 돌아가는 걸 느꼈다. 칼 리퍼가 두려움에 외쳤다.

"빨리 저년을 죽여라!"

그러나 아무도 움직이지 못했다. 모두 공포를 집어먹은 탓이었다.

"이 자식들! 공격하지 않고 뭐 하는 거야!"

칼 리퍼가 호통을 쳤지만 그래도 병사들은 움직이지 못했다.

뚜벅뚜벅.

헬리아가 천천히 칼 리퍼가 있는 곳으로 다가갔다. 칼 리퍼는 그만큼 뒷걸음질을 쳤다.

'대체 어디서 이런 괴물이 나타난 거지?!'

금안의 금발. 인세의 외모라 생각되지 않는 아름다운 얼굴을 지닌 채 악마의 힘을 지닌 여자였다.

'금안에 금발?'

순간 그의 기억 저편에서 무언가 떠올랐다. 최근 회자되는 그자의 이름을 모르는 제국민은 아무도 없을 것이다. 네르만 평야 전투에서 단 한 번의 공격으로 제국군을 몰살시킨 장본인이며 아르센의 공주. 그 공주가 금안에 금발이었다.

"서, 설…… 마?"

칼 리퍼의 눈동자가 흔들리다 못해 튀어나올 듯 커졌다.

"헤, 헬리아 공주!"

경악을 넘어 숨이 가빠왔다. 지금 이 순간 그녀의 이름을 떠올릴 수밖에 없었다.

"어, 어떻게 헬리아 공주가?"

그의 몸이 사시나무 떨듯 떨렸다. 만 명이 넘는 병사를 홀로 전멸시킨 자를 눈앞에 두고 어찌 평정심을 유지할 수 있겠는가.

'이, 이대로 있으면 죽는다!'

칼 리퍼가 바닥에 엎어졌다.

"사, 살려 주십시오!"

그 구차한 구걸에 헬리아는 눈을 가늘게 뜨며 차갑게 웃었다.

"내가 왜?"

"그, 그건……."

"그럼 너는 살려달라는 이를 살려 준 적이 있어?"

"……."

칼 리퍼의 입이 자물쇠를 단 것처럼 굳게 잠겼다. 헬리아는 피식 웃었다.

'그럼 그렇지.'

혹여라도 절대 그럴 리는 없겠지만 그렇다 한다면 한 번쯤 죽일지 말지 생각해 봤을 것이다.

'뭐, 의미 없는 짓이겠지만.'

헬리아가 칼 리퍼를 향해 손을 뻗었다. 칼 리퍼는 도망가려 했지만 그녀의 공격이 그의 두 다리의 근육을 끊어놓았다.

"크, 크아악!"

"사라져라."

헬리아의 눈동자가 싸늘하게 빛나며 마지막 공격을 가하려는 찰나였다.

"날 죽이면 본대가 올 것이다."

"그래서?"

"크큭, 엘프를 구하기 위해 온 거겠지? 하지만 내가 죽으면 본대가 직접 움직일 것이다."

"본대라……."

헬리아가 손을 내렸다. 그러자 칼 리퍼가 눈동자를 반짝이며 말했다. 살 방도가 생겼다.

"날 살려 준다면 본대엔 이 사실을 알리지 않겠다. 아직 본대는 이곳의 정확한 위치를 모른다. 내가 말만 제대로 잘하면……."

퍼억!

헬리아의 발이 칼 리퍼의 얼굴을 강타했다.

"커, 커억, 대, 대체……."

"너라면 믿겠냐?"

"……."

칼 리퍼가 정곡을 찔린 것처럼 흠칫했다.

"잘도 믿겠다."

헬리아는 피식 웃었다. 믿을 놈의 말을 믿어야지. 헬리아는 이런 놈들을 많이 봐왔다. 그리고 결코 이런 놈들은 약속을 지키지 않는다. 애초에 지킬 놈이 이런 꼴이겠는가.

"보, 본대가……."

"만 명도 쓸었는데 겨우 그 정도도 못 쓸까? 설마 그 본대가 만 명이나 되는 건 아니겠지?"

"……."

칼 리퍼의 입이 꾹 다물렸다. 도저히 반박할 말이 떠오르지 않았다. 애초에 설득할 대상을 잘못 잡았다. 헬리아는 손을 들었다. 멀리서 엘프들이 싸우는 소리가 그녀의 신경을 건드렸다. 이곳에서 시간을 끌 때가 아니었다. 헬리아는 싱긋 웃으며 말했다.

"파이어 볼!"

콰아아아!

거대한 불기둥과 함께 폭음이 울려 퍼졌다.

❊

"끄아악!"

피가 튀기는 전투가 이어졌다. 엘프들은 필사적으로 그들이 가는 길을 막았고, 메이슨과 병사들은 그런 엘프들을 상대해 나갔다.

"젠장!"

대런은 이를 악물고 적들을 처리했다. 빠르고 강하게 적들을 쓰러뜨렸지만 대런은 초조했다. 폭발이 마을 쪽에서 연이어 이어졌다. 서둘러 이들을 처리하고 마을로 가야 하지만 병사들은 쉽게 물러서지 않았다.

"끄윽!"

"제스!"

제스가 부상을 입고 쓰러지자 대런이 움직였다. 그러나 다시금 그의 앞을 메이슨이 가로막았다.

"제법이군, 엘프. 하지만 그걸로 끝이다. 크크크!"

메이슨이 도끼를 휘두르며 대런을 막았다. 대런의 실력이 그보다 뛰어나 그를 쓰러뜨릴 수는 없었지만 메이슨은 그저 미끼에 불과한 만큼 이들을 붙잡아놓기만 하면 그걸로 할 일을 다한 것이다 이후에 형이 마을의 엘프를 인질로 삼으면 이들 또한 어찌할 수 없을 터. 메이슨의 입이 히죽 올라갔다.

"크하하!"

"과연 그렇게 될까?"

그때였다. 나직이 전장을 울리는 목소리에 메이슨이 흠칫 놀랐다. 그가 뒤를 돌아보니 천천히 걸어오는 이가 있었다.

금발에 금안. 헬리아였다.

"너는!"

대런이 헬리아의 등장에 놀란 듯 눈을 크게 떴다. 헬리아는 손을 들었다.

"모두 엎드려!"

그 말에 엘프들은 저도 모르게 그녀의 말에 따라 모두 바닥에 엎드렸다. 왜 자신이 엎드리는지도 알지 못했다. 그리고 엘프들이 모두 엎드리자 헬리아의 손에서 뻗어 나간 얼음 기둥들이 적들을 향해 쏘아져 나갔다.

쉬이이익!

"끄, 끄아!"

"피, 피해!"

헬리아의 공격에 메이슨과 병사들이 나가떨어졌다. 메이슨은 가까스로 공격을 막았지만 대부분의 병사는 그대로 얼음덩어리에 두들겨 맞아 바닥에 널브러졌다. 메이슨의 눈동자가 흔들렸다.

"대, 대체……."

"어디서 본 얼굴이다 싶었는데, 그놈이랑 닮았네."

"그, 그놈? 서, 설마!"

메이슨이 눈을 부릅떴다. 혹시나 하는 마음이 스쳐 갔다. 하지만 왠지 예감이 좋지 않았다.

"혀, 형을 어떻게 한 거냐!"

"어떡하긴, 저승으로 잘 보내줬지."

"이년이!"

메이슨이 헬리아에게 달려들었다. 헬리아는 싱긋 웃으며 나머지 인원들을 처리하기 위해 힘을 끌어모을 때였다.

-고…… 마…… 워…… 요…….

다시금 들려온 목소리.

헬리아는 살짝 놀란 듯 눈을 떴다. 그리고 그와 함께 그녀의 몸으로 따스한 기운이 휘몰아치기 시작했다.

"이 기운은……."

그 모습을 바라본 대런이 헬리아의 몸으로 빨려 들어가는 기운을 보고 경악했다. 그것은 다른 엘프들도 마찬가지였다.

"무, 무슨 짓이냐!"

메이슨이 두려운 눈으로 헬리아를 보았다. 등골이 서늘하고 다리에서 힘이 풀렸다. 패배라는 글씨가 그의 머릿속에 새겨졌다.

헬리아는 자신의 몸으로 들어온 기운에 눈을 감았다. 그러나 아무도 그녀를 공격하지 않았다. 그녀의 주위로 바람이 세차게 휘돌고 있어 아무도 접근할 수 없었다.

'힘이 차올라…….'

좀 전에 명상을 했을 때와 비슷한 기운이 헬리아의 몸 안으로 들어왔다. 아니, 이번에 그때보다 더 강렬했다.

파아앗-

헬리아는 자신의 고갈되었던 마나가 가득 차는 것을 느꼈다.

번뜩!

순간 헬리아의 눈동자가 떠졌다. 그녀의 오묘한 금빛 눈동자에 엘프들은 온몸에 소름이 돋았다.

'저 눈동자, 저 기운.'

대런의 입에서 신음과도 같은 소리가 흘러나왔다.

"드…… 래곤."

헬리아의 머리카락이 바람에 나부꼈다. 그리고 그 순간이었다.

파아아앗-

그녀의 몸에서 빛이 나오며 허공에 푸른빛이 생성되었다.

쏴아아아—

새파란 하늘에서 빗줄기가 쏟아졌다. 하지만 차갑지 않았다. 그 맑고 깨끗한 기운에 엘프들은 온몸의 상처가 씻은 듯이 사라지는 것을 느꼈다.

"사, 상처가 사라지고 있어."

"이, 이게 대체……."

"저, 저길 봐!"

엘프들이 놀란 듯 소리쳤다. 그들의 시선이 일제히 하늘을 향했다. 푸른 머리카락을 휘날리는 한 남자가 있었다. 그는 아주 불만스러운 눈으로 헬리아를 내려다보았다.

헬리아는 그의 눈빛에 그저 씨익 웃었다.

"미안, 엘라임."

"이 바보야!"

엘라임이 헬리아를 단숨에 안았다. 물론 잔소리도 잊지 않았다.

"이 멍청이!"

"응."

"죽을 뻔했다는 건 알고 있어?!"

"응."

"너 죽으면 나도 죽을 거야!"

"응."

"이 바보, 멍게, 해삼, 말미잘!"

"그런 욕은 또 언제 알았대?"

헬리아가 실없이 웃자 엘라임은 입술을 지그시 깨물고 헬리아를 더욱 세게 껴안았다.

"숨 막혀."

"제발 그러지 좀 마. 제발……."

엘라임의 목소리에 헬리아의 눈동자가 흔들렸다. 그녀는 대신 그를 꼭 껴안았다.

"안 죽어."

"내가 절대 안 죽게 할 거야."

"응."

엘라임의 진심 어린 말에 헬리아는 따스함을 느꼈다. 그를 만나지 않았더라면 자신은 어떻게 되었을까. 그가 없었더라면 자신은 과연 지금까지 살아 있을 수 있었을까? 아니, 살지 못했을 것이다. 그가 있었기에 헬리아는 숨을 쉬며 살아갈 수 있었다. 처음엔 그의 힘을 원했다. 그런데 이제는 아니다.

그가 필요하다.

헬리아는 엘라임의 존재가 자신에게 얼마나 소중한지 새삼 깨닫게 되었다. 만약 그가 사라진다면?

'엘라임이 이런 마음이었구나.'

만약 자신도 엘라임이 사라진다고 생각하면 벌써부터 가슴이 아려왔다. 그런데 엘라임은 매번 그런 일을 겪고 있는 것이었다. 자신의 무모함 때문에.

"미안."

"……."

"미안해."

"말만 잘하지."

"응, 그치만 나 계속 미안해할 것 같아. 그래도 떠나지 마."

"……."

엘라임은 헬리아의 말에 그녀를 품에서 떼어내 물끄러미 바라보았다. 헬리아는 환히 웃고 있었다. 그 웃음에 엘라임은 그녀를 다시 세게 안았다.

"안 떠나. 절대."

"응."

헬리아는 환히 웃었다.

'그렇구나.'

헬리아는 저를 품에 안는 엘라임의 따스함 속에서 생각했다. 자신에게 엘라임이 어떤 존재인지. 이렇게 충만한 기분을 느끼게 해주는 것은 그밖에 없었다.

"엘라임."

"왜?"

"손 치워."

"……쳇."

헬리아의 허리에서 가슴으로 배회하려던 손이 싹 사라졌다. 헬리아의 눈매가 치켜 올라갔다.

"이 변태 정령왕."

"큼, 누가 변태야."

"점점 뻔뻔해지는군."

"큼큼."

엘라임이 헬리아의 눈초리에 슬쩍 한 발 뒤로 물러섰다. 헬리아는 그 모습에 한숨을 내쉬면서도 웃음이 터져 나왔다.

"이젠 아예 대놓고 만지지?"

"만진 게 아니고 살아 있는지, 다친 곳은 없는지 확인 차원에서……."

"어련히."

"지, 지금 이럴 때가 아니잖아? 자, 떨거지들을 처리해야지."

엘라임의 모습에 헬리아는 피식 웃었다. 그리고 전장은 빠르게 정리되었다.

❊

세계수 아래, 마을 어린아이들과 세계수를 지키기 위해 모여 있던 엘프들의 얼굴엔 긴장이 역력했다. 어린아이들은 두려움에 부모의 품에 안겼고, 성인 엘프들은 창과 무기를 쥔 채 습격에 대비했다.

"장로님……."

엘프들이 걱정스런 표정으로 장로 에리디아스를 바라보았다. 에리디아스의 시선은 세계수를 향했다.

'어찌하여…….'

이미 하얀 바람의 부족은 한차례 습격을 받아 세계수를 잃고 수많은 엘프가 목숨을 잃었으며, 인간의 노예가 되었다. 힘겹게 다시 마을을 세우고 세계수를 키워냈지만 또다시 습격을 받고 말았다.

'더 이상 미래는 없단 말인가?'

이제 겨우 2미터가 될까 말까 한 어린 세계수를 바라보는 에리디아스의 눈에는 절망이 깃들었다. 그 위태롭고 여린 모습이 지금의 엘프의 미래를 대변하는 듯했다. 에리디아스가 눈을 질끈 감았다.

그런데 그때였다.

파아앗-

세계수의 작은 잎사귀에서 빛이 반짝이더니 이내 나무 전체가 푸른 빛으로 물들었다.

"엄마, 세계수에서 빛이 나!"

"우와!"

어린아이들은 눈을 동그랗게 뜨고 놀라워했다. 비단 놀란 것은 아이들뿐만이 아니었다. 처음 보는 현상에 성인 엘프들도 놀라 에리디아스를 바라봤다.

"장로님, 세계수가……."

에리디아스는 갑작스런 세계수의 변화에 놀라 눈이 커졌다. 이제까지 한 번도 이런 적이 없었다. 그런데 그런 그의 이마에 뚝 하고 떨어지는 물방울이 있었다.

툭, 투욱-

비는 한 방울씩 떨어지더니 어느새 대지를 적시기 시작했다.

"……비?"

도대체 무슨 일이 벌어지고 있단 말인가? 에리디아스는 복잡한 눈으로 세계수를 응시했다.

"장로님! 장로님!"

그때 상황을 살피기 위해 나갔던 엘프의 목소리가 들려왔다.

"장로님!"

"어찌 되었느냐!"

"이겼습니다! 우리가 이겼어요!"

"그, 그게 정말이더냐?"

"예, 정말입니다!"

"다행이구나, 정말 다행이야!"

에리디아스가 세계수로 시선을 돌리자 세계수는 이 기쁨을 아는지 파르르 빛을 뿜어내다가 이내 사그라들었다.

"정말 다행이야……."

에리디아스의 눈가가 붉어졌다.

"그분이 아니었다면 큰일이 났을 겁니다. 하늘이 도우셨습니다."

"그분?"

"예, 헬리아 님이 구하러 오시지 않았다면 저희는 어떻게 되었을지……."

에리디아스는 영문을 모르겠다는 표정이었다.

"지금 모두 마을로 돌아오고 있습니다."

"어서, 어서 그들을 맞이하러 가세."

에리디아스를 비롯해 세계수 아래 모여 있던 엘프들이 마을로 나섰다. 마을에는 이미 전투를 마친 대런과 엘프들이 자리하고 있었다.

"모두 무사했구나!"

에리디아스가 한달음에 달려갔다. 다른 엘프들도 자신의 가족을 찾아 기쁨의 눈물을 흘렸다. 한데 이상한 일은 격렬한 전투가 벌어졌음에도 그들의 몸은 상처 하나 없이 깨끗했다. 다만 핏자국이 옷에 묻어 있을 뿐이다.

"어찌 된 일이더냐?"

"모두 헬리아 님 덕분입니다."

"헬리아 님?"

대런이 정중한 표현으로 헬리아를 언급했다. 에리디아스는 그 달라진 태도를 채 인지하기도 전에 나타난 헬리아에게서 눈을 떼지 못했다. 정확히는 그녀의 뒤에서 따라오는 존재 때문이었다.

"저, 정령왕!"

푸른빛을 은은히 뿌리는 엘라임. 에리디아스는 물론 그를 처음 본 엘프들이 놀란 표정을 지었다.

[후후, 내가 이 정도라고.]

'어련히.'

[내가 얼마나 위대한 존재인지 잘 알았지?]

엘라임의 자랑질에 헬리아는 혀를 찼다. 하지만 정말 그가 없었다면 피해는 더 확산되었을 것이다.

에리디아스가 헬리아에게 다가갔다. 그는 일련의 사태에 놀란 듯했지만 이내 마음을 다잡고 정중히 고개를 숙였다.

"하얀 바람의 부족의 대표로 마을을 구해 주셔서 진심으로 감사드립니다."

"오히려 도움을 받은 건 저예요. 엘르가 아니었다면, 여러분이 아니었다면 저는 이미 죽었을 테니까요."

헬리아의 진심에 에리디아스는 희미하게 웃음을 띠었다.

"형에게 고마워할 일이 또 생겼군요."

"저도 마찬가지예요."

에리디아스는 품에서 나뭇가지를 꺼내 헬리아에게 내밀었다.

"받아주십시오."

"이건……."

엘르에게서 받은 나뭇가지와 비슷하게 생겼지만 달랐다.

"세계수의 나뭇가지입니다."

"세계수?"

헬리아는 나뭇가지를 다시 살펴보았다. 따스한 느낌이 들었다.

'이 느낌은…….'

그때와 똑같았다. 자신의 온몸을 감쌌던 그 힘과.

'세계수였구나…….'

세계수가 엘프들을 지키기 위해 자신에게 도움을 청한 것이다.

헬리아는 세계수의 나뭇가지를 꼭 쥐었다. 세계수의 나뭇가지는 우정의 증표이자 신뢰의 증거였다. 이제까지 엘프에게서 세계수의 나뭇가지를 받은 사람은 거의 없을 정도였다. 그리고 그것을 받은 사람은 모두 엘프의 무한한 신뢰를 받았다.

'세계수의 나뭇가지라…….'

헬리아는 나뭇가지를 내려다보았다. 에리디아스, 대런을 비롯한 성인 엘프들, 그리고 아이들 모두 헬리아를 향해 신뢰를 눈빛을 보내고 있었다. 우연한 만남이라 생각했지만 생각해 보니 필연이 아니었나 싶다.

'고마워, 엘르.'

헬리아는 어느새 갠 파란 하늘을 바라보았다.

❊

하늘에 떠 있던 태양이 저물고 캄캄한 밤이 찾아왔다.

알리오 산맥에서 멀리 떨어지지 않은 어느 으슥한 숲속. 한 그림자가 은밀히 움직였다. 워낙 조심스러운 움직임이라 귀 밝은 야생동물조차도 그의 기척을 읽어내지 못했다.

그림자는 이내 좌우를 살피더니 어느 한곳으로 몸을 집어넣었다. 다음 순간, 그림자가 나타난 곳은 방금 전의 숲속이 아닌 넓은 공터였다. 놀랍게도 공터 안에는 수십 채가 넘는 천막과 수백 마리의 말들, 그리고 보초를 서고 있는 병사들이 있었다.

그림자는 익숙하다는 듯 천막 중에서 가장 큰 천막으로 걸음을 옮겼다. 천막 앞에는 두 명의 기사가 보초를 서고 있었다. 기사 중 한 명이 그림자가 다가오자 천막 안에 고했다.

"전하, 그림자가 돌아왔습니다."

"들여라."

"들어가라."

안에서 목소리가 들리자 기사는 그림자라 불린 이를 안으로 들여보냈다. 안으로 들어간 그림자는 곧장 무릎을 꿇었다.

"황태자 전하를 뵈옵니다."

그의 앞에 페르시아 제국의 황태자, 아니, 이제는 전 황태자이며 반란군의 수장인 케이시스가 서 있었다. 놀랍게도 케이시스는 알리오 산맥에 몸을 숨기고 있었던 것이다. 케이시스의 옆에는 그의 호위 기사이자 소드 마스터 아스칼이 시립해 있었다.

"확인은 했느냐?"

"예, 헤네스 자작으로 병력은 대략 이천 정도입니다."

"묘인족은?"

"다른 이종족들과 함께 붙잡혀 있었습니다."

"그 아이는, 그 아이는 찾았는가?"

그때 케이시스 맞은편에 있던 중년 남성이 다급한 목소리로 물었다. 한데 특이하게도 그의 귀에는 고양이의 귀가 나 있었다. 묘인족이며 붉은 발톱 부족의 족장 랭가였다.

"예, 다행히 따님도 함께 계셨습니다."

그 말에 랭가의 표정이 밝아졌다. 그가 케이시스를 바라보았다.

"전하, 딸아이를 부탁합니다."

"물론입니다."

케이시스의 눈이 결의로 빛났다. 랭가는 붉은 발톱 부족의 족장임과 동시에 묘인족 사회에서 영향력이 큰 인물이었다.

케이시스는 황제를 치기 위해 힘을 끌어모으면서 이종족에게도 눈을 돌렸다. 현재 이종족 배타 정책으로 수난을 당하는 그들에게 새로운 미래를 제시해 주며 그들의 힘을 끌어들였다. 지금까지 몇몇 부족이 케이시스와 뜻을 함께하기로 했다.

이번에 헤네스 자작에게 납치당한 그의 딸을 구해 주는 조건으로 랭가 또한 케이시스와 동맹을 체결할 것이다. 그가 케이시스 진영에 합류한다면 묘인족 전체의 힘을 얻는 것과 같았다. 하여 케이시스로서는 반드시 랭가의 딸을 구해야 했다.

"아스칼, 부탁해."

"예, 전하."

아스칼이 고개를 숙였다. 그는 곧장 병력을 편성하여 헤네스 자작의 진영으로 움직였다.

헤네스 자작의 진영 인근의 숲속.

아스칼을 비롯한 수십의 병력이 수풀에 몸을 숨겼다.

"1조는 족장의 딸을 구한다."

"예!"

"2조는 나와 함께 헤네스 자작을 처리한다."

"알겠습니다."

아스칼은 조를 나눠 1조는 묘인족 족장의 딸을 구하러, 2조는 그와 함께 헤네스 자작의 처리를 지시했다. 이후 헤네스 자작을 처리하고 인질을 구하면 대기하고 있던 본진이 움직일 것이다.

헤네스 자작의 진영을 바라보는 아스칼의 눈빛이 날카로워졌다. 헤네스 자작의 진영에는 긴장감이라곤 찾아볼 수 없었다. 병사들은 보초를 서는 둥 마는 둥 퍼질러 자거나 술을 먹었으며, 노예를 희롱하며 웃고 떠들고 있었다.

헤네스 자작가는 노예 상단으로 유명한 곳이라 그들을 바라보는 눈은 곱지 않았다. 특히 아스칼처럼 정도를 걷는 이들은 헤네스 자작가에 대한 거부반응이 심했다.

"빠르게 처리한다."

아스칼이 싸늘한 음성으로 명령을 내렸다. 그와 함께 수하들도 고개를 끄덕이며 몸을 움직였다. 군기가 풀린 헤네스 자작의 진영에 스며드는 것은 어렵지 않았다.

아스칼은 다섯 명의 수하와 함께 미리 확인해 둔 헤네스 자작의 천막으로 향했다.

스읔-

"컥!"

"크윽!"

보초를 서고 있던 두 명의 기사가 순식간에 아스칼의 칼에 목숨을 달리했다. 아스칼의 수하들이 그들의 몸을 신속하게 치웠다. 아스칼은 곧장 헤네스 자작의 천막 안으로 뛰어들었다.

파앗!

"음!"

그 순간이었다. 갑작스런 공격에 아스칼은 몸을 뒤로 빼곤 곧장 반격에 나섰다.

'젠장, 알아차렸나?'

군기가 빠진 모습에 쉽게 생각했던 모양이다. 공격이 있을 거라곤 예상치 못했다. 아스칼은 빠르게 몸을 움직였다. 그런데 반격을 해야 할 상대가 아무런 반응을 보이지 않았다. 그제야 뭔가 이상함을 느낀 아스칼이 휘두르려던 검을 멈추고 상대를 바라보았다.

상대가 미묘한 표정으로 아스칼을 바라보았다. 아스칼은 긴장을 늦추지 않고 주변을 살폈다. 그러고 보니 이 정도 소란이라면 헤네스 자작이 일어나야 할 텐데도 아무런 소리가 들리지 않았다. 아스칼이 헤네스 자작을 찾았다.

"……!"

헤네스 자작은 이미 싸늘한 주검이 되어 침대에 누워 있었다. 그리고 그를 죽게 만든 이는 아마도 저자이리라. 아스칼이 날카로운 눈으로 상대를 보았다.

'도대체 누구지? 누가 헤네스 자작을?'

그러나 고민은 길지 않았다.

"……아스칼?"

여린 여인의 목소리가 들려온 것이다. 그리고 그 목소리는 아스칼이 아주 잘 알고 있는 자의 것이었다. 아스칼의 눈이 휘둥그레졌다.

"서, 설마……."

화르륵—

캄캄한 천막 안에 불이 피어오르고 화려한 금빛 머리카락이 보였다. 더불어 금색의 눈동자도.

아스칼이 놀라 외쳤다.

"헬리아 공주님!"

제5장 연합

아스칼이 헤네스 자작을 습격하기 몇 분 전.

헬리아는 대런을 비롯한 엘프들과 함께 헤네스 자작의 진영 인근에 모였다. 칼 리퍼 일행을 처리했지만 그들의 본대가 다시금 하얀 바람의 부족 마을을 습격할 가능성이 크기 때문에 헬리아 일행은 곧장 헤네스 자작가를 처리하기 위해 움직였다. 처음에는 강이 있는 곳으로 유인해 한 번에 쓸어버릴 생각이었으나, 헤네스 자작가에 붙잡힌 엘프들이 있다는 것을 확인하고 계획을 수정했다.

"대런, 너는 다른 이들과 함께 엘프들을 구해 줘."

"알겠습니다. 조심하십시오."

말은 그렇게 했지만 대런은 그녀가 다칠 거라 생각하진 않았다. 엘프들의 눈에는 헬리아에 대한 강한 신뢰가 엿보였다. 마을을 구해 준 것도 모자라 이렇게 나서주는 것만으로도 엘프들에게는 커다란 고마움이었다.

"그럼."

대런 일행이 어둠 속으로 사라졌다. 남은 것은 이제 헬리아와 다람쥐로 변한 엘라임이었다. 헬리아는 멀리서 헤네스 자작의 진영을 물끄러미 바라보았다.

[왜?]

"아니, 그보다 헤네스 자작의 위치는?"

[중앙의 가장 큰 천막에 있어.]

"바로 움직이자."

헬리아가 헤네스 자작의 진영 안으로 은밀히 숨어들었다. 이미 엘라임의 힘으로 이들이 먹는 물을 술로 바꿔놓았다. 헬리아가 만 명을 쓸어버렸다 해도 그건 큰 강이 있었기에 가능했다. 아무리 그녀라도 이천 명이나 되는 헤네스 자작가의 병력을 처리하는 건 불가능했다. 해서 엘프들을 구하고 헤네스 자작을 처리한 뒤 오합지졸이 된 이들을 강쪽으로 유인해 처리할 생각이다.

[어휴, 술 냄새. 전부 취했어.]

엘라임이 코를 막고 눈을 찌푸렸다. 강한 알코올 냄새가 진영 전체에 진하게 풍겨왔다.

"개판이로군."

[그거 개한테 욕이야.]

취하게 만들어 군기를 흩뜨릴 생각이었으나 이 정도로 군기가 확 빠져 버릴 줄 몰랐다. 애초부터 군기가 글러먹은 게 아니라면.

"나라가 전쟁 중인데……."

[제대로 된 군대라면 전쟁 중인데 엘프나 잡고 있지 않겠지.]

"쯧, 그건 그러네."

헬리아는 혀를 차고는 서둘러 움직였다. 솔직히 서둘러 움직일 필요를 못 느낄 정도였다. 그만큼 제정신인 놈들이 없었다.

"그래도 소리는 지워줘."

[맡겨둬.]

이렇게까지 해줘야 하나 싶었지만 어쨌든 헬리아는 헤네스 자작이 있는 커다란 막사로 움직였다. 천막 앞에는 두 명의 기사가 보초를 서고 있었지만 헬리아는 엘라임의 도움으로 입구가 아닌 다른 쪽으로 돌아서 소리 없이 천막을 찢고 안으로 들어갔다.

"자, 이리 오렴."

"시, 싫어!"

이건 또 무슨 개소리란 말인가. 헬리아는 안에서 들려오는 불쾌한 소리에 대번에 눈매가 확 구겨졌다.

[엑!]

소리의 근원지를 바라보다 엘라임이 못 볼꼴을 본 것처럼 괴성을 내뱉었다.

'돼지 목에 진주 목걸이로군.'

[뭔 말인지 확실히 알겠어.]

비곗덩어리로 가득한 돼지 한 마리가 두툼한 뱃살로 미녀를 억누르고 있었다. 정말이지 계속 볼 광경은 아닌지라 헬리아가 움직였다.

'얼른 처리해.'

엘라임을 시켜서 말이다.

[내가? 내가 왜? 더럽다구.]

'나도 더러워서 싫어. 얼른 해.'

[으으.]

'그럼 내 손으로 저 돼지를 만져야겠어?'

[실제로 만지는 것도 아니고, 에잇, 알았어.]

그래도 헬리아가 돼지를 처리하는 게 왠지 싫은 엘라임이 나섰다. 그는 투덜거리면서 헉헉거리고 있는 돼지, 아니, 헤네스 자작에게 다가갔다. 헤네스 자작은 여인의 몸을 짓누르고 히죽 웃었다. 주먹을 부르는 음흉한 웃음이었다.

"후후, 참으로 귀엽구나."

헤네스 자작의 손이 여인을 어루만졌다. 여인은 어딘가 몸이 불편한지 힘을 쓰지 못했다. 아마 반항하지 못하게 약을 먹인 게 아닌가 싶다.

"자, 그럼!"

헤네스 자작이 몸을 바짝 여인에게 붙였다. 그리고 거사를 치르기 위해 움직이려 할 때였다.

서걱!

'서걱?'

그 순간이었다.

푸아아악!

갑자기 피가 솟구치는 게 아닌가. 바로 자신의 아랫도리에서.

"어, 어어어?"

그 현실성 없는 광경에 자작은 제대로 비명도 못 지르고 멍하니 그 광경을 지켜보았다. 그리고 엄습하는 고통에 비명을 지를 찰나.

"커억!"

털썩!

헤네스 자작의 몸이 침대에 처박혔다. 즉사였다.

"까, 까아악! 흡!"

"쉿, 조용히!"

여인이 놀라 비명을 지르자 헬리아가 얼른 입을 막았다. 여인은 눈물을 뚝뚝 흘리고 있었다. 여인은 뭇 남자들의 마음을 흔들 만큼 정말 아름다웠지만 아쉽게도 헬리아는 여자였다. 뭐, 남자였다고 해도 흔들릴 리 만무했지만.

"누, 누누?"

"구하러 왔어요."

솔직히 이곳에 여자가 있을 거라 생각은 못 했지만, 암튼 그렇게 말하자 여인은 눈을 동그랗게 뜨더니 이내 안심한 얼굴이다. 헬리아가 여자라는 점도 긴장을 푸는 데 한몫했다.

"우선 뭐라도 입어요. 바로 여길 빠져나갈 거예요."

"아, 네네!"

여인이 자리에서 일어서며 비틀거렸다. 아무래도 정말 약에 취한 듯했다.

"이것도 먹어요. 약 기운이 가실 거예요."

"가, 감사합니다."

여인이 헬리아가 내민 포션을 받아 마셨다. 그러자 온몸에 활력이 돌았다. 그런데 자세히 보니 여인의 머리에 귀가 나 있는 게 아닌가. 그 고양이 같은 귀 말이다. 거기다 꼬리도…….

[묘인족이야.]

'묘인족?'

엘프나 드워프는 자주 보았지만 묘인족을 보는 건 처음이었다.

[신기해할 필요 없어. 저들 입장에서 보면 드래곤의 딸인 네가 더 신기할 거야.]

그런데 그 순간이었다.

[어?]

"무슨 일이야?"

[누가 이곳으로 오고 있어. 넷, 아니, 다섯이야.]

헬리아의 눈매가 가늘어졌다. 설마 알아차린 것인가? 헬리아가 몸을 움직였다. 기척을 지우고 소리와 냄새마저 지웠다. 분위기가 이상한 걸 눈치챈 여자도 덩달아 긴장했다.

"숨어 있어요."

"네, 네."

묘인족 여자를 숨긴 뒤 헬리아는 방 안의 초를 껐다. 그러자 캄캄한 어둠이 내려앉았다.

[조심해. 기운이 심상치 않아. 이 기운은…….]

엘라임은 감지한 기운에 눈을 찌푸렸다.

[소드 마스터야.]

"소드 마스터라고?"

[소드 마스터가 이곳으로 오고 있어.]

"소드마서터가 이곳에 왜?"

엘라임의 말에 헬리아의 머리가 복작해졌다. 처음에는 적인 줄 알았는데 소드 마스터란 소리에 다시 생각했다. 헤네스 자작가에 소드 마스터는 없었다. 그렇다면 외부에서 온 인물이라는 것. 한데 이상하게 헤네스 자작의 지원군이라는 생각이 들지 않았다.

'혹시 이안일까?'

소드 마스터가 어디 흔하게 있는 존재인가? 알리오 산맥 인근에서, 그것도 소드 마스터라면 떠오르는 건 이안밖에 없었다.

[왔어!]

헬리아는 혹시 몰라 우선 대기했다. 그리고 그 순간 보초가 쓰러지면서 한 인형이 천막 안으로 들어왔다.

'이안이 아니야!'

상대의 기운을 알아채곤 헬리아가 먼저 공격을 가했다. 그러자 채앵 하는 소리와 함께 상대가 헬리아의 공격을 막았다. 잠시 두 사람 사이에 대치가 이어졌다. 헬리아는 상대를 확인했다. 복면을 쓰고 있어 얼굴이 보이지 않았다. 다만 체격이나 분위기로 이안이 아님을 확인했다.

'도대체 누구지?'

[어라?]

'왜?'

[이 기운은 설마?]

'뜸들이지 말고 말해봐.'

[그자인 것 같은데?]

'그자라니? 누구?'

[그 왜 있잖아, 황태자 옆에 있는 놈.]

"……아스칼?"

그 순간 상대가 움찔했다. 헬리아는 그것으로 상대의 정체를 확인할 수 있었다.

"……서, 설마."

역시 아스칼의 목소리였다. 헬리아는 불을 밝혔다. 그러자 그녀의 모습을 확인한 아스칼이 놀라 눈이 커졌다.

"……헤, 헬리아 공주님!"

"역시 아스칼 맞네."

이안이 아니라는 것이 조금 아쉽긴 하지만 말이다. 헬리아는 놀란 표정을 짓고 있는 아스칼에 다가갔다.

"이런 곳에서 만나게 될 줄이야. 도대체 여기 어떻게 있는 거야?"

"제가 드리고 싶은 말입니다. 공주님이 어째서 여기에 계신 겁니까?"

"나야 뭐, 사연이 길어."

"후우, 그래도 다행입니다. 적인 줄 알고 놀랐습니다."

"나야말로."

이안인 줄 알았다고. 헬리아는 속으로 투덜거렸다.

'그보다 아스칼이 여기에 있다는 건.'

"그럼 전하도?"

"네, 이 근처에 계십니다."

"설마 하긴 했는데, 정말이었어."

칼 리퍼의 잔당으로부터 헤네스 자작이 반란군을 추적하고 있다는 이야기를 들었다. 한데 아무리 봐도 이들의 행동은 그저 이종족 사냥에 불과했다. 그래서 반란군의 추적은 그저 보여주기 식인 줄 알았다.

"우선 이럴 게 아니라 자리를 옮기는 게 좋을 것 같습니다."

아스칼의 말에 헬리아는 고개를 끄덕였다. 생각해 보니 나쁜 것만은 아니다. 이안이 아니라는 게 여전히 아쉽긴 하지만 이런 곳에서 반란군을 만나다니.

'일이 쉽게 돌아가는데.'

[무슨 생각이야?]

엘라임이 의아한 표정을 지었지만 헬리아는 대답 대신 묘인족 여성을 불렀다.

"이제 나오세요."

헬리아의 말에 숨어 있던 묘인족 여성이 모습을 드러냈다. 아스칼이 놀라 물었다.

"이 여성은……."

"뭐, 돼지가 제 분수도 모르고 차지하려는 걸 구해 줬지."

그녀의 말에 상황을 이해한 아스칼은 싸늘한 눈으로 죽은 헤네스 자작을 보았다. 정확히는 그의 잘린 거시기를.

"제가 손쓸 것도 없을 것 같군요."

아스칼이 고개를 절레절레 저었다.

"전하께 모시겠습니다."

아스칼이 헬리아와 묘인족 여성을 데리고 케이시스가 있는 곳으로 움직였다.

헬리아와 케이시스가 합류한 뒤 헤네스 자작의 진영은 그야말로 하루 만에 무참하게 당하고 말았다. 헤네스 자작은 죽고 없는데다 술에 취한 병사들이 제대로 대처할 리도 없었다. 갑작스럽게 나타난 적들에게 헤네스 자작의 군대는 별다른 저항도 못 해보고 투항했다. 정말이지 운이 나빴다. 헬리아만도 버거운데 소드 마스터가 포함된 군대라니. 헤네스 자작의 군대가 멀쩡하면 그게 더 이상한 일이다.

❊

"라비아!"

"아, 아버지!"

묘인족 여성이 붉은 발톱 족장인 랭가의 품에 안겼다. 랭가는 조심스럽게 손으로 자신의 딸 라비아를 어루만졌다.

"괜찮으냐?"

"네."

"정말 다행이구나, 정말……."

라비아와 랭가의 상봉이 이어졌다. 헬리아는 그 모습을 바라보다 입가에 옅은 미소를 지었다. 순간 자신의 아버지 빈센트가 떠올랐다. 캄캄한 어둠 속에서 홀로 자신을 기다리고 있을 아버지.

"공주를 이곳에서 보게 될 줄은 꿈에도 몰랐소."

케이시스가 다가오자 헬리아는 상념에서 깨어났다. 그의 뒤에 아스칼이 섰다.

"그건 저도 마찬가지예요."

"한데 다른 이들은?"

항상 그녀의 곁에 있어야 할 이안은 물론 아무도 보이지 않자 의아하게 생각한 케이시스가 물었다. 헬리아는 케이시스의 물음에 씁쓸히 웃었다.

"이런저런 사정이 있었어요."

"그렇소……."

무슨 일인지는 모르지만 케이시스는 더는 묻지 않았다.

"그래도 건강해 보여 다행이오."

"저야말로 걱정했어요. 아니, 언니가 걱정이 많았어요."

케이시는 레이아나의 이야기가 나오자 얼굴에 미안함과 그리움이 묻어났다.

"레이아나의 일은 정말 고맙소. 그대가 아니었다면 아들은 물론 레이아나마저 잃었을 것이오."

벨리앙 백작가의 일을 전해 들은 케이시스는 그날 얼마나 안도의 한숨을 내쉬었는지 모른다.

"고맙소. 계속 도움만 받는 것 같소."

케이시스는 진심을 가득 담아 고마움을 전했다.

"이럴 게 아니라 내 거처로 초대하겠소."

"제가 들어가도 괜찮으신가요?"

"공주가 들어가지 못할 곳은 어디에도 없소."

그 신뢰 어린 말에 헬리아는 피식 웃으며 케이시스의 진영으로 몸을 옮겼다.

❊

"차 한잔하시겠소?"

케이시스가 직접 찻잎을 우려 차를 내왔다. 향긋한 차향이 천막 안을 감돌았다. 헬리아와 케이시스가 테이블에 마주 앉았다.

"그리 비싼 차는 아니지만 제법 맛이 괜찮소."

케이시스가 웃으며 차를 권하자 헬리아가 차를 한 모금 마셨다.

"어떻소?"

"씁쓸한 맛이 강하긴 하지만 향이 진하고 풍부하네요. 처음 맛보는 차예요."

맛을 본 헬리아가 눈을 반짝이자 케이시스가 미소를 지었다.

"붉은 발톱 부족에게서 얻은 차요. 향이 아주 좋지."

"이 차, 혹시 제게 주실 수 있으신가요?"

"한두 개 달라는 건 아닐 터?"

"당연하죠."

"역시 공주답구려. 안타깝지만 나 역시 그리 많지는 않소. 다만 공주라면 붉은 발톱 부족에게 직접 차를 얻을 수 있을 것이오."

헬리아가 붉은 발톱 부족장의 딸을 구해 준 걸 알고 있기에 그리 말했다. 헬리아와 케이시스는 그 뒤로 이런저런 이야기를 나눴다. 그리고 찻잔이 바닥을 보일 즈음, 헬리아가 표정을 바꾸고 입을 열었다.

"이제 움직이실 건가요?"

헬리아의 말에 케이시스의 표정도 무겁게 변했다. 그가 고개를 끄덕였다.

"곧 움직일 거요. 내가 생각했던 것보다 아버지에게 항거하는 이가 많아 다행이었소."

케이시스는 씁쓸한 미소를 감추지 못했다. 친아버지에게 칼을 들이대야 하는 지금의 상황이 그도 마음이 편치 않았다. 이렇게까지 되리라곤 생각지 못했다. 하지만 아버지는 잘못된 길을 가고 있었다. 마룡을 부활시키고, 흑마법사와 함께 대륙을 통일하려 하다니.

제국 내에선 백성들이 배고픔과 가난의 고통에 몸부림치고 있는 와중에 전쟁이라니, 있을 수 없는 일이다. 백성이 죽는데 영토만 늘린다 하여 그것이 무슨 의미가 있겠는가. 그것을 바로잡는 것 또한 아들의 몫일 터.

케이시스는 마음을 다잡았다. 황제군에 비해 약한 전력을 보강하기 위해 사람을 끌어모았다. 현 황제에게 반하는 세력을 결집시키고, 마탑의 도움을 얻어냈다. 수많은 황태자파 사람들이 황제의 탄신일에 사로잡혀 인질이 되거나 죽임을 당했지만 영지에 남아 있는 귀족들과 자식들이 가족의 복수를 위해 손을 내밀었다.

흑마법사에 반하는 마탑 또한 자신에게 힘을 보탰다. 물론 아직까지 제국군에 비할 바는 아니지만 현재 제국은 전쟁으로 전력이 분산되어 있는 상태였다.

남쪽으로는 아르센 왕국을 주축으로 라비안 왕국과 그 외에 왕국들이 동맹을 맺어 제국군을 압박했다. 제국군은 어쩔 수 없이 그들을 막기 위해 남쪽에 상당한 병력을 내려보내야 했고, 그 결과 수도의 병력이 줄어들 수밖에 없었다. 그런 상황에서 수도를 공략한다면 승산이 있었다. 거기다 이종족의 힘까지 더해진다면 수도를 함락시킬 수 있을 것이다.

"그래서 묘인족의 딸을 직접 구하려 이곳까지 온 건가요?"

"그렇소."

"하지만 그것만으론 이종족들이 움직이지 않을 텐데요."

"역시 공주요. 물론이요. 나는 그들에게 자유를 약속했소. 그들 또한 제국의 땅에서 살아가는 백성이오. 그러나 인간이 아니라는 이유로 핍박받고 있지. 나는 그것을 바꿀 것이오."

확실히 핍박받는 이종족 입장에서는 끌리는 조건일 터였다. 스스로의 힘으로 자유를 되찾아야 그 권리가 빛을 발하는 법이다. 그들도 느끼고 있을 것이다. 이대로 있다가는 영영 자신들이 사라질 것이라는걸.

"하지만 아직 힘이 미약하오."

"말씀하세요."

헬리아가 입술을 끌어 올리며 케이시스를 보았다. 모든 걸 다 꿰뚫어 보고 있는 듯한 그 눈빛에 케이시스는 나직이 한숨을 내쉬었지만, 오히려 마음이 편했다.

"엘프들의 힘이 필요하오."

"저는 제삼자에 불과해요."

"엘프들과의 자리만이라도 주선해 주면 되오. 많은 건 바라지 않소. 아니, 그들의 힘을 얻는 건 내 힘으로 하고 싶소."

엘프들은 원래부터 폐쇄적이라 만나는 것이 쉽지 않았다. 최근 인간들의 횡포로 더욱 폐쇄적이 되었다. 그런데 헬리아가 그들과 함께 있는 모습을 보고 얼마나 놀랐던가.

헬리아는 가만히 케이시스의 이야기를 들었다. 그의 눈빛은 진실을 담고 있었다. 거짓말할 사람도 아니다. 그렇기에 헬리아는 케이시스가 마음에 들었다. 정말이지 황태자가 아니었다면 자신의 사람으로 만들고 싶을 정도로.

'황태자인 게 아쉽군.'

그러니 입맛을 다셔야 했다. 아무튼 헬리아는 케이시스의 말에 엘프들을 떠올렸다. 엘르의 부탁으로 엘프들을 도와주면서 생각했다. 지금의 순간의 습격을 막는다고 이들이 안전할까? 다음에 또 이런 일이 생기지 말라는 보장도 없지 않을까?

그렇기에 헤네스 자작을 처리하면서 헬리아는 고민에 빠졌다. 그러다 황태자의 등장에 헬리아는 이 문제를 해결할 방안을 찾았고, 황태자가 그것을 이야기한 것이다.

헬리아는 이미 황태자가 묘인족을 구하러 온 모습에서 이종족의 규합과 자유를 논하리라 예상했었다. 그리고 그 예상은 정확히 맞아떨어졌다. 그러나 헬리아는 바로 말하지 않았다. 케이시스의 말대로 엘프들의 힘을 빌리고 말고는 자신의 의사가 아니라 엘프들이 결정해야 하는 문제다.

"알겠어요. 자리를 주선해 볼게요. 물론 안 될 수도 있어요."

하지만 왠지 케이시스라면 엘프들의 찬성을 이끌어 내리라 생각했다. 케이시스는 헬리아의 말에 기쁜 표정을 지었다.

"물론이오. 그건 걱정 마시오."

그러나 헬리아가 잠시 간과한 것이 있었다. 그녀는 자신의 존재가 엘프들에게 얼마나 큰 영향력을 행사하고 있는지 실감하지 못했다. 마을의 은인인 그녀가 주선한다면 엘프들은 최소한 색안경을 끼지 않고 대화 테이블에 나오리라. 케이시스는 그녀를 대하는 엘프들의 태도에서 그것을 읽었다. 그러면 되었다.

"한데 서둘러 움직여야 할 거예요."

헬리아의 말에 케이시스가 그녀를 바라보았다. 그녀의 표정은 좀 전보다 더 굳어 있었다.

"엑시온이 곧 부활할 거예요."

"이미 부활한 것 아니었소?"

불길한 느낌에 케이시스의 미간이 좁아졌다. 헬리아는 고개를 저었다.

"제가 이곳에 온 이유는 드래곤 하트를 찾기 위함이었어요. 그런데 드래곤 하트는 엑시온에게 넘어갔어요. 엑시온이 드래곤 하트를 전부 흡수한다면 완전히 부활할 거예요. 그 전에 엑시온을 처치해야 해요."

헬리아의 말에 케이시스의 표정이 사색이 되었다.

"한 달, 아니, 이제 3주 남았어요. 그전에 반드시 움직여야 해요."

헬리아가 핵폭탄을 떨어뜨렸다. 케이시스의 얼굴에 긴장이 어리기 시작했다.

❊

"대런."

막사 밖으로 나오자 대기하고 있던 엘라임과 대런이 헬리아에게 다가왔다.

“미안. 이야기가 너무 오래 걸렸네.”

헤네스 자작에게서 엘프들을 구한 뒤 대런을 비롯한 엘프들도 헬리아를 따라 케이시스 진영으로 왔다.

대런은 고개를 저었다.

“아닙니다. 오히려 잠시 몸을 추스를 시간이 필요했습니다.”

붙잡힌 엘프들은 정신적 고통에 시달렸음은 물론 육체적으로도 상처를 입은 이가 많았다.

“덕분에 많이 진정된 것 같습니다.”

헬리아와 아는 사람이라는 것이 가장 큰 이유였지만 이곳에서 그들의 대우는 좋았다. 거기다 다른 이종족들도 있고 하여 크게 반발감이 들지 않았다.

“그거 다행이네. 그보다 혹시 자리를 마련할 수 있을까?”

“자리라면, 저들과 말입니까?”

대런은 헬리아의 말의 의미를 파악해 냈다.

“이야기를 들어줬으면 해.”

“알겠습니다.”

“어?”

대뜸 대런이 승낙하자 헬리아의 눈이 커졌다. 생각보다 너무 쉽게 허락하자 의아함이 들었다.

“너무 쉽게 승낙하는 거 아니야?”

“믿을 만한 사람이니 말한 것 아닙니까?”

대런이 덤덤하게 이야기했다. 그 말에 헬리아는 피식 입가에 미소를 지었다.

“너무 날 믿으면 안 되는데.”

"당신을 믿지 못하면 우리들은 아무도 믿지 못할 겁니다."

대런의 말에 헬리아는 묘한 기분이 들었다. 하지만 기분 나쁘지 않았다.

"나쁘지 않은 거래가 될 거라고 생각해. 나로서는 앞으로의 일을 책임져 줄 수 없으니까."

"당신이 해준 일만으로도 우리는 구원을 받았습니다. 그리 생각하지 않아도 됩니다."

"그거 고마워."

엘프들의 미래까지 돌봐주기엔 헬리아에게 시간이 없었다. 그녀가 좀 더 시간이 있었다면 직접 엘프들을 지켰을 것이다. 하지만 이곳은 제국이고 아르센에서 너무 먼데다 헬리아는 엑시온과의 결전을 앞두고 있었다. 방안이 있고, 믿고 맡길 사람이 있다면 되었다.

❊

케이시스 진영의 한 막사 안.

막사 안에는 헬리아가 침대에 누워 있었고 옆에는 엘라임이 그녀의 침대 옆에 걸터앉아 있었다. 늦은 밤이라 내일 아침 일찍 움직이기로 결정되어 하룻밤을 이곳에서 머물게 되었다.

엘라임은 눈을 감고 있는 헬리아의 머리카락을 쓰다듬었다. 그의 손이 헬리아의 이마와 뺨을 어루만졌다.

"거기까지 해."

"……안 잤어?"

"내가 잤으면 어쩌려고?"

헬리아가 노려보자 엘라임은 헛기침을 했다. 그러다 퍼뜩 화제를 돌렸다.

"엑시온이 만약 드래곤 하트를 흡수하면 어쩌게?"
"그럴 수 없게 해야지."
"……무리하지 마."
"……."
"그런데 다른 방법은 없는 거야?"
엘라임은 불안했다. 엑시온을 처리하지 못하는 것보다 헬리아가 잘못될까 봐 그게 걱정이 들었다.
"……."
헬리아는 엘라임의 말에 다시 눈을 감았다.

"드래곤 하트만이 엑시온을 봉인할 수 있어."
"네 몸 못 버텨."

머릿속에 세르게니아의 말에 맴돌았다. 원래 드래곤 하트는 세르게니아가 헬리아를 위해 남겨둔 것. 이미 엑시온에게 빼앗겼지만 되찾아도 헬리아는 그것을 자신에게 쓸 마음이 없었다. 아마 이 사실을 엘라임이 알았다면 당장 화를 냈으리라. 그래서 더 말할 수 없었다.
"없어."
"……정말? 뭔가 있는 거 아니야?"
과연 헬리아의 옆에 가장 오래 있던 엘라임이 헬리아의 머뭇거림을 읽었다. 엘라임이 헬리아의 얼굴을 내려다보았다. 마치 그 모습이 엘라임이 헬리아를 덮치기 전 같았다.
"없어. 다른 방법 따위."
"……."
엘라임은 물끄러미 헬리아를 바라보았다. 그리고 한숨을 푹 내쉬었다.

"알았어."
'있구나, 방법이.'
"그거밖에 없는 거지?"
'할 생각이 없구나.'
엘라임은 헬리아의 얼굴에 손을 가져갔다. 그의 얼굴이 다가왔다.
"죽지 마. 절대. 절대 죽게 하지 않을 거야."
"……."
엘라임의 푸른 눈동자가 짙게 빛났다. 헬리아는 그 모습을 보면서 쓰게 웃었다.
"얼굴이나 치워."
"싫은데?"
"아주 기어오르지?"
"흐음, 기어오르는 게 뭘까?"
엘라임이 자세를 바꿔 아예 헬리아의 위에 올라탔다. 헬리아의 몸이 엘라임 아래에 갇히게 되었다.
"안 비켜?"
헬리아가 눈매를 좁히자 엘라임이 능글맞게 웃었다.
"나도 여기서 잘 거야."
"누구 마음대로?"
"내 마음대로."
엘라임이 눈꼬리를 휘며 고개를 숙였다. 그리고 엘라임의 얼굴이 헬리아와 가까워졌다.
"자, 잠깐!"
헬리아가 그녀답지 않게 놀라 눈을 크게 뜰 때, 쪽 하고 소리가 났다. 헬리아는 제 이마에 닿는 엘라임의 입술에 눈동자가 동그래졌다.
"내가 전에 말했잖아. 네가 해줄 때까지 기다릴 거라고."

"……유치하긴."

"좋아. 조만간 받을 것 같군."

엘라임의 말에 헬리아는 피식 웃었다. 그러고는 그의 이마에 제 이마를 쾅 부딪쳤다.

"으악!"

"까불고 있어."

"아파!"

"아프라고 하는 거다. 이 변태 정령왕아!"

"쳇."

엘라임은 투덜거렸다. 헬리아는 그 모습을 보며 옅게 웃었다. 하지만 왠지 모르게 머지않아 정말 그렇게 될 수도 있을 것 같다는 생각이 들었다.

❊

"운디네, 여기 좀 치워줘."

"어이, 거기 조심해!"

하얀 바람의 마을이 부산스럽게 움직였다. 부서진 목책을 수리하고 죽은 엘프들의 장례를 치르며 마을을 정비했다.

"도대체 언제 오는 거야?"

"거의 다 왔대."

엘프들이 누군가를 기다리고 있었다. 그리고 머지않아 멀리서 낯익은 무리가 마을로 다가왔다.

"왔어!"

"난 바로 장로님께 알릴게!"

엘프들이 기다리던 이는 바로 헬리아와 대런 일행이었다. 미리 소식을 전해 들은 장로 에리디아스가 그녀를 맞이했다.

"장로님."

헬리아가 그를 보며 입가에 미소를 지었다.

"무사해서 다행입니다."

에리디아스가 환히 웃었다. 정말이지 화사한 미소였다. 보는 사람이 절로 기분이 좋아지는. 그러다 그의 눈이 이내 휘둥그레졌다.

"저들은……."

바로 헬리아의 뒤에 있는 엘프들 때문이었다. 에리디아스의 눈에 물기가 살짝 어렸다.

"에냐!"

"리디!"

"아버지!"

헤네스 자작에게 납치되어 붙잡혔던 엘프들이 마을로 돌아온 것이다. 에리디아스와 함께 헬리아 일행을 노심초사 기다리고 있던 엘프들이 너도나도 외쳤다. 엘프들은 서로 얼싸안고 기쁨의 눈물을 흘렸다.

"정말, 정말 감사합니다. 어찌 감사의 말을 드려야 할지……."

에리디아스는 헬리아에게 고개를 숙였다. 정말이지 더 이상 뭐라 고마움을 표해야 할지 모르겠다. 그만큼 헬리아가 하얀 바람의 부족에게 준 것은 너무도 컸다. 헬리아는 에리디아스의 어깨를 붙잡아 일으켰다.

"제 목숨을 살려줬는데 이 정도야 기본이죠. 잘 살려줬죠?"

에리디아스는 헬리아의 장난스런 말에 입가에 미소를 지었다. 자신들이 그녀를 구해 주었다 하나 이미 더 큰 것을 받았다.

"그보다."

헬리아의 시선이 나머지 엘프들에게 향했다. 그들은 마을 엘프들이 서로 기뻐하는 모습을 마냥 부럽게만 바라보고 있었다. 그들은 하얀 바람의 마을 출신이 아닌 다른 마을 출신의 엘프들이었다. 이미 돌아갈 마을이 사라져 갈 곳이 없어 헬리아가 이들을 데리고 온 것이다.

"갈 곳이 없다 하여 이리로 데리고 왔어요."

"이렇게나……."

다른 마을 엘프들은 에리디아스의 반응을 초조하게 기다렸다. 에리디아스의 표정이 어두워졌다. 그에 따라 엘프들의 얼굴에 그늘이 졌다.

"얼마나 상심이 크시오?"

"예?"

"잘 오셨소. 괜찮다면 이 마을에서 지내겠소?"

"가, 감사합니다."

"저, 정말로 그래도 되나요?"

"손이 부족하던 참인데 도움을 받고 싶소."

"물론입니다."

"감사합니다."

에리디아스의 말에 그제야 엘프들의 얼굴에 환한 웃음꽃이 피어났다. 에리디아스 또한 만족한 웃음을 지었다. 엘프의 수가 줄어들어 걱정이었는데 오히려 잘되었다. 자연과 조화를 사랑하는 엘프들이기에 융화되는 건 어렵지 않을 것이다.

"그런데 이분들은……."

에리디아스가 그제야 헬리아의 곁에 선 낯선 남자들을 보았다. 엘라임이야 당연히 알고 있으니 제쳐 두고 낯선 두 남자를 바라보는 그의 표정에 경계심이 어렸다. 에리디아스는 단번에 그들이 인간임을 알아보았다. 그의 시선이 자연 헬리아를 향했다.

"이분들은……."

헬리아가 케이시스를 바라보자 케이시스가 앞으로 나섰다.

"케이시스라 하오. 여기는 내 호위 기사 아스칼이오."

케이시스의 소개에 에리디아스의 눈매가 찌푸려졌다.

"그 이름은……."

"과거 제국의 황태자로 불렸소만 지금은 아니오."

"……황태자."

에리디아스의 눈이 싸늘하게 변했다. 곁에 있던 엘프들도 마찬가지로 분노가 어린 표정을 지었다. 누구보다 제국 황실에서 이종족을 인간 이하로 취급해 왔다. 비록 황태자가 폐위되었다는 소문을 듣기는 했으나 그렇다고 앙금이 사라지는 건 아니다.

[이거 쉽지 않겠는데?]

'글쎄.'

엘라임의 말에 헬리아는 말을 흐렸다. 에리디아스가 황태자에게서 시선을 떼고 그녀를 바라보았다. 웃고 있는 그녀를 보곤 상황을 어느 정도 짐작했다.

"후우……."

에리디아스는 이내 복잡한 듯 한숨을 내쉬고는 말했다.

"아무래도 이야기가 좀 길어질 것 같군. 안으로 드시오."

❊

오랫동안 침묵이 흘렀다. 지그시 눈을 감았던 에리디아스가 이내 눈을 뜨고 케이시스를 바라보았다.

"동족을 구해 준 점은 감사하네. 하지만 우린 인간을 믿지 않는다. 하물며 황족은 더더욱 믿지 않네."

에리디아스가 날카롭게 대답했다. 그의 도움으로 동족이 무사히 마을로 돌아왔으나 제국의 황족은 이종족 탄압에 앞장섰다. 오랫동안 쌓인 그 은원이 쉽게 풀리겠는가. 그러나 케이시스는 흔들리지 않았다. 이미 이런 반응을 예상했고, 경험해 봤다.

"알고 있소."

"황제는 우리를 핍박하고 억압했네. 그로 인해 죽어 간 우리 동족의 수가 셀 수도 없이 많다는 것도 아는가?"

에리디아스의 눈에는 미미한 살기와 분노가 어려 있었다. 케이시스는 그것을 회피하지 않았다.

"모두 알고 있소. 그리고 그 모든 것이 잘못되었다는 것도 알고 있소."

"……."

"그렇기에 잘못된 것을 바로잡으려는 것이오."

에리디아스의 눈이 가늘어졌다.

"바로잡는다?"

"아버지는, 황제는 잘못된 길로 가고 있소. 나는 그것을 두고 보지 않을 것이오."

"황제가 되려는가?"

"더 이상 누군가 슬퍼하지 않을 세상을 만들고 싶소. 그것이 인간이든 이종족이든."

"……."

케이시스의 진정 어린 말에 에리디아스는 눈을 감았다. 그리고 얼마간의 시간이 흘러서야 두 눈을 떴다.

"잠시만 시간을 주시겠나?"

케이시스는 고개를 끄덕인 뒤 방을 나섰다. 자신의 진심은 전달했다. 이제 남은 것은 에리디아스의 결정뿐. 그가 나가자 에리디아스가 헬리아를 바라보았다. 황태자는 자신들의 힘을 빌려 달라 했다. 그리고 그 사실을 그녀가 모르고 데려오지 않았을 것이다.

에리디아스가 입을 열었다.

"어찌 생각하십니까?"

"결정을 하는 건 장로님과 엘프들의 몫이에요."

헬리아의 말에 에리디아스는 물끄러미 헬리아를 보았다. 그녀의 금빛 눈동자가 자신을 직시하고 있었다. 며칠 겪어보지 않았지만 그녀와 같은 자들은 결코 허투루 움직이지 않는다. 에리디아스는 이미 그들의 방문에 그녀의 의사가 포함되어 있음을 알아차렸다.

"의견을 부탁드립니다."

에리디아스가 다시 한번 물었다. 헬리아는 잠시 말을 골랐다. 일부러 그에게 선택권을 준 것이다. 하지만 그가 자신에게 물어온다면 이젠 자신의 의견을 피력할 차례다.

"지금의 엘프에게 미래는 없습니다."

"……."

에리디아스의 표정이 굳어졌다. 하지만 반박할 말이 없었다. 지금 상태로 간다면 과연 엘프들이 어찌 될지 그도 확신할 수 없었다.

"황제는 이 제국을, 아니, 대륙을 피로 물들이려 하고 있습니다. 그는 마룡과 손을 잡았어요."

"마룡!"

헬리아는 놀라는 에리디아스에게 자신이 왜 이곳에 오게 되었는지를 이야기할 수밖에 없었다. 헬리아의 이야기를 다 들은 에리디아스의 표정은 경악 그 자체였다.

"마룡이……."

"엑시온은 곧 부활할 거예요. 그럼 황제도 움직이겠죠. 그때는 그를 막을 수 없어요. 더없이 이종족을 착취하고 학살할 겁니다. 그전에 막아야 합니다."

"허허……."

에리디아스는 이 충격적인 이야기에 정신을 차릴 수 없었다. 마룡 엑시온의 부활이라니, 그리고 자신의 형이 그에게 목숨을 잃었다니.

"황태자와 전 수도로 올라갈 겁니다. 성공한다면 황태자가 황제가 될 거예요. 그럼 그의 말처럼 이종족도 억압받지 않는 세상이 올 수도 있을 거예요. 뭐, 따르지 않는다 하더라도 핍박할 사람은 아니에요. 하지만 진정한 자유는 스스로 쟁취해야만 얻을 수 있다고 봐요."

누군가 얻어준 자유가 과연 진정한 자유일까. 아니, 과연 그들이 자유를 보장해 줄까. 자유는 스스로 힘을 가져야 가질 수 있다.

"원하는 것을 얻으려면 스스로 움직여야 해요."

"스스로……."

"분명 수많은 이가 목숨을 잃을 거예요. 전쟁은 그런 거니까. 반드시 성공한다는 보장도 없어요."

그렇기 때문에 먼저 이야기하지 않았다. 미래를 위해서 지금을 희생하는 것. 그건 당사자가 선택해야 하는 일이다.

헬리아는 싱긋 웃으며 마지막 말을 내뱉었다.

"세상에 진리가 하나 있죠."

그 진리를 헬리아는 삶의 지표로 삼아 왔다.

"공짜는 없다."

그 말에 에리디아스의 표정이 굳어졌다.

❊

"받아들일까?"

헬리아와 이야기를 나눈 뒤 에리디아스는 마을 회의를 소집했다. 그리고 반나절이 지나도록 결과는 나오지 않았다. 헬리아와 엘라임은 세계수 아래에서 회의 결과를 기다렸고, 황태자 일행은 엘프들이 내준 다른 방에서 대기했다. 하얀 바람의 부족의 은인인 헬리아이기에 세계수 아래에서 휴식을 취할 수 있었다. 헬리아는 세계수에 손을 대고 눈을 감았다. 따스한 기운이 몸 안으로 스며들었다. 세계수가 헬리아의 손길을 반기며 나뭇잎을 흔들었다.

그때 엘라임이 헬리아의 손을 세계수에서 홱 떼어냈다.

"왜?"

"요 세계수가 엉큼하잖아. 네 손길에 부르르 몸을 떨다니."

"별걸 다."

"별거라니. 자, 차라리 날 만져. 내가 따뜻하게 해줄게."

"이 변태 정령왕이."

엘라임이 헬리아의 손을 잡아 제 가슴에 갖다 대자 헬리아는 피식 웃었다.

"아주 팔딱팔딱 뛰네?"

"크음."

엘라임은 슬쩍 시선을 돌렸다. 헬리아는 그 모습에 또 웃음이 났다. 그러나 그의 가슴팍에 머리를 대었다.

"헤, 헬리아!"

"왜? 나무한테도 기대게 못 하면서."

"뭐, 아, 아니, 마음껏 기대라구!"

엘라임은 와락 헬리아를 끌어안았다. 그리고 그녀의 머리를 쓰다듬었다.

"잘될 거야."

"……."

"너무 걱정하지 마."

엘라임의 말에 헬리아는 고개를 들어 올렸다. 엘라임이 싱그럽게 웃고 있었다. 세계수의 온기도 따뜻했지만 헬리아는 엘라임의 온기가 그보다 더 따뜻하다고 생각했다.

'힘이 넘쳐.'

세계수 덕분인지, 아니면 어머니가 사라지고 난 뒤여서인지 엑시온에게 봉인 마법을 쓸 때와 달리 몸 안에 힘이 넘쳤다. 이대로라면 엑시온을 자신의 힘만으로도 봉인할 수 있을 것 같았다. 그러면 드래곤 하트를 온전히 아버지에게 줄 수 있게 된다.

'그래, 문제없어.'

헬리아는 입가에 미소를 지었다. 그녀의 시선이 회의를 열고 있는 장소로 향했다.

"그는 이 제안을 받아들일 거야."

엘프의 미래를 위해서. 세상에 공짜는 없으니까.

❊

"제안을 받아들이겠네."

에리디아스의 말에 케이시스의 얼굴이 환해졌다.

"그게 정말이오?"

"단, 조건이 있네."

"말씀하시오."

"그대를 믿어보겠네. 아니, 그녀가 당신을 믿기 때문에 이 결정을 수락한 것이네. 그렇지 않았다면 결코 받아들이지 않았을 것이네."

"알고 있소."

케이시스가 헬리아를 보았다. 이 만남도, 그리고 장로의 결정도 그녀의 존재로 인해 가능함을 알았다. 그렇기에 케이시스 또한 헬리아에게 이 자리를 주선해 달라 부탁한 것이다.

"하지만 인간의 수명은 짧지. 그 약속을 문서로 남겨주시게."

"물론이오."

케이시스는 고개를 끄덕였다. 이미 그 정도는 생각해 둔 상태다. 무엇보다 이종족이 직접 나서서 움직인다면 그들에게도 명분이 생긴다. 그 명분은 이종족 스스로가 자유를 얻는 데 도움을 줄 것이다. 이윽고 그 외의 것들을 상의한 후 에리디아스가 먼저 케이시스에게 손을 내밀었다. 그 내민 손에 케이시스가 살짝 놀랐다. 에리디아스는 미소를 지었다.

"인간들은 거래를 한 뒤 손을 맞잡는다고 알고 있네."

"결코 후회하지 않게 하겠소."

케이시스와 에리디아스가 손을 맞잡았다.

제6장 진격

“이제 3주 남았나?”

헬리아는 세계수를 바라보며 엑시온이 드래곤 하트를 가지고 간 날로부터 벌써 일주일이 흘렀다는 것을 상기했다. 이곳 알리오 산맥에서 수도까지는 적어도 일주일. 정말 시간이 얼마 남지 않았다.

헬리아는 움직이기 전 생각을 정리했다. 하얀 바람의 마을의 동맹을 얻어낸 케이시스는 엑시온의 부활 소식을 듣고 최대한 일정을 앞당겼다. 곧 케이시스가 수도로 진격할 것이다. 이미 대부분의 병력은 수도 인근에 모여 있는 상태였고, 케이시스는 이종족을 규합하기 위해 직접 이곳까지 온 상황이었다.

“후우…….”

헬리아는 깊게 숨을 내쉬었다. 그녀의 목적은 엑시온의 부활을 막고 드래곤 하트를 되찾는 것. 케이시스가 수도를 공략하면 그녀가 엑시온을 상대할 것이다.

‘과연 내가 봉인할 수 있을까?’

시시때때로 그런 생각이 그녀를 지배했다. 하지만 마음을 다잡았다. 드래곤 하트를 엑시온이 흡수하기 전이라면 승산이 있다. 이미 한 번 엑시온을 궁지로 몰아넣지 않았던가. 그때보다 힘이 강해진 지금이라면 엑시온을 완벽히 봉인할 수 있을 것이다.

'아버지…….'

헬리아는 캄캄한 어둠 속에서 자신을 기다리고 있을 빈센트를 떠올렸다. 어둠 속에 갇힌 기분을 누구보다 그녀는 잘 알고 있었다. 헬리아는 질끈 주먹을 쥐었다. 반드시 드래곤 하트를 가지고 돌아가리라.

헬리아는 마음을 다잡으며 앞으로의 계획을 더욱 세밀히 짜기 위해 눈을 감았다. 그리고 어머니 세르게니아가 전이해 준 기억을 되짚어갔다. 세르게니아가 전해 준 것은 그녀의 기억 전반이었다. 그녀가 가진 마법적 지식, 삶의 지혜, 인생의 경험이 흘러들었다.

헬리아는 엑시온에 대해 더 찾아보았다. 수천 년을 산 드래곤답게 워낙 방대한 양의 기억이라 한 번에 다 이해할 순 없었다. 우선 기억을 분류하고 책장에서 책을 꺼내는 것처럼 하나씩 불러냈다.

'엑시온의 봉인 방법, 엑시온의 부활…….'

엑시온에 대해 계속 찾아 나갔다. 그러다 엑시온을, 아니, 마룡을 불러내는 마법진이 떠올랐다.

'왜 마룡을 불러내는 마법진이 있는 거지?'

조사하다 알게 된 걸까? 어머니는 흑마법사가 엑시온을 불러냈다고 했다. 한데 이 마법진은 지금 당장 헬리아가 마나의 양만 충분하다면 시행할 수 있을 정도로 정교하고 세밀했다.

뭔가 이상하다. 뭔가…….

헬리아는 천천히 눈을 떴다. 그리고 실소를 터뜨렸다.

"이상하긴 무슨."

마법진을 알고 있다고 해서 관련이 있다면 헬리아도 마찬가지다. 그녀도 흑마법진에 대해선 배워 알고 있었다.

"그래도 이렇게까지……."

마법진을 구동하는 데 필요한 재료도 전부 머릿속에 떠올랐다. 마치 세르게니아가 직접 마법진을 시전해 봤던 것처럼 자세히…….

"내가 도대체 무슨 생각을 하고 있는 건지……."

쓸데없는 생각이다. 헬리아는 스스로의 생각을 부정했다. 무엇보다 어머니가 엑시온을 소환할 이유가 없지 않는가? 그럴 이유가 없다.

"그래, 아무리 생각해도 이유가 없어. 나참, 내가 미쳤어."

그렇지만 한번 의심이 싹 트면 물을 주지 않아도 저절로 자라난다. 헬리아는 최대한 의식하지 않으려 했다.

"엘라임."

"왜?"

엘라임이 허공에서 나타났다. 명상을 하기 위해 홀로 있겠다던 헬리아였다. 엘라임은 헬리아가 자신을 부르자 잽싸게 나타났다.

"무슨 일이야?"

헬리아의 미간이 좁혀진 걸 본 엘라임이 그녀에게 가까이 다가갔다.

"있잖아. 혹시 말이야."

헬리아는 천천히 말을 골랐다. 그런데 도통 뭐라 말을 꺼내야 할지 몰랐다. 기억이 너무 자세하다고, 혹시 어머니가 이 마법진을 사용해 본 게 아닐까 하고. 헬리아는 고개를 저었다.

"아니야."

"뭐야, 궁금하게."

헬리아가 입을 다물자 엘라임은 부루퉁한 표정을 지었지만 더는 말을 꺼내지 않았다. 그녀의 표정이 워낙 복잡해 보였기 때문이다. 헬리아는 다시 한번 숨을 깊게 내쉬고 들이마셨다. 그러자 세계수에서 뿜어져 나오는 청량한 기운이 몸 안에 스며들며 머리를 맑게 했다.

'그래, 지금 그게 무슨 상관이야. 이미 엑시온은 부활했고, 나는 그를 봉인하고 드래곤 하트만 찾으면 돼.'

지금은 생각해야 하고 해야 할 일이 너무 많다. 헬리아는 그 부분에 대해서는 생각하지 않기로 했다. 뭔가 알아낸다고 해도 전혀 쓸데없는 거니까.

'그래, 상관없는 일이야…….'

헬리아는 그 생각을 지우고 다른 생각을 했다.

"대체 이안은 어디에 떨어진 거야?"

분명 이동 마법진에 휩쓸렸으면 다른 곳으로 떨어졌을 것이다. 문제는 도대체 어디에 떨어졌는지 알 수 없다는 점이다. 이안도 이안이지만 세인도 애초에 없어졌다. 엘프들에게 주변 수색을 부탁해 두긴 했지만 아직까지 소식이 없었다. 혹시 이 주변이 아니라 전혀 다른 곳에 떨어져 버린 걸까?

"하아, 이안은 대체 어디에 있는 거야?"

"그 검둥이 자식은 뭐 하러 찾아? 나랑 이렇게 오순도순 있으면 됐지."

"됐네요."

엘라임과 있는 게 싫은 건 아니지만 그래도 상황을 객관적으로 봐줄 사람이 옆에 있었으면 싶었다. 그게 바로 이안인데.

그때였다. 멀리서 이곳으로 다가오는 기척이 느껴졌다. 대런이었다.

"헬리아 님!"

"대런?"

그녀가 생각을 정리할 동안 최대한 혼자 있게 해달라고 부탁을 해두었다. 그런데 아직 시간이 되지 않았는데 대런이 찾아온 것이다. 자연 헬리아의 표정이 살짝 굳어졌다. 혹시 무슨 일이라도 생긴 것일까?

"무슨 일이 생긴 거야?"

"아닙니다. 전에 말씀하신 그 이안이라는 자에 대한 겁니다."
"찾은 거야!?"
헬리아의 눈이 동그래졌다. 그러나 대런은 아쉽게도 고개를 저었다.
"그자인지는 확실하진 않습니다. 다만 이번에 마을로 돌아온 어린 엘프 중에 말씀하신 인상착의와 같은 이를 보았다는 자가 있습니다."
이안에 대해 수소문하던 중 혹시나 하는 마음에 잡혀 있던 이들에게 물어본 것이 주효했다. 헬리아는 그 말을 듣고 곧장 대런을 따라 이안을 목격했다던 어린 엘프를 만났다.
"본 걸 말해줄 수 있니?"
"아, 그게……."
아이는 더듬더듬 기억을 되짚으며 말했다.
"얼굴은 모르겠어요. 그냥 머리가 시커메서 특이하다고 생각했어요."
헬리아의 눈매가 치켜 올라갔다.
검은 머리. 대륙에서 검은 머리는 매우 드물다. 일부러 염색하지 않는 이상 흔히 보이는 색이 아니었다. 거기다 딱히 사람들이 선호하는 색도 아니어서 염색한 이도 잘 없다.
"혹시 어디서 봤는지 기억해?"
"산 아래 냇가에서 봤어요. 한데."
"한데?"
헬리아의 미간이 좁아지자 아이는 순간 움찔했다. 그 모습에 헬리아는 인상을 폈다. 그러자 아이가 다시 말을 이었다.
"그들이 데려갔어요."
"데려갔다고?! 누가?"
헬리아의 눈이 커졌다. 설마 몬스터한테 끌려갔다 거나 한 건 아니겠지? 하기야 소드 마스터인데. 그러다 이동하기 전에 이안이 큰 부상을 입었다는 것을 상기했다. 그 정도 부상이라면 헬리아가 처음 이곳에 쓰러진 것처럼 의식이 없었을 수도 있다. 헬리아의 안색이 굳어졌다.

"난쟁이요."

"난쟁이?"

헬리아가 되묻자 옆에 있던 대런이 말했다.

"드워프입니다."

"드워프라고?"

헬리아의 눈이 동그래졌다.

❊

"그렇군."

헬리아의 사정을 들은 케이시스는 고개를 끄덕였다. 원래라면 바로 케이시스와 합류하여 함께 수도로 움직일 생각이었지만 이안의 소식을 들은 이상 헬리아는 그를 찾아야 했다.

"부디 이안 경을 찾길 바라겠소."

"곧 뒤따라갈게요."

"수도에서 뵙시다."

헬리아는 고개를 끄덕였다. 케이시스는 아스칼과 함께 수도로 올라갈 엘프들을 데리고 마을을 떠났다. 헬리아와는 일주일 뒤에 수도에서 보기로 약속을 정했다. 헬리아가 뒤늦게 움직이지만 군과 함께 움직여야 하는 케이시스의 이동 속도를 따라잡기에는 충분했다.

헬리아는 떠나가는 케이시스를 배웅하고 뒤를 돌아보았다. 그 자리에는 장로 에리디아스와 대런과 슈리, 제스가 남아 있었다.

"대런, 너는?"

"저는 헬리아 님과 함께 그분을 찾으러 가겠습니다."

"어차피 헬리아 님도 곧 수도로 올라가실 테니 문제없습니다."

"암요."

대런을 비롯한 슈리와 제스가 싱긋 웃었다. 헬리아는 그제야 마주 웃었다.

"부디 무탈하시오."

"감사해요."

헬리아가 에리디아스를 보며 감사의 인사를 전했다. 정말 이곳에서 많은 것을 얻었다. 여기에 자신을 떨어뜨린 엑시온이 고마울 정도로.

"우리는 언제나 그대를 우리의 친우로 받아들일 것이오."

에리디아스의 진심에 헬리아는 싱긋 미소를 지었다. 헬리아와 대런 일행은 곧장 그길로 이안이 데려갔다던 드워프를 찾아 나섰다.

⁂

알리오 산맥에는 남동쪽으로 더 내려가면 검은 망치라는 드워프 마을이 있다고 한다. 사람들을 피해 깊은 동굴에서 사는데다가 원체 엘프와는 상성이 맞지 않아 교류한 적이 없었다. 아무리 인간이라는 공공의 적을 두고 있지만 종족 간의 간극이 컸다.

"쯧, 이거 완전히 나무를 다 베어버렸잖아?"

"그놈들이 그렇지. 소중한 나무를."

제스와 슈리가 불만 섞인 표정으로 주변에 밑동만 남은 나무들을 바라보며 혀를 찼다. 현재 일행은 검은 망치 부족이 살고 있는 마을 근처까지 온 상태였다. 마을 인근에는 종종 베인 나무들을 발견할 수 있었다. 아마도 불을 지피는 데 사용했을 것이다. 물론 그 광경을 엘프들은 아주 고깝게 생각했다.

"그 난쟁이 똥자루들."

"대런, 그런데 정말 드워프가 데려간 거 맞대? 으으, 드워프는 대화가 안 된다고."

"확실해."

대런이 확언했다. 엘프가 무언가를 잘못 보거나 잊어버리는 경우는 거의 없었다. 드래곤만큼은 아니지만 엘프들의 기억력은 인간을 훨씬 상회했다.

"헬리아."

엘라임이 이제까지 말없이 걷고 있는 헬리아의 머리에 손을 얹었다.

"너무 걱정하지 마. 그 질긴 놈이 그리 쉽게 죽겠어?"

엘라임의 위로에 헬리아는 그제야 굳은 표정을 폈다. 하지만 왜 걱정이 안 되겠는가. 그렇게 심한 상처를 입었었는데.

"헬리아."

엘라임이 걸음을 멈췄다. 그와 함께 대런 일행도 무언가를 발견한 듯 주변을 경계했다.

그때였다.

"뭐야, 이거 귀쟁이 자식들이잖아!"

수풀 너머에서 가래 섞인 굵은 목소리가 들려왔다. 이윽고 목소리의 주인공이 모습을 드러냈다. 작은 키에 근육질 몸매, 덥수룩한 수염을 지니고 있었다. 그 모습에 대번에 상대의 정체를 알 수 있었다.

"드워프?"

"으음? 뭐야, 귀쟁이만 있는 줄 알았는데…… 으응? 아, 아니!"

헬리아를 본 드워프의 얼굴이 파랗게 질렸다.

"저기……."

"마, 마녀다! 마녀가 돌아왔다!"

드워프의 외침에 헬리아는 어이가 없었다. 그러나 그 목소리와 함께 주변에 있던 드워프들이 모습을 드러냈다.
"마, 마녀가 나타났다!"
헬리아는 대체 무슨 영문인지 알 수 없었다.
"마녀라고?"
누가 마녀야? 헬리아의 인상이 팍 찌그러졌다. 그러자 드워프들이 흠칫 몸을 떨었다.
"도대체 왜 저래?"
헬리아는 이 상황이 이해가 가지 않았다. 물론 마녀라는 소리를 처음 듣는 건 아니었지만 그 말을 이곳 드워프에게 들을 거라고는 생각지 못했다.
"설마……."
옆에 있던 엘라임이 놀란 듯 눈을 크게 뜨자 헬리아가 물었다.
"뭔데?"
"네 악명이 여기까지……."
콱!
"악!"
"쓸데없는 말 할래?"
헬리아는 엘라임의 발을 밟으며 그의 입을 다물게 했다.
"마, 마녀가 돌아왔어……."
여전히 드워프들은 헬리아의 얼굴에서 시선을 떼지 못했다. 저쯤 되니 헬리아도 뭔가 상황이 심각하게 돌아간다는 걸 알았다.
'도대체 뭐야?'
헬리아는 답을 찾으려 애를 써봤지만 아무것도 알 수 없었다.
"어, 어서 그를 불러!"
"마, 마녀가 살아 있을 줄이야……."
드워프 중 한 명이 피리를 불렀다. 그러자 삐익- 하는 소리가 허공에 울려 퍼졌다.

스스스스–

"헬리아."

엘라임이 낮은 목소리로 주의를 줬다. 뭔가 빠르게 이곳으로 오고 있었다.

"조심해, 이 기운은……."

엘라임의 경고에 헬리아의 미간이 좁아졌다. 이 기운은, 설마.

"소드 마스터……."

이런 곳에 소드 마스터의 기운을 가진 자라니. 헬리아는 바로 이안이 떠올랐다. 드워프가 그를 데려갔다면 이 기운은 그의 것이 아니겠는가. 그러나 그녀의 생각은 나타난 이를 보고 수정하지 않을 수 없었다. 이런 곳에서 보게 될 줄은 정말 꿈에도 몰랐던 이가 나타난 것이다. 그녀는 아스칼을 봤을 때보다 더 놀랐다.

"어라?"

연보랏빛 눈동자를 지닌 남자가 헬리아를 보곤 놀란 듯 눈이 커졌다. 그건 헬리아도 마찬가지였다. 그가 이곳에 있을 줄이야.

"세인?"

"공주님이 여긴 어떻게?"

그는 애초에 사라져 버렸던 바로 그 세인이었다.

"세인, 무사했구나.

"저야말로, 무사하셔서 다행입니다. 한데……."

세인은 헬리아를 보고는 상황을 어렴풋이 짐작했다. 계획대로 드래곤 하트를 손에 넣었다면 이곳에서 만나지 않았을 것이다. 그의 표정에 헬리아는 씁쓸한 표정을 지었다.

"이야기가 길어. 그보다 대체 어찌 된 거야? 어떻게 여기에?"

"깨어나 보니 이곳 검은 망치 부족이었습니다."

"한데 제법 이들과 친해졌나 봐."

자신을 경계의 눈빛으로 보는 것과 달리 드워프들은 세인을 신뢰하는 듯했다. 엘프와 마찬가지로 드워프 또한 수많은 이가 인간에게 붙잡혀 노예가 되었다. 엘프가 아름다운 외모로 성 노예로 많이 팔렸다면 드워프는 뛰어난 손재주로 무기를 만드는 노예로 팔려갔다.

이래저래 두 종족 모두 노예로 각광받았다. 그 탓에 인간에 대한 불신이 극에 달해 있었다. 그런 상황에서 저런 눈빛을 보이는 것은 보통 사이가 아니라는 뜻이었다.

"그건 공주님도 마찬가지이신 것 같습니다만."

세인이 헬리아 뒤쪽에 자리 잡은 세 명의 엘프를 보고 말했다.

"뭐, 나도 여러 일이 있었으니까."

"그보다 공주님께서 이곳으로 오셔서 다행입니다."

세인의 표정이 돌연 굳어지자 헬리아의 눈매가 좁아졌다. 왠지 모를 불안감이 엄습했다.

"그의 목숨이 위험합니다."

"……그라니?"

그러다 퍼뜩 헬리아의 안색이 딱딱해졌다.

"……이안이?"

❊

"……."

"일주일 전에 숲속에 쓰러진 걸 발견했습니다. 얼마나 놀랐는지 모릅니다. 이쪽에서 발견하지 않았으면 큰일 날 뻔했습니다."

"……엑시온에 당했어. 그보다 치료는……."

"이 정도가 한계였습니다."

드워프는 대체로 건강한 체질이라 병에 잘 걸리지 않아 약이 거의 없었다. 거기다가 최근 몬스터와 인간의 습격으로 많이 부족해진 상태였다. 그런 상황에서 심각한 부상을 입은 이안을 완전히 치료할 수 없었다. 그나마 소드 마스터의 단련된 육체가 상처가 더욱 악화되는 것을 막았다.

헬리아는 눈을 감은 채 침대에 누워 있는 이안을 보곤 입술을 깨물었다. 그날 자신의 앞을 가로막았던 그의 등이 떠올랐다.

"……이 바보가……."

그는 언제나 묵묵히 자신을 지켜왔다. 설사 그것이 목숨을 잃는 일일지라도. 헬리아는 식은땀을 흘리고 있는 이안의 이마를 쓸어 넘겼다. 뒤에서 엘라임이 그 모습을 복잡한 심경으로 바라보았다. 하지만 그녀를 위해 목숨을 던진 이안을 왜 다쳤냐며 나무랄 수는 없었다.

"엘라임, 세인."

"알았어."

엘라임은 헬리아의 마음을 알아채곤 몸을 돌렸다. 그에 세인도 방을 나섰다. 방 안에는 헬리아와 이안 둘만이 남았다. 헬리아는 풀썩 침대 옆에 걸터앉아 이안의 상태를 확인했다. 상의를 풀어 헤치니 진한 약초 냄새가 맡아졌다. 상처 부위에 약을 바른 듯했다. 하지만 약의 효능이 그리 좋은 건 아닌지 상처에서 붉은 피가 비쳤다.

헬리아는 상처 부위를 잘 닦아내고 치료 마법을 시전했다. 청량한 기운이 이안의 몸 안으로 흘러들어 갔다. 그러자 상처가 아물기 시작하고 이안의 파리한 안색이 한결 나아졌다. 그러나 헬리아는 그러고도 꽤 긴 시간 동안 마법을 시전해야 했다. 어찌나 상처가 깊은지 내상까지 치료하려니 제법 시간이 필요했다.

"후우……."

치료를 마친 헬리아가 깊은 숨을 내쉬었다. 이안의 가슴 부위는 상처 난 흔적을 찾아볼 수 없을 정도로 매끈해져 있었다.

스윽.

헬리아는 혹여 문제가 있는 건 아닐까 가슴 부위를 손으로 쓸어내렸다.

"이제 다 나았나?"

하지만 아직 이안은 깨어나지 않았다. 그만큼 상처가 깊었다는 것이다. 헬리아는 편히 자고 있는 이안을 보다 이내 샐쭉한 표정을 지었다. 그에 대한 걱정을 덜자 이내 화가 났다.

"이 바보, 도대체가 맨날 몸만 디밀면 다야? 그러다 죽으면? 개죽음밖에 더 돼?"

"그러는 당신은 어떻습니까?"

그때 나직이 이안의 목소리가 들려왔다. 헬리아의 눈이 가늘어졌다.

"언제 깨어났어?"

"남자의 가슴을 함부로 만지는 게 아닙니다."

헬리아의 미간이 좁아졌다. 도대체가 이안이나 엘라임이나 아주 뻔뻔해졌어. 거기다 변태기도 상승했고 말이야.

"멋대로 죽지 마."

"제가 할 말입니다."

이안이 스윽 몸을 일으켰다. 상처는 이미 헬리아가 다 치료했다. 그저 기력이 다해 피곤할 뿐 몸을 움직이는 데는 전혀 지장이 없었다.

"그 마법."

이안의 말에 헬리아의 어깨가 살짝 들렸다. 이안은 그것을 놓치지 않았다.

"괜찮은 겁니까?"

"괜찮으니까 한 거지."

이안이 빤히 그런 헬리아를 응시했다. 당연히 찔리는 게 많은 헬리아의 고개는 스르륵 돌아갔다.

"뭘 숨기고 있는 겁니까?"

이안의 날카로운 질문에 헬리아가 그게 무슨 말이냐며 다시 그를 바라보았다.

"숨기다니?"

"포커페이스에 능하다는 건 알고 있습니다. 하지만 모를 것 같습니까?"

"……."

헬리아는 이안의 추궁에 입을 다물었다. 하기야 누굴 속이랴. 엘라임이야 얼렁뚱땅 넘어갔지만 이안은 그럴 수 없었다.

"걱정 마."

사실대로 말할 수 없지 않은가. 드래곤 하트가 없으면 엑시온을 봉인하기 어렵다고, 그래도 봉인한다면 내 몸이 망가질 거라고, 아니, 죽을 수도 있다고. 그런 사실을 어찌 말할 수 있겠는가.

헬리아는 결코 그 사실을 말하지 않을 것이다. 누구에게도. 특히 엘라임과 이안에게는. 이 사실을 알면 그들은 분명 말릴 것이다. 그리고 걱정할 것이다. 그것이 헬리아는 싫었다. 걱정을 끼치고 싶지 않다. 숨기는 것에 대한 미안함보다 그 마음이 더 컸다.

헬리아는 쓰게 웃었다.

"죽지 않아."

"……."

이안이 여전히 의심스런 눈으로 그녀를 보자 헬리아는 웃으며 말했다.

"뭐야, 안 믿어? 그럼 내기할래? 누가 더 오래 살지? 으음, 요 광경을 보면 아무래도 내가 더 오래 살 것 같은데 말이지."

헬리아가 이제는 다 나은 이안의 가슴팍을 쿡쿡 질렀다. 이안의 눈썹이 살짝 치켜 올라갔다. 그리고 그 순간 그의 손이 헬리아의 팔목을 잡아채며 몸을 움직였다. 어느새 헬리아가 침대 아래에, 이안이 그 위에 올라가게 되었다.

'이거 어디서 많이 본 상황인데…….'

헬리아는 이안이 이글거리는 눈동자로 자신을 내려다보자 난감한 표정을 지었다.

"내가 말했지 않습니까. 남자의 몸을 함부로 만지지 말라고."

"에이, 그것 좀 만졌다고."

스읙.

그러자 이안의 손이 헬리아의 목덜미를 스쳤다. 헬리아가 놀라 눈을 동그랗게 뜨자 이안이 피식 웃었다.

"그것 좀 만진다고 문제 있습니까?"

헬리아의 말을 그대로 돌려주는 이안이었다.

"그, 그거야 나는 여자고 말이지."

"불리할 때만 여자입니까? 평등을 추구해야지 않습니까?"

"그, 그건……."

이안은 당황하는 헬리아를 보며 피식 웃었다. 그러고는 와락 껴안았다.

"이, 이안!"

"잠시만……."

두근두근.

그녀의 심장 소리가 들려왔다. 세차게 뛰는, 살아 있는 소리. 그제야 정말로 이것이 꿈이 아님을 인지했다.

"다행입니다. 살아서. 정말."

"……."

이안의 목소리에 헬리아는 가만히 그의 품을 받아들였다. 이안은 가만히 그녀의 심장 소리를 들었다. 죽은 줄 알았다. 아니, 죽지 않을 거라 생각하면서도 그래도 걱정이 드는 건 어쩔 수 없었다. 언제나 아슬아슬한 사람이었다. 이기적인 것 같으면서도 결코 자신의 몸을 사리지 않는 사람이다. 그래서 이안은 그녀에게서 더 눈을 떼지 못했다.

"다시는, 다시는 떨어지지 않을 겁니다."

이안은 헬리아를 더욱 세게 끌어안았다. 어찌 포기할 수 있겠는가, 이런 사람을. 그녀가 인간이 아니더라도, 그녀가 누굴 선택하더라도.

'내 마음은 변하지 않을 겁니다.'

비록 당신에겐 나의 삶이 짧은 순간이겠지만. 그렇기에 나는 이 짧은 순간을 더욱 놓치고 싶지 않습니다. 이안의 눈빛이 짙어졌다. 헬리아는 그 모습에 저도 눈을 떼지 못했다.

"이안……."

그때였다.

"이 검둥아! 다 나았으면 나은 거지 뭔 짓이야!"

파앗!

허공에서 물이 한 바가지 쏟아졌다. 하지만 맞아야 할 이안은 재빨리 몸을 빼내고 그 물을 아래에 있던 헬리아가 고스란히 맞았다.

"쿨럭!"

"헤, 헬리아!"

헬리아는 물에 빠진 생쥐 꼴이 되고 말았다. 엘라임의 얼굴이 사색이 되었다.

"하, 하하……."

헬리아는 자신의 꼴에 허탈하게 웃었다. 하지만 이게 일상 아니었던가. 오히려 개운해졌다. 물론 응징도 잊지 않았다.

"이 바보야!"

헬리아가 신고 있던 신발이 정확히 엘라임의 안면을 강타했다.

"켁!"

엘라임은 그대로 헬리아의 신발을 맞고 뒤로 넘어갔다. 헬리아는 물에 젖은 머리카락을 쥐어 짜냈다. 그 모습을 보며 이안은 피식 웃었다.

⁂

"하하하! 이거 실례했네."

검은 망치 족장인 쿠스가 호쾌하게 웃으며 맥주잔을 내려놓았다.

"아니에요. 갑자기 나타난 저희 잘못이죠."

"무슨 말을. 이렇게 맛 좋은 맥주도 가져와 주었는데."

쿠스가 말을 하며 다시 잔에 시원한 맥주를 따랐다. 이제까지 그가 마셔 본 맥주 중에서 가장 맛있었다. 쿠스가 점점 비어가는 맥주통을 힐끗 바라보자 헬리아가 씨익 웃었다.

"좀 더 있는데 혹시 괜찮으시다면 더 드시겠어요?"

"더 있다고? 그, 그래줄 수 있는가?"

"물론이죠. 이안을 구해 주신 분들인데 이 정도는 당연하죠."

헬리아가 열 통이 넘는 맥주 통을 꺼내자 드워프들이 모두 눈을 동그랗게 떴다.

'어딜 가나 맥주 좋아하는 건 똑같네.'

아르센 왕국에 그녀와 함께 일하는 드워프가 몇 명 있다. 이미 그들을 통해 드워프의 성격에 대해 꿰고 있는 헬리아다. 혹시 몰라 이것저것 아공간에 넣어두었는데 정말이지 운이 좋았다. 뭐, 맥주는 이전에 넣어둔 걸 깜빡하고 있었던 거지만. 몇 통의 술이 들어가자 쿠스의 얼굴이 붉게 상기되었다.

"정말 다행이야. 제대로 치료해 주지 못해 미안하구먼."

"구해 주신 것만으로도 감사합니다."

이안이 정중히 쿠스에게 인사를 건넸다. 그간 정신을 잃고 있어 쿠스를 보는 건 그도 지금이 처음이었다.

"아닐세. 정 그러면 세인에게 고마워하게. 그 덕분에 자네를 데려왔으니까."

쿠스가 세인을 보았다. 이안은 멋쩍어하는 세인에게도 정중히 고마움을 전했다.

"크크크, 그나저나 이렇게 귀쟁이 놈들이 우리 마을에 올 줄은 몰랐군."

쿠스의 말에 제스와 슈리가 발끈했지만 대런이 그들을 말렸다. 이곳은 엄연히 드워프 마을이었다. 쿠스는 엘프들이 자신의 도발에 응하지 않자 흥이 식은 듯 맥주를 다시 들이켰다.

"한데 마녀는 대체 뭔가요?"

"푸웃!"

헬리아가 마녀를 입에 올리는 순간 쿠스는 물론 술을 마시고 있던 드워프들이 일제히 맥주를 뿜어댔다.

"뭐, 뭐?"

"마녀 말이에요. 저보고 마녀라고 하던데."

"마, 마녀……."

"여, 역시 닮았어."

"설마 마녀 본인 아니야?"

"끔찍한 소리 하지 마!"

주변에서 웅성거리는 소리가 들려왔다. 그들의 말에 헬리아는 미간을 좁혔다.

"역시 네 본질을……."

콰악!

헛소리를 지껄이는 엘라임의 발을 다시 지그시 밟아주고는 헬리아가 물었다.

"그 마녀라는 자가 저와 닮았나요?"

헬리아는 왠지 떠오르는 인물이 있었다. 하지만 설마 그러겠는가. 하지만 언제나 설마가 사람 잡는 법이다.

"……으음, 이것 참, 맞네. 놀라울 정도로 닮았어. 본인이 나타난 줄 알았네. 금발에 금안의 여자는 이제까지 그녀 외엔 본 적이 없어."

헬리아의 눈이 가늘어졌다. 이 세상에 금안에 금발을 지닌 여자가 자신과 닮을 확률이 얼마나 되겠는가.

'설마…….'

헬리아는 자신의 생각을 부정하기 위해 다시 질문을 꺼냈다.

"그녀가 누군지 알 수 있을까요?"

"으음……."

쿠스는 잠시 고민하는 기색이 역력했다. 그러면서 다시 헬리아를 자세히 살펴보았다.

'설마 그 마녀 본인은 아니겠지?'

그 마녀라면 그러고도 남는다. 그러나 다시 생각해 보면 그 마녀가 이렇게 물어올 리가 없었다.

"그녀의 이름은 세르게니아, 골드 드래곤이네."

"……."

순간 헬리아의 머리가 지끈거렸다. 여기서 어머니의 이름을 듣게 되다니. 잠시간 겪어본 어머니의 성격이라면 마녀 소리를 듣고도 충분했다.

"으으으!"

"그 마녀!"

드워프들이 몸을 으슬으슬 떨어댔다.

"도대체 무슨 일이 있었던 건가요?"

"으음, 아주 지독했네. 아니, 아주 악독했지."

'도대체 뭘 했기에 악독하다는 소리를 듣는 거람?'

헬리아는 기가 막혔다. 그녀의 표정이 썩거나 말거나 쿠스가 말을 이었다.

"십여 년도 더 된 이야기네."

쿠스가 맥주를 들이켜고는 다시 말을 이었다.

"혹시 알고 있는가? 이 산맥 꼭대기에 그녀의 레어가 있다네. 하지만 우린 별로 신경 쓰지 않았지. 그런데 어느 날, 지금으로부터 십여 년 전 그녀가 우리 앞에 나타났네."

쿠스는 그날을 회상하며 몸을 부르르 떨었다.

"그리고 그녀는 말했지. '여기에 쓸 만한 놈들이 있었잖아?'라고."

그 말에 엘라임을 비롯한 이안과 세인이 모두 헬리아를 보았다.

'뭘?'

'아, 아니야.'

'…….'

'하, 하하…….'

그녀의 날 선 째림에 일행은 모두 고개를 저었다. 하지만 모두 공통적으로 쿠스의 말을 듣자마자 헬리아를 떠올렸다. 헬리아 같은 인간이 또 있었다니. 아니, 모전여전이라고 해야 하나.

"처음엔 이런 미친년이 있나 싶었네. 하기야 평생 드래곤은 그때 처음 보았으니까. 이미 멸종한 걸로 알고 있었거든. 알았다면 결코 대들지…… 아니, 섣불리 나서지 않았을 걸세."

그 뒤에 쿠스는 말을 잇지 못했다. 그건 다른 드워프들도 마찬가지. 하지만 듣지 않아도 뻔했다. 아마 말을 잘 들을 수 있는 태도로 만들어 주었겠지.

'내가 그렇게 한다는 건 아니고.'

헬리아는 자신의 생각을 부정했다. 그러지 않고서는 마치 자신의 이야기를 듣는 것 같아 불편했다.

"뭐…… 어쨌든 그녀는 우리에게 동굴을 만들어달라고 했네."

"동굴이요?"

"솔직히 그게 뭔지는 나도 모르네."

"네? 만들었는데 모른다고요?"

"우리의 기억을 다 지워 버렸으니까. 뭐, 만들었다는 것은 기억이 나는데 도무지 우리가 뭘 만들었는지는 기억이 안 나."

좀 이상했다. 애초에 기억을 지울 거라면 만들었다는 사실 자체를 지워 버리면 되는데 왜 그건 남겨두었을까.

"우리는 궁금했지. 만든 기억은 있는데 뭘 만들었는지는 모르니까. 거기다 그렇게 피 토하며…… 아니, 열심히 만들었는데 뭔지도 모른다면야 억울하지 않겠는가."

드워프들의 눈가에 눈물이 어렸다. 얼마나 피 토하며(?) 만들었는지 눈에 훤했다.

"한데 들어갈 수 없었네. 마법진이 쳐져 있었어. 우리는 어떻게 해보려 했지만 방법이 없었네. 크윽, 지금 생각해도 화가 치밀어 오르는군. 차라리 만들었다는 사실 자체도 기억하지 않길 바랐네. 젠장, 지금 생각해 보면 고통받은 기억을 고스란히 남겨두기 위함이었던 거야. 그 마녀가!"

"매일매일 피 똥을 쌌지."

"야, 나는 입에서 피가 나왔어!"

"나는 손뼈가 다 부서졌다고!"

곳곳에서 세르게니아를 성토하는 분위기가 흘렀다. 순간 쿠스의 눈이 번뜩였다.

"그런데 그녀와는 대체 무슨 사인가? 너무 닮아도 똑 닮았는데, 설마……."

"전.혀. 생판 얼굴도 모.르.는 사람입니다. 제가 드래곤을 어떻게 알겠어요."

헬리아는 시치미를 뚝 뗐다. 엘라임과 이안을 비롯해 세인이 묘한 눈으로 헬리아를 응시했지만, 헬리아의 단단한 철면피가 그 모든 것을 막아냈다. 헬리아는 얼른 화제를 자신에게서 다른 곳으로 돌렸다.

"그보다 혹시 한번 살펴봐도 될까요?"

"동굴을?"

"드래곤이 만든 거라니 궁금해져서요."

정확히는 세르게니아가 무엇을 만들었는지 궁금했다. 마룡 엑시온이 부활한 그때 그녀는 대체 여기서 뭘 하고 있었던 것일까? 헬리아는 왠지 그 동굴에 대한 호기심을 지울 수 없었다. 설사 그것이 판도라의 상자가 될지라도.

"한데 들어가지 못할 텐데?"

"괜찮아요. 그냥 보고 싶은 거니까요."

"좋네. 그거야 어렵지 않지."

쿠스는 고개를 끄덕였다. 어차피 보여준다고 해서 그들이 손해 볼 건 아무것도 없었다. 오히려 혹여 이들이 비밀을 밝혀 오랫동안 쌓인 궁금증을 풀어주지 않을까 기대했다.

"여긴가요?"

쿠스가 안내한 곳은 검은 망치 마을에서 두어 시간 떨어진 계곡 아래에 위치해 있는 동굴 앞이었다.

"이 기운은 레어에서 느꼈던 것과 같아."

엘라임이 주변을 살피고는 말했다. 헬리아 또한 이미 이 기운이 세르게니아의 것과 동일하다는 것을 인지했다.

탕탕!

허공에 손을 내려치자 마찰음이 들려왔다. 마법진이었다.

"마법진이 쳐져 있어서 들어갈 수가 없네."

쿠스가 고개를 저었다. 헬리아는 마법진을 살피다 엘라임을 보았다. 엘라임은 헬리아의 의도를 알아챘지만 고개를 저었다.

"힘으로라면 어떻게 해보겠지만 반드시 가능하다는 보장이 없어. 무엇보다 네 힘 전부를 끌어내야 할 정도야."

"도대체 뭘 만든 거지?"

헬리아는 미간을 좁혔다. 그녀가 본 세르게니아는 속을 알 수 없어도 아무 의미 없는 짓을 할 자는 아니었다.

"어떻게 할 거야?"

"글쎄."

헬리아는 마법진 너머 동굴을 바라보며 잠시 고민했다. 그녀에게 주어진 시간이 많지 않다. 서둘러 엑시온이 부활하는 것을 막아야 한다. 혹여 마법진을 해체하는 과정에서 일이라도 생긴다면 득보다 실이 많았다.

'하지만…….'

헬리아는 동굴에서 시선을 떼지 못했다. 무언가의 이끌림처럼, 마치 누군가 자신을 이곳에 데려다 놓은 것처럼 저 동굴 안으로 들어가야 할 것 같았다.

그런데 그 순간이었다.

파아앗!

헬리아의 목에서 빛이 퍼져 나갔다.

"이건……?"

헬리아의 펜던트에서 빛이 흘러나왔다. 정확히는 세르게니아의 펜던트였다. 이전에 이것으로 레어의 문을 열기도 했었다. 그 뒤로 아공간에 넣지 않고 그냥 목에 걸고 있었다.

"이게 왜?"

헬리아가 고개를 갸웃하는 순간 마법진이 스스스 사라졌다. 그 갑작스런 변화에 헬리아는 물론 일행 모두 어리둥절해했다.

"이번에도 열쇠 아닐까요?"

세인의 말에 헬리아는 눈썹을 치켜 올리곤 펜던트를 보았다.

"무슨 만능키도 아니고."

"아무튼 마법진이 없어졌으니까 이제 어떻게 할 거야? 들어갈 거지?"

엘라임의 말에 헬리아는 펜던트를 미심쩍은 눈으로 한번 보고는 고개를 끄덕였다.

잠시 후 그들이 안에서 본 것은, 흑마법진이었다.

⁂

콰콰콰콰앙!

거대한 산이 산산이 무너져 내리고 있었다. 단단한 암석으로 둘러싸인 동굴이 한순간에 무너지자 밖에서 그 모습을 보고 있던 검은 망치 부족의 족장 쿠스와 드워프들이 경악했다.

"도, 동굴이!"

"조, 족장님 동굴이 무너져 내리고 있습니다!"

"그, 그들은?"

헬리아 일행이 동굴 안으로 들어간 지 얼마 되지 않아서 동굴이 무너져 내렸다. 갑작스런 붕괴에 혹여 탈출하지 못하고 저 안에 수장된 것은 아닐까 싶어 드워프들이 안절부절못했다. 그러나 그 걱정은 기우로 끝났다. 먼지가 가라앉자 헬리아 일행의 모습이 보였다.

"다, 다행이군! 살아 있었어!"

쿠스와 드워프들이 헬리아에게 다가갔다. 한데 뭔가 분위기가 묘했다. 하기야 갑자기 동굴이 무너졌으니 기분이 좋을 리 없겠지만 쿠스는 단순히 그것만이 아닌 듯한 묘한 느낌을 받았다.

"괘, 괜찮은가?"

"아, 네. 갑자기 무너져서 깜짝 놀랐어요."

헬리아의 시선이 동굴 쪽으로 향했다. 쿠스가 물었다.

"안에 무엇이 있었는가?"

"아, 안에 말이죠."

헬리아가 동굴을 향해 한참 동안 시선을 두다 쿠스의 말에 그를 돌아보았다.

"못 봤어요."

"뭐?"

"안으로 들어갔는데 갑자기 무너져서 아무것도 보지 못했어요."

"그, 그럴 수가……."

쿠스는 믿기 힘들다는 눈으로 헬리아를 보았다. 하지만 헬리아는 천연덕스럽게 말했다.

"누군가 안으로 들어가면 무너지게 만들어둔 것 같아요."

"하, 하지만 마법진이……."

"함정을 여러 겹 설치해 둔 것 같아요."

"허허, 이런…… 결국 이렇게 비밀을 밝혀내지 못한단 말인가……."

쿠스는 진심으로 안타깝다는 표정을 지었다. 그의 말에 헬리아는 묘한 표정을 지어 보였다.

"비밀이니까요."

❋

툭, 투투둑-

밤하늘에서 빗방울이 하나둘 떨어지기 시작했다. 알리오 산맥에 위치해 있는 검은 망치 부족을 떠난 지 벌써 3일이 지났다. 헬리아 일행은 제국군의 눈을 피해 숲속으로 이동하였다. 북쪽에서 남쪽으로 내려오자 한겨울 삭풍은 어느새 순한 바람으로 변해 있었다. 물론 아직 겨울임은 분명하지만 이제 곧 제국도 봄을 맞이할 것이다.

타닥타닥.

비를 피하기 위해 들어온 동굴 안. 모닥불이 붉을 밝혔다.

동굴 안은 고요했다. 평소 일행의 모습과는 달랐다. 정확히는 검은 망치 부족에 다녀온 이후부터였다. 아니, 더 자세히 말하자면 그 동굴에 들어갔다 나온 이후부터다. 숨 막히는 적막을 이기지 못하고 세인이 눈알을 굴리다 자리에서 일어섰다. 그러자 세 사람의 시선이 그에게 달라붙었다.

"크흠, 저는 먹을 걸 구하러 갔다 오겠습니다."

안 그러면 이대로 숨 막혀 죽으리라. 도대체 무슨 일인지 알지 못했지만, 그래서 더 답답한 상황이었다. 그 상황을 해결해 줄 수 있는 유일한 사람이 이 분위기를 만들고 있었기 때문이다.

세인이 스윽 헬리아를 한번 바라본 뒤 동굴을 나섰다. 그러자 안에는 헬리아와 엘라임, 이안 이 세 사람만이 남았다. 다시금 동굴 안에 침묵이 감돌았다.

"무엇 때문입니까?"

이안이 고요한 침묵을 깨고 나지막이 물었다. 그리고 당연히 그 질문의 대상은 헬리아였다. 이안의 검은 눈동자가 헬리아를 응시했다.

"왜 동굴을 부순 겁니까?"

"……."

"그 마법진은 대체 무엇입니까?"

동굴 안에는 커다란 마법진이 있었다. 헬리아는 그것을 보자 동굴을 부숴야겠다고 말했다. 일행 모두 이해할 수 없었지만 헬리아의 결정이었기에 아무 말 않고 그녀의 의견에 따랐다. 그렇기에 동굴을 부순 것에 대해 뭐라 말하려는 것이 아니다. 단지 그녀의 표정이 어둡기 때문에, 이안은 더는 잠자코 있을 수 없었다. 삼 일이면 오래 참은 것 아닌가. 그동안에도 헬리아의 그늘은 지워지지 않자 결국 이리 물을 수밖에 없었다.

헬리아는 이안의 물음에 천천히 눈을 감았다.

'그 마법진…….'

아주 잘 알고 있다. 아니, 그 마법진에 대해서 헬리아보다 더 잘 아는 사람은 없을 것이다.

'흑마법진…….'

어머니가 전이해 준 기억 속에 바로 그 마법진이 있었다. 그때는 왜 흑마법진을 이렇게 자세히 기억하고 있는지 의문이 들었지만 곧 흑마법사에 대해 잘 알기 위해 알아둔 거라고 납득했었다. 그러나 눈앞에 어머니가 직접 그린 마법진을 보자 생각을 달리할 수밖에 없었다.

'이미 그때부터 눈치챘을지도…….'

도대체 이 사실을 어떻게 받아들여야 하는 것일까? 솔직히 말이 안 되지 않는가? 왜 마룡을 봉인한 어머니가 마룡을 소환할 소환진을 펼친 건지.

'우연히 겹친 것뿐일까? 사용한 거라고 볼 순 없잖아? 그냥 그런 거 아닐까?'

그런 고민들이 헬리아로 하여금 흑마법진에 대해 털어놓지 못하게 했다. 정확하지 않기 때문에 말을 할 수 없었다. 하지만 이미 그녀 또한 결론을 짓고 있었다.

"하아……."

헬리아는 먼저 낮게 한숨을 내쉬었다. 그리고 이제까지 자신을 지켜봐 준 두 사람을 빤히 바라보았다.

"확실치 않아 말할 수 없었어."

"무엇이 확실치 않다는 겁니까?"

"그 마법진에 대해."

"역시 알고 계셨군요. 그 마법진이 대체 무엇입니까?"

"……."

결론을 내렸지만 역시 머뭇거릴 수밖에 없었다. 헬리아는 잠시 망설이다가 입을 열었다.

"마족 소환진."

"……."

두 사람의 얼굴이 순간 굳어졌다. 먼저 입을 연 것은 엘라임이었다.

"그럼 역시……."

이안은 입을 다물었고 엘라임은 뭔가를 짐작한 듯 말했다. 마법진에서 사이한 기운을 느낀 것이다. 헬리아는 타오르는 모닥불을 바라보았다.

"하지만 이해가 안 돼."

"뭐가?"

"왜 마룡을 소환한 거지? 무슨 이유 때문에?"

마치 퍼즐 조각 하나를 잃어버린 것처럼 헬리아는 답을 낼 수 없었다. 가장 중요한 이유를 알지 못했기 때문이다.

마룡을 소환한 이유. 마룡을 소환해야 했던 세르게니아의 의도를 읽지 못했기에 여전히 미궁 속이었다. 마룡을 소환한 사람이 어머니라는 사실을 알고 화가 나지 않은 것은 아니다. 이제까지 이 개고생들이 다 어머니 때문이라고 하면 당연히 화가 나지 않겠는가. 어머니가 아니었다면, 그녀가 마룡을 소환하지 않았더라면 아버지도 자신도 이렇게 고생하지 않았을 텐데.

하지만 그뿐이다. 화가 난다. 그래서 뭐? 평생 어머니를 원수처럼 생각해야 한단 말인가? 이미 벌어진 일이고 무슨 이유 때문인지 모르지만 그녀는 마룡을 봉인했다. 비록 지금에 와서는 마룡이 풀려났지만. 그러기에 더 화를 내기도 뭐했다. 누구보다 마룡을 봉인하기 위해 애쓴 이가 바로 어머니니까.

'그리고 그 눈빛이…….'

마지막으로 어머니의 사념체를 보았을 때 그녀가 짓던 눈빛이 아직도 잊히지 않는다. 그것이 바로 후회임을.

헬리아는 모닥불에서 눈을 떼고 동굴 밖 부슬부슬 내리는 빗줄기를 바라보았다.

"달라지는 건 없잖아?"

엘라임의 말에 헬리아는 그를 보았다. 엘라임이 동굴 벽에 비스듬히 기대었다.

"마룡은 부활하려 하고 우린 그걸 막으면 끝. 쉽네? 뭐 복잡하게 생각해."

"그거야 너나 그렇고. 하지만…… 뭐 그러네."

헬리아는 엘라임의 말에 피식 웃었다. 이제 와 달라지는 건 없다. 자신은 그저 자신의 일을 하면 될 뿐. 다만 그저 이유가 궁금했을 뿐이다.

쏴아아아-

빗줄기가 하염없이 내렸다. 마치 그녀의 고민을 씻겨 주려는 듯이.

❊

까악- 까악-

까마귀 소리와 함께 을씨년스러운 분위기가 마을 안을 감돌았다. 생기가 사라진 마을에는 비가 주륵주륵 내릴 뿐이었다. 이곳은 페르시아 제국의 수도에서 하루 반 정도 떨어진 곳에 위치해 있는 작은 마을이다. 헬리아 일행은 제국군의 눈을 피해 숲으로 이동하다 수도의 정보와 동향을 살피기 위해 마을로 내려왔다.

한데 마을의 분위기가 심상치 않았다. 잿빛 그림을 보는 듯 생기가 없었다. 마을을 보는 헬리아의 눈빛이 깊게 침잠했다.

"시체 썩는 냄새가 나."

냄새에 민감한 엘라임이 코를 막고 로브를 더욱 깊게 내려 썼다. 하지만 그럼에도 이 고약한 시체 썩는 냄새는 사라지지 않았다. 길거리에 쓰러진 이들 태반이 시체라고 봐도 무방했다. 아니면 이제 시체가 되어가는 이들이든가.

"대체……."

"전쟁 때문입니다."

이안의 말에 헬리아가 그를 보았다. 이안의 표정은 좋지 않았다.

"전쟁에서 피해를 보는 건 일반 백성들입니다."

전쟁이 나면 가장 고통받는 것은 일반 백성들이다. 가장 먼저 전쟁을 위한 물자를 마련하기 위해 수탈당하고, 살고 있는 땅이 전쟁터가 되며, 적군에 의해 침략을 받는다. 그 전부 백성들이 받는 고통이다. 그러나 전쟁에서 승리한다 한들 그들에게 돌아가는 것은 약간의 보상금뿐. 아니, 그마저 죽어버린다면 무슨 소용이겠는가.

한데 지배자들은 어떠한가? 전쟁을 일으킨 장본인들은 가장 안전한 심처에 몸을 숨기고 전쟁을 통해 배를 불린다. 하물며 전쟁이 끝나면 두둑한 포상금을 챙긴다.

"백성이 없다며 나라도 없는 것을."

백성이 없는 나라를 과연 나라라 부를 수 있을까.

"우리가 나서지 않았더라도 제국은 머지않아 무너져 내렸겠군. 뭐, 이왕 이렇게 된 거 더 빨리 무너뜨려야겠어."

헬리아의 말에 일행은 입가에 피식 미소를 지었다.

"저긴가?"

헬리아 일행이 찾은 곳은 마을의 뒷골목에 위치해 있는 꽤 커다란 술집이었다. 피폐한 마을 분위기와 달리 제법 활기가 넘쳤다. 언제나 빛이 흐려지면 어둠이 짙어지는 법. 게다가 이곳은 수도로 진입하기 전에 다른 지방에서 올라오는 이가 많았다. 대개 이곳의 손님은 외지인이었다.

딸랑-

안으로 들어가자 왁자지껄한 사람들의 말소리가 들려왔다. 그와 함께 진한 술 냄새가 풍겼다.

"호호호, 어머, 피부도 고아라."

"아, 아니……."

"오빠는 어디서 왔어? 어머어머, 가슴 근육 좀 봐."

헬리아는 낯설지 않은 목소리에 눈을 좁혔다.

'이 성희롱, 어디서 들었는데…….'

익숙하면서 불쾌한 기억을 떠올리며 헬리아는 주변을 둘러보았다. 그러자 펍 구석에 덩치가 큰 남자가 왜소한 남자 옆에 딱 달라붙어 말을 걸고 있는 모습을 발견할 수 있었다.

왜소한 남자의 얼굴은 굉장히 준수했는데 얼굴빛이 사색이 되어 있었다. 하기야 그 옆에서 치근덕거리고 있는 남자의 모습을 보면 누구라도 그런 반응을 보일 것이다. 섹시한 여자도 아니고 우람한 가슴 근육을 지닌 마초였으니까. 그리고 그 마초는 헬리아가 아주 잘 아는 이였다.

"유니!"

헬리아는 베라의 정보원이며 요정족인 유니의 이름을 외쳤다. 그러자 유니가 그녀를 발견하고 환히 웃으며 달려왔다. 그 폼이 어찌나 괴기스럽던지. 거기다가 두 팔을 벌리며 달려오는 것이 헬리아의 발걸음을 뒤로 돌리게 했다.

'저거 그대로 안으려는 건 아니겠지?'

오늘은 가게에 있어서 그런지 평소보다 진한 화장과 짧은 미니스커트-도대체 저리 짧은 의상을 입을 거면서 제모는 왜 안 하는지-를 입고 있었다.

"유……."

덥석!

"어머어머! 살아 있었군요!"

유니가 두 팔 벌려 환영한 이는 바로 엘라임과 이안이었다. 유니는 그 큰 가슴에 가득 두 사람을 품고는 기쁜 표정을 지었다.

"으읍!"

"윽!"

엘라임과 이안은 유니의 품에서 빠져나오려 했지만 요정왕의 아들인 그의 힘을 뿌리칠 수 없었다. 그들은 하는 수 없이 유니가 듬뿍듬뿍 주는 애정을 모두 받은 뒤에야 풀려날 수 있었다. 뒤에 있던 세인은 그 모습에 고개를 절레절레 저으며 자신이 저것(?)을 당하지 않는 데 안도했다.

"……."

헬리아는 그 모습을 보고 이걸 좋아해야 하는지 아니면 날 제쳐 두고 두 사람을 안은 걸 섭섭해야 하는지 고민했지만 엘라임과 이안의 썩은 표정을 보고는 좋아하기로 했다. 아무튼 정말이지 가관이었다.

"여전하네, 유니."

"호호호, 공주님이야말로, 아니, 좀 더 강해지셨네요."

역시나 헬리아의 상태를 한눈에 알아챘다.

"호호호, 그보다 어서 앉으시지요."

"그런데 저기 도망가는데 괜찮겠어?"

헬리아가 유니와 함께 있던 남자를 가리켰다. 그는 유니가 헬리아 일행을 반기는 틈을 타 유니에게서 벗어나 있었다. 유니는 그 모습을 보고 입술을 할짝이곤 씨익 웃었다.

"이미 제 매력에 빠졌으니 또 올 거랍니다."

"협박이 아니고?"

"협박이라뇨, 호호호!"

그게 협박하는 모습이 아니었단 말인가.

"자자, 안으로 드시죠! 숀, 음식 좀 내와!"

"숀?"

숀이란 말에 헬리아는 물론 세인도 고개를 돌렸다.

그때 분홍색 프릴이 달린 앞치마를 입은 숀이 팔자걸음으로 다가왔다.

"아, 왜요! 바쁘다구요!"

숀의 손은 주방에서 가져온 접시들로 가득했다. 상당히 분주해 보였다. 그러다 헬리아 일행을 보고는 놀라 눈이 커졌다.

"고, 고, 아, 아니, 헬리아 님!"

숀이 놀라 한달음에 헬리아가 있는 곳으로 오려고 했다. 그러나 그의 앞에는 장애물이 많았다.

"오, 숀! 오늘따라 더 예쁘네!"

"어이, 한판 안 할래?"

"내가 잘해 줄게!"

"뭘 잘해 준다는 거야!"

숀이 빽 소리를 지르며 성희롱 아저씨 부대를 지나쳐 헬리아 일행에게 다가왔다. 그 과정에서 이곳저곳이 만져졌지만 자주 있는 일인지 무덤덤했다.

"숀, 설마 너도……."

헬리아가 유니를 한번 봤다가 다시 숀을 보고는 뭔가 수긍한다는 듯한 표정을 짓자 숀이 소리를 질렀다.

"무, 무슨 소리예요! 이게 다 저 변태가 시킨 거라구요!"

"뭐 잘 어울리는데."

세인이 킥킥거리며 숀의 엉덩이를 콱 움켜쥐었지만 숀의 날 선 째림에 어쩔 수 없이 손을 떼야 했다.

"취향은 뭐 변하게 마련이니까."

"아니라니까요!"

"뭐, 그건 그렇고 여기 어떻게 온 거야? 렌스와 휴는? 같이 있는 거야?"

"마을에서 변, 아니, 유니 님을 만나서 헬리아 님이 오시길 기다렸어요. 렌스와 휴는 지금 주방에서 일하고 있어요. 정말, 정말 오셔서 기뻐요!"

숀이 감옥에서 탈출한 사람처럼 헬리아를 보며 기뻐했다. 그간 어떤 생활을 해왔는지 그의 프릴 달린 분홍 앞치마를 통해서 충분히 짐작할 수 있었다.

'변태에게 제대로 걸렸구먼.'

헬리아는 고개를 설레설레 저었다. 그래도 정말 다행이다. 숀 일행이 마음에 걸렸는데 무사해서. 거기다가 인기도 있는 것 같고…….

"숀, 얼른 이리 와서 한잔 따라줘!"

"휘이! 오늘따라 더 예쁘다!"

"이 망할 아저씨들이, 입을 확 꿰매 버릴라!"

"크하하하!"
"말 한번 예쁘게 하네!"
숀이 워낙 놀리는 맛이 있어선지 아저씨들이 좋아하는 모양이다.
"자자, 그럼 안으로 들어오시죠."
잠깐의 해후를 마치고 일행은 가게 안에 마련된 방으로 들어갔다.

"상황은?"
방으로 들어오자 헬리아가 표정을 바꾸고 진지하게 물었다. 그에 유니도 웃음을 지우고 입을 열었다.
"3주 전부터 수도의 경비가 강화되었습니다. 지금은 개미 한 마리 들어가기 힘들 정도입니다."
"3주 전이라……."
"딱 엑시온이 드래곤 하트를 가져간 날이네."
이미 유니에게도 드래곤 하트를 엑시온에게 빼앗겼다는 소식을 전해두었기에 놀람은 없었다. 다만 표정이 어두워졌다.
"엑시온이 드래곤 하트를 완전히 흡수하기 전에 막아야 합니다."
"알고 있어. 반드시 막아야지."
무엇보다 그 드래곤 하트는 아버지를 치료하기 위해 반드시 필요한 것이다.
"개고생해서 찾았는데 제멋대로 흡수하게 놔둘 수야 없지. 그보다 황태자는?"
"수도 인근에 도착해 상황을 주시하고 있습니다. 원래 계획으론 수도로 잠입하여 황궁을 치는 것인데 수도에 진입하는 것에서부터 난관이 생겨 골머리를 썩고 있다고 합니다."
"병력은?"
"현재 이종족을 포함하여 일만 오천 정도입니다. 수도 내에서도 병력은 있지만 오백 내외라 크지 않습니다."

"그럼 총 2만이라는 건가. 제국은?"

"경비가 강화된 이후로 총 4만의 병력이 주둔하고 있습니다. 그 외에도 다른 나라와 전쟁을 벌이고 있지 않은 잉여 병력을 추가로 수도로 불러들이고 있습니다."

톡톡톡-

헬리아가 테이블을 손가락으로 두드렸다. 그녀의 목표는 황궁에 들어가 엑시온이 드래곤 하트의 흡수를 막는 것이다. 황제를 처리하는 문제는 그녀에게 최우선 과제는 아니다. 하지만 이대로 케이시스가 황제를 제압하지 못한다면 그것대로 문제가 생긴다. 황태자가 황제의 이목을 잡아둬야 그녀 또한 수월하게 움직일 수 있다.

"황태자의 병력을 무사히 수도 안으로 들여보낼 수만 있다면 좋을 텐데……."

"검문이 심해서 위장하는 것도 쉽지 않을 겁니다."

"흐음."

그때였다.

똑똑-

"헬리아 님, 숀입니다."

문이 열리고 숀이 안으로 들어왔다. 방 안에 있던 이들의 시선이 모두 그를 향했다.

"무슨 일이야?"

"그게…… 로이만 자작가라는 곳에서 사람이 찾아왔습니다."

"로이만 자작가?"

"예, 한데 술을 달라고 합니다."

"술?"

헬리아는 눈은 좁히다 이내 뭔가를 생각한 듯 눈이 반짝였다.

"흐음, 술이란 말이지?"

❊

"술은? 언제 온다더냐?"

굵은 목소리에 푸짐한 몸매의 소유자는 만사 귀찮다는 표정으로 자신의 부관을 바라보았다. 그가 바로 로이만 자작이었다. 부관은 그런 로이만 자작을 우려스러운 눈빛으로 바라보았다.

"폐하의 명이 떨어진 지 벌써 일주일이 지났습니다. 서둘러야 합니다."

"흥, 가봤자 개죽음밖에 안 될 텐데. 그리 빨리 지옥 불에 떨어지고 싶더냐?"

"자작님!"

부관이 놀라 주변을 둘러보았다. 다행히 천막 안에는 그들뿐이었다. 로이만 자작이 늘어진 살을 어루만지며 혀를 찼다.

"이미 수도는 개판이야. 천천히 가도 늦지 않아."

"하지만 불호령이……."

"일만의 군대를 이끌고 가는 게 그리 쉬운 일이던가. 그쪽에서도 알아주겠지. 뭐 안 가겠다는 것도 아니고."

부관은 로이만 자작의 말에 이마를 붙들었다. 하지만 그렇다고 더는 뭐라 할 수 없었다.

"어차피 방패막이야. 살 궁리를 해보라고."

"하아……."

"자작님!"

그때 밖에서 소리가 들렸다. 로이만 자작의 눈이 반짝였다. 워낙 술을 좋아하는 탓에 항상 술을 끼고 다녔는데 갖고 온 술이 그새 다 떨어진 것이다.

"어서 들여보내라."

"예!"

그러자 두 명의 여인과 한 명의 남자가 모습을 드러냈다. 갈색 머리에 금안을 지닌 여자가 주인인 듯 앞으로 나섰다.

"로이만 자작님을 뵈옵니다."

"호오, 여주인이었던가?"

로이만 자작은 흥미로운 눈으로 여자를 보았다. 갈색 머리의 여인은 입가에 미소를 띠고 품에 안은 술병을 내보였다. 부관이 그것을 받아 로이만 자작에게 건네주었다.

뽕!

로이만 자작이 술 마개를 뽑자 깊고 맑은 향기가 풍겨 나왔다.

"호오! 향이 아주 그윽하구나! 대체 이게 무슨 술이더냐?"

처음 맡아본 주향에 로이만 자작이 눈을 반짝였다. 여인은 입가에 미소를 달며 말했다.

"'잠의 요정'이라는 술이옵니다. 한번 맛보시지요?"

로이만 자작은 급히 술잔을 찾아 술을 따랐다. 옆에서 부관이 독이 있는지 확인하려 했지만 성미 급한 자작은 이미 술을 벌컥벌컥 들이마신 후였다.

"후아! 아주 좋구나! 향이 입안에 그득해!"

로이만 자작은 아주 만족스러운 표정을 지었다.

"한데 한 병뿐이더냐?"

"한 병뿐이겠습니까?"

여인이 뒤를 돌자 남자가 수레에 가득 실은 술을 보여주었다. 로이만 자작의 입가에 더욱 만족스러운 미소가 지어졌다.

"좋구나! 아주 좋아!"

"병사들도 충분히 마실 만큼 술을 가져왔습니다."
"병사들도?"
순간 로이만 자작의 눈이 가늘어졌다.
"굳이 병사들 것까지야……."
"한 가지 청이 있습니다."
그 말에 로이만 자작은 그럼 그렇지 하는 생각이 들었다. 자신에게 하는 대접이 너무 후한 까닭이다. 로이만 자작은 의자에 등을 기대고 물었다.
"무엇이더냐?"
"이 술을 수도에 올릴 수 있도록 해주십시오."
"수도에……?"
로이만 자작의 머리가 빠르게 돌아갔다. 그것을 알아챈 건지 여자가 다시 말을 이었다.
"자작님께 이익금의 10%를 드리겠습니다."
"호오!"
그제야 로이만 자작이 만족스런 웃음을 지었다. 정말이지 가는 길에 보석을 주운 느낌이다.
"좋구나, 좋아!"
로이만 자작은 기쁨에 잠의 요정이란 술을 벌컥벌컥 들이켰다. 부관도 여인이 술을 따라주자 한 모금 맛을 보았다.
"한데 잠의 요정이라…… 이름이 참으로 묘하구나."
그에 여자의 눈에 이채가 띤 것은 착각일까. 여인은 입술을 살짝 말아 올리며 말했다.
"아, 그거야 이걸 마시는 순간 잠에 푹 빠져서 그렇지요. 마치 요정이 마법을 부린 것처럼……."
"으음? 뭐? 무……."

이상함을 눈치챈 순간이었다. 갑자기 로이만 자작의 시야가 흔들리기 시작했다. 그제야 이것이 술이 아님을 눈치챘다.

"이, 이것은……."

"잠에 빠져들지."

"너, 너는 누구……."

갈색 머리의 여인, 아니, 헬리아가 진한 웃음을 띠며 말했다.

"좋은 꿈 꾸라고."

수도에서 반나절 정도 떨어진 숲속.

인적이 끊긴 그곳 깊숙한 곳에 바로 케이시스가 몸을 숨김 채 때를 기다리고 있었다.

케이시스의 천막 안.

케이시스를 황제로 옹립하려는 무리와 반 페르시아 세력이 한데 모여 결사의 항전을 준비하고 있었다. 상석에 앉은 케이시스가 자리에 앉은 이들을 바라보며 눈을 마주쳤다. 모두의 눈빛에 뜨거운 열기가 자리 잡고 있었다. 눈앞의 거대한 제국의 벽도 그들에게는 아무것도 아닌 것처럼 보였다.

"결행은 내일 자정이오."

케이시스의 말에 모두의 얼굴이 붉게 상기되었다. 그들의 얼굴에는 두려움과 기대, 걱정이 빠르게 스쳐 지나갔다.

"드디어 내일입니까?"

케이시스의 아내인 레이아나의 오라비 레오가 물었다. 케이시스는 고개를 끄덕였다.

"수도 상황은 어떠하오?"

"계속 경비가 강화되고 있습니다. 벌써 4만 명이 주둔하고 있습니다."

"각 군대의 위치는?"

"수도 안에 만 명, 수도 외각에 3만입니다."

레오의 설명에 케이시스의 눈빛이 깊게 침잠했다. 현재 그들의 병력은 2만. 4만 대 2만. 쉽지 않은 전력 차였다.

"혹시 우리의 계획을 알아차린 것 아니오? 갑자기 경비가 강화된 것이……."

붉은 발톱 족장 랭가가 걱정스런 표정을 지었다. 3주 전부터 갑자기 경비가 강화된 것이 혹여 이번 일이 새어 나간 게 아닐까 싶었다. 그러지 않고서야 전쟁 중인 군대를 다시 수도로 불러들이진 않았을 터다. 하지만 그 이유를 알고 있는 케이시스는 고개를 저었다. 그는 엑시온에 대해 설명해 주었다.

그러자 수뇌부들의 안색이 흐려졌다. 지금도 그로 인해 흑마법사의 힘이 강해졌는데 앞으로 더 강해진다면 어떻게 될지 모두들 우려 섞인 표정을 지었다.

"그 일은 헬리아 공주가 해결해 줄 것이오."

"헬리아 공주가 말입니까?"

케이시스가 고개를 끄덕였다.

"하지만 타국의 공주가 제국의 일에 제대로 나설지……."

황태자 측 인사가 헬리아 공주에 대한 걱정을 드러냈다. 아르센 왕국이 페르시아 제국과 전쟁을 벌인다지만 정말 믿을 수 있는지는 확실치 않았다. 헬리아가 엑시온이 가진 드래곤 하트 때문에 움직였다는 것을 모르는 이들로서는 그녀가 진심으로 이번 작전에 임할지 의문을 표할 수밖에 없었다.

"그건 걱정하지 마시오."

"하오나……."

"그녀에 대한 것은 내가 보증하리다. 그녀를 믿지 못하는 것은 나를 믿지 못하는 거라 생각하겠소."

케이시스가 그렇게까지 말을 해오자 우려를 표한 사람들은 더는 뭐라 말을 꺼낼 수 없었다. 무엇보다 이종족인 붉은 머리 부족의 랭가와 하얀 바람의 부족의 엘프들이 잠자코 있었기에 더욱 그랬다.

그때 레오가 입을 열었다.

"전하."

"말해보시오."

"빠르게 수도로 병력이 모이고 있습니다. 이대로는 황성에 닿는 것은 물론 아예 수도에 들어가는 것부터 문제가 큽니다. 차라리 다른 날을 선택하는 게 어떻습니까? 지금은 시기가 좋지 못합니다. 최대한 병력을 분산시켜야……."

"시간이 없소."

시간은 그들 편이 아니었다. 엑시온이 완전히 부활하게 된다면 기회조차 없어질 것이다. 그 말에 모두의 안색이 흐려졌다. 패배는 생각하지 않는다. 하지만 피해가 클 것임이 눈에 뻔했다.

"그렇기에 여러분의 의견이 필요하오. 의견을 내주시오."

하지만 누구도 쉽게 말을 꺼내지 못했다. 병력을 몰래 수도 안으로 들이는 것도 생각해 보았지만 경비가 강화된 시점에서 그것도 쉽지 않은 작전이었다.

케이시스의 안색이 어두워졌다.

'수도 안의 병력은 오백, 너무 모자란다. 최소한 천 명은 되어야 해.'

방법이 필요하다. 하지만 그 방법이 쉽게 떠오르지 않았다.

'대체 어떻게 해야…….'

그때였다.

"전하!"

밖에서 소리가 들려왔다.

"헬리아 공주님이 도착하셨습니다!"

케이시스의 눈이 커졌다. 그러나 곧 그의 입가에 미소가 지어졌다. 그가 그토록 기다리던 이가 도착한 것이다.

❊

"황태자 전하를 뵈옵니다."

"헬리아 공주!"

케이시스가 헬리아를 보며 반갑게 다가갔다.

"오는 동안 별일 없었소?"

"아, 뭐 큰 문제는 없었습니다."

헬리아가 입가에 미소를 띠며 말했다. 중간에 일이 없진 않았지만 큰 문제랄 것도 없었다. 그녀의 옅은 미소에 케이시스는 고개를 끄덕였다. 그러곤 그녀의 뒤에 서 있는 이안을 보며 환한 표정을 지었다.

"무사했구려."

"덕분입니다."

"공주가 그대를 찾느라 고생이 많았소. 부디 몸 성히 공주 곁에 있어 주시오."

케이시스의 말에 이안은 이미 알고 있다는 듯 입가에 옅은 미소를 띠었다. 누구보다 그가 가장 잘 알고 있었다.

"그보다 일이 잘 안 풀리는 모양이군요."

헬리아가 케이시스의 상황을 짚어냈다. 케이시스의 얼굴이 흐려졌다.

"생각보다 수도에 병력이 많이 몰린 상태요. 이대로는 출혈이 너무 커."

그러나 이대로 물러났다가는 엑시온이 완전히 힘을 되찾으니 그리할 수도 없었다. 그야말로 진퇴양난이 아닐 수 없었다. 그 말에 헬리아가 눈을 빛냈다.

"혹시 제게 한 가지 생각이 있는데 들어보실래요?"

헬리아의 말에 케이시스의 눈이 동그래졌다.

"한 가지 생각이라니?"

"마침 이곳에 오는 동안 작은 일이 있었습니다. 덕분에 꽤 좋은 작전을 짤 수 있을 것 같아요."

헬리아가 뒤를 돌아보았다. 그곳에는 수십 대의 수레 가득 갑옷과 칼이 쌓여 있었다.

"저건 제국군의?"

"예, 제국군의 갑옷과 칼입니다. 더 정확히는……."

헬리아의 시선이 어느 한곳을 향했다. 그곳에는 한 남자가 입과 눈이 막힌 채로 버둥거리고 있었다. 케이시스가 놀란 눈으로 그를 응시했다.

"저자는 대체 누구요?"

"우리를 수도 안으로 이끌어줄 자죠."

남자의 가슴에는 로이만 자작가의 문양이 그려져 있었다. 바로 로이만 자작 본인이었다. 그리고 그는 이제 헬리아의 체스 말이 될 운명이었다.

"제국군으로 위장하는 겁니다."

헬리아의 금안이 빛을 발했다.

❊

페르시아 제국의 수도 정문.

멀리서 일만의 군대가 수도로 다가오고 있었다. 수도 성벽 위에서 전방을 주시하고 있던 경비병이 외쳤다.

"누가 오고 있습니다!"

"누구야?"

경비병의 외침에 경비대장이 소리쳤다. 최근 수도로 병력을 집중하고 있었기에 익숙하다는 듯한 태도였다.

"로이만 자작의 깃발입니다!"

"엉덩이 무거운 놈이 드디어 납시셨군."

이미 황제의 명을 받은 귀족들의 리스트를 갖고 있는 경비대장은 로이만 자작가라는 소식에 일말의 경계심을 털어냈다. 경비대장이 옷맵시를 갖추고 근거리에 다가온 로이만 자작을 맞이했다.

"어서 오십시오."

그 공손한 태도에서 좀 전 엉덩이 무거운 놈이라 이죽거리던 그의 모습은 착각이라 생각될 정도였다.

"로이만 자작이다."

로이만 자작은 어딘지 모르게 불편해 보였다. 식은땀을 흘리는 건 물론이고 자꾸만 시선이 흔들리는 게 불안한 것 같았다. 그 모습에 경비대장은 혀를 찼다.

'오기 싫은 티를 아주 팍팍 내는군.'

그라고 수도 상황을 모르겠는가. 무슨 일이 생긴 것인지는 잘 모르겠지만 애초에 제 몸 사리고자 전쟁에서 참여하지 않은 이들이 황제의 명으로 군대를 움직인 것도 용했다.

"그럼 호위 인원을 제외한 병력은 서쪽으로 이동하시면 됩니다."

아무리 수도 경비를 강화한다고 하지만 병력을 수도 안에 둘 수는 없었다. 때문에 호위할 인원을 제외한 이들은 모두 수도 밖에 배치했다.

"아, 알겠네."

"한데 어디 불편하십니까?"

로이만 자작이 계속 불안해 보이자 경비대장이 물었다. 로이만 자작은 순간 흠칫해 옆을 보았으나 그건 찰나였다.

"아, 아닐세."

로이만 자작이 놀라 앞을 보았다. 경비대장은 이상한 듯 여겼지만 경비병이 다가와 신분 확인 절차를 마쳤다는 이야기에 고개를 끄덕였다. 혹시 모를 사태에 대비하기 위해 꼼꼼히 조사하는 것이다.

"그럼."

끼이이익-

두꺼운 성문이 천천히 열리기 시작했다. 로이만 자작과 그의 호위 기사들이 성안으로 진입했다. 수도 안은 어딘지 모르게 어수선했고, 사람들은 불안한 눈빛을 띠었다. 로이만 자작은 안내에 따라 배정된 숙소로 갔다.

그때였다. 앞서 말을 타고 가던 로이만 자작의 뒤로 그를 두려움에 떨게 만든 목소리가 나지막이 흘러나왔다.

"영원히 잠자고 싶지 않다면 똑바로 하는 게 좋을 거야."

그 순간 로이만 자작은 흠칫 몸을 떨었다.

"아, 아닙니다."

"그래야지. 뭐, 말만 해. 잠의 요정은 충분히 있으니까."

그때 투구 안에서 금빛 눈동자가 빛났다. 그에 로이만 자작의 몸이 크게 떨려왔다.

"그럼."

금빛 눈동자의 시선이 뒤를 향했다. 그의 시선을 받은 이가 고개를 끄덕였다.

"잘 부탁하오."

"끝나고 뵙겠습니다."

금빛 눈동자, 아니, 헬리아가 말했다.

❊

어둠이 깊게 내려앉은 밤.

커다란 달이 어둠을 몰아내려는 듯 밝게 빛나고 있었다. 달빛이 내리쬐는 창가 아래 금발의 여인이 멀리 페르시아의 황성을 응시했다.

"헬리아."

그때 푸른 머리의 사내가 바람처럼 헬리아의 등 뒤에 나타났다. 엘라임은 물기가 뚝뚝 떨어지는 그녀의 머리카락을 보고 한숨을 내쉬며 수건을 들었다.

"그러다 감기 든다?"

엘라임은 수건으로 헬리아의 머리카락을 한 올 한 올 닦아주었다. 쉽게 머리를 말려줄 수 있었지만 제 손으로 헬리아의 머리를 만지는 게 좋았다.

"이제까지 내가 감기 든 적이 있던가?"

"……그, 그건 그러네."

엘라임은 고개를 설레설레 저으며 헬리아의 머리를 닦아주었다. 헬리아는 익숙한 듯 그의 손길을 받아들였다. 로즈궁에 와서는 이런 일은 모두 시녀가 해주었지만 데이지궁에선 종종 엘라임이 그 일을 대신하였다.

"어때?"

"개미 새끼 한 마리도 못 들어가겠던데?"

황성을 둘러보고 온 엘라임이 고개를 설레설레 저었다. 주변에 쫙 깔린 경비병은 물론이고 마법진까지 촘촘히 깔아두어 잠입하기가 쉽지 않았다.

"마법진이야 뭐 어떻게든 하면 될 거고, 역시 문제는 엑시온인가."

헬리아는 엑시온이 있을 황성을 뚫어져라 응시했다. 황성에서 나오는 마기가 이곳까지 느껴지는 듯했다.

"조심해."

"알아."

"거짓말."

엘라임이 눈을 가늘게 뜨고 헬리아의 어깨를 잡아 자신 쪽으로 돌렸다.

"매번 안다고 하고서 언제나 다쳐 돌아오잖아."

"그럼 조심 안 한다고 말할까?"

"……못됐어."

"알고 있잖아."

헬리아가 웃자 엘라임은 허탈하게 웃었다. 하기야 이제 와 무슨 걱정을 하겠는가. 그저 자신에게 다짐하고 또 다짐할 뿐이다. 헬리아를 다치게 하고 싶지 않다. 그녀가 다칠 때마다 그는 심장이 부서지는 것 같은 아픔을 느꼈다.

스읙.

엘라임의 손이 헬리아의 차가운 뺨에 닿았다. 막 목욕을 하고 나와서인지 헬리아의 볼이 붉게 상기되어 있었다. 엘라임의 눈빛이 짙게 변하자 헬리아의 눈매가 가늘어졌다.

'이 변태 정령왕이 또?'

"왜?"

"아니, 언제 해줄 건데?"

"뭐, 뭘?"

해주길 뭘 해줘? 헬리아는 순간 당황해 말을 더듬었다. 언뜻 듣기에 아주 묘한 말이었다. 엘라임이 스윽 헬리아의 입술을 매만졌다. 엘라임은 그러면서 제 입술을 핥았다.

"이거 말이야."

"니, 니가 중년 아저씨냐!"

점점 농밀해지는 엘라임의 말에 헬리아는 그의 손을 떼어냈지만 엘라임이 그녀의 눈앞에 훅 얼굴을 드밀었다.

"에, 엘라……!"

쪽—

엘라임의 입술이 헬리아의 이마에 닿았다.

헬리아는 어안이 벙벙했다. 엘라임이 싱그러운 미소를 지으며 뒤로 물러났다.

"말했잖아. 네가 해주기 전까지 내가 안 한다고. 그래도 너무 기다리게 하지 마."

"이, 이!"

헬리아는 얼굴이 달아올라 근처에 있던 꽃병을 들었다. 그러자 엘라임이 사태를 파악하고 뒷걸음질 쳤다.

"자, 잠깐 헬리아!"

"까분 대가는 알고 있겠지?"

"자, 잠!"

퍼억!

꽃병이 정확히 엘라임의 이마를 강타하고 엘라임이 뒤로 나가떨어졌다.

"아, 아프잖아!"

"아프라고 한 거다, 이 아저씨야!"

"칫! 우리 사이에 이 정도도 못 하나."

엘라임이 영 반성하지 않는 태도를 보이자 헬리아는 이번엔 의자를 들었으나 다행히 엘라임도 그제야 사태를 파악하고 꼬리를 내밀었다.

"아, 그, 그러고 보니 내가 갑자기 정령계에서 할 일이."

"니가 할 일이 뭐가 있어!"

"어, 어 내가 할 일이 많았어. 그럼!"

뿅! 하고 엘라임이 사라져 버리자 헬리아는 의자를 내려놓았다.

"이 바보가……."

그녀의 얼굴은 온통 새빨개져 있었다. 긴장된 밤이었으나 엘라임 덕분에 긴장을 풀고 잠들 수 있었다. 아니, 어떤 의미에서는 쉬이 잠을 이루지 못했다.

❊

페르시아 황궁 안.

어딘지 모르게 음습하고 날카로운 공기가 흘렀다. 황궁을 지키는 근위대는 혹여 수상한 사람이 없나 눈에 불을 켜고 주변을 날카롭게 쏘아보았다.

"쥐새끼 한 마리도 들어오지 못하게 철저히 감시해라!"

"예!"

시녀와 시종들은 물론 황궁 안으로 들어온 귀족들까지 모두 샅샅이 조사했다. 지엄한 황제의 명에 토를 다는 이는 아무도 없었다. 그러다가 목이 뎅강 잘려 나간 이가 수십이었다.

"어이, 너!"

"네, 네?"

"못 보던 얼굴인데? 어디 소속이야?"

"그, 그게 이번에 새로 들어온……."

"잡아!"

"자, 잠깐만요!"

"끌고 가!"

가차 없이 시녀를 끌고 가는 근위대. 조금이라도 수상한 인물이면 잡아넣는 것에 주저함이 없었다. 시녀는 정말 이번에 새로 들어온 이였다. 하지만 그들에게 그런 건 중요하지 않았다. 아니라면 다행인 거고. 맞으면 더 다행이 아닌가. 그런 그들의 날카로운 시선에 한 일행이 포착되었다. 어딘지 모르게 불안한 듯 주변을 주시하는 귀족과 그를 따르는 시종과 시녀 일행.

근위대의 눈빛이 번뜩였다. 하지만 좀 전 시녀를 붙잡아 갈 때와는 확연히 다른 자세를 취했다. 아무렴 귀족을 시녀들처럼 대할 수 있겠는가. 근위대라도 귀족을 상대로 배짱을 부릴 순 없었다.

"실례합니다."

흠칫 몸을 떠는 귀족의 모습에 근위대의 눈이 가늘어졌다.

"무, 무슨 일인가?"

"안색이 좋지 않아 보입니다. 의원을 부를까요?"

친절을 빙자해 귀족을 살폈다. 혹시 귀족으로 위장한 수상한 자일까? 근위대의 시선이 모두 날카롭게 중년 귀족을 쏘아보자 귀족은 더욱 사색이 되었다.

"아, 아닐세. 머, 먼 길을 오느라 잠시 지쳤을 뿐이네."

중년인의 눈동자가 쉼 없이 주변을 배회했다. 누가 봐도 수상한 모양새였다. 하지만 또 어찌 보면 근위대의 기세에 눌린 걸 수도 있다는 생각이 들었다. 종잡을 수 없는 귀족의 태도에 근위대의 의심이 깊어질 찰나였다.

"어, 로이만 자작!"

그때 그들 곁으로 한 남자가 다가왔다. 제법 실세 귀족 중의 한 명인 페리몬 자작이었다. 페리몬 자작의 얼굴을 익히 알고 있는 근위대는 뒤로 물러섰다. 그러나 근위대가 여전히 경계를 늦추지 않자, 그것을 보고 페리몬 자작이 못마땅한 표정을 지었다.

"계속 그러고 서 있을 겐가?"

"이분은?"

근위대의 물음에 페리몬 자작은 눈살을 찌푸렸지만 최근 경비가 강화된 것을 생각해 한결 표정을 누그러뜨렸다.

"내 친구 로이만 자작일세. 오늘 왔는데 듣지 못했는가?"

그에 근위대에게 누군가 다가가 속삭였다. 로이만 자작에 대한 이야기를 전달한 것이다. 그러자 근위대의 표정도 한결 수그러졌다. 그때서야 고개를 숙이며 무례를 사죄했다.

"송구합니다. 안색이 좋지 않으신 듯하여."

"그럴 만도 하지. 지금 막 황성에 도착하지 않았나."

"그럼 이만."

근위대가 물러가자 페리몬 자작은 좁힌 눈매를 펴고 로이만 자작을 보았다.

"도대체 언제 오나 했네. 적당히 눈치껏 움직여야지."

"아, 그, 그럴 일이 있었네."

"그럴 일은. 그보다 술은 어찌 가져왔는가?"

수도의 제법 실세 있는 귀족과 지방의 귀족이 어찌 친해졌나 싶었더니 술 때문인 모양이다. 로이만 자작은 본인이 주당임과 동시에 귀한 술을 많이 가지고 있었고, 그로 인해 제법 수도의 귀족들과 인연이 깊었다.

페리만 자작의 말에 로이만 자작은 흘낏 뒤를 돌아봤다. 그러자 시녀가 싱긋 웃으며 그를 바라보았다. 페리몬 자작은 그의 뒤에 뭐가 있나 고개를 돌리다 아무것도 없자 다시 로이만 자작을 보았다.

"아, 그럼. 준비해 왔지. 내 술을 보내겠네. 한데 몸이 피곤해서……."

"아하, 이거 내 너무 잡아두었군. 그럼 언제 시간 되면 보세."

페리몬 자작과 몇 마디를 더 주고받은 로이만 자작은 페리몬 자작과 헤어졌다. 로이만 자작은 그제야 한숨을 내쉬고 얼른 발걸음을 옮겼다.

"아주 배짱이 좋군그래?"

방 안으로 들어오자 사나운 목소리가 울렸다. 그러자 로이만 자작의 몸이 흠칫 떨려왔다.

"나, 난……."

"눈알 굴리지 말랬지?"

로이만 자작이 몸을 바로 했다. 그런 그를 힐난하는 이는 바로 그의 시녀였다. 한낱 시녀가 귀족을 꾸짖다니. 하지만 그럴 수밖에 없었다. 시녀는 바로 헬리아였으니까.

로이만 자작을 앞세워 페르시아 제국의 황성으로 잠입한 헬리아는 그의 시녀로 변장하였다. 역시 예상대로 황성 안은 경계가 삼엄했다. 하지만 진짜 귀족인 로이만 자작의 시녀와 시종으로 변장하자 아무도 그들을 의심하지 않았다. 좀 전처럼 로이만 자작이 수상한 행동을 해 근위대의 시선을 끌지 않는다면 말이다.

"사, 살려 주십시오!"

로이만 자작은 몸을 떨었다.

"이런이런, 내가 무슨 살인범이라도 되는 것 같잖아? 나 그런 사람 아니라고."

헬리아가 씨익 웃어 보이자 로이만 자작은 등줄기에 소름이 쫙 끼쳤다. 그녀의 금안이 번뜩일 때마다 숨통이 콱 조이는 것 같았다.

'이, 인간의 눈이 아니야…….'

그녀의 선명한 금빛 눈동자는 인간의 근원적 공포를 자극했다.

"자, 그럼."

"아, 안 돼!"

헬리아가 눈짓하자 함께 온 시종, 이안이 로이만 자작을 붙잡았다. 로이만 자작은 버둥거렸지만 이안의 손아귀를 벗어날 수 없었다.

"좋은 꿈을 꾸게 될 거야. 뭐 그러다 영원히 꿈만 꿀 수도 있지만."

헬리아가 씨익 웃으며 품에서 이전에 그를 잠재운 잠의 요정이란 약을 꺼내 그의 입에 들이부었다. 그러자 곧 로이만 자작의 눈꺼풀이 내려앉으며 조용한 숨소리만 들려왔다. 깊은 잠에 빠진 것이다.

이안은 그런 그를 침대에 곱게 눕혀주었다.

"쯧쯧, 하필 헬리아에게 걸려서."

그때 헬리아의 머리카락에서 다람쥐로 변한 엘라임이 혀를 차며 고개를 빼꼼 들어 올렸다.

"내가 뭐?"

[뭐 그렇다고. 하하.]

헬리아가 노려보자 엘라임이 어색하게 웃으며 폴짝 그녀의 어깨로 뛰어올랐다.

[이제 어떻게 할 거야?]

"엑시온을 찾아야지. 드래곤 하트를 흡수하느라 움직이지 못하는 상태일 거야."

"생각보다 더 경비가 삼엄합니다."

"최대한 조심하는 수밖에."

지금이 아니면 기회가 없다. 그나마 엑시온이 드래곤 하트를 흡수하기 위해 움직일 수 없는 지금이 나았다.

"엑시온의 위치는?"

[마기로 가득해서 정확한 위치를 파악할 수가 없어.]

엘라임이 눈을 찌푸렸다. 황성 안이 온통 마기로 가득해 엑시온의 위치를 정확히 파악할 수 없었다.

"그렇다면 어쩔 수 없이 직접 돌아다녀 봐야 한다는 거로군."

달리 방도가 없다. 직접 엑시온을 찾는 수밖에. 헬리아와 엘라임, 이안은 조용히 방을 나섰다. 방 안에는 로이만 자작의 코고는 소리만이 나직막이 울려 퍼졌다.

❊

"마기가 가장 강한 곳을 찾아봐."

황성 안은 흑마법사의 소굴이라 할 정도로 마기를 풀풀 풍기는 흑마법사가 많았다. 그 탓에 마기를 감지하여 엑시온을 찾기가 쉽지 않은 것이다. 하지만 아예 방법이 없는 건 아니다. 모두 마기를 지니고 있지만 누구보다 강한 마기를 가진 이가 바로 엑시온이다.

헬리아의 주문에 엘라임이 코를 씰룩였다.

[그건 똥내 나는 곳에서 제일 똥내가 심한 곳을 찾으라는 말이랑 똑같다구.]

"……비유를 해도 꼭 더러운걸."

헬리아가 썩은 표정을 지었다. 하지만 뭔가 콱 와 닿아 그게 더 기분이 더럽다고나 할까. 엘라임은 마기를 좀 더 세밀히 감지하기 위해 헬리아의 머리 꼭대기에 올라가 주변을 둘러보았다. 졸지에 머리 위를 내준 헬리아지만 꾹 참고 물었다.

"어때?"

[저기야.]

오래지 않아 엘라임이 눈매를 쫙 찢고는 어느 한곳을 가리켰다. 헬리아와 이안의 시선이 엘라임이 가리킨 방향을 바라보았다.

헬리아가 미간을 찌푸렸다.

"저긴……."

[저기서 가장 강한 마기가 쏟아져 나오고 있어.]

엘라임의 말에 헬리아의 표정이 좋지 못했다. 드래곤 하트를 흡수하는 중이니 가장 안전한 곳에 있을 거라 생각은 했지만, 설마하니 저런 곳에 있을 줄이야. 엘라임이 가리킨 곳은 제국의 황제가 있는 곳이자 이 황성에서 가장 경비가 삼엄한 곳이었다.

바로 본성이었다.

"본성이란 말이지?"

헬리아와 이안은 시녀와 시종으로 변장하여 본성으로 들어갔다. 다행히 운이 좋은 건지 그들을 저지하는 이는 없었다. 물론 그 이유 중 하나는 헬리아와 이안이 돌아다니는 근위대를 철저하게 피했기 때문이다.

'징글징글하군.'

본성으로 가까이 다가가자 근위대가 아예 쫙 깔리다시피 돌아다니고 있었다. 철저한 방비였다. 그것을 보며 헬리아는 엑시온이 이곳에 있음을 확신할 수 있었다.

'문제는 저 안으로 어떻게 들어가느냐인데.'

그때였다. 이안이 그녀의 손을 붙잡았다.

'이안?'

'쉿! 근위대입니다.'

멀리서 근위대의 기척을 포착한 이안이 그녀를 이끌었다. 한데 이안의 얼굴에 낭패의 기색이 흘렀다.

'왜?'

'반대편에서도 근위대가 이곳으로 오고 있습니다.'

헬리아와 이안이 서 있는 곳은 모퉁이가 있는 곳이었다. 모퉁이를 돌아 한 무리의 근위대가 그들이 있는 곳으로 다가오고 있었고, 반대편에서는 아직 그들을 발견하지 못한 근위대가 움직이고 있었다. 사면초가. 완전히 사방이 막혀 버렸다.

'어떻게 하지?'

차라리 근위대를 제압할까? 하지만 이제껏 그들을 피해온 이유는 괜한 소란을 만들지 않기 위함이었다. 자칫 작은 실수라도 하여 저들이 헬리아 일행이 잠입한 것을 알게 된다면 일에 차질이 생기는 것은 물론 케이시스가 황성을 치는 것에도 문제가 생길 수 있었다.

[나한테 맡겨!]

순간 엘라임이 헬리아의 어깨에서 내려와 지근거리에서 다가오는 근위대가 있는 곳으로 달려갔다.

'엘라임!'

[얼른 숨어!]

엘라임이 빠르게 움직이자 수상한 움직임을 포착한 근위대가 헬리아 쪽으로 다가오다가 발걸음을 멈추었다.

"뭐지?"

"확인해!"

근위대가 수상한 그림자를 발견하곤 엘라임이 있는 곳으로 걸음을 돌렸다.

채앵!

근위대가 칼을 뽑아 들었다. 그리고 소리가 난 방향으로 경계를 늦추지 않고 움직였다.

"음?"

"뭔데?"

"하, 이건……."

"뭐가 있어?"

"아무것도 아니야. 그냥 다람쥐야."

찍찍!

다람쥐 한 마리가 멀뚱히 자신들을 바라보자 근위대가 허탈한 표정을 지우지 못한 채 검을 검집에 집어넣었다.

"괜히 긴장했잖아?"

"가득이나 신경이 날카로운데 쓸데없는 데 심력 소모하게 만들래?"

"확인해 보라며!"

서로 투덜거리며 근위대가 걸음을 옮겼다. 그리고 그들은 모퉁이를 돌았지만 그곳엔 아무도 없었다.

"하아, 하아……."

헬리아는 깊은 한숨을 내쉬었다. 그건 안도의 한숨도 아니고 숨이 차서도 아니었다. 그저 이런 상황에 처한 자신에 대한 탄식이랄까. 엘라임이 주의를 끄는 동안 이안과 함께 어느 방 안으로 몸을 피신했다. 사실 방도 아닌 아주 작은 창고였다. 겨우 이안과 헬리아 둘이 들어갈 만큼 좁았다.

"근위대는?"

"아직 주변을 맴돌고 있습니다."

서로의 얼굴이 닿을 듯 붙어 있는 탓에 헬리아는 이안의 숨이 자신의 얼굴에 닿는 것을 느꼈다. 순간 묘한 분위기가 연출되었다.

캄캄하고 작은 창고 안에 딱 붙어 있는 남녀. 아무리 헬리아라도 어색하지 않을 수 없었다. 그건 이안도 마찬가지인지 입을 열지 않았다. 기막을 펼치고 기운을 숨긴 터라 말을 해도 될 텐데 두 사람 사이에 적막이 내려앉았다.

두근두근.

들리는 건 오로지 상대방의 심장 소리뿐이었다. 헬리아는 조용히 그의 심장 소리를 듣다 고개를 들었다. 어둠 속이었지만 충분히 이안의 표정을 볼 수 있었다. 무뚝뚝한 얼굴이 그녀를 빤히 내려다보고 있었다. 순간 헬리아는 흠칫 놀라며 시선을 이리저리 굴리다 결국 다시 이안의 얼굴을 바라보았다.

"할 말 있으면 하십시오."

"……알아챘어?"

헬리아는 멋쩍게 웃었다. 하지만 그의 말대로였다.

"살아야 돼."

"……."

"무슨 일이 있어도 사는 걸 우선해."

"……무슨 말입니까?"

이안의 눈썹이 치켜 올라갔다. 몹시도 마음에 들지 않는다는 표정이었다. 하지만 헬리아는 그저 웃음을 지었다. 이런 이야기 엘라임에겐 할 수 없었다. 왜냐하면 그는 걱정할 테고 그녀와 결코 떨어질 수 없는 사이니까. 하지만 이안은 아니었다. 혹여 무슨 일이 생기더라도 그는 살아줬으면 좋겠다.

"무슨 말입니까?"

이안의 목소리가 대번에 날카로워졌다. 헬리아는 그의 얼굴을 바라보았다. 마치 연인이 키스를 하듯 두 사람의 얼굴은 가까워졌지만 분위기는 날카로웠다.

"위험한 일이니까. 혹시 내가……."

"듣지 못한 걸로 하겠습니다."

"이안."

"당신도 살고 나도 살 겁니다."

"죽을 수도 있어."

"이미 당신 옆에 있을 때부터 각오했습니다."

이안의 눈빛이 짙게 일렁였다. 헬리아는 그에 이율배반적인 마음이 떠올랐다. 그를 걱정하면서도 이렇게 말해주는 그가 좋았다. 만약 엘라임보다 이안을 먼저 만났더라면…….

그런 실없는 생각을 하다가 헬리아는 피식 웃었다. 이안이 좋다. 그의 무뚝뚝하지만 한없이 자상한 속마음도, 가끔 웃을 때 짓는 미소도. 하지만 그녀는 고개를 흔들었다.

"이안, 나는……."

"알고 있습니다."

"……."

이안이 그 가끔 보여주는 미소를 지으며 헬리아를 바라보았다. 헬리아는 왠지 모르게 목이 메었다.

"……바보."

"내가 선택한 일에 후회는 없습니다."

이안이 살며시 헬리아를 꼭 껴안았다. 그의 따스한 품에 헬리아는 살짝 몸을 기댔다.

그때였다.

[뭐 하는 거야!]

빽 하는 소리와 함께 그들 사이로 다람쥐로 변한 엘라임이 쌍심지를 켜고 둘을 노려보았다.

"방해꾼이 등장했군."

[누가 방해꾼이야! 얼른 떨어지지 못해!]

엘라임이 헬리아와 이안 사이를 파고들었다. 그 모습에 헬리아는 너털웃음을 터뜨렸다.

"이제 어떻게 한담?"

캄캄한 창고에서 아직 벗어나지 못한 헬리아는 고민에 빠졌다.

과연 어떤 방법을 써야 저들에게 들키지 않고, 또 크게 무리하지 않고 안으로 들어갈 수 있을까. 이리저리 머리를 굴려봤지만 쉽게 방법이 떠오르지 않았다. 그녀의 머리 위에 앉은 엘라임이 말했다.

[그냥 몰래 들어가면 되잖아?]

"그러니까 지금 그 방법을 생각하고 있잖아?"

그런 뻔한 말을 누가 못할까. 하지만 쉽지 않았다. 본궁 안에는 근위대가 쫙 깔려 있었고, 마법진도 설치되어 있어 마법을 쓰면 저들이 알아챌 수 있었다.

헬리아가 미간을 콱 찌푸리자 엘라임이 구시렁거리며 말을 내뱉었다.

[그냥 적당한 놈으로 변장하는 게 낫지 않아? 지금껏 그걸로 잘 숨겼잖아?]

"변장은 금방 들켜. 이곳에선 누구로 변장해도 검문에 걸릴 거야."

뭔가 방법을 생각해야 한다. 저들이 감쪽같이 속을 만한, 그러면서도 함부로 건드리지 못하는 그런.

"아!"

그 순간 헬리아의 머리가 맑아졌다.

"있어!"

[뭐가?]

"변장을 해도 검문을 받지 않을 만한!"

[마법을 쓰면 알아차릴 거야.]

"마법을 안 써도 된다면?"

정말이지 자신이 생각해도 꽤 그럴듯한 변장이 떠올랐다. 헬리아는 입가에 미소를 짓고는 엘라임의 머리를 쓰다듬었다. 엘라임은 헬리아의 손길에 영문을 몰라 했지만 좋은 게 좋은 거라고 받아들였다.

"생각대로 된다면 그대로 황궁 안까지 들어갈 수 있어."

하지만 위험부담이 큰 변장이었다. 되레 사람들의 시선을 끌 수 있었다. 하지만 고민은 길지 않았다. 애초에 그보다 더 좋은 방법이 떠오르지 않았다.

"모 아니면 도. 이판사판이야."

[모? 도? 그게 도대체 뭔데?]

엘라임이 궁금하다는 듯 채근하자 헬리아는 입가의 미소로 대신했다. 그녀의 눈동자가 어느 때보다 금빛으로 반짝거렸다.

"그게 뭐냐면……."

⁂

"수상한 자가 있는지 철저히 경계해라!"

"예!"

본성은 황제가 기거하는 곳으로, 본래 황성에서 가장 경비가 삼엄한 곳이다. 하지만 몇 주 전만 해도 이렇게까지 삼엄하진 않았다. 갑작스런 황제의 명으로 수도에 병력이 집중되었고, 황성의 경비가 한층 강화되었다.

"신분을 속이고 들어올 수 있다. 모두 신분을 확인해라. 귀족이라도 예외는 없다."

근위대장은 모든 변수를 상정하였다. 어느 누구도 그들의 감시망에서 벗어날 수 없으리라.

그때였다. 음산한 기운에 근위대장은 순간 자신의 등골이 삐쭉 서는 것을 느꼈다. 갑작스레 밀려오는 한기에 근위대장의 고개가 절로 돌아갔다.

"흡!"

근위대장의 두 눈이 커지고 온몸의 털이 솟아났다. 숨이 막힐 듯 심장이 쪼그라졌다. 소드 마스터인 근위대장을 이리 두렵게 만드는 이는 과연 누구인가. 길고 검은 머리카락은 밤보다 더 짙었고, 금빛의 눈동자는 사람을 옴짝달싹하지 못하게 만들었다.

그녀의 붉은 입술이 치켜 올라갈 때 근위대장은 숨을 쉴 수 없었다. 그녀는 아주 매혹적인 웃음을 짓고 있었다. 누가 봐도 한눈에 반하지 않을 수 없는 미모의 소유자다. 그러나 근위대장이 숨을 쉴 수 없는 것은 그녀의 외모 때문이 아니었다.

'괴, 괴물!'

근위대장이 뒷걸음질을 쳤다. 근위대원들은 그런 근위대장의 반응에 의아한 표정을 지었다. 물론 의아함을 느낀 이들은 모두 그녀를 보지 못했다. 정면에서 근위대장과 함께 그녀의 눈빛을 본 이들은 모두 숨을 멈추고 사색이 되었다.

"근위대장님? 무슨 일입니까?"

"……."

근위대장에게서 말이 없자 한 근위대원이 여자에게 다가갔다. 그리고 그에게 부여된 임무에 충실했다. 그는 근위대원 중 가장 눈치가 없는 이였다. 아마 눈치가 있었다면 분위기를 봐서 절대 나서지 않았을 것이다.

"실례합니다. 신분을 확인해야……!"

그때 근위대장의 사나운 눈초리가 그를 향했다.

"예?"

근위대장이 눈을 부라렸다. 그러자 근위대원은 아하 하는 표정으로 다시 여자에게 말했다.

"신분증을 보여주십시오."

파악!

"악!"

근위대장의 둔탁한 손이 눈치 없는 근위대원의 머리를 쳤다. 근위대원은 도통 영문을 모르겠다는 표정을 지었다. 뭐라 하려 했지만 근위대장의 무시무시한 눈초리에 입을 닫았다.

"신분?"

"아, 아닙니다! 신분이라뇨! 어서 가십시오!"

근위대장이 허리를 숙였다. 그에 여자는 스산하게 주변을 훑어보고는 천천히 걸음을 옮겼다. 그녀의 뒤로 한 남자가 따라갔지만 워낙 여자의 존재감이 강해 그를 신경 쓰지 못했다.

뚜벅뚜벅.

여자의 발걸음이 멀어지자 근위대장은 깊은 한숨을 내쉬었다.

"하아……."

"대장님!"

근위대원이 묻자 근위대장은 다시 한번 그 눈치 없는 근위대원의 머리를 세게 쳤다.

"악!"

"이놈이 죽으려면 혼자 죽어라! 나까지 끌어들이지 말고! 눈치 없다 눈치 없다 했는데, 이게!"

"도대체 저자가 누굽니까?"

"쉿!"

근위대장이 몸을 낮추었다. 그러자 근위대원들은 저도 모르게 몸을 낮추었다.

"……누굽니까?"

"묻지 마. 그런 게 있어. 알면 죽는다."

"히익!"

"아무튼 그런 게 있어. 다음번에도 만나면 무조건 내버려 둬. 알겠냐!"

"네? 네에!"

근위대원은 이해할 수 없으나 근위대장은 식은땀을 닦았다.

'휴우…… 이야기는 들었지만 설마 이 정도일 줄이야…….'

상부로부터 이미 그녀에 대한 이야기를 들은 근위대장이다.

'마룡 엑시온…… 무서운 자다…….'

근위대장은 몸을 떨며 스산함을 떨쳐 냈다. 그러다 문득 이상하다는 생각이 들었다.

'그런데 왜 여길 지나가지?'

하지만 그 생각은 길게 이어지지 않았다. 자신은 그저 검은 머리에 금안의 모습을 한 엑시온이 지나가면 신경 쓰지 말라는 명만 전달받았을 뿐이다. 그렇게 검은 머리에 금안을 지닌 여자는 어떤 제지도 받지 않고 또각또각 본성 안으로 들어갔다.

"하아……."

깊은 안도의 숨이 터져 나왔다. 검은 머리에 금안을 지닌 여자는 아무도 없는 주변을 둘러보고는 씨익 입가에 미소를 지었다.

"이렇게 쉽게……."

그때 그녀의 머리카락 사이로 은빛 다람쥐가 모습을 드러냈다. 엘라임이었다. 그는 지금의 상황이 믿기 힘들다는 듯 눈을 동그랗게 떴다. 갑자기 헬리아가 머리를 검은색으로 바꾸더니 엑시온 흉내를 낸다고 했을 때 얼마나 놀랐던가.

[정말 통과할 줄이야…….]

"모 아니면 도. 결국 모였지만."

헬리아는 씨익 웃었다. 엑시온을 흉내 내는 것은 크게 어렵지 않았다. 애초에 외모가 똑같은데다가 머리색만 달랐다. 엑시온 특유의 분위기를 완전히 따라잡을 수 없겠지만 드래곤의 기운으로 사람을 옴짝달싹하지 못하게 할 수 있다. 그 결과 무사통과.

'대단히 운이 좋았어.'

만약 근위대장이 상부에서 명령을 받지 못했다면 상황이 어려워졌을 것이다. 하지만 내심 명령을 받았을 거라 생각했다. 엑시온이 누구 허락받고 돌아다닐 자인가. 잡음이 없도록 사전에 말을 해놓았을 거라 판단했다.

"위험할 뻔했습니다."

"어쨌든 잘되었잖아?"

이안이 깊게 한숨을 내쉬었다. 정말이지 조마조마했다. 불안해서 한시도 눈을 뗄 수가 없다. 평소 긴장하지 않는 이안도 이번만큼은 긴장하고 말았다.

"도대체가……."

"자자, 이미 지나간 일 너무 신경 쓰지 말라고. 엘라임, 위치는?"

[멀지 않아. 근방이야.]

엘라임의 말처럼 이제 헬리아도 느낄 수 있을 정도로 멀지 않은 곳에서 강한 마기가 느껴졌다. 헬리아는 그 익숙한 마기에 표정을 굳혔다. 아직 드래곤 하트를 모두 흡수하지 못했을 것이다. 하지만 그러지 않아도 엑시온은 쉽지 않은 상대였다.

'심장이 버텨주길 바랄 수밖에.'

헬리아는 두근거리는 자신의 심장에 손을 대었다. 이번이 마지막이 되리라.

'반드시 드래곤 하트를 가지고 돌아가겠어.'

헬리아는 지금도 차가운 유리관 안에 잠들어 있을 아버지를 떠올렸다. 자신에게 처음으로 부모라는 존재를 알게 해준 사람. 결코 이대로 떠나보낼 수 없다.

'반드시 되살리겠어.'

헬리아는 다시 한번 다짐했다. 그렇게 일행은 본성 깊숙이 들어갔다. 그러자 점점 마기가 가득 차 숨쉬기조차 어려울 정도였다. 그만큼 엑시온에게 가까이 다가간 것이리라.

“이상하지 않습니까?”

이안이 아까부터 주변을 살펴보더니 입을 열었다. 그의 얼굴은 잔뜩 굳어 있었다.

“여기까지 오는 동안 사람이 한 명도 보이지 않습니다.”

본성 입구까지만 해도 경비가 삼엄한데 본성 안으로 들어서자 사람이 거의 보이지 않았다. 이안의 말에 헬리아도 뒤늦게 상황을 파악하고 걸음을 멈췄다. 엄청난 마기 때문인지 다른 기운을 살필 수 없었다. 헬리아의 눈매가 가늘어졌다.

“전부 어디 갔지?”

마치 일부러 사람을 모두 치워 버린 것 같았다.

그때였다.

또각또각.

사람의 발걸음 소리임이 분명한 것이 멀리서 들려왔다. 모두의 시선이 소리가 난 방향으로 향했다. 마기가 강한 탓에 기운을 파악하여 포착하는 게 늦었다.

[어떻게 할 거야?]

다람쥐로 변한 엘라임이 물어왔지만 이미 발걸음의 주인이 모습을 드러냈다. 붉은 머리에 붉은 눈동자. 싸늘한 눈동자가 헬리아를 향했다.

‘젠장!’

하필이면 라몬 공작이라니! 헬리아가 두 주먹을 쥐었다. 여차하면 바로 그를 공격할 준비를 마쳤다. 엑시온의 주위에 라몬 공작이 있을 거라고 생각했지만 이렇게 타이밍 좋게 딱 마주치다니. 헬리아가 슬쩍 엘라임과 이안에게 시선을 주었다.

또각또각.

라몬 공작이 천천히 다가왔다. 복도가 어두워 그가 무슨 표정을 짓고 있는지는 잘 보이지 않았다. 아마 마기 탓에 더 신경이 분산되는 것 같았다.

'바로 준비해!'

헬리아가 라몬 공작을 덮치려는 찰나였다. 라몬 공작의 입이 먼저 열렸다.

"여기 계셨군요, 엑시온 님."

'으잉?'

"별궁에 계신 줄 알았는데, 필요하신 거라도 있으십니까?"

라몬 공작의 공손한 태도에 헬리아의 눈이 가늘어졌다. 그러나 표정을 겉으로 드러내는 우를 범하지 않았다. 설마…… 속아 넘어간 건가? 정말? 좀 전의 근위대장이라면 모를까, 상대는 라몬 공작이다. 순순히 그의 태도가 믿기지 않았다.

헬리아는 의심의 눈초리를 지우지 못하고 그를 공격하기 위해 끌어올린 힘을 유지했다. 하지만 그에게서 이상한 낌새는 느껴지지 않았다. 그녀와 제대로 눈을 마주치지 못했고, 얼굴에는 두려운 기색이 어려 있었다. 진짜 엑시온을 눈앞에 두었을 때처럼 말이다.

"필요한 게 있으시면 말씀하십시오."

"됐다."

말은 길게 하지 않았다. 헬리아의 말에 라몬 공작은 깊이 고개를 숙였다. 그러다 그녀의 뒤에 서 있는 검은 로브를 뒤집어쓰고 있는 이안을 바라보았다. 그의 눈이 가늘어졌다. 그러자 헬리아의 눈도 함께 가늘어졌다.

'……알아차린 건가?'

이안도 라몬 공작의 시선을 느낀 것인지 스륵 로브 안에서 검에 손을 대었다. 순간 적막이 흘렀다. 이윽고 라몬 공작의 입이 열릴 찰나, 헬리아가 먼저 선수를 쳤다.

"상황은?"

"아, 예. 현재 누구도 들어오지 못하게 경비를 강화했습니다."

라몬 공작은 헬리아의 질문에 답을 내놓았다. 역시 황성의 경비가 강화된 것은 엑시온 때문임이 확실해졌다.

'별궁이라고 그랬지?'

이제 엑시온이 있는 곳까지 확실히 알아냈다. 더 이상 라몬 공작과 마주할 이유가 없다. 그가 이상한 낌새를 알아차리기 전에 움직여야 한다. 헬리아가 나직이 말했다.

"어느 누구도 들여서는 안 된다."

혹여 별궁이 아닐 수 있기에 별궁이라는 말을 언급하지 않았다. 라몬 공작은 헬리아의 말에 고개를 숙였다.

헬리아는 그를 지나쳐 걸음을 옮겼다. 등 뒤에서 라몬 공작의 시선이 느껴졌다.

'움직일까?'

라몬 공작에게 온 신경을 집중했다. 하지만 그는 어떤 행동도 보이지 않았다. 이윽고 라몬 공작의 기운이 완전히 멀어졌다. 당당히 앞을 바라보고 걷던 헬리아가 고개를 돌렸다. 텅 빈 복도에 헬리아는 안도의 한숨을 내쉬었다.

[속아 넘어간 걸까?]

엘라임의 말에 헬리아는 라몬 공작이 사라진 자리에서 눈을 떼지 못했다.

"알고 있었다면 순순히 보내지 않았을 거야."

헬리아는 잠시 상황을 주시하곤 몸을 돌렸다. 그 뒤를 이안이 따랐다. 복도에는 싸늘한 적막이 감돌았다.

❊

을씨년스러운 복도를 걸어가던 라몬 공작은 문득 걸음을 멈추고 자리에 섰다. 그가 천천히 고개를 돌렸다. 그의 시선 끝에는 아무도 없었다. 하지만 그가 누군가의 빈자리를 응시하고 있는지는 알 수 있었다.

라몬 공작의 입꼬리가 씨익 올라갔다.

"결국 여기까지 왔군."

라몬 공작의 붉은 눈동자가 섬뜩하게 빛났다. 이미 그는 헬리아의 정체를 파악하고 있었다. 애초에 그를 그 자리에 보낸 이가 바로 엑시온이었으니까.

라몬 공작은 일부러 그녀의 장단에 맞춰준 것이다. 만약 엑시온이 미리 말하지 않았다면, 헬리아 공주와 만나기 바로 직전에 엑시온을 만나지 않았다면, 헬리아의 변장을 감쪽같이 믿었을 것이다. 그만큼 그녀의 변장은 완벽했다. 다만 타이밍이 좋지 못했다.

"드디어 모든 준비가 끝났다. 이제 마룡께서 완전한 힘을 되찾으실 때만 남았다."

그리고 헬리아 공주는 그 제물이 될 것이다.

"하하하하!"

라몬 공작의 입가를 비집고 소름 끼치는 웃음이 흘러나왔다. 창밖엔 검은 구름이 몰려오고 있었다.

❊

"음?

헬리아가 뒤를 돌아봤다. 무언가 소리를 들은 것 같은데?

[왜?]

"무슨 소리 못 들었어?"

[무슨 소리? 개미 새끼 한 마리 돌아다니는 소리도 안 들리는구먼.]

엘라임의 말처럼 어둠이 깊게 내려앉은 복도에는 아무런 소리도 들리지 않았다. 어둠 속에 갇힌 느낌마저 들었다. 헬리아는 엘라임의 말에 캄캄한 어둠을 응시했지만 아무런 일도 벌어지지 않았다.

뚜벅뚜벅.

적막으로 가득한 본성 안. 위화감이 느껴질 정도로 매우 조용했다.

'꺼림칙하게 조용한데…….'

헬리아는 뭔가를 놓치고 있는 게 아닌가 하는 생각이 들었지만 고개를 저었다. 지금으로서는 앞으로 나아가는 것 외엔 방법이 없었다. 그녀는 황태자 케이시스를 통해 알아둔 황성 지도를 머리에 떠올리며 별궁으로 움직였다. 물론 길을 잘 못 찾는 헬리아이기에 전적으로 이안에게 길을 맡겼다.

멈칫.

앞서 길을 걷던 이안이 걸음을 멈췄다. 이안의 표정이 굳어졌다.

"왜?"

"이상합니다."

"여기에 온 이후부터 이상하긴 했지."

"소리가 들리지 않습니다."

"소리?"

"어? 그러고 보니 소리가……."

비록 사람의 인기척이 느껴지지 않지만 거기까지는 그럴 수 있다. 하지만 이곳은 밀실이 아니다. 창문이 있고 창문 밖으로 숲이 있다. 건물 안의 소리가 들리지 않는 것도 이상하긴 하지만 창밖에서도 소리가 들리지 않았다.

저 멀리 새가 푸득거리며 날고 있음에도 그들에겐 아무런 소리가 들리지 않았다. 오로지 그들의 숨소리만이 들려올 뿐이다. 그제야 심각성을 인지한 헬리아가 주변을 경계했다.

"엘라임."

엘라임도 더 이상 다람쥐의 모습이 아닌 인간의 모습으로 돌아왔다.

"젠장, 마기로 가득 차서 뭐가 뭔지 모르겠어."

마기가 그의 기감을 흐트러뜨리고 있었다. 그건 헬리아와 이안도 마찬가지다.

그때였다.

철커덕철커덕-

멀지 않은 곳에서 철제 갑옷이 부딪치는 소리가 들려왔다. 헬리아의 얼굴이 와락 구겨졌다.

"이 소리는……."

곧 그 익숙한 소리의 정체가 모습을 드러냈다. 새카만 갑옷을 입고 검을 쥔 기사의 모습을 한 다크나이트였다. 정확히는 다크나이트들이 그들을 향해 다가오고 있었다.

"어쩐지 잘 먹힌다 싶었어."

헬리아는 입술을 지그시 깨물었다. 수도는 물론 황성의 경비까지 강화한 엑시온이다. 혹여 그들을 뚫고 이곳까지 들어올 경우를 생각했을 것이다.

"엘라임, 이안!"

헬리아의 말에 엘라임과 이안이 자신들의 힘을 끌어올려 적들을 칠 준비를 마쳤다.

다크나이트들의 공격은 거셌다. 그들은 이미 수명이 다한 존재. 고통도 두려움도 느끼지 못했다. 팔이 잘려 나가도 목이 잘려 나가도 그들은 움직임을 멈추지 않았다. 거기다 살아생전 뛰어난 실력자로 만든 다크나이트들인지 모두 강력한 힘을 소유했다. 무엇보다 이들을 더욱 강력하게 만들어주는 것은 바로 가득 차 있는 마기였다. 마기는 다크나이트들이 더욱 날뛰게 만들어주었고, 헬리아 일행의 힘을 약화시켰다.

하지만 그뿐이었다. 헬리아와 엘라임, 이안의 무력은 이들을 상회했다. 이전보다 더욱 강해진 일행의 힘에 다크나이트들은 찌그러진 깡통처럼 부서지고 바닥에 처박혔다.

"젠장, 징글맞게도 계속 쏟아지는군!"

헬리아는 이를 갈며 다크나이트들의 머리를 날려 버렸다. 일행의 앞을 가로막는 다크나이트의 수는 무려 백여 개. 그야말로 다크나이트 소굴에 떨어진 꼴이었다.

그때였다.

"잠시 비키십시오!"

뒤에서 가공할 기운이 느껴졌다. 헬리아는 그에 몸을 뒤로 물렸다. 그러자 이안의 검에서 환한 오러블레이드가 솟구쳤고, 그대로 다크나이트들을 향해 뻗어 나갔다.

촤아아아악-

한 방에 수십 기의 다크나이트가 반 토막이 되어 부서졌다. 소드마스터의 그 가공한 공격에 다크나이트들은 비적비적 몸을 가누지 못했다.

"이대로는 끝이 없겠어. 엘라임, 이안."

이들을 상대로 힘을 빼고 있을 시간이 없었다. 헬리아의 말에 이안과 엘라임이 최대한의 공격으로 길을 만들어냈다. 일행은 길을 확보하며 앞으로 나아갔다. 그리고 어느 순간이었다. 그들의 주위로 아무런 기척도 들리지 않았다. 그제야 숨을 돌릴 수 있게 된 헬리아는 나직이 숨을 내뱉고는 주변을 둘러보았다. 언제 다크나이트들이 바퀴벌레처럼 나타났냐는 듯이 사위는 조용하기만 했다.
"뭔가 있을 분위긴데?"
"아무렴 없겠어?"
헬리아는 눈매를 좁히고 주변을 살폈다.
"헬리아."
엘라임이 그녀를 불렀다. 그의 시선 끝에 커다란 문이 하나 있었다. 누가 봐도 그 문에서는 심상치 않는 기운이 흘러나오고 있었다.
"엑시온……."
황성에 온 이래로 가장 강한 마기가 풍겨 나오고 있었다. 숨이 막히고 머리가 아플 지경이었다. 하지만 헬리아는 물러서지 않았다.
꾸욱.
그녀는 세차게 뛰는 심장을 지그시 눌렀다. 그러자 박동 치던 심장이 어느새 고요해졌다.
'저곳에 엑시온이…….'
그리고 드래곤 하트가 있다. 헬리아는 자석이 이끌리듯 발걸음을 움직였다. 반드시 엑시온에게서 드래곤 하트를 되찾아야 한다. 그러기 위해선 엑시온을 봉인해야 함은 말할 필요도 없다. 헬리아는 결연한 표정을 지었다.

"네 몸 못 버텨. 알고 있지?"
"드래곤 하트는 엄밀히 말해서 그 힘을 안정적으로 유지하기 위해 네게 남긴 것이야. 드래곤 하트 없이는 그 힘을 안정적으로 사용할 수 없어."
"그럼 어떻게 될까?"

귓가에 어머니 세르게니아의 목소리가 들리는 듯했다. 그가 했던 경고가 떠올랐다. 하지만 그래서?

'어차피 안 해도 죽어. 그럼 뭐라도 해보는 게 당연하잖아?'

선택지가 두 개라면 헬리아는 단 0.1%의 확률이라도 가능성이 있는 것을 선택할 것이다.

'지금 이 순간만큼은 모든 걸 다 잊고 눈앞의 목표만을 생각하자.'

헬리아는 마음을 비워갔다. 어머니의 말도, 자신의 심장도 생각하지 않았다. 그녀의 눈빛이 짙게 빛날 때였다.

파앗! 파아아앗!

커다란 문 좌우로 마법 등이 하나둘 불을 밝혔다. 마치 그녀의 결심을 알아차린 듯이 말이다.

헬리아는 입꼬리를 비틀어 올렸다.

"오라는 말인가?"

헬리아는 뒤를 돌아보았다. 엘라임은 푸른 눈동자를 빛내며 편안히 웃고 있었고, 이안은 검을 손에 쥔 채 자신을 똑바로 직시했다. 이제 더 이상 그들에게 위험하다느니 살라니 하는 말은 필요 없었다. 그들의 눈빛으로 결심을 읽을 수 있었다.

헬리아는 싱긋 웃으며 말했다.

"얼른 돌아가자."

끼이익-

거대한 문이 열리고 그 안에 그녀를 기다리던 이가 모습을 드러냈다.

엑시온.

"어서 오너라."

그가 하얗게 웃으며 그들을 맞이했다.

❊

어둠이 깊게 내려앉은 밤.

어느새 겨울이 지나가고 있지만 여전히 제국의 밤은 싸늘하기 그지없었다. 밤하늘에 빛나고 있는 달빛만으로는 추위를 물러나게 할 수 없었다. 페르시아 제국의 수도 안은 아직도 혹독한 겨울을 맞이하고 있었다. 전쟁으로 인해 백성들은 전장으로 끌려 나갔고 겨우내 먹어야 할 식량은 모조리 빼앗겼다. 그들에겐 대륙의 통일이니 하는 것들은 중요하지 않았다. 그저 잘 먹고 잘사는 것뿐. 그러나 지금의 그들에겐 요원한 일이었다.

"한 푼만 줍쇼!"

"빵 한 조각만 주십시오!"

"우리 아이가 아파요! 제발 도와주세요!"

어두운 밤에도 사람들은 구걸을 했다. 그만큼 제국의 수도는 날로 피폐해져 갔다. 그것을 오로지 저 높으신 분들만 모를 뿐이다.

"오빠, 배고파."

한 어린 소녀가 오빠에게 칭얼거렸다. 하지만 오빠도 하루 종일 굶기는 마찬가지였다. 오빠는 동생을 안고 달랬지만 여동생은 그걸 모르고 투정을 부렸다.

"오빠, 밥!"

"오늘은 참아, 내일은 꼭 내가 먹을 걸 구해 볼게."

"히이잉! 싫어! 지금 배고프단 말이야."

여동생이 눈물을 보이자 오빠인 소년은 난감했다. 하지만 그의 배에서도 꼬르륵 소리가 들렸다.

그때였다.

"이걸 먹거라."

갑자기 나타나 따뜻한 빵을 내미는 사람이 있었다. 소년은 그에 눈을 동그랗게 뜨곤 머뭇거렸다. 아무 이유 없이 빵을 주겠다는 것이 이상한 것이다. 하지만 여동생이 덥석 빵을 받아버렸다.

"린!"

"괜찮다. 그냥 먹어도 된다."

"하지만……."

짙은 로브를 입은 남자였다. 그는 소년에게도 빵을 나눠주었다. 소년은 영문을 몰랐지만 결국 배가 너무 고파 빵을 받아 들었다. 남매가 그렇게 빵을 들고 미소를 지으며 떠나가는 모습에 로브를 입은 남자의 입매가 씨익 올라갔다. 하지만 곧 그의 얼굴에 그늘이 들어섰다.

"전하."

"이리도 백성들은 힘겨워하는데……."

황태자 케이시스는 백성들의 모습에 참담할 따름이었다. 그를 호위하는 아스칼은 그의 심정을 이해했다.

"어서 가자."

"예."

케이시스와 아스칼은 빈민가에 위치한 어느 허름한 건물 안으로 들어갔다. 그곳에는 이미 황태자비의 오라비인 레오를 비롯해 수뇌부와 이종족들이 모여 있었다.

케이시스는 그들을 향해 하나하나 눈을 마주쳤다.

"준비는?"

"모두 마쳤습니다. 자정에 맞춰 일제히 움직일 겁니다."

레오의 말에 케이시스는 고개를 끄덕였다. 그러다 그가 어느 한 명에게 시선을 주었다. 우람한 거구와 부담스러울 정도의 차림새, 아까부터 자신을 묘한 눈으로 바라보고 있는 남자에게 물었다. 저 눈빛에 시선을 외면하고 싶은 마음이 굴뚝같았지만 그는 결코 무시할 수 없는 존재였다.

"연합군은 어떻게 되었소?"

"호호호, 시간에 맞춰 움직일 거랍니다."

특유의 웃음소리. 바로 유니였다. 유니는 싱긋 미소를 날렸다. 그에 케이시스를 비롯한 이들은 고개를 돌렸다. 유니는 헬리아를 대신해 반 페르시아 군과 의견을 조율하기 위해 합류했다.

사전에 이미 플로렌스 공작이 이끄는 아르센 왕국군과 그 외에 라비안 왕국을 비롯한 나라들과 연합을 꾸려 제국의 수도로 진격했다. 연합군은 케이시스가 병사들을 이끌고 황성으로 향하면 수도 밖의 제국군이 황성 일에 신경을 쓸 수 없도록 견제하는 역할을 맡을 것이다. 안과 밖을 혼란시켜 황성을 치는 것이 이번 전쟁의 주요 전략이었다.

이번 일로 연합군 측은 제국의 야욕을 막는 동시에 각 국경 지역의 땅을 일부 받기로 되어 있었다. 아무리 대륙 전쟁을 막고 마룡을 저지한다는 명분이 있지만 결코 아무 이득 없이 움직이는 나라는 없었다.

케이시스는 그 점을 잘 알고 있었다. 그로서는 자신들의 힘만으로는 황제를 저지할 수 없기 때문에 받아들일 수밖에 없었다. 하지만 후회하진 않았다. 그가 황제이자 아버지에게 반기를 든 것은 더 이상 헛된 피를 흘리지 않고자 함이다.

케이시스가 다시 한번 이곳에 모인 이들을 쭉 바라보았다. 모두의 눈빛에는 불안과 초조, 그러면서도 단단한 결의가 느껴졌다

케이시스가 입가에 미소를 지었다.

"모두 내일 뵙겠소."

내일의 기약.

케이시스는 말갛게 미소를 지었다.

❊

타닥타닥.

수도 밖 제국군은 모닥불 주위에 앉아 늦은 저녁을 먹고 있었다. 아무리 철저히 경계를 한다고 해도 밥을 먹지 않을 수 없었다. 옹기종기 모닥불 주위에 모여 앉은 이들은 각기 다른 곳에서 차출된 병력이었다. 수도 방비를 강화한다고 병력을 차출했으나 혹여 그들이 모여 다른 마음을 품을 수도 있는 일이기에 모두 따로 떨어뜨려 놓았다.

"이거 도대체 언제까지 이러고 있어야 하는지 모르겠수."

"대충 며칠 더 있다가 끝나지 않겠나?"

"그러면 다행이지. 어휴."

병사들은 깊게 한숨을 내쉬었다. 그들은 중앙군도 아니고 지방 귀족의 사병들이다. 당연히 이곳이 고향이 아니었고 황제에게 큰 충성심도 없었다.

갑작스런 명령에 수도에 올라왔지만 제대로 씻지도 먹지도 못 하는 나날이 계속되자 기강이 해이해지기 시작했다. 솔직히 이 정도 방비를 해놓았는데 적이 쳐들어오겠는가? 그들의 머릿속에 차츰 안이한 생각이 자리 잡기 시작했다.

"혹시 뭐 들은 거 없수?"

"결국은 끝이 있지 않겠소?"

한 병사가 옆에 있던 병사에게 말했다. 그렇게 대답한 이는 로이만 자작가에서 온 병사였다. 그런데 그에게 질문을 했던 병사가 순간 고개를 갸웃했다.

"어라? 혹시 어디서 본 적 없수? 이상하게 눈에 익은데."

"뭐 얼굴이 워낙 흔해서리."

"아니 아니, 분명 어디서 봤는데…… 아, 황태자 전하의……!"

순간 병사의 눈이 큼지막하게 커졌다.

어째서 로이만 자작가의 병사가 황태자 케이시스와 함께 있던 병사란 말인가! 그러자 그 병사가 눈이 가늘어졌다.

땡— 땡—

때마침 자정을 알리는 소리가 들렸다. 그와 함께 그 병사가 스르륵 자리에서 일어섰다. 뿐만 아니다 로이만 자작가의 다른 병사들도 몸을 일으켰다.

"무, 무슨……!"

"곧 전쟁은 끝날 것이다."

채앵!

병사가 검을 뽑아 들었다.

"바로 황태자 전하의 손으로 말이다!"

부우우우우—

갑자기 고동이 울리며 비명이 터져 나왔다. 병사는 뒷걸음질 쳤지만 그는 더 이상 움직이지 못했다. 이미 그의 가슴에 검이 파고든 것이다.

"커, 커억!"

쿠웅!

곳곳에서 비명과 병장기 부딪치는 소리가 울려 퍼졌다. 거대한 화마가 진영을 휩쓸었다. 병사들은 갑자기 함께 밥을 먹고 있던 병사들이 제 목에 검을 겨누자 혼비백산하여 제대로 대처할 수 없었다. 로이만 자작가로 변장한 케이시스의 병력이 드디어 움직인 것이다.

비명성과 함께 전쟁의 막이 올랐다.

❊

끼이이익—

문이 열리자 헬리아는 볼 수 있었다.

그가 서 있다. 자신과 똑같은 모습으로, 전혀 다른 웃음을 지은 채 자신을 바라보고 있는 엑시온이. 헬리아의 눈빛이 가라앉았다.

"어서 오너라."

엑시온은 말간 웃음으로 그녀를 맞이했다. 문을 열고 들어간 방 안은 거대한 홀이었다. 그 가운데 엑시온이 홀로 서 있었다. 주변에는 아무런 기척도 느껴지지 않았다. 오로지 엑시온의 강렬한 기운만이 방 안을 가득 채울 뿐이었다.

"엑시온……."

"정말 이곳까지 올 줄이야."

엑시온은 키득거렸다. 헬리아는 그런 엑시온을 보며 표정을 굳혔다. 그는 이전보다 더욱 강력한 힘을 뿜어내고 있었다. 이전과는 비교할 수 없을 정도. 레어에서의 그와 지금의 그는 힘의 차이가 현저히 났다.

'드래곤 하트!'

헬리아는 이를 뿌득 갈았다. 그렇게 빼앗기지만 않았다면……. 하지만 이제 와 불필요한 후회였다.

'반드시 드래곤 하트를 되찾는다.'

헬리아의 눈빛이 번뜩였다. 엑시온은 그 모습을 보며 입꼬리를 씨익 올렸다.

"드래곤 하트를 찾으러 온 건가? 하지만 어쩌지? 벌써 삼켜 버렸는데?"

"말이 많아."

헬리아는 엑시온의 도발에 넘어가지 않았다. 드래곤 하트를 삼킨다고 그 힘을 얻을 수 있는 게 아니다. 드래곤 하트의 힘을 온전히 받아들이려면 그만한 시간이 필요했다. 헬리아는 어머니의 기억을 통해 그것이 한 달 정도 걸린다는 것을 확인했다.

"드래곤 하트를 모두 흡수했다면 당장 움직였겠지, 겁쟁이처럼 꽁꽁 숨어 있는 게 아니고. 안 그래?"

"가소로운……."

단번에 엑시온의 표정이 날카로워졌다. 그녀가 그의 상황을 모두 꿰뚫고 있는 것이 달갑지 않은 반응이었다. 하지만 엑시온은 곧 표정을 풀고 비릿한 미소를 지었다.

"드래곤 하트를 간절히 원하는 것 같은데. 어때, 거래를 하는 게?"

"거래?"

도대체 무슨 생각이지? 헬리아는 엑시온의 생각을 파악할 수 없어 눈매를 좁혔다.

"그래, 거래. 네게 이 드래곤 하트를 주지."

"……무슨 속셈이야?"

헬리아는 엑시온의 말을 곧이곧대로 믿지 않았다. 세 치 혀로 사람의 마음을 농락하는 놈이다. 어둠 속에서 그녀는 뼈저리게 깨달았다. 자신의 몸을 차지하기 위해 수단 방법 가리지 않고 자신의 정신을 망가뜨리려 했던 엑시온이다. 그런 그가 드래곤 하트를 준다고? 지나가는 개도 믿기 힘든 말이다.

엑시온은 그런 헬리아의 반응에 더욱 짙은 미소를 지었다.

"속셈이라니? 드래곤 하트가 필요하잖아?"

"그걸 왜 내게 준다는 거지?"

"물론 그냥 준다는 게 아니다. 이건 거래니까."

"원하는 게 뭐야?"

헬리아는 일단 엑시온의 이 말도 안 되는 장단에 맞춰주기로 했다.

"나를 그대로 둘 것."

"무슨 소리야?"

"말 그대로다. 나는 그저 살고 싶을 뿐이다. 대륙의 정벌 같은 건 관심도 없어. 어때? 좋은 거래가 될 수 있을 것 같지 않나?"

헬리아는 엑시온의 말에 어이가 없어졌다. 도대체 이게 무슨 말이란 말인가.

"정말 원하는 게 뭐야?"

"난 그냥 살고 싶을 뿐이다. 사는 것에 이유가 필요한가?"

"……."

헬리아는 엑시온의 말에 눈을 가늘게 떴다. 드래곤 하트를 주겠다? 그러니 내버려 두라?

"수많은 이를 죽여 놓고 살고 싶다? 또 무슨 짓을 할지 모르는 널?"

"그거야 내가 살기 위한 한 방편이었을 뿐이야. 너도 마찬가지 아닌가? 살기 위해 남을 죽였을 것이다. 나 또한 그런 것이다."

엑시온의 뻔뻔스런 말에 헬리아는 눈매를 좁혔다.

"네가 드래곤 하트를 준다는 말을 어떻게 믿지?"

"헬리아!"

"공주님!"

헬리아가 엑시온의 거래를 받아들이려 하자 뒤에서 엘라임과 이안이 나섰다. 헬리아는 뒤를 돌아보았다. 그리고 웃었다.

엑시온과 거래를 한다? 미치지 않고서야 누가 엑시온과 거래를 한단 말인가. 거래는 무엇보다 신뢰가 중요하다. 상대에게 믿음이 있든지 상대가 반드시 그렇게 움직일 거라는 믿음이 있어야 가능하다.

하지만 엑시온은 둘 다 꽝이다. 엑시온을 믿을 수도, 엑시온이 그렇게 움직여야 할 필연적인 이유도 없다. 그런데 어떻게 엑시온을 믿을 수 있겠는가.

'틈을 노려야 해.'

드래곤 하트를 흡수하려면 한 달의 시간이 필요하다. 하지만 그건 완전히 드래곤 하트를 흡수하는 시간이다. 불완전하기 하지만 드래곤 하트를 일부 흡수한 엑시온의 힘은 이전을 상회한다. 그런 그에게 정면으로 승부하기보다는 틈을 노려야 한다. 엑시온이 정말 드래곤 하트를 넘겨줄지는 모르지만 그가 어떤 행동을 할 때 그를 노려야 한다.

헬리아가 두 사람에게 눈빛으로 결의를 내비쳤다. 그러자 그녀의 생각을 알아챈 엘라임과 이안은 뒤로 물러섰다.

헬리아는 다시 엑시온을 바라봤다.

"우선 드래곤 하트를 확인해야겠어."

"물론."

엑시온이 씨익 웃었다. 그리고 자신의 심장에 손을 넣더니 푸욱 무언가를 꺼냈다. 바로 드래곤 하트였다. 드래곤 하트는 헬리아가 레어에서 본 것과 전혀 달라지지 않았다. 엑시온이 그것을 헬리아에게 내비쳤다.

"자, 가져가거라."

엑시온의 웃음이 짙어졌다. 헬리아가 엑시온을 향해 걸어갔다.

한 걸음, 두 걸음. 그에 따라 엑시온의 눈빛도 짙어졌다.

뚜벅뚜벅.

헬리아와 엑시온, 두 사람의 거리가 점점 가까워졌다. 적막한 홀 안에는 헬리아의 발걸음 소리만이 나직이 울려 퍼졌다.

헬리아는 엑시온을 바라보았다. 현재 헬리아는 그로 변장한 탓에 마치 그녀와 엑시온은 데칼코마니처럼 똑같았다. 처음에는 그것이 기분 나빴다. 왜 아니 그렇겠는가. 자신과 똑같은 얼굴을 한 사람과 마주하는 것인데. 그것도 최악의 상대와. 처음 자신의 힘에 영향을 받아 저 모습으로 변한 것일 테지만 왜 아직까지 저 모습을 유지하고 있는지 모르겠다.

'마음에 든 건가?'

헬리아는 여전히 의뭉스런 미소를 짓고 있는 엑시온을 보며 가늘게 눈을 떴다. 그의 손에 있는 드래곤 하트. 그것이 영롱한 빛을 뿜으며 헬리아를 유혹했다.

'도대체 무슨 꿍꿍이지?'

스스로 거래라는 말을 입에 담은 엑시온의 모습이 낯설었다. 오만한 그가 거래라니. 그렇기에 헬리아는 그가 드래곤 하트를 준다는 말을 결코 믿지 않았다. 믿을 사람이 없어 그를 믿겠는가. 무슨 꿍꿍이가 반드시 있을 것이다. 그리고 그것은 결코 그녀에게 도움이 되지 않을 터.

헬리아는 최대한 드러나지 않게 힘을 끌어올렸다. 엑시온이 무슨 짓을 하든 우선 드래곤 하트를 탈취하는 게 먼저였다. 조심스럽게 움직여야 한다. 헬리아의 눈이 매섭게 변했다.

"자, 받거라."

"……."

"뭘 망설이지?"

"무슨 생각이지?"

"말하지 않았나? 너는 드래곤 하트를 갖고, 나는 네 방해를 받지 않는 것이다."

"완전히 힘을 찾아 이 대륙을 마기로 물들일 생각이 아니었나?"

"대륙을 마기로? 내가 왜?"

엑시온이 별 희한한 소리를 다 듣는다는 표정으로 입꼬리를 올렸다. 여전히 드래곤 하트는 그의 손아귀에 쥐어진 채였다.

헬리아는 엑시온의 태도에 위화감을 느꼈다. 엑시온은 헬리아의 눈을 보며 말했다. 그는 거짓을 말하고 있지 않았다.

"나는 살고 싶다. 그것이 내 삶의 이유이며 이 땅에 내려온 이유이다."

살고 싶다? 헬리아는 엑시온의 말을 이해할 수 없었다. 그러나 엑시온의 눈은 진실을 말하고 있었다. 흑마법사니 뭐니 대륙을 지배한다느니 그런 게 아니었다. 그래서 헬리아는 더욱 당혹스러웠다.

'진짜로 그저 살기 위함인가?'

이상했다. 모든 생명이 태어나는 순간부터 생을 이어간다. 하지만 삶 그 자체가 목표가 되는 경우는 드물다. 그녀만 해도 사는 것보다는 어떻게 살지에 집중되어 있다. 사는 것, 그 자체에 목적을 두는 이들은 정말로 사는 것이 목표이며 삶의 투쟁이 되는 존재일 경우이다.

가령 아픈 이들이나 삶이 얼마 남지 않은 이들. 그런 자들이 내뱉어야 할 말을 엑시온이 내뱉고 있었다. 원인을 모르기에 의구심만 가득 차올랐다. 그 점이 헬리아가 엑시온을 믿지 못하게 하는 원인이 되었다.

"……."

"언제나 죽음을 뒤에 둔 자는 삶을 간절히 바라게 되지. 그래, 마치 세르게니아처럼."

"……."

세르게니아. 결국 엑시온의 입에서 그녀의 이름이 나왔다.

헬리아의 표정이 굳어졌다. 엑시온은 헬리아의 반응이 즐거운지 입술을 끌어 올렸다.

"궁금하지 않았나? 마계에 있어야 할 내가 어떻게 중간계에 강림할 수 있었는지? 흑마법사들? 그런 버러지들이 감히 날 강림시킬 수 있다 여기는가? 어림없는 소리."

엑시온은 씨익 웃으며 말했다.

"그렇다. 바로 세르게니아다."

"……뭐?"

순간 헬리아의 눈동자가 흔들렸다. 그 모습에 엑시온은 키득거렸다.

"아아, 나도 참으로 놀랐지. 드래곤이 나를 부를 거라 생각지 못했으니까."

"……."

헬리아는 엑시온의 말에 입술을 질끈 깨물었다. 설마 하던 일이 사실로 드러났다.

'어째서…… 어머니가.'

하지만 사실 어느 정도 예상은 했다. 드워프 마을에서 본 마법진과 그 외에 증거들이 어머니가 마룡을 소환한 것임을 증명하고 있었다. 그래도 아니라고 믿고 싶었나 보다.

헬리아는 잠시 눈을 감았다 떴다. 혼란의 격류는 빠르게 안정을 되찾았다.

"왜 너를 부른 거지?"

"못 들었나?"

엑시온은 금방 이성을 되찾은 헬리아가 마음에 안 들은 듯 입술을 비틀었다. 그러나 곧 미소를 지었다.

"살고자 했으니까."

"……."

"그 도도한 드래곤 놈들도 결국 죽음을 눈앞에 두니 살고 싶어진 거지."

"하지만 드래곤은……."

"영생을 사는 존재는 아니다. 그 끝이 있게 마련이지. 그리고 그 끝에 다다라 있었다. 겨우 일이 년 정도의 시간밖에 없었지. 큭큭큭, 하기야 수백 년 동안 사랑했던 사람이 자신을 사랑하고 있고 그의 아기도 있는데, 남은 시간이 일이 년밖에 없다면 사람이든 드래곤이든 뭔들 못 할까?"

"……."

헬리아는 엑시온의 말에 눈을 질끈 감았다.

그제야 비밀이 밝혀졌다. 그녀가 왜 마룡을 소환했는지. 그 이유를 알자 헬리아는 뭐라 말을 할 수 없었다. 800년 동안 단 한 사람을 보아 왔던 어머니였다. 그 긴 세월 동안 그녀는 그를 기억하고 사랑해 왔다. 그 시간이 무려 800년이다.

헬리아는 감히 그것을 상상할 수 없었다. 얼마나 외로웠을까, 얼마나 고통스러웠을까. 그렇기에 헬리아는 그녀의 결정을 비난할 수 없었다. 그녀의 입장이 되어보지 않는다면 결코 말할 수 없으리라.

그와 동시에 그녀의 심장은 차갑게 가라앉았다. 그렇게 살고자 마계의 문을 열었던 어머니다. 그러나 지금 눈앞에는 어머니는 없고 엑시온이 서 있다. 헬리아의 시선이 드래곤 하트를 바라보았다. 그녀의 입가에 비릿한 비웃음이 걸렸다.

엑시온의 눈썹이 치켜 올라갔다.

"거래라고?"

헬리아의 시선이 엑시온이 들고 있는 드래곤 하트를 향했다. 드래곤 하트에 눈이 팔려 생각지 못했다.

"흡수했던 드래곤 하트를 빼냈다고? 하지만 이상한데? 왜 네놈의 힘은 그대로인 거지?"

엑시온의 표정이 살짝 금이 갔다. 헬리아는 그것을 보고 더욱 비웃음을 지었다.

"웃기는군. 가짜 드래곤 하트를 내민 주제에. 간악한 세 치 혀로 나를 농락할 생각이었다면 큰 오산이야. 마족과 거래라니, 차라리 정치가의 약속을 믿는 게 낫지!"

헬리아가 힘을 끌어올렸다.

"엘라임, 이안!"

애초에 그의 이야기를 곧이곧대로 들을 필요도 없었다. 그는 처음부터 자신에게 드래곤 하트를 줄 마음이 없었다.

마족의 거래. 마족은 달콤한 말로 상대를 꾀어 자신의 이익을 취득한다. 어머니는 너무나 간절하였기에 그의 꾀에 넘어간 것이 분명했다. 그런 자의 마음을 짓밟은 엑시온을 결코 용서할 수 없었다.

"드래곤 하트는 내 힘으로 되찾겠어!"

"이년이!"

콰아아아아!

헬리아가 쏘아낸 마법이 엑시온을 강타했다. 거대한 바람이 홀 안을 휘몰아쳤다.

그 순간이었다. 엑시온이 들고 있던 드래곤 하트가 파삭 깨지면서 광포한 마기가 깨어났다. 그것은 뱀의 혀처럼 헬리아를 향해 쇄도했다.

"역시!"

그녀의 생각대로 드래곤 하트는 진짜가 아니었다. 엑시온이 만든 가짜. 그것도 그녀가 그것을 손에 드는 순간 마기가 폭사해 그녀의 숨통을 조이게 되어 있었다.

"죽어랏!"

엑시온이 흩뿌린 마기가 허공을 가르고 헬리아를 향해 쏘아져 나갔다. 드래곤 하트를 일부 흡수한 덕에 그 힘은 전보다 몇 배나 더 강해져 있는 상태였다.

파아아악!

그러나 그의 공격은 엘라임에 의해 막혔다. 엘라임이 만들어낸 방어막에 부딪혀 헬리아의 몸에 상처 하나 만들지 못했다. 엑시온의 눈이 더욱 사납게 변했다. 그가 강해진 만큼 헬리아의 힘 또한 이전과 다르게 강해진 것이다.

"그때 숨통을 끊어놓았어야 했거늘!"

"그건 나 또한 마찬가지야!"

누가 할 소리를! 헬리아는 다음 공격을 준비했다. 그 틈에 이안이 오러블레이드를 일으키며 엑시온을 향해 빠르게 달려갔다.

촤아아악!

이제 소드 마스터의 힘을 완전히 자신의 것으로 만든 이안이 내뿜는 오러블레이드는 더욱 견고하고 날카로워졌다. 검과 하나가 된 듯 이안은 한 호흡 만에 엑시온에게 다가가 검을 휘둘렀다.

콰아아앙!

"크윽, 이놈이 감히!"

이안이 뿜어낸 오러블레이드는 아쉽게도 엑시온이 형성한 마기의 막 앞에서 흩어졌지만 엑시온의 심기를 불편하게 하기에 충분했다. 엑시온은 곧 반격을 날렸다. 벼락이 내리치는 듯 눈 깜짝할 사이에 그가 뿌려낸 마기가 이안을 공격했다.

타앙!

그러나 그 공격은 엘라임이 만든 벽 앞에 또 한 번 막혀 버렸다.

"크아아아!"

엑시온이 분노를 터뜨렸다. 그와 함께 그의 몸에서 검은 마기가 넘실거리며 머리카락이 허공에 휘날렸다.

드래곤 하트로 그녀를 유인하려던 작전이 실패로 돌아갔다. 거기에 더해 그들의 능력이 자신의 생각보다 더 강했다. 엑시온은 자신의 모든 힘을 개방했다.

파아아앗!

포악한 바람이 엑시온을 중심으로 퍼져 나갔다. 그의 금색 눈동자는 이내 검붉은색으로 변하였다.

"네년만은 반드시 죽이고 말겠다!"

"누가 할 소리를 하는지 모르겠군!"

헬리아는 엘라임과 이안에게 눈짓했다. 그가 더 날뛰기 전에 봉인을 해야 했다. 저번에는 실패했지만 이번에는 세계수의 도움으로 이전보다 더욱 강해졌다. 실패는 없다.

'심장아, 제발 버텨줘.'

헬리아는 제 심장 부근을 꾹 눌렀다. 아직은 문제가 없지만 봉인 마법을 쓰기 시작하면 급격히 심장에 무리가 갈 것이다. 게다가 엑시온은 이전보다 더 강해졌다. 도박이었다.

'반드시 살아서 돌아가겠어.'

헬리아는 굳게 다짐했다. 어머니의 마음을 이해할 수 있었다. 소중한 사람들을 남기고 떠나야 한다는 것. 이곳에 와서 처음으로 소중한 사람들이 생겼다.

지구에서의 생활은 언제나 무채색이었다. 특히 사랑하는 이에게 배신당한 뒤로 더욱 삶의 의미를 잃어버리고 살아왔다.

차에 치어 죽었을 때도 복수하지 못한 것이 억울하고 원통했을 뿐, 그곳에서의 삶 자체에는 미련을 가지지 않았다. 하지만 이곳에 와서 너무도 소중한 것들이 생겼다. 좀 더 그들과 함께하고 싶었다.

번뜩!

헬리아의 눈이, 머리카락이, 그리고 온몸이 빛나기 시작했다. 황금빛 격류가 그녀의 몸을 휘돌며 퍼져 나갔다. 그녀 또한 자신의 힘을 모두 개방한 것이다. 헬리아는 급격히 치미는 고통에 이를 악물었다.

파아아아앗!

"다시는 세상에 기어 나오지 못하게 만들어주지!"

스스스스!

그녀의 몸에서 금색의 쇠사슬이 뻗어 나와 엑시온을 향해 쇄도했다.

"같은 수법에 두 번 당할 것 같으냐!"

엑시온은 몸을 띄워 쇠사슬을 피하려 했으나 엘라임과 이안의 공격이 뒤를 이었다.

쐐애애액!

이안의 검이 엑시온의 빈틈을 노리고 찔러 들어왔다. 엑시온은 이안의 공격을 피하기 위해 몸을 움직였고 엘라임은 그때를 노려 공격을 난사했다.

콰아아앙!

"이것들이!"

엑시온의 마기가 퍼져 나갔다. 강력한 마기의 요동에 엘라임과 이안이 신음을 흘리며 뒤로 튕겨 나갔다. 그러나 그들에게 시선을 빼앗긴 탓에 제 발을 묶는 쇠사슬을 못 보고 말았다.

"잡았다!"

제7장 세르게니아

"잡았다!"

"크으윽! 헬리아아아!"

"너무 그렇게 보채지 말라고. 그러지 않아도 곧 네가 좋아하는 어둠으로 보내줄 테니까! 영원히!"

엑시온의 발을 붙잡은 쇠사슬은 마치 뱀이 먹이를 조이듯 순식간에 그의 몸을 휘감았다.

"아아악!"

엑시온은 쇠사슬을 풀기 위해 몸부림쳤지만 속수무책이었다. 엑시온이 거세게 몸부림칠수록 헬리아의 입가에 피가 흘러내렸다. 하지만 헬리아의 신경은 흐트러지지 않았다.

'평생 어둠 속에서 살게 해주마.'

헬리아의 마나가 끊임없이 엑시온을 향해 쏟아졌고, 엑시온은 금빛 쇠사슬이 몸을 파고들자 고통스런 신음을 토해냈다.

"끄아아악!"

마기가 엑시온의 비명에 따라 거세게 요동쳤다. 그것은 날카로운 칼날이 되어 헬리아의 뺨에 생채기를 만들어냈다. 엑시온은 쇠사슬을 풀기 위해 더욱 힘을 주었다. 이대로 봉인당할 수는 없었다.

엑시온이 이를 악물며 입을 열었다.

"나, 날 봉인하면 드래곤 하트를 얻을 수 있을 것 같으냐!"

"아, 그렇군."

헬리아의 입꼬리가 비틀려 올라갔다. 그와 함께 엘라임과 이안이 엑시온에게 다가갔다.

"뭐 염려는 고맙긴 한데 이미 다 생각해 두었지. 엘라임, 이안!"

엘라임과 이안이 헬리아의 말에 고개를 끄덕였다. 엑시온은 두 사람이 다가오자 얼굴에 두려운 기색이 스쳤다.

"도대체 뭘 하려는 거냐!"

"뭐긴, 내가 받아야 할 드래곤 하트를 꺼내려는 거지."

"뭣이!"

엘라임이 엑시온을 향해 물로 만든 창을 날렸다.

"끄아아악!"

엑시온의 몸 곳곳에 창이 꽂혔다. 그리고 이안이 그의 가슴에 검을 푹 찔러 넣어 드래곤 하트를 빼냈다. 잔뜩 피가 묻어 있었으나 그가 좀 전에 만든 가짜 드래곤 하트가 아닌 진짜였다. 이안이 드래곤 하트를 빼내는 모습을 본 헬리아는 다급히 봉인을 진행했다.

주륵.

힘을 너무 많이 사용했다. 입가를 비집고 흘러내린 피는 얼마 되지 않지만 그녀의 목으로 넘긴 피가 한 사발은 되었다. 하지만 결코 내색할 수 없었다. 그녀가 힘들어하는 모습을 보이면 엘라임과 이안의 움직임에 제약이 생긴다. 그래서는 안 되었다.

'제발, 조금만 더 버텨줘!'

봉인 마법을 시전할 때는 다른 마법을 쓸 때와는 현저히 다른 양의 마나가 사용된다. 어머니가 왜 드래곤 하트가 있어야 한다고 했는지 이해가 될 정도였다. 하지만 이가 없으면 잇몸으로든 어떻게 해야 하는 거 아니겠는가.

헬리아는 비릿한 피를 삼키고 마법에 집중했다. 이제 엑시온만 봉인하면 끝이다. 그 생각으로 헬리아는 심장이 부서지는 고통을 인내했다.

'이제 조금만!'

이번마저 실패하게 된다면 다시는 봉인 마법을 쓸 수 없을 것 같았다. 헬리아는 마지막 힘을 끌어올렸다.

그 순간이었다.

"크크크."

엑시온이 키득거리기 시작했다. 헬리아는 눈살을 찌푸렸다. 설마하니 미쳐 버린 것일까?

"네가 날 봉인할 수 있을까?"

금빛 쇠사슬을 칭칭 감은 채 엘라임의 창에 찔려 드래곤 하트를 적출당한 엑시온이 내뱉을 말은 아니었다. 하지만 헬리아는 느낌이 좋지 못했다.

'뭐지?'

봉인 마법은 순조로웠다. 심장에 큰 무리가 가고 있긴 하지만 이대로 봉인 마법을 진행하는 데는 아무런 문제가 없었다.

'날 교란시키려는 건가?'

헬리아는 눈매를 좁히고 봉인 마법을 완성시키는 데 집중했다. 어차피 이제 봉인은 끝난다. 드래곤 하트도 얻었으니 그만 사라지면 되는 일. 그러면 아버지를 구하고 이 전쟁도 끝을 낼 수 있을 거다.

"헛소리하지 말고 어둠으로 떨어져라!"

헬리아가 봉인 마법을 마무리 지을 때였다. 엑시온의 입이 열렸다.
"세르게니아는 죽지 않았다."
우뚝.
헬리아의 몸이 순간 경직되었다.
'뭐?'
신경을 쓰지 말아야 한다. 그렇게 생각했지만 헬리아의 시선은 엑시온에게 향해 있었다. 도대체 무슨 헛소리를 지껄이는 거지? 어머니가 살아 있다고?
'살기 위한 마지막 발악인가?'
헬리아는 눈을 찌푸렸지만 지금 이 상황에서 엑시온의 말을 믿을 수 있겠는가. 그녀는 다시 마법에 집중했다. 순간 정신이 흐트러져 심장에 무리가 갔지만 이제 얼마 남지 않았다. 그러나 엑시온의 말은 그것이 끝이 아니었다. 헛소리라고, 그녀를 혼란에 빠뜨리기 위해 하는 소리라고 하기엔 너무나 당당했다.
"세르게니아는 살아 있다."
"어머니는 죽었어."
드래곤 레어에서 그녀의 사념체를 보았다. 어머니가 살아 있다니 말이 안 된다.
"크크크."
엑시온이 기괴한 웃음을 흘렸다. 헬리아는 이를 악물었다. 봉인에 집중하려 했지만 도저히 그의 말을 그대로 간과할 수 없었다.
'어머니가 살아 있어?'
하지만 그렇다면 왜 지금까지 모습을 보이지 않았단 말인가?
"거래라고 했더냐?"
헬리아는 최대한 정신을 집중시켰다. 간악한 엑시온의 말을 들을 필요가 없다. 그녀는 귀를 닫고 봉인 마법에 집중했다. 그러나 엑시온의 다음 말은 그녀를 충격에 몰아넣기에 충분했다.

"나는 마계의 긍지 높은 마족 엑시온이다. 그녀는 살고자 했고 나는 그 소원을 들어주었다."

'집중을…….'

듣지 말아야 한다.

"이 몸이 바로 그 증거."

엑시온이 씨익 웃었다. 그리고 입가에 조소를 짓고 말했다.

"내가 바로 세르게니아다."

'뭐라고?'

파지직!

한순간이었다. 헬리아의 집중이 끊어진 그때 엑시온이 움직였다. 그의 몸에서 거센 마기가 뿜어져 나와 금빛 쇠사슬을 부숴 버렸다. 아주 잠깐이었다. 하지만 엑시온은 그 틈을 놓치지 않았다.

"크하하하! 이 몸이 이리 허무하게 당할 것 같더냐!"

"쿨럭!"

엑시온이 마법을 푼 탓에 헬리아는 갑자기 역류하는 피에 검붉은 피를 토해냈다.

"헬리아!"

엘라임이 서둘러 헬리아에게 다가갔다. 하지만 그것은 실수였다. 엘라임이 헬리아에게 시선을 준 순간, 그의 몸에 박아둔 창이 사라졌고 엑시온은 이안의 손에 든 드래곤 하트를 탈취해 먹어치웠다. 이안 또한 헬리아로 인해 순간 신경이 분산된 탓이었다.

헬리아는 이를 악물고 엑시온을 노려보았다.

"에, 엑시온! 일부러!"

정말이지 노림수였다면 제대로 먹혔다. 그의 한마디에 헬리아의 신경이 완전히 흩어졌으니까. 쇠사슬에서 풀려 자유로워진 엑시온은 입가에 비릿한 웃음을 지으며 말했다.

"나는 사실을 말했을 뿐이다."

"사실……?"

헬리아는 멍한 표정을 지었다. 사실이라고? 엑시온이, 엑시온이……!

"크하하하하!"

엑시온의 웃음이 퍼져 나갔다.

'안 돼…….'

헬리아는 흐려지는 정신을 다잡았다. 마법이 무리하게 캔슬되는 바람에 타격은 더욱 컸다. 아까부터 계속 피가 흘러내렸다. 엘라임이 그런 헬리아를 부축했다.

"헬리아!"

"젠…… 장, 엑시온……."

"하하하하! 모두 죽어라!"

콰아아아아앙!

거대한 폭음이 울려 퍼지고 마기가 폭사했다. 그리고 그 마기는 헬리아와 엘라임, 이안을 덮쳤다. 세상은 온통 암흑으로 물들었다.

❊

"으악!"

"막아라!"

"반란군이다!"

황성에 비명이 울려 퍼졌다. 갑작스런 반란군의 습격! 미리 황성의 경계가 몇 배나 더 강화된 상태였다. 하지만 그들의 습격은 막을 수 없었다. 제국군 사이에 숨어 있던 반란군은 때가 되자 제국군을 무참히 베어버렸고, 제국군은 피아를 구분하지 못하고 속수무책으로 당할 수밖에 없었다.

수도 외곽에서 그렇게 제국군이 당할 동안 수도 안, 황성에서는 황태자 케이시스와 미리 결탁한 이들이 황성의 문을 열고 반란군을 맞이하였다. 안팎에서 공격을 당한 제국군은 반란군의 습격을 당해내지 못했다. 무엇보다 케이시스의 군대가 누구보다 제국의 수도와 황성에 대해 잘 아는 이들이었기에 가능했다.

그러나 반란군의 수는 제국군의 수에 비해 많지 않았다. 수도 외곽에서 혼란을 겪었지만 곧 제국군은 병력을 수습하여 황성 안으로 치고 들어갔다. 아니, 그러려 하였으나 난데없는 연합군의 침공 소식을 접하고 작전을 변경해야 했다.

연합군이 들이닥친 시점에서 병력을 내부로 돌린다면 황제가 바뀌는 것에 끝나지 않고 나라가 통째로 바뀔 판이었다. 결국 수도 사령관은 황성 내부로 진격하지 못하고 외부의 적을 맞이해야 했다. 그 바람에 케이시스의 군대는 빠르게 황성 안으로 침투했다.

"끄아아악!"

"끄어억!"

푸른 오러블레이드가 폭풍처럼 몰아쳤다. 오러블레이드가 스쳐 지나갈 때마다 병사들이 짚단처럼 무더기로 넘어갔다.

아스칼이었다. 황태자 케이시스를 보호하며 그가 맨 앞에서 적들을 섬멸했다. 아스칼의 앞을 황궁 기사들이 막아섰으나 소드 마스터인 그를 이길 수는 없었다. 거기다 황궁의 다른 소드 마스터들은 수도 밖에 있거나 다른 곳을 지키느라 그를 막는 이는 없었다.

"끄어억!"

비명이 난무했다. 그 모습을 뒤에서 지켜보던 케이시스는 이루 말할 수 없이 착잡했다. 자신이 반란을 일으키지 않았다면 이렇게 같은 백성끼리 검을 겨누고 피를 볼 일은 없었을 것이다.

'내 업이로다. 그러나 저승에 가서 그 업을 달게 받겠다.'

고난에 빠져 시름시름 앓고 있는 백성들이 떠올랐다. 추운 겨울에 제대로 먹지 못해 죽어가는 그들의 얼굴이 생각났다.

케이시스는 마음을 다잡았다. 이내 그의 표정은 결의로 가득 찼다.

털썩.

그의 앞을 가로막던 마지막 한 명이 아스칼의 검에 의해 쓰러졌다. 눈앞에는 피의 강이 흐르고 있었다.

"전하."

"여기까지 왔군."

케이시스는 아스칼의 얼굴을 보았다. 그리고 자신의 뒤를 따르는 병사들의 얼굴을 일일이 보았다. 그들 앞에는 대회의실이며 황제가 있는 어전의 문이 있었다. 이제 저 문을 열면 황제가 기다리고 있으리라.

뚜벅뚜벅.

케이시스가 천천히 앞으로 나아갔다. 그의 발아래에는 죽은 이들의 피가 흩뿌려져 있었다. 그리고 그 피는 그의 온몸에도 가득했다.

전쟁이란 결국 피를 부르는 법. 이렇게 되지 않길 바랐다. 하지만 그의 아버지, 황제는 넘지 말아야 할 선을 넘어버렸다. 케이시스의 두 눈이 번뜩였다.

끼이이익-

두꺼운 문이 천천히 열리기 시작했다. 그 문 너머 홀 안 가장 상석에는 그와 똑 닮은 중년인이 오만한 자세로 그를 내려다보고 있었다. 케이시스의 얼굴이 경직되었다.

황제의 주위로는 수백의 기사와 마법사들이 포진하고 있었다. 이미 그의 방문을 준비하고 있었던 것이다. 하지만 케이시스 또한 혼자가 아니었다.

뚜벅뚜벅.

케이시스가 황제 앞으로 나아갔다. 모두가 숨죽인 상황. 어느 누구도 케이시스에게 다가가지 않았다. 케이시스가 홀의 중앙에 서 황제이며 자신의 아버지를 바라보았다.

"아버지."

"어서 오너라, 아들아."

황제는 차가운 눈빛으로 케이시스를 바라보았다. 케이시스 또한 지지 않고 그를 바라보았다.

❊

쏴아아아-

시원한 바람 소리가 들려왔다. 겨울의 혹한을 담은 바람이 아니었다. 부드러운 봄날의 바람이 귓가를 스쳤다. 헬리아의 눈꺼풀이 바람에 스르르 올라갔다. 눈이 뻑뻑했다. 흐릿한 시야에 두어 번 눈을 더 깜빡여 주자 주변이 또렷이 보이기 시작했다.

"……으음?"

아직도 잠이 덜 깼나? 헬리아는 눈앞의 광경에 눈살을 찌푸렸다. 푸른 초원과 맑은 하늘이 펼쳐져 있었다. 정말이지 마음이 상쾌해질 정도의 광경이었다.

"……대체."

헬리아는 그제야 이상함을 눈치채고 몸을 일으켜 주변을 둘러보았다.

"여기가 어디야?"

순간 머리가 지끈거렸다. 그런 그녀의 이마에 따스한 바람이 스쳐 지나갔다. 문제는 지금은 겨울이 아니라는 것이다. 결코 이런 봄날의 광경이 눈앞에 펼쳐져서는 안 되는. 도대체 어디서부터 잘못된 건지 감을 잡을 수 없었다. 혼란스런 머리를 정리했다. 자신이 있어야 할 곳은 페르시아 제국의 황성이다. 결코 이런 한가한 풍경이 있는 곳이 아니었다.

헬리아는 눈매를 좁혔다. 그녀의 표정이 싸늘하게 식었다.

"엑시온……."

결국 엑시온을 놓쳤고 그가 드래곤 하트를 가져가 버렸다. 그리고 쾅 하는 거대한 폭발. 그다음은 바로 이곳이다. 헬리아의 표정이 딱딱하게 굳어졌다. 엑시온이 마지막에 내뱉은 말이 떠올랐다. 그 말 때문에 헬리아는 순간 틈을 보이고 말았고 엑시온은 그 틈을 노려 드래곤 하트를 가져가 버렸다.

헬리아는 입술을 질끈 깨물었다. 그 말에 넘어가는 것이 아니었는데. 머리가 혼란스러웠다. 하지만 아니라고 믿고 싶어도 자꾸만 그의 말이 머릿속에 맴돌았다.

엑시온이 어머니라고? 그런 말도 안 되는 걸 믿으라는 소린가? 헬리아는 미간을 잔뜩 찌푸렸다. 하지만 아니라고 생각해도 왜 자꾸 가슴이 서늘한지 모르겠다. 헬리아는 깊게 숨을 내쉬었다. 우선 지금 이곳이 어디인지부터 파악하는 게 중요했다. 진실은 그다음의 문제다.

"엘라임! 이안!"

헬리아는 엘라임과 이안을 불렀다. 그러나 역시나 두 사람의 기척은 어디에서도 느껴지지 않았다.

"이거 또 어둠 속인가?"

엑시온이 만들어낸 어둠 속이라면 이제 정말 지긋지긋했다. 한데 왠지 그런 것 같지도 않다는 생각이 들었다. 도대체가 뭐 하나 쉽게 넘어가는 법이 없다. 헬리아는 우선 주변을 살펴보았다. 지금으로서는 그렇게 행동하는 것 외엔 방법이 없었다.

그때였다. 멀리서 사람의 인기척이 느껴졌다. 그리고 다가온 사람을 보고 헬리아의 두 눈은 동그랗게 커지고야 말았다.

"……나?"

헬리아와 똑같은 외모를 지닌 여자가 그녀를 향해 달려오고 있었다.

"자, 잠깐!"

헬리아는 그녀를 불러 세웠지만 그녀는 헬리아가 보이지도 않는지 그대로 달려왔다. 자신을 향해 미친년처럼 달려들자 피하려 했지만 순간 여자가 먼저 그녀를 덮쳤다. 그리고 그대로 쑥!

"……어?"

헬리아의 두 눈이 커졌다. 지금 대체 뭐였지? 방금 자신의 몸을…… 그대로 통과해 버렸다.

"빈!"

헬리아를 통과한 여자가 누군가를 향해 외쳤다. 헬리아의 놀람도 잠시, 이내 더욱 놀랄 수밖에 없었다.

"세니아!"

"빈!"

여자를 향해 포근한 미소를 짓고 있는 남자가 있었다. 헬리아가 아주 잘 아는 사람이었다.

"……아버지?"

빈센트가 사랑스러운 눈으로 여자를 바라보고 있었다. 헬리아의 시선이 바로 여자를 향했다. 탐스러운 금발과 매혹적인 금안을 지닌 여자.

바로 세르게니아였다.

"이건 대체……."

젊은 시절의 아버지와 어머니. 헬리아는 그제야 자신이 무엇을 보고 있는지 깨달았다.

세르게니아, 어머니의 기억이었다.

❊

왜 시간은 이다지도 빠르게 흘러가는 것일까. 세르게니아는 처음으로 흘러가는 시간을 원망했다. 만 년에 가까운 생을 살면서 그녀는 시간이 짧다는 생각을 해본 적이 없었다. 하지만 아니었다. 시간은 누구에게나 공평했다. 드래곤인 그녀에게도.

"마, 마!"

어린 딸의 환한 미소에 세르게니아는 마주 환한 미소로 맞아주었다. 그러나 눈빛에 어린 근심과 초조함은 쉽사리 지우지 못했다.

"세니아, 혹시 어디 아픈 거야?"

빈센트가 걱정스레 물어왔다. 세르게니아는 고개를 저었다. 사랑하는 나의 사람. 이 사람을 두고 어찌 떠나갈 수 있단 말인가.

"빈, 우리 소풍이나 갈까?"

"소풍? 그거 좋지. 지금 당장 갈까?"

빈이 웃으며 말했다. 너무도 맑은 그 웃음에 세르게니아는 절로 웃음이 나왔다.

"마, 마!"

"그래, 리아도 함께 가자."

어린 딸이 품에 안겨왔다. 세르게니아는 이 행복을 포기할 수 없었다.

"자, 그럼 이럴 게 아니라 요리사에게 일러 도시락을 만들어 두라고 해야겠어."

빈이 신나 떠들었다. 세르게니아는 그런 빈의 모습이 너무 좋았다.

"마, 손, 손!"

어린 딸의 말에 세르게니아는 자신의 손을 내려다보았다. 그러곤 흠칫 제 손을 얼른 치마 속에 감추었다. 점점 흐려지고 있다. 마나의 결으로 갈 날이 얼마 남지 않은 것이다.

"손, 손 없어."

"쉬잇, 아무것도 아니야. 아무것도."

세르게니아의 눈에 어떠한 결의가 새겨졌다. 살고 싶다. 살아서 이들과 함께하고 싶었다. 세르게니아의 마음은 오직 그것만으로 가득 차 있었다. 만 년 가까이 산 드래곤은 그럴 능력이 충분히 되었다. 그것이 하늘의 진리를 거스르는 일일지라도. 세르게니아는 결심했다.

살고 싶다.

방법을 찾아야 했다. 살기 위한 방법. 병이 아니었다. 그렇기에 더욱 어려운 일이었다. 차라리 병이었다면 병을 고쳤을 것이다. 하지만 그녀의 병은 다름 아닌 수명이었다. 이 세상에 난 이라면 결코 거스를 수 없는 하늘의 뜻. 세르게니아는 그것을 거스르려 하고 있었다. 역시나 하늘을 거스르는 것은 쉽지 않았다. 어느 누구도 정해진 수명을 연장할 수는 없었다. 몇 날 며칠을 연구실에 처박혀 살기 위한 방도를 찾아 나섰다.

"어떻게 해야 하지?"

방법, 그 방법이 무엇이란 말인가. 설령 하늘의 뜻을 반하는 일이라도 세르게니아는 서슴없이 저지를 준비가 되어 있었다.

"이것도, 이것도, 전부 아니야!"

세르게니아는 책상에 수북이 쌓인 책을 모두 쓸어버렸다. 어떤 방법도 찾아내지 못했다. 그러다 탁 하고 운명처럼 그것이 세르게니아 앞에 떨어졌다.

"……흑마법?"

마치 책 스스로가 움직여 그녀 앞에 나타난 것 같았다. 세르게니아는 지상의 조율자이며 중간계의 수호자인 드래곤이다. 결코 흑마법을 생각지 않았다. 그러나 이미 그녀는 하늘을 반할 준비가 되어 있었다. 그녀는 거침없이 흑마법을 탐했다.

"살아야 해. 사라지고 싶지 않아. 그것이 설령 하늘에 죄를 짓는 일이라도."

희망을 발견했다. 그러나 그것은 동시에 모든 비극의 시작이 되었다. 결코 손대지 말았어야 할 것에 그녀는 손을 대고 말았다. 하지만 어느 누구도 그녀의 강렬한 삶의 의지를 막을 수는 없었다.

"만들어."

"네?"

"동굴을 만들어라."

마족을 소환하려면 마법진이 있어야 했고 혹시나 모를 사태를 방비하기 위해서 왕국과 멀리 떨어진 레어 근처에 만들어야 했다. 다행히 근처에는 일 잘하는 드워프가 있어 그들에게 일을 맡겼다. 드워프들은 조금 망설였지만 잘 다독여 주었더니 금세 커다란 동굴을 만들어 주었다.

튼튼한 동굴이라 여기서 무슨 일이 생겨도 문제가 없을 듯했다. 그리고 혹시 몰라 이들의 기억을 지웠다. 다만 일이 어떻게 돌아갈지 몰라 만들었다는 사실 자체는 그대로 두었다.

"……."

마법진을 그리는 동안 수십, 수백 번의 번뇌가 그녀를 찾아왔다. 드래곤이 마족을 소환한다니. 그의 동족이 살아 있었다면 그녀를 죽이려 들었을 것이다. 하지만 그녀에게 이제 동족은 남아 있지 않다. 그저 소중한 사람들만 남았을 뿐.

우우우웅—

마족 소환진이 요사스런 빛을 내뿜으며 발동했다. 그러자 거대한 바람과 함께 마법진 위로 형체를 갖추지 못한 어둠이 나타났다.

—킥킥킥, 드래곤인가? 드래곤이 마족을 소환하다니 별일이 다 있군.

"거래를 하고 싶다."

—거래라, 거래 좋지. 무엇을 원하나? 나 마계의 제6마왕 엑시온이 너의 소원을 들어주마.

"내 수명을 늘려줘."

—수명이라? 크크크, 만 년 가까이 산 드래곤이 더 살고 싶어 마족을 소환한 건가?

"쓸데없는 소리 하지 말고, 할 거야 말 거야?"

—후후후, 이런 좋은 기회를 놓칠 수야 없지. 대신 조건이 있다.

"조건?"

세르게니아의 눈썹이 치켜 올라갔다. 마족의 혀는 꿀을 발라 놓은 것처럼 달콤하다고 한다. 그녀는 경계의 눈빛으로 그를 바라보았다.

엑시온은 킥킥 웃으며 말했다.

—네 몸을 준다면 네 수명을 늘려주겠다.

순간 세르게니아의 몸에서 강한 기파가 흘러나왔고 엑시온은 워워 그녀를 달랬다.

—그저 너를 통해서 이 중간계를 맛보고 싶을 뿐이야. 너는 수명을 늘리고 나는 너를 통해 이 중간계를 보는 거지. 마계는 이제 지긋지긋하거든.

세르게니아는 그때 거절했어야 했다. 하지만 이미 마족을 부른 순간 그것은 불가능한 일이었다. 세르게니아는 결국 마족의 손을 잡았다. 힘이 차오르고 자신의 수명이 늘어났음을 확인했다.

—잘해 보자고.

마룡 엑시온의 웃음소리가 간혹 들려올 뿐. 모두 만족스러운 결과였다. 그러나 그것이 그렇지 않다는 걸 깨달은 건 오래 걸리지 않았다.

"으앙으앙!"

시끄럽다. 도대체 왜 우는지 모르겠다. 세르게니아는 우는 자신의 어린 딸을 향해 소리쳤다.

"울지 말랬지!"

그녀의 외침에 어린 딸은 순간 숨을 컥컥 내쉬었다. 드래곤의 기운이 순간적으로 나온 것이다. 새파랗게 질린 어린 딸의 모습에 세르게니아는 순간 이성을 되찾았다.

"아, 안 돼!"

서둘러 아이를 안고 치료 마법을 걸었다. 다행히 아이는 고른 숨을 내쉬었지만 이내 그녀가 안자마자 경기를 일으켰다.

"끅! 끄윽!"

울면 소리친다는 것을 알기 때문일까. 아이는 더 이상 소리를 내뱉지 못하고 끅끅 소리를 죽였다.

"리, 리아."

세르게니아는 어쩔 줄을 몰랐다. 도대체 왜 이렇게 된 거지? 아이가 우는 것에 이 정도로 신경질적으로 반응한 적은 없었다. 그런데 그 순간 분노를 주체할 수 없었다.

–아, 시끄러웠는데 잘되었군. 이제 조용해졌네.

귓가에 맴도는 엑시온의 음성에 세르게니아는 흠칫 등골이 서늘해졌다. 마족과 몸을 공유한다는 것이 어떤 의미인지 이제야 깨달은 것이다. 마족의 마기에 잠식당한다. 애초에 세르게니아는 힘이 거의 떨어진 상태였다. 그 몸에 마족의 힘이 들어와 수명을 연장했다. 시간이 지날수록 마족의 힘이 더욱 커질 것이다.

'안 돼, 그래선 안 돼!'

마족은 때때로 그녀의 의지를 반하고 자기 멋대로 움직이기 시작했다. 그리고 그로 인해 아이가 큰 상처를 입었다. 시간이 더 지나면 어떻게 될까. 마족이 자신의 몸을 다 차지하면?

'안 돼!'

방법을, 방법을 찾아야 한다. 세르게니아는 마족을 봉인할 방법을 찾았다. 자신이 사랑하는 이들을 해치기 전에 그 방법을 찾아야 했다.

–크크크, 과연 네가 날 봉인할 수 있을까? 그럼 너도 죽는 거야.

엑시온의 비웃음이 들려왔지만 세르게니아는 결심했다. 자신의 이기심에 모두를, 사랑하는 사람들을 다치게 하면서까지 살고 싶지 않았다. 그것은 사는 것이 아니었다. 살고 싶었기에 마족을 소환하였으나 사랑하는 사람이 죽는다면 아무런 소용이 없다. 설사 자신이 죽는다 하더라도. 세르게니아는 죽음을 받아들이기로 결심했다.

캄캄한 밤.

사랑하는 빈센트와 어린 딸이 침대에 함께 잠들어 있었다. 새근새근 잠들어 있는 모습을 보며 세르게니아는 흐뭇한 표정을 지었다. 그러나 곧 그녀의 표정은 어두워졌다.

'빈, 리아…….'

나로 인해 소중한 사람을 다치게 할 수 없다. 세르게니아는 결심했다.

–크크크, 왜? 더 보고 싶지 않아? 죽으면 끝이라고.

끊임없이 엑시온이 그녀를 유혹했다. 살라고, 살아서 이들을 보라고. 하지만 세르게니아의 표정은 결연했다.

'너한테 내 몸을 줄 바에야 죽고 말지. 이 개자식아.'

–과연 그럴 수 있을까?

엑시온은 스산하게 웃었다. 하지만 그의 말처럼 그를 떼어내는 것이 쉽지 않았다. 그는 계속해서 그녀를 방해했고 세르게니아는 그런 방해 속에서 차근차근 그를 막을 방법을 준비했다.

파아아앗!

–끄아아악! 세르게니아!

“그만 사라져라!”

세르게니아의 입가에서 검붉은 피가 흘러내렸다. 그녀는 스스로의 몸을 금빛 쇠사슬로 묶었다. 그러자 엑시온은 고통에 몸부림쳤다.

–그렇게 하면 너도 죽을 것이다!

“너만 사라지면 돼!”

세르게니아의 말에 엑시온은 벗어나기 위해 온갖 수단을 사용하였으나 애초에 세르게니아의 몸에 갇힌 그가 할 수 있는 일이란 많지 않았다.

–끄아아아악!

세르게니아의 심장에 박힌 금빛 쇠사슬이 더욱 빛을 발했다. 그럴수록 엑시온은 고통에 찬 비명을 터뜨렸다. 드래곤 하트를 이용한 봉인 마법에 엑시온은 속수무책이었다. 하지만 드래곤 하트의 힘이 다하는 순간 세르게니아의 목숨 또한 다할 것이다. 그럼에도 세르게니아는 한 치의 망설임도 없었다.

–나를 떼어낼 수 있을 거라 생각하느냐! 나는 반드시 다시 부활할 것이다! 끄아아악!

파아아앗!

마지막, 엑시온은 저주와 같은 말을 퍼붓고 검은 구슬 안에 갇히게 되었지만 필사의 노력 덕분인지 엑시온이 봉인된 구슬은 밖으로 튕겨 나갔다. 세르게니아는 구슬을 잡으려 했으나 그녀의 몸은 급속도로 무너지기 시작했다.

"주인님!"

"엘르……."

엘르는 눈물을 흘렸다. 세르게니아의 모습은 그야말로 처참했다. 온몸이 쇠사슬에 묶여 있었고 특히나 심장을 관통한 쇠사슬에서는 끊임없이 피가 흘러나왔다.

세르게니아는 처연히 웃었다. 이제 그녀에게 남은 시간은 얼마 없었다.

"엘르, 부탁한다."

"주인님……."

"절대로 봉인이 풀려선 안 돼…… 하지만 풀린다면 미안하구나, 뒤를 부탁한다."

"주인님!"

"아쉽지만 후회하진 않는다. 나로 인해 생긴 일인 것을."

세르게니아는 희미하게 웃었다. 빈과 리아의 웃는 모습이 떠올랐다. 만 년이 넘는 시간을 살아왔다. 그 긴 시간 동안 그녀는 수많은 인생을 살아보았다. 하지만 빈을 만나고 리아를 낳고 살던 그 짧은 시간에 비할 바가 아니었다. 그들로 하여금 이 땅에 태어나 처음으로 삶의 기쁨이라는 것이 어떤 것인지 깨달을 수 있었다.

너무 기뻤고 너무 행복했다. 그래서 이 행복이 오래 갈 줄 알았다. 언제나 그렇듯 내겐 인생이란 길고 긴 시간이었으니.

'내게 주어진 시간이 그리 짧을 줄 알았더라면…….'

그럼 달라졌을까. 아마 달라지지 않았을 것이다. 자신에게 주어진 시간은 이제 얼마 남지 않았다. 그를 볼 시간도, 그와 나의 사랑스러운 아이도. 이제 곧.

헤어짐이라는 것이 이토록 두려운 것일 줄 몰랐다. 생의 끝이라는 것을 나는 실감하지 못했다. 만 년 가까이 살면서 죽음은 내 것이 아닌 줄 알았다. 하지만 죽음은 내게도 있다는 것을 나는 모르고 있었다. 그래서 받아들일 수 없었다.

이 죽음을. 그토록 소중한 것을 두고 나는 죽을 수 없었다. 그래서였다. 결코 손을 대서는 안 되는 것에 손을 대고 만 것이.

"그러지 말 걸 그랬어……."

엑시온은 봉인되었지만 그의 말처럼 그는 다시 깨어날 것이다. 그것이 세르게니아는 후회로 남았다.

"미안하다, 그리고 사랑한다. 과거에도, 앞으로도."

그녀는 또 그를 사랑할 것이다. 그것이 드래곤의 사랑이니까.

세르게니아는 그렇게 숨을 거두었다.

"……."

세상이 캄캄해진다. 헬리아는 무너져 가는 세상을 가만히 지켜보았다. 뭐라 말할 수 있을까. 헬리아는 입을 열 수 없었다. 누구나가 행복해지길 원한다. 그건 드래곤도 마찬가지였을 것이다. 그저 안타깝고 또 안타까울 뿐이다.

"방법은 없는 걸까?"

다시 어머니를 살릴 방도가?

"없어."

순간 헬리아의 뒤에서 익숙한 목소리가 들려왔다. 금발에 금안을 지닌, 그녀보다 조금 더 성숙한 외모의 여자. 세르게니아였다.

"정말 방법이 없나요?"

"없어. 난 벌써 죽어버린걸."

세르게니아가 씨익 웃었다. 맑은 웃음이 그렇게 안쓰러워 보일 수 없었다.

헬리아는 입술을 지그시 깨물었다.

"하지만 엑시온이……."

"그건 더 이상 내가 아니야. 그러니까 그놈 말은 믿지 마. 아주 혀에 꿀을 발라놓은 놈이니까. 나는 이미 죽었어. 뭐, 비록 이런 사념체로 남긴 했지만. 그 사실은 변함이 없어."

세르게니아는 웃으며 헬리아의 머리를 쓰다듬었다. 헬리아는 순간 움찔했지만 그녀의 손길을 받아들였다. 따스하고 왠지 가슴이 간지러웠다.

"솔직히 후회하면서도 다시 돌아가면 그렇게 행동했을 것 같아. 그래서 미안해. 그만큼 절박했으니까."

"알아요. 소중한 걸 남기고 죽고 싶은 사람은 없으니까."

헬리아가 웃자 세르게니아도 따라 웃었다. 그러다 그녀의 웃음이 사라졌다. 세르게니아가 힘껏 헬리아를 안았다.

"사랑한다, 리아. 한 번도 네게 제대로 말해주지 못했구나."

"낯간지럽게."

헬리아는 왠지 좀 쑥스러워졌다. 그래도 사랑한다는 말을 해주는 사람이 늘었다는 것이 나쁘지 않았다.

"그러니까 살아."

이미 헬리아의 심장은 부서져 내리고 있었다. 마지막 엑시온에게 받은 타격이 컸다. 다시 한번 엑시온을 상대한다면 그땐 진짜 돌이킬 수 없다. 그것을 헬리아 또한 알고 있었다.

"살 거예요."

"……."

"그런데 장담은 못 할 것 같아요."

세르게니아가 안타까운 눈으로 그녀를 바라보았다. 헬리아는 그에 더욱 환히 웃으며 말했다.

"후회하면서도 다시 돌아가면 그렇게 행동할 거라 했죠?"

"……."

"이곳에 와서 처음으로 소중한 게 생겼어요. 당신에게 아버지가 그랬던 것처럼. 그래서 포기할 수가 없어요. 지킬 방도가 있다면 어떤 것이라도 나는 하겠다고 결심했어요."

적과 적이 아닌 자를 구분하고 나에게 도움이 될 자와 그렇지 않은 자를 구분해 왔다. 모든 것을 이익이 되는 것을 따지며 살았다. 소중한 것 따윈 없을 거라고, 가족의 정 따윈 자신의 것이 아니라고 그렇게 생각하며 평생을 살아왔었다. 그런데 생겨 버렸다. 아주 소중한 것들이.

그 소중한 사람들이 다치는 것을 보고 싶지 않았다. 그렇기에 어머니는 스스로 죽음을 받아들였다.

'그건 나도 마찬가지다.'

"그런 말도 있잖아요. 자식은 부모를 닮는다고."

헬리아는 씨익 웃었다. 아주 맑은 웃음이었다. 세르게니아의 마음이 깨끗해질 정도로. 세르게니아는 마주 웃어줄 수밖에 없었다.

"엑시온을 없앨 방법을 알려줄게."

"봉인밖에 할 수 없는 거 아니었나요?"

"드래곤은 스스로 목숨을 끊을 수 없어. 그렇기에 직접적인 방법을 사용할 수 없었어. 그리고 그 방법을 남기려 했지만 엑시온이 방해했지. 지금이라면 네게 알려줄 수 있을 것 같아."

세르게니아는 그녀에게 엑시온을 없앨 마법을 알려주었다. 그것은 매우 어렵고 힘이 드는 일이었다. 그리고 헬리아의 온 힘을 쏟아야 했다.

"나로 인해 네가 힘들어졌구나."

"뭐, 대신 한 대 쳐도 돼요? 아, 물론 엑시온이요."

세르게니아는 피식 웃었다. 자신을 보는 것 같긴 했지만 그녀도 꽤 뻔뻔했다.

"마음껏 쳐. 아주 세게."

'그렇게라도 내 잘못을 바로잡아주렴, 헬리아.'

세르게니아는 따스한 눈으로 헬리아를 바라보았다.

파앗—

그녀의 몸이 점차 사라지기 시작했다. 이것이 정말로 이별임은 헬리아는 알 수 있었다.

"부디 행복해져. 나보다 더."

"물론이에요."

세르게니아가 미소를 지었다. 그리고 그녀의 미소가 사라질 때 어둠도 함께 사라졌다.

❊

우웅우웅!

새카만 어둠 속에서 한줄기 빛이 어둠을 갈랐다. 헬리아는 천천히 눈을 떴다.

"헬리아!"

엘라임과 이안이 자신을 부르는 소리가 들려왔다. 그제야 이곳이 꿈이 아닌 현실임을 인지했다.

우웅우웅!

자신을 감싸고 있는 금색의 빛이 보였다. 엑시온의 공격에서 그들을 지켜준 빛이다. 따스한 빛의 기운에 헬리아는 이 힘이 어머니임을 알았다.

'고마워요, 어머니.'

헬리아는 금안을 번뜩이며 엑시온을 보았다. 거대한 몸체, 날카로운 눈동자의 드래곤이 눈앞에 모습을 드러냈다.

"정말 드래곤이군."

헬리아의 감상은 제법 덤덤했지만 엑시온의 모습은 결코 덤덤하게 볼 만한 것이 아니었다. 새카만 비늘은 강철처럼 단단해 보였고 발톱은 스치기라도 하면 몸이 찢어질 듯 날카로웠다. 거기다 그 크기는 정말이지 홀 안을 가득 메우고도 남아 천장이 부서지려 했다.

"엑시온."

"크하하하!"

엑시온은 하늘을 향해 포효했다. 그러자 천장이 뻥 뚫리더니 새카만 밤하늘이 보였다. 정말이지 무지막지한 힘이었다. 그의 심장 부근에 드래곤 하트가 빛을 뿜어내고 있는 걸 보았다. 엑시온은 드래곤 하트를 완전히 소화하지 못했다. 하지만 무리하게 드래곤 하트의 힘을 끌어와 본체로 변신했다.

"헬리아, 괜찮은 거야?!"

엘라임이 서둘러 헬리아에게 다가왔다. 그녀의 몸을 살피는 그의 눈동자에는 걱정이 가득했다.

"안 죽었으니까 걱정 마."

"농담할래!?"

"누가 봐도 지금 농담할 때가 아니라는 건 잘 알고 있어."

헬리아의 눈이 차갑게 빛났다.

엑시온이 홱 헬리아를 보았다. 그의 입가가 씨익 올라갔다.

"오호, 헬리아."

"재수 없으니까 그렇게 부르지 마."

"크크크크! 그 부모에 그 자식이군. 날 죽일 수 있을 거라 생각하느냐! 더 이상 네 알량한 봉인 마법은 내게 통하지 않는다!"

엑시온의 강렬한 기파가 헬리아 일행을 짓눌렀다. 그러나 헬리아의 눈빛은 결코 기세가 꺾인 자의 것이 아니었다.

"과연 그렇게 될까?"
"헬리아."
"공주님."
엘라임과 이안이 그녀를 바라보았다. 두 사람의 눈동자는 전혀 흔들리지 않았다. 헬리아는 입술을 끌어 올리며 웃었다.

❊

검과 창이 움직일 때마다 검붉은 피가 비상했다. 홀 안에는 죽음의 비명과 광기가 가득했다.
"하아, 하아."
케이시스의 입에서 거친 숨이 흘러나왔다. 온몸은 자잘한 상처로 가득했고 검을 쥔 손은 떨려왔다. 그의 앞으로 제국군이 일제히 달려들었다.
채앵!
아스칼이 케이시스의 앞으로 나서며 제국군의 공격을 막아냈다. 그의 검이 섬전처럼 제국군의 목을 베어갔다.
"전하, 괜찮으십니까!"
"나는 괜찮아."
케이시스는 숨을 몰아쉬며 검을 꽉 쥐었다. 그의 앞에는 여전히 고고히 왕좌에 앉아 자신을 내려다보는 황제가 보였다. 피 튀기는 전장 속에서도 흔들림 없는 눈동자.
케이시스는 입술을 짓씹었다.
'아버지!'
홀 안엔 시체들이 쌓여가고 있었고 역한 피 냄새가 가득 풍겼다. 하지만 싸움은 끝날 기미가 보이지 않았다. 팽팽한 접전에 케이시스는 표정을 굳혔다.

"전하!"

흑마법사의 공격이 일제히 쇄도했다. 싸움이 지속되는 이유 중 하나는 바로 흑마법사였다. 마룡 엑시온에게서 힘을 받은 흑마법사들은 지치는 기색 없이 케이시스 진영을 몰아붙였다.

"으아아악!"

"막아!"

반란군 측 마법사들이 흑마법사의 공격에 대응했지만 점차 승리의 추가 한쪽으로 기울고 있었다.

"젠장!"

케이시스는 검을 세게 쥐었다.

"아직도 힘이 남았느냐?"

황제 카사스 2세가 입가에 미소를 띤 채 피를 뒤집어쓴 케이시스를 바라보았다.

"당신을 그 자리에서 끌어내리기 전까지 결코 멈추지 않을 겁니다."

"후후후, 아직 입은 살았구나."

그러나 케이시스의 체력은 점차 떨어져 갔다. 그가 슬쩍 주변을 둘러보았다. 지친 기색이 역력한 병사들에서부터 자신을 보호하느라 상처를 입은 아스칼까지. 더 이상 시간을 끌면 지는 쪽은 자신들이었다.

"자, 그럼 마무리를 지어볼까?"

황제가 손을 올렸다. 그러자 흑마법사들의 몸에서 거센 마기가 일며 그들이 일제히 공격을 퍼부었다. 케이시스는 자신을 향해 뻗어오는 검은 마기에 입술을 깨물었다. 이대로 죽는 것일까? 후회는 하지 않는다. 다만 그를 기다리고 걱정하고 있을 레이아나가 떠올랐다.

'레아, 부디 내 몫까지…….'

그 순간이었다.

콰아아아아앙!

거대한 폭발음과 함께 지진이라도 난 듯 건물이 뒤흔들렸다.

"무, 무슨!"

"끄아아악!"

건물에 금이 쩍 가더니 건물 벽면이 무너져 내렸다. 벽 쪽에 있던 병사들이 부서진 돌에 깔려 압사당했다. 그리고 부서진 건물 밖으로 보이는 광경에 반란군은 물론 제국군조차도 입을 떠억 벌릴 수밖에 없었다.

"저, 저건!"

"드래곤!"

밤하늘의 달빛 아래 거대한 검은 드래곤이 포효하고 있었다.

"엑…… 시온!"

케이시스는 드래곤의 모습에 경악에 차 눈을 부릅떴다. 그의 얼굴에서 핏기가 사라졌다.

"크하하하! 드디어 부활했는가!"

황제가 기쁨에 자리에서 일어나며 손을 뻗었다. 이제야 자신의 오랜 숙원을 이룰 수 있게 되었다. 그전에 먼저 자신에게 반기를 든 아들을 처리하는 것은 당연한 일.

"죽여라!"

황제의 명이 떨어지자 갑작스런 폭발음에 마법을 멈췄던 흑마법사들이 마기를 끌어올려 황태자를 향해 날렸다.

"전하!"

"……!"

아스칼이 황급히 케이시스를 향해 뛰어들었다. 케이시스는 눈을 질끈 감았다. 그러나 고통은 느껴지지 않았다.

"뭐…… 지?"

케이시스가 눈을 뜨자 눈앞에는 고통에 몸부림치는 흑마법사들이 보였다.

"이게 대체……?"

흑마법사가 하나둘 몸을 가누지 못하고 바닥에 쓰러지는 것이었다.

"무슨 일이냐!"

황제는 노성을 터뜨렸으나 알 길이 없었다. 다만 쓰러진 흑마법사의 몸에서 새어 나온 마기가 어디론가 사라졌다는 것.

콰아아아앙!

거대한 브레스가 캄캄한 밤하늘을 가르며 지나갔다.

⁂

광포한 바람과 함께 뜨거운 열기가 휘몰아친다. 엑시온이 내뿜는 브레스의 위력은 상상을 초월했다. 그의 브레스에 닿은 산은 흔적도 없이 사라졌고 불길에 타올랐다.

이미 사람들의 의식 속에 드래곤은 동화 속에 나오는 상상 속의 존재였다. 하지만 지금 이 순간, 그 상상 속의 무시무시한 드래곤이 눈앞에 나타나 위용을 드러냈다. 드래곤이 어떤 존재인지를 사람들에게 다시금 각인시켰다.

"무지막지하군."

헬리아는 제 옆을 스치고 지나간 브레스의 위력에 표정을 굳혔다.

"조심해."

첨탑 위에 서 있는 헬리아의 옆에는 엘라임이 있었다.

"또다시 공격해 올 겁니다."

엘라임의 반대편에서 이안이 단단히 그녀의 옆을 지켜주었다.

헬리아는 고개를 끄덕이고 엑시온을 바라보았다. 드래곤 하트의 힘은 물론 흑마법사들에게 주었던 힘까지 모두 끌어와 완전체에 가까울 정도였다.

'과연 이길 수 있을까?'

문득 그런 생각이 치밀어 올랐지만 헬리아는 마음을 다잡았다.

'어차피 죽기 아니면 까무러치기야!'

헬리아의 금안이 짙게 빛났다. 엑시온만 강해진 것이 아니다 자신 또한 어머니가 알려준 필살의 마법이 존재했다.

'부디 심장이 버텨줘야 할 텐데.'

헬리아는 제 심장을 떠올리곤 주먹을 세게 쥐었다.

"으아아악!"

"드, 드래곤이다!"

무너진 성벽 아래에서 사람들의 비명이 터져 나왔다. 그리고 그 사이로 케이시스와 황제의 모습도 보였다.

"아직 무사한가 보군."

다행히 케이시스는 무사해 보였다. 물론 피칠갑을 하고 있지만 살아만 있다면 다행 아닌가.

"이젠 내 차롄가."

헬리아는 엑시온의 거대한 몸체를 올려다보았다. 새카만 비늘은 달빛을 받아 반짝거렸다.

"크하하하하! 모두 죽어라!"

엑시온이 다시금 브레스를 발사했다. 뜨거운 열기를 품은 브레스가 헬리아를 향해 쏟아졌지만 몸체가 큰 만큼 행동이 굼떠 피할 여유가 있었다.

콰아아아앙!

"끄아아아!"

브레스는 적아를 가리지 않고 황궁에 떨어졌다. 그 모습을 보아하니 엑시온에겐 아무래도 이 황성 따윈 아무래도 좋은 모양인 듯싶었다.
"좋아해야 하나."
그러나 아래엔 케이시스의 반란군도 함께 있었다. 황성 전체가 날아가는 건 아무래도 방관할 수 없었다.
"엘라임, 이안."
헬리아가 엘라임과 이안을 보았다. 둘 다 지친 기색이 엿보였지만 눈빛만큼은 여전했다.
헬리아는 입가에 미소를 짓고 말했다.
"엑시온의 시선을 끌어줘."
"뭘 하려고?"
"저 재수 없는 자식을 완전히 어둠 속으로 보내 버려야지."
"무슨 수가 있어?"
"응. 부탁해."
"알았어."
"알겠습니다."
엘라임과 이안은 더는 물어보지 않았다. 그녀가 그렇다면 그런 것이다. 엘라임과 이안이 날뛰고 있는 엑시온을 향해 다가갔다. 엘라임의 도움으로 이안 또한 허공에서 자유롭게 몸을 움직였다.
"크하하하하! 날 죽일 수 있을 거라 생각하느냐!"
"두고 보면 알겠지."
헬리아의 몸에서 금빛 기운이 넘실거렸다. 엑시온의 눈가가 찌푸려졌다. 더 이상 자신에게 봉인 마법은 통하지 않는다는 것을 누구보다 그녀가 잘 알고 있을 터. 같은 마법에 당할 그가 아니다.
"그깟 봉인에 당할 것 같으냐!"
"한번 제대로 당해 보고 말하지!"
파아앗!

"죽어라!"

엑시온이 헬리아를 향해 마법을 시전했다. 브레스는 힘을 많이 소모한다. 대신 그는 마기를 가득 머금은 마법으로 헬리아를 공격했다.

"그렇겐 안 되지!"

엘라임이 엑시온의 공격을 막음과 동시에 엑시온을 향해 얼음으로 된 창을 난사했다.

"이깟 공격으로!"

엑시온은 날개를 펼쳐 바람으로 엘라임의 공격을 무마시켰다. 그러나 그 순간 자신의 날개를 스치고 지나간 검격이 있었다.

"끄윽! 이 애송이가!"

이안의 오러 블레이드가 엑시온의 왼쪽 날개를 스치고 지나갔다. 이전보다 더욱 강력해진 이안의 힘에 엑시온의 날개는 피를 보고 말았다.

"끄아아악!"

엑시온의 몸이 기우뚱했다. 그 순간 다시금 엘라임의 공격이 그의 반대쪽 날개를 파고들었다.

파삭!

날갯죽지 부근을 공격당한 엑시온은 균형을 잃은 채 바닥으로 추락했다.

콰아앙!

황성 중앙의 공터에 떨어진 엑시온은 분노에 몸을 떨었다. 그와 함께 강력한 살기가 뿜어져 나왔다.

"이노옴!"

엑시온이 엘라임과 이안을 향해 검은 촉수를 뻗었다. 빠르게 다가오는 촉수에 엘라임과 이안의 몸이 묶였다. 촉수를 풀어보려고 안간힘을 썼으나 엑시온의 몸에서 흘러나오는 드래곤 피어와 함께 마기가 그들의 몸을 짓눌러 움직일 수 없었다.

"젠장!"
"크윽!"
엘라임과 이안이 신음을 흘렸다. 엑시온은 입가에 잔인한 웃음을 띠고 그들을 노려보았다. 그의 샛노란 눈동자에는 짙은 살기가 가득 담겨 있었다.
"감히 내 몸에 상처를 내?"
꽈아악!
검은 촉수가 두 사람의 몸을 더욱 옥죄었다. 엑시온은 옴짝달싹하지 못하는 그들을 향해 마지막 공격을 퍼부었다. 아니, 그러려던 순간 그의 등골이 서늘해졌다.
"이건!"
그가 몸을 피하려는 찰나였다.
콰아아악!
"끄아아아악!"
아까와는 비교도 안 되는 고통이 그의 날개에서 느껴졌다. 이미 한 번 엘라임과 이안에게 공격당한 날개였다. 그러나 빼앗은 흑마법사들의 힘으로 수복해 나가고 있었다. 그런 날개에 다시금 알 수 없는 고통이 찾아들었다.
"이게 대체!"
엑시온은 자신의 날개에 박힌 것을 보았다. 금색의 환한 빛을 머금고 있는 한 자루의 창이었다. 엑시온은 이것을 던진 이가 누구임을 알아챘다. 그의 시선이 눈앞에 있는 헬리아를 향했다.
"헬.리.아!"
"두고 보랬지?"
헬리아의 몸에서 은은한 빛이 뿜어져 나왔다. 그녀의 머리 위에 다시금 금빛 창 하나가 생성되었다.

"겨우 이런 걸로 날 어찌할 수 있을 거라 생각하느냐!"

"과연 겨우 이런 걸까?"

"음!"

순간 엑시온은 제 날개가 움직이지 않는다는 것을 느꼈다.

'치료가 되지 않는다!'

그랬다. 헬리아의 금빛 창에 맞은 부위가 회복되지 않고 있었다. 그뿐만이 아니었다. 맞은 부위의 힘이 현저히 떨어지기 시작했다.

"크윽!"

엑시온의 눈에 경악이 번졌다. 헬리아는 그런 엑시온을 보며 다시금 창 하나를 더 던졌다.

푸욱!

"끄아악!"

혼란에 방심한 엑시온은 나머지 한쪽 날개도 창에 내줘야 했다. 헬리아는 다시금 하나의 창을 제 머리 위에 생성시켰다.

"하나 더."

헬리아의 입가에 짙은 미소가 번졌다. 어머니가 마지막에 알려준 소멸 마법. 그것이 시행되고 있었다. 그리고 이제 남은 창은 셋. 헬리아의 눈이 금빛으로 짙게 빛나기 시작했다.

"이제 마지막이야."

"끄아아아아!"

엑시온의 주위로 거센 폭풍이 휘몰아쳤다. 그의 기운에 닿은 모든 것이 부서져 내렸다. 페르시아 제국의 심장부인 황성은 처참할 정도로 무너졌고 부서진 잔해 아래 깔린 병사들의 신음이 울려 퍼졌다.

"헬리아 이놈!"

엑시온이 눈에 핏발이 선 채로 헬리아를 노려보았다. 지금껏 그를 위협한 공격은 아무것도 없었다. 하지만 그녀의 창은 무언가 달랐다. 섬뜩한 기운이 그의 가슴을 서늘하게 만들었다. 그것은 죽음에 대한 두려움이었다. 날개를 잃은 엑시온은 곧장 헬리아를 향해 마법을 퍼부었다. 그녀 머리 위에 생성된 저 창만 어찌한다면 될 것 같았다.

'저 창을 막아야 해!'

그의 머릿속에서 경종이 울렸다. 하지만 그렇게 놔둘 헬리아가 아니었다.

"이안, 엑시온의 주위를 끌어줘. 엘라임은 공격을 막아줘."

"알겠습니다."

"알았어."

헬리아의 지시에 엘라임과 이안이 움직였다. 엘라임은 헬리아의 주위로 방어막을 펼쳤고, 이안은 오러블레이드를 머금은 검을 들고 엑시온을 향해 달려갔다.

헬리아는 호흡을 가다듬었다. 그녀의 머리 위에 떠오른 창을 유지하는 것만으로도 그녀는 금세 숨이 가빠지는 걸 느꼈다. 창 하나하나에 막대한 힘이 담겨 있었다. 그것은 이전의 봉인 마법보다 한 단계 더 위의 마법으로, 쇠사슬을 창으로 구현한 것이라 생각하면 된다. 다만 쇠사슬보다 더욱 강력하다.

멸살 마법. 그것은 다섯 개의 금빛 창으로 시전되는 마법으로 대상의 각 사지에 창을 꽂은 뒤 마지막으로 그 존재의 근원에 창을 꽂아 넣는 것으로 마법은 완성된다. 이미 엑시온의 두 날개에 창이 꽂혔다. 이제 남은 것은 세 개의 창.

헬리아는 울컥 튀어나오려는 피를 머금고 마나를 끌어올렸다.

~~우우우우웅!~~

"이노옴들! 그따위 창으로 나를 막을 수 있을 거라 생각하느냐!"

엑시온이 자신을 향해 다가오는 이안에게 검은 마기를 흩뿌렸다. 두 날개를 잃었을 뿐만 아니라 멸살 마법이 담긴 창으로 인해 이전보다 마법의 힘이 약화되었다.

좌악!

이안이 마기를 가르고 엑시온의 눈을 노렸다. 그러나 엑시온 또한 만만치 않았다. 중력 마법을 걸어 이안의 움직임을 제한하고 그를 향해 마기로 만든 검은 칼날을 치켜 올렸다.

"죽어라!"

"크윽!"

그 순간 엑시온을 향해 물기를 머금은 마법이 난사되었다. 엘라임이었다.

"얼른 빠져나와!"

엘라임의 도움으로 이안은 찰나의 틈을 이용해 몸을 빼냈다. 다만 마기로 이루어진 칼날이 그의 왼쪽 팔을 스치는 것을 막진 못했다.

"큭!"

이안이 신음을 흘리며 몸을 빼냈다. 그의 왼팔에서 피가 주르륵 흘러내렸다. 치명상은 아니었으나 계속 그대로 두다간 문제가 생길 것이다.

"멍청하긴!"

엘라임이 혀를 차곤 엑시온의 움직임을 제한했다. 말은 그렇게 해도 이안의 상태가 걱정되었다.

엑시온은 엘라임과 이안의 연계 공격에 화가 치밀 대로 치밀었다.

"호락호락 당할 줄 아느냐!"

엑시온의 눈동자가 점점 붉어지다 못해 검어졌다. 이윽고 그의 몸에서 짙고 어두운 마기가 폭사되었다. 그와 함께 그의 입가로 거대한 에너지가 몰렸다.

브레스였다!

"피해!"

헬리아의 외침과 함께 엑시온의 입에서 광포한 브레스가 터져 나왔다.

콰아아아아앙!

브레스는 주변에 있는 황성의 한쪽을 완전히 갈아엎었다. 그때까지 전쟁을 치르고 있던 이들은 모두 그 광경에 몸을 떨며 움직이지 못했다. 전쟁도 이길 만한 상대와 싸우는 거지 드래곤이라니. 승산이 아예 없었다. 제국군이든 반란군이든 모두 엑시온이 만든 참상에 넋을 잃었다.

"이게 대체 무슨 짓인가!"

그때 노기가 섞인 음성이 울려 퍼졌다. 페르시아 황성의 주인인 카사스 2세였다. 카사스 2세는 엑시온이 만들어낸 파괴의 흔적에 화를 감추지 않았다.

황제의 음성에 엑시온의 고개가 끼리릭 돌아갔다. 그의 무저갱 같은 눈동자에 황제는 숨을 들이켰지만 쉬이 물러서지 않았다. 그만큼 황제의 강단은 셌다.

"어찌하여 황성을!"

"그래서?"

"뭐, 뭐라?"

"하찮은 인간 따위가 감히 나를 방해해?"

엑시온은 심사가 잔뜩 꼬인 음성으로 대꾸했다. 그러나 목소리는 스산하기 그지없었다.

황제는 엑시온의 반응에 흠칫 뒤로 한 걸음 물러섰다. 뭔가 조짐이 좋지 않았다. 그것을 느낀 것인지 케이시스를 공격하던 이들이 차츰 황제의 곁으로 몰려들었다. 그러나 황제는 이내 눈매를 좁히고 물었다.

"그대와 거래하지 않았나! 이건 계약 위반이다!"

"거래? 큭큭큭."

엑시온이 키득거리면서 웃었다. 아주 헛소리를 듣는다는 듯이 말이다.

"나는 네놈과 거래한 적이 없다."

"라몬 공작이!"

"아, 라몬 공작이라, 안타깝군. 저리 되어서."

엑시온의 시선을 따라가자 그곳에는 시체 한 구가 나뒹굴고 있었다. 브레스에 휘말린 듯 보였다. 문제는 그 시체의 정체였다.

"라, 라몬 공작!"

허무한 죽음이었다. 라몬 공작의 죽음에 황제는 순간 소름이 끼쳤다. 그의 고개가 엑시온을 향해 돌아갔다.

"큭큭큭, 걱정 마라, 그놈의 소원대로 이 세상을 흑마법으로 물들여 줄 테니."

마족은 자신을 소환한 이의 소원을 반드시 들어줘야 한다. 그것은 절대적인 법칙이며 결코 마족의 힘으로 바꿀 수 없는 강제성이 있다. 하지만 그것을 이루는 과정은 마족의 마음이다. 그렇기에 마족과의 거래는 매우 신중해야 하며 가능한 하지 않는 것이 좋다.

왜냐하면 계약자가 원하는 방향대로 절대 이루어주지 않으니까. 이제 엑시온을 제재할 그 어떤 수단도 사라졌다. 황제는 고삐 풀린 거대한 마룡을 보며 몸이 떨리는 것을 느꼈다.

"아, 안 돼!"

"시끄럽군."

엑시온은 눈매를 찌푸리며 다시 힘을 모았다. 그리고 그다음의 일을 황제는 보지 못했다. 그가 있던 자리에 엑시온의 브레스가 지나갔기 때문이다.

콰아아앙!

황제와 그의 주위에 있던 모든 이가 한 줌의 먼지로 산화했다. 엑시온이 등장할 때 헬리아로부터 멀리 떨어지라는 전언을 들은 케이시스는 그녀의 말에 따라 진작 한편으로 물러선 뒤였다. 멀찍이 떨어진 곳에서 정황을 지켜보던 그는 허무하게 죽음을 맞이한 아버지의 모습에 할 말을 잃었다.

"이, 이것이 마룡!"

전쟁이고 반란이고 마룡의 등장으로 그것은 중요치 않은 문제가 되었다. 그저 살아야 한다는 것. 지금 그의 머릿속에서 떠올릴 수 있는 것은 그것뿐이었다.

"비열한 놈인 건 알았지만 정말 최악이군."

헬리아는 엑시온의 작태에 혀를 찼다. 하기야 믿을 놈이 없어서 마족을 믿을라고. 황제의 죽음에 아무런 감흥은 없었다. 그보다 엑시온이 더 문제였다.

'빨리 마법을 완성시켜야 해.'

헬리아는 부들부들 떨리는 손을 다잡았다. 솔직히 당장 쓰러져도 이상할 것 없는 상태였다. 입에서는 계속해서 피가 흘러나오고 있었다. 그 모습을 엘라임이 바라보았다. 그의 눈동자가 짙게 가라앉았다.

"헬리아."

"말하지 마. 지금은 아무것도."

"……."

엘라임은 입술을 꾹 깨물고 웃음을 지었다. 지금 상황에서는 그것이 최선이었다.

"한 방 날릴 거지?"

"엑시온을 움직이지 못하게 막아줘."

"알았어."

엘라임이 엑시온을 향해 움직였다. 헬리아는 재빨리 케이시스에게 메시지를 전달했다.

[전하.]

케이시스가 그녀를 돌아보았다. 헬리아는 엑시온에게 시선을 주며 말을 이었다.

[엑시온이 움직이지 못하게 부탁드립니다.]

케이시스는 고개를 끄덕였다. 그러곤 마법사와 기사들을 엑시온의 주위로 포진시켰다.

이제 전황은 마룡 엑시온 대 인간이 되었다.

"모두 마룡을 향해 공격을 퍼부어라!"

케이시스의 명령에 마법사와 기사가 일제히 엑시온을 향해 공격을 날렸다.

콰아앙!

파아아앗!

형형색색의 공격 마법이 엑시온을 향해 쇄도했다. 엑시온은 그 모습을 보며 가로소로운 듯이 마기를 뿜어냈다.

"이깟 인간들 따위로 날 어찌할 수 있을 거라 생각했나!"

스아아앗!

엑시온이 닥치는 대로 마기를 쏘아댔다. 그러자 엑시온의 반경 1킬로미터의 땅이 폭삭 가라앉았다.

"끄아아악!"

"아아악!"

병사들의 비명이 너 나 할 것 없이 울려 퍼졌다. 상대는 너무 강했다. 고작해야 엑시온의 움직임을 잠시 막아두는 것. 그들이 할 수 있는 일은 그것이 전부였다. 하지만 그들의 희생으로 헬리아는 찰나의 시간을 벌 수 있었다.

슈아아아아아!

금빛 찬란한 창이 엑시온의 오른팔을 정확히 꿰뚫었다. 엑시온은 자신의 오른팔에 꽂힌 창에 고통의 신음을 내뱉었다.

"끄어억!"

그는 자신의 팔에 창을 던진 헬리아를 보고는 분노를 터뜨렸다.

"헬! 리! 아!"

그가 제대로 움직여지지 않는 날개를 무리하게 움직이며 헬리아를 향해 돌진했다.

그의 넘실거리는 마기로 인해 그가 움직이는 방향에 있던 병사들은 한 줌의 먼지로 산화했다.

"마룡을 막아라!"

케이시스의 명령이 떨어지자 마법사들이 일제히 마룡을 향해 마법을 퍼부었다.

이전과는 달리 엑시온은 고통에 찬 신음을 흘렸다. 오른팔에 꽂힌 창으로 인해 그의 힘이 계속해서 떨어지고 있었다.

'이대로 가다간!'

두려움이 엄습했다. 마족에게 두려움이라니! 그는 눈이 뒤집힌 듯 헬리아를 죽이기 위해 고통을 참았다. 그리고 그녀를 향해 입을 벌렸다.

"죽어라! 헬리아!"

엑시온의 브레스가 정확히 헬리아를 향했다. 헬리아는 몸을 움직였지만 멸살 마법의 과부하가 나타나기 시작했다. 그녀의 다리가 훅 꺾였다.

"헬리아!"

"피해야……!"

엘라임이 헬리아를 부축하고 공격을 피하려 했지만 헬리아의 힘이 떨어진 만큼 그의 힘도 점차 약해지고 있었다.

절체절명의 순간!

그때였다.

콰아아앙!

갑작스런 폭음이 울려 퍼지고 그 뒤를 이어 브레스가 강타했다.

콰아아아아!

먼지가 부서진 황성을 휩쓸고 지나갔다. 헬리아는 눈을 천천히 떴다. 아픔은 느껴지지 않았다. 이어 엑시온의 노기 어린 음성이 들려왔다.

"이 버러지 같은 놈들이 감히!"

브레스는 엑시온에게도 부담이 가는 마법이다. 그런 브레스를 헛되이 버리게 되었으니 얼마나 짜증이 나겠는가. 엑시온은 제 공격을 빗나가게 한 주범을 바라보았다.

뚝, 뚝-

"크윽!"

케이시스가 피를 철철 흘리며 땅바닥에 무릎을 꿇었다. 그의 곁에서 그를 지키던 아스칼은 어느새 정신을 잃은 뒤였다.

"전하!"

"헤, 헬리아 공주, 무, 무사히……."

케이시스의 왼팔이 보이지 않았다. 헬리아는 그 모습에 표정을 굳혔다. 브레스가 헬리아를 향하던 그때 케이시스는 마법사들에게 일제히 엑시온을 향해 공격을 명했다.

온통 헬리아에게 정신이 팔렸던 엑시온은 그 공격을 눈치채지 못했다. 케이시스가 피를 흘리며 쓰러졌다. 주변에 살아남은 이들이 케이시스와 아스칼을 향해 달려왔다.

헬리아는 딱딱하게 굳은 표정으로 엑시온을 바라보았다. 엑시온은 화를 내다 못해 지랄 발광을 하고 있었다.

"끄아아악! 감히 마족인 나에게!"

"감히? 누가 할 소리. 감히 마족이 인간계에 설치면 어떻게 되는지 똑똑히 보여주지."

헬리아가 금빛 창을 하나 띄웠다. 이제 남은 창은 두 개. 헬리아는 입가에 흘러내린 피를 닦으며 엑시온을 바라보았다.

심장이 거세게 뛰며 숨이 막혀온다. 온몸의 피가 끓어올랐다. 이러다가 정신을 잃을까 두렵다. 하지만 멸살 마법은 순조로웠다.

"끄아아악!"

엑시온의 왼팔에 또 하나의 창이 박혔다. 그러자 엑시온의 힘은 급속도로 약화되기 시작했다.

그의 몸부림은 더욱 거세졌지만 마법사들과 기사를 비롯한 병사들이 엑시온을 향해 일제히 공격을 퍼부었다.

"하아, 하아……."

헬리아는 가빠지는 숨을 몰아쉬었다. 이제 남은 것은 하나. 그녀의 이마에 땀방울이 주륵 흘러내렸다. 그와 동시에 그녀의 것이 아닌 물방울이 뺨을 스치고 떨어졌다.

툭, 투둑-

어느새 검은 먹구름이 잔뜩 끼어 있었다. 한 방울 두 방울 비가 내리더니 이내 쏴아아 하고 소나기가 내렸다. 차가운 빗줄기가 그녀의 달궈진 몸을 천천히 식혔다.

"하아……."

떨어지는 빗줄기를 보며 헬리아는 숨을 골랐다. 차라리 잘되었다. 비가 내리는 날이면 엘라임의 힘이 더욱 극대화되니까.

헬리아는 마법사들이 엑시온을 상대하는 틈에 스러져 가는 몸을 추슬렀다.

'조금만 더.'

마지막 하나. 그것을 끝으로 마법은 끝이 난다. 다행히 아직 심장은 움직여 줬다. 하나 언제 심장의 박동이 멈출지 모른다. 헬리아는 입술을 세게 깨물었다.

'누가 죽을까 봐.'

죽음을 각오한다는 거지 결코 삶을 도외시하며 목숨을 던지지는 않는다. 그저 최선을 다하고 다해서 그게 끝이라면 받아들일 뿐. 그전까지 헬리아는 최선을 다해 발악했다.

"헬리아."

엘라임이 다가와 그녀의 흔들거리는 몸을 붙잡아주었다. 비가 내려서 그런가. 그가 다가오자 짙은 물 냄새가 더욱 짙어졌다.

엘라임이 맑은 눈으로 자신을 걱정스럽게 바라보았다.

"괜찮아?"

"물론. 내가 누군데."

헬리아가 힘없이 웃자 엘라임이 그녀의 손을 꼭 잡았다. 그러자 그녀의 자잘한 상처가 씻은 듯이 사라졌다. 비가 내린 탓에 어느 정도 힘을 회복한 엘라임이었다.

"무리…… 하지 말라고 해도 할 거지?"

엘라임은 비에 젖은 그녀의 앞머리를 쓸어 넘겨주었다. 헬리아는 입가에 희미한 웃음을 지으며 고통에 몸부림치고 있는 엑시온을 바라보았다.

이제 남은 창은 하나.

마지막 순간이 다가왔다.

"끄아아아아!"

뜨겁다. 고통스럽다. 엑시온은 처음 겪어본 고통에 괴성을 질러댔다. 그의 양 날개와 양팔에 꽂힌 창이 그의 사지를 찢어발기는 것 같았다. 더 이상 본체를 유지할 수 없었다. 드래곤 하트에 담긴 힘이 서서히 줄어들기 시작했다. 시간이 지나면 다시 하트의 힘을 채울 수 있으나 지금은 그럴 상황이 아니었다.

죽음.

엑시온은 난생처음 죽음을 눈앞에 두고 있었다.

'마족인 내가! 마계의 6마왕인 내가 죽는다고!'

엑시온은 결코 받아들일 수 없었다. 이런 곳에서 죽을 수 없었다. 있는 힘을 모두 끌어모았다. 그리고 마법으로 허공으로 날아올랐다. 마법사와 기사들이 그런 엑시온을 붙잡으려 했으나 그의 마지막 발악을 막지 못했다.

"이대로 죽을 것 같으냐! 두고 보거라! 내 반드시 너희를 죽이러 올 것이다!"

엑시온은 그 말을 남기곤 서둘러 몸을 피했다. 여기 있다간 죽을 것이다. 비참하고 수치스럽지만 지금은 삶을 영위하는 것이 우선이었다.

휘이익!

엑시온이 그런 힘이 어디에 있었나 싶을 정도로 재빨리 몸을 피했다. 모두 기진맥진한 상태였기에 그의 도주는 언뜻 성공하는 듯 보였다. 하지만 그의 뒤를 쫓는 이가 있었다.

"그렇겐 안 되지!"

바로 헬리아와 엘라임, 그리고 이안이었다. 어느 정도 마법사와 기사들이 시간을 벌어준 덕분에 숨을 고른 헬리아가 있는 힘껏 엑시온의 뒤를 쫓았다. 도망가던 엑시온이 뒤쫓아 오는 헬리아 일행을 보곤 눈을 좁혔다.

"하찮은 인간 주제에!"

엑시온의 말에 헬리아는 입꼬리를 올렸다.

"그런 하찮은 인간에게 도망가는 꼴이라니, 퍽이나 대단하군."

"……으득!"

엑시온은 이를 악물며 헬리아를 노려보았다. 그리고 더는 그녀를 따돌릴 수 없다 생각했는지 수도 외곽에서 그리 멀리 떨어지지 않은 숲속 한가운데에 착륙했다.

파아앗-

더 이상 본체를 유지할 수 없기에 그의 몸은 어느새 줄어들며 인간의 모습이 되었다. 그의 모습이 작아지면서 그의 몸에 꽂혀 있는 창도 함께 줄어들었다. 양어깨와 두 팔이 창이 꽂혀 있었다. 그리고 그것은 끊임없이 그의 힘을 갉아먹고 있었다.

쏴아아아아-

굵은 빗줄기가 풀잎에 떨어지며 주변을 빗소리로 가득 채웠다. 적막한 고요 속에 엑시온과 헬리아 일행만이 마주 섰다.

"인정해 주마."

엑시온은 여전히 거만하게 헬리아를 보았다. 헬리아는 저 오만함이 마족 전매특허가 아닌가 싶었다. 그러지 않고는 저 지경이 되었는데도 저리 뻔뻔한 걸 보면 말이다.

"인간, 아니, 드래고니안인 네 능력은 나를 위협할 정도이다."

"그래서 어쩌라고?"

헬리아의 반항적인 말투에 엑시온은 눈매를 살짝 치켜 올릴 뿐 반발하지 않았다.

그 모습에 헬리아의 눈이 가늘어졌다.

'저 마족이 또 무슨 꿍꿍이지?'

몇 번이고 그녀를 속이려 한 놈이다. 작은 움직임 하나 그냥 지나칠 수 없었다.

엑시온이 웃으며 말했다.

"잊었나? 내게 이 드래곤 하트가 있다는 것을."

비가 내려 달아오른 머리가 식은 건 헬리아만이 아닌 듯 엑시온이 웃었다. 여전히 그녀와 똑같은 외모라 헬리아는 불쾌했다.

"그래서?"

"날 죽인다면 이 드래곤 하트는 영영 손에 넣을 수 없을 텐데?"

헬리아의 눈썹이 살짝 올라갔다. 그 모습을 본 엑시온이 즐거운 표정을 지었다. 그러나 실상 그의 속은 만신창이였다.

"거짓이 아니다. 날 살려 준다면 내 이름을 걸고 이 드래곤 하트를 주마."

마족들은 어디서 언어 강의를 듣는 걸까. 아니면 인간과의 거래를 유리하게 이끌어내기 위한 태생적 본능인가. 엑시온은 달콤한 말로 헬리아를 유혹했다. 하지만 헬리아는 코웃음 쳤다. 사기를 쳐도 곱게 쳐야지.

"마족의 말을 믿으라고?"

"그러니 말하지 않는가. 계약을 하자고."

마족의 이름을 건 계약은 마족에게 반드시 지켜야 하는 의무가 생긴다. 그것을 지키지 않는 경우 마족은 죽음을 맞이한다. 그만큼 이름을 건 계약은 마족에게 대단히 불리한 일이었다. 물론 액면가 그대로 그것을 받아들일 헬리아가 아니었다. 계약이 마족에게 불리하나 마족도 바보가 아니다. 마족은 말의 허점을 파고들어 계약을 이행한다. 이를테면 오늘 뒤통수를 맞아서 죽은 황제처럼.

"개소리하기는."

"뭐, 뭐라!"

헬리아의 반응에 엑시온의 얼굴이 일그러졌다. 하지만 헬리아는 넘어가지 않았다.

"드래곤 하트는 알아서 가져갈 테니 그 점은 걱정하지 않아도 돼."

멸살 마법은 엑시온의 혼을 소멸시키는 마법이다. 드래곤 하트에는 영향을 미치지 않는다. 무엇보다 그럴 수 있는 이유는 엑시온이 드래곤 하트를 완전히 흡수한 것이 아니기 때문이다.

"이익! 그렇다면 할 수 없지! 이 드래곤 하트를 내 손으로 파괴하는 수밖에!"

엑시온의 제 가슴을 향해 손을 뻗었다. 헬리아는 피식 웃었다.

"해봐."

"……뭐?"

"해보라고."

"드래곤 하트가 파괴되어도 좋은가?"

"그러게 되면 문제지만 그렇게 될 리가 없지."

"뭐?"

"잊은 모양인데."

헬리아는 엑시온을 향해 비웃음을 날렸다.

"드래곤은 결코 자살할 수 없어."

"……!"

그렇기에 세르게니아, 어머니가 스스로 목숨을 끊지 못하고 엑시온을 봉인한 것이다. 그리고 지금 세르게니아와 헬리아의 힘에 영향을 받아 드래곤의 본체를 형성하고 있는 엑시온은 마족이기 전에 드래곤이다. 그 영향에서 결코 벗어날 수 없다.

"이, 이익!"

엑시온은 제 심장을 찌르려 했지만 움직여지지 않는 손에 얼굴을 일그러뜨렸다.

헬리아는 자신의 머리 위에 마지막 창을 소환했다.

우우우웅!

엑시온의 얼굴이 사색이 되었다. 헬리아는 창을 손으로 붙잡았다. 본체에서 인간의 모습으로 돌아온 엑시온이라 던져서 그의 근원에 창을 꽂아 넣기가 쉽지 않았다.

'후우…….'

헬리아는 깊게 숨을 내쉬었다. 심장은 여전히 거세게 요동치고 몸 안의 피가 들끓었다. 하지만 머리만은 차갑게 가라앉았다.

'이제 마지막!'

자신은 물론 엘라임, 이안, 그리고 엑시온 모두 지칠 대로 지쳤고 깊은 상처를 입었다. 헬리아는 창을 붙잡은 채로 엑시온을 보았다. 엑시온이 달아나려 움직였지만 엘라임이 그의 몸을 붙잡았다.

"놔! 놔아! 이렇게 죽을 순 없어!"

엑시온이 마지막 발악을 했다. 그의 몸에서 마기가 뿜어져 나와 헬리아의 뺨과 몸에 상처를 냈다.

"끄아아아아!"

"크윽!"

"윽!"

엑시온의 강렬한 기파에 엘라임과 이안이 떨어져 나갔다. 이제 엑시온은 눈에 뵈는 게 없었다. 그가 헬리아를 향해 돌진했다.

"네년만 죽이면!"

엑시온이 마기를 흩뿌리며 달려들었다. 헬리아는 엑시온의 공격을 피하며 그의 몸을 확인했다.

'근원을 찾아야 해.'

마지막 창은 엑시온의 근원이자 영혼의 중심에 꽂아 넣어야 한다. 그래야 마법이 완성된다. 헬리아는 공격해 오는 엑시온을 피하며 탐색에 들어갔다.

"크윽!"

그녀의 입가에서 결국 피가 주룩 흘러내렸다. 그 모습을 본 엑시온이 히죽 웃었다.

"역시!"

이렇게 강한 마법을 아무렇지 않게 쓸 수 있을 리가 없다. 엑시온은 더욱 헬리아를 몰아쳤다. 그렇게 그녀의 힘을 빼려는 생각이었다.

"헬리아!"

엘라임과 이안이 그런 엑시온을 상대했다. 엑시온은 그들을 뿌리치려 했지만 쉽지 않았다.

'도대체 어디 있지?'

아까부터 계속 엑시온의 몸을 살펴봤다. 팔과 다리는 아니었다. 그렇다면 필시 머리와 심장이 있는 몸통. 그런데 그 주변이 온통 새카매서 잘 보이지 않았다.

'어디지?'

헬리아는 초조해져 갔다. 더 이상 시간이 없었다. 이대로 시간을 끌면 자신이 불리하다.

두근! 두근!

심장은 계속 경고음을 내뱉고 있었다. 헬리아는 입술을 깨물었다.

그때였다.

'저기!'

헬리아의 시야에 엑시온의 근원이 보였다. 시커먼 것이 얼기설기 엉켜 있었다. 찾기 쉽지 않은 이유는 바로 드래곤 하트 뒤편에 자리해서였다.

'드래곤 하트를 건드려서 안 돼.'

헬리아는 창을 꼭 쥔 채로 엑시온에게 달려갔다.

"엘라임, 이안!"

헬리아의 목소리에 엘라임과 이안이 순간 몸을 피했다. 그리고 그 순간, 헬리아의 창이 엑시온의 근원을 정확히 꿰뚫었다.

푸욱!

"커, 커억!"

그러자 엑시온의 몸 밖으로 마기가 폭사됐다.

"크윽!"

헬리아는 마기에 휩쓸려 눈을 뜰 수 없었다. 엑시온은 고통에 몸부림쳤다.

"끄아아아아! 아, 안 돼!"

파아아앗!

그의 양팔과 어깨에 꽂힌 창이 하나로 이어지며 그의 몸을 옭아맸다. 그럴수록 엑시온의 비명이 더욱 커졌다.

"끄아아아! 이렇게 죽을 수 없어!!"

쇠사슬처럼 변한 금빛 창은 이내 엑시온의 숨통을 조이기 시작하더니 어느새 엑시온의 어둠은 더는 견디지 못하고 폭발했다.

콰아아아아!

거대한 폭발과 함께 사위가 먼지에 휩싸였다.

"헬리아!"

엘라임과 이안이 헬리아의 이름을 외쳤다. 사위를 가득 메운 시커먼 연기 때문에 헬리아의 모습은 보이지 않았다. 엘라임은 심장이 뚝 떨어져 나가는 것 같았다. 헬리아와의 연결 고리가 점차 약해지고 있었다. 그녀는 숨기려 했으나 엘라임과 헬리아는 영혼으로 이루어진 계약 관계. 그녀의 몸 상태를 모르지 않았다.

"젠장!"

엘라임이 서둘러 헬리아에게 달려갔다. 이안 또한 다친 몸을 이끌고 헬리아가 있는 방향으로 몸을 움직였다.

스으으으윽-

시간이 지나자 검은 연기가 점차 가라앉기 시작했고 희미하게 사람의 그림자가 드러났다.

"커, 커억……."

고통에 찬 신음이 흘러나왔다. 헬리아의 신음이 들리자 엘라임과 이안의 표정이 다급해졌다.

"헬리아!"

"쿠, 쿨럭!"

급격히 피를 토해내는 소리. 엘라임과 이안의 얼굴이 새하얗게 변했다. 그러나 어느덧 먼지가 모두 가라앉고 선명히 드러난 광경에 두 사람의 얼굴에 안도가 피어났다.

새카만 머리와 금빛 눈동자를 지닌 헬리아와 똑 닮은 엑시온이 피를 흘리며 무릎을 꿇었다. 신음은 헬리아와 목소리가 똑같은 엑시온의 것이었다.

엑시온은 지금의 상황을 믿을 수 없다는 듯이 눈을 부릅떴다. 난생처음 느껴본 죽음에 대한 공포가 그를 잠식했다.

"이, 이 내가…… 마계의 마왕인 내가……."

"마왕이면 마왕답게 지옥에나 떨어져."

헬리아는 날 선 목소리와 함께 엑시온의 근원을 꿰뚫은 창을 더욱 세게 찔러 넣었다.

"커, 커억! 이, 이렇게……."

"지옥으로 돌아가라, 엑시온."

헬리아의 나직한 말과 함께 창에서 빛이 뿜어져 나오기 시작했다. 엑시온의 양어깨와 두 팔, 그리고 가슴에 꽂힌 창이 공명하며 빛을 발했다.

우우우웅! 우우웅!

"으아아아아!"

엑시온은 사지가 찢어질 듯한 고통에 비명을 내질렀다. 그와 함께 더는 버티지 못하겠는지 그의 몸에서 검은 마기가 줄줄 흘러나왔다.

파아아앗–

엑시온의 칠흑 같은 머리카락이 서서히 먹물이 빠지듯 금빛으로 변해갔다. 그리고 더는 몸에 머물지 못한 엑시온, 이제는 검은 연기가 된 그가 밖으로 밀려 나왔다.

–끄아아아! 안 돼!!

"멸!"

헬리아의 주문과 함께 몸 밖으로 튀어나온 엑시온이 고통에 몸부림치다 이내 연기처럼 스러져 갔다.

–끄아아아아!

아스라이 엑시온의 비명성이 울려 퍼졌고 이내 내리는 폭우에 그마저 잠겨 사라졌다.

쏴아아아아–

더는 사악한 마기가 느껴지지 않았다. 사위는 온통 빗소리만이 가득했다.

"드디어……."

헬리아는 더 이상 느껴지지 않는 마기에 안도의 숨을 내쉬었다.

털썩.

그녀의 다리가 툭 꺾이며 바닥으로 주저앉았다. 그런 그녀를 엘라임과 이안이 붙잡았다.

"헬리아!"

"공주님!"

헬리아는 자신을 붙잡은 두 사람의 모습에 피식 웃었다. 이제 정말 다 끝났구나. 정말이지 힘든 시간이었다. 하지만 끝내 헬리아는 엑시온을 처치했다.

"정말…… 정말……."

엘라임이 헬리아를 와락 껴안았다.

"숨 막혀."

"이 바보야! 얼마나 걱정했는지 알아!"

"응."

헬리아는 엘라임의 머리를 쓰다듬어주었다. 그러면서 엘라임의 뒤에 서 있는 이안을 향해 미소를 지었다.

"걱정시켜서 미안."

"알면 제발…… 하아……."

이안은 깊게 한숨을 내쉬었다. 이런 말 한다고 들을 그녀이던가. 그저 다행이라 안도할 뿐이다.

"그보다……."

헬리아의 시선이 한 곳을 향했다. 금발에 금안을 지닌 한 여인이 서 있었다. 엑시온이 사라지고 남은 잔재였다. 그녀의 몸은 아스라이 투명해지다 이윽고 사라졌다. 그 모습을 보며 헬리아는 왠지 그녀의 입가에서 미소를 본 것 같다는 생각이 들었다.

툭.

그녀가 사라지자 바닥에 드래곤 하트가 떨어졌다. 헬리아는 엘라임의 부축을 받으며 드래곤 하트를 집어 들었다. 엑시온이 드래곤 하트의 힘을 무리하게 끌어내어 드래곤 하트의 힘이 상당히 약화되었다.

하지만 헬리아가 바라는 상태가 되었다. 드래곤 하트를 인간의 몸에 부작용 없이 이식하기 위해선 첫 번째로 드래곤 하트의 힘을 약화시킬 필요가 있었다.

그런데 이렇게 힘들이지 않고—아니, 어찌 보면 어마어마한 힘을 들인 꼴이지만—드래곤 하트를 약화시키지 않았는가. 이대로 이것을 가져가 아버지에게 이식하면 된다. 헬리아는 그 생각을 하며 입가에 미소를 지었다.

"드디어 끝났네."

정말이지 길고 긴 여정이었다. 제국에서 초대가 오고 엑시온이 부활하고 아버지가 쓰러지시고. 드래곤 하트를 찾았지만 엑시온에게 빼앗겼고, 그것을 겨우겨우 되찾았다.

"아주 푹 놀 거야."

지금은 일이고 뭐고 돌아가면 아무것도 하지 않을 생각이었다. 정말이지 놀다 놀다 지쳐서 이제 그만 놀아야겠다 생각이 날 때까지. 생각해 보면 이제까지 달려오기만 했다. 지구에서 죽음을 맞이하고 이곳에서 헬리아로 깨어나 핍박받고 유폐되고…… 정말이지 우여곡절이 많았다. 아마 누구 하나 그녀가 쉰다고 토를 달 사람은 없을 것이다.

'아, 클리드는 잔소리하겠군.'

아니면 쉬면서 쉬엄쉬엄하라면서 잔뜩 서류를 안기든지. 헬리아는 피식 웃으며 몸을 일으켰다. 다리가 부들거리고 온몸이 욱신거렸다. 하지만 너무도 상쾌했다. 내리는 비 때문일까? 이상하게 몸에 활력이 돌았다. 그렇게 위태롭던 심장은 어느새 무서우리만치 잠잠했다.

헬리아는 웃으며 두 사람에게 말했다. 엘라임이야 정령이지만 이안의 몰골은 말이 아니었다. 당장에라도 치료가 필요했다.

"이제 집에 가자."

"몸은 괜찮은 거야?"

"응, 봐. 쌩쌩하잖아?"

"그렇긴 한데……."

"걱정 마. 이상할 정도로 몸이 가벼우니까."

헬리아가 웃으며 말했다. 엘라임은 뭔가 불안했지만 고개를 끄덕였다.

"그보다……."

헬리아는 뒤를 돌아 황성 쪽을 바라보았다. 황성은 멀리서도 눈에 보일 정도로 처참하게 부서져 있었다. 황제도 죽었고 황성은 무너져 내렸다. 아마 더 이상 제국의 구실을 하기 힘들 것이다.

"뭐, 뒤처리는 알아서 하겠지?"

정말 저것까지 내가 하라고 하면 난 정말 도망갈 거야. 헬리아는 고개를 설레설레 저었다. 연합군이 왔으니 플로렌스 공작이 잘 마무리해 줄 것이다.

"얼른 돌아가자. 으으, 삭신이 다 쑤시네."

집에 돌아가서 아버지께 드래곤 하트를 이식한 뒤에 따뜻한 방에 가서 맛있는 거나 먹으며 한동안 빈둥거릴 것이다.

헬리아는 그 생각을 하자 입가에 절로 미소가 떠올랐다.

"자, 그럼……."

헬리아가 걸음을 옮겼다. 그런데 이상하게 몸이 무거웠다. 아, 하긴 너무 힘을 많이 쓰긴 했지. 헬리아는 그런 생각을 하며 다시 걸음을 옮겼으나 무언가 이상함을 느꼈다.

'그러고 보니 심장이…….'

언제부터 뛰지 않은 거지.

그 순간, 헬리아의 몸이 허물어졌다. 허물어지는 그녀의 귓가로 엘라임의 다급한 목소리가 들려오는 듯했다. 그러나 그녀는 뭐라 답해 줄 수 없었다.

세상이 온통 암흑천지로 변해 버렸다.

쏴아아아—

주춤하던 빗줄기가 어느새 강해지며 폭우가 쏟아지고 있었다.

❊

쨍그랑!

바닥에 떨어진 컵이 산산조각 났다. 부서진 컵 파편이 바닥을 더럽혔다. 세바스찬은 컵의 잔해를 치우기 위해 손을 뻗다가 날카로운 파편에 손을 베이고 말았다.

"……."

뚝뚝 떨어지는 붉은 피를 내려다보는 세바스찬의 표정은 딱딱하게 굳어 있었다. 붉은 피가 오늘따라 그렇게 불길하기 보일 수 없었다. 불안감이 세바스찬의 가슴을 파고들었다.

세바스찬은 이 불안감이 어디에서 기인하는지 알았다.

"……공주님."

세바스찬은 파편을 정리한 뒤 비가 세차게 내리는 창밖을 바라보았다. 아르센은 이제 눈이 녹고 새순이 돋으며 봄이 오고 있었다. 그러나 아직 저 먼 페르시아 제국은 매서운 겨울이 지속되고 있을 터. 잘 지내고 있는 건지, 어디 다친 건 아닌지 걱정이 이만저만이 아니었다. 그러던 와중에 컵까지 깨고 마니 불안감은 더욱 깊어졌다. 제발 무사하길. 세바스찬은 그렇게 기도하고 또 기도했다. 창밖을 물끄러미 보던 세바스찬의 시선이 한쪽 방문을 향했다.

"전하……."

아직도 깨어나지 못한 빈센트가 그 방 안에 누워 있었다. 세바스찬의 수심은 더욱 깊어졌다.

그때였다.

휘이잉-

어디선가 바람 소리가 들려왔다. 창문 틈으로 바람이 새어 나오고 있었다. 세바스찬은 빈센트가 있는 방에서 시선을 떼고 몸을 돌려 열린 창문을 닫기 위해 움직였다.

탁탁탁!

열린 창문이 바람에 쉴 새 없이 흔들리고 있었다. 세바스찬은 창문을 닫았다.

그런데 그 아래 새 한 마리가 그를 응시하고 있었다. 세바스찬의 표정이 진지해졌다. 그는 새의 다리에 묶인 종이를 발견하고 서둘러 펼쳐 보았다.

"……!"

그의 얼굴이 더할 나위 없이 새하얗게 변했다. 그는 믿을 수 없다는 듯 눈을 부릅떴다.

그때였다.

똑똑-

"전하! 급한 전갈이 왔습니다!"

빈센트를 대신해 그의 역할을 하고 있던 세바스찬이었다. 시종의 목소리에 세바스찬의 얼굴이 딱딱하게 굳었다. 종이를 쥔 그의 손에 핏줄이 불거졌다.

"들라."

탁탁탁!

결코 뛰는 법 없는 시종이 달려왔다. 세바스찬이 그 시종을 보자 시종이 하얗게 질린 얼굴로 입을 열었다.

"크, 큰일 났습니다!"

"……."

"고, 공주님! 헬리아 공주님이!"

시종이 바닥에 무릎을 꿇었다. 그리고 마지막 말을 힘겹게 내뱉었다.

"돌아가셨다 합니다!"

"……!"

세바스찬의 눈이 질끈 감겼다. 믿고 싶지 않았다. 거짓이라고 누가 그렇게 말해주길 바랐다. 하지만 그것은 거짓이 아니었다.

파스락.

힘이 풀린 그의 손아귀에서 종이가 떨어져 내렸다. 그리고 그 종이에는 진실을 받아들일 것을 종용하는 문구가 쓰여 있었다.

헬리아 공주 死.

세바스찬의 표정이 무너져 내렸다.

종장 헤어짐

쏴아아아—

짙은 먹구름에 갇힌 하늘에서 비명과도 같은 천둥소리와 함께 굵은 빗방울들이 사정없이 대지 위에 내렸다.

"커, 커억!"

귀를 먹먹하게 하는 빗소리 사이로 비명이 터져 나왔다.

촤악!

몸속을 파고든 검이 빠져나가자 제국군 기사는 검붉은 피를 토하며 털썩 쓰러졌다.

"후우……."

검은 머리에 검은 눈동자의 중년인이 검에 묻은 피를 털어내고 숨을 골랐다. 그는 찬찬히 주변을 둘러보았다. 피의 강이 흐르고 있었다. 검에 몸이 썰린 자, 창에 꽂힌 자, 뭉개져 죽은 자들이 쏟아낸 검붉은 피가 강이 되어 흘렀다. 참으로 눈 뜨고 보기 힘든 광경. 전장의 모습이었다.

"드디어 끝났군……."

조금 전까지만 해도 광기의 외침으로 가득했던 전장은 어느새 고요해져 있었고 종래에는 빗소리만이 감돌았다. 숨을 내쉬며 살아 있는 이는 오직 반란군과 연합군뿐. 페르시아 제국군은 싸늘한 주검이 되어 바닥에 널브러졌다.

반란군과 연합군의 대승리였다. 내부에서 허를 찌르는 공격과 때맞춰 도착한 연합군의 공세에 페르시아 제국군은 결국 패배를 맞이하고 말았다. 하지만 검은 머리의 중년인, 플로렌스 공작의 눈빛은 더욱 깊게 가라앉았다. 그의 얼굴에선 승리자의 기쁨이 보이지 않았다. 그저 지친 기색이 가득할 뿐.

플로렌스 공작은 비를 맞으며 제 얼굴에 묻은 피를 닦아냈다. 하지만 짙은 피 냄새는 쉬이 지워지지 않았다.

"공작님!"

그때 그의 부관인 조엘 남작이 다가왔다. 그의 온몸도 피로 점철되어 있었다.

"몸은 괜찮으십니까?"

"괜찮다."

그러나 그렇게 말한 공작의 안색은 좋지 못했다. 급습과 적절한 전략으로 페르시아 제국군을 몰아붙였지만 아무래도 쉽지 않은 싸움이었다. 소드 마스터인 공작은 누구보다 더 앞장서 적들을 물리쳐야 했다. 그만큼 부상도 만만치 않았다. 그의 왼팔과 다리에선 계속해서 피가 흘러내리고 있었다. 하지만 주저앉거나 쉬지 못했다. 아직 그는 전장 위에 서 있었다.

"그보다 공주님은?"

"남은 인원을 전부 공주님 쪽으로 보냈습니다. 하지만……."

조엘 남작의 안색이 어두워졌다. 그도 보았다. 드래곤의 어마어마한 위용을. 듣던 것보다 더욱 강력했고 공포 그 자체였다. 결코 인간의 힘으로 어찌할 수 없어 보였다. 조엘 남작의 시선이 처참하게 무너진 황성을 향했다. 그곳에는 이제 형체를 알아볼 수조차 없는 무언가가 서 있을 뿐이다.

단 한순간이었다. 드래곤이 내뿜은 브레스 한 방에 수백 년을 대륙의 패자로 군림해 온 제국이 무너졌다. 적임에도 불구하고, 그들을 무찌르기 위해 온 자신들임에도 허망해졌다.

어째서 드래곤이 인간에게 공포의 존재로 기록되었는지 깨달을 수 있었다. 그리고 그런 존재와 헬리아 공주가 맞서고 있었다. 헬리아 공주 또한 대단한 힘을 지닌 존재임을 알지만 상대는 드래곤이다.

조엘 남작의 얼굴이 불안하게 굳어졌다.

"걱정 마라."

플로렌스 공작이 그런 조엘 남작의 어깨를 두드렸다. 공작은 흔들리지 않는 시선으로 그를 바라보았다.

"헬리아 공주님이 누구더냐. 반드시 마룡을 무찌르고 돌아올 것이다."

플로렌스 공작의 눈에는 신뢰가 깃들어 있었다. 하지만 그라고 걱정이 없는 것은 아니었다. 무엇보다 그의 아들도 함께였다. 이미 첫째 아들을 그렇게 보내고 둘째 아들마저 위험에 처했다. 그러나 플로렌스 공작은 믿기로 했다. 지금은 그것만이 유일한 방법이었다.

"시신을 수습하고 부상자를 치료해라. 그분이 돌아오시기 전에 귀찮은 일을 마무리해야지."

플로렌스 공작의 명령에 조엘 남작이 고개를 끄덕인 뒤 몸을 움직였다.

"후우……."

홀로 남은 플로렌스 공작이 헬리아 공주와 마룡이 사라진 부근을 응시했다. 저곳에서 무슨 일이 일어나는지 알 수 없었다. 귀를 먹먹하게 울리는 빗소리 때문인지 지친 몸 때문인지 상황을 파악할 수 없었다.

플로렌스 공작은 눈을 감았다.

"무사히 돌아오시오."

그러나 그의 목소리는 내리는 비에 흔적도 없이 사라졌다.

쏴아아아아-

빗소리가 더욱 을씨년스럽게 울려 퍼졌다.

❊

황제와 황태자 케이시스의 전쟁은 결국 처참한 상처만 남긴 채 끝이 났다. 마룡 엑시온의 등장은 황태자와 황제의 전쟁을 무의미하게 만들 정도로 그 여파가 컸다.

황제는 마룡이 설마하니 자신의 황성을 이렇게 산산조각 낼 줄은 몰랐을 것이다. 그럴 줄 알았다면 그를 부활시키지 않았을지도. 하지만 일은 벌어졌다. 마룡으로 인해 황성은 날아가고 황제는 한 줌의 먼지가 되어 사라졌다. 차라리 적의 손에 목숨을 잃었다면 대의를 외치며 죽을 수 있었을 텐데, 마룡의 손에 죽은 이들은 의미 없이 죽임을 당했다.

그곳에 승자와 패자는 없었다. 다만 살아남은 자만 있을 뿐.

살아남은 자는 황태자 케이시스였다. 이는 곧 제국이 황태자의 손에 떨어졌다는 것을 의미한다. 하지만 과연 그것이 이제 와 무슨 의미가 있을까. 제국의 심장부 황성은 복구할 수 없을 정도로 무너져 내렸고 내전으로 인한 충돌은 제국의 심각한 전력 저하를 가져왔다. 그리고 힘을 보탠 연합군은 황제가 사라진 이상 더는 아군이라 말할 수 없는 존재가 되었다. 그들이 언제 적으로 돌변해 그들을 공격할지 알 수 없었다. 이러나저러나 더 이상 제국은 온전치 못할 것이다.

그렇게 황제와 황태자의 전쟁은 초라하게 막이 내렸다. 수많은 사람의 피로 점철된 제국. 결국 그 대가를 톡톡히 치른 셈이다.

"으음……."

케이시스는 치미는 고통에 몸을 움츠렸다. 그의 눈꺼풀이 천천히 올라가고 주변이 보이기 시작했다. 눈앞에 보이는 것은 허름한 천막의 천장이었다.

"여기는……."

케이시스는 몸을 일으키기 위해 손을 받치다가 기우뚱하여 다시 침대로 쓰러졌다. 왼쪽 어깨가 지끈거린다. 케이시스는 왼쪽 어깨를 만지다 그 아래가 텅 비어 있는 것을 깨달았다.

"아……."

그제야 기억이 떠올랐다. 마룡 엑시온의 브레스로 인해 자신의 왼팔이 날아갔다는 것을. 응당 있어야 하는 것이 없어지자 케이시스는 상실감에 안색이 흐려졌다. 하지만 후회하진 않는다. 그때는 그럴 수밖에 없었으니까. 살아 있는 것만 해도 다행한 일이다.

케이시스는 다시 주변을 둘러보았다. 깨어나 보았던 것처럼 천막 안이었다. 주변에는 아무도 없었다.

"후우……."

케이시스는 앉아 생각을 정리했다. 자신은 헬리아 공주를 구하려다 엑시온에 의해 팔을 잃고 말았다. 그리고 그 이후의 기억이 나지 않는 걸로 봐서 기절한 듯했다. 다행히 팔은 이질감이 느껴지긴 했지만 치료를 잘한 덕인지 크게 아프진 않았다.

"아, 아스칼!"

케이시스가 아스칼을 떠올리고 서둘러 밖으로 나갔다. 아스칼은 자신을 대신해 그 공격을 막았다. 초조히 아스칼을 찾았다. 다행히 아스칼은 근처 부상자의 천막에 고이 모셔져 있었다.

"아스칼!"

아스칼은 미동조차 없이 죽은 듯 눈을 감고 있었다. 케이시스가 놀라 그의 얼굴에 손을 대었다. 다행이었다. 그의 손에 아스칼의 숨결이 느껴졌다.

"하아……."

"너무 걱정하지 마세요. 워낙 몸이 튼튼하신지 내상을 좀 입긴 했지만 생명에 지장은 없습니다. 잠시 잠들어 있는 것뿐입니다."

그를 안내해 준 치료사가 위로의 말을 건넸다. 그제야 케이시스는 안도할 수 있었다.

쏴아아아아—

하늘에선 연신 비가 내리고 있었다. 케이시스는 아스칼이 무사한 걸 확인한 뒤 밖으로 나왔다.

"비가……."

이렇게 비가 많이 내리는 건 처음이다. 보통 페르시아 제국에선 겨울이 끝나갈 즈음엔 비가 내리지 않는다. 오히려 마른 가뭄이 들어 곤란할 정도다. 그런데 이렇게 비가 많이 내리다니. 케이시스는 의아했지만 주변 광경에 더는 깊이 생각할 수 없었다.

그의 시선이 처참하게 무너진 황성으로 향했다. 태어나서부터 이곳에서 커왔던 케이시스에게 부서진 황성의 모습은 가슴을 쓰라리게 만들었다. 뿐만 아니라 주변에는 부상자와 사상자로 넘쳐 났다. 케이시스의 표정이 더욱 어두워졌다. 좀 더 나은 세상을 만들기 위해 일으킨 전쟁이었건만 그 결과가 이것이라 생각하니 입맛이 썼다.

"하아……."

"전하."

그때 황태자비 레이아나의 오라비인 레오가 다가왔다. 황태자가 깨어났다는 소식을 듣고 달려온 것이다.

"몸은 이제 괜찮으십니까?"

그의 시선이 케이시스의 팔에 닿았다. 케이시스는 쓰게 웃으며 고개를 끄덕였다.

"괜찮네. 한데 전쟁은?"

"끝났습니다."

케이시스는 깊이 숨을 내쉬었다. 상처뿐인 승리였다. 아니, 자신이 승리자가 맞는 건지도 잘 모르겠다. 하지만 다시 과거로 돌아간다고 해도 선택할 수밖에 없는 길. 케이시스는 마음을 다잡았다. 그런 그에게 레오가 무언가를 건넸다. 케이시스는 왼팔로 받으려는 것을 뻗을 팔이 없는 걸 깨닫고 실소를 지으며 오른팔로 그것을 받았다. 그리고 표정을 굳혔다.

"이건……."

"이것뿐이었습니다."

케이시스의 손에 들린 것은 새카맣게 재가 묻은 왕관이었다.

자신의 아버지가 썼던 왕관. 그것이 이렇게 초라한 모습으로 자신의 손에 들어왔다. 마치 자신의 승리가 이런 초라한 것이라는 듯이.

그때 그의 곁으로 한 남자가 다가왔다. 검은 눈동자에 검은 머리카락. 깊은 연륜이 느껴지는 그 모습에 케이시스는 그가 누군지 알아보았다.

"플로렌스 공작이오?"

"제국의 황태자를 뵈옵니다. 몸은 괜찮으십니까?"

"괜찮소. 도움 감사드리오."

"아닙니다."

플로렌스 공작은 작게 웃었다. 도움이라도 순수한 도움이 아니다.

그것을 그도 알고 황태자도 알지만 굳이 거론하지 않았다.

"비가 찹니다. 들어가서 더 쉬시지요."

"아닙니다. 몸은 괜찮습니다. 그보다 공주는 어찌 되었습니까?"

케이시스가 깨어나자 주변을 둘러보았지만 그녀의 모습은 보이지 않았다. 몇몇에게 물어도 보았지만 잘 모르는 듯했다.

"설마 아직도 마룡과……."

"아닙니다. 마룡은…… 사라졌습니다."

그것만은 확실히 알 수 있었다. 그의 사악한 기운이 어디에서도 느껴지지 않았다.

"저, 정말입니까? 그럼!"

"예, 공주께서 해내신 것 같습니다."

"하면 공주는?"

"이미 사람을 보내두었습니다. 아무래도 좀 더 멀리 있으신 것 같습니다. 곧 돌아오실 겁니다."

그런데 그렇게 말한 플로렌스 공작의 표정은 어딘지 모르게 어두웠다. 그 이유는 아직도 돌아오지 않는 이들 때문이었다. 아무리 멀리 갔다고 해도 서둘러 움직였을 텐데 왜 지금까지 소식이 없는지 알 수 없었다.

'아무 일도 없어야 할 터인데…….'

스멀스멀 기어오르는 불안감을 플로렌스 공작은 애써 털어냈다. 마룡이라면 이미 사라졌다. 다만 혹여 그 와중에서도 그녀가 부상을 당해 이렇게 시간이 지체된 것이 아닐까 하는 생각이 들었다.

'공주…… 이안…….'

부디 무사히 돌아와 주길 바랄 뿐이다.

그때였다. 황성 인근은 부상자와 주변을 정리하는 이들로 인해 소란스러웠다. 그런데 그 소란이 어느 순간 가라앉기 시작했다.

플로렌스 공작은 그것을 알아채고 소리가 사라지고 있는 방향으로 몸을 틀었다. 이상함을 느낀 것은 케이시스도 마찬가지인지 그도 공작과 같은 방향을 바라보았다.

한 남자가 천천히 걸어오고 있었다. 그의 앞에는 많은 사람이 있었으나 그가 걸음을 옮길 때마다 사람들은 좌우로 갈라졌다.

터벅터벅.

깊고도 무거운 발걸음 소리가 천천히 들리기 시작했다. 이윽고 사람들의 말소리마저 실종되어 온통 빗소리와 그의 발걸음 소리만이 귓가를 텅텅 울렸다.

검은 머리에 검은 눈동자를 지닌 남자. 그가 비를 맞으며 걸어왔다. 바로 이안이었다.

"이……!"

이안의 이름을 부르려던 플로렌스 공작은 순간 말을 잃었다.

"……!"

이곳에 모인 모든 이가 그렇게 말을 잇지 못했다. 이안의 품에 안긴 이를 보았기 때문이다. 짙은 금발이 허공에 흩날렸다. 금빛 머리와 똑 닮은 금안은 무거운 눈꺼풀에 가려 보이지 않았지만 그녀가 누군지 이곳에 있는 이들 모두 잘 알고 있었다.

헬리아 공주. 그녀는 마치 깊은 잠에 빠져 있는 듯했다.

플로렌스 공작의 눈이 사정없이 흔들렸다.

"어찌하여……."

그는 소드 마스터. 상대의 심장 소리를 들을 수 있었다. 그런데 아무리 해도 들리지 않는다. 들려야 하는 소리가 들리지 않자 플로렌스 공작의 얼굴은 사색이 되었다.

털썩.

그의 다리가 꺾였다. 전장에서조차 꼿꼿이 서 있던 그의 다리가 꺾였다. 그녀를 안은 이안이 플로렌스 공작에게 다가갔다. 공작은 믿을 수 없는 눈으로 자신의 아들을 바라보았다.

"어떻게……."

이안이 자신의 아버지를 바라보았다. 그의 뺨에는 눈물인지 빗물인지 모를 것이 계속 흘러내렸다. 새카만 눈동자에는 아무것도 비치지 않았다. 그는 입을 열지 않았다. 플로렌스 공작은 눈을 질끈 감았다.

'어찌하여 이런단 말인가. 어찌하여!'

"……."

이안은 아무 말도 하지 않았지만 모두 그 의미를 알아차렸다. 싸늘하게 식은 헬리아의 팔이 하염없이 허공에 달랑거렸다. 심장이 멈춘 채로.

❊

"부탁드립니다."

"후우, 이 일을 어찌……."

"공주님의 뜻입니다. 그분의 노력을 헛되이 하지 않게 부탁드립니다."

"이리될 줄 짐작했던 겐가. 이렇게 방법까지……. 후우, 알겠네. 그리하겠네. 하지만 원망은 자네가 듣게나."

"모든 일은 제가 책임지겠습니다."

"후우……."

❊

긴 시간이었던 것 같다. 아무것도 느껴지지도 보이지도 들리지 않는 그런 곳에서 빈센트는 시간을 보냈다. 갖가지 상념이 떠올랐다 사라졌다. 그의 과거부터 현재까지의 일이 하나하나 되살아나 마치 그때로 돌아간 것 같았다.

그러자 후회가 물밀 듯이 밀려왔다. 왜 그때 더 잘해 주지 못했을까. 더 아껴주지 못했을까. 좀 더 만나서 이야기하고 사랑해 줄 것을. 기억은 추억이 되고, 추억이 지나간 자리에 후회가 남았다.

태어날 때 심장이 좋지 못했다. 그러나 세니아 덕분에 그는 튼튼한 심장을 가질 수 있었다. 문제는 오래가지 못했다는 것. 가슴에 통증이 치밀 때마다 이렇게 될 줄 예감했다. 그래서 마음의 준비를 했다. 하지만 막상 그렇게 되니 더 마음이 아팠다.

아르센 왕국과 백성들, 그를 따르는 사람들.

그리고 헬리아.

그 아이가 얼마나 마음 아파할지 빈센트는 쉬이 걱정을 떨쳐 버리지 못했다. 서서히 그에게 마음을 열고 있었는데, 이럴 줄 알았다면 차라리 이전처럼 지냈던 게 좋았을까.

빈센트는 울고 싶어졌다. 하지만 울 수 없었다. 이미 그는 죽음의 강을 건넜으니까. 죽음이 이런 것일까. 고요한 정적뿐이다. 하지만 정신만은 오롯이 살아 있다. 이 상태가 영원히 지속되는 것인지 빈센트는 두려워졌다.

그때였다. 따스한 빛이 스미면서 빈센트의 눈이 천천히 떠졌다. 그리고 그의 앞에는 너무나 보고 싶던 그녀가 있었다.

"세…… 니…… 아."

"빈."

금발의 아름다운 여인이 그를 바라보며 추억으로 남은 그 웃음을 짓고 있었다. 빈센트는 그녀를 보고 놀라 눈이 커졌다 이내 같이 웃음을 지었다.

"이리 당신을 보게 되니 죽는 것이 그리 나쁜 것만은 아닌 것 같아."

혼자가 아니라는 것이 빈센트는 기뻤다. 하지만 세르게니아는 고개를 저었다.

"아니야, 빈. 당신은 안 죽었어."

"뭐?"

"당신은 죽지 않았어."

"하지만……."

"곧 눈을 뜨게 될 거야."

"어떻게……."

어떻게 그럴 수 있단 말인가. 빈센트는 믿을 수 없었다. 자신은 분명 심장이 멈춰 죽었을 텐데. 세르게니아는 아주 슬픈 표정을 지으며 빈센트를 껴안았다.

"더 이상 아프지 마."

"세니아……."

"기다리는 거 잘하니까. 오지 마. 다음 생에도 그다음 생에도 내가 당신을 찾아갈 거니까. 그러니까 계속 기다리고 있어."

세니아의 말에 빈센트의 눈가에 눈물이 흘러내렸다. 그런 빈센트의 눈물을 세니아가 손으로 훑었다.

"헬리아를 부탁해, 빈."

"세니아."

"그 아이에게 너무 많은 짐을 주었어. 내가 잘못한 건데. 내가 해결해야 했었는데……. 부탁해."

"헬리아가 왜……?"

세니아의 몸이 점차 흐려지기 시작했다. 그녀는 빈센트의 뺨에 입을 맞추었다. 빈센트는 그런 세니아가 사라지지 못하게 꽉 끌어안았지만 이것은 현실이 아니다.

"내 반려는 오직 그대뿐이야."

"응."

세니아는 옅게 웃으며 그렇게 사라졌다. 빈센트는 사라져 가는 세니아를 보며 자신의 몸에 변화를 느꼈다. 강한 힘이 밀려들어 오고 있었다. 하지만 매우 익숙한 기운이었다. 빈센트는 그 기운을 받아들이며 눈을 감았다. 그리고 다시금 눈을 뜬 곳은 그 혼자가 아니었다.

"……십니까?"

"들리…… 니까?"

"전…… 하!"

"……."

귓가에 아른거리는 소리에 빈센트는 천천히 무거운 눈꺼풀을 들어 올렸다.

"으음……."

"전하!"

"전하!"

주변에서 낯익은 목소리가 들려왔다. 빈센트는 눈을 두어 번 깜빡이고는 주변을 살폈다.

"……제이크? 스승님?"

세바스찬도 함께였다. 빈센트는 눈을 찌푸렸다. 그러다 용솟음치는 힘에 자신도 모르게 심장 부근을 어루만졌다.

"심장이……."

"수술이 성공했네."

"더 이상 심장에 문제가 생기지 않을 거야."

플로렌스 공작이 대답했고 베로니카 공작이 말을 덧붙였다. 빈센트는 여전히 이해가 되지 않았다.

"어떻게……?"

"드래곤 하트를 이식했네."

"드래곤 하트?"

빈센트는 놀란 눈으로 베로니카 공작을 바라보았다. 베로니카 공작은 고개를 끄덕였다.

"정말이지 하늘이 살렸네. 아니, 헬리아, 그 아이가 살렸지."

"헬리아? 헬리아는 어디 있습니까?"

주변을 둘러보았으나 헬리아의 모습은 보이지 않았다. 그러고 보니 뭔가 이질감이 느껴졌다. 플로렌스 공작들이 입고 있는 의복이 이전보다 훨씬 가벼워 보인 것이다. 빈센트의 표정이 굳어졌다.

"내가 얼마나 쓰러져 있던 거지?"

플로렌스 공작이 잠시 침음한 뒤 입을 열었다.

"반년이네."

"……반…… 년? 도대체 무슨 일이 있던 겐가?"

"후우……."

플로렌스 공작은 깊게 숨을 내쉬었다. 그의 안색이 흐릿해지자 빈센트는 가슴이 서늘해졌다. 그가 표정을 굳히고 물었다.

"그 아이는?"

세니아가 한 말이 심장을 아프게 찔러왔다. 불안감이 온몸을 지배했다.

"그 아이는!"

"……공주님은……."

플로렌스 공작은 말을 잇지 못했다. 빈센트가 그를 지나쳐 베로니카 공작을 보았으나 그도 시선을 돌렸다. 더는 참을 수 없어진 빈센트가 세바스찬에게 물었다.

"어디 있습니까? 리아는?"

❊

하얀 대리석으로 꾸며진 원형 돔 안.

따스한 빛이 천장에서 홀 중앙을 비추었다. 홀 가운데에는 단상이 놓여 있었고 그 단상 위에 한 여인이 눈을 감은 채 누워 있었다. 그녀가 누운 단상은 특이하게 생겼는데 턱이 올라와 있었고 그 안에 물이 가득 차 있었다. 반쯤 물에 담긴 여인의 주위로는 누군가 가져다놓은 꽃이 놓여 있었다.

참으로 신비롭고 아름다운 광경. 그러나 그것을 바라보는 빈센트의 얼굴은 참혹하게 일그러졌다.

"이, 이게 대체……."

빈센트의 눈동자가 쉼 없이 흔들렸다. 그가 천천히 여인을 향해 다가갔다.

"어찌하여 네가……."

누워 있는 여인의 얼굴을 조심스럽게 어루만졌다. 차가운 냉기가 그의 손을 타고 올라왔다. 빈센트는 흠칫 몸을 떨었다. 여인은 너무도 평온하게 잠을 자고 있는 것처럼 보였다. 빈센트의 푸른 눈동자에 눈물을 어렸다.

"리아, 리아……."

왜 여기에 이렇게 누워 있는 거니? 네가 왜? 빈센트는 도저히 믿을 수 없었다. 그가 자신의 딸을 흔들었다.

깨어나거라. 제발, 깨어나거라. 이 아비가 오지 않았더냐? 내가 너무 오래 자고 있어서 그런 것이냐? 미안하구나. 너무 오래 자서. 바보같이 네가 이렇게 된 줄도 모르고 태평하게 자고만 있었구나. 내가 바보구나. 그러니 이 아비를 꾸짖으려 깨어나렴. 헬리아, 사랑하는 내 딸아. 제발 좀 일어나 이 아비를 보렴. 제발 눈을 뜨렴.

"……."

빈센트의 신형이 무너져 내렸다. 그가 소리를 죽여 오열했다. 딸아이의 몸은 너무도 싸늘했다. 이제 겨울이 지나가고 봄이 왔건만. 왜 이렇게 추운 것일까.

"리아, 리아!"

이렇게 가면 안 된다. 이렇게. 이 아비를 놔두고 가면 어찌하느냐. 빈센트는 눈을 뜨지 않는 자신의 딸을 한참이고 바라보며 말을 걸었다. 하지만 대답은 들려오지 않았다.

"아, 아…… 아아……."

빈센트는 두 손에 얼굴을 파묻었다. 손가락 사이로 투명한 눈물이 쉼 없이 새어 나왔다.

"이 아비가 뭐라고. 내가 해준 것 하나 없는데. 이 아비가 뭐라고. 그 고생을 해서 이 지경이 되었냔 말이다."

헬리아가 왜 그 먼 제국으로 가서 이렇게 차가운 몸이 되었는지 알았다. 자신을 살리기 위해서 그 먼 타국까지 갔다. 그 춥고 매서운 바람을 뚫고 드래곤의 레어까지 갔단다.

빈센트는 그 이야기에 가슴이 찢어졌다. 이렇게 리아는 차갑게 변해 누워 있는데 저는 숨 쉬고 있는 이 상황이 너무 끔찍하고 싫었다. 저 살자고 딸아이를 희생하다니, 그런 부모가 세상 천지에 어디 있단 말인가.

빈센트는 제 심장을 내어줘도 좋으니 제발 헬리아만은 살리고 싶었다. 하지만 이미 멈춰 버린 헬리아의 심장은 어떻게 할 수 없었다. 빈센트의 얼굴이 오열로 일그러졌다.

'아아, 하늘이시여. 어찌 또다시 제 사람을 취하십니까? 세니아만으로도 모자랐던 겁니까? 제발 부탁합니다. 제 딸아이를 살려 주십시오.'

세니아가 죽고 제대로 보살펴 주지 못했다. 바보 같았다. 제가 더 보살피고 아껴주었다면 그런 고초를 겪지 않았을 텐데. 그렇게 쓸쓸히 어린 시절을 보내지 않았을 텐데.

빈센트는 입술을 질끈 깨물었다. 그리고 뒤를 돌아보았다. 그 자리엔 이안이 묵묵히 서 있었다.

빈센트는 괜히 화가 났다. 도대체 뭐 하고 있었기에 헬리아가 저리 된 것인지 멱살이라도 잡아 따져 묻고 싶었다. 하지만 그 아이가 선택한 일이다. 어느 누가 말릴 수 있었겠는가.

빈센트의 어깨가 축 처졌다. 그러다 이안의 얼굴을 보고 묘한 표정을 지었다. 그는 슬퍼할지언정 포기한 표정이 아니었다. 무언가를 기다리는 표정. 그것이 빈센트의 눈에 들어왔다.

헬리아를 이곳으로 데려온 것이 그라고 한다. 이곳은 왕성에서 얼마 떨어지지 않는 신전이었다. 원래라면 장례를 지내기 위한 준비를 해야 했지만 그가 만류하여 이곳에 그녀를 눕혔다고 한다. 그리고 반쯤 물에 잠긴 그녀의 몸.

빈센트가 이안을 보며 물었다.

"무슨 생각인가?"

"기다리고 있습니다."

"기다려?"

제대로 먹지 못한 듯 퀭한 눈과 반쪽이 된 얼굴로 이안이 말했다. 그의 눈빛은 그 어느 때보다도 결연해 보였다.

"공주님은 죽지 않았습니다."

"……!"

"반드시 살아 돌아오실 겁니다."

"살아 돌아와? 그게 대체 무슨 말인가? 리아가 살 수 있단 말인가?"

"그가 그렇게 맹세했습니다."

이안은 그녀가 쓰러질 때를 떠올렸다. 누구보다 그녀를 아끼는 그가 말했다.
반드시 살리겠노라고. 믿었다. 누구보다 헬리아를 사랑하는 그가 하는 말이니까. 그렇기에 이안은 기다리고 있었다. 분하고 화가 나지만 지금 이안이 할 수 있는 것이라곤 기다리는 것뿐이었다.

❊

'결국 이렇게 되어버렸네.'
헬리아는 피식 자조적인 웃음을 흘렸다. 죽음이 도래하니 정말 주마등이 지나갔다. 지난 10년간, 정말 온 힘을 다해 발버둥 치며 살아왔다. 아니, 그 이전까지 합한다면 참으로 고단한 삶이었다. 생각해 보니 뭘 위해 그렇게 아등바등 살았을까 싶을 정도로.
하지만 후회는 없다.
'다들 놀라겠지?'
아마 깜짝 놀랄 것이다. 이럴 줄 알았으면 준비라도 하는 건데. 이래서 떠나기 전에 작별 인사를 하는 건가 보다. 떠나는 사람도 남는 사람도 마음의 준비가 필요하다는 걸 깨달았다. 이제 와 다 소용 없는 생각이 되었지만.
'이제 정말 끝이구나.'
바보같이 착하기만 한 바보 오빠 세드릭도, 서류를 잔뜩 챙기고 저를 기다리던 클리드도, 상단 사람들도, 이안도, 아버지도 엘라임도…….
'이제는 못 보는구나.'
툭툭툭-
그녀의 눈에서 눈물이 주르륵 흘러내렸다. 이곳에서 눈을 뜬 이래로 이처럼 많은 눈물을 보인 적은 처음이었다. 막으려 해도 막을 수 없었다. 하염없이 하염없이 눈물이 흘러내렸다.

헤어지고 싶지 않다. 죽음이 두렵지 않았다. 과거처럼 다른 곳으로 환생을 할 테니까. 이제 끝이 아니라는 것을 알기에. 죽음이란 또 다른 시작일 테니까.

그런데 왜 그런 바보 같은 생각을 했을까. 다른 곳은, 그들이 없는데. 함께 웃고 울었던 그들이 없는데. 함께 있고 싶고 떠나기 싫다. 그들과 좀 더 함께 웃고 울고 싶다.

그제야 죽음의 두려움을 알았다. 더는 만나지 못한다는 것. 그리고 유일했던 것이 세상에서 사라진다는 것.

헬리아는 소리 없이 눈물을 삼켰다. 가슴이 아프다. 너무 아파서 아무런 고통도 느껴지지 않을 심장이 부서질 것 같았다.

살고 싶다. 살아서 그들을 보고 싶다. 더 이야기하고 싶다. 더 함께 하고 싶다. 이렇게 죽고 싶지 않아.

'엘라임…….'

제대로 말해줬으면 좋았을 텐데. 말해주지 못했다. 인생이 이렇게 짧을 줄 알았다면 망설이지 않고 말하는 건데. 감춰두고 망설이고 그러다 결국 뭐 되지 않았나.

'엘라임, 엘라임……. 말하지 못해서 미안해.'

지금 이 순간, 어느 누구보다도 엘라임이 떠올랐다. 지금의 자신을 있게 한 그가 너무도 보고 싶다. 하지만 이제 볼 수 없다.

헬리아는 오열했다. 다시 한번 엘라임을 볼 수만 있다면 결코 망설이지 않으리. 이 마음을.

"엘라임……."

"응, 헬리아."

순간 들려온 엘라임의 목소리에 헬리아의 두 눈이 크게 뜨였다.

"엘…… 라임?"

눈앞에서 환한 빛이 퍼져 나갔다. 헬리아는 눈이 부셔 앞이 제대로 보이지 않았다. 하지만 느낄 수 있었다. 이 목소리, 이 기운.

그가 자신을 품에 안았다.

"헬리아."

엘라임, 그였다.

❊

"이 바보야……."

심장이 덜컥 내려앉았다. 순간 숨이 멈추는 줄 알았다. 엘라임은 마룡 엑시온을 소멸시킨 뒤 쓰러진 헬리아를 안아 들었다. 그렇게 무리하지 말라고 몇 번이나 말했건만 그녀는 결국 귓등으로도 듣지 않았다. 엘라임은 축 늘어진 헬리아의 이마에 달라붙은 머리카락을 떼어냈다. 비에도 흠뻑 젖어서는.

"말도 안 듣지. 이게 뭐야, 힘이 다 빠져서 아예……."

순간 그녀를 살피던 엘라임의 표정이 굳어졌다. 왜지? 왜 들리지 않는 거지? 무언가 툭 하고 끊어져 나간 기분이었다. 제 존재 자체가 흔들릴 정도로 강렬하게.

"……."

엘라임의 사고는 이어지지 않았다. 너무나 믿을 수 없어 그의 머리가 생각을 멈추었다.

"뭐, 뭐야……. 뭔데 왜 네 심장이……."

소리가 들리지 않느냔 말이야. 뿐만 아니었다. 아까의 그 충격. 그건 태곳적부터 내려온, 창조주로부터 부여받은 계약이 끊어진 것에 대한 충격이었다. 엘라임의 얼굴이 새하얗게 질려 버렸다.

"헬…… 리아?"

엘라임의 손이 덜덜 떨렸다. 그는 다시 한번 헬리아를 불렀다.

"……헬리아?"

그러나 헬리아는 여전히 미동조차 없이 눈을 감고 있었다. 엘라임은 농담하지 말라는 듯 입꼬리를 올리며 그녀를 흔들어 깨웠다.

"이거 이상해. 좀 일어나 봐. 지금 잘 때가 아니라니까! 헬리아, 제발 좀 일어나 봐. 제발……."

엘라임의 목소리가 종래에는 애원하는 듯 울려 퍼졌다. 엘라임의 태도가 이상한지 이안이 다가왔다. 그리고 그의 얼굴이 엘라임만큼이나 희게 변했다.

"……."

"헬리아! 헬리아!"

헬리아의 심장은 멈춰 있었다. 엘라임은 그 사실을 믿을 수 없었다. 어째서? 이런 거짓말 같은 일을 나보고 믿으라는 말인가? 엘라임은 입술을 질끈 깨물었다. 그의 입가에서 피가 흘러내렸다. 그는 다시 한번 애달프게 그녀의 이름을 불렀다.

부르고 또 부르고. 그녀가 깨어날 때까지 불러보았지만 그녀에게서 대답은 돌아오지 않았다.

"하, 하하하……."

엘라임은 헛웃음이 흘러나왔다. 하지만 현실이었다.

'헬리아가 죽…… 어? 헬리아가?'

"안 돼! 안 된다고! 헬리아, 제발 좀 일어나 봐! 제발. 우리 돌아가기로 했잖아. 응? 응? 헬리아?"

쏴아아아아-

비는 폭우가 되어 그들의 몸을 내려쳤다. 따갑다. 엘라임은 제 살을 파고드는 빗줄기를 느끼며 오열했다. 그와 함께 대기가 요동쳤다.

헬리아가 죽었다. 그녀의 심장이 멈췄다.

이렇게 따뜻한데, 아직 이렇게 따뜻한데. 그런데 죽어?

엘라임은 그녀의 몸에 힘을 주입했다. 이대로 그녀가 죽는 것을 볼 수 없다. 자신이 가진 모든 힘을 그녀에게 넣으려 했으나 불가능했다.

"하, 하하! 빌어먹을!"

그의 손이 점점 흐려지고 있었다. 계약이 끊어진 이상 그는 원래 있어야 할 곳으로 돌아가야 한다.

"아니야! 돌아갈 수 없어! 나는 돌아갈 수 없다고!"

계약자가 죽으면 정령은 정령계로 돌아간다. 그건 정령왕인 엘라임이라도 결코 막을 수 없었다. 엘라임이 제 손을 붙잡아보았지만 그의 몸은 점차 흐려져 갔다. 그가 힘을 끌어올려 보았지만 중간계에서 그에게 힘을 보내줄 계약자인 헬리아가 죽었다. 그가 할 수 있는 것은 아무것도 없었다.

'아무것도?'

정말 아무것도 없을까? 정말? 엘라임은 사라져 가는 제 몸을 내려다보며 표정을 굳혔다.

10년이다. 정령왕인 그의 시간으로 보면 아주 찰나에 지나지 않을 시간이었다. 하지만 결코 잊을 수 없는 시간이었다.

10년 전 자신을 처음 소환했던 어린 소녀가 흥미로웠다. 그녀의 존재나 그녀가 가진 의지가 흥미로워 그녀를 자신의 계약자로 받아들였다. 어딘지 모르게 벽을 쌓고 질주하듯 앞으로만 나아가던 그 소녀가 어느새 자신의 전부를 채우고 있었다.

그저 지켜보는 것이 재미있었다. 그랬는데, 어느새 이렇게 빠져 버렸다. 더 이상 그녀가 없는 삶은 생각할 수 없을 정도로.

그녀가 드래고니안이라는 것이 얼마나 기뻤는지 모른다. 인간의 수명은 많아 봐야 백 살에 불과하다. 그런데 드래고니안은 그보다 몇 배는 많은 생을 산다. 그래서 지켜보며 그녀의 마음이 저를 향할 때까지 기다릴 수 있었다. 시간은 많으니까. 초조하기도 하고 질투도 났지만 결국 저와 함께할 거라고.

그렇게 오만한 생각을 했다. 모든 생명체는 죽음을 맞이한다. 엘라임도 그것을 알고 있었다. 하지만 이렇게는 아니다. 이렇게는 아니다. 이제 겨우 행복해지려는 찰나였다. 오랫동안 홀로 세상을 살아야 했던 어린 소녀가 사람을 만나고 애정을 느끼고 그리고 웃게 되었는데. 아직 그녀는 좀 더 행복해야 한다.

"……."

엘라임의 표정이 딱딱하게 굳어졌다. 그의 눈빛에는 어딘지 모르게 결연한 빛이 띠었다.

"왜 그 생각을 못 했지?"

엘라임은 피식 웃었다. 살릴 수 없다고?

"헬리아……."

엘라임은 헬리아의 이마에 제 이마를 붙였다. 점점 그녀의 몸은 차갑게 식어가고 있었다. 엘라임은 여전히 눈을 뜨지 않는 그녀를 보며 다짐하듯 말했다.

"내가 반드시 널 살릴 거야. 절대 죽게 놔두지 않아."

넌 행복해져야 하니까. 엘라임의 얼굴이 괴롭게 일그러졌다. 이제부터 그가 하려는 일은 어쩌면 헬리아가 싫어할지도 모른다. 하지만 엘라임은 그렇다 하더라도 하지 않을 수 없었다.

엘라임이 뒤를 돌아보았다. 이안의 뺨에서는 비인지 눈물인지 물이 뚝뚝 떨어졌다.

"헬리아를 부탁해."

"……."

이안이 엘라임을 바라보았다. 엘라임은 그에게 그녀를 건네주었다. 이안은 참담한 표정으로 헬리아를 내려다보았다. 그녀의 몸은 이제 차갑게 식어가고 있었다.

"네가 정말 싫었어. 헬리아 옆은 내 건데. 웬 시커먼 놈이 나타나서 말이야. 그런데 말이야."

엘라임이 쓰게 웃으며 이안을 바라보다 헬리아를 보았다.

"지금 이 순간, 네가 있다는 게 얼마나 다행인지 몰라. 너라도 있으니까. 그래, 너만은 괜찮을 것 같아. 그러니까 소중히 대해 줘."

엘라임이 이글거리는 눈빛으로 이안을 노려보았다. 그의 눈에 소유욕이라는 감정이 깃들어 있었다.

"하지만 절대 마음은 안 줘."

"……."

이안은 헬리아를 붙잡은 두 손에 힘을 주었다. 도대체 그가 무엇을 하려고 하는 것일까.

"헬리아는 내 거니까. 절대 안 줘."

"……뭘 할 생각이지?"

"살릴 거야. 반드시 살려낼 거야."

순간 엘라임의 몸이 빛으로 화하기 시작했다. 눈부신 빛이 퍼져 나가 제대로 앞이 보이지 않았다.

하지만 이안은 똑똑히 보았다. 그의 눈가에서 한줄기 눈물이 떨어지는 것을.

❊

"……엘라임?"

헬리아는 제 몸을 끌어안은 이를 보며 놀란 듯 눈을 크게 떴다. 지금 자신이 꿈을 꾸고 있는 건가? 아, 그렇지. 이건 꿈이지. 분명 자신은 죽었으니까.

헬리아는 그제야 입가에 미소를 짓고 그를 마주 껴안았다. 그러자 엘라임의 몸이 흠칫 떨렸다.

"다행이야."

"……뭐가?"

"더는 못 볼 거라 생각했는데 이렇게 볼 수 있어서 정말 다행이야."

"……왜?"

엘라임은 무언가 터져 나오는 신음을 막는 것처럼 한 음 한 음 꾹꾹 눌러 대답했다. 헬리아는 이상하다 생각했지만 그를 만나는 것이 좋아 신경 쓰지 못했다.

"후회되더라."

"……."

"왜 말하지 못했을까 후회했어."

"무슨 말을?"

"좋아한다고."

"……."

엘라임이 숨을 들이켰다. 헬리아는 아랑곳하지 않고 그를 올려다보았다. 그리고 환히 웃었다.

"좋아해, 엘라임."

"……."

"좋아해."

"……바보."

"응, 바보인가 봐. 바보다, 나. 그래도 바보인 너한테 듣는 건 약간 기분 나쁜데."

"나 바보 아니거든?"

헬리아는 피식 웃었다. 그러곤 그의 가슴에 얼굴을 묻었다. 정말이지 만나서 좋다. 정말 좋다. 헬리아는 그제야 혼란스러웠던 자신의 감정을 정리할 수 있었다.

"아, 그렇지."

"……또 뭔데?"

"너 보니까 해야 할 게 많은데 뭐부터 해야 할지 고민이네."

"천천히 고민해도 좋아."

"하긴 꿈이니까. 나 좋을 대로 해도 괜찮겠지?"

"마음대로 해. 다 좋으니까."

헬리아는 이것을 꿈으로 알고 있었다. 엘라임은 그런 헬리아를 그저 바라보았다.

헬리아는 잠시 머뭇하더니 약간 고민하는 듯했다.

"음, 그래도 좀 이게 꿈이긴 한데 너무 리얼해서……."

"뭘 하든 네가 하는 거면 다 좋으니까 해."

"큼, 그럴까?"

그러곤 헬리아는 엘라임의 옷깃을 부여잡더니 그의 입에 자신의 입을 맞대었다. 짧은 입맞춤.

순간 엘라임의 눈이 커다래졌다.

"큼, 뭐 누가 해줄 때까지 안 한다며. 뭐, 그럼 어쩌겠어. 내가 해야지."

"……나빠."

"뭐야? 싫은 거야?"

"싫긴. 이런 건 일찍일찍 해줘야지. 그리고 그게 뭐야. 하려면 이 정도는 돼야지."

엘라임이 그녀의 허리를 잡고는 그녀의 입에 다시 제 입을 맞추었다. 이번엔 그녀가 한 것처럼 가벼운 입맞춤이 아니었다. 제 숨과 그녀의 숨이 얽히고설켰다. 헬리아는 놀란 듯 눈을 크게 떴지만 이내 그의 입맞춤을 받아들였다. 톡. 하고 그와 입술이 떨어졌다. 헬리아의 귀가 약간 붉어졌다.

"이런 건 또 어디서 배운 거야?"

헬리아는 쑥스러웠지만 싫지 않았다. 아니, 좋아하는 사람이 하는 건데 싫을 리가. 헬리아가 엘라임을 올려다보았다. 아마 자기가 하고도 민망해하겠지? 그런데 그의 얼굴은 더욱 참담해져 있었다.

"……엘…… 라임?"

왜 그렇게 우는 얼굴이지? 헬리아는 손을 뻗어 그의 뺨을 어루만졌다.

"엘라임……."

"나빠. 정말 나빠. 그렇게 가버리면 좋겠어? 마음이 편해?"

"……!"

헬리아의 눈이 커졌다. 이건…… 꿈이 아니다. 엘라임도 꿈이 아니다.

"어떻게 네가……."

"붙잡았어. 가지 못하게. 나 두고 먼저 가면 안 되지. 그렇게 멋대로 가버리면 안 되지."

"엘라임……."

"못 보내. 내가 그렇게 만들 거야."

"엘라임 난……."

헬리아는 왠지 불안감이 들었다. 그의 얼굴이 너무도 낯설었다. 예전에 꿈에서 봤던 어머니의 표정과도 닮아 있었다. 아버지를 살리기 위해 무엇이든 했던 어머니와. 그제야 헬리아는 엘라임의 생각을 읽었다.

"하지 마. 하지 마, 엘라임. 그거 하지 말라고."

엘라임이 무슨 짓을 하려는지 알아차렸다.

정령의 눈물. 정령의 눈물은 정령의 생명력이 담겨 있었다. 정령의 목숨을 맞바꾼 생명력이. 엘라임은 제 목숨을 바꿔 자신을 살리려는 것이다. 하지만 그렇게 놔둘 것 같은가.

헬리아는 입술을 깨물었다. 어째서 이렇게 되어야만 하는 걸까? 누군가를 살리기 위해 희생하야 하는 그런 현실이.

"안 돼."

"……."

"이미 너무 많이 울었거든."

"……."

헬리아는 엘라임의 옷을 부여잡았다. 그녀의 눈에선 눈물이 흘러내렸다. 엘라임은 그런 헬리아를 꽉 껴안았다.

"알고 있어. 누구보다 남겨진 사람의 마음을. 그런데 도무지 이 방법 말고 할 수 있는 게 없었어."

"이 바보야…… 이러는 게 어딨어……."

뭐라 말할 수 있을까. 헬리아 또한 그랬기 때문에 그를 더는 타박할 수 없었다.

그때였다.

파아아앗-

그의 몸이 점차 흐려지기 시작했다.

"엘라임!"

"너로 인해 태어나면서 처음으로 행복했어. 그러니까 너도 더 행복해져."

"네가 없는데 어떻게 그래!"

"꼭……."

헬리아는 입술을 깨물었다. 그리고 눈물을 흘리며 말했다.

"드래곤에겐 평생 한 명의 반려가 있다는 거 알아?"

"……."

"알지? 우리 어머니가 800년 동안 아버지 기다린 거?"

"그러지 마."

엘라임이 슬프게 말했다. 헬리아는 웃으며 말했다. 이번 생이 안 된다면 다음 생에서 만나면 된다. 그것도 아니면 그다음 생에서라도.

"내가 기억할 거야. 네가 기억하지 못하더라도 내가 기억할게. 내가 찾아갈게."

"헬리아……."

"그러니까 기다려. 그동안 다른 여자 만나면 안 돼. 그땐 내가 먼저 고백할 테니까. 네가 어떻게 변하든 널 좋아할 거야."

헬리아는 마지막으로 사라져 가는 그의 입에 맹세의 입맞춤을 했다.

"내가 찾아갈게."

엘라임은 그에 눈물을 흘렸다. 그가 환히 웃었다.

"응……."

파아아앗-

그리고 천천히 그의 모습은 사라졌다.

❊

눈을 뜨자 보이는 것은 자신을 걱정하는 아버지의 얼굴이었다. 파리한 안색을 하고 자신을 보며 눈물을 짓는 그 모습을 보자 왈칵 눈물이 흘러내렸다.

"헬리아!"

"……아…… 버지."

마지막으로 말을 하고 얼마나 지난 건지 목 안이 거칠었다. 빈센트가 와락 그녀의 몸을 안았다. 따스한 체온이 느껴졌다. 두근거리는 심장 소리에 헬리아는 눈을 감고 살아 있는 감각을 느꼈다.

"헤, 헬리아! 정말……."

빈센트는 그녀를 조심스럽게 어루만졌다. 불면 날아갈세라 만지면 부서질세라 그렇게 다루었다. 헬리아는 그 모습에 웃었다.

"아버지."

빈센트는 숨을 죽인 채 그녀를 끌어안으며 눈물을 연신 흘렸다.

헬리아는 그를 끌어안으며 생각했다. 살아서 그를 볼 수 있어 다행이라고. 하지만 마냥 기뻐할 수만은 없었다. 평생이 지나도 다시 살아난 자신을 그리 기뻐할 수는 없을 것이다.

'엘라임…….'

순간 그녀의 가슴이 뻥 뚫린 것처럼 허무함이 밀려 들어왔다. 그리고 그 구멍은 결코 메워지지 않을 것이다.

헬리아는 제 가슴을 움켜쥐었다.

"어, 어디 아픈 데라도 있는 것이냐?"

빈센트가 헬리아의 표정을 보고 놀랐다. 헬리아는 고개를 저었다. 아니, 아픈 게 맞는지도 모르겠다. 심장이 떨어져 나간 것처럼 아팠다.

그때 빈센트의 뒤에 서 있던 이안과 시선이 마주쳤다. 이안은 그녀를 보며 기쁜 표정을 지었지만 그녀의 표정이 어두워진 걸 발견하고 눈빛을 가라앉혔다.

'아는구나…….'

이안도 알고 있는 것이다. 자신이 누구의 목숨으로 살아난 것인지. 그렇기에 기뻐하면서도 그것을 순순히 드러내지 못한 것이리라.

'엘라임…….'

가슴에 뻥 하니 뚫려 버린 이 빈 공간을 어찌 채울 수 있을까. 마음속으로 수십 번 엘라임의 이름을 되뇌었지만 엘라임은 나타나지 않았다.

헬리아는 눈물을 흘렸다. 기쁨의 눈물이 아니라 이별의 눈물이었다. 그리고 반드시 그를 찾으러 가겠다는 다짐의 눈물이었다.

*

시간은 유수와 같이 빠르게 흘렀다. 겨울이 지나 봄이 되고 여름이 되고 다시 가을이 와 겨울이 되고. 세상이 변하기에 충분한 시간들이었다.

페르시아 제국은 제국으로서의 지위를 잃고 왕국이 되었다. 케이시스는 페르시아 왕국의 왕이 되어 나라를 다스렸다. 그러나 제국이 남긴 부패와 가난을 처리하는 데만도 오랜 시간이 필요했다.

아르센 왕국은 연합군의 맹주로 페르시아 제국의 전쟁에 참여하여 가장 많은 영토를 얻어냈고 이후 주변 나라를 속국으로 삼아 제국의 지위에 오르게 되었다.

아르센 제국. 이제 페르시아 제국이 사라지고 명실상부 대륙의 최강국이 되었다. 그리고 그 이면에는 뛰어난 지략과 미모를 지닌 헬리아 공주가 있었다.

헬리아 공주는 자신이 가진 부와 권력을 이용하여 아르센 제국의 내실을 더욱 공고히 했고 그녀의 뛰어난 수완으로 주변 나라를 속국으로 삼았다. 속국으로 삼은 나라는 반발 없이 그녀의 치세를 따랐다. 그리고 오늘은 아르센 제국이 된 이래 최초의 여황이 탄생하는 날이었다.

태양 빛을 부숴 만든 듯 반짝이는 머리카락을 위로 틀어 올리고 다이아로 된 장신구를 단 헬리아의 모습은 매우 화려하고도 고아했다. 뿐만 아니라 장인이 한 땀 한 땀 정성스레 만든 드레스는 금실로 수가 놓아져 있었고 진주로 장식을 했다. 어깨에 걸친 망토에는 아르센 왕국의 문양이 그려져 있었다.

그중 가장 시선을 사로잡는 것은 그녀의 매혹적인 금안이었다. 누런 노란색과는 차원이 다른 금색 눈동자가 이지적으로 빛났다.

또각.

헬리아가 깊게 숨을 내쉬었다. 그녀의 눈앞에는 커다란 문이 놓여 있고 그 문을 열고 들어가면 대신들과 아르센 왕국의 왕관이 기다리고 있을 것이다.

"드시지요."

그녀의 옆에는 언제나처럼 그가 함께했다. 검은 머리를 곱게 빗어 넘긴 이안이 검은 정장을 입은 채 손을 내밀었다. 마룡 엑시온이 사라진 뒤 수 년의 시간이 흘렀다. 그리고 그동안 그가 자신의 곁을 지켜주었다.

헬리아는 그가 내민 손을 바라보았다. 그리고 살포시 그의 손에 자신의 손을 얹었다. 헬리아는 그의 손을 꾸욱 눌러 잡았다. 그러자 이안이 살짝 놀란 표정을 지었다. 그가 사라진 뒤 한 번도 그의 손을 이렇게 세게 잡은 적이 없었다.

엘라임. 이제까지 단 한시도 잊지 못한 이름이다. 어떻게 잊을 수 있을까. 그가 사라지고 난 뒤 헬리아는 긴 시간 동안 방황했다. 심장은 마치 커다란 구멍이 뚫린 것처럼 메워지지 않았고 사는 것에 의미를 찾지 못했다.

수도 없이 불안하고 절망에 휩싸였다. 그를 찾아간다 하였지만 과연 어떻게 찾을 수 있단 말인가. 정말 다시 만날 수 있을까. 그렇게 매 순간마다 고민하고 좌절했다. 그런 그녀의 곁에 함께 있어준 것이 바로 이안이었다. 그는 아무것도 바라지 않는다는 태도로 그녀의 안위만을 위했다. 마음에 답해 주지 않는 그녀가 이제 지겨울 만도 하건만 그는 결코 그녀의 곁을 떠나는 법이 없었다.

헬리아는 가만히 이안의 손을 쥐다 그를 바라보았다. 5년이 지난 그의 얼굴은 5년 전과 다름없었다. 아니, 더 짙고 깊은 눈으로 자신을 응시하고 있었다.

'엘라임, 이건 네가 없어서 그런 거야.'

헬리아는 속으로 웃다 입을 열었다. 그의 마음을 받아줄 수는 없었다. 이미 자신의 마음을 통째로 가져가 버린 녀석이 있으니까. 자신의 마음은 온전히 그의 것이다. 다만,

"옆에 있어달라 하면 이기적일까?"

외로우니까. 사람이니까 외로울 수밖에 없다. 하지만 헬리아는 조심스럽게 말했다. 자신의 말이 얼마나 염치없는 것인지 잘 알고 있었다.

"……."

헬리아의 말에 이안이 잠시 눈을 크게 뜨다 이내 부드럽게 미소를 지었다. 헬리아는 항상 그의 미소가 낯설고 기분이 좋았다. 그런 미소를 이안이 지어 보이며 말했다.

"그것이면 충분합니다."

헬리아와 이안은 마주 웃었다.

끼이익—

문이 열리고 시종장의 목소리가 크게 울렸다.

"여황 폐하 납시옵니다!"

여황이 된 헬리아.

그녀의 이야기는 이제 시작에 불과했다.

❊

"으아아아!"

오늘도 한 남자의 절규가 황궁을 들썩였다. 그러나 기사들은 으레 그러려니 하며 고개를 설레설레 저었다. 하도 연례행사다 보니 무감각해진 것이다. 그러나 절규하는 남자는 결코 이리 마음 편히 넘어갈 수 없었다.

"또 어딜 가신 거야!"

그의 눈앞에는 산더미처럼 쌓여 있는 서류의 산이 보였다. 그리고 그 서류의 산을 처리해야 할 주인이 모습을 보이지 않아 절규를 터뜨린 것이다.

남자의 이름은 클리아스 에반 백작.

클리드 에반 전 공작의 손자로 이번에 여황 폐하의 보좌관으로 들어오게 되었다. 처음 폐하의 보좌를 한다는 소식에 기뻐 방방 뛰었더랬다. 그런데 생각해 보니 이상하긴 했다. 그때 자신을 바라보는 할아버지와 아버지의 표정이 마치 호랑이 굴에 제 발로 들어가는 머저리를 보는 느낌이랄까.

하지만 그때는 그래도 처음 황성에 들어가는 거니 걱정하시는 거라 생각했다. 그런데 웬걸!? 이제야 그 표정이 아주 잘 이해가 되었다.

"으아아아! 폐하! 도대체 어디 계십니까~"

아무리 불러봐야 공허한 메아리만 칠 뿐 그녀의 모습은 어디에서도 보이지 않았다.

살랑살랑.

부드러운 봄바람이 불어왔다. 한 여인이 태양 빛이 반짝거리는 호수 앞에 서 있었다. 그 모습은 마치 한 폭의 그림처럼 매우 아름다웠다. 금발이 바람결에 찰랑거렸고 두 금안은 하늘에 뜬 태양보다 더 눈이 부셨다.

이십 대 초중반으로 보이는 여인은 입가에 옅은 미소를 짓다 아련한 표정을 지었다. 그녀의 시선이 눈부신 호수에 닿았다. 그녀가 처음 이 세상과 만나게 된 장소.

여기서 그녀는 새로 태어났다. 자신에게 상처 준 이들에게 복수하겠노라고, 그러기 위해서 돈과 명예, 권력을 손에 넣고자 다짐했었다.

그녀는 피식 웃음을 지었다. 참으로 우습다. 가지기 전에는 몰랐는데 가지고 난 다음에 그 가치를 알게 되었다. 그것이 그렇게 중요한 것이 아님을, 아니, 그저 단순한 도구에 지나지 않음을.

행복해지기 위한 것. 그 모든 것이 바로 행복을 위한 수단과 도구에 지나지 않음을 여인, 헬리아는 깨달았다.

"가십시오."

그때 그녀의 뒤에서 목소리가 들려왔다. 헬리아는 천천히 뒤를 돌았다. 그녀의 시선 끝에 휠체어를 탄 노인이 앉아 있었다. 노인의 머리는 새하얗게 서려 있었고 얼굴엔 주름이 가득했다. 그러나 두 눈동자는 젊은 적 그대로였다. 색을 잃지 않은 검은 눈동자가 그녀를 응시했다.

"이안."

"시간이 참 빠릅니다."

수십 년의 세월 동안 노인이 되어버린 그는 탄식과도 같은 말을 내뱉었다. 헬리아는 그런 그를 애잔한 눈으로 바라보았다.

노인이 옅게 웃었다. 그는 여전히 그녀에 대한 애정이 가득한 눈으로 그녀를 바라보았다.

"벌써 60년이 지났군요."

"그렇게 되었나?"

"이제 그만 가십시오."

"……."

"오랫동안 찾으시지 않았습니까? 저는 괜찮습니다."

"……이안."

"그가 기다리고 있을 겁니다. 당신이 찾아오기만을."

"그 바보 놈은 기억도 못 할 거야."

"당신이 기억하지 않습니까?"

"……."

"반드시 당신을 사랑하게 될 겁니다."

이안은 웃으며 헬리아에게 다가가 그녀의 뺨을 어루만졌다. 헬리아는 웃으며 그의 손을 맞잡았다.

"안 그러면?"

"그렇게 놔두실 겁니까?"

"아니."

"가십시오."

"……알고 있었어?"

헬리아는 그가 사라진 이후 그를 찾기 위해 연구를 거듭했다. 그리고 그 실마리를 드디어 찾아냈다. 하지만 헬리아는 그것을 겉으로 드러내지 않았다. 자신의 곁에 있어준 이안에 대한 예의이자 당연한 도리였다.

이안은 그런 그녀의 속내를 이미 파악하고 있었다.

"대신 하나 부탁드려도 되겠습니까?"

"말만 해."

"한 대 때려주십시오."

"그건 걱정하지 마. 부탁하지 않아도 그럴 거니까."

헬리아의 말에 이안은 웃었다. 그러곤 다시 그녀의 손을 잡았다.

"헬리아."

이안은 언제나 한결같이 변치 않은 검은 눈동자로 그녀를 바라보았다.

"나는 행복했어, 그 누구보다. 그러니 당신도 이제 행복해져."

"……이안."

"이 말, 너무 늦게 해줘서 미안해."

헬리아는 그의 몸을 끌어안았다. 이안은 그녀의 머리카락을 쓰다듬어주며 그녀의 이마에 입을 맞췄다.

"행복해져야 해, 헬리아."

"……응."

헬리아는 눈을 감았다.

그리고 얼마 후.

아르센 제국의 대공 이안 플로렌스 대공이 숨을 거두었다. 그리고 헬리아 여황 또한 같은 날 같은 시에 숨을 거두었다. 그러나 그녀의 시체는 누구도 보지 못했다고 한다. 그날은 그 어느 때보다 비가 많이 내리는 날이었다.

에필로그 인연

툭- 투둑.

맑은 하늘에서 갑자기 비가 쏟아져 내렸다. 예고 없이 내린 빗줄기에 사람들은 비를 피하기 위해 부산스럽게 움직였다.

좌악-

우산이 없어 몸을 피하는 사람들 사이로 한 소녀가 우산을 펼쳐 들었다. 그녀는 우산을 쓰며 천천히 걸음을 옮겼다. 기상청조차도 예측하지 못한 비임에도 불구하고 그녀는 오늘 아침 우산을 챙겨 들었다. 왠지 비가 올 것 같은 예감 때문이었다. 그리고 그 예감은 정확하게 맞아들었다. 참으로 신기한 일이다.

소녀는 이제 막 꽃피우기 시작한 열아홉으로 옅은 갈색 머리카락은 햇빛이 비출 때면 마치 황금빛처럼 반짝거렸다. 며칠 전 수능을 본 뒤라 등교를 하는 그녀의 발걸음을 매우 가벼웠다. 우산을 쓴 그녀가 옅은 고동색 눈동자를 깜빡이며 하늘을 올려다보았다. 날도 밝은데 이상하게 비가 온다.

하지만 더 이상한 건 비가 올 거라 기가 막히게 알아맞힌 그녀였지만.

"정말 비가 오네."

특별한 감흥은 없다. 이 세계에 태어난 후 그녀는 종종 이런 경험을 하곤 하니까. 그중 하나가 비가 오는 날을 잘 맞힌다는 것이다. 이런 여우비조차도.

소녀, 아니, 이제 어린 티를 벗고 여인이 되어가는 그녀의 이름은 최민서. 이 지구에 깨어난 헬리아였다. 아니, 과거의 최민서가 헬리아가 되었다가 다시 최민서가 되었다. 참으로 오묘한 상황이 아닐 수 없었다.

헬리아, 이제는 최민서가 된 그녀는 고소를 금치 못했다.

그날 이안이 숨을 거둔 직후 헬리아는 자신의 존재를 함께 지웠다. 60년, 더 이상의 미련도 남지 않았다. 그렇게 수십 년을 준비한 마법을 펼쳤다. 모두 그를 찾기 위해서.

마법은 성공적이었다. 차원의 문이 열리고 그가 있는 곳으로 그녀를 데려다주었다.

하지만 거기서 조금의 문제가 발생했다. 아니, 꽤 커다란 문제였다. 그녀는 차원의 틈새에서 육신을 잃고 영혼이 된 채 이 지구에 갓난아이로 다시금 태어나게 되었다.

그녀는 자신이 아기가 된 것보다 자신이 돌아온 곳이 지구라는 것에 매우 놀랐다. 이 지구는 자신이 알던 지구였다. 거기다 더 놀라운 것은 원래 자신의 몸으로 깨어났다는 것이다.

이것은 회귀인 것일까, 아니면 또 다른 패러렐 세계인 것일까. 부모에게 버림을 받고 양부모에게 입양된 것까지 똑같았다. 그녀는 그 사실에 충격을 받았다. 누가 충격을 받지 않을 수 있겠는가. 이런 우연의 일치라니.

하지만 현재가 과거와 같을 수 없었다. 그녀는 더 이상 과거의 그녀가 아니었다.

비록 제 의사를 밝힐 수 없는 어린아이일 적에는 세상이 움직이는 대로 그저 따랐지만 그녀가 사고하며 제 의지대로 몸을 움직일 수 있을 때, 그녀는 원래의 세상을 박차고 나왔다.

어릴 적 세상은 춥고 배고픈, 두려움의 공간이었지만 이미 겪어볼 대로 겪어보고 먹을 대로 나이를 먹었던 그녀다. 그녀는 어렵지 않게 생활을 영위해 나갔다.

양부모의 집에서 나와 정부의 지원을 받는 청소년 보호 센터에 몸을 의탁해 장학금을 받으며 공부를 해왔다.

그런 한편 과거를 기억하고 있다는 메리트 또한 아주 제대로 써먹었다.

돈이 전부가 아님을 알게 되었지만 돈이 아예 쓸모없는 것은 아니다. 그녀는 돈을 벌기 시작했다. 처음에는 작게, 그러나 어느 정도 돈이 모이자 주식을 시작했다. 떼돈을 벌기에 투자만큼 좋은 건 없다. 거기다 답을 알고 떼돈이 될 것만 골라 투자한다면 실패하는 것이 어려울 정도다.

그렇게 그녀는 고3에 남들이 벌지 못하는 어마어마한 돈을 벌어들였다.

아마 주변 사람들은 그녀가 그런 돈을 벌었는지 전혀 알지 못할 것이다. 그저 공부 잘하고 제법 예쁘장하게 생긴 고아라고만 생각할 뿐. 덤으로 가정환경이 빈한 불쌍한 아이로.

"열아홉인가."

그와 헤어진 것도 바로 이맘때였다. 차가운 겨울, 아직 봄을 보지도 못 하고 그와 헤어졌다.

그렇게 60년을 지내고 다시 열아홉이 되었다. 그간 얼마나 좌절하고 절망하며 불안에 떨었는지 모른다. 그 모든 것이 꿈은 아닐까 하고. 자신은 그저 아르센 제국의 여황 헬리아가 아니라 평범한 최민서가 아닐까 하고.

외롭고 쓸쓸했다. 양부모의 품을 박차고 나온 세상은 과거 그녀가 최민서였을 적에도 경험하지 못한 세계였다.

낯선 사람들 낯선 환경. 그저 그녀는 묵묵히 견뎌냈지만 때때로 사무치게 그립고 또 그리웠다.

그 나날이 꿈이 아니었음을 확신할 무언가가 필요했다. 다행히 그녀가 이 세계에 깨어날 때부터 그녀의 품에는 작고 동그란 푸른 구슬이 쥐어져 있었다. 반지 알 크기만 한 작은 그것은 목걸이로 만들어 한시도 그녀의 품에서 떨어뜨린 적이 없었다.

과거와 지금이 다른 것. 바로 이 구슬이었다. 최민서로 깨어난 지금 헬리아 때처럼 마법을 부릴 수도 특별한 힘도 없지만 이 구슬에 스며든 작은 힘으로 그녀는 비가 오는 날을 알아맞힌다거나 감기에 걸리지 않거나 하는 작은 일을 할 수 있게 되었다.

무엇보다 이 구슬에서는 그녀가 그토록 그리워하던 그의 기운이 스며 있었다.

"……엘라임."

또 한 번 나직히 내뱉어보는 그의 이름에 민서는 우산을 더 깊이 내렸다. 도대체 어디에 있는 걸까? 정말 이 지구에 있는 걸까? 태어나긴 한 걸까?

수도 없는 고민이 그녀를 괴롭혔다. 어떻게 어머니는 800년이 넘도록 한 사람만 봐올 수 있었는지 정말이지 대단하다. 그런 것에 비하면 자신은 이제 100년도 되지 않는다. 아직 더 기다려야 하는 걸까.

민서는 깊게 한숨을 내쉬었다. 그녀가 돈을 벌고 무언가 해볼 수 있을 때부터 사람을 찾기 시작했다. 어디서부터 시작해야 될지 몰랐다.

그가 여자로 태어난 것인지 남자로 태어난 것인지. 아니면 아직 태어나지 않은 것인지 알 수 없으니까. 이름도 얼굴도 아무것도 모른다. 그럼에도 그녀는 그를 찾았다. 찾을 수 있을 거란 믿음과 희망 하나로 버텨낸 세월이다.

하지만 힘들지 않을 리 없었다. 찾을 수 있을까.

그리고.

자신을 기억할까? 아마 기억하지 못하리라. 그럼에도 그녀는 찾는 것을 포기할 수 없었다. 차라리 과거의 기억이 없었으면 좋겠다는 생각을 해본 적도 수십 번이다.

하지만 그때마다 또 다짐했다. 자신이 찾지 않는다면 누가 그를 찾아주겠는가. 민서는 다짐하고 또 다짐했다.

툭- 투둑.

어느새 갑자기 내린 비가 내릴 때처럼 그렇게 툭 그쳤다. 민서는 우산을 접고 하늘을 바라보았다.

비가 언제 내렸냐는 듯이 환한 하늘이 그녀를 반겼다. 민서는 왠지 기분이 좋았다.

비가 내린 후라서 그런지 공기가 깨끗했다. 추운 겨울이지만 비가 내리는 날은 그렇지 않은 날보다 덜 춥다고 하지 않던가.

그냥 기분이 좋은 날. 그게 바로 오늘이었다.

민서는 접은 우산을 들고 다시 걸음을 옮겼다. 그러던 그때 갑자기 그녀의 목걸이가 우웅 움직였다.

"목걸이가 갑자기 왜?"

이제까지 이런 적이 단 한 번도 없었다. 물의 기운을 품고 있지만 목걸이는 감기에 걸리지 않게 하거나 기상청 뺨치는 일기예보를 제공했을 뿐 여타 다른 일에는 반응하지 않았다.

그런데 그 목걸이가 반응했다. 그녀의 뺨이 상기되었다. 민서는 서둘러 주변을 둘러보았다. 목걸이가 한 방향에서 더욱 묘한 공명음을 토했다.

민서는 목걸이가 반응하는 방향으로 몸을 움직였다.

우웅웅! 우우웅!

목걸이의 반응이 더욱 거세졌다. 그만큼 민서의 심장도 두근거렸다. 심장이 부서질 것처럼 두근거렸다. 민서는 방향을 따라 뛰고 또 뛰었다. 혹시라도 놓칠세라.

이윽고 한 횡단보도 앞. 민서는 불안한 마음으로 초록불이 되기만을 기다렸다. 그 찰나의 시간은 그녀에겐 마치 수백 년의 시간처럼 느리게 갔다.

놓치면 안 되는데, 안 되는데!

그녀는 입술을 깨물었다. 그리고 채 빨간불이 초록불이 되기도 전에 걸음을 옮겼다.

그러나 그 순간,

빠아아아앙!

지나가던 덤프트럭이 그녀의 몸을 덮쳐 오기 시작했다. 과거와 똑같았다. 민서는 다리를 움직일 수 없었다. 이대로 죽는 걸까? 이제야, 이제야 찾을 수 있는데? 그가 여기에 있을지도 모르는데? 그녀의 눈에 눈물이 흘렀다. 너무도 찰나의 시간. 덤프트럭이 그녀의 몸을 갈랐다.

끼이이익!

"뭐 하는 거야! 미쳤어!"

"……."

두근두근.

심장이 거세게 뛰고 있다. 민서는 숨을 거세게 내쉬었다. 그때 누군가 그녀를 품에 안고 말을 건넸다.

"천천히 숨을 쉬어."

그것은 한국말이 아니었다. 영어였다. 하지만 민서는 알아들었다. 어딘지 모르게 낯익은 목소리.

그러나 민서는 가쁜 숨을 몰아쉬느라 더는 생각할 수 없었다. 몸이 덜덜 떨려왔다. 이대로 죽는구나 생각했다. 그를 찾지 못하고 죽는구나 싶었다.

“천천히 숨을 내쉬어.”

이 따스한 목소리는 대체 누굴까? 민서는 그의 목소리에 맞춰 자신의 심장이 가라앉는 것을 느꼈다. 자신을 안은 이에게서 시원한 향이 났다. 아주 익숙한 물 냄새가.

우우우웅!

목걸이가 웅얼거렸다.

민서는 천천히 고개를 들었다.

“괜찮아?”

“……아.”

뚝, 뚝―

눈물이 터져 나왔다. 남자는 우는 그녀를 보고 얼른 달래보았지만 그녀의 눈물은 둑이 터진 것처럼 막을 수 없었다.

“이, 이봐.”

“흐, 흐흑. 하, 하하.”

우는 건지 웃는 건지 민서의 표정이 일그러졌다. 그럴수록 남자는 더욱 당황해 허둥거리다 그녀를 꼭 안아주었다. 너무 놀라서 그런 거라 생각한 모양이다.

“울지 마.”

남자는 민서의 머리를 쓰다듬어주었다. 민서는 그의 품에서 울고 또 울었다.

아아, 드디어 찾았어. 드디어.

달래는 남자의 품속에서 민서는 환히 웃었다. 수십 년이 넘은 지금, 차원을 넘고 시간을 넘어 드디어 만나게 되었다.

엘라임.

드디어 너를.

당황하는 그의 모습 사이로 민서는 더욱 그를 꽉 껴안았다.

〈완결〉

외전 재회

감미로운 음악이 흐르는 조용한 카페 안. 밖이 보이는 커다란 창가 자리에 앉은 한 앳된 여인이 이어폰을 낀 채 누군가를 기다리고 있었다.

톡톡톡-

그녀는 어딘지 모르게 초조한 듯 손끝으로 테이블을 두드렸다.

그때 그녀가 귀에 낀 이어폰에서 소리가 들려왔다.

-목표물, 접근 중.

그녀는 테이블을 두드리던 것을 멈추고 유리에 비친 자신의 모습을 살폈다. 머리카락을 손으로 다시 한번 매만지고, 입은 코트도 한번 더 매만졌다. 긴장한 탓인지 입술이 말라 가방에서 립밤을 꺼내 톡톡 입술에 두드렸다.

-목표물 도착.

그 소리를 끝으로 그녀는 이어폰을 빼냈다.

딸랑~

곧 카페 문에 달린 종에서 소리가 울려 퍼지고 한 남자가 들어왔다. 그녀는 눈을 반짝이며 일어나 손을 들어 올렸다.

"아저씨! 여기예요!"

그녀, 민서의 입가에 미소가 감돌았다.

❊

엘 루이스. 28살의 영국계 미국인인 그는 한 달 전 미국에서 한국으로 파견 온 회사원으로, 색이 옅은 금색 머리카락에 푸른 눈동자를 지녔다.

그는 눈앞의 소녀를 만나는 그날도 여느 날과 마찬가지로 출근하는 중이었다.

그런데 그때였다. 빠아앙 하는 커다란 클랙슨 소리가 들려왔고, 한 소녀가 그 앞에 멈춰 있었다. 그는 그 순간 본 소녀의 얼굴을 아직도 잊을 수 없었다. 그녀는 처연히 눈물을 흘리고 있었다.

엘은 왜인지 알 수 없으나 그녀를 구해야 한다 생각했다. 그리고 생각을 마치기도 전에 이미 품속에 그 소녀가 있었다. 갑작스런 일에 소녀는 놀라 숨을 제대로 쉬지 못했다.

엘은 그런 그녀를 다독였다. 몸은 차가웠고 어딘지 모르게 얼이 빠져 있었지만 소녀의 검은색 눈동자는 자신을 응시하고 있었다. 엘은 그 순간 묘한 기분을 느꼈다. 이상하게 낯설지 않은 느낌이 들었다. 분명 처음 본 낯선 나라의 낯선 아이인데.

소녀는 자신을 보더니 곧 투명한 눈물을 흘렸다. 엘은 우는 그녀를 달래느라 한참 진을 빼야 했다.

잠시 후 울음을 그친 소녀는 보답을 하고 싶다며 옷깃을 잡아왔다. 본래라면 그냥 지나쳤을 텐데, 간절한 표정을 보자 거절할 수 없었다.

하지만 엘은 출근을 해야 했기에 그날 그녀에게 명함을 주고 헤어졌고, 꼭 보답을 하고 싶다는 그녀의 연락으로 오늘 이 자리에 오게 되었다.

'이게 뭐 하는 짓인지.'

엘은 보답을 바라고 그녀를 구해 준 것이 아니었다. 그저 몸이 움직였을 뿐. 거기다 아직 어린 학생에게 보답을 받는 것도 괜히 부담이 되었다.

하지만 보답을 하고자 하는 소녀의 의지가 워낙 강해 엘은 차라리 얼굴을 보고 거절하는 게 나을 것 같아 나왔다.

엘은 눈앞에 소녀를 보며 말했다.

민서라고 했던가. 영어도 잘해서 한국말을 잘 못 하는 그임에도 의사소통에 무리가 없었다.

"굳이 이럴 필요는 없는데."

"아니에요. 아저씨 아니었으면 저 죽을 뻔했는걸요. 생명의 은인인데 아무 보답도 하지 않으면 그건 죽일 놈이라구요."

"죽일 놈까지야……."

엘은 소녀가 좀 극단적인 게 아닌가 싶었지만 생명의 은인은 맞으니 또 맞는 말 같기도 했다.

"다시 한번 감사드려요. 정말 감사해요."

민서의 말에 엘은 왠지 머쓱해졌다. 하지만 그리 나쁜 기분은 아니었다.

"크흡, 그래, 그래도 다음엔 조심해서 다녀. 그러다 사고 나면 부모님 걱정하실라."

"아……."

민서의 표정이 어두워지자 엘은 왠지 다급해졌다. 아무래도 모르는 사람이 이래라저래라 하면 좀 기분 나쁘겠지?

"아, 미안. 내가 괜히……."

"괜찮아요. 그냥…… 저, 부모님 안 계시거든요. 그런데 이렇게 말해주는 사람이 있다는 게 뭐랄까…… 기뻐서요."

"아……."

민서의 말에 엘은 왠지 좌불안석이 되어버렸다. 괜히 말을 잘못 꺼냈다. 엘은 현재 부모님이 모두 살아 계시고 사랑을 듬뿍 받으며 자랐다.

"부모님 돌아가시고 양부모님께 입양됐다가 폭력에 못 이겨서 집을 나왔어요. 그래서 죽으면 장례식도 없이 길가에서 죽는 거 아닐까 하는 생각도 나고. 더 고마워서 어떻게든 보답하고 싶었어요."

엘은 그 말에 더는 뭐라 말을 꺼내지 못했다. 이상하게 가슴이 쓰리고 속이 상했다. 모자란 거 하나 없어 보이는데 그런 과거가 있다는 게 안타깝고 괜히 안쓰러웠다.

"밥은 먹었어?"

"아, 아직요."

"좋아."

엘이 일어나며 말했다. 민서는 눈을 동그랗게 떴다. 엘은 부담을 내려놓았다. 이런 아이에게는 오히려 자신이 거절하는 게 부담이고 상처가 될 것이다.

"보답한다고 했지?"

"네!"

"그럼 맛난 거나 사. 나 한국 잘 모르니까."

"네!"

민서가 씩 웃었다. 그 모습에 엘은 기분이 좋아졌다. 웃는 게 참 예뻤다.

"여기예요! 얼른 오세요, 아저씨!"

민서가 뒤를 돌아 천천히 오고 있는 엘을 채근했다. 엘은 눈을 동그랗게 뜨고 그녀가 가리키는 곳을 보았다.

"어, 이건?"

"떡볶이에요. 혹시 드셔 보셨어요? 정말 맛있어요!"

엘은 민서가 가리킨 떡볶이를 보았다. 민서는 그의 표정에 얼굴이 흐려졌다.

"아…… 혹시 떡볶이 싫어하세요? 죄송해요, 제가……."

"아, 아니야. 나 떡볶이 엄청 좋아하거든. 어떻게 알았나 싶을 정도였다니까. 진짜 좋아해."

"정말로요?! 다행이에요!"

엘은 맛있는 냄새를 맡으며 포장마차 안으로 들어갔다. 두 사람은 테이블에 자리를 잡고 앉았다.

"아저씨, 여기 떡볶이 2인분이랑 어묵 3개 주세요!"

민서가 자연스럽게 주문하자, 포장마차 주인으로 보이는 젊은 남자가 웃더니 떡볶이를 그릇에 담아주었다. 김이 모락모락 나는 빨간 떡볶이를 보자 엘은 군침을 삼켰다. 그는 떡볶이를 한입 먹고는 기분 좋은 표정을 지었다.

"매운데도 잘 드시네요? 걱정했는데."

"나 매운 거 좋아해. 정말 맛있어."

"다행이에요."

엘은 정말 맛있게 음식을 먹어치웠다. 금발의 외국인이 떡볶이를 먹는 모습이 신기해 주변 사람들이 힐끗 쳐다봤지만 그는 신경 쓰지 않고 떡볶이를 먹었다. 그 모습을 민서는 물끄러미 바라보았다.

'정말 잘 먹네.'

엘라임 그도 정말 먹는 걸 좋아했다. 정령왕 주제에. 그리고 언제나 기쁜 듯한 표정을 지었다.

그녀는 그 모습을 보며 매번 타박이나 했지, 이렇게 제대로 본 적은 없었다. 정령왕 주제에 웬 꼬치구이냐 하며 뭐라고 했는데, 그러지 말 걸 그랬다. 이렇게 좋아하는데.

"아, 나 혼자 너무 먹었네. 너도……."

엘은 음식을 먹다 자신 혼자만 먹고 있는 것 같자 민서에게도 음식을 권했다. 그런데 그 순간이었다.

툭-

민서의 눈에서 투명한 눈물 방울이 방울져 떨어졌다.

"……."

그 모습을 본 엘은 움직일 수 없었다. 마치 그날, 울고 있던 그녀를 봤을 때처럼.

그녀는 웃고 있었다. 하지만 그녀의 두 뺨에는 눈물이 흘러내리고 있었다.

욱신.

엘은 순간 가슴이 아팠다. 도대체 왜 저리 가슴 아프게 우는 걸까. 엘은 자신도 모르게 민서의 뺨에 손을 대 눈물을 지웠다.

"왜 울어?"

"울었어요, 나?"

"울지 마."

"안 울어요."

민서의 두 눈에서 계속 눈물이 흘러내렸다. 너무나 따뜻한 목소리, 따뜻한 눈빛. 민서는 도저히 눈물을 멈출 수 없었다.

"아, 너무 매워서 그런가 봐요."

"……."

민서가 떡볶이를 찍어 입에 먹으며 말했다.

"정말 매워요."

"……."

"정말."

민서는 환하게 웃었다. 그 모습을 엘은 가만히 바라보았다. 아마 잊지 못할 것 같다는 생각을 하며.

"있지."

엘은 깨끗하게 비워진 그릇을 보다 시선을 돌려 민서를 보았다. 더 이상 그녀의 눈에는 눈물이 흐르지 않았다. 하지만 붉어진 눈가가 눈물을 흘렸음을 말해주었다.

엘은 왠지 그런 그녀를 두고 떠날 수 없었다.

"한국에 온 지 얼마 안 돼서 한국에 대해 아는 게 없어. 그래서 도움을 주었으면 해."

"도움이요?"

"생명의 은인이잖아. 구해 준 보답으로."

자신도 왜 이렇게까지 하는지 모르겠다. 하지만 엘은 왠지 이래야만 한다고 생각했다. 그리고 그래 봐야 며칠이니까. 이대로 가기엔 마음이 너무 무거웠다.

"서울 가이드 좀 해줘. 어때?"

"물론이에요! 저한테 맡기세요!"

민서가 정말 기쁜 듯 웃었다. 그 모습에 엘은 흡족한 듯 미소를 지었다.

"아, 나 그리고 아저씨 아니야. 엘이라고 불러."

"엘."

풋 하고 민서가 웃었다.

❊

엘과의 다음 약속을 잡고 헤어진 민서는 환한 얼굴로 다시 포장마차로 들어왔다. 그녀의 얼굴에서 미소가 사라지지 않았다.

"아주 좋아 죽으시네요."

그때 포장마차 주인이 실실 웃으며 다가와 그녀의 맞은편에 앉았다. 그에 민서는 익숙한 듯 미간을 좁혔다.

"저 사람이 찾으시는 분이세요? 엄청 잘생기긴 했더라구요. 우리 보스가 한 얼빠 하시긴 하지만."

"죽을래?"

민서의 말에 남자는 깨갱 했지만 곧 그 유쾌한 목소리로 그녀를 놀려댔다.

"갑자기 L프로젝트 중단하고 모이라고 할 때부터 이상하긴 했는데, 이런 일이었다니. 보스도 인간이었네요. 아앗!"

그때 또 다른 남자가 그의 머리를 때렸다.

"야, 왜 때려?"

"보스께 무슨 말버릇이야?"

남자는 곧 민서를 향해 고개를 숙였다. 남자들은 최유진과 이민혁. 노란 머리에 포장마차 앞치마를 입은 게 최유진이고, 검은 정장을 입고 단정히 생긴 이가 이민혁이다.

모두 민서의 사람들. 우연치 않게 과거로 돌아온 민서는 돈의 필요성을 느끼고 돈을 모았다. 돈이 되는 곳은 투자를 하지 않은 데가 없었고, 거기엔 사람도 포함되었다. 민서는 장학 재단을 만들어 자신의 사람을 만들었다. 그리고 그 이유는 바로 엘라임, 엘을 찾기 위함이었다.

L프로젝트라 불린 이 프로젝트는 민서가 가장 먼저 시작한 프로젝트였다. 어디서부터 찾아야 할지 막막했다. 태어는 난 건지 아니면 태

어났으나 죽은 건지 알 수 없었다. 그야말로 바다에서 작은 바늘을 찾는 일이었다.

하지만 민서는 무엇이라도 해야만 했다. 마법이 자신을 이곳으로 이끌었다. 분명 그가 이곳에 있을 거다. 그 희망 하나로 민서는 지금까지 엘라임을 찾아왔다. 그리고 엘라임을 찾은 지금, 그를 찾기 위한 L프로젝트는 다른 프로젝트로 변경되었다.

이름하여 '엘 루이스를 사로잡아라!'.

이는 물론 장난기 많은 최유진이 붙인 거지만, 실상 내용은 그리 틀리지 않았다. 어떻게든 엘의 마음을 사로잡는 것. 이미 그에 대한 조사는 모두 마쳤다. 그가 좋아하는 것, 그의 취미, 그가 사는 곳, 회사 등. 민서는 그에 대해 모든 걸 알았다. 그리고 그의 옛 애인까지도. 그때 민서는 노트북 하나를 부쉈지만, 게이가 아닌 것만도 다행이라 생각하기로 했다.

뭐, 지금은 애인이 없으니까. 만약에 애인이 있었다면…… 민서는 그다음을 언급하지는 않았지만 그녀의 부하들은 그녀가 할 행동이 무엇인지 알 수 있었다. 다행히 그러한 사태는 없었다.

아무튼 이번 포장마차도 모두 그녀의 설계. 그가 좋아하는 게 떡볶이임을 알고 포장마차를 꾸며 이곳에 왔다. 남는 건 돈밖에 없으니 민서의 행동은 거침없었다.

"역시 보스의 눈물 작전은 끝내준다니까. 백이면 백 다 넘어올 거예요."

"간다."

민서가 자리에서 일어섰다. 그러자 최유진은 시크한 보스의 모습에 툴툴거렸다. 그렇지만 조금 전에는 그도 민서가 우는 모습에 심장이 덜컥 내려앉았다.

'그렇게 우는 거 처음 봤는데…….'

최유진은 깨끗이 빈 떡볶이를 보았다. 누구보다 매운 걸 좋아하는 건, 바로 민서였다.

“부디 행복해지시라구요, 보스.”

최유진은 코를 손가락으로 훔치고는 얼른 포장마차를 정리했다. 보스의 행복을 위해서 바로 다음 작전으로 들어가야 했다.

❊

[엘, 다음엔 경복궁에 갈 거예요.]

[경복궁?]

[옛날 왕이 살던 성이에요. ^^]

[오, 성 좋지!]

[언제 시간 되세요?]

“야, 애인 생겼냐?”

회사 안. 민서와 문자를 주고받던 엘은 자신을 부르는 소리에 고개를 돌렸다. 그와 함께 한국으로 온 케이슨이 음흉한 표정으로 바라보고 있었다.

엘이 미간을 좁혔다.

“무슨 소리야?”

“무슨 소리긴, 딱 봐도 견적 나오는구먼. 누구야? 한국인?”

“그냥 아는 애야.”

“야야, 설마 미성년자 건드린 건 아니겠지? 여기서도 불법이다, 그거?”

“미성년자 아니야. 이제 졸업도 했는데.”

그 말에 케이슨의 눈꼬리가 반달처럼 곱게 휘었다. 말을 하는 엘의 표정이 부드럽게 변했기 때문이다. 케이슨은 엘과 오랜 친구 사이였다. 엘은 겉보기엔 더할 나위 없이 다정해 보이지만 실상은 꽤 차가운 성격이었다. 누구에게나 다정하다. 그건 그에겐 누구나 같다는 소리다. 그것이 사랑하는 연인이라도.

그것을 못 견뎌 한 여자들은 엘과 오래가지 못했다. 케이슨은 그런 모습을 곁에서 많이 봐왔다.

"그냥 좀 안쓰러워."

"너 그거 동정이다."

"동정인가……?"

케이슨이 미간을 좁혔다. 어디서 또 저 다정한 마스크에 속아 넘어간 여자에게 결국 상처받을 엘이 걱정되었다. 그로서는 모르는 여자보다 엘이 더 걱정되었다.

"괜히 어설프게 대하지 마라. 너, 마음도 없는데 그러는 게 더 잔인한 거야. 너한테도 그렇고. 어차피 다시 본사로 돌아갈 텐데."

"그런 거 아니야."

"그럼 다행이고."

엘은 괜스레 핸드폰을 만지작거렸다. 포장마차 이후로 엘은 민서와 서울 이곳저곳을 돌아다녔다. 처음엔 그저 그 아이가 슬퍼하지 않기를, 즐거워하기를, 웃길 바라서 가이드를 청했다.

그런데 도리어 웃은 건 자신이었다. 아이의 웃음이 자신을 웃게 만들었다. 이건 동정인 걸까. 비 맞은 강아지를 보는 듯한 그런 마음일까. 엘은 미간을 좁혔다. 도통 자신의 이런 마음이 무엇인지 모르겠다. 그저 웃는 모습을 보고 싶다는 생각이 들었다.

'반차나 쓰고 오늘 갈까.'

엘이 그렇게 마음먹고 민서에게 문자를 보낼 찰나였다.

"모두 주목!"

부장 레이건이 자리에서 일어나 말했다. 사무실의 모두가 그를 바라보았다.

"오늘은 오전 근무만 합니다."

"오오오!"

"이야, 웬일이래요?"

"몰래 카메라 아니야?"

"암튼 그렇게 알고 다들 그만 돌아가 봐."

"아싸!"

"설마 이거 나중에 딴말하시는 거 아니죠?"

케이슨의 말에 부장이 팔짱을 끼고 엘을 보더니 말했다.

"그런 일은 없다. 그리고 엘은 잠시 이리 오게."

"아, 예."

"와, 이게 웬일이래?"

케이슨이 놀랍다는 듯 말하며 얼른 짐을 챙기기 시작했다. 엘은 자신을 부르는 부장에게로 다가갔다. 부장은 잠시 주변을 살피더니 그에게 작게 속삭였다.

"어이, 엘."

"예, 부장님."

"자네 혹시……."

그 순간 부장이 무언가 못 볼 걸 본 사람처럼 흠칫 하며 몸을 떨었다.

"부장님?"

"아, 아닐세. 아니야. 크흡. 아, 다른 게 아니라 맡고 있는 일은 준비 잘되고 있지?"

"물론입니다."

"그래. 그럼 들어가 봐. 얼른 들어가야 해."

"예?"

엘은 고개를 갸웃했으나 쫓기듯 서둘러 사라지는 부장의 모습에 물어보지 못했다.

"왜 저러지?"

아무튼 시간이 비게 된 엘은 입가에 미소를 지으며 문자를 쳤다.

[오늘 괜찮아.]

[정말이죠! 아싸! 잘됐어요! ^^]

엘은 씨익 웃으며 핸드폰을 웃옷 주머니에 넣었다.

⁂

탁.

핸드폰을 내려놓은 민서는 입가에 미소를 지었다. 그 모습을 본 최유진이 고개를 설레설레 저었다.

"그렇게 좋으세요? 갑자기 LS그룹 주식을 사신다 하셔서 뭔가 했는데, 이런 극히 사소한 일일 수가……."

"보스에게 깐족대지 마라, 유진."

민혁이 그런 최유진의 귓불을 잡아당겼다.

"아야야, 야, 이민혁. 넌 맨날 나한테만 이래!"

"네가 항상 깐족대니까."

"이씨!"

"그럼 나갔다 올게."

민서가 씨익 웃으며 일어섰다. 최근 엘과 만난 이후로 그녀의 기분은 항상 최고조였다. 덕분에 유진은 보스의 보복성 감봉을 피할 수 있었다. 민서가 나풀나풀 사라지는 모습에 최유진은 혀를 찼다.

"딸 키워 봐야 소용없다더니."

"보스가 네 딸이냐."

"아니, 뭐 말이 그렇다는 거지."

유진은 어깨를 으쓱였다. 하지만 민서가 웃는 모습은 보기 좋았다. 그들은 언제나 완벽한 민서가 꼭 인간이 아닌 것처럼 느껴질 때가 많았다. 어린 나이가 무색하게 모든 것을 다 꿰뚫어 보는 듯한 눈빛은 사람을 주눅 들게 하고 꼼짝 못 하게 만들었다.

거기다가 그녀가 예측한 미래는 귀신같이 들어맞았다. 민서를 최측근에서 수행하는 최유진과 이민혁은 민서가 맞춘 여러 사건을 직접 목격하였기에 더욱 그녀가 인간이 맞는 건가 싶을 때가 많았다. 그런 그녀가 최근 더없이 사람다워졌다. 그게 두 사람은 좋았다.

"잘되겠지?"

"보스니까."

"맞아, 보스니까. 이번 일도 잘될 거야."

언제나 모든 일을 성공시키는 미다스의 손. 민서라면 원하는 것을 꼭 얻을 것이다. 이번엔 그녀가 평생을 원하던 것이니까.

❊

"와! 이게 성이야?"

경복궁에 도착한 엘은 경복궁의 모습에 놀람을 표현했다. 외국의 거대한 성은 아니지만 웅장한 멋이 있었다. 그 모습을 본 민서는 미소를 지었다. 그를 만날 때마다 과거의 엘라임이 떠올랐다. 그도 처음 보는 거에 이렇게 놀라며 기뻐했는데. 왠지 지끈거리는 가슴에 민서의 미소는 씁쓸하게 바뀌었다.

"왜 그래? 어디 아파?"

엘이 그런 민서를 보더니 걱정스럽게 물어왔다. 이렇게 다정하게 다른 목소리로, 다른 얼굴로 그와 똑같이 물어오니 민서는 심장이 턱 멈추는 것 같았다. 다시 만나서 너무나 좋았다. 행복해서 죽을 만큼. 이 행복이 너무 무서웠다. 사라질까 봐.

"아뇨, 좀 추운 것 같아서요."

"추워? 잠시만, 내가 따뜻한 거 사 올게. 잠시만 기다려."

엘이 자신의 겉옷을 벗어 민서에게 둘러주고는 근처 따뜻한 커피를 파는 곳으로 뛰어갔다.

말릴 새도 없이 사라지자 민서는 허탈한 미소를 짓고 말았다. 하지만 그도 잠시 그가 둘러준 옷에서 느껴지는 따스한 온기에 저절로 입꼬리가 올라갔다. 그녀는 그의 옷을 더욱 끌어당겼다. 이대로 시간이 멈추면 얼마나 좋을까. 행복이 이런 거구나 싶었다.

그때였다.

"따뜻한 핫팩 있어요. 따뜻한 핫팩."

어딘지 모르게 낯익은 목소리가 귓가에 들려왔다. 민서는 저도 모르게 고개를 돌렸고, 그 순간 핫팩을 파는 이와 눈이 마주쳤다.

"핫팩…… 너, 너는!"

민서는 미간을 좁혔다. 허름한 옷차림을 한 상대는 자신을 알아보는 것 같았다. 도대체 누구지? 그 순간 남자가 민서에게 달려들었다. 민서는 달려드는 그의 손길을 피해 뒤로 물러섰다.

"뭐 하시는 거죠?"

"너, 너 이년이!"

"말 함부로 하지 마시죠."

민서의 표정이 낮게 가라앉았다. 그러자 그녀의 기세에 흠칫한 남자가 살짝 움츠러들었다. 하지만 곧 기세등등하게 그녀를 향해 손가락을 휘둘렀다.

"너, 너 그 계집년 맞지! 도망간 년!"
"아."
그제야 상대가 누군지 알아차렸다. 정말 아예 잊고 살아서 몰랐다. 양아버지. 어릴 적 자신을 폭행했던 그다. 민서는 어릴 적에 양부모 집에서 뛰쳐나와 센터에서 살았다. 이후 돈을 벌어 센터에서 나와 집을 마련해 살고 있다. 너무나 오래된 기억이라 그녀는 그를 떠올리는 데 잠시 시간이 필요했다.
양아버지가 이죽거리며 민서의 위아래를 훑었다.
"돈 좀 버는 집에 간 모양이다?"
"그게 당신과 무슨 상관이지?"
"이게 어디서 부모한테! 키워놨더니 도망을 가! 돈 한 푼 내지 않고!"
딱 보니 견적이 나왔다. 아니, 그러고 보니 과거에도 그랬다. 성공했더니 뻔뻔하게 찾아와 돈을 요구했었지. 그 뻔뻔함은 지금도 여전한가 보다. 솔직히 복수도 아까웠다. 그들에게 쏟는 신경 한줄기도 아까워 아예 그들의 존재를 신경조차 쓰지 않았다. 그러니 어떻게 사는지도 몰랐다. 하지만 보아하니 사업 실패 후 술만 먹다가 입에 풀칠이라도 해야 하니 뭐라도 팔러 나온 것 같다.
"가정 폭행으로 신고하지 않은 것만으로도 다행으로 아세요."
"뭐, 뭐! 이년이! 버르장머리 없이! 감히 어른한테!"
남자의 입에서 잔뜩 술 냄새가 났다. 이러니 핫팩이 팔리겠어? 민서는 어이가 없었다. 이런 실랑이 자체가 마음에 들지 않았다. 일분일초도 아까운 마당에.
"이익!"
남자가 분에 못 이겨 달려들었다. 민서도 더는 가만히 있을 수 없어 손을 쓸 생각으로 움직였다.
"끄악!"

"이게 무슨 짓입니까!"
엘이었다. 엘이 남자의 손목을 세게 쥐고 비틀었다. 그러자 남자가 괴성을 지르며 괴로워했다.
"으으으!"
"경찰에 신고하겠습니다."
"이익! 뭐라는 거야! 이 양키 놈이! 난 저년 아버지야!"
"아버지?"
한국말을 잘 모르지만, 아버지라는 단어를 알아들은 엘이 미간을 좁히고 민서를 보았다.
"정말이야?"
"아니에요."
"이게!"
남자가 달려들었으나 엘이 그의 팔을 꺾어 올렸다. 그리고 품에서 핸드폰을 꺼내 전화를 걸었다.
"거기 경찰서죠?"
"너, 너 뭐 하는 거야!"
영어는 잘 모르지만 낌새를 눈치챈 남자가 얼굴이 새파래져 얼른 엘을 밀치고 도망갔다. 그 모습에 엘은 표정을 굳히고 핸드폰을 내렸다. 실제로 경찰서에 전화한 것은 아니다. 뭔가 분위기가 이상했기에, 혹여 민서가 휘말릴까 부르지 않았다.
"괜찮아?"
"괜찮아요. 아무렇지 않아요."
그러나 엘은 그렇지 않았다. 민서는 어딘지 모르게 위태로워 보였다. 그게 엘은 마음에 들지 않았다.
엘은 민서의 손을 꼭 잡았다. 차가웠다. 민서의 표정은 아무렇지 않았지만 이 차가운 손처럼 이미 모든 것이 식은 게 아닐까 싶었다.

엘은 민서의 손을 잡아당겨 그녀의 작은 몸을 제 품에 안았다. 민서의 눈이 동그래졌다.

"엘."

"내가 추워서. 괜히 옷 줬다."

엘이 민서를 꼭 껴안았다. 작은 몸이 제 품에 딱 알맞게 들어오자 엘은 이상하게 마음이 진정되었다.

"엘……."

민서는 그런 엘을 물끄러미 보다 그의 가슴에 얼굴을 묻었다. 양아버지의 일은 정말 아무렇지 않았다. 의도한 일도 아니었다. 하지만 오늘만큼은 양아버지가 도움이 될 일도 있구나 싶었다. 평생에 도움이 안 될 줄 알았는데.

민서는 엘을 끌어안았다. 더 그가 좋아졌다. 좋아서 어떻게 해야 할지 모를 정도로. 그가 자신을 안쓰럽게 여기는 것은 알고 있다. 그렇게 자신이 유도했으니까. 하지만 욕심이 들었다. 자신을 바라봐 주길, 자신을 사랑해 주길. 그의 마음을 온전히 자신의 것으로 만들고 싶었다.

'이런 마음이었구나, 엘라임. 그토록 오래.'

민서는 그렇게 오래도록 엘을 껴안고 있었다.

❊

"젠장, 대체 뭐야!"

민서의 양아버지는 손목을 주무르며 얼굴을 일그러뜨렸다. 하지만 곧 그의 얼굴에 비열함이 떠올랐다. 민서가 나간 뒤 그는 솔직히 쓸데없는 짐을 줄였다 생각했다. 돈도 안 들고 신경 쓸 일도 없고. 애초에 그녀가 나간 뒤 실종 신고도 하지 않았다. 그렇게 잊고 살았다. 애초에 그의 기억 속에 민서는 없었다.

"고년, 제법 비싼 옷을 입고 있었지?"

사업 실패 이후로 가세는 기울어 집안에선 시끄러운 마누라가 돈타령을 해대고, 아들놈은 가출해서 어디에 있는지도 모른다.

"한몫 단단히 뜯어내야지."

그가 그렇게 생각하던 순간, 그의 앞에 누군가 턱 하니 섰다. 정장을 입은 남자였다.

"당신 뭐야?"

이민혁이었다. 그는 민서의 연락을 받고 바로 남자를 찾아왔다. 민서는 양아버지의 성격을 잘 알고 있다. 지금까지 신경을 쓰지 않았지만 그녀가 돈 좀 벌었다는 걸 안 이상 가만히 둘 그가 아니었다. 민서는 분명 양아버지가 돈을 뜯으러 그녀 앞에 나타날 거라 생각했다. 그 생각은 적중했다. 남자는 그 생각을 하고 있었다.

"같이 가지."

"뭐, 뭐야!"

남자 두어 명이 그를 붙잡았다. 그는 당황해 소리쳤지만 아무도 그를 도와주지 않았다. 그리고 그는 어디론가 끌려갔고, 이후로 그의 소식을 아는 이는 아무도 없었다.

"보스, 접니다."

–그는?

"처리했습니다. 바다에서 열심히 돈 벌다 나오겠죠."

민혁은 미소를 지었다. 민서와 닮은 미소였다.

–그에겐 죽음조차 아깝지. 평생 열심히 일 좀 해보라그래.

전화기 너머로 민서의 작은 웃음소리가 들렸다.

어느덧 앙상한 나뭇가지에 작은 새순이 돋기 시작했고, 매서웠던 바람은 미약하나마 따스한 봄기운을 품었다. 그에 따라 엘, 그의 마음에도 온기가 감돌았다. 민서와 만나 서울을 구경한 지도 벌써 한 달이 지났다. 그동안 엘은 민서와 함께 이곳저곳을 다녔다. 서울은 그가 생각한 것 이상으로 볼거리가 많고 재미있었다.

민서는 나이는 어리지만 생각이 깊고 그를 잘 배려해 주었다. 그가 좋아하고 원하는 것이 무엇인지 잘 파악했다. 마치 오랫동안 안 사람처럼. 엘은 자신의 시선이 점점 서울의 광경이 아니라 민서에게로 향하는 것을 깨달았다. 안쓰러웠던 마음은 어느새 그녀를 생각하게 되었고, 우연히 잡았던 손은 더 잡고 싶고 놓치고 싶지 않았다.

"연인 아니라며?"

다디단 꽃향기가 줄줄 새어 나올 것 같은 엘의 모습에 케이슨이 혀를 찼다.

"연인이라……."

"뭐야, 아직 안 사귀어? 난 또 이미 사귀는 줄 알았는데."

케이슨의 말에 엘은 핸드폰을 물끄러미 바라보았다. 그동안 가이드를 명분으로 민서와 만나왔다. 이후에는 솔직히 가이드인지 그냥 데이트인지 알 수 없었다. 이게 사귀는 걸까. 마음이 들뜨고 진정되지 않았다. 계속 다음 만남이 기대되었다.

"너 그러고 보니 곧 출장인 거 알아?"

"출장? 아, 그렇지."

"아, 그렇지는. 연애하느라 출장 가는 거 잊지 마라."

"안 잊어."

"뭐야."

"뭐?"

케이슨이 음흉한 미소를 지었다. 그가 키득키득 웃으며 말했다.

"연애한다는 부분에선 태클이 없네?"

"……."

"얼른 고백하고 사귀어. 그러다 다른 놈이 채간다?"

다른 놈? 순간 엘의 미간이 확 구겨졌다. 그 모습에 케이슨이 또 실실 웃었다.

'얼, 이거 이놈 제대로인데?'

"나이도 어리고 한국인이면 다른 한국 사람이랑 더 맞을 거 아니야. 그러다 훅 간다."

검은 머리, 검은 눈. 이상하게 갑자기 기분이 확 상했다. 왠지 누군가에게 뺏긴 느낌마저 들어 엘은 입매를 비틀었다.

"그럴 일 없어."

엘은 단호히 고개를 젓고는 핸드폰을 켜 문자를 보냈다. 그리고 그 문자의 상대는 당연히 민서였다.

❊

"하암."

민서가 깊게 하품을 내뱉자 엘이 그녀를 보며 웃었다.

"졸려?"

민서는 고개를 흔들었다. 그러나 연신 고개를 꾸벅거리고 눈도 풀려 있었다. 두 사람은 오늘 서울 외곽으로 드라이브를 하고 성곽길을 걸었다. 장소가 장소다 보니 그 탓 돌아오는 길인 지금, 민서는 지쳐 잠이 쏟아졌다.

엘은 노곤히 잠에 빠져드는 민서를 보며 피식 웃었다. 웃음소리에 민서는 흘깃 그를 바라보았다. 캄캄한 어둠 속, 밖에서 비쳐 들어오는 불빛에 그의 푸른 눈동자가 반짝거렸다.

"왜 웃어요?"

"아니, 그냥."

"재미있었어요?"

"응, 산책하는 거 좋은 것 같아. 아무래도 일만 하니까 이렇게 걸을 일이 없거든."

"그럼 다음에도 가요."

"그럴까? 아, 거긴 어때?"

"어디요?"

민서는 졸린 와중에도 계속 그의 말에 대답해 주었다. 그 모습이 또 귀여운 엘은 피식 웃음을 지었다.

"덕수궁인가, 거기."

"덕수궁도 괜찮죠."

"거기도 산책로가 있더라고. 돌담길인가?"

"……덕수궁 돌담길이요?"

민서가 살짝 미간을 좁혔다. 그러나 운전 중이던 엘은 때마침 그 모습을 보지 못했다. 민서는 왜 하필 그 많고 많은 돌담길 중에 덕수궁인가 싶었다.

"정말 가고 싶어요?"

"응. 멋있다고 하니까."

"별거 없는데."

"가기 싫어?"

"……."

엘이 조금 시무룩해하자 민서는 고개를 저었다. 덕수궁 돌담길에는 괴담이 있다. 연인이 걸으면 헤어진다는. 하지만 괴담은 괴담일 뿐 아닌가.

'그리고 연인은 아니니까…….'

민서는 조금 자조적으로 웃었다. 오랜 시간이 걸려 이제야 만났다. 막연히 기다릴 때는 언제고 기다릴 수 있다고 생각했다. 혹여 만나게 되면 느긋하게 기다리자고. 기억이 없는 그에겐 자신은 낯선 이일 뿐일 테니 천천히 가자고.

그런데 마주하니 애가 닳아 없어질 것 같았다. 차라리 보지 못했다면, 찾지 못했다면 눈앞에 놓인 케이크를 먹지 못해 안달하는 일은 없었을 텐데. 혹여라도 밀어붙여 이 관계를 망가뜨리는 일은 없길 바랐다. 그에게 자신의 마음을 강요하고 싶지 않다. 그저 그대로, 자연스럽게.

비록 좀 더 그와 가까워지기 위해 상황을 움직였지만 그건 말 그대로 만나기 위함이지, 만난 이후로는 순수하게 그를 만났다. 온전히 그 마음을 갖길 바랐으니까.

민서는 돌담길에 대해 조금 꺼림칙했던 마음을 떨쳐 버렸다. 외국인인 엘이 그런 이야길 어찌 알겠는가. 엘에게 돌담길은 그저 길에 불과할 것이다.

"다음에 가요."

"정말? 괜찮은 거지?"

"네. 다음에."

다음이라는 게 있다는 것만으로 감사하자. 민서는 그렇게 생각했다.

이야기를 나누는 동안에는 차는 계속 움직였다. 지친 민서는 더 버티지 못하고 잠에 빠져들었다.

얼마 뒤 차는 곧 민서가 사는 주택 앞에 섰다. 엘은 차를 그녀의 집 앞에 대고 옆을 보았다. 아직도 민서는 잠에 빠져 있었다. 너무 곤히 자고 있어서 엘은 깨우지 않고 그렇게 잠시 그녀를 바라보았다. 전봇

대 불빛으로 민서의 하얀 얼굴이 반짝였다. 엘은 그 모습에 시선을 빼앗겼다. 아름다웠다. 미국에도 아름다운 사람은 많았지만 이렇게 자신의 시선을 앗은 이는 없었다.

'연인…….'

인식하자마자 심장이 펄떡펄떡 뛰었다. 엘은 저도 모르게 얼굴에 열이 오르는 걸 느꼈다. 고요한 차 안은 온통 엘의 심장 소리로 가득 찼다. 새파란 애송이도 아닌데 주체할 수 없는 기분에 엘은 손 부채질을 했다.

"으음."

"……!"

지레 놀란 엘은 핸들에 고개를 묻었다. 그러다 다시 잠잠해지자 엘은 고개를 들고 민서를 보았다. 다행히 그녀는 곤히 자고 있었다. 다만 안전벨트가 불편한지 몸을 뒤척거렸다.

'불편하니까, 그러니까 푸는 거야.'

엘은 조심히 민서에게 다가가 그녀의 안전벨트를 풀었다. 조이던 것이 풀어지니 민서의 입에서 옅은 숨이 흘러나왔다.

"하아."

'미치겠네.'

의식을 하니 이전에 아무렇지 않은 것들이 모두 의식이 되었다. 엘은 자신도 모르게 가만히 민서의 얼굴을 바라보았다. 자느라 머리가 넘어가서 뽀얀 이마가 드러났다. 엘의 고개가 점점 아래로 내려갔다.

쪽!

그의 입술이 민서의 고운 이마에 닿았다 떨어졌다. 엘의 얼굴은 이미 시뻘게졌다. 하지만 그는 멈출 수 없었다. 이미 그의 마음속 브레이크는 뽑혀 사라진 지 오래였다.

그의 입술이 천천히 내려갔다. 그리고 그녀의 붉은 입술에 내려앉을 찰나, 그녀의 입술이 열리며 작은 목소리가 새어 나왔다.

"……엘라임."

"……!"

"가지 마……."

또르르.

그녀의 눈가에 투명한 눈물이 흘러내렸다. 엘은 순간 찬물을 뒤집어 쓴 듯 굳어졌다.

'엘…… 라임?'

민서는 계속 눈물을 흘리며 엘라임이란 이름을 되뇌었다. 엘은 천천히 고개를 들고 제자리로 돌아왔다. 뜨겁게 타올랐던 심장은 어느새 차갑게 식어버렸다.

"엘…… 라임."

도대체 누구지? 누구길래 그렇게 아련하게 부르는 거지? 엘의 얼굴이 굳어갔다. 사실 그는 계속 신경이 쓰이던 것이 있었다. 그때는 몰랐으나 지금 이 순간 그 모든 것이 이해가 되었다.

처음 민서는 자신을 보자마자 울었었다. 포장마차에서도 자신을 보며 눈물을 흘렸다. 그 외에 때때로 그녀는 자신이 아닌, 자신 안의 누군가를 보듯 애달픈 표정을 짓곤 했었다. 당시 엘은 아무것도 몰랐다. 그저 그녀가 안쓰러웠고 안타까웠을 뿐, 그 표정이 무엇을 의미하는지 알지 못했다.

'내가 아니야.'

그녀가 보는 건 내가 아니다. 그 사실을 떠올리자 엘은 온몸의 피가 차갑게 식은 것이 느껴졌다. 자신은 누군가의 대역은 아닐까. 그런 생각마저 들었다. 너무 이상했다. 마치 그녀는 자신을 아는 것처럼 행동했다. 누군가를 대하듯. 엘의 표정은 이제 더할 나위 없이 일그러졌다. 배신당한 기분이었다. 자신이 대역이라는 사실이 몹시도 분하고 화가 치밀었다.

그때 민서가 깨어났다. 잠에 취한 듯 그녀는 몽롱한 상태였다. 그리고 그녀의 입에서 다시 한번 그 낯선 이름이 흘러나왔다.

"엘…… 라임?"

"나는 엘라임이 아니야."

"……!"

민서의 눈이 커졌다. 그제야 잠에서 완전히 깬 것이다. 민서가 뭐라 말하려 했으나 엘이 먼저였다.

"난 누구의 대역이지?"

"아니에요, 그건."

"날 보고 있는 게 맞아?"

엘의 말에 순간적으로 민서는 말을 할 수 없었다. 그의 눈빛이 너무도 차가워 입이 얼어붙었다.

"……."

"하!"

"나는……."

"아무 말도 하지 마. 어차피 우린 아무 사이도 아니니까."

"……."

"난 누구의 대신도 되기 싫고, 날 통해서 누굴 보는 건 더 싫어."

"엘!"

"그 이름이 날 부르는 게 맞아? 그 남자의 애칭이 아니고?"

엘은 화가 머리끝까지 났다. 왜 났는지 모른다. 하지만 이 이상 더 말을 하면 그녀에게 상처를 줄 것 같았다. 그래서 입술을 깨물었다. 배신당했음에도 그녀가 상처 입지 않길 바랐다.

엘은 차에서 내렸다. 곧장 민서도 내렸다. 민서는 초조하게 엘을 보았다. 뭐라 말하고 싶었다. 아니라고 변명해야 한다고 생각했다. 그런데 스스로도 정말 그를 통해 '그'를 보는 게 아닌지 알 수 없었다. 왜냐하면 자신에게 그는 그일 뿐이니까.

"갈게."

엘은 그렇게 말하고 차를 타고 사라졌다. 홀로 남은 민서는 떠나가는 차를 막지 못했다.

❊

탕탕!

"보스! 식사예요, 밥 좀 드세요!"

유진이 민서의 방문을 두드렸다. 그러나 아무런 반응이 없었다. 문을 열려고 해도 단단히 잠겨 열리지 않았다.

"아, 보스!"

"그만해."

민혁이 그런 그를 말렸다. 유진은 얼굴을 일그러뜨렸다.

"진짜!"

"보스의 뜻이야."

"그래서 그냥 놔두자고! 벌써 이틀 동안 아무것도 안 먹었잖아!"

민혁은 고개를 저었다. 결국 유진은 힘없이 고개를 떨구었다.

그날 엘과 헤어진 뒤 민서는 계속 방에 있었다. 그리고 나오지 않았다. 유진과 민혁은 걱정돼 그녀를 찾았지만 그녀는 아무런 반응도 하지 않았다. 유진은 굳게 닫힌 방문을 한번 보더니 깊게 한숨을 내쉬었다. 그러다 무언가 생각한 듯 몸을 움직였다.

굳게 닫힌 방 안. 민서는 책상에 앉아 있었다. 이틀 동안 아무것도 먹지 못해 그녀의 얼굴은 새하얗게 질려 있었고, 생기가 없었다. 그녀는 가만히 핸드폰을 바라보았다. 그 뒤로 엘에게서 연락이 없었다. 하지만 민서는 먼저 연락하지 못했다. 아니, 할 수 없었다. 그가 묻는 말에 제대로 답할 수 없었다.

자신이 그를 통해 엘라임을 보는 건지, 엘을 보는 건지 알 수 없었다. 자신에게 엘은 엘라임인데 어떻게 다르게 볼 수 있단 말인가.

민서는 자신의 방문을 두드리는 소리를 들었다. 그녀는 자조적으로 웃음을 지었다. 어린애 같은 짓을 했다. 유진과 민혁이 얼마나 걱정할지 눈에 뻔했다. 하지만 정리되기 전까지 그녀는 움직일 수 없었다.

그때 너무 당황해서 그만 말을 잊고 말았다. 하지만 그러지 말았어야 했다. 민서는 눈을 감았다 떴다. 처음 그를 만난 직후, 민서는 다시 그를 만나기 전까지 수없이 고민했다. 내가 그를 다시 만나도 될까, 과거의 기억을 안고 지금의 그를 좋아해도 될까.

하지만 결론은 하나였다. 모습이 바뀌어도 그고, 기억을 못 해도 그다. 이미 알고 있지 않았는가. 자신은 그를 놓을 수 없다.

그뿐이다. 그를 향한 자신의 마음은 진짜라는 것.

'이야기하자. 전부 이야기하자.'

민서는 엘에게 전화를 걸었다.

-전화기가 꺼져 있어 소리샘으로 연결…….

그러나 엘은 받지 않았다.

⁂

미국 뉴욕.

사무실에 앉아 음울한 기운을 풍기는 남자가 있었다. 바로 엘 루이스. 그는 지금 얼굴을 두 손에 묻고 책상에 앉아 있었다. 그 모습을 본 케이슨이 혀를 찼다.

"차였냐? 아니지, 연인도 아니었던가?"

"……."

"멍청한 놈."

"하아……."

엘은 얼굴을 손으로 쓸어내렸다. 그렇게 민서에게 퍼붓고 난 뒤 후회했다. 그 순간 분노했고, 화가 나 머리가 돌 것 같았다. 그런데 돌아와 마음이 진정되니 이성적인 사고가 가능해졌다. 화가 났던 이유는 무엇인가. 자신이 그녀를 좋아하기 때문이다. 그래서 그녀가 자신을 통해 다른 사람을 본다 생각했을 때 그렇게 화가 난 것이다.

나를 보지 않았으니까. 그러니까 배신당한 것처럼 느껴진 것이다. 좋아하기 때문에. 이제야 제대로 깨달았다. 자신이 그녀를 좋아함을.

떠나기 전 그녀가 지었던 표정이 아직도 잊히지가 않는다. 언제나 웃기를 바랐다. 슬퍼하지 말고 즐거워하면 좋겠다 싶었다. 그런데 자신이 그런 표정을 짓게 만들었다. 가장 짓게 하고 싶지 않은 표정을.

'민서…….'

그녀가 혹여 자신을 통해 다른 사람을 본다 하더라도 그녀가 좋았다.

"젠장!"

엘은 제 핸드폰을 거칠게 만졌다. 그 모습에 케이슨이 고개를 설레설레 저었다.

"그렇게 끙끙 앓을 바엔 차라리 전화하지그래?"

"……."

"뭐야? 너 설마 번호도 기억 못 하냐?"

"……."

"쯧쯧, 디지털 바보가 여기 있구먼."

"……."

그날 그렇게 화가 나 집에 오자마자 핸드폰을 던져 버렸다. 그 이후 얼마나 후회했던가. 운도 나쁘게 핸드폰은 한 번에 고장이 났고, 고쳤으나 데이터가 날아갔다. 설상가상으로 곧장 출장이 있었던 탓에 제대로 수리도 못 하고 미국으로 와야 했다.

다른 전화기로 전화를 하고 싶어도 번호를 모른다. 바보같이. 그 전화 번호 하나 외우질 못해서. 일도 손에 잡히지 않았다. 중요한 프로젝트가 있는데 도통 머리에 들어오지 않았다. 도대체 자신이 이곳에서 뭘 하고 있는지도 모르겠다.

그 모습을 케이슨이 혀를 차고 바라보았다.

그때였다.

"어이, 엘!"

본사 부장 토마스가 엘을 불렀다. 엘은 죽을상을 하고 그에게 다가갔다. 토마스는 머리를 긁적이며 그에게 물었다.

"어이, 엘. 너 혹시 위에 줄이라도 있는 거야?"

"그게 무슨 말입니까?"

"아, 아냐. 그보다 너 다시 돌아가라."

"예?"

"바로 복귀 명령 떨어졌어. 지금 당장."

그 말에 엘은 어리둥절했지만 그 순간 곧장 옷을 챙기고 회사를 빠져나갔다. 그 모습을 바라보던 케이슨이 손을 흔들어주었다.

"행복해지라고, 엘."

❊

어린애처럼 화가 나 자신보다 어린 여자에게 쏘아붙였다. 만나고 싶다. 만나서 사과하고 싶다. 몇 시간에 걸친 비행에 지칠 법한데도 엘은 한국에 돌아오자마자 그녀의 집 앞으로 갔다. 그렇게 몇 분 집 밖에서

서성거리다 마음을 먹고 초인종을 눌렀다.

화를 내겠지? 아니, 무시하려나? 엘은 침이 마르는 것 같았다.

그러나 돌아온 건 적막뿐이었다. 엘은 초조해졌다. 다시 한번 초인종을 눌렀다. 역시나 돌아온 것은 차디찬 고요함뿐. 거기다 집은 불마저 꺼져 있었다. 그녀가 집에 있는지 없는지 알 수 없었다.

엘은 그녀의 집 앞에 우두커니 서 있을 수밖에 없었다. 한국의 겨울은 미국의 겨울만큼이나 추웠다. 엘은 그 추운 날 그녀의 집 앞에 한 시간이고 두 시간이고 서 있었다. 그렇게 서 있다 밤이 되어도 그녀의 집에 불이 켜지지 않자 그녀가 집에 없는 걸 알았다.

결국 그는 발걸음을 돌리는 수밖에 없었다. 하지만 그다음 날 그는 다시 그녀의 집을 찾았다. 그리고 어김없이 초인종을 눌렀다. 하지만 여전히 반응은 없었다. 자신이 싫어진 건 아닐까 두려웠다. 사랑을 하면 약자가 되는 걸까.

설사 그녀가 다른 사람을 보더라도, 그래도 자신을 필요로 한다면 그걸로도 충분하다는 생각이 들었다. 자신은 그녀가 필요했다. 엘은 욱신거리는 심장을 부여잡았다.

머리가 지끈거렸다. 몸은 으슬으슬거리고 감각이 없었다. 시간이 얼마나 지난 걸까. 엘은 자신이 얼마나 서 있던 건지 알지 못했다. 해가 지면 다시 집으로 돌아가 다음 날 회사를 간다. 회사가 끝나면 곧장 이곳을 찾아왔다.

그렇게 며칠. 그러나 여전히 민서를 만나지 못했다. 처음엔 자신을 만나주지 않은 데 대한 야속함이, 이후엔 무슨 일이 생긴 건 아닐까 하는 걱정이 들었다.

'도대체 어디 있는 거야?'

자신은 그녀의 집 외에는 그녀가 무엇을 하는지 모른다. 언제나 그녀가 자신을 만나러 왔었다. 항상 그보다 일찍 나와 그를 기다렸다. 한 번은 왜 먼저 오냐고 그랬던 적이 있었다. 그랬더니 민서는 기다리게 하고 싶지 않다고 답했다. 그 말이 지금에 와서 가슴에 꽂혔다.

민서는 계속 기다렸다. 이까짓 거 못 기다릴까.

그때였다.

투둑– 투둑–

한 방울, 두 방울 비가 떨어지기 시작했다. 그리고 곧 쏴아아 하고 굵은 빗줄기를 쏟아냈다. 미처 우산을 챙기지 못한 엘은 차가운 빗줄기를 맞고 있을 수밖에 없었다. 하지만 돌아갈 수 없었다. 혹여 자신이 돌아간 사이에 그녀가 올까 봐.

엘의 입술이 어느새 새파래졌다.

"민서……."

제발 돌아와 줘. 보고 싶어. 엘의 고개가 바닥으로 향했다. 그렇게 그는 오랫동안 비를 맞고 있어야 했다.

그때였다.

"왜 그러고 있어요?"

"……!"

너무 오래 바깥에 서 있어 환청이 들리는 걸까? 엘이 뒤를 돌았다. 그의 눈이 커졌다.

민서. 그녀였다.

그녀가 우산을 엘에게 씌워 주었다.

"미, 민서."

"……바보같이 왜 비를 맞고 있어요?"

"나는…… 난."

"내가 집에 언제 돌아올 줄 알고 이렇게 있었던 거예요?"

"못 만날까 봐."

"바보다."

"응, 바보야."

"그렇게 화내고 가버렸잖아요. 전화도 안 하고."

"번호를 기억 못 했어. 전화기 부서졌는데."

"난 기억하는데."

"미안……."

엘의 절로 고개가 수그러졌다. 민서는 저보다 큰 엘의 처량한 모습에 씁쓸히 웃었다.

"나도 미안해요."

"민서……."

"그치만 이거 하나는 말할 수 있어요. 내가 지금 좋아하는 건 당신이야."

민서는 엘에게 다가갔다. 그리고 흔들림 없는 눈으로 그를 바라보았다. 아주 오랫동안 그를 기다렸다. 자신은 그를 기다린 것이다. 지금 눈앞에 있는 이 엘을.

"엘, 그러니까 날 좋아해 줘."

민서의 말에 엘이 그녀에게 다가갔다. 그리고 그녀를 품에 안았다. 따스한 그녀의 온기가 그의 차가운 몸을 녹여주었다.

"내가 해야 할 말을 먼저 하지 마."

"엘."

"날 좋아해 줘, 민서. 오직 너만을 바라볼게."

민서는 그 말에 저도 모르게 눈물이 흘러나왔다. 그녀의 눈물이 흘러 그녀가 찬 목걸이에 떨어졌다.

그 순간 환한 빛이 뿜어져 나왔다.

기억을 찾지 못하더라도 괜찮다. 내가 그를 좋아하니까. 그리고 이제 그도 나를 좋아하니까.

엘이 민서의 입에 입술을 맞췄다. 민서의 목걸이에서 난 빛은 이내 사라졌고, 거세게 내리던 비도 그쳤다.

엘이 씨익 웃으며 귓가에 작게 속삭였다.

"사랑해. 나의……."

〈외전 완결〉

작가 후기

안녕하세요. 정인입니다.

골드퀸이 책으로 나오게 되었습니다. 많은 분이 좋아해 주신 덕분이라 생각합니다. 정말 감사드립니다.

골드퀸을 시작하고 완결되기까지 꽤 오랜 시간이 걸렸습니다. 무료로 첫 연재를 시작하고 완결이 나 이렇게 책으로 나오기까지 7여 년이 흐른 것 같습니다. 첫 출간작이고 가장 애정이 가는 작품입니다. 사실 저도 이렇게 길어지게 될 줄은 꿈에도 몰랐습니다.

골드퀸은 당차고 강한 여주를 쓰고 싶다는 열망에서 탄생하게 되었습니다. 저는 고난이 와도 꿋꿋이 헤쳐 나가는 시원한 성격의 여주인공을 좋아합니다. 아무래도 현실에서는 그렇게 하기 어렵기 때문에 이런 성격의 여주인공을 통해서 대리 만족을 하는 게 아닌가 싶습니다.

쓰는 내내 헬리아는 제 분신이며, 그리고 제가 바라는 인물이었습니다. 제가 하지 못하는 일들을 해내는 걸 보면서 즐거웠습니다. 너무 무모하지만요. 저는 그렇게 무모하진 않습니다. 오히려 소심하죠. 그래서 척척 해내는 헬리아를 그린 것 같습니다. 만약 다음에도 글을 쓰게 된다면 이러한 여주의 성격은 변하지 않을 거라 생각합니다.

모두 헬리아처럼 자신이 원하는 인생을 사셨으면 합니다. 이렇게 너무 고생하진 마시구요.

이 책을 내기까지 도움을 주신 많은 분께 감사 인사드립니다.

모두 행복하세요!

감사합니다.

–정인